마른 가지에
바람처럼 4

마른 가지에 바람처럼 ₄

달새울 장편소설

arte

CONTENTS

18

쉽게 끊어지지
않는 것들

❀

끊으려야 끊을 수 없는 것이 천륜이다. 반면 사랑 같은 건 얼마든지 허망하게 사라질 수도, 새로 심고 다시 키워 낼 수도 있는 것이었다. 리에타는 멍하니 창가에 앉아 바깥을 내려다보았다.

잘됐어. 잘된 거야. 잘한 거야. 평생 날 보며 그런 삶에 고통받을 이유가 없잖아. 그는 그냥 나를 버리는 편이 낫다. 나도 마찬가지고.

하루에 수십 번씩 되뇌는데도 가슴에 큰 구멍이 난 것 같다. 무너지는 나 자신이 한도 끝도 없이 꾸역꾸역 밀려들어 그 구멍으로 빠져나간다. 하루에도 몇 번씩 내 안에선 당신이 무너졌다가, 어머니가 무너졌다가, 무너지는 모든 것이 내가 되었다가, 내가 아니게 되었다가 한다.

얼마나 더 부서진 나를 비워 내고 또 비워 내야 이것이 끝날까. 그래도 언젠가는 다 끝이 날 것이다. 그렇게 멀어진다는 걸 알고 있다. 언제 끝났는지도 모르게……

리에타는 자신의 집으로 돌아왔다. 내성 한복판 축성술사의 집. 악시아스 성에서 썩 멀리 떨어지지도 못한 곳. 그토록 힘겹게 그를 뿌리치고 겨우 도망친 곳이 여기라니. 피식, 허탈한 웃음이 나왔다.

그럼에도 리에타가 그곳에 속 편하게 숨어 있을 수 있는 이유는 그곳에 쳐져 있는 결계 때문이었다. 리에타의 집에는 사람이 인식할 수도, 들어올 수도 없는 결계가 쳐져 있었다.

리에타가 그 집에 돌아온 이후, 사람들은 그들을 발견할 수도, 눈치챌 수도 없게 되었다. 이곳에 난롯불이 타고 있다는 것도, 사람이 움직이고 있다는 것도 밖에선 보이지 않는다. 사람들의 눈에 리에타의 집은 불빛도 보이지 않고 인기척도 느껴지지 않는 그저 빈집으로 보일 뿐이다. 모르비두스의 작품이었다.

처음에는 당연히 이곳에 머무를 수 있을 거라고 생각하지 않았다. 무작정 뛰쳐나온 리에타는 처음엔 수도원을 생각했다. 다음으론 넬라나 페닐 아주머니를 생각했다.

하지만 이내 포기했다. 그곳 사람들의 시선을 견뎌 낼 자신이 없었다. 그들이라면 그녀를 배려해 주고 숨겨 주었을 거라는 걸 알지만, 리에타 자신이 그들의 배려에 기댈 마음의 준비가 되지 않았다.

그냥 혼자 있고 싶어.

하지만 리에타에게는 갈 곳이 없었고, 오랜 시간이 걸릴 여정을 해낼 힘도, 얼어 죽지 않고 이 맹추위를 견뎌 낼 재주도 없었다. 게다가 엑시티우스와 격전을 치른 모르비두스는 힘을 회복해야 했다. 그래서 그들은 거취가 확실히 정해질 때까지 사람들의 시선을 피해 잠시 결계를 치고 숨어 지내기로 했다.

그렇게 한다면 혹시 킬리언이 찾더라도 숨을 수 있을 거란 생각이 들어, 리에타는 더 이상 망설이지 않고 자신의 거취 문제를 모르비두스에게 맡겼다. 그리고 그는 결계를 치기에 가장 적합한 곳으로 그녀의 집을 골랐다.

본래부터 리에타의 집이라 그녀의 존재감을 집 속에 은닉하기 쉽고, 오랫동안 비어 있던 집이라 사람들의 인식 속에 그곳을 '빈집'으로 강하게 각인시키기도 쉽다던가.

마법에 대해서는 잘 모른다. 다만 축성 마법진의 내부인 악시아스 성이나 강력한 성역이 펼쳐진 외성 지역과도 어느 정도 떨어져 있어 모르비두스의 운신이 상대적으로 편안하긴 하겠다는 생각이 들었다.

기운이 사그라지고 있다지만 아직까지 악시아스는 성역이었고, 아무리 모르비두스라 해도 쉽지는 않을 것이었다. 무엇보다 밖에 계속 있기 너무 추워서 길게 고민할 수 없었다. 나중에 거처를 옮기더라도, 일단 당장의 추위로부터 숨을 곳이 급했다.

그리고 그건 생각보다 괜찮은 선택이었다. 영주가 정착민에게 하사하는 내성의 자그마한 주택은 대륙 최악의 추위를 자랑하는 북부의 한파에도 잘 대비되어 있었다.

신성 능력자와 계약된 태초의 악마는 성역 안에서도 자신의 결계를 성공적으로 구축했고, 그것은 사람들의 눈으로부터 완벽하게 그들을 숨겨 주었다.

"……그럼…… 여기 누가 들어오려고 하면 어떻게 되는데?"

추위에 떨던 몸을 간신히 추스르고 그렇게 물었을 때, 문이 열리며 레이첼이 들어왔다. 리에타는 그대로 얼어붙은 채 숨을 멈추었다. 그러나 레이첼은 집에 들어와서 주변을 두리번거리다가, 리에타와 눈을 마주치지 않은 채 그녀 바로 앞을 스쳐 지나갔다.

집 안 곳곳을 살피고 다시 돌아온 레이첼은, 리에타의 눈앞에 어두운 얼굴로 잠시 서 있었다. 그리고 끝내 코앞에 있는 리에타를 발견하지 못한 채, 오래 머물지 않고 떠나갔다. 모르비두스는 그걸 보고 그냥 어깨만 으쓱였다.

"불 땔까?"

"……불 때도 돼?"

"응. 밖에는 연기도 불빛도 보이지 않을 거야. 줄어드는 장작이나 집에 남는 생활 흔적도 처음 고정시켜 둔 그대로 마법이 숨겨 줄 거고."

그리고 그곳은 리에타가 악시아스에서 마음 편히 숨을 수 있는 유일한 곳이 되었다. 도둑 길드에서 손에 꼽히는 암살자조차 코앞에 있는 사람의 기척을 눈치채지 못하는 완벽한 은닉. 아무도 이곳에 리에타가 있다는 것을 알지 못했고, 들어와도 그녀를 발견할 수 없었다. 바깥의 소리는 아무것도 들리지 않았고, 리에타가 내는 소리 역시 새어 나가지 않았다.

리에타는 그 완벽한 고립에 안도했다.

공허한 평화 속에서 리에타는 조용히 창밖을 바라보았다. 겨울이 닥친 북부는 정말 추운 곳이었다. 그리고 그녀 곁에 있는 악마는 화마처럼 불이나 열기를 자유롭게 다루는 능력을 가지고 있지 못했다.

본래부터 자신의 옷이었던 평상복으로 갈아입고 드레스룸에 모든 옷을 두고 나온 리에타는 변변한 겨울옷을 준비하지 못한 상태였다. 새로운 옷을 사오든 어쩌든 구하지 못할 건 없긴 했지만, 왠지 이 아늑한 공간에 새로운 외부의 것을 들이고 싶지 않았다. 대신 장작 저장고에 가득한 섶들로 충분히 불을 때었다.

킬리언이 올지도 모른다는 생각이 들어 모르비두스에게 나름의 언질을 해 두었지만, 그는 오지 않았다. 외성 지역을 헤매며 그녀를 찾고 있는 모양이었다.

리에타는 조각상처럼 멍하니 창가에 앉은 채, 그를 설득하려 했던 말이자 저 자신을 설득하려 했던 말이기도 했던 그날의 말들을 하나하나 곱씹었다.

언젠가는 희미해지리라는 말. 한바탕 앓고 나면 다 지나가리라는 말. 좋은 사람 만날 수 있으리라는 말. 행복해지라는 말.

잠시 후에 이 차분함이 가시고 다시 미칠 것 같아지면 그 사람이 나를 설득하려 했던 말들이 울컥울컥 치밀어 오르겠지만, 괜찮다. 이제 설령 코앞에 킬리언이 나타난대도 난 그에게 달려갈 수 없으니까.

그곳은 그녀가 유일하게 숨을 수 있는 곳임과 동시에 스스로의 결정을 번복할 수 없는 유일한 공간이었다. 리에타는 모르비두스에게 자신이 이곳에서 나갈 수 없게 해 달라 부탁했다. 설령 킬리언이 오더라도, 내가 무슨 말로 번복해도 결계를 열지 말라 당부해 두었다. 모르비두스는 내 뜻대로 되리라 하였다. 그리고 나자 정말로 안심이 되었다.

안에서 밖으로도 나갈 수 없고, 밖에서 안으로도 들어올 수 없는 결계. 바깥세상의 이야기는 바람 속에 스러져 아무 말도 들을 수 없고, 그녀가 울며 소리쳐도 밖에 들리지 않는, 세상과 단절되는 마법. 그 조그만 세상 안에 리에타는 스스로를 가두었다.

엄마가 해 줬던 거랑 비슷하네……. 아니, 더 좁아졌나.

아무도 내가 여기에 있는지 모르고, 나를 찾을 수도 없다. 고통스러우면서도 안심할 수 있는 가장 편안한 공간이었다. 리에타는 그곳에 자기 자신을 묻었다.

여기 계속 숨어 있든, 다른 곳으로 가든 이렇게 떨어져 지내다 보면 언젠간 틀림없이 괜찮아지겠지. 눈에서 멀어지고 서로에게 보이지 않는 것이 최선의 방법이라고, 리에타는 믿었다.

제이드의 유품을 모조리 내다 버린 후 오랫동안 너무나 후회했지만, 지금은 그것이 빨리 정신을 차리는 데 약이 되었노라고 회상한다. 킬리언이 생각날 만한 물건은 아무것도 가져오지 않았다. 드레스룸에 옷을 전부 두고 오길 잘했다. 그런 옷차림으로 갈 곳을 찾아 헤매다 결국 이곳으로 돌아오는 길에 열병에 걸렸지만 괜찮았다. 아픈 것도, 혼란스러운 것도 다 과정이라는 걸 이해하고 있었다.

무심결에 창틀에 짚은 손끝이 쓰렸다. 분홍색 물감 칠이 되어 있는 창틀이었다. 리에타는 슬그머니 거기서 손을 떼며 손가락을 오그렸다. 아프다. 리에타는 손의 화상을 물끄러미 내려다보았다. 편지를 삼킨 벽난로를 미련하게 맨손으로 헤집다 리에타는 화상을 입었다.

이별은 어렵지 않았다. 길다면 길고, 짧다면 짧았다. 이를 악물고 돌아선 후엔 모르비두스가 도와주었다. 끔찍하고 긴 고통은 그 후에 왔다.

아무도 그녀가 무너졌다는 걸 알지 못하는 그녀의 집 안에서, 리에타는 몇 번씩 무너졌다. 리에타는 그것이 자신을 붙들어 주기라도 할 것이라 믿는 듯 제이드의 유품을 끌어안았다.

제이드. 제이드. 날 좀 건져 줘…….

제이드는 내가 선택하지 못한 이별이었다. 관을 내리고 그 무덤 위에 흙을 뿌릴 때까지도 받아들이지 못한 이별이었다. 내 의지로 어찌할 수 있는 이별이 아니었다.

그러나 킬리언은 내 의지로 선택한 이별이었다. 킬리언은 죽은 것도 아니다. 제이드는 이십 년. 킬리언은 채 일 년이 되지 않았다……. 심지어 처음 몇 달은 그가 어떤 사람인지도 모르고 그를 두려워하며 지냈고.

　쌓은 세월은 훨씬 짧았고, 이것은 내가 선택한 이별이었다. 그러니 나는 훨씬 괜찮아야 했다. 금세 털어낼 수 있어야 했다. 어떻게 생각해 봐도 덜 힘들어야 정상인데.

　바로 저편에 달려가면 볼 수 있다는 게, 내가 달려가서 매달리기만 하면 그가 어디에도 도망칠 수 없게 안아 줄 거라는 게 절망적인 희망이 되어 하루에 몇 번씩 리에타를 무너지게 만들었다.

　'저 좀, 저 좀 받아 주시면 안 될까요? 천벌 받을게요. 그냥 천벌 제가 다 받을게요.'

　'그래. 그래. 내가 그대를 지킬게…….'

　몇 번이고 미친 꿈을 꾸었다. 그때마다 일어나서 모든 게 또 꿈이라는 것에, 그런 꿈을 또 꾸고 말았다는 것에 안도하고 절망했다. 그에게 달려가 애원하고 싶었던 밤들이 끝도 없이 가슴을 태우고 할퀴고 목을 조르며 더디게 흘러갔다. 머리가 어떻게 되어 버린 거지. 미련한 저를 욕했다.

　괜찮아, 괜찮아. 나는 이겨 낼 거야. 사랑, 그까짓 게 뭐라고. 평생 다시 못할 줄 알았던 사랑이었어도 일 년이면 다른 사람을 마음에 들이는데. 짐승도 아니고 그까짓 사랑에 천륜을 저버리느니…… 내가 죽고 말지.

　괜찮다……. 괜찮다고 스스로에게 속삭였다.

　창문을 뿌옇게 만드는 긴 한숨을 내쉬며 리에타는 품속의 바이올린을 고쳐 안았다. 창문에 서린 김이 곧 눈꽃 모양 서리로 얼었다. 리에타는 손가락을 들어 그 위에 무의미한 글자들을 그려 보았다. 손이 닿은 곳은 잠시 투명해지며 악시아스 성을 비추다가, 이내 다시 얼며 시야를 가렸다. 화상을 입어 아린 손끝에 냉기가 스며들며 통증이 가시더니, 또 다른 통증이 밀려왔다.

리에타는 바이올린을 품에 꺼안은 채, 제이드가 만들어 주었던 자장가의 선율을 흥얼거렸다.

'힘들었나요. 오늘도 밤이 차겠지만……'

사랑하던 남편의 목소리가 떠올라, 그녀의 귓가에 노래를 불러 주었다.

'두려워 말아요. 별이 예쁘잖아요. 당신이 춥지 않도록 내가 안아 줄게요.'

리에타가 슬프게 미소 지었다. 그리고 다음 순간 리에타의 얼굴에 걸려 있던 그리운 미소는 서서히 혼란으로 얼룩졌다. 제이드가 불러 주던 노래의 선율 위에, 킬리언이 불러 주던 목소리가 덧입혀지고 말아서…… 리에타는 텅 빈 얼굴로 가슴에 안고 있던 바이올린을 바라보았다.

'당신이 잠시 쉬어 갈 수 있도록 내가 항상 여기 있을게요.'

표정을 잃어버린 얼굴에서 주르륵, 또 주르륵 눈물만이 떨어졌다. 순식간에 무릎이 흥건해졌다. 바이올린이 눈물에 젖어서 망가져 버릴까 봐 리에타는 어찌할 바를 몰랐다.

"으……. 으흑……."

아무도 듣고 있지 않다는 걸 알면서도 리에타는 울음을 참으며 고통스러워했다.

"윽……. 흑……."

품에 안고 있던 바이올린이 손에 쥐인 채 천천히 아래로 늘어졌다. 당신이 불러 주는 노랠 듣는 게 아니었어. 당신한테…… 이 노래를 불러 달라고 하는 게 아니었어. 뼈저린 후회가 너무나 달콤해서, 도저히 잊을 수 없을 것만 같은 끔찍한 애정에 리에타는 몸서리쳤다.

랄타 물감을 봐도 이젠 제이드가 아니라 킬리언이 떠오른다. 제이드가 만들어 준 자장가에서도 이젠 킬리언의 목소리가 들린다. 제이드를 추모하는 제단 앞에까지 킬리언이 있었다.

제단을 치우지 말라며, 슬픔도 아픔도 혼란도 그리움도, 다 보여 줘도 된다며, 나의 눈물을 닦아 줘도 되냐며, 제이드의 위패 앞에 선 나를 안아 주고 있었다.

얼굴에 묻은 물감을 닦아 달라며 그가 불퉁해하던 모습이, 내 얼굴에 물감으로 장난을 쳐 놓고 놀리던 모습이 떠오른다. 마음이 상했으니 풀어 달라며 데이트를 가자시더니, 곧바로 소나기가 오고 말았지. 그 데이트는 끝내 나중에 받아 내셨다. 서점, 시장, 같이 본 연극……. 발바닥에 닿던 주점 바닥의 감촉, 그의 등에 업혀서 돌아오던 가을밤의 길…….

리에타는 하나하나 헤아려 보며 행복하고 슬퍼서 숨 막히게 울었다. 나는, 나는…… 그러지 말아야 했다.

하인들의 손을 빌리지 않고 리에타가 킬리언과 함께 직접 정리해 두었던 집에는 곳곳에 그의 흔적이 남아 있었다. 창가에도, 침실에도, 문간에도, 계단 위에도 그가 있었다. 리에타가 저 자신을 가둔 그곳은 달콤하고도 끔찍한 감옥이었다.

이곳에서 내가 그를 잊을 수 있을까? 결론은 곧 났다. 이곳 아니라 어디여도 마찬가지야……. 길거리에 핀 꽃에도, 거리에서 들려오는 오르골 소리에도, 불어오는 바람 속에도 그가 있었다. 눈부시면 그늘을 드리워 주었고, 추워하면 안아 주었다.

어디에서나 그의 목소리가 들렸고, 어디에서나 그의 잔상이 보였다. 세상은 온통 그 사람이었다.

"킬리언……. 킬리언……."

그의 이름이, 아프다는 신음처럼 새어 나왔다. 사랑이라는 비석 위에 영원히 새겨져 있을 것만 같던 제이드의 이름이 마모되고, 이제 리에타는 그 위에 영원히 킬리언의 이름이 새겨졌음을 깨달았다.

악시아스는 고요한 침묵에 잠겼다. 맹추위가 밀어닥치며 항상 활기차게 복작이던 거리는 부쩍 조용해졌다. 얼어붙은 거리에서 들을 수 있는 것은 이따금씩 마차나 말이 달리는 소리, 그리고 나뭇가지 사이로 스치는 휑한 바람 소리뿐이었다.

속눈썹이 얼어붙고 피부가 아리는 바람을 피해 사람들은 최대한 바깥에 머무는 시간을 줄이고 밀린 이야기들은 집 안으로 들어가 속살거렸다. 악시아스는 아이러니한 평화를 찾아가기 시작했다.

김이 오르는 잔을 내려다보며 고개를 떨군 넬라가 침울하게 중얼거렸다.

"……리에타는 어딜 간 걸까요. 악시아스를 떠나 버린 걸까요?"

페닐 아주머니는 대답 대신 한숨을 쉬었다. 리에타가 보이지 않기 시작하고서부터 가슴이 조마조마하더니, 설마 했던 소문들은 모두 사실이었던 모양이었다. 리에타가 기어이 사라지고 침묵하던 성이 발칵 뒤집혀 기사들과 사제들이 그녀를 찾기 시작하자 이제는 부정할 수도 없게 되었다.

베아트리체 왕녀의 딸이라니. 어떻게 이런 일이 있을까. 그동안 리에타가 겪었을 괴로움을 차마 짐작할 수가 없었다. 리에타가 드디어 마음을 열고 새 삶을 시작하나 했는데…….

축성술사님이 신성 왕녀의 딸이라는 걸 알고 있었냐며, 그들에게 리에타 이야기를 듣고 싶어 하는 사람들이 적지 않았다. 진즉에 그런 조짐을 보였던 신기하고 성스러운 일화라도 있지 않았는지, 그런 신비한 이야기 한 조각 듣게 되길 기대하는 사람들처럼 잡화점에 손님들이 몰렸다.

장사꾼으로서 이런 기회가 다시없을 거라는 걸 아는데도 넬라는 왠지 자꾸만 슬퍼서 아무 말도 하지 못하고 늘 일찍 가게를 닫았다. 사람들이 자꾸만 리에타가 선물한 축성받은 화환에도 관심을 보여, 넬라는 기어이 그것마저 남들의 눈에 보이지 않게 방 안으로 들여놓고 말았다.

리에타에 대해 궁금해하는 사람들의 마음이 이해가 가지 않는 것은 아니었다. 나도 어쩌면, 남의 이야기라면 궁금해했을 것 같다는 생각이 들었다. 신성 왕녀의 초상화를 보며 리에타랑 조금이라도 닮은 데가 있나 저도 모르게 골똘히 들여다보기도 했었다.

하지만 아무래도 왕녀 저주니 하는 그런 이야기들은 영 뜬구름 같은 데다 무엇 하나 실감이 나지 않아 이내 치워 버리고 말았다. 그저 마지막으로 그들의 결혼식을 축하해 주러 왔던 리에타 얼굴만이 계속 생각나 마음을 무겁게 눌렀다. 넬라와 마틴의 결혼식을 축복해 주며 리에타는 자신의 일처럼 기뻐해 주었는데. 이상하게 그 모습이 자꾸만 떠올라 가슴이 아렸다.

만일 리에타가 악시아스를 떠났다면 그녀는 앞으로 어디서, 어떤 삶을 살아가야 할까. 넬라는 문에 걸어 둔 미르테 화환에서 시선을 돌려 눈물을 훔쳤다.

"……나도 리에타를 축복해 주고 싶었어요."

그녀가 정성껏 축성해 준 화환은 얼어붙는 계절을 걱정하지 않는 듯 아직도 파랗게 싱싱했다. 그러나 축복해 준 사람은 간곳없었다.

"이제 어떻게 되길 바라야 하는 건지도 모르겠어요. 그냥……."

넬라가 말꼬리를 흐리며 다시 눈을 훔쳤다. 어쩌면 리에타를 다시는 보지 못할지도 모르겠다는 생각이 들었다. 리에타가 어디선가 울고 있을까 봐 슬프고, 아무것도 해 줄 수 없는 자신이 원망스러웠다.

영주님은 아직도 리에타를 찾고 계신다.

시간이 지날수록 성역의 기운은 흐릿해질 것이고, 기사들도 사제들도 킬리언도 점차 지칠 것이다. 이대로 숨은 채 버티다 보면, 아마 성 사람들은 내가 악시아스 밖으로 나갔다고 생각하고 밖으로 수색을 넓히며 흩어지거나, 아예 나를 찾는 것을 포기하게 되겠지. 그럼 언제든 조용히 이곳을 빠져나갈 수 있게 되리라.

리에타는 딴 세상의 일처럼 창밖을 바라보며 가만히 몸을 웅크리고 하루를 보냈다. 그건 마치 덧없이 세상이 흘러가게 두는 사람처럼 보이기도 했고, 무언가 기다리는 사람처럼 보이기도 했다.

스르륵. 무언가 미끄러지듯 손아귀에서 빠져나가며 손이 허전해졌다. 리에타가 조금 느리게 시선을 들어올렸다. 푸른빛이 도는 마력을 감고 있는 검은 나비들이 팔랑팔랑 날갯짓하며 그녀의 손에서 빼낸 바이올린을 두둥실 띄워 가져가고 있었다.

달각. 마법으로 바이올린을 탁자 위에 옮겨 놓은 모르비두스가 리에타를 물끄러미 쳐다보았다.

"사제를 데려와 줄까?"

리에타가 그의 말을 이해하지 못한 듯이 다시 물었다.

"……사제?"

모르비두스가 리에타의 손을 눈짓해 가리켰다.

"네 손. 상태가 썩 좋지 않은데."

리에타는 잠시 자기 손을 내려다보았다. 그녀의 손은 화상을 입은 데다 제대로 관리하지 않아 덧나고 있었다.

"……신경 쓰지 말아요. 화상은 어차피 신성 마법이 잘 안 들어."

"없는 것보다는 나을 텐데."

리에타는 그가 실없는 소릴 한다는 듯 힘없이 웃었다.

"데려오긴 누굴 데려온다고. 우리 숨어 있잖아요. 잊었어요?"

"티 안 나게 처리할 수 있어. 꿈꾼 것처럼 착각하게 하면 돼. 그 콜브린이라는 녀석이라면 적당하지 싶은데."

……콜브린 사제님은 어떻게 알고 있담.

"……당신이 몽마도 아니고."

"몽마한테 꿈 마법 빌려 둔 거 있어."

가볍게 고개를 저으며 방구석을 쳐다보던 리에타가 입을 열었다.

"치유 마법 내가 나한테는 못 쓰는 거, 알고 있었어요?"

모르비두스는 별다른 대답도, 표정도 없이 그냥 리에타를 쳐다보다 말했다.

"사제 데려올게."

"말도 안 돼. 괜한 일 하지 말아요. 그런 위험을 감수할 정도의 일도 아니야."

리에타가 고개를 젓고는 무감하게 중얼거렸다.

"진짜 하지 마. 사제님들은 생각보다 감이 좋아요."

모르비두스는 대답하지 않았다. 그래도 그가 자신의 의지에 반하여 마음대로 행동할 수 없다는 건 믿고 있었기에 리에타는 담담하게 고개를 돌렸다.

"힘은 얼마나 되찾았어요?"

"적당히."

모호한 대답이었다. 리에타는 구체적으로 알려고 하는 대신, 잠시 틈을 두고 창밖을 보며 말했다.

"며칠만 더…… 날을 두고 봐요. 눈보라가 그치면, 나도 움직일 수 있을 테니까."

"떠나려고?"

"……그래야죠. 언제까지고 여기 있을 수도 없고……."

리에타가 작게 중얼거렸다. 모르비두스는 힘을 거의 회복해 가고 있었다. 굳이 새로 병을 퍼뜨리지 않아도 병으로 고통받는 사람이 많은 지역에서는 역마가 자연히 힘을 얻게 되기 때문에 회복하는 속도가 빨랐다. 이제 그곳을 떠나기 위해 남은 제약은 아직 눈보라가 치고 있는 추운 날씨와 리에타의 결정뿐이었다.

"갈 데는 있고?"

리에타는 대답하지 않았다. 대신 그의 뒤쪽으로 퍼뜩 시선을 돌리며 누군가를 불렀다.

"말라디에라."

댕그랑! 무언가 바닥에 떨어지는 둔탁한 소리가 들렸다. 모르비두스가 고개를 돌렸다. 바닥에 리에타의 지팡이가 떨어져 있었고, 뿔 달린 소녀가 자신의 손을 감싸고 주저앉아 끙끙거리고 있었다. 소녀의 손은 빨갛게 달아올라 있었다. 금방이라도 울음을 터뜨릴 것 같은 얼굴이었다. 리에타가 모르비두스를 향해 말했다.

"……내 지팡이를 만졌네요. 데었을 거야. 가서 봐 줘요."

모르비두스가 몸을 일으켜 아이에게 걸어갔다. 리에타는 물끄러미 소녀를 바라보았다. 새초롬하게 올라간 눈매, 뾰족한 송곳니, 세로로 긴 악마의 눈동자, 어두운 녹색 빛이 도는 머리카락과 그 사이로 나온 뿔……. 심지어 인간조차 아니다. 비슷한 점이라곤 하나도 없는데…….

그것도 아이라고, 어쩐지 리에타는 저 세상에 서툰 악마 아이에게서 눈을 뗄 수 없었다. 모르비두스가 쯧, 혀를 차는 소리가 들려왔다.

"하여간 곤란한 꼬마로군. 하지 말라는 일만 골라서 저지르니."

모르비두스가 하는 말에, 리에타는 제가 뭐라 하는지도 모른 채 열없이 중얼거렸다.

"……애들이 그렇지 뭐."

아이가 악마어로 무어라 칭얼거렸다. 리에타는 우두커니 역마 소녀를 바라보았다. 멋대로 사람들에게 해를 끼치지 못하게 하는 것 외에, 모르비두스는 그 악마를 강제하지 않고 내버려 두었다. 가만히 그렇게 내버려 두는 것만으로도 작은 역마는 사람들이 두려워할 만한 고위 악마로 잘 커가고 있었다.

"……그 애랑 계약한다면 내가 통제할 수 있을 것 같은데. 저 애하고는 계약할 수 없는 거예요?"

모르비두스의 목소리가 뒤이어 들려왔다.

"말도 제대로 트이지 않은 어린애랑 계약은 무슨."

"알아듣기는 하는 것 같은데."

모르비두스가 덤덤하게 소녀를 일으켜 세우며 말했다.

"악마와의 계약을 쉽게 생각하지 마. 인간 사이에 섞여 사는 걸 포기한 게 아니라면 계약은 최후의 수단으로 남겨 둬. 네게 짐이 될 거야."

인간 사이에 섞여 산다……. 내가 다시 그럴 수 있을까. 리에타는 물끄러미 모르비두스가 말라디에라를 추슬러 주는 모습을 바라보았다. 꼭 사람들이랑 섞여 살아야 할까. 리에타가 비스듬히 몸을 기울여 의자에 기대었다.

"그냥…… 나랑 같이 살래요? 엄마랑 그랬던 것처럼……."

먼 옛날의 그리운 장면을 떠올린 것처럼 리에타가 희미하게 웃었다.

"어디 산이나, 섬 같은 데서 조용히 지낼까? 난 당신들이랑 같이 그렇게 살아도 좋을 것 같은데……."

모르비두스는 리에타를 돌아보지도 않은 채 말라디에라를 챙기며 대답했다.

"뭐. 좀 더 생각해 봐."

가만히 몸을 웅크리고, 리에타는 모르비두스와 말라디에라의 모습을 바라보았다. 모르비두스는 말없이 시선을 아래로 향했다.

조그만 소녀 역마가 결계의 가장자리를 향해 손을 뻗었다.

"말라디에라."

소녀가 멈칫하며 결계에 대고 있는 손을 멈추고 고개를 돌렸다. 소녀의 손은 청록색 빛이 도는 부드러운 힘에 휩싸여 뒤로 당겨졌다.

"함부로 만지지 마라."

소녀가 저를 막아서는 힘이 거추장스럽다는 듯 입을 삐죽하게 내밀고 손을 휘저었다. 어린 역마의 손이 결계의 마디를 스치는 순간, 결계 너머에서 묘한 기척을 느낀 인간이 흠칫하며 고개를 돌렸다.

모르비두스가 눈을 찌푸렸다. 예민한 녀석이네. 몸 안에 있는 악마의 힘 때문인가. 페르디안은 악마와 눈이 마주쳤다. 그러나 우연히 시선이 교차한 것일 뿐, 모르비두스나 말라디에라를 인식하지 못하고 그의 눈은 근처를 헤매었다. 모르비두스는 팔짱을 끼고 물끄러미 그를 쳐다보았다.

……희한한 꼴이군. 악마를 어떻게 한 거지? 페르디안의 안에 있는 악마는 기묘한 형태로 산산조각 나 있었다. 온전한 악마라 볼 수도 없었다. 덕분에 예민한 기감을 가지게 된 것 같지만, 그렇다 해도 절대 그의 결계엔 범접할 수 없다. 페르디안이 조심스럽게 악마의 힘을 끌어올리며 말라디에라의 손이 스쳤던 결계의 마디 부분을 마력으로 살폈다.

모르비두스는 가만히 페르디안을 바라보았다. 페르디안이 자신의 앞을 지나치는 순간, 탁! 모르비두스는 그의 어깨를 잡아채었다.

깜짝 놀란 페르디안의 눈이 커졌다. 모르비두스가 그의 귓가에 알아들을 수 없는 마법어를 속삭였다.

"……."

온몸이 쭈뼛 서는 위기감에 페르디안은 황급히 자신이 가진 수마의 힘을 끌어 올렸다. 기다렸다는 듯 역마의 힘이 수마의 힘을 꼼짝도 할 수 없게 옭아맸다.

악마들의 기운이 격돌하며 일으켜진 충격파는 한 톨도 새어 나가지 못한 채 모르비두스의 아공간 안으로 삼켜졌다.

쿠당탕.

"……."

모르비두스가 바닥에 던져 놓은 모포 안에서 하얀 머리카락이 쏟아져 나왔다. 리에타가 흠칫하며 그를 내려다보았다.

"사제 아니다."

모르비두스가 말했다. 정신을 잃은 페르디안의 몸은 무리하게 일으킨 수마의 힘이 뒤엉켜 엉망이 되어 있었다.

"인간들이 이상한 걸 시도하고 있는 모양이지? 뭐야, 이 희한한 건?"

리에타가 페르디안을 보고, 모르비두스를 올려다보며 당황했다.

"모르비두스. 이 사람은……."

그가 페르디안을 향해 턱짓하며 대답했다.

"그 녀석이 결계의 존재를 눈치챘어. 꿈 마법을 쓰거나, 떠나기 전까지 데리고 있는 편이 나을 것 같은데."

말라디에라가 묘한 눈으로 고개를 갸웃하며 모르비두스를 바라보았다. 하지만 페르디안을 보고 당황한 리에타는 그의 거짓말을 알아채지 못했

다. 무리하게 악마의 힘을 운용한 것인지, 페르디안의 몸에서 수마의 힘이
날카롭게 발작을 일으키고 있었다.

'수마 아비디타스. ……아니군요.'

리에타의 목소리가 좁고 어두운 고통의 방 안에 한 줄기 빛처럼 새어
들어왔다.

'당신이 아니군요. 당신이 한 일이 아니군요. 당신 잘못이 아니에요. 악
마가 그런 거지…….'

페르디안은 곧 깨달았다. 아……. 이건 꿈이구나. 언제나 너무나 열망하
여 들리곤 하는 환청이었다.

'저항하지 말아요. 당신 몸조차 물로 이루어져 있으니, 당신의 일부를
거부하려 하지 말고 받아들이면서 다스려야 해요. 전부 당신의 일부이니,
받아들이지 않으면 살 수 없어요. 당신 자신의 몸도 물로 이루어져 있다는
걸 잊지 마세요.'

리에타의 차분한 목소리가 혼미한 정신을 파고들었다.

"페르디안 님."

"……리에타?"

멍하니 그녀를 쳐다보던 페르디안이 약하게 웃으며 눈을 찌푸렸다.

"……또 꿈인가?" 페르디안이 손등으로 자신의 눈을 가리며 중얼거렸
다. "대공 전하께 다시 뺨을 맞는 건 사양인데."

잠시 그를 쳐다보던 리에타가 힘없이 입꼬리를 올렸다. 그다지 웃는 것
같지 않은 얼굴이었다.

"……마저 주무세요."

리에타가 대답했다. 점차 멀어지는 듯, 희미한 목소리들이 까무룩 잠에 떨어지는 귓속으로 파고 들어왔다.

'리에타가 행복하면 족하다며. 리에타가 지금 행복해 보여?'

"……제 땅에 한번 가 보지 않으시겠습니까."

리에타는 가라앉은 눈동자를 조금 느리게 들어 올려 그를 바라보았다. 페르디안은 눈을 내리깔며 부정했다.

"아주 가자는 뜻은 아닙니다."

"……"

"제이드를 보러 그저, 한번 기분 전환 삼아 다녀오는 것은 어떠시겠습니까. 날이 풀리면……."

페르디안이 눈을 들어 그녀와 잠깐 시선을 맞추었다가 다시 고개를 숙이고 말을 이어 갔다.

"그곳에는 당신의 얼굴을 아는 사람이 없고, 제가 당신을 보호해 드릴 수 있습니다. ……조용히 지내기 나쁘지 않은 곳입니다."

저편 기둥에 기대어 있는 모르비두스가 조용히 리에타를 바라보고 있었다. 페르디안이 그쪽을 굳이 쳐다보지 않고 덧붙였다.

"당신의 악마와 함께 오십시오. 사원은 걱정하지 않으셔도 됩니다."

페르디안은 번쩍 눈을 떴다. 멍하니 천장을 올려다보다, 손가락 끝이 꿈틀 움직였다. 깨어 있는 스스로의 몸을 인식하는 순간 그는 화들짝 놀라며 벌떡 일어났다. 다급하게 자신의 몸을 내려다보았다. 돋아나던 얼음 파편도, 피투성이가 되었던 몸도 없다. 전부 아물어 있었다.

끼익. 문이 열리며, 악마가 들어왔다.

화상은 치유 마법이 잘 들지 않는 상처였다. 그러나 아이러니하게도 그것은 물의 힘을 다루는 페르디안의 능력으로부터 도움을 받을 수 있었다. 리에타의 상처를 회복시켜 주지는 못했지만, 페르디안이 남겨 두고 간 냉기의 마법은 화상으로 남은 쓰라림과 열감을 차갑게 식혀 주어 통증을 덜어주었다.

리에타는 조용히 의자에 몸을 기댄 채, 페르디안이 두고 간 거대한 궤짝을 바라보았다. 리에타의 힘으로는 한 치도 움직일 수도 없을 만큼 커다란 궤짝 안에는 금괴가 가득 차 있었다.

이천만 골드. 리에타가 킬리언에게 빚진, 그녀의 몸값이었다.

"대공 전하께 당신의 몸값으로 탕감 받았던 돈을 갚으려 하였는데, 거절당했습니다."

페르디안이 잠시 입을 다물고 있다가 덧붙였다.

"……생각해 보았는데, 갚을 대상이 잘못되었던 것 같습니다."

그는 조금 서툰 솜씨로, 악마의 힘을 끌어 올려 짙푸른 빛이 도는 물의 아공간을 열었다. 그리고 리에타에게 그녀의 몸값 이천만 골드를 돌려주었다. 거대한 궤짝이 쿵! 소리를 내며 현실의 공간 안으로 떨어졌다. 리에타는 말없이 그것을 바라보았다. 페르디안이 조금 주저하다, 고개를 떨구고 말했다.

"……받아선 안 되는 돈이었습니다."

"……."

"세비타스가 부당하게 당신께 빚진 돈이니, 제가 갚는 것이 옳습니다. 대공 전하가 아니라, 당신께 돌려드리는 것이 옳을 것 같습니다."

리에타는 받겠노라고도, 받지 않겠노라고도, 고맙다고도 말하지 않았다. 다만 무슨 생각을 하는지 알 수 없는 눈으로 그 궤짝을 바라보았다.

페르디안은 대답을 듣지 않은 채, 이천만 골드의 금괴가 들어 있는 궤짝을 리에타의 앞에 밀어 놓고 물러났다. 그녀가 받아 주든, 받아 주지 않든 이제 그것은 제 손을 떠났다는 듯한 태도였다.

'제 땅에 한번 가 보지 않으시겠습니까. 그곳에는 당신의 얼굴을 아는 사람이 없고, 제가 당신을 보호해 드릴 수 있습니다.'

그저 한번 기분 전환 삼아, 라고 말은 했지만, 리에타는 그것이 그의 영지에 의탁하라는 진심이 담긴 조심스러운 제안이라는 것을 알아들었다. 리에타가 겪고 있는 어려움과 고통을 모두 꿰뚫어 본 제안이었다.

리에타는 생각할 시간을 달라고 했다. 페르디안은 천천히 생각해 보라고 했다. 리에타는 생각했다.

팔랑 팔랑. 검은 나비가 날아와 리에타의 검지 위에 앉았다. 나비가 조용히 날개를 접었다가, 펼쳤다가 했다. 나비의 검은 날개 위에 뽀얀 햇살이 쏟아졌다. 리에타는 조용히 눈보라가 내리는 창밖을 바라보았다.

"모르비두스."

리에타가 혼잣말처럼 중얼거렸다.

"눈보라가 그치면…… 움직일 수 있을 정도로 날이 풀릴 거예요."

시선은 여전히 창밖을 향한 채, 그녀는 담담하게 중얼거렸다.

"날이 풀리면 여길 떠나요."

곁에 서 있던 악마가 조용히 리에타를 내려다보며 물었다.

"어디로?"

리에타는 고개를 돌려 그를 바라보았다. 그리고 장난스럽게 말했다.

"……글쎄. 용의 계곡도 돼요?"

악마가 용의 계곡에 들어간다는 건 성역에 들어가는 것만큼이나 어렵다. 그러나 그녀의 옆에 서 있던 모르비두스는, 하나 어려울 것 없다는 듯 미소 지으며 답했다.

"네가 원한다면."

가만히 그를 바라보고 있던 리에타는 희미하게 미소 짓는 듯하더니, 다시 창밖으로 고개를 돌렸다.

"그래요……." 잠시 후 그녀가 말했다. "눈보라가 그치면…… 가요."

리에타는 창가에 팔을 괴고 희미한 밤하늘의 오로라를 올려다보았다. 그 밤은 정말 추웠었는데, 아무래도 머리가 어떻게 된 게 맞나 보다. 포근한 집 창가에서 평화로이 올려다보는 오로라보다, 시리게 추웠던 얼음 동굴에서 봤던 그 밤의 오로라가 더 따뜻했다는 생각이 드는 걸 보면.

얼어 죽어도 좋으니, 당신과 함께 한 번만 더 그 오로라를 볼 수 있다면……. 리에타는 제 생각이 퍽이나 청승맞다 생각하며 피식 웃었다.

대륙의 끝에서, 당신이 거기서 '나랑 같이 살까?' 말해 줬을 때, 농담이라는 걸 알면서도 줄곧 그 말이 계속 가슴에 박힌 듯 남아 있었어요. 그래 선지 같이 도망가서 살까 하는 말에, 가장 먼저 거기가 생각나더라고.

"킬리언." 리에타가 중얼거렸다. "……보고 싶다."

사랑했노라는 말. 그 말을 하고 올걸 그랬나. 아니야. 하지 않아서 다행 이지. 다 무의미한 미련. 한 번쯤 와 볼 법도 하다고 생각했는데. 왜 당신, 여기는 찾아오지 않을까. 그냥, 한 번만 더. 멀리서라도 당신 얼굴을 보고 떠나고 싶었는데.

페르디안과 만나 그로부터 이천만 골드를 돌려받은 일은 리에타의 심 경에 어떤 변화를 가져왔다. 그것은 리에타가 슬픔에 빠져 외면하고 있던 어떤 다짐을 상기시켜 주었다.

자기 자신과 킬리언에 대해. 그에게 갚겠다, 반드시 갚겠다 다짐했던 은 혜에 대해. 리에타는 오래오래 생각했다. 비로소 그곳을 떠나기로 결정하 며, 리에타는 자신이 그를 기다리고 있었다는 것을 인정했다. 한 번만 더, 당신을 보기를 바라 이곳에서 기다리고 있었음을.

그날 밤, 리에타는 오랜만에 몸을 일으켜 아래층으로 내려갔다. 난간을 손으로 쓸며 천천히 내려와, 위층을 한 번 올려다보고는, 아래층에서 따스 하게 타고 있는 벽난로를 바라보았다.

오랫동안 타오른 벽난로 옆의 장작 바구니에 장작이 떨어져 가고 있었 다. 리에타는 어깨 위의 숄을 추슬렀다. 그리고 장작 저장고와 마구간으로 이어지는 뒷문을 바라보았다. 리에타는 조용히 뒷문으로 발길을 옮겼다.

사박…… 사박. 이 집을 보는 것도 어쩌면 이걸로 마지막이겠구나 하는 생각이 들어, 리에타는 그를 눈에 담는 것처럼 마지막으로 집의 모습을 하나하나 가슴에 새겼다.

리에타는 기둥을 짚고 선 채, 밤 어스름이 내린 어둑한 마구간의 모습을 바라보았다. 말 대신 장작과 짚더미가 묶여 있는 마구간은 서늘했다. 어둠 속에서 다시, 킬리언이 느껴졌다. 리에타는 조용히 눈을 감았다. 못질하는 소리, 나직한 웃음소리. 그의 발소리가 들리고, 그의 목소리가 들렸다.

모르비두스가 힘을 회복한 지 오래라는 건 이미 알고 있었다. 하지만 모른 척했던 건……. 당신 얼굴을 한 번만 더 보고 떠나고 싶어서. 리에타는 그 자리에 오래도록 가만히 선 채 머물렀다. 고작 몇 번 함께 왔다고 이 집에는 그 사람이 너무 많이 남아 있었다.

리에타는 눈을 감은 채 가만히 숨을 골랐다. 그리고 페르디안이 돌려준 돈을 생각했다. 이천만 골드. 킬리언이 내게 적선한 삶의 무게. 한때는 그 금액에 기겁한 적도 있었는데, 이제는 그것이 자신이 마땅히 받아도 되는, 아니 마땅히 돌려받아야 하는 돈이라는 생각이 들었다. 그저 조금 허무하고, 조금 억울하다는 생각이 들었던 것 같기도 하다.

페르디안이 그 돈을 돌려주었을 때, 이것이 나의 목숨 값, 나의 삶의 값이었구나 하는 생각이 새삼스레 들었다. 한편으로 하찮은 돈이라는 생각도 들었다. 그 큰돈에 그런 생각을 하는 자신이 낯설다는 생각조차 들지 않았다.

리에타는 그 이천만 골드가 그에게 입은 은혜라는 것을 생각하고, 그 이천만 골드가 아무렇지 않아진 것 역시 그에게 입은 은혜라는 것을 생각했다. 이천만 골드. 참 무거운 은혜였고, 무겁지 않은 은혜였다.

그날 그에게 한 말은 진심이었다. 언젠가 당신 옆에 좋은 사람이 생기고, 당신이 나를 봐도 괜찮게 되고 나면 당신에게 은혜를 갚으러 돌아오겠다는 말.

리에타는 눈을 뜨며 가만히 앞을 보았다. 나는 그에게 삶을 빚졌다. 그는 나를 카사리우스의 무덤 앞에서 돌려세웠을 뿐만 아니라, 진정한 의미에서 나를 다시 살게 하였다. 그에게 받은 것은 이천만 골드만이 전부가 아니었다. 그는 내가 슬퍼하게 해 주었고, 애도하게 해 주었고, 다시 의지를 가지고 일어서게 해 주었다. 그와 함께했던 시간들은 내가 나를 소중히 여기게 해 주었고, 새로이 소중히 여기고 싶은 것들을 가지게 해 주었다.

그와 함께한 순간들은 내 안에 조금씩 쌓이고 쌓여 어느새 내가 사는 의미를 바꾸어 놓았고, 진정한 의미에서 나의 삶을 찾아 주었다. 언제부턴가는 그와 함께 살아 있다는 것이 그 자체로 나를 다시 살게 하였다.

평생 갚지 못하리라 여겼던 돈은 미처 생각지 못한 방식으로 갚게 되었지만, 나는 그것 말고도 당신이 내게 준 삶에 대한 은혜를 갚아야 했다.

리에타는 어느 가을날의 밤처럼, 첨탑이 올려다보이는 자리에 다시 섰다. 푸른 밤하늘을 가로지른 첨탑은 그대로였지만 그날과 시간이 다르기 때문인가, 달은 첨탑에 걸려 있는 대신 허공에 뚝 떨어져 있었다.

리에타는 깊이 숨을 들이쉬었다. 폐부에 시린 공기가 차올랐다. 천천히 내쉬었다. 그것이 그녀의 몸에 서늘한 기운을 남겼다. 서서히 머리가 맑아지는 기분이었다.

그를 떠난 이유는 천륜 때문만이 아니었다. 당신에게 누구라도 나보다는 나을 것이다. 당신이 이 세상 누굴 만나도 나보다는 당신을 슬프게 하지 않을 것이다. 그것 또한 당신을 떠난 이유 중 하나였다.

킬리언의 가슴에 못을 박고 돌아서던 순간조차 그에게 입은 은혜는 잊지 않았다. 언젠가 그에게 반드시 은혜를 갚겠다 생각하며 이를 악물었다. 아직은 어떤 방법으로 당신에게 진 빚을 갚아야 할지 모르겠지만 지금 당신에게서 돌아서지 못하면, 패륜아가 될 뿐만 아니라 당신에게 입은 은혜를 원수로 갚는 격이리라 생각하면서 슬픔을 삼키고 돌아섰다.

당신은 내게 삶을 주었는데, 나는 당신의 인생에 평생 상처로 남을 고통이 될 수는 없다 생각하여 차마 떨어지지 않는 발을 떼었다. 당신과 내가 서로 사랑할 수는 없을지라도, 내가 인간 대 인간으로서 당신에게 입은 은혜를 갚는 건, 그것만은 그 누구도 막을 수 없을 것이다.

킬리언. 내게 영원히 새겨질, 나의 사람.

리에타는 스스로에게 다짐하듯 속삭였다.

"당신에게 빚진 은혜는…… 반드시, 갚으러 올게요."

끝내 입술이 떨리며 뺨을 타고 눈물이 떨어졌다.

"……그것 하나만은, 반드시."

다른 사람들이 무어라 말하든 상관없다. 나는 나의 의지로 그에게 진 빚을, 이 뼛속에 새겨진 은혜를 갚을 것이다. 이것이 나의 선택이었다. 난 나의 선택이 부끄럽지도, 죄스럽지도 않아.

사랑은 포기하겠다. 하지만, 이것만은 포기하지 않겠다. 이것만은 어머니 앞에서도, 하늘 앞에서도 떳떳할 것이다. 신이라 해도 나를 비난하지는 못할 것이다. 신성 여왕님이라도 나를 비난할 자격이 없을 것이다. 나는 그렇게 배웠고, 교리에서도 그렇게 가르친다.

이해해 주지 않는다 해도 상관없다. 내가 스스로에게 부끄럽지 않기 위해 한 선택에 그 누구의 이해도 필요하지 않다. 리에타는 마지막으로 눈물을 훔치고 돌아섰다. 언젠가 그에게 은혜를 갚으러 오려면, 이 순간은 떠나야 했다. 당신을 상처 입히고, 나를 기어코 무너뜨릴 이 마음을 비워 내야 했다.

악시아스 대공 전하. 나의 영주님.

내 죄는 내가 어떻게든 감당할 테니, 당신은 너무 오래 아프지 않기를. 언젠가는 꼭, 은혜를 갚으러 올게요. 당신을 잊고, 당신이 나를 잊으면, 우리가 서로에게 괜찮아지면, 반드시.

그리고, 그가 왔다.

삐걱. 젖은 숨을 들이켜며 뒷문을 닫고 집으로 들어온 리에타는 벽난로 앞에 서 있는 남자의 그림자를 보고 문을 채 닫기도 전에 굳어 버렸다.

모르비두스가 아니야.

"……."

눈을 똑바로 그쪽으로 향하지 않아도 알 수 있었다. 꿈에서도 그렸던 그 모습을 모를 수가 없었다. 마른침을 삼키고 리에타는 떨리는 가슴을 내리눌렀다. 결계가 쳐져 있는 한, 그는 나를 볼 수 없어. 함께 있어도 함께 있는 게 아니다. 그래도 심장이 떨렸다. 저절로 숨을 죽이게 되었다.

……킬리언.

끝내 못 보고 가는 줄 알았는데. 당신을, 이렇게 마지막으로 보고 가네요. 리에타는 마음의 준비를 하고 천천히 고개를 들어 그를 바라보았다. 그리고 그와 눈이 마주쳤다.

"……!"

숨이 멎을 뻔했다. 리에타가 주춤거렸다. 우연히 마주친 거겠지? 레이첼과도 이렇게 눈이 마주친 적이…… 있었는데……. 와르르. 팔에 안고 있던 장작이 무너져 떨어졌다. 다음 순간 리에타는 입을 벌리고 숨을 멈추며 뒷걸음질 쳤다.

그가 나를 보고 있다. 착각이 아니야. 장작이 바닥에 떨어져 흩어지건 말건, 킬리언은 어둠 속에 선 그녀를 놓치지 않았다.

"……!"

어떻게 된 거야. 날 볼 수 있을 리 없는데. 결계는? 벽난로를 등지고 돌아선 그의 눈동자가 어둠 속에서 붉게 비쳤다. 그의 시선은 흔들림 없이 똑바로 리에타를 향해 있었다. 리에타는 벼락같이 고개를 돌려 결계가 쳐진 문을 쳐다보았다. 리에타의 영안에 비친 결계는 억지로 비틀어 열린 흔적조차 없이 멀쩡했다. 숨이 막혔다. 이해할 수 없는 일에 리에타의 눈이 어찌할 바를 모르고 흔들렸다.

그때, 킬리언이 움직이기 시작했다. 한 걸음. 그들 사이를 가로막은 탁자 옆으로 비켜서며, 그가 다가왔다. 정확히 그녀가 있는 방향을 향해.

파랗게 질린 리에타는 아무 생각도 하지 못한 채 더듬더듬 뒤로 손을 뻗어 문고리를 잡았다. 그리고 확 몸을 돌려 문을 열고 뛰어나가려 했다.

쾅. 어느새 성큼 그녀 뒤로 다가온 킬리언이 팔을 뻗어 리에타가 당겨 열려던 문을 밀어 닫았다. 채 빠져나가지 못하고 눈앞에서 닫히고 만 문을 보며 리에타는 거의 제정신이 아닌 채로 옆으로 몸을 돌려 빠져나가려고 했다.

그러자 다른 팔이 내려와 턱, 벽을 짚으며 리에타의 앞을 빗장처럼 막아섰다. 그가 문을 닫은 팔을 내려 그녀의 뒤를 막자 킬리언은 두 팔로 리에타를 벽에 가두고 선 모습이 되었다. 정신이 번쩍 들었다. 등 뒤에서 닿을 듯이 느껴지는 그가 아찔했다.

"……등잔 밑이 어둡다더니."

그가 타는 듯한 눈으로 그녀를 바라보았다.

"설마 여기 있었을 줄이야."

서늘한 목소리에, 리에타는 겁에 질렸다. 몇 번이고 꿈에서 봤던 장면처럼, 나를 받아 달라며 당장 그의 품에 무너질 것 같아서. 끔찍하게 그립던 목소리가 나직이 그녀의 머리 위에 떨어졌다.

"진작, 한 번만 더 와 볼 것을."

이대로 잡아먹힐 것 같은 목소리였다. 킬리언. 어떻게……. 어떻게. 제 몸이 저를 배신하고 제멋대로 손을 뻗어 그를 끌어안을 것 같아서, 저 자신이 무서울 정도로 코앞의 사람이 목말라서 리에타는 손바닥에 손톱을 박아 넣으며 바들바들 떨었다. 안 돼. 아직 당신을 비워 내지 못했어. 아직, 아직 당신을 붙잡지 않을 자신이 없단 말이야.

생생하게 살아나는 그리움과 애정과, 다 던져 버리고 그를 잡고 싶은 마음, 그리고 자신과 조금도 다를 것 없이 반쯤 미쳐 있는 듯한 킬리언의 모습에 리에타는 거의 이성을 잃었다.

그녀를 숨겨 주었던 결계가 거짓말처럼 사라졌다. 아니, 결계는 그대로 있었지만 그는 자신을 막아서는 것은 아무것도 없다는 듯이 들어와 그녀를 찾아냈다. 채 그를 잊지 못한 채, 추스르지 못한 마음을 품고 그를 마주한 현실에 리에타는 머릿속이 새하얘졌다.

그들은 가두고, 갇힌 채 마주 섰다. 아무도 입을 열지 않았다. 스러져 가는 벽난로의 불길이 그의 머리칼에 역광을 드리우며 어슴푸레 일렁였다. 그의 팔이 만들어 낸 조그만 감옥에 갇힌 리에타의 몸이 가늘게 떨렸다.

"어디에 있었지?"

킬리언이 한참 만에 입을 열어 물었다.

"계속 여기에 있었나? 그날은 없었는데."

리에타는 아무 말도 하지 못했다. 킬리언이 그녀를 바라보며 비스듬히 고개를 기울였다.

"무의미한 걸 물었군. 질문을 바꾸지."

킬리언이 고개를 숙인 채 서늘하게 가라앉은 목소리로 속삭였다.

"어딜 가려고 했지?"

거실에…… 벽난로 앞, 그가 서 있던 곳에 긴 여정을 준비했다는 걸 고백하듯 꾸려 둔 행장이 보였다. 리에타는 파르르 떨리는 눈을 감았다. 천천히, 벽을 짚었던 킬리언의 손이 리에타의 어깨 위에 내려앉았다. 그가 어깨에 손을 올리며 소맷자락과 숄이 스쳐 구겨지는 소리가 방 안을 가득 채웠다. 신기루가 아니라 실제로 그녀가 거기에 있다는 걸 확인하기라도 하듯, 두 손으로 그녀를 붙잡은 후에야 비로소 킬리언의 눈이 천천히 한 번 깜박였다. 파리하게 떨고 있는 리에타의 모습이 그의 시야에 선명히 담겼다.

킬리언은 아무 말 없이 그녀를 바라보았다. 눈 감으면 사라질세라 노려보던 눈동자에서 거짓말처럼 광기가 잦아들었다. 정말로 리에타가 거기 있다는 걸 확인하고선, 절제하지 못한 채 꽉 틀어쥐고야 마는 손. 뒤이어 뭔가 인내하여 억누르는 듯, 후…… . 길게 내뱉는 한숨 소리.

다음 순간 킬리언이 천천히 그녀의 어깨 위에 머리를 내렸다. 그리고 그는 차마 그러지 않고는 견디지 못하는 것처럼 리에타를 제 품으로 느리게, 힘주어 당겨 끌어안았다. 리에타의 몸이 벼락 맞은 듯 움찔했다.

"잠깐만…… ."

먹먹하게 잠긴 킬리언의 낮은 목소리가 그를 밀어내려는 리에타의 저항을 일축했다. 그리고는 옭아맨 팔로 더욱 그녀를 가까이 끌어당겼다.

"잠깐만 이대로…… ."

짧은 말이었지만, 그의 목소리에는 어떤 때보다도 강렬한 감정이 담겨있었다. 리에타는 울지 않기 위해 숨을 고르고 입술을 꽉 물었다. 그 짧은 말 안에 담긴 혼란스럽고 애타는 마음이 자신의 것과 조금도 다르지 않았다. 킬리언이 그녀의 체취를 들이쉬며 희미하게 속삭였다.

"……그대를 만나면 할 말이 너무 많았는데…… ."

그는 제 품안에 그녀를 넣지 못해 안타까운 사람처럼 으스러지도록 리에타를 끌어안았다.

"하나도 생각이 안 나…… ."

그의 얼굴, 그의 눈빛, 어깨에 와 닿는 손의 온기까지 전부 상상하고 그리던 그대로였다. 그 모든 것이 리에타의 정신을 아득하게 멀게 만들었다.

리에타는 덜덜 떨리는 손으로 치맛자락을 움켜쥐었다. 제 자신의 감정만으로도 가슴이 꽉 메어 숨을 쉬기가 힘들었다. 킬리언의 마음까지 감당해낼 수가 없었다. 휩쓸릴 것만 같았다.

안 돼. 내가 생각한 우리의 재회는 이런 게 아냐. 어떻게…… 내가 어떻게 당신을 떠났는데.

벗어나고 싶은 듯이 몸을 움직였지만, 리에타는 킬리언에게서 벗어날 수가 없었다. 옷 너머로 닿은 손에, 그의 숨소리 하나하나에마저 간절히 목이 말라 밀어내려는 몸짓에 쉽사리 의지가 담기지 않는다. 독해지지가 않는다.

킬리언은 많이 슬퍼하고 있었고, 화가 난 것 같았다. 끌어안은 팔은 단호했다. 한편으론 그녀에게 애원하고 있었다. 이를 악물고 견디는 리에타의 눈에 눈물이 차올랐다.

그가 안아 주고 있었다. 기다리던 사람. 그토록 보고 싶어 하던 사람이 제 앞에 있다고 그녀의 몸이 소리쳤다. 그대로 팔을 들어 그의 목을 끌어안고 싶었지만, 리에타는 주먹을 꽉 틀어쥐고 참으며 그저 그의 품에 안겨 있었다. 그를 밀어내야 한다고 생각하면서도, 단지 그들에게 몇 초의 포옹이 더 허락되기만을 간절히 바랐다.

현실은 언제나 상상보다도 지독하였다. 어지러웠다. 아팠다. 하염없이, 하염없이…….

"……놔주세요."

길다면 길고, 짧다면 짧은 시간이 지나고, 처음으로 리에타가 한 말이란 겨우 그런 것이었다. 킬리언은 재회한 후 처음으로 들은 그녀의 목소리에

귀 기울이듯 몸을 굳혔다. 리에타는 그를 밀어내지 않고 잠시 그렇게 안긴 채 목소리를 골랐다.

"……영주님."

자신의 남은 모든 이성을 다 동원해 침착한 목소리를 가장했다. 리에타는 몇 번이고 숨을 고른 후, 달래듯 그의 어깨를 천천히 밀어내었다. 킬리언은 비로소 조금 그녀를 놓아주었다. 리에타가 애써 마음을 다잡고 눈을 들어 그와 시선을 마주했다. 모든 것을 태워 버릴 듯 깊고 붉은 눈동자에 자신의 모습이 비쳤다. 리에타는 목소리를 가다듬었다.

"그날 한 약속, 지키게 해 주세요."

킬리언은 그녀가 무슨 말을 하는지 곧바로 알아들은 듯했다. 제가 당신을 사랑할 수는 없어도 언젠가, 당신께 진 은혜는 갚고 싶다는 말. 킬리언은 그녀를 얽은 팔을 풀지 않은 채 가라앉은 목소리로 일축했다.

"은혜는 내 옆에 있어 주는 걸로 갚으라 했다."

리에타가 아주 어렵게 버티듯 그를 바라보다, 끝내 고개를 숙였다.

"……정말로 못 헤어지게 되기 전에, 그만해야 해요."

킬리언은 그녀의 말이 우습다는 듯이 옆으로 고개를 돌리며 짧은 웃음을 뱉었다. 다시 그녀를 향해 성마른 눈길을 돌리며 킬리언이 말했다.

"그렇다면 난 이미 늦었어. 그대는 아닌가?"

리에타는 부정하기 위해 그의 눈을 마주했다.

"저는……."

그러나 몇 번이고 다잡은 머릿속 의지와 다르게 차마 말이 나오지 않았다. 몇 번이고 말을 내뱉으려 애썼지만, 실어증에라도 걸린 것처럼 목소리가 나오질 않았다. 결국 끝내 거짓말을 하지 못한 리에타는 힘들게 마주한 시선을 다시 피하며 중얼거렸다.

"……놓아주세요."

리에타가 다시 그를 밀어냈다. 그러나 그는 꿈쩍도 하지 않았다. 애초 그가 안고 있던 몸을 풀어 준 건 그녀의 얼굴을 보기 위해서였다. 그는 아주 조금 물러났을 뿐 여전히 그녀를 제 품 안에 둔 채 조금도 놔주지 않고 가까이서 그녀를 바라보고 있었다. 리에타가 그의 시선을 피한 채 숨을 고르고 말했다.

"……강요는 없을 거라 하셨잖아요. 영주님은 제 뜻을……."

그때, 킬리언이 그녀의 머리카락을 향해 손을 뻗었다. 그리고 그녀의 머리카락에 걸려 있던, 밀빛 지푸라기 한 가닥을 거두어 내었다. 리에타가 입을 다물고 멍하니 그의 손이 빼낸 지푸라기를 쳐다보았다. 킬리언이 잠시 시선을 두었던 지푸라기에서 눈을 떼 리에타를 바라보았다.

"……그대. 마구간에 있었군."

리에타가 멈칫했다. "장작을…… 가지러 갔었으니까요."

킬리언이 리에타의 차가운 뺨과 입술을 스치듯 만져보며 물었다.

"울었나."

여기서 긍정할 순 없었다. 리에타가 애써 부정했다.

"……그냥, 장작을."

뺨을 쓸던 엄지손가락이 그녀의 아랫입술을 눌렀다.

"고작 장작 몇 개 집는데 이 날씨에 입술이 보라색이 되도록?"

리에타가 말을 잇지 못한 채 입을 다물었다. 어차피 대답은 필요하지 않았다. 오랫동안 바깥바람을 맞아 차게 식은 몸. 한참 동안 울다 들어와 창백하게 젖어 언 뺨. 그 모든 흔적을 뒤늦게 알아챈 킬리언이 자조적인 한숨을 뱉었다.

"난 그대를 찾아 헤매며 미쳐 가고. 그대는 이딴 곳에 숨어서 울고 있고."

내내 무섭게 굳어 있던 킬리언의 얼굴이 아주 조금 웃는 듯 이지러졌다. 그리고 아무런 전조도 없이 그의 눈에서 눈물이 떨어졌다.

"우리 지금 뭐 하는 거야?"

그가 보인 눈물에, 리에타는 충격 받은 눈으로 얼어붙은 채 그를 바라보았다. 어찌할 바를 모르고 손을 뻗고 싶어 하는 눈빛. 다음 순간 그는 눈을 감았다. 손등으로 눈을 가리며, 짧은 웃음이 터졌다.

"이 모든 게 그대가 주는 벌이라면 나는, 그대를 찾아 헤매다 미쳐 죽더라도 달게 받겠다 하였다. 그러나,"

감정을 가다듬은 킬리언이 가라앉은 눈으로 리에타를 노려보았다.

"어째서 그대는 그대 자신까지 벌주고 있는 거지?"

그건 그녀가 모든 걸 알고도 그를 사랑한 벌이었다. 리에타도 킬리언도 그 답을 알고 있었다. 리에타는 울음을 참으려는 듯 창백한 얼굴로 탄식 같은 숨을 뱉으며 고개를 옆으로 돌렸다. 그러나 기어이 눈물은 뺨을 타고 흘러내리며 긴 길을 만들었다. 순간 킬리언은 끝내 못 참겠다는 듯 그녀의 뺨을 감싸 제게로 돌려세웠다. 그리곤 그대로 리에타의 뒷머리를 감싸 제게로 당기며 키스하기 시작했다.

차갑게 식은 입술에 그녀에게 목말라 미쳐 버린 입술이 겹쳐졌다. 크고 메마른 손이 리에타의 뺨과 목덜미를 감싸고 그에게로 끌어당겼다. 너무 오래 기다린 것처럼, 차갑게 식은 입술 사이에 갈급한 열기가 밀려들었다. 그가 손가락 틈새로 흘러내리는 머리카락을 움켜쥐었다. 고개가 뒤로 젖혀지며 뜨거운 입술이 거칠게 맞물렸다. 그와 나누었던 것 중 가장 깊고 난폭한 입맞춤이었다.

그는 불덩이 같았다. 얼음장처럼 식어 있던 리에타의 몸을 다 태워 버릴 것처럼 그가 쏟아졌다. 죽을 것처럼 애가 타고, 하늘이 무너진 것처럼 정신이 아득했다. 리에타는 숨을 멈추고 그의 옷깃을 움켜쥐었다. 밀어내려 짚은 손은 끝내 서러운 눈물과 함께 킬리언의 옷깃을 붙잡고 조금 아래로 허물어졌다.

"그만……."

리에타는 더 이상 무의미하게 울음을 숨기는 대신 그냥 울면서 그의 어깨를 밀어내었다. 무어라 더 말을 뱉으려던 리에타는 고개를 숙이며 그의 입술 위에 애원하듯 중얼거렸다.

"그만……, 영주님."

아주 짧은 틈만 두고 그녀를 놓아준 킬리언이 쉰 목소리로 반문했다.

"왜."

"……안 되는 거 아시잖아요."

킬리언은 다시 똑같이 물었다.

"왜."

리에타가 힘겹게 숨을 골랐다.

"……처음부터 난 당신한테 어울리지 않았어요. 평민이고, 과부였을 때부터 그랬죠. 이제 당신은 내 원수이기까지 해. 세상 사람들이 그걸 다 알아요. 무엇 하나 당신들을 용서하지도 못했어요. 난 그걸 감당하며 평생을 살고 싶지 않아요."

리에타가 고통스러운 표정으로 입을 다물었다가, 다시 독한 말을 쏟아냈다.

"고통은 나한테만 있나요? 당신도 마찬가지야. 난 당신 가문을 향한 저주에 얽혀 있고, 당신이 과거에 겪은 일도, 앞으로 겪을 일도, 모조리……!"

리에타는 안절부절못하는 사람처럼 그의 팔 위에 짚은 손을 떼었다가, 놓았다가 하며 더듬거렸다. 차마 그에게 기대지 못하고 갈 곳을 모르는 손이 덜덜 떨렸다. 애써 숨을 고른 것이 무색하게 울음기가 짙어지며, 그녀의 말이 이어졌다.

"당신은 아무것도 상관없다 말하지만, 난 그러는 당신을 바라보면서 모르는 척 행복할 수가 없어요. 안 될 이유가 이렇게나 많아요."

리에타가 그를 밀어내고 몸을 비틀어 벗어나려 했다. 그러나 킬리언은 그녀를 다시 제 정면으로 잡아 세웠다. 리에타는 피하지 못한 채 다시 망연한 눈으로 그를 바라보았다.

"그중에 내가 받아들여야 하는 유일한 이유가 없어."

킬리언이 리에타를 직시한 채 이를 갈 듯 쏘아붙였다.

"그대가 날 원하지 않는다는 거."

리에타는 입술을 앙다문 채 눈물이 가득한 눈으로 그를 바라보았다. 어쩌면 당신은 그렇게나 간명할까. 세상에 그것 말고 다른 진리는 아무것도 없다는 듯이. 리에타가 질끈 눈을 감고 이를 악물었다. 정말로, 정말로 설득당할 것만 같았고, 그러고 싶었다. 수없이 나열한 자신의 이유보다 짧은 그의 말이 훨씬 강렬하고 설득력 있었다. 나는 구구절절 도망칠 핑계를 대고 있을 뿐인 것만 같고……. 킬리언의 목소리가 이어졌다.

"나는, 호적에서 파인 자식이야. 내 이름에 릴페이엄을 쓰지 않은 지 이미 십사 년이고."

킬리언이 리에타를 붙든 손을 놓지 않은 채 피를 토하듯 말했다.

"이미 십사 년 전에 버린 이름이 내가 그대를 잃어야 할 이유라니, 납득할 수가 없어."

리에타는 파르르 눈을 지르감은 채 허망하게 답했다.

"천륜이 어디 그런 걸로 끊어지나요?"

리에타는 기어이 그를 외면하고 밀어내었다.

"난…… 이제 그만할 거예요. 당신도 그만해요."

킬리언은 여전히 그녀를 놓아주지 않은 채 지독하고 애타는 눈으로 그녀를 쏘아보았다.

"나랑 그만하면, 그대는 어디로 갈 거지?"

리에타가 입을 다물었다. 킬리언이 이글거리는 눈빛으로 그녀를 노려보며 씹어뱉었다.

"여길 떠나서, 칼리고로 갈 생각인가?"

리에타는 부정하지 않은 채 입술을 다물었다. 그 침묵을 긍정으로 해석했는지, 킬리언의 눈에 불길이 일었다. 그가 으르렁거리듯 중얼거렸다.

"어떻게 하면, 내가 그대를 설득할 수 있지?"

킬리언의 눈에 미칠 듯한 불길이 일렁였다. 리에타는 아무 말도 하지 않았다.

"그래."

킬리언이 속내를 알 수 없는 얼굴로 그녀를 바라보았다.

"이렇게 피곤한 방식으로 서로를 설득하지도 못하는 언쟁을 할 필요가 없군. 훨씬 간단한 방법이 있는데."

그는 거칠게 리에타에게서 한걸음 물러나며 자신의 목깃을 풀어헤쳤다. 킬리언이 자신의 목으로 한쪽 손을 가져갔다. 거기에 무언가가 걸렸다.

"이걸 두고 갔더군."

킬리언이 나직이 중얼거리며 자신의 목에서 아델의 반지를 빼어 들었다. 킬리언은 그대로 그걸 탁, 소리가 나게 테이블 위에 내려놓았다. 그걸 보는 순간 리에타는 숨을 멈추었다.

자신이 만든 성물이었다. 아델의 반지. 그것의 효과는 누구보다도 잘 알고 있었다. 역마의 힘으로부터 면역. 제 손으로 그를 여기 들이고 말았다는 데에 충격을 받기도 전에, 다음으로 킬리언은 제 허리춤에서 뭔가를 풀어내었다. 그의 손에 뭔가 반짝이는 무거운 것이 들렸다.

"이것도."

킬리언이 리에타의 손안에 차가운 것을 쥐어 주었다. 킬리언의 단검이었다. 눈이 마주쳤다.

"내가 했던 말을 기억하나."

리에타가 멍하니 그의 눈을 바라보았다. 저 검을 쥐여 주며, 그가 했던 말들이 떠올랐다.

'오롯이 릴페이엄과의 연을 끊고 그대의 사람이 되라 하면, 나는 그리 할 것이다.'

'그대의 검이 되어 릴페이엄을 단죄해 달라 하면, 나는 그리 할 것이다.'

'그대가 내게 바라는 것이 무엇이든 그대 뜻대로 될 것이다.'

킬리언이 무엇을 말하고자 하는 것인지 리에타가 이해하지 못한 채 쳐다보는 사이, 탕그랑. 단검에서 분리된 칼집이 바닥에 떨어졌다. 그가 단검 위로 그녀의 손을 겹쳐 잡았다. 새파랗게 날이 선 단검이, 달빛을 받아 빛났다.

"……."

킬리언은 단검을 쥔 리에타의 손등 위에 자신의 손을 겹쳐 쥐고 그대로 자신의 목에 가져다 대었다. 리에타의 눈이 커졌다. 킬리언은 눈 하나 깜짝하지 않고 속삭였다.

"죽이고 가."

꾸욱, 날 선 칼날이 그의 목을 눌렀다.

"원수의 아들이잖아. 죽여."

리에타는 흠칫하며 뒤늦게 손을 빼려 했지만, 벗어날 수 없었다. 그가 당기는 힘이 너무 강했다. 그의 목에서 주르륵, 피가 흘러내렸다. 리에타가 새파래져서 그를 불렀다.

"여, 영주님."

킬리언은 리에타를 직시했다.

"피눈물을 흘리게 하리라는 소원, 들어 드려. 어려울 것 없잖아. 나는 거부하지 않아."

그의 목이 붉게 젖어 들고 있었다.

"잠깐만요, 피가⋯⋯!"

자신의 목 위로 칼날을 누르는 킬리언의 손은 꼼짝도 하지 않았다.

"은혜? 웃기는 소리."

리에타가 칼을 치우려 힘을 줄수록 킬리언은 더 강하게 자신의 목으로 칼을 당겼다.

"그래. 차라리 이쪽이 낫겠어. 나는 죽지 않고선 도무지 그댈 보낼 방법을 모르겠으니."

킬리언은 평온하게 자신의 목에 칼을 들이밀었다.

"차라리 죽여."

리에타의 손이 바들바들 떨렸다. 어, 언제까지 사람의 목이 괜찮을 수 있지? 칼이 이만큼 들어가도 무사할 수 있나? 본능적으로 그걸 떠올린 순간 정신이 번쩍 들었다. 목이 잘리면 신성력을 일으켜도 소용없다. 그리고 리에타의 힘으로는 그를 막아낼 수 없었다. 리에타가 고개를 가로저으며 손을 뒤로 당겼다.

"놔요!"

그는 제 몸을 전혀 돌보지 않은 채 손에 힘을 주고 있었다.

"죽여. 그대 손으로 원수를 갚고 저주를 완성해."

리에타의 얼굴이 새파래졌다. 그가 암시하는 '저주의 완성'에 온몸이 떨렸다. 협박이 아니야. 그는 정말로 죽을 셈이다.

'릴페이엄을 대표해 그대에게 벌을 받는 것이 그대가 내게 바라는 것이라면, 난 달게 받을 것이다.'

킬리언이 말한 게 무엇인지 비로소 깨달았다.

'에스텐펠트는 자식으로 인해 피눈물을 흘리게 되리라.'

저주. 그게 정말 이런 결말로 맺어지도록 예정되어 있었던 건가? 킬리언의 죽음. 내 손으로⋯⋯. 눈앞이 캄캄해졌다. 리에타는 검을 놓으려고 안

간힘을 썼지만 그의 손에서 벗어날 수 없었다.

안 돼, 싫어! 싫어, 싫어, 싫어, 싫어! 이 사람이 죽는 건 싫어!

리에타는 치유 마법을 써야 한다는 생각도 못하고 희게 질렸다. 그녀의 눈에 매달려 있던 눈물이 떨어졌다. 당신이 어떤 사람인데, 내가 어떤 맘으로 당신을 떠나려고 했는데. 리에타가 비명처럼 소리쳤다.

"킬리언, 제발!"

"죽이지 못할 거면."

킬리언이 리에타를 끌어당기며 속삭였다.

"날 떠나지 마."

'신도 저주도 영혼도, 나는 믿지 않지만. 내게 영혼이 있다면 그건 그대 것이다.'

'날 떠나지만 마.'

그를 설득하기 위해 해야 하는 모든 말들이 머릿속에서 사라졌다. 당장 끌어 올려야 하는 치유 능력마저 잊어버렸다. 그가 살아 있지 못하면 모든 것은 아무 의미도 없었다.

댕그랑. 칼이 바닥에 떨어졌다.

"윽…… 흑……."

칼이 떨어지자마자 리에타는 흐느끼며 허겁지겁 그에게 다가갔다. 베인 상처가 위태로웠다. 피가 너무 많이 나고 있었다. 그를 치료해야 했다. 리에타는 피투성이가 된 떨리는 손으로 그의 목에 난 상처를 감싸고 치유하려고 했다.

그러나 킬리언은 자신의 뺨을 감싼 그녀의 차가운 손을 천천히 움켜쥐어 자신의 가슴께로 눌러 내렸다. 왜……. 왜? 눈물을 가득 담아 묻는 눈을 마주하며, 킬리언이 차분한 목소리로 말했다.

"그대 눈으로 이런 꼴을 직접 보는 게 가혹하다면 보이지 않는 곳에서 죽어 주겠다."

리에타는 멍하니 킬리언을 쳐다보았다. 피가 맺힌 아랫입술이 슬픔을 견디지 못하고 떨렸다. 리에타는 끝내 먹먹하게 고개를 저으며 그의 옷깃을 움켜쥐고 울었다. 넘쳐흐르는 눈물이 양 뺨으로 흘러내렸다. 어깨가 격한 울음으로 숨 쉴 때마다 크게 일렁였다. 차마 말이 나오질 않아서, 리에타는 그저 그의 어깨를 주먹 쥐어 때리며 계속 고개만 가로저었다.

"으흑…… 흑……."

억장이 무너졌다. 그가 슬퍼하고 있었다. 피 흘리고 있었다. 가슴이 찢어지고 어찌할 바를 모르는 고통에 가슴이 꽉 메었다. 아무데나 주저앉아 누구에게고 빌고 싶어졌다.

제발……. 누가 제발 이 사람 눈물을 닦아 줘. 숨이 막혀. 리에타는 하염없이 눈물 흘리며 더듬더듬 손을 올려 그의 뺨을 어루만졌다. 그러나 그의 눈물을 닦아 주기 위해 올린 손은 어찌할 수도 없는 피투성이가 되어 있어 그의 뺨에 슬픈 얼룩을 만들었다. 킬리언이 작게 중얼거렸다.

"……피 흘리고 있을 때만 그대가 돌아봐 주는 것 같아."

그 말이 너무 가슴 아파서, 리에타는 그의 가슴에 머리를 대고 울었다. 킬리언. 왜 이렇게까지……. 나를 아껴 줬던 만큼 얼마간은 마음 아파하겠지만, 당신은 충분히 이겨 낼 것이라 믿었다.

당신은 강한 사람이니까. 당신은 좋은 사람이고, 당신을 행복하게 해 줄 더 좋은 사람을 만날 자격이 있으니까……. 당신, 그동안 충분히 불행했잖아.

그는 언제나 자신의 뜻을 존중해 주었다. 강요하지 않았다. 진심으로 말하면, 그는 끝내 자신의 뜻을 받아들여 줄 사람이라는 걸 알고 있었다. 그랬기에, 나만 굳게 마음 먹으면…… 떠날 수 있을 줄 알았다.

내 마음은 내가 어떻게든 할 테니, 당신은 부디 잘 추슬러 주길. 부디 당신만은 아프지 않길, 당신이 행복해지기를 빌었다. 그런데…… 어째서…….

리에타가 그의 품안에 허물어진 채 그의 상처를 치유하며 울먹였다.

"이 꼴이 뭐야. 이 꼴이……."

킬리언이 그녀의 등 위를 천천히 쓸어 주었다.

"나 같은 게 뭐라고…… 그깟 사랑이 뭐라고 당신이 이 꼴이 돼……."

리에타의 몸에서 흘러나온 신성력이 그들의 몸을 은은하게 감쌌다. 킬리언은 더 이상 거부하지 않고 리에타의 어깨 위에 흐드러진 머리카락에 가만히 입술을 묻었다.

"……그대를 울리고 싶진 않았는데."

목소리는 비참하도록 다정했다. 피 흘리고 있는 것도, 슬퍼하고 있는 것도 자신이면서 리에타가 우는 것만 보이는 듯이 그녀를 달래고, 머리를 쓸어 주고, 끌어안아 주었다. 그와 닿는 순간은 어째선지 항상 눈물과 피투성이였다. 리에타의 뺨을 타고 계속 눈물이 흐르고, 신성력이 그들을 감쌌다.

킬리언은 묵묵히 리에타를 바라보다, 자신의 뺨을 감싼 차가운 손을 천천히 움켜 당기더니 그녀의 손바닥에 소중히 입을 맞추었다. 리에타가 슬프게 젖은 눈으로 그를 올려다보았다.

떠난다는 말에 제 목에 칼을 대고 피투성이가 된 그를 보고, 리에타는 비로소 그에게서 저를 뜯어내면 킬리언의 심장이 같이 뽑혀 나오리라는 걸 알았다.

발밑이 아득했다. 당신을…… 도저히 떠날 수가 없어. 이제 어떡해야 해……. 눈이 마주치자, 그가 슬프고도 다정하게 웃었다. 리에타는 멍하니 그를 쳐다보았다.

처음부터 사랑하지 말았어야 했는데…….

킬리언은 하염없이 울고 있는 리에타를 바라보았다.

'강요는 없을 거야. 그대가 다 낫고도 내가 그대 마음에 차지 않으면, 그때 거절하면 돼. 그대의 신의를 배신하는 일은 없을 테니.'

'나한테 기회를 줘. 그대를 낫게 해 주고 싶어.'

'나를 좋아해라. 내가 치유해 줄게……'

그 모든 약속들을 하나도 빠짐없이 기억하고 있었다. 지독하다. 그대를 보낼 수가 없어서 울리고 있는 내가. 치유해 주겠다고 했는데……. 울리고 싶지 않았는데.

'네가 기만하지 말아야 했던 것은 내가 아니라 리에타다. 네가 심기를 어지럽힌 것을 저어해야 할 사람도, 부끄러워해야 할 사람도, 두려워해야 할 사람도 그녀다.'

'이전의 이름이든 새로운 이름이든, 네가 카사리우스의 아들이라는 것이 변치 않는 이상 너는 리에타 앞에 다시 나타나서는 안 되는 자다. 너는 리에타를 도울 수 있는 유일한 사람이었지만 그녀에게 가장 필요한 순간에 리에타를 돕지 않았어.'

페르디안이 눈을 내리깔았다.

"그날 하신 말씀, 무엇 하나 틀린 것이 없었습니다. 전부 전하의 말씀이 맞습니다. 그런데, 황제 폐하의 아드님이신 당신께서는 그분 앞에 나타나도 괜찮은 사람입니까?"

울고 있는 리에타를 바라보는 킬리언의 눈에 아릿한 슬픔이 고였다. 이런 식으로 가지고 싶었던 것이 아니었기에, 그의 마음 역시 산산이 부서지고 있었다. 이렇게 그대를 울리고, 슬프게 해서 억지로 옆에 두고 싶었던 게 아니야.

그저 내 곁에서 웃어 주기를······. 내 옆에서 함께 살아가고 싶다고······ 그것이 그대에게도 행복이라고 생각해 주기를. 나로서 그대의 욕심을 채워 주기를 바랐다. 그 모든 일 때문에 그대가 가져야 했던 행복을, 일상을, 나를 포기하지 않아 주길, 참지 말아 주길 바랐다······.

킬리언이 비참한 애정 속에서 리에타를 그러안았다. 자신이 걸 수 있는 모든 것을 걸었다. 그럼에도 그녀의 행복을 얻기 위해 자신이 걸 수 있는 모든 것이 너무 하찮아 두려웠다. 인정하고 싶지 않은 질투와 상실감에 미쳤던 마음도, 끔찍한 슬픔도, 지독한 욕심도 그녀의 눈물 앞에서 모두 바스러지고 말았다.

그대, 리에타. 내가 어쩌면 좋겠나.

대답은 이미 알고 있었다. 오래 전부터, 알고 있었다. 그대가 웃지 못하면 그 어떤 것도 의미가 없었다. 이제 모든 것은 리에타에게 달려 있었다.

날 포기하지 말아 줘. 이제 그대의 손으로 날 선택해 줘.

킬리언은 그녀의 심판을 기다리고 있었다.

리에타가 망연히 눈을 들어 그를 마주 보았다. 차가운 마룻바닥에 떨어져 구르던 단검이 덜그럭, 발에 닿았다. 마룻바닥에, 검이······. 다음 순간, 섬뜩한 기운이 엄습했다. 축성 성물이 킬리언의 손을 떠나고, 비로소 리에타에게 다가온 침입자의 존재를 눈치챈 악마가 그를 향해 쇄도했다. 리에타가 악마의 이름을 불러 멈추었다.

"말라디에라!"

새카만 유령처럼 쇄도하던 악마가 움직임을 멈추었다. 악마의 몸 주변으로 절제되지 않은 치명적인 마력이 넘실거렸다. 리에타가 떨리는 눈을 차분하게 감았다가 떴다.

"힘 거두고 물러나."

악마는 사나운 눈으로 킬리언을 노려보았다. 리에타가 공격당하고 있다고 생각하는 것인지, 침입자에게 화가 난 것인지, 리에타를 몰아세우고 울리고 있는 낯선 존재를 적으로 규정한 악마의 적의가 넘실거렸다. 다시 리에타가 악마를 다그쳤다.

"말라디에라."

악마는 자신을 부르는 목소리가 들리지 않는 듯, 여전히 킬리언의 뒤에서 낫을 쳐든 채 그를 쏘아보고 있었다. 낫 주변으로 치명적인 권능으로 벼려진 섬뜩한 마력이 소용돌이쳤다.

"킬리언에게 손대지 마."

"……."

"부탁이야."

유령처럼 일렁이던 악마가 짙고 검은 기운으로 응축되며 자그마한 뿔이 달린 인간 소녀의 모습으로 줄어들었다. 소녀가 킬리언을 노려보다가 낫을 움켜쥔 손을 신경질적으로 아래로 내렸다. 소녀는 킬리언과 리에타, 그리고 책상 위에 올려진 성물을 힐끗 바라보았다. 순간, 악마의 눈이 반짝, 노랗게 빛났다. 리에타의 눈이 커졌다.

"모르비두스!"

쩡! 공간을 찢고 나타난 악마가 낫을 내리쳤다. 킬리언은 간발의 차로 살짝 몸만 돌려 피하며 리에타의 어깨를 잡아 제 품에 끌어당겼다. 파가가각! 바닥을 찍은 낫이 옆으로 방향을 꺾었다. 번뜩이는 날이 킬리언을 향해 날아들었다. 다음 순간 킬리언이 검을 뽑아 낫을 받아 내었다.

깡! 깡! 깡! 연속으로 무기가 부딪히는 큰 소리가 나고, 모르비두스가 자신의 낫에 강력한 마법을 휘감았다. 킬리언이 검을 들어 낫을 막으며 화르륵, 검기가 피어올랐다. 둘 사이에서 엄청난 마력이 폭발했다. 눈 깜짝할 새에 벌어진 일에 리에타가 소리쳤다.

"그만!"

연기가 걷히고, 물러난 악마가 차분하게 그를 노려보았다. 킬리언은 리에타를 제 품에 당겨 안은 채 모르비두스를 향해 검을 겨누고 있었다. 모르비두스가 입을 열었다.

"리에타를 놔라. 인간. 죽여 버리기 전에."

킬리언이 물끄러미 악마를 바라보았다. '그래, 차라리 죽여' 하고 말할 것만 같아 리에타가 황급히 나섰다.

"모르비두스. 하지 마."

모르비두스는 킬리언에게서 눈을 떼지 않은 채, 리에타에게 말했다.

"알았다. 네가 원한다면, 죽이지 않고 떠나도록 하지."

모르비두스가 손을 내밀었다. 이쪽으로 오라는 듯이. 모르비두스의 손을 잡는 순간 리에타는 그의 손이 닿을 수 없는 곳으로 사라질 것이다. 킬리언이 리에타를 붙잡은 손에 꾹 힘이 들어갔다. 부서진 마룻바닥에 떨어진 단검이 고개 숙인 리에타의 눈에 들어왔다. 모르비두스가 낫으로 내리찍은 자국 옆에 떨어진 단검. 모르비두스가 내민 손, 그리고 킬리언의 사이에서 리에타는 자신에게 다시 한번, 선택의 순간이 왔음을 알았다.

리에타는 허리를 굽혀 바닥에 떨어진 단검을 향해 손을 뻗었다. 차가운 감촉이 손안에 감겨들어왔다. 리에타는 멍하니 그것을 바라보았다. 갑자기 세상이 고요해졌다. 이끌리듯, 킬리언을 올려다보며, 리에타의 입술이 저절로 움직였다.

"……."

그녀의 입에서 나온 어떤 말에, 말라디에라가 눈을 찌푸리며 고개를 갸웃했다. 모르비두스는 굳은 얼굴로 비로소 눈을 돌려 리에타를 바라보았다. 킬리언은 조용히 리에타를 마주 보았다. 리에타는 멍하니 그의 얼굴을 올려다보았다.

조금 전까지만 해도 나는, 나의 입에서 나올 말을 예상하지 못하고 있었는데……. 그는…… 마치 그녀의 말을 오래 전부터 예상이라도 했다는 듯이 가만히 눈을 감았다가 떴다……. 이윽고 킬리언이 리에타의 손등 위에 자신의 손을 겹쳤다.

"그대와 나의 사이가 그 맹세로 맺어진다면, 그대는 영원히 나를 떠날 수 없게 된다."

킬리언이 그녀의 눈을 바라보며 속삭였다.

"나를 영원히 떠나지 않을 것이냐."

그가 물었다. ……허락하지 않을지도 모른다고 생각했어. 그 맹세를 하면, 우리 사이에 남는 것은 충성뿐. 사랑은 끝날 테니까……. 눈물이 핑 돌았다. 갑자기 모든 것이 분명해지듯…… 머리가 맑아졌다.

사랑 아니라, 충성하는 사람으로서라면, 그렇게라도 당신의 곁에 있을 수 있다면 나는, 리에타는 고개를 끄덕였다. 사방으로 방울방울 눈물이 떨어졌다.

"당신을 떠나지 않겠어요."

리에타는 모든 것을 받아들였다. 킬리언이 리에타의 손을 잡은 채 가만히 그녀를 바라보았다. 리에타도 그를 마주 보았다. 킬리언이 웃었다.

"약속대로."

그는 리에타를 끌어안고, 그녀의 이마에 자신의 이마를 대었다.

"그대가 내 곁에 있어 주기만 한다면, 그대가 원하는 것은 무엇이든 하겠다."

눈이 내렸다. 하염없이. 하염없이……. 하얀 입김이 공기 중으로 흩어졌다. 차가운 바람을 두 뺨에 맞으며 리에타는, 당신에게 은혜를 갚고, 당신 곁을 떠나지 않으면서 내가 나 자신을 용서할 수 있는 유일한 길을 생각했다.

　성으로 향하는 길은 눈부신 순백의 빛으로 덮여 있었다. 고개를 들어 리에타는 악시아스 성을 올려다보았다. 과묵하고, 거대하고, 아름다운 악시아스 성. 회색 돌길과 성벽 위에 어슴푸레한 새벽빛이 쏟아졌다.

　킬리언의 손을 잡고, 모르비두스의 비호를 받으며, 리에타는 자신의 발로 걸어 악시아스 성으로 돌아왔다.

　리에타의 손을 잡고 눈을 맞으며 돌아온 킬리언을 보고 새벽의 고요한 악시아스 성은 놀라움에 휩싸였다.

　"리에타 님……!"

　리에타가 돌아온 것에 놀라고 기뻐하면서도 막막하게 슬픈 기분이 들어, 모두가 아무런 말도 하지 못하고 그들을 바라보았다. 킬리언은 그대로 사람들의 앞을 리에타와 함께 걸어갔다. 성의 사람들에게 리에타의 귀환에 대해 침묵할 것을 지시하고, 집사 에른에게 맹세의 예가 있을 것이니 준비하라 예고하였다. 사람들의 눈이 커지고, 황급히 시선들을 나눈 후 사람들은 흩어졌다. 깊이 허리 숙여 복종한 에른이 조용히 눈을 감았다.

　리에타는 사람들을 마주하면서도 더 이상 흔들리지 않았다. 그동안의 모든 두려움과 고통이 거짓말처럼 사라진 듯 그녀는 모든 사람들의 앞에 의연히 섰다.

당신을 사랑한다. 영원히, 당신을 향한 사랑이 없던 일이 되지는 못할 것이다. 달아나는 것은 내가 내 마음을 어떻게든 덜 아프게 해 보고자 했던 회피였다. 그러나 가장 아픈 곳에서 이겨 내는 것이 내가 받아야 할 벌이라면, 영원히 사랑하는 사람의 곁을 지키며 영원히 사랑하지 못하는 것이 기어이 그 사랑을 저지른 내가 받아야 할 벌이라면, 더 이상 피하지 않겠다. 달게 받겠다.

의식의 준비는 오래 걸리지 않았다. 집사 에른이 킬리언의 뒤에서 고개를 숙였다.

"검은?"

"모두 준비되었습니다."

"리에타는."

"오래 걸리지 않을 것입니다."

킬리언이 밝아지고 있는 창밖을 바라보았다.

킬리언의 침실. 그는 마침내 자신의 앞에 돌아온 리에타를 마주했다. 그녀를 만난 이래 가장 격식이 있는 예복으로 성장하고 킬리언을 마주한 리에타가 깊이 허리를 숙여 절하였다.

언제나처럼 그녀는 아름다웠다. 평소와 달리 시녀의 도움까지 청한 리에타는 완벽하게 예법과 격식을 갖추어 차려입었다. 얼굴은 초췌하였지만 극진히 예를 갖추어 정갈하게 입은 그녀는 무엇 하나 과하거나 화려하지 않았음에도 놀라울 정도로 빛나고 있었다.

리에타는 검을 가지고 있지 않았다. 리에타가 사용하는 무기는 어머니의 신성 지팡이뿐이었지만 가져오지 않았다. 그들 사이에 있는 모든 악연을 뒤로하고 앞으로의 새로운 인연을 약속하기 위해, 리에타는 빈손으로 와서 그가 하사해 줄 검을 기다리고 있었다.

그녀의 앞에 마룻바닥에 박혔던 검의 흔적들이 보였다. 동쪽 별채 기사들이 한 맹세의 흔적들이었다. 킬리언이 입을 열었다.

"그대는 고개를 들라."

리에타가 고개를 들어 그를 바라보았다. 달칵. 킬리언이 손을 뻗어 붉은 공단 위에 놓인 검을 집어 들었다. 리에타는 그의 검을 받기 위해 몸을 숙이며 양손을 내밀었다. 킬리언이 리에타를 바라보고, 자신의 손안에 들린 검으로 시선을 내렸다.

다음 순간. 콱. 단단한 마룻바닥에, 킬리언의 검이 꽂혔다. 검을 받기를 기다리고 있던 리에타의 얼굴이 그의 행동을 이해하지 못한 채 멈추었다. 킬리언의 목소리가, 방에 울려 퍼졌다.

"킬리언 알렉산더 악시아스가 그대에게 맹세하나니."

킬리언은 나직이 읊조리며 리에타의 앞에 한쪽 무릎을 꿇었다. 킬리언이 곧은 눈으로 리에타를 올려다보며 맹세하기 시작했다.

"당신의 정의가 나의 정의입니다."

리에타의 눈이 커졌다.

'기사의 맹세를 하는 것을 허락해 주세요.'

킬리언은 받아들였다. 나는 '내 기사'와는 사랑하지 않는다. 주군과는 딱히 정해 두지 않았다.

'당신의 정의가 나의 정의입니다.'

기사의 맹세에서 기사에게 주어지는 첫 번째 구절. 마치 그녀에게 맹세하기 위해 오랜 옛날부터 그 자리에 있던 문장인 것처럼 그 말은 거기에 있었다. 본래는 주군이 기사에게 하는 당부에 기사가 응하는 구절이지만, 맹세를 시작하는 말로도 썩 손색없는 말이라는 생각이 들었다.

"당신의 명예가 나의 명예이며, 당신의 생명이 나의 생명입니다."

평생 그는 기사의 맹세를 받아 보기만 하였지만, 처음으로 그 맹세를 바치는 입장에서 입 밖으로 내어 보니 꽤나 특별한 기분이었다. 그동안 숱하게 받아 온 경험이 있으니 아직 어리숙한 청년 기사들보다야 조금 더 잘할 수 있지 않을까.

"나는 오로지 당신의 검이며, 당신의 방패입니다."

거의 해 보지 않은 존댓말이 어색하게 느껴질까 싶긴 했지만 리에타의 눈을 보니 나쁘지는 않은 것 같아 다행이었다. 나야 뭐, 뭘 하든 금방 잘하기야 하지만.

"내가 감히 그대를 지키게 하십시오."

굳은 의지가 담긴 목소리가 그의 침실에 울려 퍼졌다. 한 구절, 한 구절 가슴으로 곱씹으며 킬리언이 짙은 눈으로 그녀를 올려다보았다.

"검은 내가 들겠습니다."

우리 사이에 그대보다는 내 쪽이 검을 드는 편이 더 어울리니.

"그대는 다만 나를 축복하십시오."

리에타는 앞으로 내민 손을 어쩌할 생각도 하지 못한 채 그를 바라보고 있었다. 그는 마음 내키는 대로 맹세의 내용을 바꾸고 있었다. 본래 기사의 맹세에는 없던 내용이 들어가고 있었고 주군이 기사에게 하는 당부의 말을 시작하기 전에 기사가 먼저 맹세를 시작했다는 점에서 순서도 달랐다. 맹세가 어떤 격식으로 이루어져야 맹세의 틀을 벗어나지 않게 되는지 정확하게 이해하고 있으니 할 수 있는 일이었지만. 사실 더 이상 맹세가 아니어도 상관없었다.

이 맹세가 리에타의 마음을 편하게 해 줄 수 있을까. 모르겠다. 그저 그것이 내게 의미가 있으면 되었다. 그대에게 그것이 닿으면 되었다. 그녀에게 닿길 바라며. 킬리언은 기사의 맹세에 없는 한마디를 더했다.

"나의 정의, 나의 생명, 나의 모든 것."

킬리언은 가만히 리에타를 올려다보았다.

"당신께 저를 바칩니다."

기사의 맹세를 하게 해 달라는 말을 듣는 순간부터, 이 장면을 상상하고 있었다. 그대에게 나를 바치는 순간을. 그대, 리에타. 역시 우는구나.

어슴푸레 침실을 밝히는 촛불이 일렁인다. 고요한 바람을 타고, 킬리언의 맹세가 그들 사이의 순간에 스며들고 있었다. 그것은 더 이상 기사의 서임이라는 예식을 위해 낭독하는 명문화된 구절이 아니었다. 그것은 기사의 맹세였지만 더 이상 기사의 맹세가 아니었다.

그는 격식을 따르고 있었지만, 이미 어떤 격식에도 얽매여 있지 않았다. 킬리언의 입에서 나오는 한 구절 한 구절은 그대로 말하는 이의 진심을 담아 맥동하고 있었고 그것은 킬리언이 다시 한번 리에타에게 함께 가자 손 내밀고 있는 고백이었다.

킬리언이 그녀의 손을 잡고, 그녀의 손등 위에 경건하게 입 맞추었다. 리에타는 멍하니 자신의 손등에 입 맞추는 킬리언을 내려다보았다. 머릿속이 텅 비었다. 이해할 수가 없었다. 그러나 머리가 이해하기 전에 가슴이 그가 하려는 것을 이해하며, 눈물이 흐르고 있었다.

그는 아무것도 포기하지 않았다. 그 어떤 이의 입에서도 나온 적 없는, 역사상 없었던 기사의 맹세. 그것은 킬리언이 그녀를 향해 하는 약속이었고, 오직 그녀만을 위한 맹세였다. 그와 함께 마주한 시간과 공간 속에서 모든 것은 사라지고 오롯이 그의 의지와, 거기에 화답하라고 외치는 자신의 간절함만이 그 자리에 남았다.

킬리언은 틀어쥔 주먹을 바닥에 굳게 댄 채, 고개를 숙이고 움직이지 않았다. 리에타는 대답해야 한다고 생각했다. 그의 맹세에 대답할 수 있는 사람은 리에타뿐이었다.

당신에게 줄 수 있는 것은 초라한 대답뿐이지만 대답해야 했다. 그가 자신의 모든 것을 내던지고 내게 바라는 건 오로지 그 하나뿐이었다.

기사가 먼저 맹세를 시작하였기에 주군이 기사를 축복하는 데 써야 하는 검은 이미 바닥에 꽂혀 있었다. 리에타는 검을 드는 대신, 떨리는 손을 내밀어 그의 어깨를 살며시 짚었다. 처음 해 보는 맹세였지만, 자신이 받는 입장이 될 거라 생각하지 못했지만, 무어라 말해야 하는지 알 수 있었다.

"오직…… 당신의 의지로 행하세요."

리에타는 검 대신 손으로 그의 양쪽 어깨를 짚고, 마지막으로 그의 머리 위에 축성하듯 손을 올렸다. 그리고 허리를 굽혀 그 손등 위에 키스하듯 고개 숙이며 읊조렸다.

"그대를…… 나의 기사로. 봉합니다."

오래 전부터 기다려 온 것처럼, 그것이 자신의 운명인 것처럼 리에타가 그의 맹세에 화답하였다. 킬리언이 고개를 들고 리에타를 직시하며 답했다.

"언제고 내가 그대 곁에 있을 테니."

그가 미소 지었다.

"이제 나는 영원히 그대의 기사입니다."

리에타는 그의 이마를 짚은 손 위에 고개를 내리고 울었다. 당신은 어쩌면 그럴 수 있을까. 어떻게 그렇게 단 하나의 의심도 없을 수 있을까. 내가 그토록 도리며, 명분이며, 염치 따위를 성벽처럼 쌓아 올려도, 언제나 당신은 너무나 간단히 부수고 들어오고야 만다.

당신은 항상 너무나도 간명하다. 언제나 모든 것을 간단하게 만들어 버린다. 당신의 한마디가 훨씬 설득력 있었다.

킬리언은 리에타를 잘 알고 있었다. 그녀가 제 곁에 남겠노라, 영원히 남겠노라 말은 하였어도 자신의 애원과, 그녀 자신의 사랑에 못 이겨 주저앉았을 뿐. 진심으로 그녀 자신을 용서하지는 못하고 있다는 걸 알고 있었다.

그는 거기에 만족할 수 없었다. 나는 그대가 내 곁에서 '행복하길' 바라.

아픈 것은 회피하고 싶었다. 달아나고 안주하고 싶었다. 더 이상 잃는 건 싫었다. 당신 곁에 서는 것도, 당신 뒤에 숨는 것도 부끄러웠다. 나의 딸. 나의 남편. 나의 엄마……. 내가 지키지 못한 것들. 나를 지켜 주려고 했던 사람들. 나는 살아있으매 그 모든 것들이 부끄러웠다.

이 일 년간 벌어진 모든 일들은 나에게 고통스럽고 낯선 격변이었다. 나에게는 수도원과 세비타스가 세계의 전부였다. 누구나 그렇게 산다고, 누르고 견디며 살아왔던 비좁은 삶이었다.

은혜를 갚는 것, 도리를 다하는 것, 지키지 못한 것들에 슬퍼하며 삶을 이어 가는 것. 그것만으로도 모진 삶이었다.

그것만으로도 충분히 버거웠던 내게, 갑작스레 넓어진 새로운 세계는 두려움의 연속이었다. 그러나 당신은 자꾸만 넘어지는 내 손을 잡아 주고, 날 일으켜 주고……. 더 큰 세상으로 인도해 주었다.

그리고 거울 안의 나를 보게 해 주었다. 슬픔, 기쁨, 희망, 원망, 분노, 애도, 삶의 의지와 보람……. 마땅히 내 것이어야 했던 그 모든 것들의 앞으로 나를 이끌었다.

새로운 세상에는 피하고 싶지만 그럴 수 없는 시련도, 견디기 힘든 고통도 있었다. 하지만 정말로 행복하고 싶어 하는 나도 있었다. 나는 그 모든 것들로부터 도망치고 싶었다. 그러나 당신은 당신의 모든 것을 내던져 피할 수 없는 곳에 나를 몰아 놓고 다시 한번 내게 손 내밀고, 나의 선택을 기다리고 있었다.

"······당신 나를 기만했네요."

리에타가 속삭였다. 틀린 말은 아니었기에 킬리언은 잠자코 고개를 숙였다.

"벌하신다면 달게 받겠습니다."

리에타가 울면서 웃었다. "킬리언."

리에타가 그의 어깨를 짚은 채 속삭였다.

"나한테······ 일주일만 시간 줄래요?"

'인간과 마수는 원수 사이가 맞다. 그것이 우리 사이에 예외가 생길 수 없다는 뜻은 아니야.'

'너희가 원수의 범주에 들어가느냐 들어가지 않느냐의 문제가 그리 중한지는 잘 모르겠구나. 마수로서 인간에게 가지는 적개심보다 내가 너에게 느끼는 우정이 더 깊다. 그뿐.'

'네가 나를 도왔고, 내가 너를 도왔으며, 우리 사이에 우정이 생겼을 뿐이다. 내가 너에게 우정을 느낀다고 내가 마수가 아니게 되는 것 또한 아니니.'

'너 또한 그렇지 않겠나. 너도 너무 복잡하게 살지 말거라.'

루딘 님. 당신한테 묻고 싶은 게 있어요.

리에타는 용의 계곡으로 향했다.

"네가 스물일곱이라고?"

모르비두스가 놀란 얼굴로 웃었다.

"베아트리체는 네 나이에 애가 있었는데."

"……."

리에타가 잠시 틈을 두고 대답했다.

"나도 있었어요, 아이."

모르비두스는 리에타가 무슨 농담을 한다고 생각한 듯 작게 웃었다. 그러나, 조금 느리게 따라서 웃는 그녀의 얼굴을 보고는, 천천히 표정이 굳어졌다. 한발 늦게, 그가 반문했다.

"……뭐가…… 있었다고?"

리에타는 눈물 고인 눈으로 웃었다. 그러다, 자신의 얼굴이 꽤나 형편없을 것 같다는 생각이 들어 고개를 숙이고 손을 만지작거렸다.

"……아마, 당신에겐 느껴지지 않을 거예요. 죽었거든요."

……굳이 지금 그런 걸 말할 필요는 없었다. 하지만 단 한순간도, 리에타는 아델이 애초에 존재하지도 않았다는 듯이 굴 수 없었다. 말해 두고 싶었다. 내게도 너무 사랑했던 아이가 있었다는 걸…….

모르비두스는 '에율라티오 혈족'과 계약된 악마이다. 그동안은 어머니의 봉인이 내 존재를 가려 두고 있어 느끼지 못했겠지만, 이제 내가 그와의 계약을 회복했으니 아마 그는 자신의 계약 상대를 느낄 수 있을 것이다.

어쨌든 지금 난 혼자고, 계약 상대가 나 하나밖에 느껴지지 않으니 나한테 아이가 있었을 거라고는 생각하지 못하고 한 말이겠지.

"당신의 계약자, 나밖에 느껴지지 않죠?"

모르비두스는 꽤 놀란 것 같았다. 당황한 듯 얼굴이 굳어져 있었다. 어렸을 때의 기억까지 전부 합쳐도 그가 저 정도로 놀란 얼굴을 하는 걸 본 적이 없었는데. 모르비두스가 더듬, 입을 열어 무어라 말하려다가 입을 다물었다. 다음 순간 험악한 얼굴로 소리쳤다.

"……그 자식이……!"

격하게 터진 외침에 리에타가 그를 쳐다보았다.

"대공이라는 작자가 제 새끼도 못 지켜서……!"

리에타가 딱 잘랐다. "아니에요."

모르비두스가 눈을 껌벅이며 입을 다물었다.

"……아니라고?"

……눈물이 쏙 들어갔다. 리에타가 피식 웃으며 눈가를 찡그렸다.

"아니에요."

그에게 자신의 이야기를 너무 해 주지 않았다는 생각이 들었다. 리에타는 훌쩍 코를 들이켜고 말했다.

"난 전에 한 번 결혼했었어요. 남편과 아이는 작년에 세상 떠났고, 킬리언은 그 후에 만났어."

모르비두스는 입을 다물었다.

"남편이랑 아이 떠나고 나도 죽을 뻔한 걸 킬리언이 구해 줘서 여기로 데려왔어요. 그 후로는 그냥 줄곧 영주님과 영지민 사이……. 손이나마 잡을 정도로 각별한 사이가 된 것도 얼마 안 된 일이야."

"……."

"그 사람 그런 쪽으론 의외로, 굉장히 금욕적인 편이고."

사람들이야 다 아는 얘기지만, 모르비두스는 사람이 아니고 자신의 이야기를 모른다.

"나한테는 은인이에요. ……그게 아니어도 좋은 사람이지만."

리에타는 자신이 겪은 일을, 자신의 입으로 처음으로 말하며 그와 자신 사이에 있었던 일들을 천천히 되새겼다. 남편이 떠나고, 아이를 잃고, 첩이 되길 강요하던 카사리우스가 죽고, 그 무덤의 껴묻거리로 순장될 뻔했다가, 우연히 그날 거길 지나던 킬리언을 만나서…….

……카사리우스가 그러려고 했던 것과 똑같이 날 노리개 삼을 줄 알았는데. 그는 비싼 값을 치르고 데려온 내게 아무것도 바라는 것 없이 자유를 주었고, 머물 곳을 주었고, 새 삶을 주었다. 여러 일이 있었고 그를 알아가게 되었고…… 그를 사랑하게 되었다. 리에타는 천천히 눈을 감았다가 떴다.

'그대로 두었다가 예기치 못한 순간에 알게 되는 것보다, 늦기 전에 전부 아는 게 나을 것 같으니. 늦기 전에 풀어 줄게요.'

성녀님은 알고 계셨던 거 같아. 내가 그 사람을 좋아하게 될 거라는 거……. 이미 그때부터 좋아하고 있었나? 자각은 없었는데……. 언제부턴지는 나도 정확하게 모르겠다. 은혜는 갚아야 하지만, 이 사람에게 너무 마음 주면 안 된다고 계속 생각은 하고 있었는데…….

그러나 한 번씩 도저히 어찌할 수 없는 순간들이 있었다. 도저히 그를 그냥 둘 수 없는 순간들이 있었다. 내가…… 간절히 그의 손을 잡고 싶은 순간들이 있었다. 그리고 정신 차려 보니 사랑하고 있었다. 리에타는 물끄러미 지평선을 쳐다보며 어머니를 아꼈던 악마에게 고해하듯 말했다.

"……알면서도 좋아했어."

눈물 고인 하늘색 눈이 악마를 보며 웃었다.

"나 못됐지."

그 사람이 누구의 아들인지 알면서, 날 사랑한다는 사람에게 내가 누군지도 말하지 않은 채 그냥, 그 사람과 행복하려고 했었다. 우리 사이에 어떤 저주가 얽혀 있는지, 그게 그 사람한테 어떤 상처를 줬고, 앞으로 어떤 상처가 될지 알면서. 차라리 황제가 이미 죽었으면 좋았을 거라고 속으로 생각하면서.

……진짜 못됐다. 자조적인 미소가 나오며 그녀를 무너뜨렸던 말들이 저도 모르게 입에서 흘러나왔다.

"내가 이럴 줄 알고 엄마가 날 낳았을까?"

팔랑팔랑. 검은 나비가 날아들었다. 고개를 들어보니, 그는 팔짱을 낀 채 딴 데를 쳐다보고 있었다. 머리를 돌리고 있어 표정은 보이지 않는다.

"너라면 어땠을 것 같은데?"

"……어?"

모르비두스가 고개를 돌려 리에타를 바라보았다. 알 수 없는 얼굴이었다.

"너도 아이가 있었다며."

리에타가 입을 다물었다. 악마의 눈동자가 리에타를 마주 보았다. 모르비두스의 목소리가 이어졌다.

"네 딸이 살아 있었고 죽은 게 너였다면. 그 애가 지금 네 상황이라면."

모르비두스가 고개를 기울였다. "너는 어땠을 것 같은데?"

쿵. 심장이 떨어졌다. 리에타의 표정이 굳어졌다.

시간이 멈춘 세상에 바람이 불었다. 휘이이잉……. 강하게 불어온 바람에 묶었던 머리가 풀어지며 흘러내렸다.

아델. 너의 이름이 바위라면 이미 모래가 되었을 것이다. 닳고 닳아 해어지도록 수천, 수만 번을 불렀던 이름이라서. 네가 살아 있다면……. 네가 살아 있기만 한다면. 그 가정을 수천만 번이나 했었다.

세상이 온통 하얘졌다.

쿵. 심장이 떨어졌다. 쿵. 다시 심장이 가슴을 때렸다. 쿵. 멎었던 심장이 다시 뛰기 시작했다. 아델, 너는.

모르비두스의 어깨 주변으로 청록색으로 은은히 빛나는 검은 나비가 날아들었다. 그가 피식 웃으며 팔짱 낀 채 나비를 쳐다보았다.

"너 네 엄마를 잘 모르는구나."

리에타가 하늘색 눈을 멍하니 뜬 채 우두커니 섰다. 긴 백금발이 차가운 바람 속에 흩날렸다.

아델, 너는, 나를 위해 아무것도 할 필요가 없어. 나는 정말 아무것도 바라지 않아.

기나긴 고통과 혼란이 무색하도록 세상의 모든 것이 간명해졌다. 리에타가 걸음을 멈추고 우뚝 섰다.

"……모르비두스."

팔랑. 나비가 날아갔다.

"나. 안 가도 될 것 같아."

다음 순간, 리에타가 몸을 돌려 달리기 시작했다. 뒤에서 그녀의 악마가 딱, 손을 튕기는 소리가 들렸다. 모르비두스의 나비들이 따라붙어 그녀를 비호했다.

"말 타고 가라."

히히히힝! 그녀의 백마가 발을 굴렀다. 어떻게 말에 올랐는지 기억이 나지 않는다. 리에타는 고삐를 틀어쥐고 정신없이 설원을 내달리기 시작했다.

이제 나에게는 소중한 무언가를 저버린 죄인 같은 삶만이 남았다고 생각했다. 밝히고 싶지 않았던 것들이 어쩔 수 없이 밝혀지고, 숨어서 살기를 포기한 시점에서 나는 무언가 틀려 버렸다고 생각하고 있었던 것 같다.

'당신은 당신이 원하는 대로 살아요. 그게 그분이 당신에게 주려던 삶이기도 하니까. 그러니까…… 있는 힘껏 행복해지세요.'

라나의 말도, 내 몸에 남겨져 있던 봉인도, 내가 살아온 삶도……. 그 모든 것들이 내게 말해 주고 있었는데…….

나는 내 슬픔에 눈이 멀고 두려움에 귀가 먹어 그 어떤 말도 제대로 듣지 못하고 있었다.

'너라면 어땠을 것 같은데? 그 애가 지금 네 상황이라면.'

눈물이 흘렀다. 당연하잖아……. 난 네가 평생 날 생각하며 슬퍼하는데 인생을 낭비하길 바라지 않아. 그 애가 나처럼 주저앉아 있다면, 그것이야말로 가장 큰 배신이라고.

나는 네가 그런 삶을 살길 바라 너를 그렇게 아껴 키우지 않았노라고, 네 인생을 그런 데 낭비하지 말고 네가 바라는 행복을 잡으라고 등을 떠밀었을 것이다. 나는 결코 사랑하는 내 아이가 나 때문에 무언가를 포기하길 바라지 않았다.

말발굽이 눈 덮인 대지를 박찼다. 대륙에서 가장 추운 땅. 들이쉬는 북방의 바람이 시리다. 그러나 그 무엇도 가슴 깊은 곳에서 솟아오르는 열기를 이기지 못했다.

엄마는 내가 어쩌길 바랐을 거라는 식으로 확신하지는 못했다. 엄마와 함께한 건 아주 어렸을 때의 기억뿐이고 나는 엄마가 아니니까.

다만 한 가지만이 분명해졌다. 도리와 의무 앞에 사람의 마음이 먼저 있었을 것이다. 세상에 해선 안 되는 사랑은 하나도 없어. 나 때문에 네가 포기해야 하는 행복은 아무것도 없어.

내가 사랑했던 모든 것들이 차가운 눈발 사이로 스쳐 지나간다. 사람은 떠났으나 사랑이 그 자리에 있었다. 나에게 사랑을 주었던, 그리고 내가 사랑했던 모든 소중한 사람들의 마음이 나를 떠나지 않고 내 곁에 있었다.

단숨에 모든 것이 선명해졌다. 쉽게 끊어지지 않는 것이 사랑이었다.

리에타가 떠나간 악시아스엔 바람마저 잦아들었다. 킬리언은 고개를 들어 흐릿한 하늘을 올려다보았다. ……일주일의 유예. 돌아오리라는 약속.

리에타가 떠난 것은 한참 전의 일인데도, 킬리언은 그녀를 배웅한 자리에서 떠나지 못한 채 그대로 있었다. 그는 리에타를 보냈던 눈 쌓인 언덕 위에서 멈추어 자신의 호흡이 공기 중으로 흩어지는 모습을 바라보았다.

거역할 수 없는 시간임을 알고 받아들였지만…… 기다려야 할 때라는 걸 알지만 피가 마른다. 주군으로서 리에타가 기사인 그에게 명한 유예 ……. 정말 길고, 고통스러운 시간일 것이다. 리에타가 정녕 나에게 돌아오느냐, 혹은 그녀를 잃느냐가 이 시간에 달려 있다는 것을 킬리언은 거의 본능적으로 예감했다.

'대공과는 악연입니다.'

킬리언은 눈을 감았다. 우리가 만약 그런 악연으로 만나지 않았다면. 내가 좀 더 그대를 행복하게 해 줄 수 있었을까. 고통 없이 확신할 수 있게 해 줄 수 있었을까. 내가 그대를 아픔 없이 안아 줄 수 있었을까. 이렇게 힘들지 않아도 되었을까. 치유해 주겠다는 약속을 지킬 수 있었을까. 그럼 우리는 지금과는 다른 그림을 그릴 수 있었을까.

……그대를 더 이상 잡을 수 없다면, 나는.

아득한 은회색 세상. 폭풍과 폭풍 사이의 고요. 바람이 멈춘 하늘 가득히 자잘한 샹들리에를 펼쳐 둔 것처럼 고요한 눈이 내리고 있었다.

"헉, 헉……!"

리에타는 거친 숨을 몰아쉬었다. 흑적색 망토를 등 뒤에 늘어뜨린 채 저 언덕 위에 가만히 서 있는 킬리언이 보인다. 굉장히 멀리 떨어져 있었지만 그라는 걸 바로 알아 볼 수 있었다.

킬리언이 왜 아직 저기에 있지? 돌아갔다가 다시 나온 것인지 애초에 그 자리를 떠나지 않았던 것인지 모르겠다. 숨이 턱까지 차오른 리에타가 넘어질 듯한 기세로 티그리스에서 뛰어내리며 가슴이 터져라 그를 불렀다.

"킬리언!"

적막한 세상에 그의 이름이 울려 퍼졌다. 가만히 설원에 선 킬리언은 돌아보지 않는다. 리에타는 다시 한번 손을 입가에 대고 목이 터져라 그를 불렀다.

"킬리언!"

두 번째 부르고서야 깨달았다. 그와 나의 세계가 닿지 않고 있었다.

"아……!"

아직 그녀의 주변에 나비들이 날고 있었다. 모르비두스가 걸어 준 비호의 마법. 너무 빨리 달려와서인가 아직 그가 걸어 준 은신의 마법이 끝나지 않았다. 리에타는 망설이지 않고 무작정 그를 향해 달리기 시작했다.

"헉, 헉……!"

폐가 터질 듯이 가슴이 벅차올랐다. 그와의 거리가 좁혀지는 시간 동안, 리에타는 단 한 가지 생각만 했다. 킬리언. 킬리언. 킬리언. 온 세상이 당신으로 가득 찼다. 비로소 살아 있다는 감각이 느껴졌다.

하얀 눈밭 위에 발자국을 남기며 추운 줄도 모르고 리에타는 그를 향해 내달렸다. 가로막는 것은 아무것도 없었다. 온통 뺨을 때리는 바람과, 눈과, 그 사람뿐이었다.

그 사람이 가까워지는 시간이 천년 같다. 오직 그 사람에게 닿기를 바라며 리에타는 간절히 달렸다. 가까워지고 있었다. 가까워지고 있었다.

당신에게 닿기까지 열 걸음. 다섯 걸음.

세 걸음, 두 걸음, 한 걸음.

마침내, 숨이 넘어가기 직전에 그의 앞에 도달한 리에타가 팔을 뻗으며 거세게 충돌하듯 그를 등 뒤에서 끌어안았다. 두 사람이 닿는 순간, 그의 목에 걸려 있던 반지가 짧게 영롱한 빛을 내며 유리잔이 부딪치는 듯 맑은 소리를 내었다. 그리고 별안간 세상에 존재하게 된 그녀가 그의 품안에 가득히 들어차다. 킬리언의 눈이 커졌다.

"……!"

반사적으로 몸을 비틀어 저를 기습한 사람을 제압하려던 킬리언은 본능적으로 손을 멈추었다. 크게 오르내리는 어깨. 가쁜 숨소리. 전심전력을 다해 그에게 달려온 그녀가 벅찬 숨을 몰아쉬며 킬리언을 끌어안고 있었다. 그녀가 설원 위에 남긴 발자국, 달려온 흔적, 그녀의 존재. 모든 것이 킬리언의 세상과 단숨에 합쳐졌다.

시간이 멈추었다. 새하얀 설원 위에 서로를 끌어안은 두 사람만이 세상에 남았다. 순간적으로 그녀가 제 품에 있다는 걸 믿을 수가 없어서, 아주 짧은 시간 동안 그는 아무것도 하지 못했다.

"……무서워요."

리에타의 입에서 나온 말에, 킬리언은 저도 모르게 눈을 크게 뜨고 리에타를 움켜쥐었다. 다급하게 시선을 내리고 몸을 떼어 내 그녀의 안위를 살폈다.

"무슨 일이야! 어디 다쳤어? 네 사역마는!"

자신의 모든 것을 받아 주는 사람 앞에서, 리에타는 숨을 몰아쉬며 그동안 말하지 못했던 아픔을 쏟아 냈다.

"힘들어요. 원망스러워요. 모든 게 다 나 때문인 거 같아요."

시선이 마주쳤다. "그리고 당신을 사랑해요."

킬리언이 숨을 멈추었다. 할 말을 잊은 채 그녀를 멍하니 쳐다보았다. 리에타의 목소리가 젖어 들었다.

"온 세상이 나한테만 가혹한 것 같아……. 다 숨기고 싶고요, 다 말하고 싶고요. 당신이 날 놓을까 봐 무섭고, 당신한테서 도망가고 싶기도 하고, 당신이 보고 싶다가, 영원히 잊어 버리고 싶다가. 당신 없이는 살 수 없을 것 같아요."

그녀가 두서없이 쏟아 내는 말이 이어졌다. 킬리언이 믿을 수 없는 얼굴로 리에타를 바라보다 두 손으로 그녀의 뺨을 감싸 잡았다.

"……지금…… 뭐라고?"

"당신 없인 못 살 것 같아요."

리에타는 그가 다시 묻기 전에 떨리는 목소리로 말했다.

"사랑해요."

언제나 당신은 내가 하고 있는 모든 지지부진한 혼란과 고통들을 다 사소한 일로 만들었고, 기어이 당신을 사랑하게 하였다. 혼란스럽고 피하고 싶고 고통스러운 방황의 길을 돌고 돌아, 리에타는 기어이 자신의 발로 그의 앞에 마주 섰다. 차마 무어라 말하지 못하고 막막해지는 킬리언의 얼굴……. 당신이 나를 바라보며 그런 표정을 한다는 것이 숨이 막힌다.

쿵. 쿵. 가슴이 터질 듯이 심장이 뛰었다. 가슴속이 뜨거워졌다. 혼란도 괴로움도, 슬픔도 아픔도…… 다 받아 준 사람. 당신을 그토록 오래 기다리게 하며 방황하였어도 당신은 언제나 한결같이 잡아 주고 기다려 주었다. 미련하고 모자란 겁쟁이의 못난 사랑이지만…… 내가 감히 그래도 된다면, 이제 당신을 포기하지 않을게요.

고개를 들어, 눈이 마주치기가 무섭게 리에타가 킬리언보다도 먼저 그를 끌어당겼다. 까치발을 하고 그의 상체를 끌어당기며, 그의 옷깃을 당기고 입술을 찾았다. 망설임이라곤 한 톨도 없는데도 손길이 떨렸다.

엇비슷하게 입술이 맞닿는 순간 저절로 눈이 감기며 그에게 입 맞추는 뺨 위로 눈물이 떨어졌다. 흔들리는 접촉에 참을 수 없는 마음이 묻어 났다. 아무런 요령도 없이 그저 간절히 입술을 눌렀다가 떼자마자, 그가 그녀의 몸을 강하게 당겼다.

어설피 맞닿았던 입술이 제자리를 찾아갔다. 달콤하게 얽혀 드는 열망에 점점 더 심장이 뛰며 열기가 몰렸다. 리에타는 그의 어깨 위로 팔을 올리고 목을 감싸 안았다.

숨 쉬는 법을 잊어버렸나. 입맞춤이 처음인 것도 아닌데, 괴로울 정도로 심장이 뛰었다. 젖혀지는 머리를 받쳐 주는 큰 손이 달았다. 목덜미를 끌어당기는 손길이 굉장히 부끄러운 접촉같이 느껴졌다.

"흑……."

호흡이 버거워지며 당황스럽게도 입술 새로 울음 비슷한 소리가 새어 나왔다. 입술이 조금 틈을 두고 떨어지며 킬리언이 눈을 뜨고 그녀를 뚫어져라 바라보았다.

"……!"

리에타가 어쩔 줄 모르는 얼굴로 주춤, 하더니 손등으로 자기 입술을 가리며 새빨개진 얼굴을 감추었다. 울려던 게 아닌데. 이 분위기에 무슨……. 갑자기 지금 내 표정이 걱정되고 굉장히 창피한 기분이 들었다.

"보지 마세요."

이런 얼굴 보이고 싶지 않아. 싫어. 창피해.

"지금 제 얼굴 엉망……."

킬리언이 얼굴을 가린 그녀의 손을 움켜쥐었다. 다시 고개를 내리며 훅 가까워지는 그의 입술 새로 "그래" 하는 소리가 스쳤다. 다른 손으로는 그녀의 뒷머리를 끌어당기며 그는 그녀의 얼굴을 들여다보는 대신 눈을 감으며 다시 입을 맞추었다. 리에타는 그의 어깨 위에 짚은 손을 어찌할 바를 모르고 펼쳤다가 오므렸다가 다시 움켜쥐었다.

온몸에서 힘이 빠졌다. 그는 중간 중간 입술을 떼고 숨을 쉬게 해 주었지만, 입맞춤은 한순간도 멈추지 않았다. 머릿속이 아득해졌다. 숨이 막혔다. 하지만 더 강하게 안아 줬으면……. 부서질 것 같았다. 하지만 놓지 말아 줘.

설원 위는 온통 달콤한 광휘로 가득 찼고, 하얗게, 아릿하게 반짝이는 세상이 뭉그러졌다. 그러면서도 모든 것이 제자리를 찾아가는 것 같았다. 이대로 이 사람 품에 녹아 들어갔으면……

그들은 눈 속에서 아주 오래오래 입 맞추고 있었다. 그대로 세상이 멈춘 듯이……. 아무리 오래 닿아 있어도 모자라고 짧았다. 그러나 넓은 품은 따뜻했고 든든했다. 단단히 감싸 주는 팔이 좋았다.

영원히 그러고 있어도 좋을 것 같았다.

입술이 닿은 채, 리에타가 속삭이듯 물었다.

"벌써 왔냐고…… 묻지 않나요?"

킬리언이 그 말 대신 물었다.

"이제는 아주 오셨습니까."

리에타가 먹먹하게 웃으며 속삭였다.

"아주 왔어요."

날 기다려 줘서 고마워요. 이제는 도망치지 않을게. 킬리언이 그녀와 이마를 마주 대며 해사하게 웃었다. 리에타가 그를 마주 보며 웃다가, 그의 쇄골 위에 폭 이마를 묻고 얼굴을 감추었다.

"……존댓말 하지 말아요. 당신한테 어울리지 않으니까. 놀림 받는 것 같아."

"명령입니까?"

리에타의 얼굴이 빨개졌다. "……하지 말라니까요."

킬리언이 작게 웃었다. 리에타가 퍼뜩 "잠깐……" 하더니 고개를 들어 그의 목을 쳐다보았다. 그러더니 표정이 걱정스러워지며 그의 목 주변의 옷깃을 만졌다.

"피가 나잖아요. 아직 상처가 다 아물지 않았나 봐."

리에타가 황급히 치유력을 끌어 올렸다. 아까 리에타가 들이받은 탓인가, 마력과 성력이 부딪친 탓인가. 무엇 때문인지 상처가 터진 것 같았다. 별로 아프지도 않았다. 킬리언은 제 상처 같은 건 아무 관심 없는 듯, 리에타만 바라보았다.

～～⚜～～

예고 없이 몰아치기 시작한 독한 눈보라를 피해 그들은 리에타의 집으로 가서 몸을 피했다. 혹한의 추위에 거리에는 사람이 없어서 그들을 발견한 사람은 없는 것 같았다.

젖은 옷을 마른 옷으로 갈아입고, 벽난로에 가득 불을 땐 후, 훈기가 돌기를 기다리며 비좁은 침대에서 시트를 둘둘 싸매고 함께 기대어 앉았다. 킬리언의 침대와는 비교도 안 되게 조그만 침대에서 딱 붙어서, 조금씩 방이 덥혀지며 까무룩 잠이 오락가락하는 시간이 달콤했다. ……이것도 꽤, 나쁘지 않았다.

"……성에 가지 말까."

녹초가 된 리에타는 잠이 들었는지 새근새근 그의 품에 머리를 기대고 숨만 쉬었다.

"계속 여기서 이러고 살고 싶다."

킬리언이 한참 후에 혼잣말처럼 물었다.

"……그대 어머니가 나를 받아 주실까?"

리에타는 그새 깨어난 건지, 잠결인 건지 중얼거렸다.

"당신은 나를 구해 줬으니까…… 받아 주지 않을까요?"

킬리언은 말없이 그녀의 등을 도닥였다. 리에타가 그의 품에서 웅얼거렸다.

"당신보다는…… 엄마가 나를 용서할지에 대해 정말 오랫동안 생각했는데요."

킬리언이 말했다.

"……결론이 났어?"

리에타가 잦아들 듯이 작게 말했다.

"……모르겠어요. 하지만 나는 나를 용서했어요."

한동안 그러고 있다가, 리에타가 감았던 눈을 떴다. 킬리언은 계속 그녀를 바라보고 있다가, 리에타와 눈을 맞추어 주었다. 리에타가 그의 어깨에 짚은 손을 망설이듯 만지작거리며 시선을 내렸다가 다시 눈을 맞추었다.

"……당신은 날 용서했나요?"

킬리언이 답했다.

"사랑해."

리에타가 가만히 그를 바라보았다.

"……앞으로 무슨 일이 일어나도, 용서할 건가요?"

그가 답했다.

"영원히 사랑할게."

리에타는 한숨처럼 물기 어린 작은 웃음소리를 뱉었다.

"……그렇게 대답하는 게 어디 있어요. 내 대답이 초라해졌잖아요."

킬리언이 웃으며 그녀를 제 쪽으로 끌어당겼다.

"만회할 기회 줄게."

그가 리에타의 어깨 위에 고개를 내리곤 그녀의 입가에 귀를 가까이 가져다 댄 채 기다렸다. 서늘한 옷자락과 그의 머리카락이 뺨과 목덜미를 간지럽혔다. 리에타가 작은 웃음을 뱉었다. 그는 숨을 죽이고 기다렸다.

리에타는 그를 마주 안고 귓가에 입술을 댄 채, 한참을 아무 말 없이 그의 목을 껴안고 가만히 있었다. 몇 번이고 망설이듯, 입술이 열렸다가 닫힌다. 이 마음이 넘쳐흘러 그냥 당신에게 닿았으면……. 그 어떤 말에 담아도 온전히 전해지지 못할 것 같은 벅차고 미안한 애정. 리에타는 끝내 울먹이며 중얼거렸다.

"……어떻게 전해야 할지 모르겠어요."

킬리언은 아쉬워하지 않았다. 다만 웃으며 그녀를 힘껏 끌어안았다.

"전해졌어."

19

계약

❧

리에타가 꽤나 앓을지도 모르겠다는 생각을 했었다. 설마 이런 걸로 감기에 걸리려나 싶은 일이 있으면 역시나, 리에타는 어김없이 꼭 탈이 났으니까. 몸을 쓰는 데에 익숙하지도 않은 사람이 몇 시간을 말을 달려오지 않았나. 그 추운 곳을, 눈보라를 맞아 흠뻑 젖은 채 완전히 까라져 녹초가 되도록……. 그러나 리에타는 그의 옷깃을 꼭 움켜쥔 채 푹 자고 나선 하루 만에 씻은 듯이 일어났다.

"괜찮아?"

묻는 말에 리에타는 그의 가슴에 파고들며 생글생글 웃었다.

"너무 기분 좋고 개운한데요."

목소리에 제법 힘이 있었다. 빤히 바라보던 킬리언이 손을 들어 근육통으로 아플 만한 부위를 안마하듯 꾹 눌렀다.

"아야야야……."

참을 틈도 없이 몸이 움츠러들며 절로 앓는 소리가 나왔다. 리에타가 불쌍하게 웃었다.

"……근육통은 좀 있어요. 삭신이 쑤시네……."

근육통이 좀 있는 정도일 리가. 안 하던 사람이 그 정도로 말을 달렸으니 온몸을 흠씬 두드려 맞은 것처럼 아플 텐데.

"이리 와. 풀어 줄게."

킬리언의 손이 그녀의 등줄기와 어깨를 붙잡았다. 리에타가 화들짝 놀랐다.

"하지 마요. 아, 하지 마요! 아파, 아파요! 살살, 살살! 아, 간지러워!"

리에타가 새처럼 파드득거렸다. 웃음소리가 섞인 비명이 터졌다.

"살살 하고 있어."

어지간히 아팠는지 리에타는 버둥거리다가 방어하듯 그의 양쪽 손목을 딱 잡아 쿵 소리가 나게 벽에 눌렀다. 킬리언이 눈을 깜박였다.

"하지 마요!"

표정도 자세도 꽤나 박력 있었다. 그 박력에 다시 반할 거 같아서 킬리언은 붙잡혀 준 채 가만히 쳐다보다 고개를 내려 쪽 입 맞추었다. 리에타가 눈을 깜박였다.

쪽. 쪽. 쪽. 이마랑, 눈이랑, 콧잔등이랑. 얌전히 잡혀 준 채 살짝살짝 두드리듯 입 맞추고 있으니 리에타가 어느새 손을 놓고 그의 목 근처 옷깃을 슬그머니 잡아당겼다. 자연스럽게 고개가 내려가며 입술이 제자리를 찾아갔다. 정신을 놓고 키스하다가 이대로 있다간 뭐라도 저지를 것 같아서 킬리언은 거의 도망치는 기분으로 침대에서 빠져나왔다.

"……나갔다 오자."

온통 활활 불바다가 된 그의 속을 아는지 모르는지, 발그레해진 얼굴로 살짝 밭아진 숨을 쉬던 리에타는 쪽, 그의 입술에 가벼운 버드키스를 남기고 떨어지며 해맑게 웃었다.

"그래요."

그 허약한 체질에 놀라울 정도로 그녀는 빠르게 회복했다. 계속 그를 보고, 눈이 마주칠 때마다 이유도 없이 반짝이는 눈으로 방긋방긋 웃는 얼굴이 딱…… 미칠 정도로 예뻤다.

"업어 줄까?"

리에타가 작게 웃었다.

"아뇨."

킬리언은 보폭을 조금 늘여 성큼성큼 몇 걸음 걸어 리에타 앞으로 가더니 리에타를 보며 뒤로 걸었다. 킬리언이 쌓인 눈을 먼저 밟고 지나가자 그를 따라가는 걸음이 편해졌다. 리에타가 민망해하며 웃었다.

"앞에 보고 가세요."

킬리언이 뿌듯이 웃으며 여전한 뒷걸음으로 눈길을 헤쳤다.

"이쪽이 더 좋은데."

리에타가 그의 눈을 보고 웃으며 그를 향해 걸었다.

"넘어지겠어요."

"좀 넘어지면 어때. 눈밭인데."

말하자마자 그는 "어" 하며 눈 속에서 발꿈치에 뭐가 걸린 듯 살짝 비틀거렸다. 리에타가 얼른 손을 뻗어 그를 잡아 주려고 했지만 이미 간단히 균형을 회복한 킬리언은 기회를 놓치지 않고 내밀어진 손만 감사히 답삭 잡았다. 손가락이 얽히며 깍지가 껴졌다. 어린아이처럼 신이 나서 위아래로 흔들흔들하는 깍지 낀 손에 리에타가 웃었다.

킬리언은 리에타에게서 눈을 떼지 않은 채, 그녀가 시선을 맞추어 주고, 한 걸음 한 걸음씩 계속해서 제게로 다가오는 모습을 선명하게 눈에 담았다. 리에타가 웃으며 다시 말했다.

"킬리언."

다음 순간 킬리언이 그녀를 들어 제 어깨 위에 훌쩍 올려 앉히고 뒤로 돌았다. 리에타는 꺅 작은 비명을 지르며 그의 어깨에 매달렸다. 발이 공중에 뜨며 위층의 공기가 훅 끼쳤다. 리에타의 신발 바닥에 붙어 있던 눈들이 킬리언의 옷에 스치고 아래로 떨어졌다.

"무겁지 않아요?"

"전혀?"

그의 발걸음엔 하나도 힘든 기색이 없다. 킬리언은 한 팔로 그녀의 무릎과 정강이 사이를 감싼 채 가볍게 균형을 잡고 걸었다.

"제 짐도 당신이 다 들고 있으면서……."

"어차피 그대의 짐 들어 주라고 있는 손이야."

작은 웃음이 터졌다.

"그럼 이 손은요?"

"그대 손 잡으라고 있는 손."

"지금은 다리를 잡고 있는데?"

"그래서 지금은 그대가 좀 잡아 주면 좋겠대."

킬리언이 무릎을 감싼 손을 봐달라는 듯 반짝반짝 움직였다. 저 여기 있어요. 잡아 주세요. 리에타가 장난치듯 손을 줄까 말까 톡톡 건드리며 애를 태웠다. 킬리언이 빠져나가는 손을 아슬아슬하게 놓쳐 주면서 리에타의 치맛자락 위를 답삭답삭 헛잡았다.

뽀득 뽀득 그의 발밑에서 눈이 밟히는 소리가 사탕 부서지는 소리 같다. 리에타가 어깨에 앉아 있는 데다 킬리언은 고개를 들어 그녀를 쳐다보는 통에 그의 머리를 싸매고 있던 후드가 흘러내려 있었다. 리에타가 다시 싸매 주려는 걸 킬리언이 거치적거린다며 사양했다.

리에타는 한 손은 그의 손등 위에, 다른 손은 그의 머리 뒤로 팔을 둘러 편하게 그의 머리를 쓰다듬었다. 그러다 "춥지 않아요?" 하며 고개를 내리고 손바닥으로 그의 양쪽 귀를 따뜻하게 감싸 주었다. 킬리언이 작게 웃었다.

"좋다."

추운 것도 썩 나쁘지 않다는 생각이 들었다. 그들은 겨울 장에서 이것저것 먹을 것과 필요한 것들을 사 가지고 집으로 돌아왔다. 악시아스의 겨울 장은 뜻밖에 괜찮은 데이트 코스였다. 추운 날씨 때문에 모두가 똑같이 눈만 내놓고 다닌다는 게 이렇게 좋은 조건일 줄 전엔 미처 몰랐기 때문이었다. 딱히 변복이 필요가 없었다. 혹독한 추위가 오히려 그들을 자유롭게 만들었다.

이내 리에타의 집이 보였다. 푸르릉! 앞마당에 있던 백마가 눈 속에서 가볍게 투레질을 하며 다그닥 다그닥 문 쪽으로 다가왔다.

"티그리스."

킬리언이 그녀를 내려 주자 리에타가 애정 어린 손길로 녀석의 머리를 쓰다듬으며 웃었다. 제 발로 집을 찾아오는 영특한 말을 리에타는 따로 매어 두지 않았다. 얌전히 리에타의 손길에 머리를 내 주고 순하게 눈을 깜박거리는 말을 킬리언이 물끄러미 쳐다보았다. 킬리언은 내가 오늘 기분이 좋으니 꽤나 선심 쓴다는 마음으로 장바구니에서 당근을 꺼내 티그리스에게 건넸다.

"자."

인간과 짐승 사이에서 시선이 맞부딪혔다. 이제는 말에 대한 이해가 늘어 리에타도 둘 사이가 썩 화목하지 않다는 걸 알고 있었다. 리에타가 기대감 어린 눈으로 먼저 손 내밀어 준 킬리언과 티그리스를 바라보았다. 하지만 티그리스는 본 척도 않고 홱 몸을 돌려 무시했다.

사람이면 계급장이라도 들이밀지. 이건 뭐. 리에타가 작게 웃음을 터뜨렸다. 킬리언은 짧은 한숨과 함께 어깨를 으쓱하고 리에타에게 당근을 넘겨주었다. 리에타가 웃음기 남은 얼굴로 당근을 받아 들었다. 킬리언은 맨손으로 당근을 먹이려는 그녀의 손에 손수 장갑을 끼워 주었다.

리에타가 흙을 털어 건네주니 언제 무시했냐는 듯 티그리스는 날름날름 잘도 받아먹었다. 순식간에 두 개를 해치우고 바구니에까지 기웃거리며 하나를 더 탐낸다. 저런 괘씸한 녀석이 한때나마 내 말이었다니…… . 뭐, 되었다. 얄미워해 봤자 일개 축생이 어쩔 건데. 보내 줬으니 리에타나 잘 모시면 됐지.

리에타는 이제 제법 말을 잘 달리게 되었다. 그 일이 있기 전에도 꾸준히 늘고 있었다는 걸 알긴 했지만, 그녀가 혼자 말을 몰아 용의 계곡에서부터 꽤나 먼 거리를 달려왔다는 걸 알았을 땐 정말 놀랐다. 이제 정말로 그녀는 혼자서도 어디든 갈 수 있을 듯하다. ……그게 조금도 서운하거나 불안하지 않다면 거짓말이겠지만.

킬리언은 티그리스에게 당근을 먹이는 리에타 뒤에서 슬쩍 그녀를 끌어안았다. 그리고 그녀의 어깨 위에 턱을 대고 중얼거렸다.

"난 같이 탈 때가 더 좋았는데."

리에타가 살짝 목을 움츠리며 웃었다. 간질간질한 기분이 들었다. 괜히 부산해지려는 손을 감추려 장갑 소매를 고쳐 당기며 리에타는 짐짓 아닌 척 미소 지었다.

"가끔 같이 타면 되죠."

킬리언이 리에타의 목덜미에 대고 땅이 꺼져라 긴 한숨을 내쉬었다.

"그냥 '저도요' 해 주면 안 되나."

기분만이 아니라 실제로도 목덜미가 간질간질해지기 시작했다. 리에타는 큼, 작게 목을 고르고 말했다.

"혼자 탈 수 있지만 같이 타는 거랑, 혼자 탈 수 없어서 같이 탈 수밖에 없는 건 다른걸요. 레아도 티그리스도 계속 두 사람을 태우고 달리려면 힘들 거고……."

그걸 몰라서 말하는 것 같은가……. 킬리언이 피식 웃었다.

"재미없긴."

그래도 리에타가 직접 말을 몰아 나에게로 달려와 줄 수 있다는 것도 나쁘진 않다. 리에타가 티그리스를 돌보는 동안 킬리언은 장에서 사온 식료품과 물건들을 집에 채워 넣었다.

나갔다 오는 동안에도 실컷 불을 때어 놓아 집 안은 훈훈했다. 뭐라도 먹을 걸 만들어야 할 것 같아 부엌에서 이것저것 들추어 보는데 그녀가 뒤에 와서 허리를 끌어안으며 몸을 붙였다.

"왜."

웃으며 돌아봤다가 입술을 오므리고 아기 새처럼 올려다보는 얼굴과 딱 마주쳤다.

"뭐 해 주려고요?"

잠깐 정신이 나갔다. 아니 그렇게 키스해 달라는 듯이 쳐다보는 건 반칙이잖아. 킬리언은 차마 그 귀여운 얼굴을 똑바로 볼 수가 없어서 웃으며 제 눈을 손으로 덮어 가렸다. 리에타는 영문을 모르는 얼굴로 있다가, 그가 손으로 목덜미를 감싸 주며 쓱 고개를 내려 들어오자 또 웃으며 그의 어깨에 팔을 올렸다. 오늘은 진짜 여기까지만.

……생각하고 있었는데 어느새 식탁 위에 올려놓고 또 키스하고 있었다. 그다음엔 벽난로에 장작을 넣다가 또. 그다음엔 계단에서 눈이 마주치

니 또. 집 안에 키스로 이어질 수 있는 장소와 상황이라는 게 이렇게 많은 지 몰랐다. 온종일 뭔가 계속하긴 한 것 같은데 종일 키스한 것밖에 기억 이 안 났다. 눈만 마주치고 정신만 차려 보면 키스하고 있었다.

미치기 딱 좋군. 리에타의 뺨에 홍조가 오르고 입술과 눈이 살짝 젖은 채 반짝인다. 딱 미치게 예뻐서 또 고개를 내릴 뻔하다가 스스로한테 미친 새끼라고 열두 번쯤 속으로 욕을 퍼부어 준 후 간신히 멈췄다.

"……입술이 부르틀 것 같은데."

어떻게든 조절을 해야 할 것 같아 살짝 빼는 소리에, 리에타는 수긍해 주기는커녕 그의 허리에 살짝 손을 올리며 보드라운 몸을 기대 왔다.

"그럼 안 돼요?"

정말 돌겠네.

"……안 될 리가."

그렇게 쳐다보면서 그렇게 말하는데 다른 대답을 할 수 있을 리가 없잖 아. 결국 또 키스했다. 자기 자제력을 꽤나 자신해 왔던 평생의 믿음이 송 두리째 흔들렸다. 언젠가 취한 리에타를 재워 두고 침대 근처를 맴돌면서 앉았다 섰다 번뇌하던 시간 따위는 고뇌 축에도 들지 못하는 거였다. 겨우 그 정도를 가지고 대단히 잘 참았다고 착각했던 과거의 애송이를 현재의 미친놈이 비웃었다.

살짝 선을 밟고 미쳐 가는 정신을 초인적인 이성이 멱살 붙잡아 선 안 으로 질질 끌고 들어왔다. 그는 그 사이를 끝도 없이 넘나들었다. 쿵! 소리 가 나며 의자가 넘어지고서야 정신이 들었다. 그가 허리를 숙여 의자를 세 우는 걸 보고 리에타가 작게 웃었다. 눈이 마주쳤다. 그녀의 뺨은 예쁘게 달아올라 있고, 평소보다 붉은 입술이 촉촉해 보였다.

"……"

고역이다. 딱 돌아 버리기 직전이었다. 믿지도 않는 신들의 이름을 종류

별로 다 불러 보며 킬리언은 속으로 도를 닦았다. 정말 정신을 놓느냐 마느냐의 기로에 서 있다는 게 이런 거구나.

안 된다. 리에타다. 왕녀의 딸이다. 그녀 자신의 죄를 용서했노라 한 지 얼마 되지도 않았다. 더군다나 이제 그의 유일무이한 주인 된 사람이었다. 무엇보다도 세상 무엇과도 바꿀 수 없는, 내 목숨보다 소중한 사랑하는 사람이었다.

그녀가 와 준 것에 대한 감사를 무엇으로도 표현할 길이 없는데, 서로 마음을 확인했으니 이제 당장 침대로 직행하자는 놈으로 보이고 싶지 않았다. 그녀가 겪어 온 시간이 힘들었던 만큼, 귀한 만큼 가장 정중한 방법으로 모시고 싶었다.

세상에 존재하는 격식이란 격식은 다 갖춰도, 줄 수 있는 선물을 다 갖다 바쳐도 모자랐다. 그래도 그런 걸로라도 리에타가 얼마나 귀한 사람인지, 내가 그녀를 얼마나 소중하게 생각하고 있는지 보여 주고 싶었다. 그 전에는…….

아 젠장. 어느새 또 붙어 있는 입술이 딱 알맞은 각도로 포개져 그는 반쯤 선을 밟은 채 그녀의 입안을 더듬고 있었다. 이거 진짜 위험한데. 날도 추운데 옷은 왜 이렇게 얇은 거야. 천 하나 사이로 느껴지는 피부의 감촉에 자꾸 이성이 세상 저편으로 날아갔다.

리에타는 순수한 얼굴로 웃으면서 품에 파고드는데 킬리언은 딱 미치기 직전이었다. 요령을 부려도 정도가 있지 이대론 리에타가 못 알아챌 리가 없었다.

절대 그녀가 주는 행복이 부족하지는 않았다. 너무 소중해서 차마 손 뻗을 수도 없는 사람이었다. 몇 년을 기다려도 좋다고 했던 사람이 이만큼이나 와 주었는데 못 기다릴 리가…….

하지만 눈만 마주치면 어김없이 불이 붙었다. 이렇게 가까이 붙어 있는

데 자제력이 이전 같을 순 없었다. 정신이 혼미해지는 품안의 달콤한 향기에 온통 코를 묻고 마음껏 들이켜고 싶었다.

리에타도 거절하지 않을 것 같다는 생각을 하며 자꾸만 고개를 쳐드는 본능을 작신작신 밟아 눌렀다. 어차피 저는 애첩이니 결혼하지 않아도 제 침실에 오셔도 된다는 말을 들었을 때 느꼈던 참담함을 떠올리면 들떴던 마음이 싹 가라앉았다. ……딱 오 초 정도만 그랬다.

또 누가 시작했는지도 알 수 없고 거역하지도 못한 키스가 시작되었다. 리에타가 그의 옷깃을 움켜쥐고 있다가 그의 어깨 위로 손을 미끄러뜨려 목을 끌어안았다. 나직한 숨소리. 순식간에 입맞춤이 깊어졌다. 이성은 그만하라는데 도저히 끊을 수가 없었다.

그때, 문밖에서 조그만 종소리가 울렸다. 뎅……뎅.

"……?"

툭. 리에타의 집 대문 밑으로 서신 하나가 밀려 들어왔다. 두 사람의 시선이 문 아래로 넣어진 봉투로 향했다. 난데없이 시야에 들어온 편지에, 흠칫하며 리에타의 몸이 굳어지는 게 느껴졌다.

"……."

킬리언이 리에타의 양 뺨을 감싸 그녀의 고개를 자기 쪽으로 돌렸다. 쪽. 그가 다시 리에타의 콧날에 입을 맞췄다. 리에타가 눈을 깜박이며 무의식적으로 그가 키스한 곳을 손으로 만졌다.

"……웬 놈이람. 분위기 깨게."

킬리언은 일부러 가벼운 어조로 이마를 맞댄 채 웃었다. 리에타가 작게 마주 미소 지었다.

"그러게요."

리에타가 흔들린 건 아주 잠시, 평정을 되찾은 미소는 여전히 맑고 아름다웠지만, 그의 팔에 닿아 있는 손끝이 차가워지는 것까진 숨겨지지 않았다.

칼도 아니고, 피도 아니고 고작 내용도 모르는 편지 봉투를 보고 이런 두려움을 느껴야 한다니. 킬리언이 고개를 숙이며 손바닥으로 덮혀 주듯 리에타의 팔 바깥쪽을 잡고 쓸었다.

"추워?"

다정한 물음에, 그녀가 피식 웃더니 고개를 저었다. 그리곤 고개를 기울여 툭, 그의 팔에 안기듯 이마를 기대었다. 킬리언이 고개를 숙이며 리에타의 머리 위에 입 맞추었다.

"……그럼 하던 거나 계속할까."

리에타는 살짝 눈을 들어 그를 쳐다보며 장난스럽게 웃었다.

"당신 눈썹이 맘에 없는 소리라는데요."

눈치 좋은 여자는 그가 위로하려는 걸 알아챈 듯하다. 하지만 그것 때문에 키스하자고 한 걸로 들렸다면 그건 잘못 안 건데. 리에타가 그의 팔을 밀어내려 하자 킬리언은 다시 그녀 뒤에 손을 짚으며 리에타를 팔 사이에 가두었다.

"그럴 리가."

키스는 항상 하고 싶고, 지금은 그만해야 한다는 마음 쪽을 잠시 치웠을 뿐이다. 하지만 리에타는 손등으로 다가오는 입술을 막으면서 웃었다.

"킬리언. 나 정말 괜찮아요."

그녀는 그의 뺨에 살짝 입 맞추더니 그의 팔을 살짝 두드려서 풀고 옆으로 내려섰다. ……젠장. 킬리언은 살짝 눈매를 찡그리고 입술을 물었다가 표정을 지웠다. 그녀가 문 쪽으로 가려는 걸, 킬리언이 가볍게 막아서고 앞질러 갔다.

"내가 볼게."

킬리언은 몇 걸음만에 성큼 문 앞으로 가서 편지를 집어 들었다. 그 일이 있은 후, 우편 배달원이나 심부름꾼은 물론이고 도둑 길드까지 확인해 리에타 앞으로 오는 모든 편지며 소식은 이미 그의 앞으로 확실히 돌려 둔 후였다.

출처가 불분명한 것들은 편지고, 소식이고 허락 없이 리에타에게 직통으로 전해지지 않도록. 그러니 이 집으로 직접 올 만한 편지는…….

'축성술사의 집. K.A.A.R 귀하.

……역시. 킬리언의 눈길이 침착하게 가라앉았다. 리에타가 가까이 다가왔다.

"그대에게 온 게 아니야."

킬리언이 손가락으로 이름 쪽을 짚은 채 들어 리에타에게 보여주었다.

"나한테 온 거네."

"……?"

리에타가 조금 의아한 얼굴이 되어 서신과 킬리언을 바라보았다. 부정할 수 없이, 받는 이의 이름으로 적혀있는 철자는 킬리언의 이니셜이었다. 리에타가 돌아왔다는 것도, 킬리언이 이곳에 머물고 있다는 것도 사람들은 모르는 일일 텐데.

"……당신과 제가 여기 있다는 걸 벌써 아는 사람들이 있는 건가요?"

킬리언은 어깨를 으쓱했지만, 어렴풋이 보낸 사람을 직감했다. 봉투를 뒷면으로 돌려 보니, 조금 긴 문구가 적혀 있었다.

증명된 의지에 존경과 경의를 보내며. 이제, 충실한 신하된 자가 몸을 낮추어 예를 표하니 승자께서는 지혜와 인애로 굽어살피시어 명예를 더욱 드높이시기를.

'승리를 축하드리고, 모쪼록 우리를 잘 부탁드립니다' 라는 의미로, 지금은 관용구가 된 역사적 구절이 인용되어 있었다. 킬리언은 눈을 살짝 찡그러며 쓴웃음을 지었다.

먼저 서신의 내용을 확인한 후, 킬리언은 리에타를 가까이 오라고 불러 그녀에게도 그것을 보여 주었다. 애초에 그녀의 의사를 먼저 물었어야 했던 일이었다. 그녀에게 그것을 건네주고, 킬리언은 이마를 매만지며 난롯가의 의자 끄트머리에 살짝 기대어 앉아 기다렸다.

"이 서신……."

서신을 확인한 리에타가 입을 열었다.

"페르디안 님이 보낸 건가요?"

킬리언이 왠지 껄끄러운 얼굴로 끄덕였다. 그다지 상쾌하진 못한 낯이었다. 리에타는 다시 서신을 보며 할 말이 참 많은 것 같기도 하고, 할 말이 없는 것 같기도 한 얼굴이 되었다.

페르디안이 보낸 건 제이드의 무덤을 이장하는 건에 대한 서류……. 정확하게 그것은 제이드의 무덤을 칼리고에서 악시아스로 이장하는 건에 대한 양측 영주의 합의와 협조 약속, 상호 양해에 관한 내용이 담겨 있는 각서였다.

"……그대가 반대하지 않는다면, 이대로 진행할까 하는데. 어떻게 생각해?"

페르디안 쪽에는 이미 사인이 되어 있었고, 일을 진행하기 위한 유가족의 동의, 그러니까 리에타의 동의 부분만이 사인을 기다린 채 공란으로 비워져 있었다. 리에타만 원한다면 전남편의 묘지를 옮겨와 주겠노라고 킬리언은 그녀에게 제안하고 있는 것이었다.

무슨 말을 해야 할지 알 수가 없었다.

"……언제 이런 걸 의논하셨어요?"

"……얼마 안 됐어. 멋대로 이런 얘길 진행해서 미안해."

킬리언이 문서를 보느라 흘러내린 리에타의 머리카락을 살짝 정돈해 주며 말했다.

"너무 자주 이장하는 게 좋지 않다는 건 알고 있어. 천천히 시간을 두고 결정해도 괜찮아. 어차피 그대의 동의가 없으면 전부 무효야. 아무 일도 일어나지 않을 테니까. 언제든."

"아뇨, 그보다……."

리에타는 잠시 머뭇거리다 서신 봉투를 들어 킬리언에게 보이며 물었다.

"관용구라는 건 알지만……. 여기 쓰여 있는 말은 당신이 '승자'가 되지 못했으면 당신에게 손해가 되는 다른 문서가 도착했을 거라는 말처럼 보이는데요. 그분이랑 어떤 얘길 나누신 거예요?"

리에타는 눈치가 빨랐다. 킬리언은 입술을 꾹 물고 혹시나 있을지 모르는 오해에 대해 먼저 해명했다.

"그대의 결정을 두고 내기나 경쟁 따윌 한 건 아니야. 그냥……."

당연히 그럴 거라고 생각하진 않았다. 하지만 어딘지 리에타는 킬리언이 뭔가 내키지 않아 하는 이야기가 있다는 묘한 직감이 들었다.

"혹시 당신, 이걸 위해 무슨 손해를 감수했나요? 아니면 당신에게 불리할 수 있는 다른 약속을 그분과 하셨다거나……."

아닐 거라고 생각하고 농담처럼 웃으며 해 본 말이지만, 킬리언의 얼굴이 약간 곤란한 듯 굳어졌다.

"……딱히 그쪽도 내게 손해는 아니었어."

리에타의 눈이 조금 커졌다. '손해는' 아니라고?

"뭔가 있기는 있었군요? 뭐였나요? 그것부터 말해 주세요."

짧게 침묵이 흐르고, 그가 답했다.

"그대를 찾기 전에…… 페르디안이랑 거래라고 해야 하나. ……약속한 게 있긴 했어."

"약속이요?"

킬리언이 껄끄러운 듯 입가를 만지다 쓸어내렸다.

"……별건 아냐. 그대가 여기 있기로 결정하면 제이드의 무덤을 악시아스로. 그대가 여길 떠나기로 결정하면 칼리고에 내 기사들을 파견하기로 합의했어."

"……네?"

리에타가 어리둥절한 얼굴이 되었다. 칼리고에 기사들을 파견한다니?

"그대가 나를 떠나서 다른 곳에서 지내게 되더라도, 그대의 안전은 확인할 수 있었으면 해서……."

킬리언이 뒷머리를 만지작거렸다.

"……딱히 동일한 교환가치는 아니었지만, 피차 바라는 바가 맞아서 이루어진 합의였으니까. ……그대가 여기 있기로 결정한 걸 알았나 보군. 그래서 그렇게 써 둔 모양이야."

킬리언이 소리 없이 한숨을 내쉬고, 꼭 리에타의 버릇이 옮겨간 것처럼 자신의 목덜미를 눌렀다.

"그대가 악시아스를 떠나기로 결정하면 전쟁을 일으키거나 보복을 한다거나 하지 않고 그대의 뜻을 존중해 보내 주는 것이 그쪽의 조건. 뭐, 나도 그런 짓까진 할 생각 없었으니 딱히 손해 볼 건 없었고."

킬리언의 목소리가 담담하게 이어졌다.

"대신, 설령 그런 일이 벌어진다면 내가 그대를 직접 보지는 못해도, 내가 믿을 수 있는 사람이 그대를 돌볼 수 있게……. 내가 원하는 만큼의 군대와 기사를 파견하기로. 그쪽이 내 조건. 나한텐 나쁠 거 없는 교환이었어."

군대와 기사? 리에타가 멍하니 그를 바라보았다.

"그대가 제일 안전하게 있을 수 있는 곳은 악시아스지만, 그대가 끝내 여기서는 살 수가 없다고 결정한다면."

킬리언의 목소리가 몇 번인가 느려지다 멈추다 하며 이어졌다.

"……그대가 안전하게 지낼 땅이 필요하니까. 그대에게 두 번째로 안전할 장소를 생각하지 않을 순 없었어."

그대가 끝내 날 못 보겠다고 한다고 해도…… 그대가 잘 있는지, 무사한지 확인하는 것만은 포기할 수가 없을 것 같아서. 그대의 안전을 지속적으로 확보하고 확인할 방법을 마련해 두고 싶어서……. 킬리언은 답지 않게 말꼬리를 흐리더니 제 목덜미를 만지작거리던 손을 내렸다.

"……뭐 그렇게 된 이야기. 그대도 알다시피 막상 만났을 땐 우리, 엉망이었지만."

킬리언이 한번 눈을 들어 리에타를 보다가 가만히 벽난로로 시선을 옮겨 장작을 던져 넣었다.

"지금은 무의미한 얘기야."

리에타는 조용히 그를 바라보았다. 타닥. 타닥. 장작이 조용히 타올랐다.

"……당신이 그런 손해 보는 거래를 했다는 걸 믿을 수가 없네요."

리에타의 말에 그가 그녀를 힐끔 쳐다보았다.

"손해인가?"

킬리언은 머쓱하게 슬쩍 웃어 보였다.

"그대가 안전하다는 걸 확신할 수만 있으면 내겐 그리 손해 보는 일은 아니었다고 생각해. 어차피 다 원래 그러려고 했던 거고, 난 그 과정의 협조와 동의를 얻기만 했으니 크게 억울하지는 않아."

"킬리언, 나는……. 칼리고에 가겠다고 한 적이 없는걸요."

킬리언이 희미하게 웃었다.

"……그래? 괘씸하네. 녀석은 그대가 꽤나 칼리고를 고려하고 있다는 듯이 착각하도록 말하던데. 뭐 나도 악시아스가 아니라면 그쪽밖에는 답이 없다고 생각하고 있긴 했지만……. 그대는 나 때문에 그 악마와 계약을 회복시켰고, 계속 그 녀석을 데리고 있어야 하니까……."

"······킬리언."

리에타는 고개를 저었다.

"······제가 악시아스에 남을 경우 당신이 보답으로 얻게 되는 게, 제이드의 무덤을 여기로 이장하는 데 동의해 주는 거라니. 그게 당신에게 무슨 이익이 돼요?"

킬리언이 입꼬리를 올리며 고개를 숙였다. "그런가." 킬리언은 입술을 축이고 바닥으로 시선을 내리며 솔직하게 말했다.

"그땐 그댈 잡을 방법이란 방법은 전부 잡아야 할 것 같았어. 제이드 무덤이 거기 있다는 것조차······ 그대가 여기 있어 주지 않을 이유인 것만 같았고."

"······."

"그냥. 그대에게 필요한 거니까."

리에타가 눈을 감았다 뜨고 그를 바라보았다. 웃는 듯, 속상해하는 듯 눈매가 살짝 이지러진다. 킬리언, 나한테 필요한 건······. 그가 잠깐 리에타를 쳐다보았다가 다시 시선을 내렸다.

"······그냥. 할 수 있는 거, 그대에게 필요한 건 다······."

웃고 있었지만, 킬리언은 처음으로 스스로에 대해 자신 없어 보였다.

"칼리고는 좋은 땅이니까. 여긴 춥고, 위험하고······."

"킬리언."

리에타가 먹먹한 눈으로 웃으며 그의 손을 포개어 잡았다.

"악시아스가 더 좋은 땅이에요. 당신이 그렇게 만들었잖아요."

킬리언이 리에타를 보고 웃었다. 맑은 하늘색 눈에 벽난로의 불이 반사되며 따뜻한 빛이 일렁였다.

"······제가 떠난다고 하면, 정말 저를 보내 줄 생각이었어요?"

킬리언은 어색하게 말했다.

"……이젠 못 물러."

못 무른다니. 무를 생각도 없었다. 리에타가 다가와 그의 머리를 꼭 껴
안고 중얼거렸다.

"……당신도 바보 같은 생각을 하네요."

킬리언이 머뭇거리며 리에타를 잡았다.

"난 이런 게 처음이잖아……. 그러니까 내가 바보 같은 짓을 하면 한 번
이라도 더 해 본 그대가 이해해 줘."

두려움, 절박함, 바보 같은 불안……. 그런 건 나한테만 있는 줄 알았는
데. 이 사람이 그런 생각을 했을 줄은……. 한 번도 보인 적 없는 그의 모
습에, 그동안 눈으로 직접 보지 못했던 킬리언의 두려움과 슬픔과 고통이
새삼스럽게 손에 잡히는 듯했다. 리에타는 새삼스럽게 그를 꽉 붙잡아 보
았다.

"다시 만났을 때는, 나를 절대 보내 주지 않을 것처럼 행동했으면서……."

그는 리에타의 팔을 잡은 채, 여전히 시선을 내리깔고 말했다.

"솔직히 말해서…… 그대를 순순히 보낼 생각은 처음부터 없었어…….
그대가 어디 있는지 모른 채로 널 찾아 헤맬 때도."

킬리언의 말이 잠깐 끊어졌다가 이어졌다.

"끝내 나를 못 보겠다면, 받아들일 테니……. 더 이상 난 그대를 보러 오
지 않을 테니까. 만나 달라고 하지 않을 테니까 내 땅에만 있어 달라고."

그냥 이 땅 어딘가에 그대가 안전하게 있다고, 그것만 내가 알 수 있게.
그대가 사는 땅이니 내가 여길 더 좋은 땅으로 만들어야 한다고 믿을 수
있게, 내 땅에만 있어 달라고 애걸복걸할 생각이었는데.

"……."

"어쨌든 그대에게 가장 안전한 곳은 악시아스니까. 아무리 내가 믿을
만한 사람을 보내도 내가 직접 지키는 땅인 것보다는 못하다고 그대를 설

득해 보려고 생각했던 것도 같고……. 그랬지. 그대를 순순히 보낼 생각은
없었어."

킬리언이 웃으며 벽난로 앞을 고갯짓했다.

"그런데 막상 그대를 만나니까 하나도 생각이 안 나고 그냥 내가 죽어
야 그대를 보낼 수 있겠구나 싶어서……."

"……그래서 그런 유혈사태를 벌였나요?"

킬리언은 할 말이 없는지 눈치를 보며 입을 다물었다.

"……그렇게 울릴 줄은 몰랐어. 미안해."

리에타가 살짝 눈물이 고인 눈으로 원망하듯 웃었다.

"……모르긴."

킬리언이 한쪽 입꼬리를 올리며 리에타를 안고 그녀의 어깨 위에 고개
를 숙였다.

"난 오히려 그대가 몰랐다는 듯이 구니 이상한데……. 그대는 내가 그
대 없이 살 수 있을 것 같았나."

그리고 그녀의 손을 제 목에 갖다 대며 사족을 덧붙였다.

"……진작, 이걸로 그댈 잡을 수 있는 줄 알았으면."

리에타가 기어이 주먹으로 그의 등어깨를 퍽 때렸다.

"……당신 정말 나빠요."

킬리언이 가만히 맞아 주며 웃었다.

"……다시는 그러지 말아요."

킬리언이 뻔뻔하게 웃으며 리에타의 등을 그러안고 고개를 숙였다.

"당연하지. 이제 그대 옆에서 영원히 있어야 하니 죽고 싶어도 못 죽어."

리에타가 그를 안아 주며 작게 안타까운 웃음을 뱉었다. 한 번도 흔들린
적이 없는 줄로만 알았던 사람이 날 잃을까 두려워하며 흔들리고, 비이성
적인 결정을 내리고, 이토록이나 불안했다는 것도……. 다른 모든 것들도

……. 애틋하고 미안하고 고마웠다. 사랑스러웠다. 리에타가 그의 등을 쓸어 주었다.

"……이런 당신을 두고 한순간이라도 떠난다고 생각했다니 내가 너무 했네요."

킬리언이 리에타의 팔을 잡고 그녀의 품에 머리를 묻은 채 웃었다. "그치."

리에타가 꼭 그를 안아주었다.

"킬리언."

"응."

"난 칼리고엔 가지 않아요. 거기로 가겠다고 생각한 적도 없고……."

"응."

"나한테 최고의 땅은 당신이 있고, 당신이 일군 악시아스구요."

"응."

리에타가 그의 뺨을 감싸고 그와 눈을 바로 마주하며 말했다.

"나한테 필요한 건 이미 여기 다 있어요."

킬리언은 이번엔 바로 대답하지 못하고 눈으로만 답했다.

"나한테 필요한 건 당신뿐이에요."

"……."

"내 슬픔과 아픔과 혼란과…… 과거의 사랑까지 모두 안아줘서 고마워요."

리에타가 흔들림 없는 미소로 그를 마주했다.

"하지만 이제 나한테 가장 소중한 건 당신이니, 당신은 더 이상 내게서 그 사람의 자리를 비워 두지 않아도 괜찮아요."

"눈이 많이 오네요. 길이 막히겠어요."

눈이 내리는 창밖을 바라다보는 리에타의 등 뒤에서 킬리언이 보드라운 숄을 걸쳐 주며 포근하게 그녀를 끌어안았다. 그가 감싸 주는 숄을 가슴께에서 잡는 대신, 리에타는 웃으며 살짝 몸을 뒤쪽으로 허물어뜨리고 그의 가슴에 등을 툭 기대었다.

"킬리언, 나 더워요."

그의 몸에 리에타의 백금발이 스치며 흐드러졌다. 고개를 뒤로 젖혀 거꾸로 올려다보는 모습이 예쁘고, 사랑스럽고, 장난꾸러기 같았다. 킬리언은 별말 없이 가까이 붙어선 그녀를 꼭 끌어안았다.

"……옷이 얇은 것 같은데."

리에타가 작게 웃었다.

"얇지 않아요. 당신 기분 탓이라니까."

리에타의 몸에는 이미 킬리언이 몇 겹이나 입혀 놓고 덧씌워 놓은 옷과 외투와 숄들이 덧입혀 있었다.

"게다가 불을 저 정도로 때면 조금 얇아도 될 것 같지 않아요?"

킬리언이 그녀의 무릎 밑에 손을 넣고 가볍게 리에타를 안아 들며 속삭였다.

"……그래도 좀 더 두껍게 입어 줘. 날 위해서."

리에타는 자연스럽게 그의 어깨에 팔을 둘러 그의 팔에 안긴 채 의아한 듯 물었다.

"당신을 위해서?"

순진한 반문에, 킬리언은 대답 없이 물끄러미 리에타를 바라보다 그저 웃어 버린다. 그저 소중히 그녀를 안고 살짝 이마에 입 맞출 뿐. 이토록 사무치게 소중한 그대를, 내가 어찌하면 좋을까.

"그런데 당신 정말 처음이에요?"

"뭐가?"

"음……."

리에타가 그런 걸 묻는 제가 부끄럽고 염치없다고 생각하는 얼굴로 뺨을 감싸고 기어들어 가는 목소리로 종알거렸다…….

"당신은 항상 '이런 게' 처음이라고 하니까."

킬리언은 빤히 리에타가 익어 가는 걸 쳐다보고 있다가 물었다.

"그대가 내 첫사랑이라는 게 정말이냐고?"

직접적으로 표현된 말이 부끄러워 리에타의 얼굴이 벌게졌다.

"……와, 그렇게 들으니 굉장히 황송하네요. 아니에요. 대답하지 마요. 바보 같은 걸 물었어요. 당신 첫사랑은 어머니라고 했던 거 같은데……."

리에타가 그의 어깨에 고개를 묻고 얼굴을 숨겼다. 킬리언은 그녀에게서 눈을 떼지 못하고 가만히 웃었다. 있잖아. 그대는 사랑을 해봤잖아. 누굴 사랑하면 원래 이런 느낌이야? 나는 세상에 이런 느낌이 있다는 게 믿어지지 않아. 내 모든 게 그대를 위해 있는 것 같아.

킬리언. 눈이 많이 와요. 킬리언.

리에타가 그를 부르면 어디 머릿속에 그녀를 향해 돌아가는 나침반이라도 달린 듯, 그쪽으로 고개가 자연스레 따라간다. 그녀가 웃는다.

이러다가 눈 속에 고립되겠어요. 우리 성으로 돌아가지 않아도 괜찮아요?

흔들리는 머리카락에, 안겨 오는 온기에, 불러 주는 목소리에 보기만 해도 숨이 멈출 듯 벅찬 행복감이 차오른다. 먹지 않아도 배가 부른데, 아무리 해도 목이 마르다니 이상하기도 하지.

어찌할 바를 모르겠는 이 마음이 정말로 사랑인가. 아무래도 이건 사랑 같은 흔한 현상 보다는 조금 더 깊고 특별한 마음이 아닐까. 그러지 않고서야 어떻게, 남들은 다 이런 죽을 것 같은 목마름을 견디고 산단 말인가.

참 이해할 수가 없는 일이다.

　'나한테 필요한 건 이미 여기 다 있어요. 이제 내게 가장 소중한 건 당신이니, 당신은 더 이상 내게서 그를 위한 자리를 비워 두지 않아도 괜찮아요.'

　믿을 수 없으리만치 가슴 떨리는 고백을 들은 가슴에는 더 무거운 책임감이 깃들었다.

　'나를 좋아해라.'

　'내가 치유해 줄게.'

　실패를 해 본 적 없는 자신만만하던 사내의 고백은 아픈 시련을 겪으며 피 흘리는 약속이 되고 간절한 소원이 되고 반석 같은 의지가 되었다.

　'정말 행복하게 해 줄게.'

　'내 삶을 다 바쳐서라도 그렇게 해 줄게.'

　'무엇이 우리 앞을 가로막아도 잡은 손을 놓지 않을게.'

　'그대를 웃게 해 줄게.'

　'날 택해 줘서 고마워.'

　'실망시키지 않을게.'

　'고마워.'

　이제는 온전히 나를 원해 주노라 하는 그녀의 고백은 어째서인지 나를 더더욱 날뛰지 못하게 하고, 그녀를 대함에 더욱 신중해지게 하였다.

　차라리 나는 그대에게 소중했던 그 사람의 대신으로, 그저 조금의 의지가 되고, 한낱 그늘이 되기만을 바란다는 마음가짐이었을 때 나는 조금 더 무책임했다. 그때는 조금 더 마음껏 날뛰듯 제멋대로 그대를 원하고 주제

넘게 사랑할 수 있었다.

그러나 그녀가 이제는 나를 사랑한다고, 무엇보다도 내가 소중하다고 말해 주고 나니 나는……. 더욱 그대를 귀하게 여기고, 완벽하게 행복하게 해 주지 않으면 안 된다는 책임감이 들었다.

그대가 사랑하는 사람이니까. 나는 더 완벽하게 좋은 사람이 되지 않으면 안 된다. 그렇지 않으면 그대가 내게 주는 이 깊은 마음에 보답할 길이 없어.

더듬더듬 놓을 곳을 찾지 못하고 방황하던 손이 저도 모르게 그의 옷깃을 쥐었다가 끌어당긴다. 킬리언의 팔이 단단하게, 천천히, 그녀의 허리를 끌어당겼다. 리에타는 입 맞출 때 가만히 그의 옷깃이나, 어깨를 잡는 걸 좋아했다.

그러다 그가 깊이 그녀를 제 쪽으로 당기며 몸을 낮추어 주면, 흐르듯, 팔을 펴고, 그의 어깨 위로 걸치며 깊이 목을 끌어안아 주었다.

오늘은 정말 힘들겠구나. 킬리언은 믿지도 않는 신들의 이름을 종류별로 다 불러 보는 대신, 다만 리에타를 꼭 끌어안았다.

상처가 많은 사람이라서, 조금이라도 세게 쥐면 부서질까 봐, 내 무신경한 말이, 행동이, 조금이라도 그녀의 아픔을 건드릴지 몰라서 내 마음조차 내가 무섭다.

침대에 고이 내려놓고 다만 입맞춤 이상으로 닿을 수 없었다. 킬리언은 새로운 고백을 준비하고 있었다.

'부디 청컨대, 나의 영혼과, 맹세와, 검의 주인이여. 감히 제가 다시 청혼한다면, 재고해 주시겠습니까.'

'내 모든 것을 기꺼이 바칠 테니, 그대는 다만 내가 바치는 것들을 거절

하지 아니하고 받아 주십시오.'

'그 모든 죄와, 고통과, 어려움에도 불구하고 그대 이 척박한 땅에 머물러 주시길 거절하지 않으신다면, 내가 그대의 기사가 되어 한평생 그대를 지킬 테니, 나의 평생을 바쳐 사랑할 단 한 사람의 반려가 되어 주십시오.'

"킬리언⋯⋯. 정말 안 들어올 거예요?"

리에타가 이불 속에서 고개만 내민 채 주저하면서 물었다. 그가 손가락으로 리에타의 머리카락을 부드럽게 빗어 주며 물었다.

"잠 안 와?"

그의 목소리도⋯⋯ 머리카락 사이로 지나가는 느긋한 손가락도, 서늘하고, 간지럽고⋯⋯ 기분이 좋다. 리에타가 느리게 눈을 깜박이며 그를 올려다보았다.

"⋯⋯당신 없으니까 허전해."

슥 입꼬리가 올라갔다. 그가 고개를 숙여 리에타의 이마 위에 살짝 입술을 눌렀다. 가볍지만 조금 길게, 시간을 두고 조심스럽게.

"먼저 자."

리에타는 가만히 눈을 감고 다정한 감촉을 느꼈다.

"영주님이 그러고 앉아 계시면, 제가 잠을 잘 수가 없잖아요."

그 옛날, 하비투스 대사원에서 처음 함께 누워 했던 말이 떠올라, 킬리언은 피식 웃으며 대꾸했다.

"침대가 넓지 않아 '영주님이' 같이 누울 순 없겠는데."

리에타가 그를 올려다보며 작게 말했다.

"침대는 좁지만, 당신이 안아 주면 같이 누울 수 있지 않을까요?"

킬리언이 비스듬히 턱을 괸 채 고개를 기울여 웃었다.

"다른 뜻은 없겠지, 물론?"

리에타가 쑥스러운 듯 웃더니 코 위로 시트를 올려 표정을 감춘다.

"……당신이 안아 주면 따뜻해요. 안심되고."

킬리언이 작게 웃었다.

"……나도 그대를 안고 있으면 따뜻해. 안심되고."

리에타가 배시시 웃으며 손을 들어 자신의 머리를 감싸는 그의 손을 깍지 껴 붙잡았다.

"그럼 들어와 안아 주지."

……너무 안심하지 마. 양심에 가책이 드니까.

리에타의 집에 걸려 있는 결계는 성물을 가지고 있는 킬리언과, 리에타 자신에게는 효과가 발휘되지 않았다. 킬리언은 그걸 조금 뒤늦게 알게 되었다.

"이 집에 은신의 결계가 쳐져 있다고?"

"네. 모르비두스가 만든 결계예요. 원래 당신은 절 발견할 수 없었어요. 레이첼이 두 번이나 다녀갔고, 다른 사람들도 왔다 갔지만 아무도 절 발견하지 못했거든요."

킬리언은 반지를 만지작거리며 묘한 얼굴이 되었다.

"그동안 아무도 저를 보지 못했어요. 기사들도, 이웃들도 많이 지나다니면서 쳐다보고……. 레이첼은 집 안에 들어오기까지 했는데도 그냥, 이렇게 슥."

리에타가 두 손을 엇갈리게 들어서 닿지 않게 교차시켰다. 리에타의 말이 이어졌다.

"그래서 난 모르비두스의 결계를 철석같이 믿고 있었지 뭐예요."

그때의 아찔함을 떠올리는 듯, 리에타가 한숨을 쉬며 얼굴을 감쌌다.

"그런데 당신이 와서 딱…… 눈이 마주쳤는데……."

얼굴을 가린 손가락 사이로 하늘색 눈이 킬리언을 쳐다보았다.

"……얼마나 놀랐는데요."

킬리언은 피식 웃으며 입술을 비죽였다.

"내가 그날 안 왔으면 어쩔 뻔했어."

리에타가 살그머니 웃었다. 리에타가 빈손을 펼쳐 반짝 내밀었다.

"손 잡아 줘요."

킬리언은 리에타가 성에서 사라진 직후 성을 뒤집어엎고, 가장 먼저 이 집에 다녀갔었다는 이야기를 했다. 그때는 리에타가 없었노라고……. 그리고 리에타에 대한 가짜 목격담이 외성에서 끝없이 나와서 그곳을 헤매어 다니느라 꽤나 고생했다고 했다.

그들은 잠시 헤어진 동안 있었던 이야기들을 나누었다. 내가 얼마나 애타게 그대를 찾았는지, 주로 킬리언이 이야기하고, 리에타는 들었다.

나는 그냥, 이 집에 숨어 있었어요. 차마 떨어지지 않는 발을 떼지 못하고 당신을 기다리고 있었지…….

"……그럼, 이게 없었으면 나는 그대를 발견하지 못했을 거라고?"

"네. 아마. 아무래도 그것 때문이었던 것 같아요. 다른 이유는 짐작이 가지 않아요."

킬리언은 복잡한 얼굴이 되었다. 리에타는 웃으면서 그의 머리를 쓰다듬었다.

"킬리언. 내가 당신에게 해 끼치지 말아 달라고 부탁할 거지만, 그래도 내 주변에 통제되지 않는 역마가 있으니까, 그 목걸이는 한동안 당신이 가지고 있지 않을래요? 나는 어차피 역병에 걸리지 않거든요……. 그리고 그걸 가지고 있으면 여길 우리만의 별장으로 쓰기 좋을 것도 같고요."

리에타는 그에게 딸아이의 반지를 한동안 빌려주기로 했다.

킬리언과 리에타는 성으로 돌아왔다.

사람들에게 온전한 관계 회복과 화해의 상징을 보이기 위해 꼭 그의 손을 잡고 들어가야 한다거나, 혹은 홀로 오롯이 서서 들어가야 한다거나, 어느 하나를 꼭 택해 자신의 선택을 보여주어야 한다고 생각하지 않았다.

그저 리에타는 스스로 홀가분한 마음으로 자신이 일해야 하는 자리, 있고 싶은 자리로 돌아와 하늘 아래 섰다. 그의 손을 잡고 있었던 적도 있었고, 그렇지 않은 적도 있었다.

다만, 내가 나를 용서하였으니 이제 괜찮았다. 앞으로 사람들을 마주했을 때, 무엇을 어찌하겠다고 구체적으로 생각해 두지는 않았다. 그러나 각오했던 것이 무색하게도, 리에타는 정말로 마음 편하게 있을 수 있었다.

킬리언이 어떤 조치를 취해 둔 것인지, 아니면 그의 측근 누군가가 그리하자 한 것인지. 사람들은 그녀에게 그 어떤 감격이나 슬픔, 유감도 표출하지 않은 채, 무슨 일이 있었냐는 듯 전처럼 리에타를 대해 주었다.

밝혀진 그녀의 이름이라든가, 그들 사이에 얽힌 악연이라든가 리에타가 그를 두고 성에서 사라졌던 일이라든가 킬리언이 미친 듯이 그녀를 찾아 헤맸던 시간 같은 것은 아무것도 문제되지 않는 평범한 해프닝이었다는 것처럼. 그들 사이에 중대한 장애물이 되는 일 같은 것은 원래부터 없었다는 것처럼.

여느 때처럼 인사해 주는 집사, 시녀장, 친하게 지내던 하녀들, 사제들, 기사들. 언제나처럼 축성하던 자리. 좋아하던 창가. 좋아하던 바람. 미처 상상하지 못했던 일상의 모습으로, 모든 것이 그대로였다. 이렇게 이전의 일상을 되찾을 수 있을 거라고 생각하지 못했는데. 사람들이 그렇게 태연하게 전처럼 대해 주는 것이 못내 고마웠다.

리에타는 잃어버렸던 일상을 되찾았다. 그녀에게 새로운 평화가 돌아왔다. 그것은 더 이상 무언가를 덮어 둔 채 불안 속에서 거짓으로 흉내 내는 평화가 아닌, 모든 것을 자신의 의지로 받아들이고 스스로를 용서한 진심에서 우러나는 평화였다.

무슨 일이 일어나도 이겨 낼 수 있다는 믿음이 리에타의 내면에서, 킬리언과 잡은 손 사이에서, 사람들과 마주한 눈빛 사이에서 솟아올랐다.

킬리언의 집무실에서 기다리고 있던 레이첼은 리에타를 보자마자 훌쩍 걸어오더니 그녀를 두 팔로 꼭 끌어안고 눈을 감았다. 리에타는 조금 당황했지만, 이내 말없이 그녀를 마주 안아 주었다. 팔을 풀고 떨어지는 순간 잘그락 소리와 함께 리에타의 손목에 무언가 감겼다.

동쪽 별채 기사들이 선물해 준 팔찌였다. 팔찌를 채워 준 레이첼이 짧은 한숨과 함께 리에타의 양쪽 손목을 잡은 채 시선을 내리고 있다가, 시선을 들어 리에타를 바라보았다. 아무 말도 하지 않았지만, 보인 적 없던 모습에서 그녀다운 위로가 느껴졌다.

레이첼은 오래 그러고 있지 않고 곧 떨어졌다. 언제 그랬냐는 듯 말을 아낀 채, 레이첼은 평정을 되찾은 얼굴로 킬리언에게 경례했다. 킬리언은 짧게 고개를 까닥여 레이첼의 인사를 넘기고 바로 말했다.

"보고해."

리에타의 드레스룸은 이전의 이름을 벗고 이제 '축성술사의 방'이라는 정식 명칭을 갖게 되었다. 어째서 대공비의 방이 아니냐는 아쉬움은 가볍게 무시되었다.

순장될 뻔한 과부. 세비타스의 미망인. 대공의 애첩⋯⋯. 그녀가 밟아 왔던 모든 다사다난했던 이름들은 사라지고, 축성술사 리에타는 킬리언의 옆자리에 자신의 이름을 걸고 섰다. 라멘타의 후예라는 이름이나, 저주의 주인이라는 이름이 다시 그녀에게 붙을지도 모르지만, 상관없었다.

할 수 있어. 이겨 낼 수 있어. 리에타는 킬리언의 손을 잡았다.

리에타는 자신이 어머니의 마지막 말을 들을 마음의 준비가 되었다고 생각했다. 모르비두스 앞에서, 어머니의 유품으로 자신에게 남겨진 지팡이를 쥐었다. 어머니가 그녀에게 남겼다는 그 '유언'을 공개하기를 시도했다. 그리고 실패했다.

⋯⋯왜 안 되는 거지? 리에타는 혼란스러운 얼굴로 지팡이를 움켜쥐고 바라보았다. 다시 정신을 집중하고 힘껏 신성력을 끌어 올려 보았다. 우우웅⋯⋯! 눈부신 빛을 발하며 지팡이에 은색 신성력이 휘돌았다. 그러나 베아트리체의 지팡이는 평범한 여느 신성 무기처럼 리에타의 신성력을 휘감아 증폭시킬 뿐이었다.

축성, 정화, 치유, 신성 탐색, 결계 해제, 신성력을 통한 자기 증명, 신성 명령⋯⋯. 신성력으로 그녀가 시도할 수 있는 모든 것을 다 해 봤지만 지팡이에선 아무 일도 일어나지 않았다.

리에타는 당황했다. ⋯⋯어떻게 해야 하는 거야? 신성 무기를 통해 들을 수 있을 거라고 했으니 아마도 기억 전승 형태의 신성 마법이나 봉인이 잠들어 있을 거라 생각했는데. 막상 유언을 듣겠다고 결심하고 나니 뭘 어떻게 해야 그 유언이라는 걸 들을 수 있는 건지조차 알 수가 없었다.

예상한 대로 이 지팡이 안에 신성 마법이 잠들어 있다는 건 느껴졌다.

하지만 열쇠 없이 자물쇠만 더듬고 있는 것 같다. 내 능력으로는 넘을 수 없는 벽 같았다. 알고 있는 신성 마법 지식을 총동원해 기억 전승이나 그와 비슷한 용도로 사용되는 신성 마법의 발동 조건을 모두 시도해 보았지만 마찬가지였다. 리에타가 당황한 얼굴보 모르비두스를 처다보았다.

"모르비두스. 이게 왜……."

그는 팔짱을 끼고 선 채 벽에 등을 대고 물끄러미 지팡이를 보고 있었다.

"……글쎄. 나야 모르지. 난 베아트리체가 네게 유언을 남겼다는 것도 네가 말해 주기 전까진 몰랐는데."

리에타가 난감한 얼굴로 입술을 깨물었다. 내가 원하면 들을 수 있을 거라는 말에 막연히 간단한 신성 감응이나 의지의 전달만으로 쉽게 들을 수 있을 거라고 생각했는데. 막상 시도해 보니 뭘 어떻게 해야 하는 건지 알 수가 없었다. 리에타가 시도하는 어떤 마법이나 주문, 신성력의 움직임에도 지팡이는 특별한 반응을 하지 않았다. 이십 년을 지속되고 있던 신성 마법을 내가 너무 쉽게 생각한 건가? 잠자코 보고만 있던 모르비두스가 훈수를 두었다.

"혹시 시동어 같은 게 필요한 거 아니야?"

"아……!"

그런가? 하, 하지만 난 들은 게 없는데……. 그런 게 필요했다면 라나가 알려 주지 않았을까? 어쨌든 가능성이 없는 이야기는 아니었다. 시동어……. 리에타는 지팡이를 들고 조그맣게 중얼거렸다.

"유언 공개."

반응이 없다.

"베아트리체 왕녀의 유언?"

"리에타에게 남긴 유언."

"보, 봉인 해제?"

거듭되는 실패. 실패. 실패. 반복된 실패에 리에타의 얼굴이 점점 달아올랐다.

"난 준비됐으니까 들려 줘!"

"……."

지팡이는 아무 반응이 없었다. 리에타는 자기도 모르게 황망히 모르비두스를 쳐다보았다. 모르비두스가 말했다.

"권능 언령 시도해 봐."

"권능 언령?"

"신성력 담아서."

"아."

리에타가 신성력을 끌어 올렸다.

"유언을 들려 줘."

그러나…… 역시 실패. 아까 했던 말들을 죄다 더해 시도해 봐도 마찬가지였다. 다시 눈이 마주쳤다. 이번엔 모르비두스도 그저 어깨를 으쓱했다. 그로서도 딱히 답을 모르겠다는 얼굴이었다. 고민하는 얼굴로 생각에 잠겼던 리에타는 곤란한 표정으로 뺨을 만지다가 고개를 저었다.

"……시동어는 아니지 않을까? 어려운 시동어라면 암호나 다를 바 없잖아. 그런 게 필요했다면 라나가 알려 줬을 거야."

"라나?"

리에타는 고개를 들어 모르비두스를 바라보았다. 모르비두스는 모르는 사람인 건가?

"나한테 이 지팡이…… 전해 준 사람."

모르비두스는 처음 듣는 이름이라는 의미인 듯 별다른 표정 없이 어깨만 으쓱했다. 리에타는 한숨을 내쉬었다. 라나의 존재조차 모른다면 모르비두스가 가진 정보가 나보다 많다고도 하기 힘들다……. 리에타가 한동안 지팡이를 바라보며 침묵하다 고개를 들어 그를 올려다보았다.

"······그런데, 당신은 그때 같이 있지 않았나 보네? 다른 악마들은? 엄마가 떠날 때 당신이랑 악마들이 함께 내려갔던 걸로 기억하고 있어서 난 좀더 늦게까지 같이 있었을 줄 알았는데."

딱히 지난 일을 원망하거나 비난하려는 의도는 담기지 않은 순수한 물음이었다. 그는 등을 벽에 기댄 채 주머니에 손을 찔러 넣고 담담하게 답했다.

"근처까진 동행했어. 하지만 항복을 하러 가면서 정도 이상의 무장 병력들을 데려갈 순 없었으니까."

리에타는 약하게 웃었다.

"무장 병력? 당신들이?"

"그곳에는 대사제 루텐펠트가 지휘하는 전투 사제 군단이 주둔하고 있었고 베아트리체는 악마들이 문제되길 바라지 않았어. 몇을 데려가긴 했지만 난 거기 포함되지 못했고."

리에타는 시선을 내리며 살짝 고개를 숙인 채 눈을 깜박였다.

"······그랬구나."

다른 악마는 괜찮았나? 파죽지세의 정복 군주를 상대로 항복을 청하러 가며, 신중하게 행동해야 했던 입장이었을 엄마가 조심한 것이 이해가 가지 않는 처사는 아니지만······. 차라리 모르비두스가 옆에 있었더라면······.

······괜히 물어봤다. 저도 모르게 '만약'을 가정하며 쓰라린 기분에 사로잡힐 것 같아서 리에타는 애써 그 생각을 떨쳐 버렸다. 모르비두스가 있었으면 어떻게든 엄마를 지키지 않았을까 하는 생각이 자꾸 뻗어 나가는 건 괴로운 일이었다.

지금 내가 열심히 생각해서 해결할 수 있는 문제는 이 손안의 지팡이.

어떻게 들어야 하는지 알 수 없는 유언뿐이다. 리에타는 애써 생각의 가지를 잘라 냈다. 문득 무언가가 떠올라 리에타는 퍼뜩 모르비두스를 쳐다보았다.

"혹시 몽마의 꿈 마법으로 기억이나 환상 같은 게 봉인돼 있을 가능성은?"

모르비두스는 가만히 턱을 괴고 지팡이를 바라보았다.

"글쎄……."

혹시나 하고 모르비두스에게 어머니가 도움을 받았을 가능성이 있는 악마들의 마법에 대해 생각나는 것을 모두 확인해 보았다. 꽤 오랜 시간이 걸려 전부 시도해 보았지만 역시, 하나같이 소용이 없었다. 리에타는 한숨을 내쉬었다.

악마와의 계약……. 계약된 악마……. 뭔가 불분명하게 마음에 걸리는 것이 리에타의 머릿속에서 잡힐락 말락 했다. 모르비두스의 목소리가 상념 속을 파고들었다.

"그 물건을 전해 준 사람에게 물어보는 게 가장 빠를 것 같은데. 라나라는 인간은 어디 있는데?"

리에타는 고개를 저었다.

"라나는……."

목소리가 갈라져서 목을 가다듬고 리에타는 다시 말을 이었다.

"떠난 지 오래야. 나한테 이걸 전해 준 걸로 자기가 받은 부탁은 끝이라고……."

모르비두스는 잠시 침묵하며 베아트리체의 지팡이를 바라보았다. 모르비두스가 입가로 뻗어 나온 뿔을 가만가만 만지작거리다 물었다.

"그 유언에 대해, 라나라는 인간이 뭐라고 했다고?"

리에타는 말을 잇기 어려운 듯 잠시 침묵하다가 입술을 달싹였다.

"언젠가 내 마음이 바뀌면 이걸 통해 유언을 들을 수 있을 거라고 했어. 그래서 간단하게만 생각했는데……."

"네 마음이 바뀌면?"

리에타가 입술을 말아 물며 고개를 숙였다.

"……응. 나는 듣고 싶지 않다고 했거든."

모르비두스는 별 표정 변화 없이 짧게 끄덕이더니 마력을 일으키며 손을 뻗었다.

"그거 이쪽으로 줘 봐."

내밀어 보라는 건가. 마법으로 탐색해 보려고? 리에타가 신성력을 거두고 지팡이를 쥔 채 모르비두스 쪽으로 내밀었다.

"닿지 않게 조심해."

모르비두스의 손에서 시작된 마력이 천천히 지팡이에 휘돌았다. 우우웅. 지팡이가 강하게 진동했다. 지팡이 속에 잠들어 있는 신성력이 악마의 간섭을 거부하며 요동쳤다.

리에타의 머릿속에 불안한 생각이 고개를 들었다. 라나는 내 마음이 바뀌고, 준비가 되면 들을 수 있을 거라고 했는데. 난 아직 마음의 준비가 되지 않은 걸까? 그래서 유언을 들을 수 없는 걸까? 그런 게 아니라면…….

리에타는 지팡이를 바라보며 심란한 눈빛이 되었다. 아까는 시동어가 있었다면 라나가 알려 줬을 거라고 말했지만 뒤늦게 '정말 그럴까?' 하는 생각이 들었다. 확신할 수 없었다. 혹시 잊은 건 아닐까. 혹시 내가 유언을 끝까지 안 들을 거라 생각하고 방법을 말해 주려다 관둔 건 아닐까. 말하려고 했지만 내가 완강하게 거부해서 전해 주지 못한 건 아니었을까……. 괜히 구구절절 이걸 통해 유언을 듣는 방법에 대해 이야기하려고 하면 내가 유품마저 안 받겠다고 거부할까 봐…….

그날 라나에게 했던 말들이 후회가 되어서, 리에타는 꾹 주먹을 그러쥐었다. 그땐 그저 도망치고 회피하고 싶은 마음에 그런 생각은 하지도 못했다. 구체적으로 어떻게 해야 들을 수 있는 건지 물어봤어야 했는데. 어떤 내용이든, 날 사랑해 줬던 엄마가 남긴 마지막 말인데……. 그때 당장은 아니어도 반드시 언젠가 듣기는 해야 했는데…….

제이드의 유품을 모조리 없애 버리고서 뒤늦게 후회가 돼서 죽을 것만 같았던 과거의 고통이 떠오르며 묵직한 무언가가 가슴을 내리눌렀다.

또, 경솔하고 바보 같은 짓을 한 걸까? 단지 내가 뭔가 놓치고 있을 뿐인 거라면 좋으련만. 설마 이대로 영영 엄마가 남긴 말을 들을 기회를 잃는 건 아니겠지? 떠나 버린 라나를 다시 만날 수 있을까?

그 순간, 자신의 마력으로 지팡이를 탐색하던 모르비두스가 슥 손을 뻗어 지팡이를 움켜쥐었다. 치이이익! 마력과 신성력이 날카롭게 마찰하며 살을 태우는 소름 끼치는 소리가 들렸다. 깜짝 놀란 리에타가 그걸 뒤로 빼며 빼앗으려고 했다.

"모르비두스!"

"괜찮아. 봐 봐."

모르비두스의 동공이 세로로 가늘어지며 악마의 기운이 강하게 뻗어나와 베아트리체의 지팡이를 휘감았다. 리에타의 눈이 커졌다. 리에타에게 기억이 흘러가지 않도록 차단한 채, 모르비두스는 지팡이를 쥐고 몽마의 마법을 전개했다. 그의 머릿속으로 과거의 기억이 스쳐 지나갔다.

'너, 뭐 하려는 속셈이야.'

'……'

모르비두스가 베아트리체를 움켜쥐었다.

'여기 왜 왔어. 뭐 하려고 왔어?'

'……'

모르비두스가 왈칵 커지는 목소리로 소리쳤다.

'예지로 뭘 봤는지 말해!'

쩡! 베아트리체는 팔 한번 움직이지 않고 신성력을 일으켜 모르비두스의 손을 제 몸에서 떨쳐 냈다. 악마의 손은 날카로운 신성력을 이기지 못하고 피투성이가 되어 떨쳐졌다. 모르비두스는 엉망이 된 손을 개의치 않고 다시 바짝 다가서며 그녀의 두 어깨를 움켜쥐었다.

'이러지 마. 너 잘못 생각하는 거야.'

그녀가 입을 열었다. 그러나 악마가 원했던 대답은 아니었다.

'놔. 거칠게 다루고 싶지 않아.'

모르비두스가 다급하게 말했다.

'날 데려가. 네 명령을 들을게. 알잖아. 내가 뭐라고 지껄여도 결국 네 뜻에 반하게 움직일 수 없다는 거 알잖아.'

'너하곤 함께 가지 않아.'

쩡! 베아트리체가 다시 신성력을 일으켰다. 급기야 그녀 앞에 강력한 신성 결계가 만들어지며 모르비두스는 그녀를 놓치고 두 걸음 뒤로 밀려났다. 그녀가 강제로 자신을 떼어 놓으려는 걸 알고 모르비두스의 눈이 새빨갛게 달아올랐다.

'기다려, 베아트리체. 나랑 얘기해. 제발.'

베아트리체는 악마의 애원을 묵살하고 몸을 돌렸다. 쾅! 격분한 모르비두스가 주먹 쥔 손으로 결계를 내리쳤다.

'그냥 저놈들 다 죽이라고 명령해. 간단하잖아!'

'그걸론 아무것도 끝나지 않아.'

'뭘! 뭘 끝내는데!'

그녀는 대답하지 않는다. 모르비두스가 사납게 반항하며 닥치는 대로 모든 것을 말려 죽이는 역신의 힘을 일으켰다. 그러나 계약에서 자유롭지 못한 사역마의 힘은 주인된 자의 신성력에 가차 없이 짓밟혔다. 그의 주인이 말없이 일으킨 견고한 신성력이 모르비두스의 몸을 옭아매기 시작했다. 쾅! 거부하는 모르비두스를 강제로 무릎 꿇리고, 베아트리체는 끝내 그가 원치 않는 명령을 내렸다.

'……!'

사역마를 상대로 한 절대적인 신성 명령이 모르비두스의 정신을 옭아맸다. 모르비두스의 몸에 박힌 마법 문양이 새빨갛게 달아오르며 명령을 거부하는 악마를 강제했다. 피가 흘렀다. 쾅! 자신의 몸을 속박하는 계약에서 벗어나려 몸부림치며 모르비두스는 악에 받쳐 소리쳤다.

'계약이 끝나면 내가 가만히 있을 것 같아?'

대답은 잔인하도록 담담했다.

'네가 그런 녀석이니까 데려가지 않겠다는 거야.'

모르비두스가 이를 악물고 절규했다.

'난 너를 절대 용서하지 않을 거야!'

계약자의 명령을 거부하는 악마의 몸이 계약의 징벌 아래서 조각조각 부서지고 있었다. 베아트리체는 언제나처럼 감정 없는 눈으로 그를 바라보았다.

'……악당 같은 대사네.'

희미해지는 의식 속에서, 그녀의 눈에 처음으로 감정이 담겼던 것 같다. 그녀의 입술이 조용히 움직였다.

'용서하지 않아도 너는 내 명령대로 하게 될 거야.'

……그렇게 말했던가? 아니…….

'용서하지 않아도 너는 나를 이해하게 될 거야.'

……였나?

'안녕. 아칸.'

잿빛으로 사그라드는 인사가 공기 중으로 흩어졌다. 정말 그 인사를 들은 것인지, 집착 같은 것이 만들어 낸 환상인지 불분명하다.

그 후로 이십 년. 리에타를 다시 만나 그녀가 그의 이름을 불러 주기까지, 모르비두스는 베아트리체와 관련된 모든 것을 잊었다. 지키기는커녕, 나는 너의 마지막조차 허락받지 못했어.

"하지 마!"

화악! 신성력에 밀려난 모르비두스가 감았던 눈을 떴다. 탁! 리에타가 화난 얼굴로 그의 손에서 지팡이를 휘두르듯 빼앗았다. 모르비두스의 손에서 그녀의 유품이 미끄러지듯 빠져나가고, 빈손에는 화끈한 열감만이 남았다. 리에타가 그를 손으로 밀쳐 내며 노발대발 소리쳤다.

"악마가 성물이나 다름없는 걸 쥐어서 어쩌려는 거야! 뭘 할 수 있다고! 부탁하지도 않은 짓을 왜 해!"

모르비두스가 자기 손바닥을 내려다보았다.

"……너를 위한 마법밖에 없어."

리에타가 눈을 깜박였다.

"……어?"

모르비두스는 검게 탄 손을 무심히 바라보며 살짝 주먹 쥐었다가 폈다. 그리곤 고개를 들어 리에타를 보며 싱긋 웃었다.

"걱정 마. 만져 보니 베아트리체가 생전에 남긴 마법이 담겨 있는 건 확실하네. 혹시 그동안 그걸 너무 강하게 거부해서 영영 들을 수 없게 됐다거나, 마법이 손상됐다거나 그런 건 아닌 거 같으니 당황하지 않아도 돼."

제 속을 들여다본 것 같은 모르비두스의 말에 리에타는 입을 다물었다. 그의 목소리가 이어졌다.

"남겨진 단서가 형편없어서 당장 그걸 풀 방법은 모르겠지만, 의외로 간단한 건데 지금 떠올리지 못하고 있는 걸 수도 있고. 아직 '준비'가 되지 않은 걸지도 모르지. 꼭 지금 당장 들어야 하는 건 아니잖아. 방법은 천천히 찾으면 되니까."

모르비두스가 가볍게 웃는 얼굴로 리에타의 어깨를 툭, 쓰다듬었다. 신성력에 다치지 않은 손으로.

"느긋하게 가자. 이제 시간은 많아."

엑시티우스가 오트낭을 버려 두고 악시아스를 공격한 이유? 글쎄. 굳이 악시아스를 노리는 이유를 물어보진 않았는데. 악마의 입장에서 봤을 때, 오트낭 같은 유흥 도시는 굳이 힘을 낭비하지 않아도 그럭저럭 괜찮은 포식이 가능한 곳이야. 용병 투기장에 도박장에 유곽촌에. 인간 흉내를 내고 근처를 얼쩡거리기만 해도 충분하지.

하지만 악시아스는 그렇지 않다. 배불리 포식하고 힘을 얻을 수 있는 곳도 아니고, 과거에 용들이 살던 땅이라 악마들에게는 편하지 않은 기운까지. 이래저래 쉽지 않은 곳이지만 엉망으로 만들었을 때 아주 만족스럽게 포식할 수 있는 곳.

용이 수호하던 땅을 처음으로 짓밟는 악마가 될 수 있다는 만족감도 있었을 것이고, 겸사겸사 공포의 상징으로 자기 이름을 떨친다면 장기적으로 대악마의 반열에 오르는 데도 크게 도움이 될 것이고. 그런 모든 것들이 젊은 악마인 엑시티우스에게는 꽤나 매력적이었을 것이다.

그동안은 인간도 얼마 없고 굳이 불편한 땅에서 공포와 비탄을 조장하고 힘을 얻을 생각을 할 이유가 없었지만, 이제는 용의 기운도 희미해져 가고 있겠다, 쓸 만한 지원군도 있겠다. 충분히 해볼 만한 사냥이었을 터.

엑시티우스로선 도전해 보지 않을 이유가 없었겠지. 강대한 신성을 타락시킬수록, 고귀한 인간을 고통에 빠뜨릴수록, 순수한 생명력을 좌절시킬수록 악마들은 강한 힘을 얻을 수 있으니까.

모르비두스의 말을 듣고, 리에타는 헬라 산맥으로 달아났다는 엑시티우스에 대해 생각했다. 용의 계곡에서 함께 손발을 맞추었던 전투 사제들과 사냥꾼들이 그가 다시 돌아오거나 복수를 시도할 것을 대비해 악마 추적팀을 꾸려 엑시티우스의 뒤를 쫓고 있다고 했다. 킬리언은 신경 쓰지 않아도 된다 했지만 도움이 되고 싶은 마음이 들기는 해서, 리에타는 이런저런 생각들을 했다.

화마……. 악시아스는 겨울이 되면 지독한 추위로 꽁꽁 얼어붙게 된다. 얼어 죽는 사람들이 적잖이 나오고, 추위를 견디기 위해 불을 계속해서 때다 보니 화재를 비롯해 여러 불상사가 발생하는 일이 많다.

사람들이 아무리 열심히 대비를 해도 모든 사고를 막을 순 없고, 추위와 화재는 악시아스가 매년 겨울마다 골치를 썩는 가장 큰 문제였다. 리에타는 혼자서 여러 가지로 생각해 보며 창밖으로 고개를 돌렸다. 눈이 내리고 있었다.

~~~~~~

강한 신성력과 고귀한 혈통. 그것이 악마들이 라멘타 왕족과의 계약을 선호하는 이유입니다. 악명이 떨쳐진 이름이든 덕망이 떨쳐진 이름이든, 많은 이들의 기억 속에 남은 이름 위에는 고귀함이라는 힘이 생깁니다. 그런 이들의 정신이 비탄이나 공포에 물들거나 증오로 타락하게 되면 악마들은 크나큰 만족감을 얻을 수 있게 됩니다. 세간에 널리 퍼진 이름일수록, 오랜 세월 명성이 지속되어 왔을수록 그 고귀함이 높지요.

게다가 에율라티오 혈족은 신성한 힘을 가지고 있는 무녀들을 대대로 배출해 온 가문이기까지 하니 악마에게는 더할 나위 없이 탐나는 최고의 양식일 수밖에 없습니다. 그것이 악마들이 에율라티오를 좋아하는 이유입니다.

라멘타가 건국되기 전부터, 에율라티오 혈족은 아주 오랜 역사를 이어 왔던 고귀한 혈통의 무녀 일족이었습니다. 인간들 기준의 고귀함과 악마들 기준의 고귀함은 일치하는 데도 있지만 그렇지 않은 데도 있습니다. 에율라티오 혈족의 무녀라면 악마들에게는 대륙의 지배자보다도 고귀한 인간이지요.

인간들의 탐욕에도 개체 차이가 있듯이 악마들에게도 개체 차이가 있기는 합니다만, 힘을 추구하든 만족스런 포식을 추구하든, 어떤 악마라도 그들과의 계약에 관심을 가질 수밖에 없습니다. 악마들에게 그 정도의 포식을 제공할 수 있는 인간은 많지 않으니까요.

에율라티오 혈족이 악마들과 대체로 유리한 계약을 하지 않았냐고요? 글쎄요. 관점에 따라 기준은 다를 수 있으니 그렇게 볼 수도 있겠습니다만.

에율라티오 혈족의 무녀들이 이름 높은 대악마들을 포함해 수많은 악마들과 가문의 혈통에 이어지는 복속 계약을 했다는 건 사실입니다. 하지만 그들이 계약한 악마가 수백인데, 언제나 악마와의 계약에서 상대를 온전히 굴복시켜 완벽하게 유리한 계약으로 이끌어 갈 수 있었을지는 잘 모르겠습니다. 모든 악마들이 그들에 대한 존중만 가지고 작은 대가에도 만족하며 그들과 계약했을지는…….

단순히 그 수가 많았기에 감당하기가 어려워졌다는 차원을 넘어, 어떤 악마들과의 계약의 대가는 실로 감당하기 힘든 것이었을 지도 모릅니다. 아무리 신성 여왕의 혈족이라고 해도 항상 악마를 상대로 인간 쪽이 협상의 승자였을 거라고 믿을 순 없겠지요.

계약에 묶인 악마는 제 사리사욕을 채우기 위해 계약자에게 거짓말을 하거나 피해를 끼칠 수 없습니다. 특히나 그들 혈족을 상대로 한 계약을 어긴다면 존재 자체가 소멸하게 될 정도의 반작용이 돌아오게 될 테니 배신하거나 무모한 짓을 하지는 않을 것입니다만, 처음부터 계약의 대가로 악마에게 지속적으로 뭔가를 제공한다는 약속이 되어 있었다면…….

전부 그저 추측이긴 합니다. 하지만 한 가지 객관적인 사실만은 말씀드릴 수 있을 것 같군요. 한때는 그들 혈족에 속하는 이들로 적지 않은 사람들이 있었습니다. 그리고 긴 세월을 거쳐 그들을 왕족으로 추대한 나라가 생기고 에율라티오 혈족은 왕국의 보호를 받기 시작했는데, 어째서인지 그들은 점차로 숫자가 줄고, 줄고, 줄다가. 언제부턴가는 몇 대에 걸쳐 간신히 하나, 하나, 단 하나의 딸들로만 근근이 명맥을 이어 가게 되었다가 기어이 수천 년에 걸친 역사가 소멸하고 지금 혈족의 무녀는 단 한 명만 남고 멸문에 이르렀습니다.

약소국이라 전란의 불길 속에서 그들의 왕을 지켜 주지 못해서? 글쎄요. 그것이 마침표를 찍기는 했겠습니다만 평화로웠던 시대부터 이미 그랬습니다. 다시 말씀드리지만 다 추측입니다. 노파심으로 드리는 말씀일 수도 있고요.

저는 라멘타 왕족이 복속시켰던 모든 악마들과 그들의 계약 관계에 대해 다 알지는 못합니다. 제 안에 있는 것은 단편적 정보만을 가진 악마의 힘 일부일 뿐이고, 계약은 지금의 저에게 계승되고 있지 않습니다. 아마 이것에 대해서는 리에타 님이나 모르비두스 님에게 직접 물으시는 것이 더 정확할 것입니다. 그러나, 상대가 계약자가 아닐 때, 악마는 언제든 거짓말을 할 수 있다는 것을 명심하십시오.

페르디안의 대답을 들은 킬리언은 리에타와 모르비두스를, 그리고 타니아 성녀와 메르데스의 모습을 떠올렸다.

'그대는 계약의 대가로 인간의 생명이나 고통을 제공할 의무는 지지 않는가?'

'네. 다행히 메르데스는 그런 걸 요구하는 악질은 아닙니다. 믿어 주지 않으셔도 할 수 없습니다만, 흑마법사 같은 짓은 하지 않았습니다.'

킬리언은 눈을 내리깔았다.

리에타와 킬리언은 축성술사의 집과 악시아스 성을 오가며 지냈다. 눈 가리고 아옹 하던 리에타의 드레스룸이 축성술사의 방으로 이름을 바꾸며, 악시아스 성에서 뭐라 말하기 어렵던 그녀의 위치가 확고해졌다. 리에타는 그저 축성술사님으로 통했지만, 그것으로 모든 것이 충분해졌다.

그녀는 악시아스 성에서 악시아스 대공과 같은 층에 대공비나 애첩으로서가 아닌 자신의 방을 가진 사람이 되었다. 비도, 애첩도, 사제도 아니었으나 누구도 리에타를 애매하다 여기거나 무시하지 않았고, 그녀가 참석할 수 있는 모든 회의에선 리에타의 자리를 존중하며 비워 두었다.

리에타가 킬리언의 연인이라는 것을 모르는 사람이 없는데도, 그녀의 자리는 언제나 대공의 연인으로서가 아니라 악시아스 성의 축성술사 리에타로서의 자리로 준비되었다.

황제의 전투 사제단은 악시아스에 더 머물게 되었다. 표면적으로는 위급하게 돌아가고 있는 악마들과의 전투에 기민하게 대처하고 악시아스를 지키기 위해, 그리고 이면적으로는 위독한 상태인 황제의 저주를 풀 수 있을지도 모르는 리에타와 관련해 돌아가는 사태의 추이를 지켜보며 눈치

싸움을 하기 위해서였다.

꽤나 아슬아슬한 상황이었지만 킬리언은 리에타를 완벽하게 보호했다. 그가 함께 있지 못할 때나 리에타가 굳이 모습을 드러낼 필요가 없을 때는 모르비두스가 곁에 머무르며 그녀의 존재를 감추었다.

대부분의 사람들은 숨어 있는 악마의 존재를 눈치채지 못했고 악마의 존재를 짐작한 사제들도 있었을지 모르나 누구도 그 추측을 입 밖으로 내지 못했다. 리에타는 킬리언이나 기사들의 경호도, 악마의 도움도 거절하지 않고 자신이 할 수 있는 모든 수단으로 스스로를 보호하기 시작했다. 모든 일은 킬리언이 알아서 처리했다.

그리고 리에타에게 조금 뜻밖의 일이었던 것은, 킬리언이 언제부터인가 리에타 없이 페르디안을 자주 독대하기 시작했다는 것이었다. 구체적으로 그를 만난다고 리에타에게 알려 준다거나 숨긴다거나 하지는 않았지만, 횟수가 거듭되다 보니 자연히 리에타는 킬리언이 누굴 자주 만나는지 알게 되었다. 리에타로서는 조금 의아하고 신경 쓰이는 일이었다.

페르디안이 악시아스를 지키며 공을 세웠기 때문이라기엔 그 빈도가 잦았다. 킬리언이라면 차라리 '원하는 걸 청하라' 하고 다소 과분한 보상을 내려 준 후 다시는 그를 보지 않는 쪽을 택할 거라는 생각이 들었기에 리에타가 생각하기엔 묘했다.

딱히 페르디안을 신경 쓰는 건 아니지만, 킬리언이 자주 만나는 사람이 하필 그 사람이라는 건 신경 쓰였다. 킬리언이 그 사람을 만나서 나눌 만한 얘기라는 건 나나…… 제이드 얘기…… 밖에 없다고 생각한다면 내 오만이겠지? 하긴……. 칼리고라면 교역을 할 것도 많고, 그분은 이제 악마의 힘까지 다루기 시작하셨으니까……. 리에타는 민망한 기분에 목덜미를 만지작거렸다.

히히힝. 다그닥 다그닥. 귀에 익은 말발굽 소리에 리에타가 반짝 고개를 들었다.

"킬리언!"

리에타가 그를 보고 벌떡 일어나 반갑게 계단을 뛰어 내려갔다. 킬리언이 얼른 말에서 뛰어내리더니 성큼 다가오며 손을 내밀었다. 계단을 내려온 리에타는 빙판 위에 발을 꼭 붙이고 팔을 벌려 중심을 잡으며 언 비탈길 위를 겁도 없이 미끄러져 내려갔다.

킬리언은 손을 뻗어 그대로 미끄러져 내려오는 리에타를 가볍게 받아 안더니 쪽 눈 옆에 입 맞추는 걸로 인사를 대신하고 제 품안에 내려놓았다. 리에타는 그의 팔을 잡고 아무 두려움도 없이 활짝 웃었다. 그는 리에타의 등 뒤로 깍지를 끼더니 걱정스러운 얼굴로 살짝 나무랐다.

"왜 나와 있어. 춥게."

'빨리 보고 싶어서' 같은 달콤한 말이라도 해 주면 간단할걸. 그런 요령은 없는 리에타는 할 말을 못 찾고 그저 쑥스럽게 웃기만 한다. 대신 그녀는 살뜰한 미소와 함께 그의 양 뺨을 감싸고 눈을 맞추며 물었다.

"당신은 안 추워요?"

킬리언은 리에타의 손등 위에 자기 손을 겹치며 웃고는 짐짓 엄살을 부렸다.

"추워."

킬리언은 외투를 넓게 펼쳐 리에타를 자기 품에 와락 감싸 안으며 말했다.

"그러니까 빨리 들어가자."

그의 손이 따뜻하다. 엄살이라는 걸 숨기지도 않는다. 그가 조금도 추워하고 있지 않다는 걸 알아챈 리에타가 그의 허리에 팔을 더 깊이 넣고 웃었다.

"좀만 있다가 가요."

킬리언이 눈썹을 으쓱하며 '왜?' 하고 입 모양으로만 그려 보이며 소리

없이 물었다. 리에타는 "들어가면 못 안고 있잖아" 작게 속삭이더니 쑥스
럽게 웃었다. 킬리언은 순간 리에타의 말이 너무 사랑스러워서 표정 관리
가 안 되는 기분이었다. 저절로 그녀를 따라서 실없이 웃음이 나왔다.

"왜 못 안고 있어?"

리에타가 콧잔등을 살짝 찡그리며 그의 가슴팍에 코를 파묻고 붉어진
뺨으로 그를 올려다보았다.

"사람들이 보니까……."

귀여워서 몸살 나겠네. 동네 사람들 다 불러서 보라고 하고 싶을 지경
이었다가, 그러다가도 세상 사람들 아무도 못 보게 숨겨 두고 나만 보고
싶었다가 정신 나간 가슴이 주체가 안 된다. 입꼬리가 저절로 올라가서 내
려가질 않는다.

"보라고 해. 난 상관없는데."

아. 리에타가 불편한가? 그러면 안 되지. 킬리언은 리에타를 와락 품으
로 감추며 덧붙였다.

"주군께서 불편하시다면 다 꺼지라고 하고요."

리에타가 그의 말에 달콤하게 웃으며 폭 안겼다. 당신이 상관없으면 나
도 상관없어. 말 대신 꼭 끌어안는 팔로 대답했다. 공기 중으로 솜사탕 같
은 입김이 퍼져나갔다.

달콤한 말을 해 주지 않아도, 기다렸다고 말하지 않아도 보인다. 부산하
고 알뜰살뜰하고, 그를 향해 바쁘게 달려오는 발걸음에서 뭐라 말로 설명
할 수 없는 것들이 전해진다. 벅찬 것들이. 못 견디게 행복한 것들이…….

"제국의 황자는 기사로서 주군을 대하는 법도도 모르나 보구나."

불쑥 끼어든 까칠한 목소리가 모처럼의 달달한 분위기를 깼다. 리에타
의 어깨 너머로 모르비두스와 킬리언의 눈이 마주쳤다. 킬리언이 피식 웃
으며 느긋하게 리에타를 끌어안고 대꾸했다.

"무도한 놈이라고 황적에서 파인 놈에게서 잘도 법도를 찾는구나."

모르비두스는 킬리언을 무시한 채 표정 없는 얼굴로 리에타에게 고갯짓했다.

"안이나 밖이나 똑같으니 들어가서 해라."

킬리언과 리에타가 눈을 들어 위를 올려다보았다. 그제야 창문에 다닥다닥 붙은 눈들과 시선이 마주쳤다. 훈훈하게 훔쳐보던 눈들이 황급히 딴청을 하며 도망쳤다.

아무리 갓 사랑에 빠진 사람들이 눈에 뵈는 것이 없어도 이렇게 대놓고 눈치를 주는 통에는 민망하지 않을 수가 없었다. 리에타가 슬그머니 머쓱한 미소를 짓고 떨어지려는 걸 킬리언이 놓아주지 않고 꼭 끌어안았다.

어딜 감히 내 여자한테 눈치를 줘? 제가 태초의 악마면 악마지 결국 리에타의 사역마인 주제에. 킬리언이 모르비두스를 보고 비죽 웃었다.

"악마. 네가 보이지 않게 결계를 쳐 주면 될 텐데."

삐딱한 대답이 돌아왔다.

"내가 왜?"

킬리언은 대거리하는 대신 피식 웃고 모르비두스를 무시했다. 그러더니 누구 보란 듯이 리에타의 귓가에 입술을 가까이 가져다 대고 무어라 다정하게 속삭였다. 무슨 말을 했는지 들리지 않았지만 꼭 귓가에 입 맞추는 듯한 모습에 모르비두스가 눈을 꿈틀했다. 뭐라 했는지 리에타가 깜짝 놀라 그를 밀어내려 하지만 킬리언은 웃으며 놔주지 않는다. 연인끼리 주고받는 장난이고 리에타는 웃고 있지만 모르비두스에겐 보이지 않는다. 모르비두스가 기어이 잇새로 으르렁거리는 말을 뱉었다.

"……리에타를 놔라. 인간."

킬리언은 모르비두스를 쳐다보지도 않은 채 제 품에 꼭 끌어안은 리에타의 체온을 음미하며 흘리듯 답했다.

"같은 말에 내 주군께서 이미 답한 바가 있는 걸로 기억하는데……."

모르비두스가 입매를 비틀어 올리고 리에타를 향해 나직이 을렀다.

"리에타. 그 새끼가 무도하여 군신관계가 뭔지 영 모르는 모양이구나. 네가 허락한다면 내가 가르쳐 주고 싶은데."

킬리언이 리에타의 목과 어깨 사이에 턱을 묻고 다정하게 조언했다.

"리에타. 그대가 상냥한 것을 탓하려는 것은 아니나, 종이 상전에게 반말하는 것을 그냥 두는 건 그리 좋은 습관은 아니다."

하……. 모르비두스가 긴 한숨 같은 탄식과 함께 방긋 웃더니 낫을 뽑아 들었다.

"야."

아직은 평화로운 나날이었다.

"그 녀석 너무 그대에게 주제넘게 구는 거 아니야?"

사적인 앙심이 어린 킬리언의 불평에 리에타가 민망해하며 웃었다.

"저를 워낙 어릴 때부터 봐 와서 그래요. 모르비두스는 아직 제가 일곱 살 어린아이 같은가 봐요."

킬리언이 말없이 리에타를 바라보았다. 그 시선에 리에타는 자신이 무심결에 악마를 너무 친근하게 말했나 싶어 머쓱하게 검지 끝으로 뺨을 긁었다.

"제가 어릴 때 잔병치레가 많아서, 모르비두스가 절 많이 챙겨 줬거든요. 병에는 신성력이 신통치 않을 때가 많아요. 그래서…… 가끔씩은 엄마의 신성력보다 모르비두스가 더 도움이 될 때도 있었어요."

킬리언은 딱히 자신이 불만스런 표정을 짓지 않았다고 생각했다. 하지만 리에타가 보기엔 영 불통한 얼굴이었다.

"킬리언."

"응."

리에타가 살짝 허리를 숙이고 그를 쳐다보더니 방긋 웃었다.

"오랜만에 춤출래요?"

그렇게 말하며 리에타는 살짝 치맛자락을 들고 제자리에서 빙글 한 바퀴 돌았다. 백금빛 머리카락과 함께 은사로 눈꽃 무늬가 수놓인 치맛자락이 우아하게 펼쳐졌다가 가라앉았다. 킬리언이 피식 작게 소리 내 웃었다. 웃음기 담긴 눈이 마주쳤다.

"리에타."

"네."

킬리언이 리에타의 장난스러운 표정을 보고 웃음을 터뜨렸다.

"엉터리잖아."

리에타는 살짝 혀를 내밀고 저도 안다는 듯 배시시 웃었다.

"혼자 해서 그래요. 당신이 같이 해 주면 더 잘할 수 있어요."

리에타가 훌쩍 다가와선 그의 손을 잡고 끌어당겼다. 킬리언이 끌려가며 웃었다.

"어째서 그동안 같이한 게 하나도 안 남아 있는 거야?"

리에타가 눈을 동그랗게 뜨며 말했다.

"하나도 안 남아 있다고요? 받아들일 수 없는 혹평이네요. 그 정도는 아니거든요?"

"흠."

킬리언이 웃으며 그녀에게 잡혔던 손을 고쳐 잡고 다른 손으로 리에타의 허리를 받쳤다. 리에타가 그의 팔을 짚으며 의욕적으로 눈을 빛냈다.

"같이 해 봐요. 생각보다는 많이 남아 있다는 걸 보여 줄 테니까."

킬리언은 다정한 눈으로 리에타를 바라보았다.

"다 잊어버려도 괜찮아. 항상 처음 추는 것처럼 설레. 좋아."

리에타가 씩씩하게 웃으며 도전적으로 말했다.

"너무 설레지 말아요. 실망할 테니까. 얼마나 늘었는지 보면 깜짝 놀랄 걸요?"

킬리언은 웃음을 참는 듯 살짝 고개를 숙여 주먹에 입을 대고 큼 소리를 내더니 가만히 리에타를 응시하며 고개를 끄덕였다.

"좋아. 마음의 준비 다 했어."

리에타가 그를 올려다보며 작게 박자를 세었다.

"하나, 둘."

그의 손을 잡고 어깨를 짚은 채, 리에타는 자신 있게 스텝을 시작했다. 그러나 생각과는 다르게 채 두 걸음 떼어 놓지도 못하고 킬리언의 발을 콱 밟고 말았다. 리에타가 당황해서 눈을 크게 뜨고 얼른 발을 떼었다.

"앗, 미안해요."

리에타의 얼굴은 빨개졌고 킬리언은 웃음을 터뜨렸다.

"지금 일부러 그런 거지? 정말 실수인 것처럼 자연스러웠어."

"아니에요! 당신이 놀리니까 마음이 급해져서……!"

"괜찮다니까. 고마워. 기대 이상이야. 오늘은 얼마나 발등을 밟힐까 굉장히 설레."

설령 발등을 밟더라도 그를 아프게 하지 않게 하기 위해 리에타가 빨개진 얼굴로 냉큼 신발을 벗었다. 오히려 아무것도 모르고 그의 리드를 따라갈 땐 발을 밟은 적이 거의 없는데. 머리로 스텝을 생각하자마자 바로 실수가 나왔다.

"당신 꼭 내가 자주 발을 밟았다는 듯이 말하네요. 누가 들으면 맨날 밟은 줄 알겠어요. 안 하던 실수인데……."

막 고개를 들고 항변하던 리에타의 말이 멈추었다. 디딘 바닥이 꽤나 차갑다고 생각한 순간, 킬리언이 리에타를 홀쩍 당겨 안더니 아예 자신의 발등 위에 리에타의 발을 올려 서게 했기 때문이었다. 킬리언이 웃었다.

"이렇게도 한번 해 보고 싶었어."

리에타가 킬리언의 발등을 밟고 선 채 그를 올려보았다. 춤보다 더 가까워졌다.

"……발 아프지 않아요?"

킬리언은 리에타가 아주 웃긴 말을 한다는 듯이 웃었다.

"아플 것 같아?"

왠지 맨발로 그의 발등을 밟고 있는 게 부끄러웠다. 간질간질한 기분. 민망해진 리에타가 꿈지럭거리며 고개를 숙였다.

"……이렇게는 춤을 못 추잖아요."

"할 수 있어."

킬리언은 리에타를 자신의 몸에 붙여 안은 채 무게 중심만 왼발에서 오른발로 차례로 옮겼다. 서로의 팔을 잡은 손도 몸의 움직임에 따라 같이 오르내렸다. 리에타도 결국 그를 따라 자연스럽게 왼발 오른발로 몸을 기울이며 웃었다. 아기들이 하는 걸음마 같았다. 겨울밤에 어울리는 로맨틱한 춤 같기도 했다. 둘은 그렇게 꼭 끌어안은 채 제자리에서 천천히 움직였다.

묘한 기분이었다. 낯선데, 어딘지 그립고, 안심이 되었다.

"……아빠가 있었다면 이런 걸 해 줬을 것 같아요."

"그대 아버지?"

"네. 제가 아주 어릴 때 돌아가셨는데……."

리에타가 민망한 듯 웃으며 이마를 만지작거렸다.

"이야기해 주는 사람이 별로 없었어서 아빠에 대해 잘은 모르지만요."

그녀의 아버지 이야기는 처음 들었다. 리에타의 얼굴은 그리 어둡지 않고 평화로웠다.

"엄마가 항상 곁에 있었고 같이 살던 악마들도 많아서, 아빠의 빈자리는 모르고 컸어요."

리에타에게 아버지는 가족이 될 틈도 없었을 정도로 일찍 떠나간 모양이었다. 추억이 없는 아버지 대신 악마들이 그 자리를 채워 주었던 건가. 리에타의 목소리가 이어졌다.

"엄마가 혼자 몸으로 절 키우고 살림을 꾸려 가면서 악마들 도움을 많이 받았어요. 화마한테는 불 때게 하고 요리시키고, 수마한테는 빨래랑 설거지 시키고. 몽마랑 역마는 아이 보게 시키고…… 웃기죠?"

"……그거 굉장히 쓸 만하게 들리는데?"

"맞아요."

리에타가 작게 웃으며 눈을 휘었다.

"저도 기회가 될 때마다 악마들을 모아서 잔뜩 데리고 살까요?"

킬리언이 물끄러미 그녀를 내려다보다 갑자기 말투를 바꾸었다.

"저 하나로는 부족합니까?"

리에타의 눈이 휘둥그레졌다.

"네?"

"제가 당신의 기사이고, 저를 포함해 제 밑의 사람들 전부 당신의 사람이나 다름이 없는데."

킬리언이 리에타의 눈꺼풀 위에 짧게 키스했다.

"꼭" 킬리언의 입술이 떨어졌다가 다시 닿았다.

"악마들까지" 다시 닿았다.

"가지셔야겠습니까?" 또 다시 닿았다.

단어 사이사이마다 타박하듯 입맞춤이 내려앉았다. 길지도 않은 문장 하나를 말하는 사이 세 번, 네 번 키스가 쏟아졌다. 리에타가 웃음을 터뜨리며 손바닥을 들어 그의 입술을 막았다. 입술이 막힌 채 킬리언이 리에타의 손바닥에 대고 불퉁하게 말했다.

"나를 써. 그대 사람이잖아."

리에타는 그를 어쩔 수가 없다는 듯 난처한 얼굴로 웃었다. 물끄러미 리에타를 직시하던 킬리언이 서운한 빛으로 그녀를 당기며 부탁했다.

"일을 할 사람이 필요하다면 얼마든지 붙여 줄게. 그댈 혼자로 만들지도 않을 거고. 그러니까 다른 녀석은 참아 줘."

어떤 위험이 따를지 모를 악마와의 계약을 그녀가 감당하게 하고 싶지도 않고, 훼방꾼은 지금 있는 놈들로도 충분했다. 리에타가 알았다며 웃었다. 킬리언이 리에타를 껴안고 그녀의 등을 당겨 안았다.

"······그대 어릴 때 얘기를 해 줘."

그렇게 킬리언을 끌어안고 그의 발등 위에서 걸음마를 하며, 리에타는 한동안 자신의 가족이었던 악마들의 이야기를 해 주었다. 리에타의 말을 들으며 킬리언은 천천히 그녀의 어린 시절을 머릿속으로 그렸다. 조그마한 산골 집에 그녀의 어머니와, 복작복작한 악마들과, 조그만 꼬마였을 리에타. ······나한테 악마들의 얘기를 해 주는 것처럼, 모르비두스에게는 내 얘기를 하려나. 리에타의 말에 귀 기울이던 킬리언이 무의식적으로 한숨을 내쉬었다. 리에타가 그의 머리를 쓰다듬었다.

"킬리언, 왜요?"

킬리언이 리에타를 보며 피식 웃었다.

"······모르비두스가 그대에게 대체할 수 없는 경호 인력이라는 건 인정하고, 그를 신뢰한다는 그대 뜻을 존중해."

킬리언이 리에타의 어깨에 턱을 올리며 웃었다.

"하지만 질투는 나."

리에타가 그만 참지 못한 웃음을 조그맣게 뱉으며 반문했다.

"질투요?"

킬리언이 리에타를 껴안고 땅이 꺼져라 장탄식을 했다.

"그 놈이 내가 모르는 그대를 안다는 게 죽을 맛이야."

일곱 살 리에타라니. 얼마나 사랑스러웠을까. 하지만 그 아까워 죽을 것 같은 마음을 도통 모르는지 리에타는 그가 실없는 소릴 한다는 듯 웃었다.

"웃네……. 농담 같아?"

"세상에, 킬리언. 모르비두스는 악마잖아요."

킬리언이 원망스럽게 웃으며 리에타를 쳐다보았다.

"인간이었으면 감히 그대 옆을 얼쩡대게 두지 않았을 거야. 악마라서 미치겠어."

리에타가 웃으며 고개를 저었다.

"나한테 모르비두스는 그냥 잔소리 많은 가족일 뿐이에요."

"그럼 나는?"

"당신은……."

리에타는 얼굴이 빨개지며 차마 말을 잇지 못했다. 그러더니 슬그머니 안겨서 자기 얼굴을 가리고 중얼거렸다.

"……내가 세상에서 제일 사랑하는 사람이죠."

킬리언이 리에타를 내려다보며 웃었다.

"정말?"

"정말이지 그럼……."

"언제부터?"

"음……."

리에타의 얼굴이 더 빨개졌다. 그러면서도 성실한 그녀는 그에게 대답해 주기 위해 열심히 기억을 더듬었다. 언제부터였지? 용의 계곡……? 아니다. 분명 그전부터 좋아하고 있었을 텐데…….

킬리언이 리에타의 허리 뒤로 손깍지를 끼고 웃었다.

"서고에서 우리 춤췄을 때?"

킬리언의 말에 리에타가 멍하니 눈을 깜빡였다. 리에타도 막 그 순간을 떠올리며 고민하고 있었기 때문이었다.

"……그때는 좀…… 망설이고 있었던 것 같은데……."

킬리언이 웃었다. 그 웃음이 이미 네 마음 다 안다는 것 같아서, 리에타의 얼굴이 더 상기되었다.

"수확제 같이 보러 갔을 때?"

"그, 그때는……."

그땐 아직 아니었어. 킬리언은 좋은 사람이라고 생각했지만 너무 막막했고, 내 사람은 아니라고 생각했다. 그때는 거절할 생각이었고…… 그러니까 그건 정말 마지막 데이트라고 생각했다. ……아니었던 거, 맞나?

"솔직히 모르겠어요. 난…… 그땐 생각할 게 너무 많아서."

그때는 아직 마음을 이기지 못하는 슬픔과 죄책감들이 너무 많았다. 하지만 그렇다고 이 사람을 좋아하지 않았다고 할 수 있나? 허투루 대답하지 않으려고 열심히 생각하는 리에타를 보고 킬리언이 웃었다.

리에타의 대답이 궁금하기는 하고, 리에타가 그걸 고민하는 게 기분 좋긴 했지만, 지금 응답해 주었다는 게 중요하지 그녀가 언제부터 날 좋아했는지가 중요하지는 않았다.

오히려 킬리언은 자신이 말해 주고 싶었다. 자신이 언제부터 리에타를 사랑하기 시작했는지. 킬리언에게는 자신이 기억하는 자각의 순간이 있었다.

언제부턴가 신경 쓰이기 시작했고, 서서히 물들어 가고 있었고, 흔들리고 있었지만, 분명 그 순간 확실하게 사랑에 빠졌었노라고, 그 순간엔 아직 아니라고 부정했지만, 돌이켜 보니 분명 그때부터 사랑이었노라고. 눈부신 햇살이 쏟아지며 세상이 뒤집어지던 여름날의 아찔한 순간을 킬리언은 아름답게 기억하고 있었다.

킬리언이 툭, 리에타에게 이마를 맞대고 웃으며 물었다.

"왜 나한텐 안 물어 봐?"

"……"

"안 궁금해?"

리에타는 민망해하며 마주한 그의 시선을 피하고 도망갔다.

"……모르겠어요. 그런 걸 어떻게 알아."

도망간 곳은 그의 가슴팍이었다. 정말이지 사랑스러워 죽겠네……. 킬리언이 웃으며 그녀의 머리카락 위로 머리와 등을 쓰다듬었다. 차라리 리에타를 처음 본 순간 사랑에 빠졌더라면, 리에타를 사려 깊게 대하지 못했다고 지금 후회하는 순간들이 없었을 텐데…….

처음엔 어떻게 이 여자를 무덤덤하게 쳐다볼 수 있었나, 지금으로선 상상이 가지 않지만. 리에타를 제대로 기억하지도 못 하던 때가 있었다. 무신경한 말을 뱉고, 리에타를 답답해하고, 이용하려고 하고……. 그녀의 고통에 민감하지 못했던 시간이 있었다.

더 잘해 줄걸. 어떤 상처를 가진 여자인지 뻔히 알고 있었으면서. 킬리언은 리에타를 상처 주었을 것이 분명한 말들과 시간들이 두고두고 후회스러웠다.

"……그대를 처음 봤을 때 한 말, 미안해."

"무슨 말이요?"

"……기억 안 나면 굳이 생각하지 말고 잊어 줘."

그렇게 말하며 킬리언은 살짝 고개를 숙여 리에타를 끌어당겼다. 사박 사박 사박.

"그때는 당신도 나를 몰랐지만."

리에타가 가만히 중얼거렸다.

"나도 당신을 몰랐는걸요."

리에타가 따스하게 그를 안고 미소 지었다.

"딱히 상처가 되지 않았어요. 오히려…… 그냥, 나한테."

내가 누군지 알고 그런 것도 아니었으면서. 좋아하게 될 줄 알고 그런 것도 아니었으면서. 당신에게 아무런 의미도 없었을 나한테. 아무것도 아니었던, 나한테.

"손 내밀어 줘서 고마워요."

리에타가 웃었다. 킬리언은 가만히 그녀를 쓰다듬었다. ……아니야. 리에타. 난 그런 인도주의적인 이유로 그대를 구하지 않았다. 세비타스에는 돈 때문에 갔고, 그 돈보다는 흥미롭다는 이유로 그대를 구했다. 그게 그대에게는 굉장히 사무치는 감사였다는 걸 지금은 알지만…….

그대에게 이런 과분한 감사를 받아도 좋은 일이 아니었다. 그대를 구한 건 우연한 충동이었고, 나는 그대의 사정에 큰 동정심이 없었다. 절망이라는 단어가 우스울 정도의 시커먼 공허에 빠져 있었을 그대를 앞에 두고, 나는……. 지금은 전부 후회하고 있었다.

난 그대 생각만큼 정의롭고 괜찮은 사람이 아니다. 지금 그대의 눈에 내가 그렇게 보이는 이유는 그저 지금 나의 정의가 그대를 중심으로 재편되었기 때문이다. 그대가 날 더 좋은 사람이 되고 싶게 만드니까. 그게 지금의 나를 만들고 있어서.

"……그땐 내가 나빴어."

하는 말에 "딱히 그러려고 절 데려오신 것도 아니었잖아요" 하며 리에타가 미소 지었다. "지금은 당신을 알아요."

킬리언은 그냥 웃었다. ……아니. 그대는 아직 나를 몰라. 말하고 싶지만 입 밖으로 내지 못했다. 남자가 사랑하는 여자한테 어떤 충동을 느끼는지 모르냐. 나는 그대가 생각하는 것 같은 그런 사람이 아니고, 그냥…… 남자 새끼라고……. 말하고 싶지만.

킬리언은 가만히 리에타를 내려다보다가 조용히 말했다.

"……그대를 처음 봤을 때부터 미인이라는 건 알고 있었지만."

킬리언은 말을 잇지 않은 채 자신을 올려다보는 여자의 얼굴을 바라보았다. 리에타가 살짝 웃었다.

"알고 있었지만?"

그때 알았던 리에타의 아름다움과, 지금 그가 아는 리에타의 아름다움은 전혀 다른 지점에 있었다. 킬리언은 잠깐 동안 말없이 그녀를 바라보았다.

"……그때는 그대가 이 정도로 숨 막히게 예쁜 줄 몰랐어."

웃는 얼굴이 이렇게 예쁠 줄은 몰랐어. 나한테 이 정도로 중요한 사람이 될 줄은 몰랐어. 이렇게 사랑하게 될 줄은 몰랐어. 가끔은 정말 숨이 멎을 것 같다. 리에타는 그가 사랑하는 미소로 웃으며 손을 뻗었다.

"당신 숨이 멈추면 나는 어떡하지?"

그녀의 손이 킬리언의 목덜미를 스치며 들어와 감겼다. 그녀의 손길에 따라 고개를 내리며 킬리언은, 정말 이대로 숨이 멎어도 좋겠다고 생각했다. 너한테 차마 조금도 나쁜 놈이 될 수가 없는 이 마음만 아니었으면. 그대는 아마 지금쯤 나를 조금 더 잘 알 거라고…….

입술과 입술 사이가 좁혀지다가 손가락 한 마디만큼을 두고 잠시 나긋하게 멈추었다. 그대를 배려하는 척, 사실은 날것의 나를 보이지 않기 위한 마음의 준비를 하는 시간. 서로를 보고 웃는다. 조금 더 좁혀진다. 그리고 마침내 부드럽게 포개어진다.

천천히, 흔들리던 몸이 멈추었다. 킬리언의 손이 리에타의 어깨로 올라왔다가, 그녀의 팔꿈치로 미끄러져 내려왔다. 리에타가 그의 어깨 위로 팔을 올려 그의 목을 깊이 끌어안았다.

작은 틈 사이로 뜨겁게 오르는 열기가 끝없이 서로를 삼키고 그것은 이내 오싹하고 달콤하게 뭉그러지는 긴장감이 되어 피어올랐다. 닿았던 입술이 떨어지고도 조금 더 눈을 감고 있던 리에타가 천천히 눈을 뜨고 그를 마주보았다. 킬리언이 미처 감추지 못한 열망이 서린 눈으로 리에타를 바라보았다. 그러나 그는 그녀의 하늘색 눈을 오래 마주하지 못한 채 시선을 내렸다.

"……미안."

"뭐가요?"

그는 답지 않게 그녀의 손을 잡기를 주저했다. 그리고 조금 천천히, 떨어지려고 했다. 리에타가 그의 소맷자락을 잡으며 올려다보았다. 그녀의 눈을 응시하던 킬리언이 다시 리에타의 목을 끌어당겨 깊게 입 맞추었다. 킬리언이 리에타의 뺨을 감싸며 더 깊이 키스했다. 더, 더, 더 깊이.

리에타의 손이 그의 머리 뒤로 들어와 머리카락 밑을 스치며 목덜미를 감쌌다. 입술 새로 느껴지는 거칠어진 숨결과 뜨거운 입술에 온몸에 전율이 끼치며 저도 모르게 피가 끓어 순간 이성이 날아갔다.

분명 잘 참고 있었는데. 이런 걸 못 참는 인간은 아니었는데. 어느 순간 삼킬 듯이 입술을 포개며 조급해진 손이 그녀를 제 몸에 붙여 들고 책상 위에 올려놓았다. 와르르. 책상 위에 올려져 있던 펜과 책들이 바닥으로 떨어졌다.

제정신이 아닌 상태로 키스하며 그녀의 옷을 헤치다, 킬리언은 순간적으로 정신을 차리며 한순간 멈추었다. 짧은 사이를 두고 공기에 아슬아슬한 긴장감이 차올랐다. 시선이 얽혔다.

"……"

아슬아슬한 숨소리. 정지한 시간. 평소와 다른 긴장감으로 빈방을 채우는 열기. 리에타는 조금 놀란 것 같았다. 새빨개진 얼굴과 흔들리는 눈은 갑자기 여유를 잃고 거칠게 몰입한 킬리언의 모습에 당황한 것 같았다. 그도 그럴 것이, 제가 아는 킬리언이라면 좀 더 천천히, 배려하면서 시작할 거라고 생각했을 테니까.

킬리언에게 닿아 있는 리에타의 손가락 끝이 가늘게 떨린다. 달아오른 뺨과 물기 어린 눈, 젖은 입술이 애가 달은 남자의 마음을 미치게 만든다. 살짝 벌어져 가쁜 숨을 내쉬던 입술을 닫은 채, 마음의 준비를 한 듯 조용히 그를 올려다본다.

"……."

킬리언이 입술을 짓씹으며 고개를 숙였다. 거부하지 않는 눈. 차라리 밀어내 줬으면. 이대로 다 던지고 모른 척 밀어붙이고 싶지만, 그렇게 하면 리에타는 끝내 밀어내지 않겠지만.

한동안 열망이 일렁이는 눈으로 그녀를 바라보던 킬리언은……, 소리 없는 한숨과 함께 꽉 눈을 감았다가 뜬 후, 뜯겨 나간 그녀의 옷깃을 떨리는 손으로 여미어 주었다.

한숨처럼 천천히 숨을 내뱉었다. ……이제 와서, 신사적인 척해 봤자. 이미 리에타는 킬리언이 애써 감추어 두었던 날것의 한 부분을 분명 보고 말았을 것이나, 그에겐 스스로에게 다짐한 선이 있었다. 그 누구보다도 지엄한 절차를 밟고, 그대를 귀하게 대하리라는 약속을 잊지 않았다.

책상을 짚은 채 고개를 숙이고 킬리언은 거칠어진 숨을 가만히 골라 내쉬었다. 그리고 다시 한번 지그시 눈을 감으며 사과했다.

"……미안."

리에타는 뭐라 말할 듯, 입술을 잠시 달싹였다. 그러나 잠시 후 그저 조그맣게 고개를 저었다. 그가 옷을 추슬러 주고 물러서자, 리에타는 그가 해준 채로 가슴 앞섶을 움켜쥔 채 천천히 시선을 내리더니 고개를 숙였다. 새하얀 목덜미와 귀가 빨개져 있다.

조금 전 입술을 묻었던 리에타의 목덜미와 쇄골 위로 킬리언이 남긴 붉은 흔적이 올라와 있었다. 킬리언은 잠시 망설이다, 리에타가 놀라지 않도록 천천히 손을 뻗어 그녀의 목 위로 벌어진 옷깃을 다시 가만히 고쳐 여며주었다.

리에타가 가만히 눈을 들어 그를 쳐다보았다. 킬리언은 느릿한 손길로 그녀의 옷을 수습해 준 후, 그대로 리에타의 어깨를 짚은 손등 위에 인내하듯 제 이마를 대고 소리 없는 숨을 내쉬었다.

"내가…… 그대를 원하지 않는 게 아니야."

쉿소리가 섞인 음성으로 작게 속삭였다. 혹시라도 사랑하는 여자가 제 마음을 오해할까 봐.

"한순간도 그대를……."

쉰 목소리를 가다듬으며 가능한 담백하게 말을 맺었다.

"원하지 않은 적이 없어."

뜨겁다. 갑작스레 직면하게 된 킬리언의 본심을 마주한 리에타는 아무 말도 하지 못했다. 그가 진실로 보여 준 것은 격정적인 표출보다도 더더욱 뜨겁게 느껴지는 절제였다. 그가 얼마나 원하고 있는지, 그리고 그동안 그 것을 또 얼마나 감쪽같이 숨겨 왔는지가 그의 말 없는 숨에서 여실히 느껴졌다. 그동안 한 번도 드러낸 적 없는 갈망이었다.

각고의 인내로 억누른, 가파르게 느껴지는 욕망이 절벽처럼 아득하다. 이성으로 어찌 되지 않는 짙은 욕심, 그리고 그것보다도 깊은 애정. 그동안 어떻게 저것들을 숨겨 왔는지 알 수 없을 강렬한 마음을 정면으로 직시한 리에타는 어쩔 줄 모르는 얼굴로 그를 바라보았다. 잠깐 무어라 대답하고 싶은 듯 입술을 달싹였지만, 그 입술에선 어째선지 아무 말도 나오지 않았다.

"그러니까 날 너무 충동질하지 않게 조심해 줘. 내가, 인내심이 나쁜 편은 아닌데."

킬리언이 나직이 웃었다.

"······그대한테만은 나를 못 믿겠다."

다음 순간, 킬리언은 리에타를 홀쩍 안아 들고 침대로 데려갔다. 그녀를 침대에 내려놓고는, 침대 시트를 들어 흐트러진 리에타의 옷 위에 숄처럼 걸쳐 주고 올려다보며 웃었다.

"옆에 앉아도 돼?"

리에타는 가만히 그를 바라보다가, 작게 마주 웃어 주었다. 리에타가 손을 들어 살짝 옆자릴 토닥여 준다. 그녀 옆에 태연하게 털썩 앉은 킬리언이 리에타를 보며 산뜻하고 장난스러운 미소를 지었다.

어린 시절 리에타는 어떤 아이였는지 알고 싶다는 킬리언의 말에, 리에타는 가만히 생각에 잠겨 있다가 고개를 기울여 툭 그의 팔에 기댔다.

"······뭐 특별할 게 있겠어요. 울고, 떼쓰고, 사고 치고, 바보 같은 행동을 하고······ 평범하게 골치 아픈 꼬맹이였죠."

킬리언의 입매가 올라갔다.

"······그거 딱 내가 바라던 건데."

리에타가 작게 웃었다.

"그런가요?"

"응."

달래 주고, 들어 주고, 감싸 주고, 놀아 주고······ 갖고 싶다는 걸 다 갖게 해 주고, 먹고 싶다는 걸 다 먹게 해 주고. 온갖 무의미한 시간들을 유의미한 것들로 채색하며 함께 시간을 보내는 거. 전부 내가 그대에게 해 주고 싶은 것들이었다. 그대는 잘 그러지를 않으니까.

"당신, 아이를 좋아하나요?"

킬리언이 팔을 움직여 리에타를 고쳐 안았다.

"아이를 좋아한다기보다는, 그대를 좋아하지."

킬리언이 리에타를 끌어안은 채 리에타의 눈가에 가볍게 촉 입 맞추었다.

"……그러니까 그대를 닮은 아이라면 좋아할 거야."

리에타를 그리 닮지 않았을 수도 있지만 상관없다. 그저 빨리 그 애를 되찾아 그대의 품에 돌려 줄 수 있기를……. 그러나 다음 순간 킬리언은 제가 한 말이 리에타에게 어떤 뜻으로 들릴지 깨달았다. 멈칫한 그는 입을 다물고 방구석을 바라보다가, 손을 들어 자기 눈을 가렸다. 다음으로 입을 가렸다.

"……그런 뜻 아니야."

리에타가 고개를 들어 그를 쳐다보았다. 킬리언은 리에타를 안은 팔은 그대로 둔 채 방구석을 노려보며 침착하게 말했다.

"정말 아니야. ……모르비두스를 부를래?"

리에타가 작게 웃음을 터뜨렸다. 킬리언의 입에서 모르비두스를 부르라는 소리가 나오다니, 차분한 척 말하고 있지만 그가 얼마나 당황했는지가 느껴졌다.

킬리언은 끔찍한 기분으로 입을 다물고 뱉은 말을 후회했다. 실언이었다. 평소였으면 하지 않았을 실수였다. 이런 상황만 아니었으면 좀 더 침착하게 농담으로 무마할 수 있었을 텐데. 멍청한 소리만 지껄이고 있었다.

애초에 굳이 그런 말을 할 필요가 없었는데. 나는 당신의 아이를 좋아할 거라고 리에타에게 말해 두고 싶었던 건가. 그러나 자신의 아이가 살아 있을지도 모른다는 생각은 꿈에도 못할 리에타에겐 킬리언이 그녀와의 사이에서 아이를 기대한다는 뜻으로 들렸을 것이다.

무의식중에 다른 상황을 염두에 두고 있었는지 그런 말을 하고 말았다. 그녀의 품에 그녀가 사무치게 그리워하는 딸아이를 되찾아 돌려주고, 기뻐하는 리에타와 셋이 함께 가족이 되는 상황. 내 아이를 바라지 않는 건 아니지만 그게 지금 할 소린 아니었다. 나에게 내색하지 않을 뿐, 리에타는 아직.

"……불 좀 보고 올게."

멀쩡하게 활활 잘만 타고 있는 벽난로를 향해 굳이 몸을 일으켜 멀어지는 킬리언을 보고 리에타가 웃었다. 킬리언이 속으로 긴 한숨을 삼켰다.

……과하게 의식했다. 뒤의 말을 덧붙이지 말았어야 했는데. 킬리언은 리에타와 가족을 만들고 싶었다. 리에타에게 가족이 되어 주고 싶기도 했지만, 그 자신이 가족을 가지고 싶기도 했다. 태어나서 처음으로 느껴 본 감정이었다.

킬리언은 일단 리에타와 결혼한다는 걸 전제로 필요한 모든 준비를 착착 진행해 나가고 있었다. 장애물은 제거하고 필요한 조력자는 포섭하고. 역사에 한 획을 그을 가격으로 보석을 구입하고 악시아스 공예 거리의 가장 긍지 높은 세공사들을 모조리 사서 전설로 길이 남을 주문을 맡겼다.

한 사람을 고용하기 위해 몇 달씩 기다려야 하는 데다 돈만으로 움직이지 않는 예술가들이었지만, 놀랍게도 그들은 킬리언의 주문을 받았다. 떠들썩하게 소문이 날 일이었지만 리에타의 귀에 들어가지 않은 이유는 사람들의 입에 오르내리지 않도록 킬리언이 꽤나 공들여 입막음을 시켰기 때문이었다.

하지만 리에타와 함께하기 위해 그 모든 준비를 하나하나 진행해 나가면서도, 킬리언은 다시 그녀에게 결혼 이야기를 꺼내기 위한 마지막 한 번의 확신을 갖지 못하고 있었다.

이미 한 번 거절당했고, 이제는 그때는 몰랐던 거절의 이유까지 알고 있었기 때문에 더욱 그랬다. 많은 반대에 부딪힐 것이고, 수도에 황제를 보러 가야 한다고 리에타는 말했었다. 아마 그녀에게 더 마음에 걸렸던 것은 후자 쪽이었겠지.

아버지를 볼 일은 없게 할 것이다. 그녀에게 쏟아질 저주의 해소에 대한 압박도, 그가 모두 다 처리해 줄 것이다. 그러나 리에타가 나와 결혼한다면, 그녀는 신성 왕녀의 딸로서 원수의 아들과 결혼했다는 오명을 피할 수 없을 것이다. 그녀는 그 이야기를 평생 고통스러운 짐처럼 끌고 다니게될 것이다.

킬리언은 사랑한다는 명목으로 그녀에게 그 어떤 고통도 감내하게 하고 싶지 않았다. 고작 청혼을 한 번 더 거절당하는 게 두려운 건 아니었다. 다만 그녀의 답이 이번에도 거절이라면, 자신의 청혼이 다시 한번 우리 사이의 가시를 확인하게 하는 일이 되고, 리에타를 상처 주는 일이 될까 봐 망설여졌다.

당연히 모두에게 내가 사랑하는 여자라고 알리고 싶고, 인정받고 싶다. 한편으로는 다른 사람들 인정이나 시선이 뭐가 필요하냐고 생각하기도 했지만, 그는 그것들이 리에타를 어떻게 상처 주고 무너뜨렸는지 보았다.

무엇이든 해 주고 싶었지만, 그는 이제 리에타가 덜 상처받기만 하면 아무래도 좋았다. 어쩌면 세비타스의 과부로 알려졌을 때 그랬던 것처럼, 악시아스 대공의 강요로, 노리개로 팔려 가 억류된 가련한 피해자로 알려지는 편이 리에타에게는 더 나을지도 모른다. 리에타에게 그 편이 낫다면, 그는 기꺼이 악역이 될 생각이었다.

리에타가 진심으로 그의 사랑에 답해 주고 있다는 걸 안다. 리에타는 다시 한번 그의 손을 잡아 주었지만…….

'미안해요. 저는, 하지 않았으면 해요.'

'당신을 좋아해요. 결혼하지 않아도, 당신 마음을 알아요.'

'나는 그걸로 충분해. 당신은 충분하지 않은가요?'

마음을 받아 주었다고 그것이 결혼까지 해도 좋다는 뜻은 아닐 것이다.

사랑이 언제나 결혼으로 완성되는 것만도 아닐 것이다. 그녀가 받아 준 마음은 어디까지일까. 나를 좋아하지만 결혼은 할 수 없다는 이전의 대답. 아직도 그 마음은 변함없이 같을까.

킬리언은 뚫어져라 리에타를 바라보았다. 그녀의 얼굴에서 어떤 대답의 힌트라도 찾을 수 있을 것처럼. 하지만 그녀는 웃기만 했다.

킬리언은 꽤 오랫동안 벽난로 앞에서 불을 뒤적였다. 뒤에서 가만히 그를 쳐다보고 있던 리에타가 물었다.

"당신, 그 목걸이를 하면 여기 모르비두스가 들어올 수 없는 거 알아요?"

뜻밖의 말에 킬리언이 리에타를 보며 눈을 깜박였다.

"……뭐?"

리에타가 자신의 가슴 쪽으로 다리를 끌어안은 채 무릎에 입술을 묻고 좀 쑥스러워하며 물었다.

"당신 혹시 나를 지켜야 한다거나, 나랑 둘만 남고 싶다거나. 그런 생각을 해요?"

……그야 늘 생각하지. 그런데 내가 하는 생각이 지금 하는 얘기랑 무슨 상관이 있나? 킬리언이 이해할 수 없는 빛으로 리에타를 바라보았다. 리에타가 목덜미를 만지작거리며 말했다.

"루딘 님이 했던 말을 기억해요? 인간들은 잊어버렸지만 검기가 인간의 마법이라는 거……. 난 그 말을 이제 좀 이해할 것 같아요. 마법을 배우지 않은 사람이라도 어느 정도 경지에 오른 검사나, 재능이 있는 사람은 의지나 마음의 힘이 성물을 통해 발현되는 경우가 있거든요."

리에타는 어떻게 설명해야 하나 잠깐 고민하는 얼굴이었다.

"저도 최근에야 눈치챘어요. 당신은 알아채지 못한 것 같은데……. 당신이 그 목걸이를 하고 있으면 가끔, 아니, 꽤 자주, 악마나 사람이 들어올 수 없는 결계 같은 게 생기거든요. ……몰랐죠?"

킬리언이 놀란 얼굴로 리에타를 바라보았다. 리에타의 말을 듣자마자 킬리언은 제 손에 들어온 성물의 힘을 인지했다. 그동안 명확하게 깨닫지 못하고 있던 성물의 힘은 그녀가 지적해 주자 단번에 킬리언에게 활용할 수 있는 신성력이 되었다. 리에타가 뺨을 긁적이며 멋쩍게 웃었다.

"당신이 모르비두스의 결계를 무시하고 들어올 수 있었던 거, 어쩌면 그 때문일지도 모르겠어요. ……아. 그런데 악마의 이름에는 힘이 있어서 …… 방금 당신이 그의 이름을 불러 줬을 때, 모르비두스가 들어올 수 있게 된 것 같……."

슥. 리에타의 뒤에서 부드럽게 들어온 손이 리에타의 입을 막았다. 낯설지 않은 손에 입을 막힌 리에타가 눈을 깜박이며 눈동자를 위로 굴렸다. 어깨에 비스듬히 걸친 낫에 한 손을 얹고, 다른 손으론 리에타의 입을 막은 모르비두스가 침대 헤드에 걸터앉은 채 방긋 웃었다.

"초대 고마워. 오늘은 셋이 자는 거야?"

킬리언이 대번에 표정을 굳혔다. 그가 붉게 달궈진 불쏘시개를 칼처럼 들고 성큼성큼 걸어왔다.

"셋이 자는 것 같은 소리 하고 있네, 미친 새끼. 그 손 당장 못 치우냐?"

성물의 힘을 활용하는 법을 순식간에 터득한 킬리언의 손에서 불쏘시개가 신성한 검기를 담고 타올랐다. 불쏘시개를 비웃으려던 모르비두스가 실제로 고위 악마를 위협하기에 부족함이 없는 사나운 기운에 눈빛을 달리 하고 흥미로운 미소로 휘릭 낫을 휘돌려 들었다.

"……이것 봐라?"

당장이라도 칼부림이 날 것 같은 분위기였다. 리에타가 둘 사이에 끼어

들며 당황해서 소리쳤다.

"그만해요! 둘 다!"

함박눈이 세상을 뒤덮고 있었다. 가슴 높이까지 쌓인 눈이 바윗덩어리처럼 출입문을 막았다. 덩치가 좋은 하인들이 어깨로 쿵, 쿵 소리가 나도록 문을 밀치며 단단하게 쌓인 눈더미를 밀어내고 문을 열었다. 두어 번문이 꿈쩍대다 쌓여 있던 눈덩어리가 들썩들썩 밀려나고 조그맣게 난 문틈으로 삽을 든 일꾼들이 나와 눈을 퍼 내고 길을 냈다. 기상이변이라 할정도의 폭설이었다. 조그마한 단층 창고 정도는 지붕까지 파묻어 버릴 기세로 눈이 쌓였다. 사람들은 눈 속에 고립되지 않기 위해 하루에 몇 번씩눈을 치워야 했다.

악시아스의 겨울은 눈이 많이 오기보다는 건조한 칼바람과 맹추위로유명했다. 때때로 허벅지까지 푹푹 잠기는 눈이 쌓이는 일도 있었지만 이렇게 헤엄을 쳐야 할 정도로 눈이 쌓이는 일은 없었다. 산처럼 쌓인 눈에대고 삽질을 하며 사람들이 끙끙거렸다.

"어휴. 눈이 많이 오니 그나마 날은 푸근하다고 좋아했더니. 이건 해도해도 너무하네."

"눈이 이 정도로 온다는 게 말이 되나? 이거 혹시 수마의 장난인 거 아니야?"

"끔찍한 소리 하지 마. 말이 씨가 된다."

제설용 수레로 눈을 치우며 녹초가 된 사람들이 하늘에서 쏟아지는 눈을 저주하며 집 안으로 들어가 몸을 녹였다. 눈이 많이 와서 오히려 추위는 평소보다 덜해졌지만 무지막지한 폭설에 길이 막혔고, 살아남기 위해

하루에 세 번 이상 눈을 치워야 했다.

사정이 여의치 않은 집들을 위해 자경단이나 이웃들, 기사들이 순찰을 다니며 지속적으로 눈을 치워 주었다. 사람들은 이 이례적인 폭설에 악마가 개입했을 가능성을 열어 두고 좀 더 주의를 기울였다. 모두가 악마들의 습격을 당하기 직전에 직면했던 자연의 이상 징후들을 기억하고 있었기 때문이었다.

"수마의 장난은 아닙니다. 인근에 기상을 바꿀 수 있을 정도의 힘을 가진 물의 악마는 존재하지 않습니다."

페르디안이 확언했다.

"자연적인 폭설로 보입니다. 다만 헬라 산맥에서 벌어진 거대한 화재가 이 폭설에 영향을 미치고 있는 것 같습니다."

사제들과 학자들 역시 같은 결론을 내놓았다. 그리고 사냥꾼들과 함께 엑시티우스를 추격하던 사제들이 악시아스에 보고를 전해 왔다.

"……하비투스 대사원에 화재가?"

함께 보고를 전해 들은 사람들의 눈이 커졌다. 사제들 사이에서 불안한 기운이 감돌았다.

사제들이 물러가고 킬리언과 리에타만 남자 비로소 모습을 드러낸 모르비두스가 그들의 의혹을 확인시켜 주었다.

"……엑시티우스다. 아직 악시아스를 포기하지 않았을지도 모르겠군."

모르비두스가 팔짱을 끼고 눈을 내리깔았다. 화근을 남겨 두고 말았구나. 다소 무리가 되더라도 끝까지 추적해 제거하는 편이 좋았을 것. 안일하게 생각했다. 녀석이 대사원에 화재를 일으키고 성지의 타락과 공포를 포식할 줄이야.

평소라면 아무리 고위 악마라 해도 대사원 정도의 성지에 손댈 수 없었겠지만, 하비투스 대사원은 여름에 있었던 일의 충격과 피해로부터 미처 회복하지 못한 상태라 악마들의 공격으로부터 취약해져 있었다. 그리고 강대한 신성을 타락시키는 것이 악마에게 얼마나 강력한 힘이 되는지는 모두가 알고 있었다.

"악시아스에 일으킨 재앙으로 어느 정도 공포의 상징으로 이름을 알리는 성과를 거두긴 했지만 그런 식으로 진압되어 버린 바람에 대악마의 반열에 오를 정도는 되지 못했을 거야. ……자존심에 상처를 입었다고 생각하고 있을지도 모르겠군."

모르비두스가 팔짱을 풀고 리에타에게 말했다.

"사제들을 준비시켜라. 사원을 빨리 짓는 편이 좋겠어."

킬리언과 리에타가 묘한 눈으로 그를 바라보았다. 악마가 하기엔 묘한 소리기는 했다.

리에타의 진두지휘와 모르비두스의 조언으로 악시아스의 사원 계획은 빠르게 진행되기 시작했다. 건축가들과 사제들이 사원 설계도에 자문을 한 후 돌아가고, 수도원의 탁자에 둘러선 리에타와 모르비두스가 사원의 아래 깔릴 축성 마법진의 설계도를 내려다보았다. 그들은 마법진의 도면 위에 조그만 건물의 모형들을 여기에서 저기로 옮겨 보며 계속 대화를 나누었다.

"……그렇게 하면 역마에겐 강하겠지만 화마에게 약할 거야. 예배당이 화마들의 타겟이 될걸."

"그럼 분수대를 이쪽에 놓으면 보완이 되지 않을까?"

"그런 구조라면 난 이쪽 수도원 방향으로 들어갈 것 같은데. 약점이 명백해."

"으음……. 그럼 예배당을 여기 두고, 축성 마법진을 이렇게 이중으로 구축하면 어때?"

"괜찮네. 그렇게 만들어 놓으면 들어가기 아주 짜증나겠어. 이 축성 마법진은 특히 이쪽이 굉장히 뜨겁거든."

킬리언은 팔짱을 낀 채 효과적으로 악마 쫓는 사원을 설계하는 악마의 모습을 바라보았다. 사제들을 모두 내보내고, 유일하게 허락을 얻어 그 자리에 남은 수도원장 뷔테르가 복잡한 심경이 드러나는 얼굴로 눈앞의 풍경을 바라보았다.

내가 지금 대체 뭘 보고 있는 걸까. 거대한 뿔을 달고 있는 역마가 의자 등받이에 재주도 좋게 걸터앉은 채 발 끝을 의자에 놓고 까닥거리며 효과적인 축성 사원을 구축하는 법에 대해 기탄없이 조언하고 있었다. 대악마를 코앞에서 마주하며 사제로서의 존엄성을 잃지 않기 위해 긴장한 얼굴이었던 뷔테르의 표정은 점점 망연하게 무너지고 있었다.

심지어 모르비두스의 조언은 정말로 유용하게 들렸다. 리에타와 뷔테르가 가진 신성 마법적 지식과 악마학 지식에도 딱 맞아 떨어지며 보완까지 되는 것이 한 치도 어긋남이 없었다. 악마가 내 방 탁자 앞에 앉아 사원을 짓는 법에 대해 강론하는 걸 보다니. 내가 너무 오래 살았구나.

세상에 다시없을 엄청난 사원이 될 것이다. 거기에 악마의 공헌이 적지 않음을 부정할 수 없을 거라는 생각이 드는 것이 황망했다.

"찾으실 것 같아서 왔습니다."

페르디안이 싱긋 웃었다. 킬리언이 그의 모습을 위아래로 훑었다.

"편해 보이는구나."

"배려해 주신 덕분입니다."

킬리언은 리에타를 대신해 페르디안과 대화했다.

"모르비두스."

"응."

"엑시티우스는 인간에게 복수심을 가지고 있다고 들었는데. 정말 그래?"

그가 잠시 아무 말 없이 리에타를 쳐다보았다. 리에타가 조심스럽게 그를 바라보며 말했다.

"당신이 그랬잖아. 인간과 오래 섞여 지내 본 일이 없는 젊은 악마한테는 가족이라거나 동족 의식이라거나 복수라거나, 그런 사람들의 개념이 없다는 거…… 인간들 관점의 평가일지도 모르겠다는 생각이 들어. 어때? 당신이 보기에 엑시티우스는."

그가 뻐딱하게 팔짱을 끼고 기둥에 기대어 리에타를 쳐다보았다.

"무슨 생각 하는지 알 것 같은데. 안 돼."

"내가 무슨 말을 할 줄 알고……"

"네가 라멘타의 왕족으로서 엑시티우스와 복속 계약을 하면 어떻겠냐는 소리겠지. 안 돼. 놈은 죽었으면 죽었지 그런 걸 받아들일 성격이 아냐."

리에타가 가만히 모르비두스를 바라보았다. 어머니와 함께 어린 시절을 함께한 가족 같은 악마. 하지만 모든 악마가 그 같지는 않다는 걸 알고 있었다. 역시 인간에게 적개심을 가지고 있는 악마라서 그런가…… 리에타는 그래도 한 번만 더 물어보았다.

"설득이 불가능할까? 꼭 소멸 직전까지 몰아붙이거나 해서 일방적인 복속 계약을 하지 않아도, 당신이 중재해 주면, 정당한 대가를 주고받는 대등한 계약을 제안해서……"

"안 돼."

모르비두스가 무뚝뚝하게 리에타의 말을 잘랐다. 리에타가 한숨을 쉬었다.

"엑시티우스가 계약하기에 적합한 성격이 아니라서?"

"그런 이유도 있고."

……이래저래 반대하지 않을까 예상은 하고 있었다. 하지만 어린 시절, 그녀에게 우호적인 악마들과 함께 지냈을 때의 기억을 가지고 있는 리에타에게는 악마와의 계약에 그만큼 포기하기 어려운 장점이 많다는 생각이 들었다.

악마가 있다면 인간의 힘으로 어쩌지 못하는 수많은 자연의 재앙을 막을 수 있을지도 모른다. 악마인 모르비두스는 모르겠지만, 인간에게는……. 더욱이 불의 악마라면, 겨울의 악시아스가 고통받는 원인인 맹추위와 화재로부터 큰 도움을 받게 될 수 있을 것이다.

계약이 가능한 고위 악마를 만날 기회는 정말 드물다. 비록 엑시티우스는 라멘타와 접점이 없던 악마이고, 엑시티우스가 인간에게 적대적인 악마라는 게 걸렸지만, 모르비두스가 있다면 말이 통할지도 모르는데…….

"왜, 그 녀석이 너한테 그런 걸 시켜? 화마의 힘을 가지면 좋겠다고 하나?"

서늘한 기색이 묻어나는 모르비두스의 말에 리에타가 눈을 동그랗게 떴다.

"킬리언이? 말도 안 돼. 킬리언은 그런 걸 시키는 사람이 아냐. 그냥 나혼자 생각해 본 거야. 그 사람은 나한테 무리한 건 아무것도 부탁하지 않아."

모르비두스가 코웃음 치며 고개를 기울였다.

"직접적으로 말하지 않았더라도 간접적으로 네게 그런 생각이 들게 할 수는 있었겠지."

입을 다문 리에타가 힐난하는 눈으로 그를 바라보았다.

"……모르비두스. 나도 바보가 아니야. 당신도 좀 더 오래 겪어 보면 킬리언이 어떤 사람인지 알게 될 거야."

모르비두스는 삐딱한 마음을 고쳐먹는 기색은 아니었지만 굳이 리에타의 말에 코웃음을 치거나 부정하지는 않았다.

"정 악마의 힘이 필요할 것 같으면 내가 적당한 악마가 있을 때 추천할 테니 그 악마하고만 계약해. 엑시티우스는 안 돼."

리에타가 머쓱하게 목덜미를 눌렀다. 하지만 그만한 악마는 드물 텐데……. 애초에 말이 통할 정도의 고위 악마가 인간 세상에 나와 있는 경우 자체가 흔하지 않다. 다소 위험이 따르더라도 놓치기 아까운 기회라는 생각이 들었다. 분명 엑시티우스가 온건한 편인 악마는 아니지만……. 리에타가 포기하지 못하고 있다는 걸 알아채는 건 어렵지 않았다. 모르비두스가 눈을 찡그렸다.

"왜 자꾸 그 녀석을 탐내? 나 하나로는 안 되겠어?"

그를 쳐다본 리에타가 작게 웃었다.

"……킬리언이랑 똑같은 소릴 하네."

모르비두스가 멈칫하고 입을 다물었다. 리에타가 말을 이었다.

"그냥, 여긴 내가 살 곳이니까. 조금 더 살기 좋은 곳이 되면 좋잖아. 옛날 생각이 나기도 하고……."

사람은 약하다. 자연의 힘을 빌리는 고대 마법은 용의 멸종과 함께 오래전에 잃었고, 남은 건 신의 힘뿐. 종교나 미신에 더 많이 의존하게 된 것도 그 때문일 것이다. 리에타가 말하며 웃었다.

"사람의 힘으로 어쩌지 못하는 일이 있을 때 영웅처럼 나타나 주는 초월적 존재가 있으면 좋을 거라고, 누구나 그렇게 생각할걸."

모르비두스가 쓰게 웃으며 인상을 구겼다.

"영웅? 농담도 안 되는 소리 하지 마. 순진해 빠져선."

모르비두스가 손가락을 들어 리에타의 머리카락을 귀 뒤로 정리해 주며 말했다.

"넌 인간이고 인간 사이에서 사는 편이 나아. 엑시티우스가 악시아스에 무슨 짓을 벌였나 잊었어?"

그러면서 그는, 악마한테 다시 발을 걸쳤다가 들통나면 인간들로부터 배척당할 거고 네가 위험해질 거라고 잔소리를 했다. 리에타가 어색하게 웃었다. ……하지만 이미 내게 당신이 있는데. 뭐 크게 다른 것이 있을까.

"……그럼 괜찮은 화마를 추천해 줄 수 있어?"

모르비두스는 표정 없이 뒤로 기대며 팔짱을 끼고 말했다.

"아니. 화마하고는 계약하지 마."

똑똑.

"들어와요."

페르디안과 킬리언이 그들이 있는 방으로 들어왔다. 모르비두스가 막 문을 열고 들어오는 페르디안을 턱짓해 가리켰다.

"봐. 저놈처럼 상대를 잘못 고르면 인생이 피곤해진다고."

페르디안이 싱긋 웃었다.

"저는 계약을 한 건 아닙니다. 신성 능력자도 아니고요."

모르비두스가 혀를 찼다.

"그쪽이 더 나쁘다. 무덤 자리나 미리 봐 두어라. 유서도 써 두고. 네놈은 그 악마의 힘 때문에 요절할 테니."

페르디안은 웃으며 대답했다.

"서둘러야겠네요. 너무 오래 걸리지 않아야 할 텐데요. 제 나이가 벌써 스물아홉이라 이미 비극적 천재로 요절하기엔 약간 늦은 감이 없지 않습니다."

농담인지 진담인지, 알 수가 없었다. 얼핏 눈이 마주치자, 페르디안은 리에타에게 공손히 고개 숙여 묵례했다. 리에타도 어색하게 마주 인사했다.

페르디안은 다시 만난 후 리에타에게 항상 거리를 유지하며 존댓말을 했다. 페르디안은 곁에 모르비두스나 킬리언이 있을 때만 리에타와 대화했고 리에타와 둘만 남는 상황은 애초에 오지 않도록 피했다.

처음엔 킬리언이 그렇게 지시했을지도 모르겠다는 생각을 했지만, 몇 번의 마주침 이후 페르디안이 스스로의 의지로 그녀를 피하고 있다는 걸 알았다.

엑시티우스의 대항마로 모르비두스가 킬리언에게 그를 천거했다는 걸, 리에타는 뒤늦게 알게 되었다. 그 후엔 인사를 나눌 정도로 가까이서 그를 만날 일 자체가 거의 없었다. 그저 리에타는 자기 대신 모르비두스가 그의 몸에 있는 악마의 힘을 다루는 법을 가르치기 시작하고, 페르디안이 수마의 힘에 성공적으로 적응하기 시작했다고만 전해 들었다.

제이드의 유품을 전해 준 것도 그의 무덤을 이장해 준 일과 관련해서도 그에게는 고마운 마음과 불편한 마음이 동시에 남아 있었다.

카사리우스와 얽힌 일이 있은 후로 엉망이 된 사이. 카사리우스는 영주라는 지위를 이용해 리에타의 삶을 진창으로 처박은 충격적인 폭력을 휘둘렀고, 그의 아들인 페르디안은 오랜 친구였던 리에타를 외면했다. 수도원에서의 오랜 우정도, 완전히 무너져 있던 리에타를 대신해 제이드의 장례를 수습해 준 것도, 리에타에게는 오랫동안 고마운 마음으로 남아 있었지만······.

아델을 구해 달라며 그에게 부탁하고 매달리다 큰 상처를 받은 폭언을 들은 후, 인연이 끊기고 친구라 하기도 어려운 사이가 되었다. 그날의 폭언과 뒤얽힌 고통스러운 기억들은 리에타에게 다시 떠올리면 숨이 턱 막힐 정도의 큰 충격이었다.

그러나 그 일은 페르디안에게도 고통스러운 후회로 남아 있었던 듯했다. 자신의 본심이 아니었다는 사과를 들었다. 대번에 봄눈 슬듯 마음이 녹지는 않았지만, 힘들어하던 모습을 보니 동정심이 들기는 했다. 페르디안을 바라보는 리에타의 마음은 복잡했다.

과거엔 그의 도움을 많이 받았다. 지금은 그가 겪고 있는 고통에는 동정심이 들었다. 지금 그는 인간이 감당하기 어려운 악마와 뒤섞인 존재가 되었고 리에타나 모르비두스의 도움이 필요한 몸이 되었다.

한때 그는 수도원의 왕자님 같던 존재로 그들을 지켜 주었던 귀족 도련님이었다. 오랫동안 같은 수업을 듣고 서로를 의지한 하나뿐인 학우였고, 리에타로서는 가질 수 없었을 귀한 책을 선뜻 사 주기도 했던 후원자였다.

페르디안이 굳이 가정교사를 두지 않고 수도원을 드나들며 리에타를 아낀다는 티를 내고 친분을 유지해 주고 있어서, 수도원장이 제이드에게 화풀이만 했을 뿐 끝내 리에타에게 몹쓸 짓을 하지는 못했다는 걸 훨씬 나이를 먹고서야 알았다.

고마워해야 하는 사람이었다. 은혜를 갚아야 할 사람이었다. 설령, 악마 때문에 본심 아닌 말을 했다는 것이 거짓말일지라도.

가까이 온 킬리언이 리에타의 어깨를 감쌌다. 리에타가 고개를 들며 그의 눈을 보고 미소 지었다. 다시 앞을 본 순간, 온갖 마음의 번뇌는 사라지고, 그들 앞의 페르디안은 악시아스를 지키기 위해 노력해 주는 사람이 되었다. 페르디안이 리에타와 킬리언을 보고 고개를 숙였다.

"너무 걱정하지 마라. 네가 이 땅에 머무르겠다고 결정한 이상, 내가 이곳을 지킨다."

모르비두스가 듬직하고도 다정하게 말했다.

"감히 나를 거스르고 네가 있는 땅을 탐낼 수 있는 악마는 존재하지 않는다."

"거짓말이다. 엑시티우스가 하비투스 대사원을 포식한 게 사실이라면 나 혼자서는 못 이겨."

리에타가 자리를 비우자마자 태연하게 조금 전의 말을 번복하는 모르비두스를 킬리언은 물끄러미 쳐다보았다. 모르비두스는 하나도 부끄럽지 않다는 듯 당당하게 킬리언을 마주 보았다. 왜? 뭐? 킬리언이 페르디안 쪽을 빤히 쳐다보며 물었다.

"악마는 계약자에게 거짓말을 못한다며?"

모르비두스가 뻔뻔하게 말했다.

"난 대악마라 할 수 있어."

킬리언이 인상을 구겼다.

"뭐야, 그게? 계약자를 상대로 악마가 저렇게 뻔뻔하게 사기 쳐도 되는 거야?"

악마는 당당했다. "난 돼."

페르디안이 슬쩍 언질 했다.

"……계약자가 진실을 고하라고 특별하게 특정 지은 질문이 아니라면 맥락에 따라 농담 정도로 통할 수준의 가벼운 거짓말은 별 제약 없이 할 수 있습니다. ……다른 불순한 의도가 없다면요."

킬리언이 울컥해서 내뱉었다.

"다른 불순한 의도가 없긴 왜 없어? 리에타한테 센 척하고 있잖아!"

"……계약자의 명령을 거스르는 거짓말이나 계약자에게 위해가 되는 기만이 아니면 악마의 존재를 위협하지 않습니다. 그러니까 이건 모르비두스 정도의 악마가 존재를 걸고 사수해야 할 정도의 중대한 거짓말은 아니라는 뜻입니다."

킬리언이 벌레 씹은 얼굴을 하는 걸 보고 모르비두스가 킬킬거렸다.

"가서 일러바치든가."

"닥쳐."

킬리언이 한쪽 입술을 비죽 들어 이를 드러냈다. 제기랄. 대악마고 세기의 천재고 도움이 안 되는군. 당장 저 놈의 거품을 낱낱이 까발려 주고 싶지만 리에타를 불안하게 하고 싶진 않았다. 페르디안은 웃음을 참으려고 꽤 애쓰는 기색으로 헛기침을 하더니 손등으로 입을 가리며 고개를 숙였다. 한참을 낄낄거리던 모르비두스가 팔짱을 끼고 빙글거렸다.

"흐음."

모르비두스가 페르디안을 턱짓해 가리켰다.

"수마의 힘이라면 화마를 무력화시킬 수 있다. 저 녀석 내게 맡겨라. 내 저놈을 한 달 안에 엑시티우스의 대항마로 만들어 놓으마."

"지금도 너한테 맡기고 있잖아?"

"사제 붙여서 감시하고 있잖아. 아예 떼고."

"뭘 믿고?"

모르비두스가 유들유들하게 팔 위로 손톱을 까딱였다.

"사적인 앙심은 넣어 둬라. 나는 리에타의 악마고, 그 아이에게 해가 되는 일은 하지 않아."

라멘타의 왕족을 향한 악마들의 절대적 복종. 그 악마들을 상대로 에율라티오 혈족의 무녀들은 무슨 대가를 치르는 계약을 했을까. 킬리언은 리에타에게 모르비두스와의 계약에 그녀가 어떤 대가를 치러야 하냐고 물은 적이 있었다. 그녀는 조금 어리둥절하게 떴던 눈을 깜박이며 그를 바라보다 고개를 저었다.

"아뇨. 저는 모르비두스에게 따로 계약의 대가를 지불하지는 않아요."

……아무런 대가를 지불하지 않는다고? 킬리언은 리에타를 바라보았다. 리에타는 뭔가 숨기거나 거짓말을 하는 기색은 아니었다.

"아마 전 새로운 계약을 한 게 아니고 원래 있던 계약을 계승했기 때문일 거예요."

그녀는 그다지 대수롭지 않게 생각하는 것 같았다. ……이게 라멘타 왕족이 한 '유리한 계약'이라는 걸까? 대가를 지불할 필요가 없는 계약. 불가능한 이야기는 아니다. 악마의 성향에 따라 그런 걸 요구하지 않는 악마도 있는 모양이고, 타니아 성녀와 메르데스처럼 생존을 대가로 복종의 맹세를 받는 경우도 있으니까.

하지만 이미 한번 끊어진 계약이 아무 대가 없이 회복되어 이어질 수 있는 건가? 라멘타의 왕족이 계약의 대가로 악마에게 지속적으로 뭔가를 제공한다는 약속이 되어 있었다면, 리에타도 거기에서 자유롭지 못할 가능성이 높다.

봉인으로 리에타가 계약으로부터 분리되어 있었다 해도 그들의 핏줄에 얽힌 악마와의 계약은 저주처럼 리에타를 따라오고 있었다. 어쩌면 리에타가 살아온 기구한 삶이 악마들에게 지불해야 하는 대가로 인과율의 영향을 받고 있었을 가능성도 있었다.

자신의 일에는 그런 방식으로 신이나 저주를 믿지 않지만, 킬리언은 리에타의 일에는 그 어떤 위험의 가능성도 소홀히 넘길 수 없었다. 악마라는 건 그랬다. 무엇도 분명한 건 없었다.

리에타는 뺨을 만지며 머쓱하게 웃었다.

"혹시 그것 때문에 걱정했어요?"

"……걱정되지 그럼. 악마잖아."

리에타는 그의 걱정을 고마워하는 듯 팔을 뻗어 폭 안기며 그를 올려다본 채 미소 지었다.

"당신이 보기엔 영 모르비두스가 못 미더운가요? 그래서 요새 자꾸 모르비두스랑 그러는 거예요?"

"꼭 그런 건 아니야." 하며 킬리언이 그녀의 머리 위에 가볍게 입 맞추었다. "……계약 내용을 발설할 수 없는 경우도 있다던데."

리에타가 고개를 저었다.

"전 그런 경우는 아니에요. 정말 걱정하지 않아도 돼요."

킬리언이 걱정이 떨쳐지지 않은 얕은 한숨을 쉬었다.

"뭐든 도움이 필요하면 말해. 혼자 견디지 말고."

"네." 리에타가 고개를 끄덕였다.

"어쩌지 못할 것 같은 일이라도 상의해 줘. 최소한 걱정이라도 같이 할 수 있게. 그대가 날 못 믿고 혼자 삭이고 있을지도 모른다거나, 아무것도 말하고 있지 않을지도 모른다는 것까지 걱정하게 하지 마."

리에타가 웃었다.

"알았어요. 당신한테는 다 알려 줄게요. 내 기사님이 지켜 줄 수 있게."

킬리언은 타니아 성녀와 메르데스를 떠올리며, 리에타 곁에서 시종일관 잔소리를 하는 모르비두스를 생각했다. 비슷한 점이 없지는 않은 듯하면서도 그들의 관계는 많이 달라 보였다. 그들이 보내 온 시간과 관계가 다르기 때문일 수도 있고, 계약의 내용 자체가 다르기 때문일 수도 있다.

타니아 성녀는 직접 메르데스를 굴복시켜 한 계약이고, 리에타는 타고난 권리로서 대를 이어 물려받은 계약이었기에 모르비두스가 리에타를 어릴 때부터 보살폈다. 타니아 성녀의 시종마인 메르데스는 몽마. 리에타의 시종마인 모르비두스는 역마. 악마의 종 자체가 다르기 때문일 수도 있고, 그저 그들의 성정 자체가 다르기 때문일 수도 있고. 애초에 타니아 성녀와 리에타는 다르다.

"너무 걱정하지 마세요. 악마는 약속을 지키니까……. 계약한 악마는 정해진 대가 외에 계약한 상대를 괴롭히거나 하는 방식으로 포식할 수 없어요. 거짓말도 할 수 없고요. 무엇보다 악마는 영체라 약속을 어기거나 계약 상대에게 거짓말을 하면 엄청난 벌을 받는걸요."

이미 그가 조사했고, 다른 사람들에게도 확인한 내용이었지만 킬리언은 다시 한번 주의 깊게 들었다. 리에타가 조곤조곤 말을 이어 나갔다.

"악마로서의 힘이나 기억을 잃어버리기도 하고, 수십 년에서 수백 년

혼수상태에 빠지기도 하고. 완전히 소멸하는 경우도 있어요. 그래서 악마는 약속을 잘 지켜요. 해를 끼치지도 않고, 거짓말도 하지 않고."

킬리언이 피식 웃었다.

"……그런 점에선 인간보다 낫네. 인간은 수도 없이 거짓말을 하고, 약속을 하고도 어기니까."

리에타가 그의 등 뒤로 깍지를 끼며 웃었다.

"하지만 많은 사람들이 안 지켜도 되는 약속을 지키잖아요. 사람은 약속을 어긴다고 죽지도 않는데. 그게 더 대단한 거 아니에요?"

킬리언이 가만히 그녀를 바라보았다.

"맹세를 지키려고 노력하고, 약속을 지키려고 노력하고, 도의를 지키려고 노력하고……."

리에타의 목소리가 말갛게 이어졌다.

"어쩔 수 없이 지키지 못하는 경우도 있지만, 될 수 있는 대로 믿음에 보답하려고 하고. 상대가 약속을 지키기 위해 노력할 거라는 걸 믿고."

새삼 물끄러미 바라보는 킬리언의 눈빛을 보고 제가 너무 거창하게 말했다 싶었는지, 순진한 소리를 늘어놓던 리에타가 민망해하며 웃었다.

"……그런 게 사람의 특별한 점이라고 생각해요."

모르비두스가 지나가듯 한마디를 덧붙였다.

"리에타가 화마 복속을 시도할 가능성이 있다. 그건 하지 못하게 해라."

킬리언이 모르비두스를 외면하며 퉁명스럽게 뱉었다.

"안다."

"페르디안 님."

리에타가 뒤에서 그를 불러 세우며 걸어오자, 페르디안이 반걸음 더 걸어가다가 조금 느리게 멈추었다. 그는 뒤돌아 공손히 머리를 숙였다.

"부르심이 황송합니다. 부디. 저를 두렵지 않게 해 주십시오."

리에타가 짧게 침묵했다가 호칭을 고쳤다.

"칼리고 백작……. 고개를 드세요."

비로소 페르디안이 미소하며 일어섰다.

"네, 리에타 님."

리에타가 잠깐 머뭇거렸다.

"전보다…… 편해 보이셔서 다행이라고 생각했는데요. 괜찮아 보이셔서 다행이라고 말씀드려도 되는 상황인가요?"

페르디안이 웃었다.

"네. 그러셔도 됩니다. 혹시라도 마음에 두고 계셨다면 송구합니다. 요절한단 얘긴 농담이었습니다. 제 몸 상태는 나쁘지 않습니다."

리에타가 작은 한숨을 내쉬었다. "다행이네요."

페르디안이 예의 온화한 미소를 지었다.

"축성술사님께 제가 감히 같은 질문을 드려도 무례가 아닐는지요."

"네?"

페르디안은 고개를 숙여 시선을 마주하지 않은 채 온화하게 휘어진 눈을 내리깔며 말했다.

"전보다 편해 보이십니다. 괜찮아 보이셔서, 다행입니다."

리에타는 할 말이 없어져 입을 다물었다. 리에타는 그것으로 둘 사이에 쌓인 이야기가 모두 정리되었음을 알았다. 좀 더 많이 불편할 줄 알았는데……. 조금 더 다른 사람의 이야기를 하게 될 줄 알았는데. 생각보다 훨씬 짧고, 허무하고 간단했다. 리에타는 어딘지 허한 기분으로 목덜미를 만졌다.

페르디안은 예의 바르게 고개를 숙이고 웃으며 서 있었지만, 그 자리를 벗어나고 싶어 한다는 느낌이 들었다. 하지만 먼저 용무를 묻지 않고 리에타가 말해 주길 기다린다. 리에타가 그를 불러 세웠고, 그녀가 윗사람이기 때문이다. 낯선 기분을 느끼며, 리에타는 단도직입적으로 그를 멈추어 세웠던 이유를 물었다.

"이거…….."

리에타가 살짝 왼손을 들었다. 그녀의 손에 킬리언을 상대로 도착했던 페르디안의 편지가 들려 있었다. 킬리언은 그녀의 의사에 따라 처리하라고 아예 문서와 함께 편지를 그녀에게 넘겨주었다.

"대공 전하와 거래하셨다면서요."

페르디안이 곤란한 미소를 지었다.

"……아. 그걸 전하께선 거래라 표현하셨나요."

리에타는 그를 바라보며 물었다.

"대공 전하께서 저를 위해서 말씀하지 않는 게 있다는 걸 알아요. 혹시 뭔지 이야기해 주실 수 있나요?"

페르디안이 미소 지었다.

"그분을 신뢰하지 않으십니까?"

리에타를 시험하는 것이 아닌, 당신은 이미 그를 믿고 있으니 내게 물을 필요가 없지 않느냐고 우회적으로 피하는 대답이었다. 리에타가 가만히 그를 바라보다가 설마 하는 눈초리로 물었다.

"대공 전하께서 당신을 입막음하셨나요?"

페르디안이 약간의 웃음과 함께 부정했다.

"아뇨."

리에타는 조금 더 구체적으로 물었다.

"엑시티우스의 일 말고도, 대공 전하께서 당신을 계속 따로 만나고 계시는 걸 알아요. 이유가 뭔지…… 말씀해 주기 어려우시다면, 어렵다고만 해 주셔도 괜찮아요."

페르디안이 온화하게 리에타를 내려다보며 대답했다.

"너무 심각하게 생각하시는군요. 그분은 그저, 제게 악마학에 대해 가끔 물어보실 뿐입니다. 제가 일반적인 경우보다는 많은 대답을 해 드릴 수 있는 부분이 있으니까요. 그밖에 제가 겪고 있는 어려움에 대해 가끔 살펴 주시기도 하시고요. 그뿐입니다."

리에타가 가만히 입을 다물었다. 페르디안이 저명한 악마학자이긴 하다. 그러나 단순히 악마학 지식이 필요한 거라면 킬리언은 훨씬 신뢰하는 리에타나 황실의 사제들에게 물을 수도 있었을 것이다. 그러지 않고 굳이 페르디안에게 묻는다는 건…… 역시 킬리언은 나 때문에 라멘타에 대해 알아보고 있는 걸까.

"대답이 되셨을지 모르겠군요."

사실은 조금 더 할 말이 있었다. 왠지 그것만이 아닐 거라는 생각도 들었다. 하지만, 리에타는 잠자코 고개를 끄덕이고 물러섰다. 페르디안이 잠시 그녀를 바라보다 고개 숙여 하직 인사를 올리며 부드럽게 웃었다.

리에타가 페르디안을 잠시 붙잡아 대화하고 있는 사이, 킬리언은 모르비두스를 따로 대면하고 있었다.

"인간." 낯선 부름에, 킬리언이 고개를 돌렸다. "잠깐 나 좀 보지."

킬리언의 팔 위에서 녹턴이 펄럭 펄럭 두어 번 날개를 치다 창밖으로 날아갔다. 킬리언은 손에 녹턴이 넘겨 준 편지를 쥔 채 가만히 악마를 바라보았다. 리에타 없이 모르비두스가 킬리언을 따로 찾아온 건 처음 있는 일이었다. 모르비두스는 벽에 기댄 채, 킬리언을 향해 생각지 못한 질문을 건넸다.

"리에타에게 딸이 있었다고 들었는데."

모르비두스는 무표정하게 물었다.

"그 애가 어떻게 죽었는지 혹시 알고 있나?"

킬리언이 가만히 모르비두스를 쳐다보다 표정 없는 얼굴로 답했다.

"그건 왜?"

"알아, 몰라?"

"……안다."

킬리언이 짧게 틈을 두고 대답했다. 모르비두스가 창밖을 보며 짧게 한숨을 쉬곤 물었다.

"……그래? 어떻게 죽었지?"

뭔가 이상하게 돌아가고 있었다. 킬리언은 아무런 의심의 기색 없이, 손에 쥔 쪽지만 한번 고쳐 쥐며 벽난로를 쳐다보았다.

"내가 왜 너한테 그런 걸 대답해 줘야 하지?"

모르비두스가 킬리언을 보고 반문했다.

"내가 그걸 리에타에게 묻길 바라지는 않을 텐데?"

킬리언의 눈이 가늘어졌다. 이내 웃으며 고개를 기울였다.

"리에타의 딸이 어떻게 죽었는지가 지금의 너에게 왜 중요하지?"

모르비두스가 눈썹을 치켜들었다.

"왜, 그게 궁금하면 안 되나?"

잠시 침묵이 흘렀다. 킬리언이 손에 쥔 쪽지를 향해 시선을 내리며 저도 모르게 피식 웃었다. 날 시험하고 있는 게 아니다. 모른다. 이 악마는. 아델이 살아 있다는 걸. ……이게 무슨 의미일까? 그는 이미 오래전 페르디안에게 확인한 적 있었다.

'리에타 어디 있는지 말해. 네 안에 있는 건 라멘타의 복속 악마였잖아. 그렇다면 리에타가 어디에 있는지, 알 수 있을 거라고 생각하는데.'

'전 에율라티오 혈족을 느끼지 못합니다. 제가 그 악마가 아니기에 계약은 제게 해당이 없습니다. 설령 계약 악마여도 가까이 있는 게 아니라면 어디에 있는지까진 알지 못합니다. 존재하는지 존재하지 않는지 정도만 마법적으로 느낄 수 있을 뿐입니다.'

비록 지금 내 손안에 들어온 게 좋지 않은 소식이지만, 아넬은 죽지 않았다. 모르비두스가 에율라티오와 계약 상태라면 아넬이 살아 있다는 걸 그가 모를 리가 없다. 아넬이 정말 죽었나 하는 데 순간 생각이 미쳤지만, 그럼 모르비두스의 입에서 저런 말이 나올 리 없었다. 킬리언은 지젤의 보고를 믿었다. 그 아이는 최소한 겨울까진 살아 있었다.

"대악마의 자존심에 이렇게 달려와서 물을 정도로 속이 타는 질문인 것 치고."

킬리언이 눈을 들어 모르비두스를 바라보았다.

"묻는 태도가 영 아닌데?"

모르비두스는 대답하지 않은 채 잠시 침묵하다가 입을 열었다.

"좋아."

모르비두스가 팔짱을 풀고 창틀을 짚은 채 킬리언을 향해 몸을 돌렸다.

"내 질문에 대답해 주면 네가 원하는 질문에 답해 주마. 리에타에 대해 알고 싶은 게 있다면 물어봐라. 페르디안은 대답해 줄 수 없는 걸 난 훨씬 많이 안다. 궁금한 게 제법 많은 모양이던데."

킬리언이 눈썹을 으쓱하며 흥미로운 얼굴로 손톱 끝을 내려다보았다. 저게 모르비두스에게는 최대한의 '굽힘'이로군. 태도는 여전히 꼿꼿하지만, 모르비두스는 더 이상 자신이 원하는 정보가 그것이라는 걸 숨기려고도 하지 않았다.

왜? 아델이 어떻게 죽었는지가 왜 모르비두스에게 중요하지? 그게 중요한 정보인 이유는? 나에게 굽히면서까지 그걸 리에타에게 묻지 않고 몰래 알아내려는 이유는?

"내가 그걸 대답해 주는 게 리에타에게 해가 되지 않는다고 어떻게 믿지?"

리에타에게 해를 끼치지 않을 거냐는 의심의 말이 성공적으로 모르비두스의 속을 긁었는지, 노기를 띤 악마의 몸에서 은은하게 검은 기운이 피어올랐다. 킬리언이 차갑게 웃으며 물었다.

"악마 모르비두스. 너, 지금 그 질문이 리에타의 안위를 침해하지 않는 질문이라고 네 존재를 걸고 맹세할 수 있다면 알려 주마. 더불어 그 대답의 대가로 내 질문에 대답할 수 있다면 말이야."

못할 거라고 생각했다. 그런데 놀랍게도 모르비두스는 사납게 웃으며 응했다.

"오만한 줄은 알았지만 기대 이상이구나. 그래. 맹세하지. 지금 내 질문은 리에타 에율라티오를 수호하기 위한 것임을 내 존재를 걸고 맹세한다."

쩡! 마력이 공기를 뒤흔들며 모르비두스의 목과 뺨에 걸쳐 어두운 마법 문양이 나타났다.

"……네가 악마학을 조금이라도 안다면 내가 지금 상당히 후하게 굴고 있다는 걸 알 것이다."

킬리언의 눈에 이채가 어렸다. 모르비두스가 그를 노려보았다.

"이제 너는 내 질문에 답해라. 리에타의 딸이 무슨 이유로 죽었는지. 이건 대등한 계약이고, 대악마가 존재를 걸고 한 질문에 넌 대답을 거부할 수 없다."

킬리언은 대답했다. "소사祝聖. 불에 타 죽었다."

한 치도 지체 없이 나온 대답에 사나운 기색을 담고 있던 모르비두스의 눈이 충격으로 흔들렸다. 대악마가 소리 없이 이를 악물었다. 숨기지 못한 그의 반응을 확실하게 눈에 담은 킬리언이 말을 이었다.

"……라고, 리에타는 알고 있다."

모르비두스가 멈칫했다. 스릉. 킬리언이 검을 뽑아 모르비두스의 목을 겨누었다. 그의 목에 걸린 성물에서 눈부신 빛이 검을 타고 흘러갔다. 역마에게 치명적인 신성한 기운이 모르비두스의 목을 위협했다.

모르비두스가 빤히 그를 바라보다 눈동자만 움직여 제 목을 향해 겨누어진 검을 한 번, 그리고 킬리언을 한 번 쳐다보았다. 킬리언이 입을 열었다.

"리에타를 속이고 그녀의 곁에 있는 이유가 뭐지?"

모르비두스가 가만히 그를 노려보았다. 킬리언이 서늘하게 웃었다.

"너, 리에타랑 계약 상태가 아니잖아?"

킬리언이 차분하게 질문을 이어 갔다.

"그런데 맹세를 하다니……. 계약 상태가 아닌데 네가 리에타를 수호한다는 게 어떻게 사실일 수 있을까?"

침묵하던 모르비두스가 꾹 눈을 감았다 뜨며 속삭이듯 말했다.

"……리에타의 딸이 죽지 않았구나."

"그래."

킬리언은 확신했다. 모르비두스는 리에타에게 말하지 못한다. 리에타에게 그 아이의 죽음을 캐묻지 못해 내게 와서 거래를 제안한 악마. 그는 최소한 이 일에 있어서 나와 같은 방식으로 리에타를 지킬 것이다. 그와 별개로 이게 어떻게 돌아가고 있는 일인지는 알아야겠다. 킬리언이 그를 직시했다.

"이제 네가 대답할 차례다."

킬리언이 검을 쥔 손에 힘을 주어 신성한 힘을 담아 말했다.

"악마 모르비두스는 약속을 지켜라."

리에타는 때때로 킬리언에게 그녀 자신에 관해 두서없는 이야기를 하나둘씩 풀어 놓았다. 봉인이 풀린 후 되찾은 기억 속 어머니의 모습들. 악마들과 함께했던 어린 시절의 이야기. 조그만 비밀들. 사소한 추억들. 타니아 성녀가 해 주었던 말들. 라나가 해 주었던 말들. 말하고 싶었지만 돌이킬 수 없게 될까 오래 망설였다는 이야기들 역시.

때때로 생각에 잠기는 듯 말을 멈출 때도 있었지만, 리에타는 그동안 그에게 말하지 않았던 이야기들을 하나하나 꺼내어 가만가만 그의 앞에 내어 보였다.

나는 이렇게 살아왔어요. 이게 내가 살아온 흔적이에요. 소중했던 것들, 잃어버린 것들, 가슴 아픈 것들, 힘들었던 것들, 그리운 것들, 서러웠던 것들. 아직은 원망스러운 것도 있고 이제는 괜찮아진 것들도 있어요.

혼란스럽고 아프지만 이겨내는 과정. 당신에게 숨기지 않을게. 그것 때문에 당신을 포기하지 않을게. 사랑이 나를 상처 입히기보다는 언젠가는 치유해 줄 거라는 걸 믿을게.

……그렇게 말하는 것 같았다.

그때마다 킬리언은 조용히 리에타의 눈을 마주하고 들어 주었다. 그가 앞으로 리에타를 온전히 안아주기 위해 알아야 하는 이야기들. 소중한 이야기들이었다.

"……그대는 운명을 믿어?"

킬리언이 불쑥 꺼낸 말에, 리에타는 어리둥절한 눈으로 그를 보다가 웃었다.

"당신, 킬리언 맞아요?"

그녀가 왜 그렇게 말하는지 알면서도, 킬리언이 마주 웃으며 반박했다.

"왜."

짧고 달콤한 눈웃음 아래로 오가는 침묵. 리에타가 웃음기 어린 낯으로 그를 잠시 바라보다가 조그맣게 말했다.

"당신답지 않은 말이라서."

킬리언이 소리 없이 웃으며 눈을 내리깔았다가 그녀를 바라보았다.

"나다운 게 뭔데."

사춘기 소년 같은 소릴 참 멋있게도 중얼거리면서 그가 리에타를 웃겼다. 그리고 가벼운 입맞춤. 작게 흩어지는 조그만 웃음소리.

"당신 그런 거 안 믿잖아요. 신이니 운명이니 영혼이니."

킬리언이 뻔뻔하게 능청을 떨었다.

"사랑에 빠졌다는 사람이 운명이나 영혼을 안 믿으면 쓰나."

리에타가 빨개진 얼굴로 풋 하고 고개를 숙이며 웃었다. 킬리언은 리에타의 눈이 맑은 웃음을 담는 모습을 바라보며 모르비두스의 말을 떠올렸다.

'……리에타에게 계약의 의무가 이어지고 있는지 확인하기 위해서였다.'

'……라멘타의 왕족이 화마와 맺은 계약은 그 대가가 무엇인지 발설할 수 없는 계약이었다. 악마들끼리도 서로 계약 조건은 알지 못한다. 그러나 그들을 지켜보며, 화마와의 계약의 대가가 꽤나 무겁다는 정도는 짐작할 수 있었지. 에율라티오는 어지간히 힘든 상황에서도 화마의 힘은 가능한 빌리지 않으려 했으니까. 그리고 더 오랫동안 그들의 곁에 머물며, 나는 그 대가가 뭔지 좀 더 구체적으로 짐작할 수 있게 되었다.'

거기까지 들은 순간, 킬리언의 머릿속에 어떤 깨달음이 스쳤다. 라멘타 왕족들의 죽음이 모두 알려진 것은 아니다. 그들 왕족이 악마를 부렸다는 비밀을 지키기 위해 라멘타의 왕족에 대한 이야기는 많은 부분이 베일에 싸여 있었기 때문이었다. 그러나 가장 분명하게 알려진 두 사람의 죽음은 제국민 모두가 알고 있었다.

베아트리체 왕녀는 마녀로 몰려 화형당해 죽었다. 그리고 에샤힐테 여왕은 황제를 저주하고 라멘타와 함께 죽었다. 여왕이 죽은 후 라멘타는 재앙 같은 불길에 휩싸여 잿더미가 되었다. 에샤힐테 여왕이 저주의 과정에서 어떤 수단으로 스스로를 제물로 만들었는지는 불명확하나 분명 여왕의 죽음 가까이에 불이 있었다. 모르비두스가 말을 이어 가며 그의 짐작을 확인해 주었다.

'사식을 불에 바치는 것인지, 그 자신을 불에 바치는 것인지는 불분명하지만 그들 혈족 내에서 '불'에 죽음을 바쳐야 한다는 것은 분명한 것 같더군.'

베아트리체 왕녀도, 에샤힐테 여왕도 그들의 최후는 불에 얽혀 있었다.

'화마와 계약하지 못하게 해.'

그 말의 진의가 이전과는 다르게 와닿았다. 모르비두스가 '화마와의 계약'에 유난히 예민하게 반응한 이유. 모르비두스가 아델의 죽음의 원인을 확인하려 했던 것은 그것이 '불'로 인한 것인지 확인하고자 했기 때문이었다.

계약의 대가가 모두 치러졌는지, 리에타가 계약으로부터 완전히 자유로워졌는지 아직 그녀의 운명이 계약의 대가를 치르는 길로 수렴해 가는 인과율에 매여 있는지는 계약자였던 그로서도 아직 알 수 없었기 때문에.

'베아트리체가 리에타에게 시도하기 이전에, 에샤힐테도 평생에 걸쳐 베아트리체를 자유롭게 해 주기 위해 시도하였으나 실패했다.'

모르비두스가 입 밖으로 내지 않은 뒤의 말을, 킬리언은 들을 수 있었다. 베아트리체 왕녀는, 해 냈을까?

킬리언. 여기에 엄마의 유언이 담겨 있대요. 저 엄마의 유언을 들어 보려고 했어요. 때가 되면 들을 수 있을 거라고 해서…… 난 준비가 됐다고 생각하고 시도해 봤거든요. 그런데 들을 수 없었어요.

아직 때가 되지 않은 걸까요? 아니면…… 지금 이 상태론 듣지 않는 게 나은 걸까요?

'화마의 힘을 빌리는 일을 최대한 자제한다 해도 언제나 피할 수 있는 것은 아니다. 화마의 힘을 빌리지 않고는 감당할 수 없는 위험이 닥치는 일도 있었고, 아무 힘을 빌리지 않아도 계약을 유지하는 자체로 제공해야 하는 대가가 쌓인다.'

'그러나 대가 끊길 것을 걱정해야 할 정도로 왕족의 혈통이 위태로운지 오래였기 때문에 왕가에는 한동안 불타 죽은 사람이 없었다. 계약의 의무로 악마에게 지불해야 할 대가를 밀리고 있었을 가능성이 높았지.'

'악마와의 계약은 저주와도 같다. 대가가 치러지지 않은 기간이 길어지면 그들에게 계약의 대가를 지불하도록 강요하는 인과율의 힘은 점점 더 강해지고 그것은 인간의 운명을 더더욱 수렁으로 끌고 들어가 진창에 처박지.'

'아무리 피하려 해도 필연적으로 대가는 치러진다. 악마는 스스로 상황을 조작해 계약자에게 해를 끼칠 수 없지만 인간의 삶을 이끌어 가는 인과율은 끈덕지게 그들의 삶에 달라붙어 계약자 스스로 악마에게 계약의 대가를 지불하게 만든다. 설령 계약을 맺은 악마 자신이 언제부턴가 계약의 대가를 더 이상 원치 않게 되었을지라도.'

"……내가 당신 아버지를 용서할 수 있으면 좋을 텐데."

혼잣말처럼 중얼거리는 리에타의 말에, 킬리언이 조용히 답했다.

"그럴 필요 없어."

그가 그녀를 고쳐 안으며 머리를 쓸어 주었다.

"황제도, 나도. 용서해 주지 않아도 돼. 그대는 그대 자신만 용서해."

……다정한 사람. 그는 아주 간결하고 올곧은 사람이지만, 그걸 내게 강요하지 않는다. 그는 그의 방식이 아니라 나의 방식으로 나를 헤아린다. 언제나 신중하고 섬세하게 내 마음을 살펴 주지만, 당신의 결론은 항상 단

순하다. 간결함과 복잡함이 만나면 복잡함이 상처 입기 쉬운데도 그의 간결함은 복잡한 나를 하나도 상처 내지 않는다.

리에타는 그를 껴안은 채 미소 지으며, "……킬리언" 하고 그의 이름을 말해 보았다. 킬리언은 그녀의 이름을 부르는 대신, 그저 사랑하는 사람을 따뜻하게 품에 안고 가만히 그녀의 머리카락 위에 입 맞추었다.

킬리언은 물었다.

'에율라티오를 상대로 한 너의 계약의 대가는 뭐였나.'

그 질문이 나올 것을 진작에 예상했다는 듯 모르비두스가 비식 웃으며 답했다.

'묵비권을 행사하겠다.'

모르비두스의 몸에 박힌 마법의 문양은 그를 징벌하지 않는다. 앞선 계약이 있을 경우 뒤의 계약은 앞의 계약의 약속을 침해할 수 없다. 그것이 악마들의 계약의 절대적인 법칙이었다. 모르비두스가 킬리언의 질문에 답한다 약속하였을지라도 발설 금지 제약이 있는 이전의 계약을 침해할 수는 없었다.

그래서 그렇게 쉽게 '내 질문에 답한다'는 계약에 응한 것일까. 발설 금지 제약이 붙은 계약의 대가는 무거운 경우가 많다. 어쩌면, 화마의 계약만큼이나 무거운 대가였을까. 킬리언은 슥 입꼬리를 올려 웃으며 팔짱을 끼고 모르비두스를 쳐다보았다.

'칼리고 백작이 가끔 오락가락할 때가 있는데……. 어떨 땐 '페르디안'이 아닌 '아비디타스'의 입에서 나오는 것 같은 소리를 들려 줄 때가 있거든.'

킬리언은 기억하고 있었다. 제이드는 원인 불명의 '역병으로' 죽었다. 대대로 무녀들을 배출하여 여왕으로 삼았다는 신성 왕국 라멘타. 그렇다면, 여왕들의 반려자들은 모두 어디로 갔을까?

'네가 꽤나 베아트리체 왕녀에게 헌신했지만 끝까지 그녀에게 용서받지 못했다고 하던데.'

모르비두스가 창가에 등을 기대며 빙긋 웃었다.

'……묵비권을 행사하겠다.'

마법의 문양은 이번에도 반응하지 않았다. 그것으로 충분했다. 그들 사이엔 대답하지 않는다는 것이 이미 어떤 종류의 대답이 되는 약속이 있었으니까. 모르비두스가 웃음 섞인 한숨을 내쉬며 창밖으로 고개를 돌렸다.

'……제법 수완이 좋구나. 내가 손해를 많이 본 거래였어.'

킬리언은 눈을 한 번 감았다 뜨며 가볍게 웃음을 지어 보였다.

'앞으론 신중하도록 해.'

모르비두스는 그의 말에 기가 찬다는 듯 웃음을 터뜨렸다. 그러나 불쾌하지만은 않은 기색이었다.

'유념하지.'

모르비두스의 뺨에 나타났던 문양이 희미하게 빛을 내며 깜박였다. 악마가 손가락을 갈퀴처럼 만들어 머리카락을 뒤로 쓸어넘기며 고개를 기울였다.

'……나는 리에타의 사역마가 맞다. 다만 내 계약의 상대는 리에타가 아니고, 계약의 내용은 악마와의 계약의 대가를 포함해 모든 위험으로부터 리에타를 수호하는 것이다.'

모르비두스가 킬리언을 바라보며 담담하게 말을 맺었다.

'내 대답은 끝났다.'

모르비두스의 얼굴에 나타났던 약속의 각인이 파스스 검은 가루가 되어 공기 중으로 흩어졌다.

리에타가 가만히 그를 안고 말했다.

"황제가 주도한 일이 아니라는 걸 들었어요."

그녀의 등을 쓸어 주던 킬리언의 손이 조금 느리게 멈추었다. '무엇'이 황제가 주도한 일이 아닌가. 주어는 없었지만 그녀의 어머니 일을 말하는 거라는 걸 알 수 있었다. 에샤힐테 여왕이 황제를 향해 분노의 저주를 내리게 한 그 일……. 잠시 멈추는 듯했던 손은, 변함없이 리에타를 보듬어 안았다.

"……누가 입방정을 했어."

리에타가 다시 물었다.

"당신, 왜 나한테 변명하지 않아요? 당신 아버지가 저지른 일이 아니었다고 변명해도 되잖아."

킬리언은 조용히 입을 다물었다. 황제는 막으려고 했다. 결국 막지 못했으니 똑같다. 아버지가 저지른 일이 아니다. 결국 백부가 저지른 일이니 똑같다. 희생자를 신성 왕녀로 추존하고 최선을 다해 추모제를 올렸지만, 죽은 사람은 돌아오지 않는다. 리에타가 받은 상처와 지나간 세월은 보상받을 수 없다.

황제가 백부를 벌했고, 저주의 대가도 치르고 있고, 가장 죄 지은 이는 죽었지만 내 몸에 그녀의 원수인 황실의 피가 흐른다. 때때로는 잊을 수 있어도, 리에타는 평생 그것을 이따금씩 떠올리게 될 것이다.

아버지보다는 백부의 잘못이었다는 변명으로 어쩌면 리에타가 조금 덜 상처받을 수는 있을지도 모른다. 그러나 아직은 그 말을 해도 괜찮은 시기가 아니었다. 황제의 목숨이 위중한 상태에 있고 저주를 풀 수 있는 열쇠가 리에타의 손에만 있는 상황에서, 황제에 대한 그 어떤 변명도 리에타의 귀에 진실하게 들릴 수 없을 테니까.

그 어떤 변명도 다만 그대에게 내 아버지를 살려 달라는 강요처럼 들리지 않기를 바란다. 조금이라도 죄책감을 덜고 나를 마음껏 사랑해 달라는 변명처럼 들리지 않기를 바란다. 킬리언은 차라리 침묵을 택했다. 그러나 언제나처럼, 입 밖으로 내지 않아도 그녀는 그의 속내를 들은 것 같았다.

"……솔직하게 말할게요."

리에타가 두 손으로 그의 뺨을 감싸며 눈을 마주했다.

"나는 당신을 사랑하게 된 나는 용서했지만, 어머니의 일에 대해 황제를 용서한 건 아닌 것 같아요. ……피해를 받은 건 어머니인데, 그 일을 내가 용서할 수 있는 것인지도 모르겠고……."

리에타가 고개를 숙이며 잠시 침묵하다 조심스레 그의 팔을 감쌌다.

"……하지만 에샤힐테 여왕님이 그 일의 전말을 전부 알고 계셨으면, 황제 폐하가 아니라 대사제 루텐펠트를 저주했을 거라는 생각이 들어요. 당신 아버지가 당한 저주는 부당해요."

킬리언은 조용히 그녀를 바라보았다. 리에타가 아래로 깔았던 눈을 들어 그를 마주 보았다.

"저, 당신 아버지를 만나 보고 싶어요."

킬리언은 가만히 눈을 감았다가 떴다. 언젠가 리에타가 이런 비슷한 제안을 할지도 모르겠다고 생각은 하고 있었다. 하지만…… 부당한 저주라고 말해 줄 줄은 몰랐다.

"리에타. 그대."

거절하기에 너무 무례하게 느껴지지 않을 정도의 시간이 지나고, 킬리언은 리에타의 뺨을 쓰다듬었다.

"마음은 고마워."

"……."

"하지만 괜찮아. 나는 그대가 그러지 않았으면 좋겠어."

묻는 눈빛에 킬리언이 대답했다.

"황궁은 생각보다 더 위험해. 나 혼자서도 황궁에 가지 않은 지 오래야. 그런 곳을 그대와 같이 갈 생각은 없어."

"……"

"나만 위험하면 상관없지만, 황비는 이제 그대를 노릴 거야. 황궁에선 악시아스에서처럼 내가 상황을 온전히 컨트롤할 수가 없고, 그대를 온전히 지킬 수가 없어. 어떤 함정이 기다려도 이상하지 않지. 난 피하고 싶어."

리에타가 조심스럽게 말했다.

"황비는 유폐되었다고 들었어요."

킬리언이 리에타의 머리를 쓸어 주며 웃었다.

"내가 악시아스에서 어디 잠깐 처박혀 있다고 이 땅에 내 영향력이 없을까? 아버지는 이미 침실 밖으로 나오지 못하고 있고 황궁은 황비의 영역이야. 하비투스 대사원에서 겪었던 위험의 몇 배는 더 위험할 거야. 우린 황궁에 못 가. 애초에 초대가 오지도 않았는데 갈 수도 없는 곳이고."

초대가 오지 않았으니 못 간다는 건 미처 생각하지 못했다. 생각해 보면 당연한 일인데……. 황실 사제들은 모두 리에타가 마음만 먹어 주면 당장에라도 황제 앞에 갈 수 있을 것처럼 굴었기 때문이었다. 리에타가 조심스럽게 물었다.

"그럼 혹시…… 초대가 온다면요."

킬리언은 다정한 눈으로 리에타를 바라보며 고개를 저었다.

"초대가 온다 해도 마찬가지야. 난 거절할 거야. 그대에게 미안하고 내 마음이 괴롭다는 문제 이전에, 그대와 나의 신변 안전의 문제야."

킬리언이 미소한 채 리에타를 물끄러미 보다가 말했다.

"……그대 생각에는 내가 이해가 가지 않을지도 몰라. 이상한 불효자식에 패륜아라 여겨질지도 모르지. 비정하다고 갑자기 정떨어지지 않았으면 좋겠는데……."

킬리언은 농담처럼 말하고 있었지만 리에타는 웃지 못하고 그를 바라보았다. 그는 짧은 한숨을 쉬고 말을 골랐다.

"어디까지 들었는지 모르겠는데……. 사실 난 이미 늦었다고 생각해. 아니, 늦은 게 맞아. 설령 저주가 풀리더라도 아버지는 이미 악마의 침식 말기야. 갑자기 저주를 푼다고 회생 가능한 상태가 되지 않아. 인과율은 천천히 이뤄지는 힘이지 기적 따위가 아니잖아."

킬리언의 목소리가 담담하게 이어졌다.

"저주가 사라진다고 이미 다 진행된 침식이 어찌 되진 않아. 난 저주가 강요하는 운명이나 인과율 때문에 아버지가 그런 상태가 됐다고 생각하고 있지도 않지만, 설령 인과율 때문에 그렇게 된 게 맞다 해도 이미 지금에 와서는 저주를 없앨 수 있느냐 없느냐는 큰 의미가 없어."

"……."

"그런데 해 볼 수 있는 걸 다 해 보자는 순수한 마음의 발로로, 이 상태로 그대가 나와 함께 황궁으로 갔는데 황제가 회생하지 못하면?"

미처 거기까지 생각하지 못한 리에타의 눈이 조금 커졌다.

"황비가 우릴 고이 보내 줄까? '황제를 살리지 못했다', '황제가 죽었다' 이렇게 좋은 핑계가 있는데?"

막다른 골목이었다. 킬리언은 어깨를 으쓱하며 가볍게 말했다.

"우린 살아 돌아오지 못해. 황제가 살아날 때까지 '저희 이만 급한 일이 있어서 가 볼게요' 따위를 말할 수 없는 건 물론이고 아마 꽤 높은 확률로 아버지가 죽을 때까지 붙잡혔다가 시해 의혹을 쓰게 될걸. 동기도 충분하잖아. 난 세상에 모르는 사람이 없는 혈육 살인자고, 그대에게 황제는 원수니까."

킬리언이 자신으로 하여금 황제를 만나게 하지 않으려 할 거라는 건 예상하고 있었다. 그가 자신의 마음을 편하게 해 주려고, 상처 받지 않게 하려고 일부러 상황의 어려움을 들어 우회적으로 사양할 거라는 것은 예상했다. 하지만 도저히 옳은 말이라 반박할 수가 없었다.

리에타는 어쩔 줄 모르는 막막한 얼굴이 되고 말았다. 불치병 환자를 데려다 놓고 못 살리면 죽인다는데 들어가는 바보 같은 의사는 없다. 오히려 킬리언이 미안한 듯 웃었다.

"……그래도 그렇게 말해 줘서 고마워."

그리고 리에타의 이마에 입 맞추었다.

"……그대 마음만 받을게."

만나 보고 싶다고 말해 줘서, 부당하다고 말해 줘서, 저주를 풀어 보고 싶다고 말해 줘서, ……고마워. 미안해.

20

잊을 수 없는

❀

집으로 들어가려다 리에타는 멈칫했다. 언젠가 리에타가 혼자서 만들어 두었던 내성 집 마당 뒤꼍의 조그만 눈사람 옆에, 처음 보는 눈사람이 하나 더 만들어져 있었다. 하얀 가루를 대충 눌러 뭉친 눈사람 주제에 깜짝 놀랄 정도로 잘생긴 것이 묻지 않아도 누구 작품인지 알 수 있었다.

성에서 가져온 물건들을 둘 곳을 보는 듯, 허리에 한쪽 손을 올리고 삐딱하게 서서 마구간을 보고 있는 남자의 뒷모습이 저편에 보였다. 리에타는 잠시 발걸음을 멈춘 채 두 명의 눈사람을 한동안 바라보았다. 어쩐지 눈을 뗄 수가 없어, 아주 오랫동안 바라보았다.

벽난로 앞에 선 킬리언의 손에는 녹틴이 얼마 전 전해 준 소식이 적힌 쪽지가 쥐어져 있었다. 킬리언은 쪽지를 움켜쥔 채 아무 움직임 없이 벽난로에 타는 불길을 가만히 바라보았다.

내가 갔어야 했나. 아니, 아니다. 나는 리에타의 곁을 떠나서는 안 되었다. 차라리 내가 악시아스에 남아 있었던 것이 다행이었던 일들이 수도 없이 많았다. ……빌어먹을. 몸이 두 개만이라도 있었으면. 킬리언은 벽난로 위를 짚은 채 묵묵히 불길을 노려보며 굳은 얼굴로 입을 다물었다.

"킬리언?"

킬리언이 고개를 돌려 목소리가 들어온 방향을 바라보았다. 어느새 다가온 리에타가 그를 향해 미소 지었다.

"왜 그렇게 심각한 얼굴을 하고 있어요?"

리에타의 시선은 그를 향해 있다. 킬리언의 손안에 쥐어진 작은 쪽지는 발견하지 못한 채였다. 킬리언은 웃는 낯으로 표정을 풀고 손을 뻗어 그녀의 이마 위 머리카락을 정리해 주었다.

"……보고 싶어서. 왜 이제 와."

그의 손이 눈 위로 지나가 리에타가 살짝 눈을 감은 사이, 킬리언의 손에 쥐고 있던 작은 쪽지는 소리 없이 벽난로 안에 떨어졌다. 장작 위에 떨어진 쪽지는 이내 불이 옮겨붙으며 오그라들어 검은 재가 되었다.

'……에 악마들의 습격으로……'

'……을 데려가고 있었던 것으로 추정되는 무리가 몰살된 것으로 확인……'

'……의 시신은 발견되지 않아 희망이 있으나……'

'……수천의 피난민들로 도시 전체가 혼란에 빠져 수색에 난항……'

아직은 안 된다. 확실히 그 아이가 무사하다는 걸 확신하기 전까진. 그 애를 무사히 데려와 리에타 품에 안겨 줄 수 있게 되기 전까진 그녀가 알게 해선 안 되었다. 리에타의 머리카락을 정돈해 주고, 킬리언은 가볍게 그 이마 위에 입을 맞추었다.

말라디에라는 창가의 화분을 모조리 망쳐 놓고 혼이 나서 토라져 있었다. 흉흉한 기운을 몸 주변에 둘둘 휘감고 불퉁한 얼굴로 창틀 위에 쪼그리고 앉아 있는 역마를 물끄러미 쳐다보다, 페르디안이 모르비두스에게 물었다.

"왜 명령이나 결계로 묶어 두지 않으십니까? 당신께선 격이 높은 역마이니 저런 어린 역마 정도는 마음대로 하실 수 있으시지 않습니까."

모르비두스가 나비를 만들어 말라디에라의 눈앞으로 날려 보내며 말했다.

"애들한테 그렇게 하는 거 아냐. 혼내고 가르치는 거 귀찮다고 그런 식으로 억눌러 두면 이상한 데로 발산돼서 성격 나빠진다."

시야에 나비가 팔랑거리자 말라디에라는 이내 귀를 쫑긋거리며 눈으로 나비를 쫓기 시작했다.

"그래 봤자 성격 좋은 악마나 되겠지."

킬리언이 들어오면서 툭 던졌다.

"성격 나쁜 인간보단 성격 좋은 악마가 쓸모 있을걸?"

모르비두스가 눈 하나 깜짝하지 않고 받아쳤다. 페르디안이 저도 모르게 짧은 웃음을 터뜨렸다.

철썩! 백작 부인이라 불렸던 날은 따귀가 날아왔다. 그리고 자애로운 미소와 함께 냉랭한 목소리가 이어졌다.

'어머니라 부르거라, 페르디안.'

뺨을 맞았다는 충격은 느껴지지도 않았다. 그런 것에 충격을 받을 정도로 귀하게 자라 오지 않았기 때문만은 아니었다. 백작 부인이 그에게 '어머니'라는 호칭을 허락했다. 어린 나이에도 그 의미를 알 수 있었다. 뺨 한 대 맞는 정도의 화풀이로 끝났다면 대단히 우아한 방식으로 용서한 것이었다.

감히 맞은 뺨을 감쌀 생각은 하지도 못했다. 아픔도 충격도 잊은 채, 어린 소년은 감사하면서도 두려워 "송구합니다⋯⋯. 어머니" 하며 공손히 고개를 숙였다. 잠시 후 작은 소년은 조심스럽게 말했다.

'⋯⋯그런데, 어머니. 제 이름은 페르디안이 아닙니다. 저는.'

그리고 채 말이 떨어지기 전에, 철썩! 다시 고개가 돌아갔다. 아. 실수했구나. 소년은 빠르게 상황을 파악하고 손을 모은 채 붉어진 얼굴을 숙였다.

그날부터 그의 이름은 페르디안이 되었다. 그래. 어차피 이름 따위가 중요한 것은 아니었다. 백작 부인이 사생아인 자신을 받아들여 입적시켜 주기로 했고, 이젠 배고픔이나 추위에 떨지 않게 되었다는 것이 중요했다. 나처럼 운이 좋은 케이스는 많지 않다는 걸 알고 있었다. 뺨 두 대. 대수롭지도 않은 손찌검. 비교적, 너그러운 부인이었다.

말라디에라가 나비를 붙잡으려 휙 손을 휘저었다. 호기심 많은 소녀의 손가락 사이로 나비가 빠져나갔다.

네가 안전한 인간이라는 걸 증명할 수 있겠느냐는 킬리언의 질문에 페르디안은 지체 없이 대답했다.

"저는 안전하지 않습니다, 대공 전하. 저를 결코 축성술사님 가까이 두지 마시고, 항상 경계하십시오."

킬리언이 말없이 페르디안을 바라보았다. 페르디안은 가슴 위에 손을 올린 채 허리를 숙였다.

"저는 언제 악마에게 몸을 빼앗길지 알지 못하니 전하께서는 결코 저를 신뢰하거나 제게 그 어떤 중대한 비밀도 누설하지 마시고, 매 순간 제가 배신할 가능성이 있다는 걸 잊지 마십시오."

페르디안은 고개를 들지 않은 채 말을 이어 갔다.

"아직은 저의 쓸모가 배신의 위험성보다 높습니다. 살아 있어야만 할 수 있는 일들도 있고요."

그는 더 깊이 고개를 숙였다.

"그러니 전하께서는 언제나 그것을 염두에 두시고 제가 쓸모를 다하지 못할 정도로 돌이킬 수 없는 강을 건넜다 여기게 되셨을 때나, 저의 위험성이 쓸모를 상회하게 되었다 여기게 되셨을 때 지체 없이 저를 죽여 주시기 바랍니다."

잠자코 그의 말을 듣고 있던 킬리언이 잠시간의 침묵 끝에 자리에서 일어났다. 뚜벅. 그가 장갑을 고쳐 끼며 페르디안의 옆을 스쳐 지나갔다.

"리에타를 구하고 시간이 남으면 너도 구해 주마."

상상하지 못한 말에 멈칫한 페르디안이 다급하게 고개를 들었다.

"대공 전하."

킬리언이 페르디안의 말을 잘랐다.

"건방 떨지 마라, 페르디안. 난 리에타와 달라. 널 신뢰하지도, 동정하지도 않는다."

"그렇다면 왜……!"

킬리언이 슥 고개를 돌려 차갑게 그를 직시하며 말했다.

"쉬운 길로 도망치지 마라. 너. 해야 할 일을 다 마친 후 살아남아 리에타에게 갚아야 할 죄가 있을 것이다."

페르디안이 입을 다물었다.

"아직 네가 해야 할 일이 남아 있다. 알고 있겠지?"

"네."

페르디안이 짧은 틈을 두고 대답했다. 킬리언이 명령했다.

"임무를 완수하고, 살아서 돌아와라. 그래야 속죄를 하든 복수를 하든 네 염원을 이룰 수 있을 테니."

페르디안이 꾹 눈을 감았다가 떴다. 그리고 이내 고개를 들어 답했다.

"네."

리에타가 킬리언의 뺨을 감싸더니 쪽, 이마에 입을 맞췄다. 그리고 그대로 팔로 손을 내려 그의 손등 위에 자신의 손을 겹쳤다. 킬리언은 조금 얼떨떨한 얼굴로 얌전히 손을 잡힌 채 그녀를 마주 보았다.

"황비 때문에 수도로 폐하를 뵈러 가기는 힘들다는 말, 이해했어요. 하지만 난 기회가 된다면 저주를 풀어 보고 싶어요."

킬리언이 조금 곤란한 기색으로 시선을 옆으로 피했다가, 그녀를 마주 보며 다시 미소 지었다.

"리에타. 그 얘기는 어제 끝난 거……."

리에타가 고개를 저었다.

"끝난 거 아니에요. 오늘은 제가 준비한 말 들어 주세요. 어제는 당신이 준비한 말만 들었으니까……."

킬리언이 입매를 올리고 알았다는 듯이 그녀를 마주 보았다. 리에타가 말을 시작했다.

"제가 풀고 싶은 저주는, 황제가 죽게 되리라는 저주만이 아니라 자식 때문에 황제가 피눈물을 흘리게 될 거라는 저주이기도 해요. 전 그게 당신이 되길 바라지 않아요."

황제는 아직 살아 있고, 그 자식은 둘뿐이다. 그게 킬리언이 될 확률은 단순하게 생각해도 절반. 결코 낮다고 할 수 없었다. 킬리언은 물끄러미 그녀를 바라보다, 조금은 조급한 결론을 먼저 내놓고 만다.

"그대는 그대 자신만 생각해."

그대는 그대만 용서하면 된다. 그대가 스스로 고통받지만 않으면, 나에게는 아무것도 해 주지 않아도 돼. 그녀가 웃었다.

"킬리언, 그건 핑계였어요. 그렇죠?"

이미 살리기엔 늦었다는 말. 초대를 받지 못하면 갈 수 없다는 말. 황비 때문에 우리의 신변이 위험할 거라는 말. 모두 저주를 풀고 싶다고 말하는 리에타를 직면하지 않으려는 말들이었다. 리에타가 그와 눈을 맞추었다.

"상황이 여의치 않으니 생각하지 않아도 된다는 말 말고, 저는 당신이 제 마음을 이해했고, 당신도 가능하다면 노력하겠다는 대답을 듣고 싶어요. 어떤 벌도 달게 받겠다는 마음가짐 말고요."

킬리언은 말없이 리에타를 바라보았다. 리에타가 말을 이어갔다.

"무조건 위험을 무릅쓰고 황궁에 가 봐야겠다는 말은 아니에요. 그냥 난 당신이…… 나랑 같이 행복해지기 위해서 뭐든 노력해 줬으면 좋겠어요. 나를 최우선으로 두기 위해 스스로를 벌주려고 하거나, 일부러 그걸 외면하려고 하지 말고요."

리에타가 그의 손을 깍지 껴 잡았다.

"당신이 불행하면 이제 저 혼자 행복할 수가 없어요. 당신이 나였어도 그랬을 거 아닌가요?"

킬리언은 한마디도 하지 못했다.

"난 당신 옆에서 행복하고 싶어요."

거역할 수 없는 말이었다. 킬리언은 눈을 아래로 내리깔았다가, 결국 마른 손바닥에 얼굴을 묻었다가 그대로 손을 쓸어내렸다. 지금 이 여자가 해 주는 가슴 아플 정도로 감격스러운 말에…… 내가 온 마음을 다해 순수하게 감사할 수만 있다면 얼마나 좋을까. 그럼 네 앞에 당장 무릎이라도 꿇을 텐데. 킬리언이 꾹 눈을 감았다 떴다.

"……아직 내가 말하지 못한 게 있어."

킬리언은 리에타를 바라보았다.

"그대를 기만하려던 건 아니야. 확실해지고 나서…… 말하고 싶었는데."

리에타가 하늘색 말간 눈으로 그를 올려다보고 있었다. 그 무엇도 숨길 수 없게 하는 깨끗한 눈.

'아버지가, 어쩌면 터무니없는 일을 저질렀을지도 모르겠어.'

단숨에 말하려 했으나, 말문이 막혔다. 킬리언은 차마 마주 볼 수가 없어 시선을 내렸다. ……아직 용서하려고 하지 마. 아버지는 용서받지 못할 짓을 했을지도 몰라.

세비타스에서 있었던 사악한 마법 실험. 가장 우수했던 그녀가 사제 시험에서 떨어진 이유. 수도원에서 사라진 아이들. 악마가 담긴 단검. 페르디안의 몸에 심어진 악마. 페르디안이 말해 준 그 모든 것들.

좋지 못한 결론을 향해 나아가는 정황 증거들이 킬리언의 머릿속에서 어지러이 뒤얽혔다. 저주를 풀어 보자는 말에 고맙다고 응할 수가 없었다. 내 아버지를 만나 보고 싶다고, 용서할 수 있다면 용서하고 싶다고 하는 리에타에게 그 모든 일을 모르는 척 입 다물 수가 없었다.

지금 내가 침묵하고 언젠가 리에타가 그걸 알게 됐을 때. 리에타가 내게 배신당했다고 느끼게 하고 싶지 않아.

말해야 한다. 그녀에겐 알 권리가 있었다. 그녀가 있었던 곳, 세비타스 수도원에서 있었던 일에 대해. 그녀의 친구들이 사라진 이유에 대해.

그러나 차마, 어디부터 말해야 할까. 이 모든 것들을…….

세비타스 수도원. 그대와 그대의 친구들이 있었던 그곳에서, 사악한 마법 실험이 있었고, 그저 연락이 끊겼다고 믿고 있을 그대의 친구들은 마법 실험에 희생양이 된 정황이 있고, 내가 카사리우스에게 빌려주었던 돈이…… 그 실험에 쓰였을지 모른다고.

그리고 그 실험의 배후에 황비를 넘어서 그대가 용서하길 원하는 아버지가 있을지도 모른다고.

푸드득. 창가로 거대한 까마귀가 날아들었다.

"까아악."

킬리언의 팔 위에 앉은 녹턴이 쪽지가 묶인 발을 내밀며 우아하게 검은 날개를 접었다.

'''아나이스' 신변 확보했습니다. 약간의 문제가 있으나 무사합니다. 믿을 수 있는 사제를 비밀리에 준비해 주십시오. 악시아스로 귀환합니다.'

제국 수도 로드미뉴, 릴페이엄 딤펠. 따사로운 햇살이 내리쬐는 황궁 정원에 새빨간 꽃이 어지러이 난개하여 있었다. 시녀들이 씌워 준 양산 아래서 붉은 드레스를 입은 황비가 정원에 흐드러진 붉은 꽃을 향해 손을 뻗었다.

"즐거운 나들이 다녀오셨습니까."

목소리가 들려온 방향을 향해 고개를 돌린 아베르사티 황비가 말을 건 사내를 발견하고 느른하게 미소 지었다.

"그대 덕분에."

빙긋 웃은 사내가 아베르사티가 손을 뻗고 있던 꽃을 바라보았다.

"다녀오신 사이에 양귀비가 화려하게 피었군요."

꽃을 향해 돌아선 아베르사티가 매만지고 있던 붉은 꽃의 목을 툭 꺾어 올렸다. 아베르사티가 손안에 든 꺾인 꽃줄기를 엄지와 검지로 뱅그르르 돌려보았다. 사내가 말했다.

"황비마마를 닮았습니다."

아베르사티가 피식 웃으며 물었다.

"붉은 것이?"

그가 빙그레 미소 지었다.

"모든 것이."

황비는 왼손에 들고 있는 접은 부채로 입술 위를 톡 건드리며 웃어 보였다.

"이번에는 그대가 어떤 선물을 준비했을지 기대되는군요. 지난번 장난감은 나름 재미있었습니다."

사내가 그녀를 향해 예를 갖추어 손을 내밀며 에스코트를 청했다.

"좋은 여흥이 되셨다니, 여전히 악취미시군요. 황비마마."

아베르사티 황비는 그의 손을 쳐다보지도 않은 채 입을 가리고 우아하게 고개를 기울였다.

"그대의 악취미만 할까."

황비는 에스코트를 청한 손을 무시한 채 그대로 사내를 지나쳐 천천히 걸어갔다. 흑발에 붉은 눈. 뒤에 남겨진 사내는 이십 년 전 쯤의 황제의 모습을 하고 있었다. 황비가 무료하게 읊조렸다.

"덥군요. 몽마의 마법을 거두세요."

사내가 빙그레 웃고는 허공에 왼손을 튕겼다. 스스스스……. 몽마의 환영이 사라지며, 황비의 앞에 겨울의 황궁이 도래했다. 젊은 날의 시황제의 모습을 하고 있던 사내는 붉은 옷을 입고 있는 사제의 모습으로 변했다.

조금 전과 같은 모습으로 남아 있는 것은 황비와, 황비의 손에 들린 꺾인 꽃 한 송이 뿐이었다.

사제는 한쪽 팔만으로 뒷짐을 진 채 여유롭게 주변을 둘러보았다. 그들 주변을 오가는 사람들이 있었지만 아무도 황비나 사제에게 시선을 주지 않고 있었다.

"역마의 은신입니다."

"……."

"아무도 황비마마를 발견하지 못하게 하는 마법이지요. 탑에서는 몽마의 환영이 황비마마의 자리를 지키고 있습니다."

그러나 황비는 별 감흥 없는 얼굴로 대꾸하지 않는다. 사제는 무안해하지도 않고 그럴 줄 알았다는 듯 웃었다. 몽마의 마법으로 아공간을 열거나 가짜 모습을 꾸며 내는 것도, 역마의 마법으로 은신하는 것도 일찍이 어떤 인간에게도 허락되지 않은 힘이었다. 그러나 황비는 마법에도 자유에도 관심 없다는 듯 무료한 얼굴이었다. 사제는 태평하게 걸어가 그녀의 옆에 섰다.

"나의 가장 소중한 투자자께서는 영 이 힘들의 가치를 알아 주지 않으시는군요."

"그것은 그대의 관심사이지 내 관심사가 아닙니다."

황비가 고개를 돌려 그의 왼쪽 가슴 포켓에 꺾어 든 꽃을 사뿐히 꽂아 주며 말했다.

"꽃 같은 시시한 것보다 더 재미있는 걸 가져왔으면 좋겠는데."

붉은 옷의 사제는 짐짓 실망한 투로 웃었다.

"시시하다니요. 한겨울에 양귀비를 피우는 게 얼마나 어려운 일인데. 황비께선 도무지 낭만이라는 걸 모르시는군요."

황비의 손을 떠나자 양귀비는 서서히 환영의 힘을 잃고 하얗게 탈색되어 가고 있었다. 조금 더 시간이 지나면 흔적도 없이 사라질 꽃. 흰 양귀비.
가만히 그에게 꽂아 준 꽃을 바라보던 황비가 희미하게 웃었다.

……낭만이라. 그런 것도 나쁠 것 없겠지.

"추기경."

사제가 고개를 들어 그녀를 바라보았다. 황비가 아름답게 웃었다.

"퍽이나 낭만적인 계획이 하나 떠올랐는데. 어떻습니까. 로맨티스트인
그대의 마음을 두드릴 만한 제안일 것 같은데. 들어 보겠습니까."

그의 가슴에 꽂혀 있던 흰 양귀비가 회색빛으로 반짝이는 가루가 되어
사라졌다. 추기경은 자못 귀족적 태도로 다시 한번 에스코트를 청하며 웃
었다.

"기대되네요."

황비가 입매를 끌어올려 웃으며 우아하게 그의 손을 잡았다.

킬리언은 리에타에게 세비타스에서 있었던 마법 실험의 경위에 대해
설명했다. 세비타스에서 비윤리적인 마법 실험이 있었고, 하비투스 대사
원의 일과 동쪽 별채의 역병 사건에서 나온 악마의 증거물이 그 실험과 연
루된 정황이 있다는 것.

거기에 황비의 후원을 받은 사제와 페르디안이 관여했고, 그것이 '악마
에게 뿌리박힌 인간'을 구제할 가능성을 가진 연구였다는 것. 순간적으로
리에타의 머릿속에서 '그래서 그랬구나' 하는 생각이 드는 몇 가지 일들이
스쳐 지나갔다.

킬리언이 해 준 말은 리에타가 입 밖으로 내지 않았던 추측 중 몇 가지
를 사실로 확인해 준 것이었다. 그분의 몸이 그렇게 된 것이 보통 일은 아

닐 거라고 짐작하고 있었지만, 마법 실험이라니. 그것도 사람을 상대로 한.

오랫동안 생각했던 가정들이 하나의 결론으로 정리되어 갔다. 충격을 받지 않았다면 거짓말이겠지만 리에타는 생각보다 의연할 수 있었다. 리에타는 가늘게 떨리는 손을 꽉 틀어쥐었다. 킬리언이 리에타를 바라보며 무어라 더 말을 이어 가려는 순간.

"그만, 킬리언." 리에타가 그를 멈추었다.

"더 이상 말하지 않아도 돼요."

킬리언이 고개를 들어 그녀를 바라보았다. 리에타의 얼굴은 평소보다 창백해져 있었다. 끝까지 말하지 못했지만 '악마에게 뿌리박힌 인간' 이야기에 리에타가 누구를 떠올렸을지는 불 보듯 뻔했다.

이제는 리에타도 실험의 배후에 황제가 있을지도 모른다는 합리적 의심을 가지게 되었을 것이었다. 킬리언이 스스로의 손을 깍지 낀 채 내려다보았다. 리에타가 어떤 반응을 하더라도 감내하리라 각오했다. 하지만 다시 한번 그녀가 상처받을 것은 두려웠다.

나는 몇 번이고 그대에게 죄를 구해야 하고, 그대는 몇 번이고 상처받아야 하고……. 끌어안으려는 순간 그들 사이에 있는 가시를 확인해야 하는 그 모든 과정들이 고통스러웠다.

리에타는 미운 사람을 원망하기보단 소중했던 사람들을 더 많이 기억하고 싶다고 하는 사람이다. 하지만 그런 그녀의 선함에 더 이상 용서를 강요하고 싶지 않았다. 용서도 자비도 끝없는 우물이 아니다. 착취만 당한다면 언젠가 고갈된다. 언제까지 그녀는 이 모든 것들을 용서해야 하는가. 언제까지 그럴 수 있을까.

어느 틈엔가 손마디가 하얗게 변하도록 틀어쥐고 있던 손 위에, 리에타가 자신의 손을 올렸다. 그리고는 감아쥔 손을 가만히 열어 그가 스스로의 손톱 대신 그녀의 손을 잡게 했다.

"아직 사실인지 아닌지 모르는 거잖아요."

리에타의 목소리는 단호했다. 현실을 부정하며 조그만 가능성에 절박하게 매달리는 소리가 아니었다. 킬리언이 바라보자, 리에타가 그를 직시했다. 눈을 한 번 감았다가 뜨는 짧은 사이 그녀의 눈빛은 더욱 단단해져 있었다.

"설령 그게 사실이어도 그 일은 그 일, 이 일은 이 일이에요."

거침없이 말하는 리에타를 보고 킬리언은 입을 다문 채 그녀를 마주 보았다.

"그러니까 일단 확실해지고 나서 생각해요, 우리."

여리게만 생각했던 그녀의 눈동자에 다시없을 단호한 의지가 담겨 있다. 리에타는 잠시간의 침묵 후 손에 힘을 주어 그의 손을 꼭 얽어 잡았다.

"그 일, 배후가 누군지 알아보고 있어요?"

킬리언은 잠시 그녀를 마주 보고 있다가 그녀의 잡은 손을 내려다보았다. 그리고 다시 시선을 마주하며 대답했다.

"배후보다는 그 일 자체에 대해 알아보고 있어. 황비의 자금이 적지 않게 들어간 증거는 명백한데…… 황제는 아직 정황 증거뿐이야."

리에타는 믿어 주었다. 그녀는 눈을 아래로 내리깔며 긴 한숨을 내쉬었다. 그리고 결심한 듯 그를 똑바로 쳐다보았다.

"그럼 앞으로는 황제가 무고할 가능성을 증명하기 위해서도 알아봐야겠네요."

고요한 침묵 사이로 두 사람의 시선이 교차했다. 킬리언은 말없이 피식하고 입꼬리를 올렸다. 그러나 입매만 호선을 그렸을 뿐 눈은 채 웃고 있지 못한 얼굴이었다. 리에타는 조용히 그를 바라보다가 눈빛이 애틋해지며 고개를 숙여 중얼거렸다.

"……당신 혼자 고민이 많았겠네요."

킬리언은 조용히 리에타를 품으로 끌어당겨 안아 주었다. 자신이 안아 주었는데도, 리에타가 안아 준 기분이 들었다. 리에타가 그의 등을 쓸어내리며 말했다.

"……킬리언. 힘들어도 우리 알아봐야 해요."

킬리언이 그녀를 품에 안은 채 미소 지었다.

"명령입니까?"

"네. 명령이에요."

리에타가 그를 꼭 끌어 안아 주었다. 킬리언이 조용히 입매를 올리며 그녀의 목덜미 위에 입술을 묻었다.

"……황제의 일인데 나한테 맡겨도 괜찮겠어?"

내가 내 아버지 무고하다고 말하면, 그대 믿을 수 있겠는가. 만약 진짜 유죄라고 말하면, 그대는 괜찮겠느냐 묻는 말이었다.

"미안해요. 당신한테 이런 거 부탁해서. 하지만 당신 말고 내가 누굴 믿을 수 있겠어."

킬리언은 다시 한번 물었다.

"날 믿을 수 있어?"

리에타는 망설이지 않고 대답했다.

"물론이에요. 나는 당신의 판단을 믿을게요."

리에타가 그를 끌어안은 채 말했다.

"당신은 나한테 지금 이 말을 할 필요가 없었는데도 말해 줬잖아요. 난…… 침묵하길 택했었는데……. 그런데 내가 어떻게 당신을 믿지 않을 수 있겠어요."

리에타가 그의 뺨을 감싸고 시선을 똑바로 맞추었다.

"무고하든, 연루되었든 날 염려하지 말고 최선을 다해서 알아봐요. 그건 변명도 강요도 비겁한 일도 아니니까요. 제가 도움이 될지 모르겠지만 도울 수 있는 일이 있다면 저도 도울게요."

리에타가 그의 눈을 흔들림 없이 직시하고 말했다.

"설령 황제가 무슨 죄를 더 지었다는 게 사실로 밝혀진대도 당신은 아무것도 걱정할 필요가 없어요. 저주로부터 당신을 자유롭게 해 주고 싶다는 내 마음은 조금도 변하지 않았으니까요."

리에타의 목소리가 이어졌다.

"부당한 저주를 감내하게 하는 게 그 죗값을 치르는 옳은 방식도 아닐 거라고 생각해요. 정말 배후에 황제가 있었다면 많이 화가 날 것 같지만……."

리에타가 잠시 입술을 달싹이더니 푹 한숨을 내쉬었다.

"……그런 건 닥치면 생각할래요. 용서할 수 있으면 하고. ……아니면 못하는 거지 뭐."

리에타가 그런 식으로 말할 거라고는 생각지 못해서, 킬리언은 그만 작게 웃고 말았다. 리에타는 그를 마주 보며 씩씩하게 말했다.

"……저주를 풀 방법이 있는지 알아보는 것도 미루지 말아요. 비겁한 거 아니니까. 정말 날 위한다면, 당신, 같이 노력해 줘야 해요."

킬리언은 입 밖으로 내어 대답하는 대신 그녀를 꽉 끌어안았다. 리에타가 그의 등을 토닥였다.

"사실이든 아니든…… 내가 용서하고 저주를 풀지 못해도 당신 이해해줄 거죠?"

리에타가 하는 말에, 킬리언이 '응' 하고 답했다.

"혹시 내가 용서를 통해 저주를 풀지 못하더라도, 당신은 다른 방법이 있다면 저주를 풀기 위해 노력해 줘야 해요. 그것도 알았죠?"

그 말에는 곧바로 대답하지 못했다. 저주가 먼저였을까, 죄가 먼저였을까. 저주를 감당하는 것이 다른 죄의 속죄가 될까, 되지 않을까. 한 찰나의 머뭇거림 앞에 선 킬리언에게, 리에타가 조그맣게 속삭였다.

"당신은 이미 내 사람이에요. 맹세했잖아요."

킬리언이 고개를 끄덕이며 말했다.

"그래. 알고 있어."

그녀가 흔들림 없는 목소리로 말했다.

"그러니까 당신은 더 이상 아무것도 두려워할 필요가 없어요."

킬리언은 마침내 리에타를 안은 채 '……알았어. 방법이 있는지 알아볼게' 말했다. 리에타가 고개를 끄덕였다. 그리고 한동안 그의 등을 쓰다듬어 주었다. 그녀가 잠시 틈을 두고 물었다.

"당신이 했던 말 써먹어도 돼요?"

"무슨 말?"

리에타는 잠시 사이를 두고, 그를 꼭 끌어안은 채 하늘을 보고 중얼거렸다.

"……앞으로 무슨 일이 있어도 사랑할게."

킬리언은 더 이상 아무 말도 하지 못했다. 미안하고 죄스러워질수록 나는 더 아득하게 그대를 사랑하게 되는 것 같아서. 그것이 다시 죄스러워지고 말아서 아무 말도 할 수가 없었다. 킬리언은 리에타를 품에 안은 채 꾹 눈에 힘을 주고 어두운 창밖을 바라보았다.

유난히 혹독한 겨울이었다. 이 겨울이 언젠가 끝나긴 하는 걸까 싶을 만큼. 봄이 오기는 할까.

킬리언은 그녀를 더욱 품에 끌어안을 수밖에 없었다. 다만 그때까지 내가 그대를 지켜 낼 수 있기를.

긴 겨울이 지나가고 있었다.

라지오넬 추기경

　- 그는 오랜 세월 순례자로 세상을 떠돌다 황실 악마학 연구원의 원장직을 역임하며 최근 몇 년 사이 많은 귀족과 사제들이 주목하는 영향력 있는 인사로 급부상한 인물로, 칼리고 백작을 비롯해 유망한 악마학자들과 사제들을 데리고 수많은 연구 프로젝트를 진행하여 놀라운 성과를 낸 것으로 유명하다.

　- 과거 행적에 관해선 서쪽 대륙 출신으로 오래 서쪽 섬나라들을 순례하였다는 사실 외엔 알려진 것이 없다.

　- 라지오넬 추기경에 대한 세간의 평가는 크게 두 가지로 양립하고 있는데, 첫째는 아주 신실한 사람이라는 평가, 그리고 둘째는 신의 힘에 대한 절대적 추앙이 과하여 이단적인 데가 있다는 평가이다.

　킬리언은 보고서를 넘기며 페르디안에게 보고 받은 이야기와, 길리우스 대사제를 비롯해 그가 신뢰하는 사제들에게 확인한 이야기들을 하나하나 되짚었다.

　'라지오넬 추기경이 신을 추종하는 데 있어서 신실하다는 것은 부정할 수 없는 사실입니다. 하지만 신의 힘에 대한 추기경의 신실함은 그 방향이 위험합니다. 그는 신성력은 너무나 위대하고 절대적인 힘이라 악마도 인간도 능히 지배하여 부릴 수 있고, 그것이야말로 위대한 신성의 증명이라는 식으로 믿고 있거든요.'

　'믿기만 하면 다행일 것입니다만, 그는 자기 신념을 증명하기 위해 수단과 방법을 가리지 않습니다. 악마의 힘과 얽히는 것을 두려워하고 경계하는 교단의 기조와는 조금 동떨어져 있죠. 일부 사제들은 그의 연구를 두고

너무 위험한 발상이라며 이단이라고 여기기도 했습니다.'

'라지오넬 추기경도 힘이 없던 시절에는 드러내 놓고 자신의 주장을 펼치지 않았습니다만, 입지가 탄탄해진 지금은 그를 함부로 이단 취급할 수 있는 사람은 없어졌습니다.'

'그가 직접 발굴해 내고 키워낸 학자들과 황실의 서포트를 등에 업고 라자루스 프로젝트의 성과를 포함해 놀라운 신학적, 악마학적 연구 업적을 이룩했으니까요.'

암실의 뒤편 벽에 조용히 지켜보며 서 있던 학자들과 사제들이 걱정스러운 기색으로 두런두런 이야기를 주고받았다.

"요새는 물의 거울이 영 그쪽의 상像을 비추어 주질 않는군요."

라지오넬 추기경은 수반 위에서 손을 거두며 복사* 소년이 건네주는 수건에 손을 닦았다. 그는 대수롭지 않은 일이라는 듯 말했다.

"악마의 힘이 제약되는 땅에 오래 있었으니 수마의 힘이 약해진 것일지도 모르겠습니다. 칼리고 백작의 몸에 무리가 가지 않아야 할 텐데요."

사제들과 학자들 사이에서 딤쉘 자작에게서 별다른 소식이 없는지, 너무 멀리 보낸 것이 화근이 되지는 않을는지 하는 말들이 조심스럽게 나왔다. 슬슬 다른 사람을 보내어 모시게 하는 편이 좋지 않겠냐는 제안도. 모두가 악마의 힘을 부리게 된 페르디안을 목줄 없이 풀어 놓은 맹수처럼 생각하고 경원시하고 있었다.

추기경은 그저 웃는 낯으로 모든 제안을 물리쳤다. 충심으로 빛나는 눈을 한 복사 소년은 그가 칼리고 백작을 향해 보이는 신뢰가 불만스럽다는

◇◇◇◇
* 사제의 시중을 드는 사람

듯 입술을 비죽였다.

"저는 예하께서 칼리고 백작을 너무 믿지 않으셨으면 좋겠습니다. 그 사람 왠지 기분 나빠요. 악마와 섞인 사람이라는 것도 께름칙하고."

라지오넬 추기경은 그저 사람 좋게 웃었다.

"칼리고 백작이 어디 나쁜 의도로 그렇게 된 것이더냐. 백작이 그 힘으로 여러모로 우리를 도와주고 있지 않니."

소년이 한숨을 내쉬었다.

"……아무튼 저는 그 사람 섬뜩하고 기분이 나쁩니다. 예하께서 그분께 너무 잘해 주시니까 기고만장해서는……."

사제들이 철없는 소년의 입을 황급히 틀어막으려 했지만 라지오넬은 불쾌해하지 않고 손을 내저으며 소년의 머리를 쓰다듬어 주었다.

"걱정해 줘서 고맙구나. 하지만 그이는 나쁜 사람이 아니니 너무 미워하지 말거라."

그저 웃고만 있던 사제가 슬그머니 한탄 같은 말을 보태었다.

"……아무튼 추기경 예하께선 너무 사람이 좋으시다니까요. 이렇게 걱정하고 믿어 주고 계시다는 걸 그분은 아시려나 몰라."

추기경은 빙그레 웃으며 소년이 챙겨 주는 외투를 걸쳤다.

'그는 서쪽 대륙 출신의 사제이니, 라멘타 인근 출신이거나 라멘타에 대해 자세히 알고 있는 사람과 교류했을 가능성이 있습니다. 설령 그렇지 않더라도 그런 신념을 가지고 오래 천착한 학자이니 라멘타의 왕족이 악마를 부린 신성 무녀 집단에 기원하였다는 것은 일찍이 알고 있었을 가능성이 높습니다.'

'황비가 그를 후원하고 있으니, 더욱 조심하십시오. 지금쯤 축성술사님이 베아트리체 왕녀의 따님이라는 소문이 그의 귀에도 들어갔을 것입니

다. 리에타 님이 베아트리체 왕녀의 딸이라는 걸 알게 되면 틀림없이 그분을 탐낼 것입니다.'

'그분의 존재 자체가 자신의 신념을 증명하는 인물이시니까요. 부디 조심하십시오.'

두꺼운 암막이 쳐진 어둑한 기도실. 붉은 예복의 사제가 그림자만 아른거리고 있는 너른 수반의 가장자리를 손가락 끝으로 쓸었다. 검은 수면 위에는 아무것도 비치지 않는다.

잠시 무언가를 기다리며 고민하는 듯, 사제는 수반을 손가락 끝으로 톡, 톡 천천히 두드렸다. 수면 위에 잔잔한 파문이 일었다. 사제가 입매를 끌어 올렸다.

"악시아스라……."

추기경은 응답해 주지 않는 수반 앞에서 물러서며 몽마가 일으키는 기억의 환영을 불러 냈다. 몽마의 아공간이 펼쳐지고, 수반의 표면이 잘게 진동하며 수마의 감각에 비추어진 희미한 환영이 그의 수반 위에 그림을 그려 내었다.

문이 열리고, 놀란 얼굴로 바라보는 아름다운 여인의 환영이 그 위에 비추어졌다. 그녀는 당황한 얼굴로 바라보고 있다가 굳은 얼굴로 몇 마디를 간신히 말하는 듯하다. 그리고 이내 나타난 악시아스 대공의 뒤로 거칠게 여인의 모습이 감추어진다. 추기경이 눈을 가늘게 떴다.

대공은 격분해 화를 내다가 칼을 뽑아 든다. 당황한 여인은 파랗게 질려 대공을 붙들고 말린다. 대공의 분노를 잠재우려 애쓰지만 소용없다. 실랑이 끝에 대공의 칼이 휘둘러지고 눈앞이 번쩍한다. 경악해 두 손으로 입을 가리는 여인.

겁에 질린 가엾은 여인은 무섭게 화를 내는 대공 앞으로 뛰어들어 그를 말린다. 환영 속 '그'를 향해 놀란 그녀가 손길을 뻗지만, 대공은 난폭한 손길로 그녀를 끌어당긴다.

사제는 말없이 환영 속의 모습을 바라보다가 희미하게 웃었다. 가련하고 안타까운 이 장면은 그가 페르디안의 수마로부터 얻은 정보 중 가장 흡족한 장면이기도 했다.

악시아스 대공이 노리개로 삼고 있다는 세비타스의 과부. 그의 도움이 필요해 보이는 가련한 여인의 모습이 퍽이나 그를 만족스럽게 했다. 사실은 라멘타 최후의 왕녀 베아트리체의 딸이라……. 사제의 입매에 미소가 그려졌다.

"이 얼마나 비극적인 일인가……."

그리고 또한 얼마나 낭만적인 일인가. 오랜 세월, 세비타스 수도원에 있었다는 그녀를 진작 알아보지 못했다는 점은 화가 났지만, 이렇게 극적으로 재회하기 위해 이별한 것이라면 그 또한 운명일 터라는 생각이 드니 만족스러웠다. 그는 황비의 제안을 떠올렸다.

'그대가 가진 몽마의 권능은 '기억'이지요. 누군가의 머릿속에서 특정한 사람에 대한 기억을 지워 버릴 수도 있습니까?'

추기경은 애석하게 눈썹을 꺾었다.

'글쎄요. 어떤 기억이냐에 따라 다르겠지만 그런 권능은 아무 제약 없이 쓰기는 힘듭니다. 무엇보다 '특정한 기억'이라는 게 악마의 언어로나 마법적으로 분명히 구별하기 어려운 측면이 강하기 때문에…….'

황비가 웃으며 부채를 접었다.

'가장 사랑하는 이에 대한 기억이라면 어떻겠습니까.'

……아하. 추기경은 황비가 자신의 계획을 '낭만적'이라 한 이유를 이해하고 짧은 웃음을 터뜨렸다.

'특정이 가능할 것 같군요. 꾸준히 제물을 바쳐 두었으니 한 번 정도는 가능할 것 같습니다. 그 마법을 만들어 드리면, 어찌 쓰시렵니까.'

황비는 그저 턱을 괴고 웃었다.

'……대공이 세비타스의 과부에게 푹 빠져 있다던데. 공교롭게도 그 여자가 신성 왕녀의 딸이라더군요. 어떻습니까. 그대가 관심 있어 할 것 같아 내 그대에게 양보할까 하는데. 관심이 있습니까.'

환영 속에 흔들리는 리에타와 킬리언의 모습을 보며, 추기경이 나직이 웃었다.

"……오래간만이구나."

내 너를 구원하러 가리라. 수면 위에서 흔들리는 모습이 아름다웠다.

'추기경이 실험을 시작한 건 꽤 오래전부터의 일입니다. 제가 그를 처음 만났을 때도 그는 실험에 미쳐 있었죠. 그는 세간에 알려진 것보다 훨씬 오래 연구했고, 훨씬 많은 성과를 거둔 상태입니다.'

'그는 사제의 지위로 귀족들에게 접근해 신의 이름하에 악마가 주는 고통으로부터 자유로워지기 위한 연구라며 막대한 후원을 받았습니다. 카사리우스 세비타스에게는 늙지 않고, 병들지 않고, 젊음을 되찾아 줄 연구에 후원하지 않겠냐며 접근했고, 상대에 따라서는 악마의 힘을 발밑에 두고 지배하기 위한 연구라고 하기도 했습니다.'

'그렇게 포섭한 후원자들 가운데 가장 큰 후원자가 아베르사티 황비였는데, 아시다시피 그분은 꽤나 변덕스럽고, 오랜 신의를 주고받는 것을 기대하는 것은 쉽지 않은 사람이라, 그분을 만족시키기 위해 추기경은 지속적으로 실험의 성과를 선보이며 위험한 장난감들을 제공해 왔습니다.'

'추기경은 황비에게 비밀리에 자금 후원을 받고, 그 대가로 황비에게 여흥이 될 만한 악마 실험의 결과물을 넘겨주는 관계였던 것이지요. 악마를 담은 단검은 바로 그러한 선물들 중 하나였습니다.'

제단 위에 놓인 마법진 가장자리에 횃불이 놓였다. 기름에 불이 붙으며 마법진을 따라 불길이 번졌다. 화르륵……! 불길이 바닥에 가득한 마법진을 따라 거대한 원을 그리며 진의 중앙을 향해 내달리기 시작했다. 제단에 놓인 채 입이 틀어 막힌 죄인은 소리조차 지르지 못하고 겁에 질렸다.

"으으…… 으읍!"

단단히 재갈 물린 입에선 단 한마디도 새어 나오지 못했지만 묶인 이는 온몸으로 살려 달라는 비명을 질렀다. 산제물의 몸에 불이 붙었다.

"……!"

그렇게 하면 몸에 붙은 불에서 달아나기라도 할 수 있을 듯이 제물은 무릎걸음으로 미친 듯이 기어갔다. 쿵! 제단에서 떨어지며 바닥에 쓰러진 제물이 정신없이 몸을 뒤틀며 기이하게 몸부림쳤다. 사방에 피가 튀었다. 소리 없는 비명에 모골이 송연해져 하얗게 질린 시녀 하나가 끝내 눈을 뒤집으며 기절했다. 뒤에선 소리 없이 기절한 시녀를 수습하고, 앞에서는 산제물이 불에 탔다.

아베르사티 황비는 눈 하나 깜짝하지 않고 비스듬히 앉아 그 장면을 감상했다. 선뜩한 피 냄새와 생살 타는 냄새가 기묘하게 뒤섞인 공기가 음산하게 진동했다. 그들이 보는 앞에서 불붙은 남자의 피부와 관절과 척추가 굽으며 우그러들다가 어느 순간 숨이 끊어졌다. 제물을 포식한 흑마법의 불길이 더욱 거세게 타오르며 마법진을 감쌌다.

킬킬킬……. 기묘한 웃음소리가 연기 위로 흩어졌다. 악마가 흑마법의 불길 속에서 시니컬하게 응답했다.

"아……. 진짜 끈질긴 여자네."

화악! 화염이 치솟으며 불길 속에 뿔 달린 인간의 실루엣이 비쳤다.

"정성이 갸륵해 응답하지 않을 수가 없군."

불길 속에서 솟아난 악마를 향해 황비가 사르륵 눈가를 휘며 웃었다.

"다시 보는군요. 엑시티우스."

화마 엑시티우스가 비뚜름한 미소를 입가에 건 채 그녀를 향해 바싹 고개를 내렸다.

"그래. 고귀한 인산 여자. 이번에는 무슨 일로 이 몸을 찾으셨나."

'라지오넬 추기경이 황비와 어떻게 연이 닿았는지, 어떤 말로 황비를 설득해 그런 막대한 후원을 받았는지는 모르겠습니다. 황비 주변에 지속적으로 머무는 사람이 없다 보니 그가 상대적으로 황비 사람으로 보이는 경향은 있습니다'

'하지만 추기경은 온전히 황비의 사람이라기엔 무리가 있는 인물입니다. 그저 무언가 서로의 이해관계가 맞아떨어졌다고 봐야 합니다.'

또다시 황궁 정원. 그러나 실제가 아닌 그곳에는 이전과는 다른 풍경이 펼쳐져 있었다. 황궁은 화려하면서도 고요한 불길에 뒤덮여 있었다. 불바다가 된 황궁의 환영이 펼쳐진 아공간 속을 한가로이 거니는 황비를 가만히 바라보던 사내가 입을 열었다.

"제가 드리는 장난감만으로는 황비마마를 만족시켜 드리기가 힘든 모양입니다."

황비는 그를 무시한 채 스쳐 지나가 다시 한번 정원에 핀 꽃을 꺾는다. 툭. 이번에 꽃대 위에 피어 있는 것은 열기로 일렁이는 붉은 화염이었다. 황비의 얼굴 위에 주홍빛 그림자가 일렁였다.

"더워서 싫으시다더니, 제국의 황비께서 이리 뜨거운 분이실 줄이야."

황비는 그 불꽃이 향기라도 난다는 듯 코앞으로 가져가 이리저리 기울여 보며 웃었다.

"그대 역시 나에게만 후원을 받는 것도 아닐진대. 질투라도 하는 것입니까."

사내가 물끄러미 그녀를 쳐다보다가 말했다.

"……적당히 하시는 것이 좋을 겁니다."

아베르사티가 손안에 든 불꽃을 옆으로 조금 떼며 고개를 갸웃했다.

"무엇을?"

"모든 것을."

그가 대답했다. 아베르사티가 피식 웃고는 그를 향해 다가갔다. 그리고는 다시 한번, 그의 왼쪽 가슴 포켓에 오른손에 들고 있던 불꽃을 꽂아 주었다.

"무섭기도 하지."

추기경은 평소처럼 능청스레 예를 올리는 대신 가만히 그녀를 내려다보았다. 추기경의 몸에 불이 옮겨붙고 있었다. 그는 그대로 불길에 휩싸인 먼지가 되어 아공간 사이로 바스러졌다. 그의 몸이 완전히 재가 되자 불의 환영이 펼쳐진 아공간이 사라졌다.

아공간으로부터 깨어나 현실로 돌아온 라지오넬 추기경이 눈을 떴다. ……빌어먹을, 아베르사티 황비. 긴 한숨을 내쉬며 손바닥을 들어 마른세수를 하고 몸 안에 있는 역마의 힘을 확인했다. 역시나, 화마의 기운에 억눌린 역마의 힘이 봉인되어 있었다.

경고였다. 맞먹으려 들지 말라는. 네가 커 봤자, 내 발밑이라는 자리 확인.

"후우……."

이런 여자라는 걸 잊고 있었군. 황비가 제안한 '낭만적인 계획'에 혹해서 정신이 팔리기라도 했나. 추기경은 자신의 힘으로 봉인을 제거할 수 있을지 신성력을 일으켜 가늠해 보고 허탈함에 실소를 터뜨렸다.

봉인은 아주 얄팍했다. 그가 가진 신성력이라면 실수로 부수어 버릴 수도 있을 정도로 형편없는 봉인이었다. 오히려 무심결에 끊어지지 않도록 조심을 해야 할 정도였다. 이런 조악한 봉인을 해 놓은 이유를 알 수 있었다.

나를 거역해볼 테면 어디 한번 끊어 내 보라는 뜻. 네가 어떤 위협적인 힘을 가지고 있어도 나는 전혀 개의치 않는다는 뜻이었다. 일부러 약하게 건 것이었다. 어디 한번 자신의 힘을 제약한 가녀린 봉인이 망가지지 않도록 애지중지 행동을 조심해 보라는 친절이라니. 그것이 더 굴욕적이었다.

'그저 여흥입니다. 모든 것은.'

"……."

뱀 같은 여자. 생각이라고는 하지 않고 사는 줄 알았는데 방심하였구나. 흑마법으로 화마와의 연결고리를 만들어 두고 그 힘으로 나를 견제할 줄이야.

연구의 성과가 빨리 나지 않던 시절, 태도가 싸늘해진 황비를 달래기 위해 흑마법 주술을 알려 주는 것으로 급히 막음을 했던 것이 이런 식으로 돌아오다니.

흑마법을 알려 주었어도 몇 년을 별다른 관심이 없어 보이기에 그런 데는 흥미가 없나보다 신경을 껐는데, 악마를 담은 단검이 꽤나 마음에 들었던 모양인지. 몇 달 전 미친 인간답게 앞뒤 생각도 않고 황궁 한복판에서 흑마법을 벌였다.

자신이 유폐되어 있는 입장이라는 건 생각지도 않고, 덤으로 그녀를 빼돌리고 있는 내 입상노 털끝만큼도 생각해 주지 않기는 마찬가지. 황실 사제들이 한바탕 뒤집어져 난리가 날 뻔했으나 그의 능력으로 무마해 준 데다 앞으로는 의식을 하고 싶으면 여기서 하시라고 마법의 기운이 새어나가지 않는 의식 장소까지 제공해 주었다. 그랬더니 은혜를 이딴 식으로 갚아?

힘을 얻고 싶어 하는 화마를 구슬려 악시아스를 노리게 한 것까지는, 그래. 충분히 황비가 할 법한 심심풀이 장난이라 생각하여 그러려니 하였다. 악시아스는 악마를 말려 죽이는 땅이니 실패하지 않을까 예상하기도 했다. 엑시티우스는 생각보다는 화끈하게 선전했지만 결국 예상대로 악시아스를 씹어 삼키는 데는 실패했다.

그러나 뜻밖에 생각지도 못한 곳에서 눈이 번쩍 뜨이는 성과가 있었다. 베아트리체의 딸이라고……. 수반을 통해 '세비타스의 과부'의 정체를 알게 된 순간의 희열을 생각하면 아직도 온몸이 흥분으로 들떴다.

페르디안이 마침 수마의 힘을 풀어놓던 타이밍이라 모든 것이 선명했다. 모를 수가 없었다. 멸절한 줄로만 알았던 라멘타의 왕족이었다. 추기경은 다시 한번 그 순간의 전율을 떠올리며 만족스러운 미소를 지었다.

그런데 하필이면 악시아스 대공의 손안에 있는 여자라니. 이걸 어찌하면 좋을까 초조한 고민에 빠져 있었는데, 친절하게도 황비가 그럴싸한 계획을 떠올려 준 것이다. 그녀가 제안해 준 '낭만적인 계획'을 떠올리니 다시 기분이 좋아져, 굳이 오늘의 모욕을 잊어 주지 못할 것도 없겠다 싶었다.

라지오넬은 한껏 너그러운 기분이 되어 황비가 걸어 놓은 약해 빠진 봉인이 실수로 망가지지 않도록 마법으로 보호했다. 아베르사티 황비. 화마가 악시아스를 집어삼키는 데 실패해 꽤나 약이 올랐을 줄 알았는데. 그러든 말든 어차피 심심풀이 여흥이라 이건가. 라지오넬은 피식 웃었다.

"황비 아베르사티, 그러니까 당신은 항상 실패를 반복하는 것입니다."

마법에 조예가 있는 것도 아니고 신성 능력자도 아닌 황비가 할 수 있는 것은 흑마법의 저울 위에 악마가 거절할 수 없을 정도로 매력적인 대가를 지속적으로 올리는 것뿐이었다. 황비는 매일 매일 산 사람의 고통과 죽음을 제물로 바치며 콧대 높은 화마에게 공을 들이고 있었다. 산제물로 바쳐지는 이에게 마지막 자비로 주어지는 알루치노조차 쓰지 않은 채, 최상의 고통과 공포를 그 화마에게 양식으로 헌납하면서 말이다.

악마의 힘에 홀린 인간다운 결론. 신성의 지배하에 두어야 마땅할 악마 따위에게 매일매일 산제물을 바쳐 가며 굽실거리다니. 역시 신성을 갖지 못한 인간이란 어리석기 짝이 없다.

악마를 온전히 지배할 수 있는 것은 오롯한 신성뿐. 흑마법 따위로 굴욕스럽게 악마를 구슬리고, 회유하고, 힘을 빌려 봤자, 결국은 대가를 치러야 하고 인간이 종이 되는 계약이다. 그것이 인간의 한계인 것이다.

삶과 죽음을 희롱하고 악마를 무릎 꿇리는 절대적인 신성. 그것이야말로 존재가 도달할 수 있는 정점. 그가 추구하는 힘이었다. 그것을 얻기 위해 아직은 황비의 조력이 필요했다.

한순간의 자존심을 세우기 위해 많은 것을 잃고 후회할 수야 없지. 실패에서 배울 줄 모르는 인간의 뻔한 결말을 답습할 생각은 더더욱 없었다. 아직은 조금 더 굽혀 주지. 이십 년을 와신상담했는데 이쯤이야. 얼마든지 장단을 맞추어 줄 의향이 있었다.

이제 곧, 머지않았다. 어차피 최후에 지극히 높은 곳에 서서 모든 살아 있는 것을 발밑에 두게 될 존재는 정해져 있었다. 라지오넬 추기경은 만면에 미소를 띤 채 거울 앞에서 붉은 의복을 입고 성서를 들었다.

쾅! 새하얗게 질린 콜브린이 사제복을 흩날리며 킬리언의 집무실로 뛰어 들어와서 외쳤다.

"영주님! 크, 큰일 났습니다. 추, 축성술사님을 상대로, 이, 이, 이단 심문 관이 이단 의혹을······!"

"이단?"

킬리언과 길리우스 대사제가 고개를 돌렸다. 눈이 휘둥그레진 길리우스 대사제가 당황해서 자리를 박차고 일어나 소리쳤다.

"무슨 근거로······! 어느 사원에서!"

"아쉴루스 사원의 인퀴지터*입니다!"

순간 어울리지 않는 웃음소리가 터졌다. 킬리언이었다. 당황한 길리우스 대사제와 콜브린이 그를 바라보았다. 킬리언이 웃음을 멈추며 무릎 위에 깍지 끼고 있던 손을 풀었다.

그래······. 올 것이 왔다고 생각했다. 리에타를 상대로 사원들이 그런 시도를 할 거라는 건 이미 짐작하고 있었다. 하지만 예측하고 있었다고 아무렇지도 않을 수 있는 것은 아니었다. 그녀의 어머니에게 무고하게 씌워졌던 마녀 의혹이, 리에타에게 다시. 예상은 했는데 생각했던 것보다 더······ 화가 나네. 화가 나자 어울리지 않게도 웃음이 났다.

"레이첼, 내가 말했던 장소로 데려가서 말한 대로 리에타 보호해."

신도들을 잃기 시작하고 악시아스의 무용담이 퍼져 나가며 리에타를 깎아내리고 싶어 하는 사원들은 이단, 사기꾼, 흑마법사라며 온갖 헛소문으로 리에타를 공격하고 폄훼하려 시도하고 있었다.

킬리언은 물론이고 악시아스 전체가 아무런 반응을 하지 않았다. 인퀴지터가 방문하는 것은 예견된 수순이었다. 인퀴지터는 사원의 주교에게 허락을 받아 임명되는 신분으로 사제와 성기사들을 사병처럼 거느릴 수

◇◇◇◇
* 이단 심문관

있었다.

인퀴지터는 교단의 보호를 받으며, 어떤 사람이 이단으로 의심되는 합당한 사유 세 가지를 댈 수 있다면 어떤 영지든 거부권 없이 방문할 권한과, 이단을 심문하고 강제 구인할 권한을 가지고 있었다. '심판'의 권한을 가진 사제들이니만큼 그들은 모두 콧대가 높았으며, 합법적인 고문 권한을 가지고 있는 만큼 사제들 가운데서도 가장 잔혹하고 난폭한 인물들이었다.

킬리언은 이미 예상하고 준비하고 있었다. 콜브린이 말하려고 했던 이단 의혹의 근거는 도둑 길드를 움직이기 시작한 킬리언의 손에 예전부터 들어와 있었다.

리에타가 이단이라는 주장의 근거는, 첫째, 축성술사 리에타가 하비투스 대사원의 축성 성물을 계승하라는 교단의 영광스러운 부름에 불응한 채 줄곧 침묵하여 움직이지 않고 있는 것.

둘째, 축성술사 리에타가 외람되게도 스스로를 '신성 왕녀 베아트리체'의 딸이라고 사칭하며 사람들을 현혹하고, 라멘타 최후의 왕녀의 명예에 먹칠을 하고 있다는 것.

셋째, 축성술사 리에타가 '악시아스 악마 전쟁'에서 악마를 조종하였다는, 즉, 리에타가 흑마법에 손을 댄 것으로 추정된다는 것이었다.

킬리언은 손수 나가서 맨손으로 이단 심판관을 흠씬 두들겨 패 거꾸로 매달아 두었다. 인퀴지터는 얼어 죽기 직전에 풀려났다. 교단의 보호를 받는다지만 사제를 향해 칼을 뽑은 것도 아니고 킬리언이 직접 죽인 것도 아니니 아슬아슬하게 문제는 없었다.

나쁜 건 악시아스 기후였다.

순식간에 악시아스 대공이 인퀴지터를 어떻게 했는지 소문이 퍼지고 뒤이어 도착한 다른 사원의 인퀴지터들은 사뭇 공손해졌다. 어쨌든 주교에게 직접 임명받고 사원을 대표하는 사제들이었으므로 인퀴지터는 구마 이상의 신성 능력이 있는 호전적인 사제들인 경우가 많았고, 킬리언은 얼어 죽을 것을 면하게 해 주는 대신 화마와의 전투를 대비한 병력으로 그들을 써 주기로 했다.

리에타의 허락 없이 한 일은 아니었다. 인퀴지터들을 내 마음대로 처리해도 되겠냐는 질문에, 리에타는 '당신의 정의대로 행하세요' 대답해 주었다. 리에타는 아마 죽이라는 뜻으로 말한 것은 아니었겠지만, 어쨌든 킬리언은 주군께 허락도 받은 정의로운 기사였다.

이제 그들은 무례하지 않은 방식으로 매우 조심스럽고 정중하게 의혹의 해소를 청하며, 이 무고한 의혹에 대해 리에타 님께서 공식 답신을 주신다면 교황청으로 전달하여 합법적으로 다른 사원들의 괴롭힘을 멈추실 수 있게 하리라 하였다.

그들은 '축성술사 리에타'를 합법적으로 보호하는 '악시아스'의 공식 답변을 서면으로 얻을 수 있었다.

첫째, 축성술사 리에타는 명령을 받지 못했다. 그 명령이 들을 가치가 없다고 생각했기에 그녀에게 전달하지 않은 것은 악시아스 대공이며 대공의 통제 하에 있던 축성술사 리에타는 듣지도 못한 명령을 이행할 수는 없었다. 그러니 첫 번째 사유로 이단 심판을 군이 받아야 할 사람이 있다면 그것은 축성술사 리에타가 아니라 악시아스 대공일 것이다.

또한 리에타는 사제가 아닌 축성술사다. 사원에 속한 사제라면 반복된 명령 불복종이 심판의 사유가 될 수 있겠지만 축성술사는 속세에 속한 몸으로 사원이 먹여 살려 주지 않는 입장이니 개인의 일신의 사정을 고려하지 않고 최우선으로 교단의 명령을 따라야 할 의무가 없다. 성물을 계승하라는 명령은 권고나 부탁이 될 수는 있어도 강제력을 발휘할 수는 없으니 교리를 다시 살펴라.

둘째, 이 모든 사태를 지켜본 황제의 전투 사제단이 증언컨대 축성술사 리에타는 스스로를 '신성 왕녀의 딸'이라고 사칭한 적도, 사람들을 현혹한 적도 없다. 그런 소문이 돌고 있다는 것은 알고 있지만, 리에타가 낸 소문이 아니고 그녀 역시 피해자일 뿐이니, 역시 그로 인해 이단 심판을 받아야 할 사람은 리에타가 아니라 멋대로 확실하지 않은 소문을 떠들어 댄 뭇사람들일 것이다.

셋째, 이 모든 사태를 지켜본 악시아스의 영지민들이 증언컨대 축성술사 리에타는 자신의 몸을 아끼지 않고 악시아스를 구한 사람이다. 그녀를 향한 그 어떤 가당찮은 수작도 악시아스는 좌시하지 않으리라.

⟳⟲

페르디안은 강력한 전투 사제들과 사냥꾼들과 함께 움직이며 엑시티우스를 추격하고 산맥에 난립한 화마들의 무리에게 지속적으로 유효한 타격을 입혀 화마의 기세를 꺾었다. 그리고 하비투스 대사원으로 가 황비의 손을 탔을 진짜 '흑마법사'의 증거를 수색했다. 대사원의 분수대 안에 하비투스 대사원의 성물인 석장이 덩그러니 놓여 있었다. 그 위로 여신상의 항아리에서 쏟아져 나오는 물이 떨어졌다.

"가까이 가지 마십시오. 아시겠지만 악마의 손을 탄 성물에 손을 대면 죽거나 미치기 십상입니다."

사제들이 사냥꾼들에게 주의를 주었다. 본능이 예민하게 발달한 사냥꾼들은 말하지 않아도 섬뜩함을 느끼고 멀리 떨어져 바라보기만 했다.

찰박…… 페르디안 칼리고가 사제들보다 조금 더 가까이 분수대 쪽으로 다가갔다. 마의 성물이 된 석장 안에서 신력과 마력이 뒤섞여 소용돌이치고 있었다. 그의 발밑에 넘쳐흐른 물이 밟혔다.

그 순간, 섬뜩한 기운이 스쳤다. 화아악! 동시에 화마들이 쇄도했다. 사제들과 사냥꾼들이 재빨리 전투태세를 갖추었다.

순간, 분수대의 물이 크게 일렁이더니 살아 있는 생물처럼 솟구치며 화마들을 향해 날아갔다. 화마 수십 마리가 시간차를 두고 달려들다가 순식간에 분수대에서 일어난 물의 창에 정확히 머리를 관통 당했다.

풀썩. 풀썩. 화마들이 차례로 날아와 죽은 채 쓰러졌다. 전투다운 전투가 시작되기도 전에 모든 일이 끝났다. 화마들은 모조리 쓰러져 수증기를 일으키며 시커먼 재를 날리기 시작했다. 공격 태세를 갖추던 사제들과 사냥꾼들은 순식간에 초토화된 적군을 보고 당황하여 서로를 쳐다보았다.

단 한 사람의 사제도, 사냥꾼도 움직일 필요가 없었다. 이미 살아 있는 화마가 없었다. 페르디안은 심지어 그것을 쳐다보지도 않았다. 그는 눈 하나 깜짝하지 않은 채 가만히 분수대를 내려다보며 서 있었다.

"와……."

한 사제가 저도 모르게 입 밖으로 순수한 감탄사를 흘렸다. 사냥꾼 하나가 감탄의 의미로 살짝 웃으며 고개를 저었다. 사제들은 그것이 악마의 힘이라는 걸 알고 있었지만, 사냥꾼들에게는 그가 물의 힘을 수련 중인 마법사이자 악마학자라고 설명한 상태로 동행하고 있었다.

그간 눈보라를 조절하거나 일대에 안개를 가득하게 만들어 화마들을 불편하게 하는 정도의 능력은 발휘했지만, 실제로 흐르는 물 옆에서 이런 마법을 보인 적은 없었다.

사제들과 사냥꾼들이 새삼스런 눈빛으로 페르디안을 바라보았다. 고대 마법이 사라진 지 몇백 년이나 지난 시대였다. 평생 보기 힘들 구경이었다.

찰랑……. 조용히 수면을 바라보는 페르디안의 눈이 검은빛으로 가라앉았다.

리에타가 제이드를 보고 환하게 웃는다.

'제이드!'

그녀가 자신에게도 조그맣게 웃어 준다.

'……아. 작은 도련님.'

페르디안은 리에타를 바라보다가, 슬그머니 시선을 피했다. 그리고 어느 날 아이들에게 자신의 이름을 허락했다.

'이름으로 불러도 돼.'

'네에? 저희가 어떻게 그래요…….'

난처해하는 얼굴이면서도 싫지 않은 듯 리에타와 제이드가 웃었다. 조그맣게 심장이 뛰었다.

세비타스 백작부인이 검지를 세워 작은 아이의 어깨를 쿡 쿡 찔렀다.

'호적에 넣어 줘, 교육시켜 줘, 먹이고 입히고 재워 줘, 사생아라는 걸 숨겨 줘. 너 같은 아이를 나처럼 대해 주는 어미는 없을 것이다.'

힘없이 덜렁이는 것은 귀족가의 아이다운 태도가 아니다. 혼나지 않기 위해 버텨 서려고 애써 보지만 아이의 몸은 힘겹게 휘청댔다.

'압니다. 감사하고 있습니다, 어머니.'

쯧, 백작부인이 혀를 찼다.

'수도원의 고아들과 어울린다지. 근본 없는 천것은 어쩔 수가 없구나. 주제를 아는 것은 좋다만 우릴 욕되게 하지 말거라. 어쨌든 너도 세비타스 백작가의 자식 아니냐. 너도 귀족가의 아이라는 자각이 있다면 네 형의 이름에 먹칠하지 않도록 잘 처신해야 할 것이다.'

페르디안이 공손히 고개를 숙였다.

'네, 어머니.'

'페르디안 도련님. 같이 놀아요.'

페르디안이 희미하게 웃는 얼굴로 제이드와 리에타를 바라보고 있다가
말했다.

"'도련님'이라고 하지 않아도 돼.'

리에타는 머쓱한 얼굴로 쭈뼛거렸다.

세비타스 저택에서는 가족의 일원으로 속할 수 없고 수도원에서는 아
이들의 일원으로 섞일 수 없다. 내 몸 둘 곳은……

'페르디안!'

옆에서 버럭 하고 외치는 소리에 오히려 부르라고 한 그가 더 깜짝 놀
라버렸다. 제이드가 와악! 하고 눈과 입을 크게 열며 웃었다.

'불러 버렸다!'

리에타가 동그래진 눈으로 제이드와 페르디안을 번갈아 보다가 하하하
웃으며 따라 했다.

'페르디안!'

페르디안의 얼굴이 새빨갛게 달아올랐다.

제이드를 대신할 사람은 없을 거라며. 나한테도 그렇듯, 그 누구도 네
게 제이드의 대신이 될 수 없잖아. 내가 너를 훨씬 더 잘 아는데. 내가 훨
씬…… 훨씬 오래 곁에 있었는데.

'킬리언은 제이드를 대신하고 있지 않아요. 그는 조금도 제이드와 비슷
하지 않을뿐더러……. 제이드의 대타 같은 것도 아니에요. 킬리언은 킬리

언으로 제 옆에 있어 주고 있어요.'

난 왜 제이드의 대신이 되려고 했을까. 나는 왜, 제이드 대신이 아니라
는 그런 말을 듣지 못했을까.

리에타가 악시아스를 떠난다면, 그녀가 유일하게 안전하게 쉴 수 있는
곳은 아마도…….

'……아니. 서류는 처음부터 하나밖에 준비해 두지 않았습니다. 당신이
칼리고를 택하지 않을 거라는 건 처음부터 알고 있었어요.'

"백작님?"
"아."

페르디안이 퍼뜩 정신을 차렸다. 사제들과 사냥꾼들이 모두 어리둥절
한 눈으로 그를 바라보고 있었다. 페르디안이 분수대 앞에서 돌아서며 미
소 지었다.

"실례했습니다."

⚜

이단 심문관들은 순한 양처럼 얌전해졌지만 혹시 모를 사태를 위해 리
에타는 온종일 성에 꼭꼭 숨어 모습을 드러내지 않았다. 하루 내내 리에타
도 못 보고 바쁘게 정의를 실현하고 자신의 침실에 들어온 킬리언은 멈칫
했다. 닫힌 옷장 밑으로 삐져나와 있는 옷자락이 깜찍했다…….

"……."

나오지 말고 숨어 있으라고 했더니 그러고 있는 거야? 킬리언은 최대한

자연스러운 척 고개를 돌리며 애써 모르는 척했다. 크흠. 헛기침을 해 웃음을 숨겼다. 그래도 웃음이 나와서 입을 가렸다.

어쩔까. 놀라는 척해 줄까. 잠깐 그녀가 보지 못하도록 고개를 돌린 채 웃는 얼굴로 고민하며 애써 표정을 지우고 무표정하게 얼굴을 가다듬었다. 근처로 지나가면 확 열고 나오려나. 킬리언은 옷장 주변을 너무 힐끔거리지 않으려 애쓰며 얼쩡거렸다.

하지만 열리지 않는다. 수상해서 좀 가까이 가 귀를 기울여 보니 긴장감 빠진 숨소리가 색색거리고 있었다. 킬리언이 웃음을 흘렸다. 그리고 리에타가 너무 놀라지 않게 문고리를 잡고 살짝 열었다. 그녀는 문이 열리는 소리에, 반쯤 잠들어 있다가 가물가물한 눈으로 깨어났다. 그리고 채 떠지지 않은 눈으로 천진하게 두 팔을 그쪽으로 올려 들고 잠투정을 했다.

"왜 이제 와……."

으. 귀여워……. 킬리언이 웃음을 주체하지 못하는 얼굴로 미안, 하며 몸을 숙여 훌쩍 그녀를 안아 들었다. 리에타가 그의 목을 껴안고 목덜미에 이마를 문질렀다.

"……숨어 있었는데 잠들었어요."

킬리언이 시치미를 뚝 떼고 사기를 쳤다.

"코 골던데."

"……진짜요?"

리에타의 얼굴이 머쓱하니 벌게졌다. 사랑스러워 미쳐 버리겠네. 킬리언이 고개를 숙여 리에타의 코에 키스하고, 눈에 키스하고, 얼굴 여기저기 입맞춤을 내려놓았다. 잠기운에 취해 입맞춤이 내려앉을 때마다 눈을 깜짝이던 리에타의 얼굴에 웃음이 번지더니 그의 옷깃을 잡아당겨 입술에 키스해 왔다. 바깥 이야기는 전부 잠시 미루어 두고……. 기쁘게 응했다.

화마 엑시티우스는 화마의 병력 대다수를 하비투스 대사원에 쏟아부어 총력전을 펼치게 둔 후, 그 자신은 정예 병력을 끌고 다시 악시아스를 치러 왔다. 그러나 이미 한 번 당한 수법이었다.

악시아스에는 킬리언의 기사들과 전투 사제들, 그리고 사제들과 성기사들을 주렁주렁 달고 넝쿨째 굴러 들어온 인퀴지터들이 만반의 준비를 하고 기다리고 있었다. 킬리언이 검을 어깨에 걸친 채 웃었다.

"너 별로 창의성이 없구나."

화마와의 전투였기에, 킬리언은 리에타의 뺨을 감싸고 꼭 입 맞춘 뒤 말했다.

"나오지 마."

리에타가 그를 축성했다. "조심해요."

킬리언이 끄덕였다.

"모르비두스."

킬리언은 모르비두스와 레이첼, 콜브린에게 리에타를 맡겼다. 이름이 불린 역마가 그 앞에 모습을 드러내 리에타를 데리고 몸을 감추었다.

그러나, 일은 참 공교롭게도 흘러가는 것이었다.

쾅!

"리에타!"

리에타의 눈이 커졌다. 지금 이곳에서 볼 수 있으리라 상상하지도 못한 사람이 그녀를 부르고 있었다. 타니아 성녀님? 타니아 성녀가 몸을 숨기고 있던 리에타에게 달려오고 있었다. 놀라서 자리에서 일어난 순간.

"……!"

비틀거리며 우뚝 멈춰선 리에타는 온통 새하얀 감각 속에서 어떤 두려운 예지를 깨달았다. 이미 몇 번 느낀 적 있었기에 리에타는 이제 그것이 예지의 감각이라는 걸 알고 있었다.

리에타는 성녀에게 인사할 생각조차 못 한 채 얼굴이 새파래지며 자리를 박차고 일어나 달려갔다. 황비다. 황비가 뭔지 모를 마법으로 킬리언을 노리고 있었다. 머리보다 몸이 먼저 움직였다. 킬리언에게 가야 해. 지금 당장. 섬뜩한 감각이 리에타의 머리를 뒤흔들었다.

굉장히 많은 제물이 바쳐진 강력한 악마의 마법. 그 마법으로 킬리언을 노리고 있어. 엑시티우스는 알고 있다. 이 전투는 전부 그걸 위한 함정이었다.

리에타의 몸에서 신성력이 폭발했다. 사방이 새하얀 빛으로 가득 찼다. 얼마나 시간이 지났는지, 어떻게 거기까지 갔는지 기억나지 않는다. 리에타의 눈에는 킬리언의 모습만 보였다. 시간이 한없이 느려졌다.

"킬리언!"

그는 그녀가 부르는 소리가 들리지 않는 듯하다. 리에타는 정신없이 달려가 그를 향해 손을 뻗었다. 그리고…… 시간이 무한하게 늘어지다가. 킬리언이 돌아서서 리에타를 발견한 순간, 킬리언을 향해 날아오던 몽마의 마법이 그의 앞으로 몸을 던진 리에타의 등을 꿰뚫었다.

"!"

킬리언의 눈이 확장되었다. 그는 순간 자신의 심장이 멈추는 감각을 느꼈다. 전장 한복판에서 칼을 집어 던졌다.

리에타. 아무 생각도 나지 않았다. 리에타만 보였다.

리에타. 리에타의 눈이 커졌다. 경악한 킬리언이 쓰러지는 그녀를 두 손으로 받아 안았다. 그녀가 그의 팔을 움켜쥐며 헉 숨을 들이켰다. 킬리언의 얼굴에서 핏기가 가셨다.

리에타. 세상이 멈추어 버린 듯했다. 새하얗게 변한 머리는 아무것도 느끼지 못했다. 대체 리에타가 왜.

"대사제!"

킬리언이 그녀를 안고 절규하듯 소리쳤다. 마법에 맞은 충격으로 숨을 멈췄던 리에타가 그의 품에서 가쁜 숨을 터뜨렸다. 가슴을 틀어쥐었던 것이 터진 듯, 두려움에 휩싸인 킬리언이 리에타의 눈을 바라보았다. 머릿속이 새하얗게 된 채 킬리언은 그녀의 안위를 확인했다.

그녀가 마법에 당했다. 무슨 마법이지? 그러나, 아무 일도 일어나지 않았다. 리에타는 그를 똑바로 쳐다보고 그의 팔을 꽉 틀어쥐며 이를 악물었다.

"킬리언!"

리에타가 절박하게 소리쳤다.

"돌아가야 해요! 이거 함정이에요! 황비가 당신을 노리고 있어요!"

무슨 함정? 네가 마법을 맞았는데, 무슨 함정. 심장이나 뇌, 둘 중 하나쯤은 멈춘 듯한 모습으로 킬리언은 리에타의 얼굴과 몸을 살폈다. 피를 흘리지 않는지, 안색이 변하지 않는지.

전투의 한복판에서, 그렇게 무방비하게, 무기조차 손에서 던져 버린 채 당황하여 겁에 질려 있는 킬리언 악시아스를 그 누구도 본 적이 없었다.

"리에타. 리에타, 괜찮아?"

어딜 다친 거야. 무슨 마법이야. 리에타한테 어느 놈이 무슨 짓을 한 거야! 그리고 다시 목이 터져라 사제를 불렀다.

"대사제! 리에타를!"

막 도착한 이름 모를 대사제가 황급히 정화의 기운을 터뜨리며 리에타를 살피기 시작했다. 킬리언이 정신없이 그녀의 얼굴을 더듬고 살폈다. 리에타가 마법에 당했다. 왈칵 화가 치밀었다.

"나 죽는 꼴 보고 싶어?!"

그녀를 사랑하게 된 후 처음으로 리에타에게 윽박을 질렀다. 화가 난 건 조금 더 빨리 돌아보지 못해서 널 지키지 못한 나에게 화가 난 건데. 킬리언이 리에타를 으스러져라 끌어안았다. 불안해서 미칠 것 같았다. 대체 리에타한테 무슨 일이. 리에타가 그의 품에 안긴 채 거세게 고개를 끄덕이며 소리쳤다.

"괜찮아요, 킬리언! 나 괜찮아!"

붉어진 눈을 부릅뜬 킬리언이 새끼를 지키려는 짐승처럼 리에타를 감쌌다.

"전하!"

길리우스 대사제가 달려왔다. 대사제 셋이 달라붙어 킬리언과 리에타를 둘러싸고 정화와 치유를 마구 퍼부었다. 순식간에 기사들과 전투 사제들이 킬리언과 리에타 주변을 보호하듯 겹겹이 에워쌌다. 목적을 이루는 데 실패한 화마는 저만치 물러가고 있었다. 엑시티우스가 불만스럽게 혀를 찼다.

"아 몰라. 난 할 만큼 했어."

순간 강력한 물벼락과 신성력이 거칠게 엑시티우스와 화마들을 후려쳤다.

"칼리고 백작과 전투 사제들이다!"

대사원의 화마들을 모두 밀어 버리고 돌아온 신성 사제들과 수마의 힘이 화마를 향해 몰아쳤다.

"……? 이건 내 분야인 것 같은데."

몽마 메르데스가 말했다.

"아가씨가 당한 건 기억에 관한 권능을 가진 몽마의 마법이야."

메르데스가 기묘하게 눈썹을 찡그렸다.

"뭐야 이게? '가장 사랑하는 사람'에 대한 기억을 지우는 마법인데?"

타니아 성녀와 킬리언의 얼굴이 굳어졌다. 메르데스는 뭐 이런 쓸데없는 마법이 다 있냐는 얼굴로 중얼거렸다.

"왜 이런 마법을……?"

가장 사랑하는 사람을 잊는 마법이라고? 얼마 전 그녀가 수줍게 말해 주었던 고백이 귓가에 스쳤다.

'……내가 세상에서 제일 사랑하는 사람이죠.'

아찔했다. 킬리언은 이를 악물었다. 아냐. 괜찮아. 상관없어. 리에타가 무사하기만 하면 돼. 내가 리에타를 보호할 수 있기만 하면 돼. 기억은 찾아 주면 된다. 찾아 줄 수 없다면, 처음부터 다시 사랑하면 되고.

"정말 그게 다야?"

메르데스가 픽 한숨을 내쉬며 팔짱을 꼈다.

"정말 그게 다야. 목숨엔 지장 없어."

킬리언은 한 치 미련도 없이 자리에서 일어섰다.

"그럼 됐어."

그리고 리에타가 치유받고 있는 그녀의 방으로 향했다.

킬리언은 성큼성큼 리에타가 잠든 방으로 올라갔다. 문을 열고 발 들이는 순간까지 한순간도 망설이지 않았다. 달칵.

"……킬리언?"

킬리언이 그녀의 침실에 들어서자마자, 침대에 앉아 있던 리에타가 침대에서 발을 내리고 달려와 와락 그의 목을 끌어안았다. 리에타가 울먹였다.

"킬리언."

킬리언은 믿을 수 없어서 리에타를 끌어안고 등을 쓰다듬었다. 리에타.

"괜찮아요? 당신 아무 일도 없어?"

누가 누굴 걱정하는 거야. 울컥 목이 막히며 눈가가 화끈거렸다. 날, 잊어버렸을 줄 알았는데. 각오했는데. 아직 리에타는 킬리언을 잊지 않았다. 킬리언은 절박하게 리에타를 끌어안았다. 다행이다……. 다행이야. 사실 두려웠구나. 리에타가 나를 모조리 잊어버렸을까 봐. 처음 만났을 때처럼 멍하니 생기를 빼앗긴 눈으로, 두려워하면서 날 쳐다보게 됐을까 봐. 그걸 리에타가 이렇게 안아 주고서야 알았다.

어쩌면 다음 날 잠에서 깨어나면, 혹은 지금 당장이라도, 날 밀어 버리면서 누구냐고 할지도 모른다. 그래도 리에타가 무사한 걸 확인한 이 순간은 마음이 놓였다. 그러면서도 리에타가 날 잊어버릴 게 더욱 두려워졌다. 제발……. 리에타는 내가 있어서 저 지독한 삶을 이겨 내고 있는 걸 텐데. 킬리언은 질끈 눈을 감았다.

아니, 아니야. 리에타는 강력한 신성력을 가지고 있다. 리에타는 라멘타의 핏줄. 그녀에겐 악마의 마법 따위 먹히지 않을지도 몰라. 제발, 제발 괜찮길. 나를 잊어버리지 마. 끌어안고, 입 맞추고, 달래고. 그것이 세상 마지막 날인 것처럼 몇 시간이고 리에타를 품에 안고, 그녀가 자신을 어느 순간 낯설다는 듯 보지는 않을지 하염없이 가슴 졸이며 간절히 바라보고 있던 킬리언은 거의 하루를 꼬박 새우고 사제들에게 리에타를 맡기고 물러섰다. 차마 발이 떨어지지 않아 머뭇거리다가 나와서, 천천히 계단을 내려갔다.

"……."

……어째서? 몽마 메르데스가 마법의 정체를 확인했다. 거짓말일 리도 없다. 조금 시간이 걸리는 마법일까? 아직 괜찮은 것뿐인가? 날 서서히 잊게 되는 건가? 리에타에게는 아직 그녀가 무슨 마법을 당한 것인지 말하지 못했다. 입 밖으로 내면 사실이 될 것만 같아서. 두려워서.

정신 차려야 해. 다시 타니아 성녀와 메르데스를……. 어떻게 된 건지 확실히 알아봐야 했다. 성 밖으로 나와 몇 걸음 걷다가, 킬리언은 발걸음을 멈추었다.

눈앞에 새하얀 눈발이 흩날렸다. 리에타를 처음 만나던 날이 떠올랐다. 그날엔, 아주 흐릿하게 눈이 왔다.

리에타가 나를 잊게 된다면…… 처음 만났던 그 날로. 지금 리에타한테서 나를 빼면 그녀한테 남는 건…….

순간적인 깨달음이 머리를 강타했다. 킬리언은 확 몸을 돌려 다시 돌아가 그녀의 방으로 뛰어 올라갔다. 리에타가 잊어버린 게 뭔지 알 것 같았다. 설마…… 설마. 제발.

확! 문을 열고 들어서자 리에타는, 조금 어리둥절한 얼굴로 손에 무언가를 쥐고 있다가 다시 돌아온 킬리언을 보고 너무 반가워하는 얼굴을 했다.

"킬리언!"

킬리언은 리에타가 정말 행복해할 때 어떻게 웃는지 알고 있었다. 몇 번이고 보아 왔던 미소인데. 그렇게 그를 가득 채워 주던, 사랑하는 그녀의 미소인데. 그녀의 손에 들린 위패와, 그녀의 미소 사이가 아득하게 멀어보였다. 그녀가 손에 쥐고 있던 것을 달칵, 원래 있던 곳에 도로 놓아두고 얼른 그에게 다가왔다. 리에타는 그늘 없이 맑은 얼굴이었다.

"금방 왔네요?"

킬리언이 너무 굳은 얼굴을 하자, 리에타가 멈칫하며 멈추어 섰다. 킬리언은 애써 표정을 부드럽게 풀려고 애쓰며, 그녀를 바라보았다.

"리에타. 방금 들고 있던 거……."

"네?"

"위패."

"아……."

리에타는 의아하게 목덜미를 만지작거렸다. 그러더니 조금 난처한 듯 웃었다.

"모르겠어요. 아델이라고 써 있던데……. 그게 누구죠?"

막사에서 리에타가 뛰어나가는 것을 막지 못했던 레이첼과 콜브린이 킬리언 앞에 무릎을 꿇었다. 타니아 성녀와 모르비두스가 그 앞에 묵묵히 섰다. 킬리언이 손가락 마디로 미간을 짓눌렀다. 살다 보면 꼭 그런 일이 있다. 이상하게 일이 꼬여서 모든 준비를 무용하게 만들어 버리는 때가.

성녀와 모르비두스가 서로를 적으로 오해하고 충돌하고, 예지의 감각을 느낀 리에타가 자리를 박차고 뛰쳐나갔다. 모르비두스는 성녀를 인퀴지터로 오해하고 막았고, 성녀는 성녀대로 정체 모를 위험한 악마가 리에타를 향해 손을 뻗는 걸 막았다. 만일의 사태에 리에타를 지켜야 했던 레이첼과 콜브린, 기사들은 모르비두스가 리에타를 위해 건 강력한 은신 마법 때문에 그녀를 놓쳤다. 저마다의 순간적인 선택이 서로를 방해한 결과였다.

콜브린과 레이첼이 다급히 성녀와 모르비두스를 뜯어말리고 같은 편이라는 걸 알린 후 리에타를 찾으려 했지만, 악마들이 날뛰고 있는 전장에서 갑자기 마법을 거둘 수 없었고, 강력한 신성력으로 공기가 마비된 후 모든 일은 순식간에 벌어지고 말았다.

리에타를 전장에 데려오지 않았더라면 이런 일이 없었을 텐데. 후회는 무의미했다.

언제부터 그러고 있었을까. 리에타가 눈을 뜨자, 그녀의 연인은 잠든 그녀의 침대 곁에 의자를 놓고 앉아 있다가 희미하게 웃으며 그녀와 눈을 맞추어 주었다. 리에타는 미소 지으며 그와 눈을 마주하고 손을 뻗었다.

"……킬리언."

킬리언이 손을 잡아 주었다. 리에타는 조금이라도 더 마음이 전해지도록, 웃는 눈으로 그를 바라봐 주었다.

"사랑하는 사람을 잊어버리는 몽마의 마법이었다면서요."

킬리언이 바닥을 향해 시선을 내리고 반쯤 고개를 끄덕였다. 리에타가 그의 손에 손가락을 엇갈려 깍지를 껴 주며 말을 이었다.

"……당신 내 걱정 많이 했겠다."

나는 당신을 잊어버리지 않았다는 걸 보여주고 싶은 듯, 평소보다도 숨김없는 솔직한 애정이 어린 시선이 그를 향했다.

"나는 신성 능력자라 순간적으로 스스로를 보호할 수 있었대요. 어쩌면, 악마들에게 강한 무녀의 피 덕분인지도 모르겠고……. 다행이에요."

리에타가 그를 보고 웃었다. 킬리언이 파르르 떨리는 눈을 지르감았다. 그의 목울대가 일렁였다.

"킬리언?"

리에타가 놀라서 상체를 일으키며 그를 부르자, 킬리언이 눈을 가린 채 말했다.

"……도움을 청하거나 다른 방법을 찾았어야지."

창자를 끊어 내는 듯 절절한 킬리언의 추궁에, 리에타는 어쩔 줄 모르고 두 손으로 그의 손을 포개어 잡았다.

"킬리언……."

화를 낼 거라고는 예상했지만, 결과적으로 킬리언도 나도 무사하니 잘되었다고 생각했다. 하지만 킬리언은 리에타의 생각보다 더 많이 충격을 받은 것 같았고, 더 많이 슬퍼하는 것 같았다. 내가 그 앞에서 쓰러졌을 때 이 사람이 얼마나 놀랐을지 뒤늦게 생각이 미쳤다.

"미안해요……. 미안해요. 나도 모르겠어요. 몸이 멋대로 움직였어."

리에타가 잡은 손을 꽉 쥐고 미안해하며 그를 바라보았다.

"하지만 나 정말 괜찮아요……. 아픈 데도 없어. 우리 다 괜찮으니까……."

킬리언이 슬프게 리에타를 노려보았다.

"출정이나 전투 때문에 떨어질 때마다 번번이 일이 터지지 않았냐고 해서 함께 나갔더니 그대가 이런 짓을 하면. 내 마음이 어떻겠어."

킬리언이 쓰라리게 상처 받은 목소리로 말했다. 리에타가 할 말을 잊고 그를 바라보았다.

"두고 가도 불안하고 데리고 가도 이런 일이 생기면, 내가 그대를 어떻게 해야겠어."

자신의 표정이 어떤지 킬리언은 의식하지 못했다. 그러나 리에타는 그의 얼굴을 보고 어쩔 줄 몰라하며 그를 끌어안았다. '미안해요' 하며 되뇌는 리에타의 어깨 위에 머리를 묻은 채, 입술 새로 본심이 새어 나왔다.

"……차라리 내가 당하게 그대로 두지."

아무것도 모르는 리에타는 그저 그가 속상해서 하는 소리로 알고 킬리언을 달래었다.

"당신이 날 잊어버리면 난 어떡하라고……."

"어차피 난 그대를 다시 사랑했을 텐데."

리에타는 그를 끌어안은 채 그의 등을 쓸어 주며 잠시 아무 말도 하지 않았다. 킬리언은 한참 그렇게 리에타를 끌어안고 있다가, 그녀의 머리카락 위에 키스하고, 다시 끌어안았다. 리에타는 자신이 무언가를 잊었다는 것조차 알지 못했다. 그가 함구하라고 명령했기 때문이었다. ……그러니까, 나도 괜찮은 척을 해야 하는데. 마음대로 되지 않았다.

"……혹시 내 마음 의심하는 거 아니죠?"

"뭐?"

리에타의 얼굴이 심각해졌다.

"사랑하는 사람을 잊는 마법이었다는데 당신을 안 잊어버렸다고 당신 설마 지금……?"

이 여자가 진짜……. 킬리언은 슬퍼하는 얼굴 그대로 웃어 버렸다.

"말 같지 않은 소리 할래?"

한참 투닥거리다, 키스하고, 다시 끌어안았다. 아무것도 모르는 리에타를 위해 억지로 웃었지만, 가슴에 묵직한 말뚝이 박힌 것 같았다. 아득하고 참담했다.

리에타는 그게 무슨 마법인지 알고 몸을 던진 게 아니었다. 기억 따위가 아니라 목숨을 앗아 갔을지도 모르는 마법이었을 텐데. 앞뒤 생각하지 않고 위험한 마법 앞에 자기 몸을 대신 던질 정도로 나를 생각하고 있으면서도, 가장 사랑하는 사람을 잊어버리게 되리라는 마법에 그녀가 잊어버린 것은 죽은 딸이었다.

그녀가 말간 하늘색 눈을 편안하게 깜박였다. 그리고 그가 너무나 사랑해 마지않는 행복한 미소로 킬리언을 쳐다보았다. 리에타의 얼굴에, 언제나 희미하게 느껴지던 숨겨진 그늘이 없다. 그것이 이토록 슬플 줄, 망연할 줄 몰랐다.

타니아 성녀의 방문은 작지만 많은 변화를 가져왔다.

"아하. 아쉴루스 사원에서 오셨군요. 인퀴지터 슈프랭거께서는 안녕하십니까."

짧고도 쿨하게 던진 한마디 말은 그 자리에 모인 인퀴지터들을 모조리 입 다물게 하는 강력한 힘을 가지고 있었다. 타니아 성녀가 젊었을 때 마녀로 몰려 인퀴지터 슈프랭거에게 고초를 겪었던 일은 성녀가 헤쳐 온 젊은 날의 시련들 가운데서도 가장 유명하고 상징적인 이야기였기 때문이었다.

레이첼이 새삼스럽게 깨달았다는 듯 짐짓 두 손으로 입을 가리며 놀랐다. 그리고 성녀를 향한 안타까운 표정. 그리고 인퀴지터들을 향한 비난의 눈초리. 사제, 비사제 할 것 없이 사람들의 시선이 똑같이 인퀴지터들을 향했다. 성녀는 준엄하게 침묵했다.

악시아스 대공의 폭거에 내심 속으로 칼을 갈며 반전의 기회를 노리고 있던 자존심 높은 인퀴지터들은 모조리 꿀 먹은 벙어리가 되었다.

베아트리체 왕녀가 화형당한 일 역시 이단 심문관이 개입하여 있었다. 타니아 성녀가 '성녀'로 불리기 시작하며 강력한 입지를 지니게 된 것도 그녀가 이단 심문을 당한 이후의 일이었다. 그 두 가지 일 이후로 세간에는 억울하게 이단 몰이를 당하여 희생당한 사람들에 대한 증언이 속출하고 민심이 요동쳐 인퀴지터들은 아무나 함부로 이단으로 몰지 못하게 되었다.

이단으로 의심되는 세 가지 이유를 대야 한다거나, 사원이 엄격한 기준에 따라 인퀴지터를 임명하고 그들의 실수에 대해 책임을 진다거나 하는 제도도 그 후로 생겼던 것이었다. 사원은 결국 사람들의 신앙과 기부금으로 운영된다. 민심의 눈치를 보지 않을 수 없는 입장이었다.

악시아스에 몰려와 있던 인퀴지터들은 바늘방석에 앉은 듯 몸 둘 바를 몰라 했다. 대륙에 다시 역병이 유행하고 사제들과 사원들이 몸을 사리며 사원은 민심을 잃어 가고 있었다. 반면 타니아 성녀와 베아트리체 왕녀처럼 사원을 대체하는 신앙의 대상들은 인기가 하늘을 찌를 듯 높아지고 있었다.

사원들은 리에타가 신성 왕녀의 딸이 아니거나 마녀라는 걸 밝히면 교황청의 신임도 얻을 것이고, 사람들의 신앙도 독차지할 수 있게 되리라는 사심 섞인 계산으로 인퀴지터를 파견했겠지만, 이 구도는 누가 봐도 가해자와 피해자가 명백하게 보이는 그림이었다.

타니아 성녀와 베아트리체 왕녀의 딸과 인퀴지터들이라니, 망했다. 대륙 전체가 그들을 주시할 것이었다. 지금쯤 사원 대주교는 머리를 쥐어뜯으며 부디 그들의 인퀴지터들이 그들을 상대로 사고만 치지 않았기를 빌고 있겠지.

타니아 성녀는 거기서 그치지 않았다. 리에타가 이단 의혹을 받고 있다는 말에 그녀는 '세 가지 사유'가 뭔지 물었고, 공식적으로 리에타를 두둔했다.

"내가 하비투스 대사원 성물의 계승자로 리에타를 추천한 건 그만큼 신성 능력자로서 출중하다는 거였지 질투를 사라고 한 소리가 아니었는데, 리에타가 나 때문에 곤혹을 겪었군요."

그리고 미안하다는 듯 리에타의 어깨를 두드려 주었다. 일시에 질투로 무고한 사람을 곤혹스럽게 만든 취급을 당한 인퀴지터들의 얼굴이 시뻘 게졌다. 그러나 완벽하게 정치적, 역사적 우위를 선점하고 있는 타니아 성녀를 상내로 감히 어떤 인퀴지터도 항의를 하지 못했다.

"그리고 '악시아스 악마 전쟁'은 제 눈으로 못 봤습니다만. 확인해 보면 되겠죠."

그리고 성녀는 보란 듯이 인퀴지터들 앞에서 리에타를 향해 신성 탐색 마법을 펼쳐 보였다. 흑마법의 흔적을 조사하는 수준 높은 신성 탐색 마법이었다. 인퀴지터들에게만 허락된 마법이었기에 그들은 당황하여 타니아 성녀와 리에타를 쳐다보았지만, 교단이 인정한 정당성과 민심의 힘을 등에 업은 타니아 성녀에게 이의를 제기할 수 있는 인퀴지터는 없었다. 마법으로 탐색을 마친 성녀는 눈동자만 돌려, 인퀴지터들을 싸늘한 눈으로 훑으며 말했다.

"리에타가 흑마법에 손대지 않았다는 건 확실하군요."

끝났다! 성녀님 멋있어! 리에타의 편에 섰던 악시아스 사람들이 모두 주먹을 들어쥐며 소리 없이 환호했다. 성녀가 조사했으니 이제 인퀴지터들은 성녀를 불신한다고 선언하고 그녀를 적으로 돌릴 게 아니라면 리에타를 같은 마법으로 조사할 수 없게 되었다. 사람들은 모두 눈을 반짝이며, 이제 리에타가 베아트리체 왕녀의 딸을 사칭했다는 항목을 부정해 주길 기다렸다. 타니아 성녀는 잠시 침묵하다가 입을 열었다.

"리에타가 베아트리체 왕녀님의 딸인지는 모르겠고, 사칭을 했는지 어땠는지도 저야 못 봤지만."

성녀가 고개를 기울이며 이해할 수 없다는 표정을 지었다.

"잘못한 것도 없는 리에타가 신성 왕녀의 딸이라면 그게 왜 그분의 명예에 먹칠하는 일이 되죠?"

사람들은 벌써부터 지당하다는 듯 고개를 끄덕이고 있었다. 성녀가 뻔뻔하게 말을 이었다.

"이렇게 예쁘고 착하고 능력까지 있는데 명예를 높였으면 높였지, 왜?"

그런가? 듣고 보니 그런 것 같기도 하지만, 성녀가 조금 더 냉철한 논리와 준엄한 정당성을 보여 줄 거라고 생각한 몇몇 사람들은 어리둥절해졌다. 어딘가 이상한 것도 같았지만 대부분의 사람들은 아무렴 성녀께서 말씀하시는데 그러려니 하고 계속 고개를 끄덕였다. 그러든가 말든가 성녀는 쿨하게 말을 맺었다.

"나는 내 딸이라고 해 줬으면 좋겠네."

"교단 논리로는 결혼하지도 않은 사람에게 딸이 있다니 당연히 그분 자식이라고 주장하면 고인에 대한 모독이 된다는 거겠지. 타니아 성녀가 그걸 꼬집은 거군."

콜브린으로부터 이야기를 전해 들은 킬리언이 지나가듯 말했다. 하지만 콜브린은 갑작스러운 타이밍에 농담처럼 불쑥 그런 소리를 한 타니아 성녀를 여전히 이해하지 못한 낯빛이었다.

"아……. 하, 하지만 신성 왕녀께서는 귀족이시니 자식이 있으셔도 교리상 문제는…….."

킬리언이 손을 저었다.

"애초에 신성 왕녀는 서품받은 사제가 아니야. 헛소리지."

콜브린은 아차 하며 눈을 크게 떴다. 사제들은 그렇게 생각하기 쉽지만 교리가 모두의 기준은 아니다. 그런 것보다 중요한 것은 민심이었다. 킬리언의 말이 이어졌다.

"인퀴지터들은 결혼하지 않은 걸로 알려졌던 베아트리체 왕녀에게 어떻게 아이가 있었냐는 걸 강조해서 신성한 이미지를 깎아내리려는 게 목적이야. 리에타가 왕녀의 딸이 맞든 아니든 주장만으로도 얻을 게 있는 거지."

딸이 맞다고 주장하면, 진짜 딸이 맞냐, 아버지가 누구냐, 언제 어디서 어떻게 베아트리체 왕녀가 자식을 갖게 되고 낳게 된 것인지 증명해 봐라,

하며 진흙탕 싸움으로 리에타를 밀어 넣을 것이다. 그럼 설령 리에타가 이 단 의혹에서 벗어나더라도 베아트리체 왕녀는 세간에 퍼져 있는 신성한 이미지에 타격을 입게 될 것이었다.

"그렇군요……."

콜브린이 탄식했다. 그래서 인퀴지터들에게 신성 왕녀의 따님이라고 말씀하지 않으시는 건가? 그러고 보니 킬리언 역시 그녀가 베아트리체 왕녀의 딸이 맞다고 공언하지 않았다. 사칭한 적 없다고 부정했을 뿐이었다. 이미 이곳 사제들이 다 그게 사실이라는 걸 짐작하고 있지만, 중요한 건 여론전이었다. 킬리언은 애초에 논란의 쟁점이 그쪽으로 가지 않도록 피해 버린 것이었다. 그분의 출신이나 라멘타에 관한 이야기에 대해 대공 전하께서 함구령을 내린 것은 여기까지 보셨기 때문이었나?

킬리언은 가만히 고개를 숙이며 피식 웃었다. 성녀의 말. 이렇게 예쁘고 착하고 능력 있는데 왜 명예에 먹칠이 되냐고. 원수의 아들을 사랑했느니 어쩌니 하는 진부한 얘기보다 성녀가 딸 삼고 싶어 하더라는 소리가 지금으로선 더 파격적이고 화제가 될 수 있는 말일 것이었다. 그리고 리에타에게는, 네가 딸이라는 게 전혀 어머니에게 모욕이 되지 않을 거라는 이야기를 돌려서 해 준 것이었다.

킬리언이 보듬어 줄 수 없는 부분을 쓰다듬어 준 것이 ……고마웠다.

인퀴지터들을 상대로 사실상 완승을 거둔 이후, 리에타는 더 이상 몸을 숨기지 않아도 되게 되었다. 리에타는 오랜만에 킬리언과 함께 말을 타고 내성 축성술사의 집으로 향했다. 언제나처럼 집에 필요한 마른 장작과 물건들을 보충하고 그가 먼저 집이 안전한지 살폈다.

그동안 리에타는 킬리언이 손수건을 놓아 준 짚단 위에 앉아 무릎 위에 팔꿈치를 괴고 킬리언의 뒷모습을 바라보았다. 달콤한 눈으로 그의 뒷모습을 뿌듯이 바라보다가, 리에타는 무심결에 뒤뜰의 눈사람으로 시선을 옮겼다.

눈이 녹지 않는 악시아스의 겨울. 두 명의 눈사람은 여전히 그 자리에 그대로 있었다. 잘생긴 눈사람 하나. 그 옆에 조그마한 눈사람이 하나. 리에타는 가만히 눈사람을 보며 살포시 웃었다. 어쩜 저렇게 눈사람도 잘 만들까. 킬리언은 정말 못하는 게 없지.

같이 만들었으면 더 재미있었을 텐데. 그때 왜 눈사람을 혼자 만들었더라? 갑자기 새벽에 심심해서…….

"리에타, 여기…….'

고개를 돌리며 리에타를 부르던 킬리언의 얼굴이 굳어졌다. 탱그랑. 뭐였는지 모를 물건이 바닥에 떨어져 구르는 소리가 난다. 그는 손에 들고 있던 걸 팽개치고 성큼 리에타 앞으로 다가왔다.

"왜 그래, 무슨 일이야."

낮은 목소리. 지키려는 사람의 눈이 된 킬리언이 굳은 얼굴로 리에타의 어깨를 감싸 쥐고 빠르게 리에타를 아래위로 살핀다.

"네?"

리에타는 영문을 모른 채 얼떨떨하게 그를 올려다보았다. 킬리언이 왜 이러지? 원래도 그랬지만 마법에 공격당한 일 이후로 킬리언은 아주 작은 일에도 그녀를 과보호하는 경향이 생겼다. 다음에 얘기를 해 봐야…….

그가 당황한 얼굴로 조심스럽게 그녀의 뺨을 쥐고 엄지로 쓸었다. 차가운 감각이 뺨 위에 번지고야 리에타는 뜨거운 것을 안다.

"어……?"

리에타는 이해할 수 없는 얼굴로 더듬더듬 제 뺨을 쓸었다. 눈에서 주르륵, 주르륵. 눈물이 쏟아지고 있었다.

"어, 어?"

내가 왜 이래? 리에타는 이해할 수 없는 얼굴로, 제가 더 놀라서 뺨을 쓸었다. 눈이 고장났나? 왜…… 왜 눈물이.

"킬리언, 아, 아닌데."

뭐가 아니라고 말하고 싶은지도 모르면서, 리에타가 당황해서 말을 더듬었다. 킬리언은 그 눈사람이, 그녀의 아이가 그녀에게 조르던 것이라는 걸 알고 있었다. 리에타가 잠꼬대를 했고, 술주정을 했고, 가끔 눈사람을 그렇게 멍한 눈으로 바라보는 걸 알고 있었다.

어쩌면 잘된 일인지도 몰라. 그렇게 생각했다. 지젤이 보내온 소식이 좋지 못했다. 상황은 점점 더 나빠져, 사막에서 바늘을 찾는 형국이 되어 있었다. 아델을 되찾을 수 없을지도 모른다. 그렇다면 차라리 그녀가 딸을 잊은 건 잘된 일일지도 몰라.

어쩌면 이건, 보험이라고……. 순간적으로 그렇게 생각했던 적이 없지 않았다. 킬리언이 천천히 고개를 숙여, 그녀를 끌어안았다.

"내가 왜 이러지? 킬리언. 정말 아냐. 나 아무렇지도 않은데."

리에타는 오히려 놀라서 킬리언을 안아 주고 위로하려 들었다.

이럴 순 없었다. 이래선 안 되었다. 슬픔에서 벗어난 리에타를 언제나 바라 왔지만, 내가 생각한 건 이런 게 아니었다. 상처를 보듬어 주고 싶었고, 슬픔을 거두어 주고 싶었지만 이렇게 네게서 아델을 지우고 싶었던 게 아니었다.

마땅히 그녀의 것이었던 그 아이의 깊은 존재감, 지독한 그리움, 사랑에서 비롯한 슬픔. 그런 걸 이런 식으로 강탈당할 순 없었다. 그것이 슬픔의 빛일망정 아델에 대한 마음은 그녀의 것이었다. 그건 그곳에 있어야 했다. 이건 그냥 아득한 어둠이었다.

리에타가 아델을 잊었다. 그녀에게서 가장 컸던 빛을 잃었다. 나 때문이었다. 전부 너한테 돌려주어야 했다. 널 사랑한다면 그래야 했다. 무슨 일이 있어도, 무엇 하나 포기할 수 없었다.

타닥…… 타닥. 벽난로에서 장작불이 타올랐다. 몽마에게 당한 마법의 후유증이 아직 남아 있는 탓인지 리에타는 평소보다 잠이 늘었다. 갑작스럽게 까무룩 잠에 빠지기도 하고, 그렇게 잠들었다가 꿈을 꾼 듯 멍하니 일어나는 일도 있었다.

킬리언은 그의 품에서 잠든 리에타를 침대에 눕혀 주고 조심스럽게 손을 뻗어 그녀의 코와 입술 위에 흐트러진 머리카락을 편하게 정돈해 주었다. 창문에 바람 소리가 부딪쳤다. 악시아스 전역에 쏟아지던 폭설이 잦아들며 오랜만에 구름이 가신 하늘은 주홍빛으로 물들고 있었다.

조용히 내리감은 눈. 고른 숨소리. 약간 홍조가 오른 뺨 위에 일렁이는 불빛이 평화로웠다. 그 앞에서 그는 그녀를 위해 자신이 할 수 있는 일을 생각했다.

라지오넬 추기경이 순간적으로 찡그려진 눈썹을 당혹스런 웃음으로 바꾸며 말했다.

"……리에타 양이 맞았다고요. 그 마법을."

황비는 소파에 팔꿈치를 괴고 그를 쳐다보지도 않은 채 손톱을 갈며 대수롭지 않은 투로 답했다.

"그렇게 되었다네요. 유감입니다. 추기경."

라지오넬 추기경은 조금 늦은 대답을 천천히 내놓았다.

"……모처럼 황비마마께서 신경을 써 주셨는데. 쓸모없는 악마가 일을 망쳤군요."

"아쉽습니까?"

황비가 후 손톱을 불더니 미소 지으며 눈동자만 돌려 그를 쳐다보았다. 추기경이 감정 없는 어조로 간단히 대답했다.

"아쉽습니다. 황비마마의 친절을 수포로 만들었으니까요."

황비는 잠시 말이 없더니, 손톱 끝을 바라보며 사르륵 웃었다.

"다시 도와주지 못할 것도 없는데요. 같은 마법을 한 번 더 준비해 보겠습니까?"

추기경이 눈썹을 으쓱하며 황비를 바라보았다.

"그건 어려울 것 같습니다. 그 정도 마법을 준비하려면 시간과 제물이 많이 필요해서요."

황비는 반짝이는 손톱 위에 비스듬히 뺨을 괸 채 웃었다.

"많은 제물이 필요하다……?"

추기경이 가만히 미소 지으며 덧붙였다.

"……그리고 이젠 그쪽에서도 대비를 하지 않겠습니까."

황비는 자신이야 별다른 아쉬울 것 없다는 듯 서늘한 미소로 화답했다. 추기경은 표정을 지우며 말을 돌렸다.

"그렇다면 그 여자가 사랑하는 사람에 대한 기억을 잃었겠군요. 누구를 잊었을는지."

황비가 눈을 휘며 부채로 자신의 입을 가렸다.

"글쎄요……. 저도 궁금하군요. 혹시 대공을 잊었을까?"

추기경은 황비가 농담이라도 한다는 듯 가벼운 태도로 웃어넘겼다.

"에율라티오의 딸이 황제의 아들을요? 설마, 그럴 리가 있겠습니까."

황비가 자신의 손톱을 엄지로 쓸며 미소 지었다.

덜컥. 문이 열리고 킬리언이 들어섰다.

"성녀. 메르데스는 어디 있지?"

눈 마주치자마자 메르데스를 찾는 킬리언에게 타니아 성녀가 뚱하니 대꾸했다.

"굉장히 자연스럽게 성녀 부르면서 악마를 찾으시는군요? 메르데스는 여기 없습니다."

"없다고?"

이해하지 못한 빛으로 반문하는 킬리언을 보고 타니아 성녀가 황당하다는 듯 눈썹을 꺾었다.

"당연히 없죠. 인퀴지터가 사방에 깔려 있는데 악마를 소환했다가 무슨 봉변을 당하려고요? 리에타가 당한 마법이 뭔지 알아내기 위해 잠깐 불러냈던 것도 상당히 무리해서 한 거였습니다."

킬리언이 멈칫했다. 성녀가 대충 손을 휘저었다.

"게다가 저는 누구처럼 상시 소환 상태로 악마를 거느리지 못합니다. 신성력 소모가 얼마나 심한데요."

……그렇군. 제기랄. 킬리언은 뒤늦게 자신이 일반적이지 않은 상황을 당연히 여기고 있었다는 걸 깨닫고 마른세수를 했다.

"……메르데스를 불러 확인해 주었던 건 고마웠다. 경황이 없어 인사도 못 했군. 그대가 가장 좋아할 만한 것으로 사의 표시하지."

금전으로 보상하겠다는 뜻이었다. 성녀가 방긋 웃었다.

"여전히 매너가 훌륭하시네요. 메르데스를 불렀던 건 순수한 호의였을 뿐 대가를 바라고 한 일은 아니었습니다만. 이왕 주신다는 건 사양하지 않겠습니다."

킬리언은 한숨과 함께 이마를 쓸어내리곤 바닥으로 내렸던 시선을 들어 올려 성녀를 바라보았다.

"……그리고 말인데."

성녀는 이미 그가 무얼 물으러 왔는지 안다는 듯 테이블 앞의 자리를 권하며 대답했다.

"앉으십시오. 오실 것 같아서 메르데스를 돌려보내기 전에 필요한 건 미리 확인해 두었으니까요."

킬리언은 성녀가 권한 자리로 가 의자를 뺐었다. 드르륵. 킬리언은 바로 자리에 앉는 대신 가만히 의자 등받이를 잡고 멈춘 채 입을 열었다.

"나와는 악연이니 곁에 두지 말라던 말."

킬리언이 고개를 들어 성녀를 바라보았다.

"리에타를 위한 말이었겠지."

타니아 성녀가 말없이 그를 바라보았다. 성녀의 침묵에서 긍정의 대답을 얻은 킬리언이 묵묵히 의자 위에 얹힌 자신의 손을 내려다보았다. 내가 리에타를 마음에 둘 걸 알고 한 말이었을까. 영주인 내가 리에타를 원한다면 그녀는 간신히 마음 붙인 곳에서 다시 떠날 방도도 없이 혼자 괴로워하며 고통받았을 테니까.

성녀는 굴곡진 삶에서 간신히 벗어나 숨 돌리고 살아가던 베아트리체 왕녀의 딸에게 황제의 아들이라는 가시가 얽힐 것을 예견하고 그런 말을 남겼던 것이리라. 아껴 주고 보호해 주고 사랑해 주고 싶었을 뿐이었는데도 나는 리에타에게 큰 아픔이 되었다. 리에타는 그를 사랑하며 많은 고통스러운 선택을 해야 했고, 희생을 감수해야 했고 이제 그녀에게서 가장 중요한 것을 잃었다. 킬리언이 조용히 말했다.

"이 모든 일들이 시작되기 전 그대가 경고했었지……. 내가 중히 듣지 않았지만."

킬리언이 다시 고개를 들어 성녀를 바라보며 입을 열었다.

"묻겠다. 성녀. 아직 그때의 생각엔 변함이 없는가?"

타니아 성녀는 킬리언의 눈을 바라보았다. 성녀는 언젠가 그녀의 악마에게 물었던 질문을 떠올렸다.

'궁금한 게 뭔데? 알고 있겠지만 난 전지전능이 아냐. 눈앞의 사람이 '숨기고 있는 것'만 알 수 있다고.'

그가 숨기고 있는 마음이 있다면 비밀의 권능을 지닌 그녀의 몽마가 알 수 있었을 것이었다. 성녀는 물었다.

'시황제의 아들이 신성 왕녀의 딸을 사랑하게 되겠느냐.'

악마 메르데스는 대답했다.

'이미 시작되었노라.'

타니아 성녀가 천천히 눈을 감았다가 뜨며 담담하게 말했다.

"분명 당신들 사이에 악연이 남아 있지요. 아직 다 정리가 되지 않았고. 그 말씀을 드렸을 때는 극복하기 어려우리라 생각했습니다. 하지만."

타니아 성녀가 말을 멈추고 그의 붉은 눈동자를 바라보았다.

"……앞으로의 인연은 만들어 가는 것이겠지요."

킬리언이 조용히 그녀를 마주 보았다. 소리 없이 감았다가 다시 뜨는 눈. 자리에 앉기 전 의자 위에 올린 손에 잠시 힘이 들어갔다가, 그가 자리에 앉았다.

성녀가 미소 지었다. ……저 눈빛. 십 년의 세월을 사이에 두고 그에게 일어난 변화보다 지난 몇 달 사이 그에게 일어난 변화가 훨씬 크게 느껴진다. 성녀가 의자 옆에 선 채 물어보았다.

"제가 미래를 보는 예언자로서 두 분을 여전히 반대한다 했다면, 받아들이셨을 건가요?"

킬리언이 대답했다. "아니."

한 치 망설임 없는 덤덤한 대답에 성녀가 짧게 실소했다.

"그럼 왜 물으신 겁니까?"

"마음 바꾸고 도와달라고 할 생각이었다."

성녀는 웃음을 지우지 않은 채 물었다.

"그리 중히 듣지도 않으시면서요?"

킬리언이 잠시 틈을 두고 말했다.

"나 혼자만의 힘으로 지켜 낼 수 있다고 믿기에는 리에타가 너무 고통받았다."

킬리언이 고요하게 가라앉은 눈으로 성녀를 바라보았다.

"조언해 준다면 듣겠다."

성녀가 희미한 미소를 지으며 그를 바라보았다. 전과 같으면서도 묘하게 달라진 킬리언의 눈빛 속에서, 타니아 성녀는 그의 의지를 읽었다. 성녀가 신성력을 일으켰다.

"신성 능력자가 보게 되는 예지나 계시는 과거의 일일 때도 있고, 미래의 일일 때도 있습니다. 언제나 사실 그대로를 보여 주는 것은 아닙니다. 절대적인 것은 없지요. 반드시 그대로 실현되지 않기도 하고, 바뀌기도 합니다."

그녀는 고개를 들어 눈앞에 떠도는 빛무리를 바라보며 말을 이어 갔다.

"신을 믿는 사람들이라고 모두가 예지를 그대로 믿고 따르기만 하는 것은 아닙니다. 그것을 운명으로 받아들일지, 길잡이로 생각할지, 거부하고 바꾸기 위해 노력할지는 모두 개인의 선택이지요."

킬리언이 조용히 성녀를 바라보았다. 빛무리를 바라보던 성녀의 파란 눈이 그의 붉은 눈을 곧게 마주했다.

"대공께선 신이나 저주가 정해 주는 운명을 믿지 않으시는 분이지요. 당신에게는 신성 능력자의 조언이 필요 없습니다."

베일처럼 하느작거리던 신성력이 보이지 않는 선율처럼 흘러가다, 하나의 흐름을 이루었다.

"다만 저의 생각이 바뀌었다는 점이 대공과 리에타에게 힘이 된다면, 축언이나 하나 하겠습니다."

성녀의 주변에 떠돌던 신성력이 하늘에 쏟아지는 은하수처럼 반짝였다. 타니아 성녀가 빛무리 너머로 킬리언을 바라보았다.

"그대들의 선택이 악연을 선연으로 바꾸고 있나니."

성녀가 미소를 거두며 준엄하게 선언했다.

"순례자 타니아는 북방의 패자와 악시아스의 축성술사를 지지합니다."

밤이 깊어 가고 있었다. 리에타는 창가에 서서 차를 마시며 창밖의 하늘을 바라보았다. 킬리언이 뒤에 와서 그녀를 한 팔로 끌어안았다. 리에타가 뒤로 몸을 기울여 툭, 그에게 기대었다.

"오랜만에 눈이 그쳤어요. 별이 보여요."

킬리언도 그녀의 뺨과 어깨에 얼굴을 붙인 채, 시선을 들어 그녀의 눈길이 닿은 별을 바라보았다. 리에타가 고개를 돌려 그를 쳐다보자 킬리언이 이끌리듯 살짝 고개를 틀며 그녀의 입술을 훔쳤다. 촉, 물기 어린 소리가 났다. 리에타가 그의 입술을 보며 작게 웃음을 뱉곤, 시선을 들어 올려 그의 눈을 바라보았다.

"……당신 눈이 예뻐요."

킬리언이 웃으며 그녀의 말을 반복했다.

"내 눈이 예뻐?"

그녀가 웃었다.

"응. 투명해서……."

리에타가 손을 뻗어 그의 눈 아래를 손가락 끝으로 살짝 만졌다.

"……당신한테 흐르는 피가 다 보이는 것 같아."

킬리언이 가만히 그녀를 바라보다 웃었다.

"……그런 식으로 칭찬하는 사람은 처음인데."

그녀가 닿았던 손을 내리며 미소 지었다.

"그래요?"

리에타의 하늘색 눈에 킬리언의 모습이 비쳤다. 별이 빛나는 밤하늘을 등진 리에타의 백금발 위에 달빛이 부서지고 있었다.

"당신은 굉장히 미남이에요."

그의 팔 위에 리에타가 손을 내렸다.

"이런 식으로 칭찬하는 사람은 많았겠죠?"

작은 웃음. 소매를 걷어 올린 맨팔 위에 그리 세게 짚지 않은 손가락이 스친다.

"그대만큼은 아닐걸."

속눈썹 한 올 한 올 느낄 수 있는 거리. 서늘한 공기 속에서 서로의 머리카락이 살짝 이마를 간지럽히며, 살짝 벌어진 입술이 조심스럽게 스치듯 닿았다. 리에타가 가만히 팔을 들어 그의 어깨 위에 걸쳤다. 눈이 감겼다. 겹쳐진 입술 사이로 저릿한 열기가 뒤섞였다.

킬리언이 그녀를 안아 품으로 당기며 지그시 눈을 감았다. 서늘한 바람과 함께 손가락에 감기는 달빛 머리카락. 사랑하는 사람의 감촉. 그녀가 그의 목을 더 깊이 끌어안았다.

긴 입맞춤 끝에, 킬리언이 살짝 떨어지며 아슬아슬해진 숨을 천천히 아래로 뱉었다. 조금 떨리는 눈에…… 조마조마한 미소. 딱 미칠 만큼 예쁘다. 천천히 입술을 당겨 훑으며, 그가 그녀에게 이마를 맞대고 웃었다.

"너…… 지금 도망가야겠는데."

리에타의 입가가 희미하게 떨리듯 올라가며 부서질 듯한 미소를 그렸다. 그러나 잠시 이마를 맞대고 있던 그녀는 이내 더듬듯 그의 옷깃을 붙잡고 다시 당겨 키스해 왔다.

온몸에 전율을 퍼뜨리는 오싹하고 달콤한 감촉. 그는 눈을 감고 그녀의 등을 감싸 자신의 몸에 당겨 붙였다. 각도를 바꾸며 잠깐씩 떨어질 때마다 가쁜 숨소리가 새어 나왔다. 뜨겁고, 부드럽고, 끝이 보이지 않을 듯이 젖어 드는 시간이었다.

킬리언은 마지막 남은 이성을 붙드는 것처럼 리에타 뒤의 차가운 창틀을 한쪽 손으로 짚었다. 그녀 외의 모든 것이 아득하게 흐릿해지는 감각 속에서 그는 차가운 돌 위에 올린 손을 움켜쥐었다.

하아. 한 찰나 떨어진 입술 사이로 벅찬 숨을 뱉은 리에타가 떨리는 눈으로 킬리언을 올려다보았다. 다시 그녀가 젖은 눈을 하며 그의 입술로 시선을 내리고 홀린 듯 그를 당겼다. 킬리언은 끝내 견디지 못하고 고개를 옆으로 돌려 버렸다.

"……그만."

그가 목울대를 일렁이며 고개를 숙였다. 누가 들어도 정상이 아닌 쉰 목소리가 나왔다.

"그만."

목에 스치듯 닿은 손이 뜨거웠다. 그녀와 닿은 모든 부분에서 심장이 뛰었다. 리에타를 붙든 손을 놓지 못한 채, 그는 그녀의 머리 위에 고개를 떨구고 모든 인내심을 끌어모아 말했다.

"……나는 그댈 좀 더 완벽하게 대우하고 싶어."

리에타는 그를 놓지 않았다. 킬리언도 놓지 못했다. 타닥…… 장작이
꺾이는 소리와 함께 반짝이는 불티가 튀었다. 리에타가 그의 옷깃을 쥐고
매달린 채 꺼질 듯한 소리로 중얼거렸다.

"……나는 당신을 좀 더 완벽하게 사랑하고 싶어요."

킬리언이 긴장한 몸을 굳히며 입을 다물었다. 리에타가 안타까울 정도
로 조그마한 힘으로 다시 그를 끌어당기며 입술을 달싹였다.

"……대우 말고 사랑해 주세요."

그를 막아섰던 모든 고집들이 그녀의 말 한마디 앞에 속절없이 무너졌
다. 킬리언이 순식간에 그녀를 안아 올려 벽으로 밀어붙였다. 킬리언이 무
너질 듯 눈매를 일그러뜨리며 그녀를 올려다보았다.

"후회 안 해?"

리에타가 양손으로 그의 뺨을 감싸며 다급하게 고개를 끄덕였다. 그의
머릿속에서 무언가가 끊어졌다. 그 어떤 때보다도 짙은 입맞춤. 그녀의 머
리카락이 그의 위에 베일처럼 드리워졌다. 몰아세우듯 갈급한 키스 위로
달빛이 쏟아졌다.

옷가지가 흘러내려 침대 밑으로 떨어졌다. 젖은 몸 위로 애달픈 열기가
미끄러졌다. 물기 어린 하늘색 눈, 달뜬 숨결이, 그를 미치게도 만들었고
완전히 미치지 못하게도 만들었다.

내가…… 그대를, 부수지 않을 수 있을까. 염려는 무의미했다. 밤새도록
그들은 서로를 향해 부서졌다. 온전히 알고 있다고 생각했던 사랑은 더욱
깊고 아득했다. 한 번도 보지 못했던 표정으로, 몸짓으로, 그들은 오래오래
서로를 확인했다.

흠뻑 젖었다고 생각한 마음 아래, 가슴 저미도록 아득한 바다가 있었다.
사랑하는 만큼, 아팠던 만큼 더 뜨거웠던 절제 너머로, 오랫동안 억눌려

왔던 격정이 터져 나와 서로를 향해 쏟아졌다.

사랑이었다. 그러고서도 달콤하고 안타까워 어쩔 줄을 몰랐다.

꧁꧂

아베르사티 황비가 등을 드러내고 시녀의 손길에 몸을 맡긴 채 웃었다.

"……서운하구나. 나야말로 그 일이 잘 되길 바랐는데……. 추기경은 내가 일부러 일을 망쳤다고 생각하는 모양이야."

시녀가 정성껏 황비의 어깨와 등에 향유를 발라 문지르며 물어보았다.

"……그러셨군요. 마마께서는 어떤 뜻깊은 계획을 가지고 계셨을까요?"

황비가 미소 지으며 눈을 감았다. 대공의 기억을 지운 다음, 대공이 무관심해진 사이 그 여자를 데려다 엉망으로 만들어 준뒤 다시 대공의 기억을 돌려주면 퍽 흥미로운 구경을 할 수 있었을 거라고 생각했던 것 같다. 아무래도 좋다. 여태까지 그랬던 것처럼, 황비는 이 일도 곧 잊을 것이다. 황비가 포개어 교차시킨 팔 위에 뺨을 얹으며 웃었다.

"물 건너간 계획은 들어 무엇하려느냐. 바깥 이야기나 해 보렴."

시녀의 손길이 나긋하게 움직였다.

"바깥 이야기요? 마마께서 궁금하신 이야기가 있으실까요?"

멍하니 눈을 뜬 황비가 손끝으로 흐르는 향유를 손가락 끝으로 문질러 촛불 위에 떨어뜨리며 손장난을 쳤다.

"그 여자가 누구를 잊어버렸을지 궁금한데……. 대공은 아니라고?"

촛불 위에 떨어진 향유가 회색 연기를 일으키며 불길이 되어 날아갔다.

"네. 쉬쉬하고 있지만, 역시 악시아스 대공을 잊어버린 게 아니라는 건 확실한 듯합니다."

향유로 불장난을 하던 황비가 실망한 듯 엎드리며 혀를 찼다.

"그래……? 로맨틱이라곤 없는 결말이구나. 대공이 서운하겠어."

시녀의 목소리가 느릿하게 울려 퍼졌다.

"아무리 목숨을 구해 주었느니, 간이고 쓸개고 빼 줄 듯 귀하게 떠받들어 주느니 해도…… 자길 데려가 노리개 삼은 남자니, 사랑할 수는 없겠죠. 신성 왕녀의 딸이, 그것도 원수의 아들을……."

향유를 태우며 매캐한 연기를 뿜던 촛불이 고요히 타올랐다.

"너희들에게도 생각이 있을 터인데……. 시녀들끼리 누구를 잊었으리란 얘기들은 없느냐."

시녀가 움푹 팬 등줄기를 주무르며 조심스럽게 말을 이었다.

"죽었다던 전남편일까…… 하는 이야기들을 추측으로 많이 하긴 합니다."

아베르사티는 별다른 움직임 없이, 느른한 콧소리와 함께 늘어졌다.

"재미없구나……."

아베르사티에게 윌리엄을 남긴 전남편은 서부 대륙의 왕족이었다. 그는 강력한 권력자였으나 약물 중독에 빠져 여자들과 아이들을 포함한 주변 사람들에게 광기에 가까운 폭력을 휘둘렀다.

아베르사티는 그 전남편과 전쟁 같은 불화 끝에 이혼하고, 그놈으로부터 자신과 제 새끼의 생명을 보호해 달라는 조건으로 정복 전쟁 중이던 적국 왕, 에스텐펠트에게 투신했다. 병석에 누운 아리아드네에게 위협이 되지 않을, 그녀를 도와줄 수 있을 여자가 필요했던 에스텐펠트는 받아들였다. 그것이 이십 년 전 일이었다.

킬리언을 낳은 후 몸이 약해져 십여 년을 고생했던 아리아드네가 기어이 세상을 떠나고, 혼자가 된 에스텐펠트는 제국을 통일해 황제가 되었다. 즉위식에 삼 년 전 죽은 왕비의 시신을 올려 경배하라 했던 '제국의 황후' 사건 이후. 아리아드네 외에 '황후'는 없다는 황제의 말에 썩 심기가 불편해진 유력가의 공주와 아가씨들이 신경전을 하는 사이, '황후'가 아니어도 만족할 수 있는 사람이 황비가 되었다. 이미 한 번의 이혼 경력이 있고, 전 남편의 아이를 데리고 후궁에서 살고 있던 아베르사티 황비였다.

'황자……. 미안합니다. 윌리엄이 또 황자에게 무례를 저질렀다고요…….'
젊다기보다 어린 킬리언은 잔디밭에 드러누워 있다 어색하게 상체를 일으켜 앉았다. 그는 팽개쳐 둔 검을 검집에 집어넣고 손가락으로 두어 번 머리를 헤집다가 그냥 머리를 흔들어 정돈하며 말했다.
'괜찮습니다. 황비마마. 전 신경 쓰지 않으니 황비마마께서도 개의치 마십시오.'
왜 나를 황제의 아들로 낳지 않았냐. 왜 황제의 피도 섞이지 않은 나를 이런 곳에서 살게 만들었냐. 삐뚤어진 친아들에게 오늘도 험한 소리를 듣고 온 황비는 윌리엄의 턱도 없는 무례에 화를 내지도 않고, 그저 덤덤히 예를 갖추어 인사해 주는 킬리언을 가만히 바라보았다.
'……내 아들이 많이 모자라지요.'
킬리언은 그냥 예의상의 부드러운 표정으로 입매만 당겨 올렸다. 성급하게 황비를 배려한다고 입에 발린 소릴 늘어놔 봐야 속이나 상할 것이었다. 킬리언의 배려 아닌 배려에 황비가 쓸쓸한 미소를 지었다.
'못난 어미를 둔 탓입니다. ……불쌍히 여겨 주세요.'
끔찍한 악연이 되기 전에는, 이렇게 평범한 대화도 나누었던 적이 있었다. 킬리언과 아베르사티도, 처음엔 그리 나쁘지 않았었다.
킬리언을 포용하기가 쉽지 않았을 것이다. 이미 오래전 황후가 죽었음에도 매사 자기의 아들들과 비교되며 칭송받는 가장 유력한 황태자 후보. 그토록 황제가 가슴 아프게 사랑해 마지않았던 제국의 황후 아리아드네의 유일한 아들.

애정을 가지기 쉽지 않았을 상황이었음에도 아베르사티는 모후를 잃은 킬리언을 제 자식들처럼 돌보려 애썼다. 킬리언이 바라던 방향은 아니었지만 그 역시 아베르사티가 노력하고 있다는 걸 모르지 않았다.

'황자. 내가 아무리 잘해도 그대의 어머니, 아리아드네 황후만 못할 것임을 압니다만…….'

'황비마마께서 황제 폐하의 비로 계셔 주시는 것으로 족합니다. 제게 어머니의 역할까지 해 주려 하지 않으셔도 됩니다.'

냉랭하게 들리지 않을 정도의 어조로 청년이 되어 가는 황자는 선을 그었다. 잠시 말없이 서 있던 황비는 혼잣말처럼 중얼거렸다.

'……내가 있던 서부 대륙에서는, 성년이 되지 않은 아이에게는 반드시 어머니의 손길이 필요하다고 믿습니다.'

바라보자, 아베르사티가 민망한 듯 시선을 내리며 웃었다.

'사실 황자와 내 아들들만 비교해 보아도 그 말이 항상 옳지는 않다는 걸 알 수 있지만요. 황자에게 내가 꼭 필요하진 않다는 걸 이젠 받아들여야 할 법도 합니다만…….'

윌리엄을 생각하는지 황비가 지친 얼굴로 잠시 입을 다물고 있다가 중얼거렸다.

'오래도록 가지고 있던 신념이라 그런지 자꾸만 오지랖을 부리게 되네요. 내 아들들도 제대로 간수하지 못하면서 말이에요. ……미안합니다, 황자.'

어머니가 되어 줄 필요는 없다고 말했지만……. 아버지는 윌리엄을 양아들처럼 여기니까. 그냥 그게 맞다고 생각했다.

'킬리언이라고 부르십시오. 황비마마.'

그렇게 말했을 때 황비는 웃었었다. 그럴 면목이 없다며, 한 번도 불러 주지 않았지만.

황비의 전남편의 아이인 윌리엄에겐 황위 계승권이 없었다. 황제가 황비에 대한 예우로 그를 양아들처럼 대우해 주었고 다른 황자들이 그를 의붓형제로 대우했지만 감히 '황자'로는 불리지 못했다. 자리는 늘 말석이었다.

아베르사티는 나름대로 노력했지만, 갖지 못한 것의 차이를 크게 느낄 수밖에 없었던 환경 속에서 스스로를 받아들이지 못하고 엇나갔다는 평가를 받는, 혹은 악마 같았던 친부의 성향을 쏙 빼닮았다는 평가를 받기도 하는 윌리엄의 성정이 점차 문제가 되기 시작했다.

그는 자신만 갖지 못한 황제의 피를 가진 다른 형제들을 질시하고 미워했다. 특히 동갑인 적자 킬리언에 대한 열등감은 대단했다. 그것을 황제의 피를 받았으면서도 킬리언의 성취에 미치지 못하는 동생 살레리온에게 강요하는 방식으로 풀었다.

수동적인 성격이었던 살레리온은 살레리온대로 망가져 갔다. 유일하게 애착을 가졌던 어린 여동생 힐스레인이 여섯 살 나이에 역병으로 요절하고, 살레리온은 아버지인 황제에게도, 어머니인 황비에게도 마음을 닫고 눈에 띄게 틀어지기 시작했다. 동생을 죽인 역병이, 황제가 받은 그 유명한 라멘타의 저주 때문이라고 여긴 탓이었다.

윌리엄은 여전히 윌리엄이었다. 삐뚤어진 살레리온이 윌리엄에게 동조해 어울리기 시작하며 상황은 점점 악화되어 갔다. 통제가 되지 않는 윌리엄 때문에 황비는 항상 귀족원 앞에서, 황제와 킬리언 앞에서 몸을 낮추어야 했다.

여전히 죽은 아리아드네에게 혼이 빠져 있었던 데다 몽마와의 사투로 여력이 없었던 황제는 황실을 제대로 돌보지 못했다. 다만 '윌리엄을 지켜 준다'는 오래전 황비와의 약속만은 묵묵히 지켰다.

시간이 가며, 조금은 불편했지만 서로를 양해하던 평화 밑에 점차 금이 갔다. 제정신으로 견디기 어려워지는 지긋지긋한 반목이 쌓여 갔다. 황실 깊은 곳, 몽마가 불러일으키는 광기가 모두를 홀린 것일까. 아니면 이게 바로 저주였을까.

'버젓이 현부인을 두고 전부인 시체를 육 년째 황후랍시고 전시해 놓고 있어도 한마디도 못하는 게 제국의 황비라고!'

철썩! 듣는 이들의 안색을 새파랗게 만드는 폭언에 황비가 윌리엄의 뺨을 쳤다. 아베르사티는 하루가 멀다 하고 사고를 치는 윌리엄 때문에 자신이 내몰리고 있는 곤란 같은 것은 단 한마디도 말하지 않았다. 절박하게 윌리엄을 붙들고 애걸하다, 화를 내다, 다 너를 위해서라는 말만 뇌까리며 바짝바짝 말라 갔다. 황비도 어쩌면 이미 그때부터 미쳐 가고 있었던 것일지 몰랐다.

킬리언의 허리엔 항상 검이 있었지만, 그는 단 한 번도 뽑지 않았다. 어쩌면 그의 마음속에 가시처럼 걸려 있던 그 옛날의 기억들 때문에. 킬리언은 그 검을 뽑기까지 아주 오래 참아 주었다.

'손을 보여요. 황자. 다친 것 알고 있습니다.'

'아뇨.'

황비가 순간적으로 엄하고도 쓰라린 얼굴로 파르르 눈을 감으며 힘주어 그를 불렀다.

'황자.'

더 고집을 부리긴 어려웠다. 킬리언은 좀 어색한 기분으로 마지못해 다친 손을 내밀어 보였다. 대단치 않게 피가 배어 있었던 것 같다. 황비는 손수건을 꺼내 손수 그의 손에 감아 주었다. 그리고 꽉 다물린 입술을 달싹였다.

'사제를……'

'부르지 마십시오. 괜찮습니다.'

킬리언은 다친 이유를 드러내지 않는 편이 좋겠다고 여겨 담담하게 말렸다. 어떤 일 때문이었나 기억나지 않지만 문제를 키우고 싶지 않다 생각했던 걸 보면 윌리엄 때문이었던 것 같기도 하다. 굳이 황비가 미안해할 일이 아닌데, 하는 마음이 들었던 걸 보면, 악의적인 것보다는 그저 우연한 사고였던 것 같다.

별것도 아닌 일로 거추장스러운 평가나 감정이 따라붙을 필요가 없다 여겼을 뿐인데. 내가 누군가를 감싸 주려 한다고 여기는 듯한 황비의 표정이 조금 껄끄러워 간단히 덧붙였다.

'길리우스에게 잔소리 듣는 게 싫어서 그럽니다.'

가만히 입을 다물고 있던 황비가 고개를 숙였다. 이미 열여섯에 그의 무술 교관보다 키가 커진 킬리언은 황비의 눈을 보지는 못했지만, 바닥으로 황비가 숨긴 물 한 방울이 떨어지는 것은 보았다. 황비가 조용히 그것을 밟아 가리는 것도.

왠지 모르게 어머니가 보고 싶어졌다. 오랜 반목이 쌓이기 전……. 한때 아베르사티는 킬리언에게 진심으로 미안해하면서도 많이 웃었었다. 마음속 한구석에 가시처럼 박혀 있는 장면들.

다, 옛날 일이었다.

황비는 아무것도 모른 채 아들의 머리를 받았다. 알았다고 뭐 의미가 있었겠냐마는. 킬리언은 아무 해명도 하지 않았다. 그후 황비는 십 년 전과는 완전히 다른 사람으로 변해 버렸다.

'황비의 폭거를 그저 인내하시겠다는 그 생각은, 아직 변함이 없으십니까?'

침대 위로 뽀얀 햇볕이 내려앉았다. 창으로 들어온 햇살에 방 안을 부유하는 먼지가 모래사장에 반짝이는 사금처럼 빛났다. 조금 서늘한 기운이 도는 하얀 시트 위에 리에타의 머리카락이 흩어져 있었다. 지친 듯 새근거리는 숨소리. 평화롭게 눈을 감고, 느슨하게 주먹 쥔 손은 그의 손과 깍지 껴 있었다.

하염없이 바라보다, 조용히 그녀의 감은 눈꺼풀 위에 다시 입 맞추고⋯⋯ 킬리언은 가만히 그녀가 춥지 않도록 당겨 안았다. 창문에 부딪히는 잔바람. 벽난로에서 타는 불. 영원히 잊을 수 없을 새로운 순간이 그의 영혼에 아로새겨졌다.

자신의 팔 안에서 잠든 사랑하는 여자를 눈에 담으며, 그는 십삼 년 만에 처음으로 황비를 멈춰야겠다고 생각했다.

스르륵⋯⋯. 라지오넬 추기경은 무거운 털 망토를 끌며 조용히 발걸음을 옮겼다. 유백색과 밝은 회색의 대리석 기둥이 규칙적인 간격으로 그림자를 만들며 이어지는 긴 황궁의 회랑을 걸어가는 동안, 사제와 복사들, 기사나 관리, 하인들이 그를 발견하고 걸음의 속도를 조정하며 그와 적당한 거리에 스쳐 지나갈 때마다 멈추어 공손히 허리를 숙였다.

"추기경 예하를 뵙습니다."

황궁 안에서 스치며 만날 수 있는 인물들이란 사제고 하인이고 정원사고 할 것 없이 극소수의 예외를 제외하곤 전부 귀족 출신들이었다. 추기경은 그들을 마주칠 때마다 무표정하던 낯에 미소를 머금고 지나치게 깊지 않을 정도로 고개를 숙여 귀족적이면서도 신의 대리인다운 태도로 인사를 받아 주었다. 때론 손을 뻗어 그들에게 축성이나 축복의 말을 해 주기도 했다.

"주신의 뜻이 함께하길."

그러면 사람들은 사뭇 감격스런 태도로 무릎이나 허리를 굽히고 고개를 숙여 받아들였다.

"영광입니다, 예하."

그의 앞에 고개를 조아리는 귀족들 중에는 한때 그를 미친 황비의 라인인데 오래 가겠냐며 수군대던 이들도 있었고, 과거와 가문이 불명확한 변방 출신의 사제이니 귀족이라는 건 뻔한 거짓말일 거라며 무시하거나 은근히 뒷말을 옮기던 사람들도 적지 않았다.

그러나 라지오넬은 사람들을 감탄하게 할 정도로 세련된 귀족 예법을 가지고 있었고, 권력을 가지게 되고서도 그에게 무례를 범했던 이들에게 성급하게 보복하는 쾌감을 누리려 들지 않았다. 사람들은 그가 황비와는 다른 종류의 인간이라는 것을 빠르게 알아챘다.

그리고 무엇보다도 라지오넬은 주변 사람들을 쉽게 버리고 망가뜨리는 황비에게 집어 삼켜지지 않고 오래 살아남아 점점 더 높은 지위에 올랐다. 사제 라지오넬은 대사제가 되었다가, 대주교가 되었다가, 황실 악마학 연구원장이자 추기경이 되었다.

추기경, 교황에 가장 가까운 성직자이자 교황에 버금가는 신의 대리인. 그쯤 되자 누구도 그를 무시할 수 없게 되었다. 그리고 쉬쉬하는 가운데서도 그가 페르디안을 데리고 연구하여 이룩한 악마학의 연구 성과가 점차 퍼져 나갔다.

라지오넬이 연구하는 것은 많은 것을 가진 사람일수록 누구나 열망하는 것이었다. 권력이 있어도, 명예가 있어도, 돈이 많아도 악마의 손길과 죽음으로부터 자유로울 수 없다. 역병과 악마 피해가 확산되며 두려움에 떠는 귀족들은 황비와 다르게 온건하고 대화가 통한다는 평가를 받는 그와 연줄을 만들고 싶어 했다.

처음에는 이단적인 것으로 받아들여졌던 그의 신학적 태도는 그가 힘을 갖게 되고 성과를 보이며 점차 독특한 것으로, 다음에는 주류적인 것으로 인정을 받고 영향력을 가지게 되었다. 그를 따르는 사람들은 자연히 늘어났다.

이제는 새로운 시대를 열지도 모르는 악마학자이자, 머지않은 미래에 교황이 될지 모르는 유력한 고위 사제 앞에서 모두가 공손히 몸을 낮추었다. 라지오넬 추기경의 발걸음이 이어졌다.

'황실 악마학 연구원'

잿빛 돌에 금칠로 음각된 글자가 은은하게 빛났다. 묵직한 문에서 으레 날 법한 거슬리는 소리조차 없이 조용히 문이 열렸다. 추기경이 문 안으로 들어서자 그를 맞이하러 나온 사제들과 귀족들이 더 정중하게 허리를 숙였다. 그가 발걸음을 내딛는 길마다 하인들과 복사들이 멈추어 고개를 조아렸다. 사제들이 다가와 그의 시중을 들며 그의 뒤에 차례로 늘어서 따랐다.

점점 행렬이 길어졌다. 걸어가며 성서와 지팡이, 무거운 망토를 차례로 사제에게 건네준 추기경은 자신의 개인 연구실 앞에 멈추어 섰다.

"오셨습니까, 추기경 예하."

추기경이 미소를 지었다.

"수고가 많군요. 수로의 대축성 마법진은 어찌 되어 갑니까."

"순조롭습니다. 봄이 오기 전에 완성이 될 것입니다."

라지오넬 추기경이 고개를 끄덕이고, 모처럼 그의 소식을 물었다.

"칼리고 백작 쪽은 오늘도 소식이 없습니까?"

언제나 믿거라 하고 내버려 두던 라지오넬이 그의 소식을 묻는 것은 드문 일이었다. 연구 사제가 허리를 숙이며 송구한 표정을 지었다.

"예, 아직 별다른 이야기가 없습니다. 곧 딤쉘 자작의 정기 보고가 도착할 시기이긴 합니다만, 마법으로 알아볼까요?"

추기경이 인자하게 미소를 지었다.

"아닙니다. 그냥 두십시오. 무소식이 희소식이지요."

사제들이 더욱 존경하는 눈빛으로 추기경을 우러러보았다. 칼리고 백작은 추기경의 작품으로 악마의 힘을 지배한 최초의 인간이었다. 추기경이 그를 자랑스럽게 여기는 한편 보호했지만, 무서운 악마 실험의 결과 힘을 얻은 인간은 존경과 함께 두려움과 불쾌함의 대상이 되었다.

많은 사제들과 학자들이 지금의 추기경을 있게 한 페르디안의 천재성과 희생을 높게 사면서도 때때로 그에게서 느껴지는 이질적인 기운과 의뭉스러운 태도에 대개는 걱정과 적의를 함께 품었다. 그러나 강력한 신성 능력자인 라지오넬 추기경의 한결같이 여유로운 태도는 추기경에 대한 사람들의 신뢰를 더욱 높였다.

적의와 염려는 페르디안에게로 집중되었고, 그의 창조주로서 그를 통제하는 라지오넬 추기경에 대한 존경과 경의는 더욱 높아지고 있었다.

연구 사제들의 손에 문이 열렸다. 물이 가득 찬 수반이 연구실 가운데서 빛을 받으며 그를 맞이했다. 시중을 들며 다가오려는 사제들을 손을 들어 물리며 추기경이 말했다.

"집중하고 싶군요. 오늘은 혼자 하겠습니다."

사제들과 학자들이 허리를 숙이고 물러섰다. 추기경이 홀로 수반이 설치되어 있는 암실로 들어갔다. 조용히 문이 닫혔다.

어둠 속. 물이 가득 차 있는 검푸른 수반. 그것은 수마 아비디타스가 보는 것을 그도 보게 만들어 주는 거울이었고, 다른 용도도 있었다. 라지오넬의 입가에 미소가 번졌다.

"페르디안……."

수반 앞으로 발걸음을 옮기며 조금 긴 숨을 내쉰 라지오넬의 몸에서 갈

래갈래 너울진 신성력이 거미줄처럼 피어올랐다. 수반에 차 있는 물이 성
력과 공명하며 잘게 흔들렸다.

"세상 공부는 충분히 했느냐."

수면 위에 하얀 설원의 영상이 피어오르기 시작했다. 조금 긴 숨을 내
쉰 라지오넬이 소매를 걷으며 중얼거렸다.

"조금 더 세상을 돌아다니고 성장해 돌아오길 바랐지만, 영 불안한 사
람이 화마의 힘을 가지고 장난을 치기 시작하니······"

그가 수반 위로 손을 뻗었다.

"이제 네가 내게 힘이 되어 주어야겠구나."

라지오넬 추기경이 활짝 미소 지으며 팔을 벌렸다.

"이제 그만 돌아오너라."

화마들을 향해 쇄도하던 수룡이 포효했다. 화마를 쫓으며 물의 마법을
펼치던 페르디안이 순간적으로 엄습하는 오싹한 두통에 힘의 통제력을
잃고 비틀거렸다. 순간적으로 구토감이 일며 눈앞이 새카맣게, 붉게, 푸르
게 점멸했다.

콰지지직. 푸르게 눈을 빛내며 날카롭게 화마를 물어뜯던 수룡이 힘없
는 물줄기로 흩어지며 눈밭에 고꾸라졌다. 그 위에 사제들의 신성력 사슬
과 축복받은 화살이 쇄도하며 화마를 마무리했다. 그의 이상을 알아챈 사
냥꾼이 다가와 말을 걸었다.

"칼리고 백작님? 어디 불편하십니까?"

딱딱하게 굳은 페르디안의 얼굴이 창백했다. 사냥꾼이 허리를 굽힌 채
일어나지 못하는 그에게 손을 내밀었다.

"너무 무리하지 마십시오. 남은 녀석들은 저희가 처리할 수 있습니다."

신성력인지 마력인지 모를 불쾌한 것이 머리에서 쾅쾅 요동쳤다. 저적! 페르디안의 피부에 얼음 조각이 돋아났다. 악마가 속삭였다.

'패배주의에 물든 사생아. 태어나길 울타리 밖의 인간이었다고 평생 곁돌기만 할 셈이야?'

날카로운 얼음의 창이 파문을 일으키듯 그의 손을 따라 돋아나며 아슬아슬하게 그 앞을 지나갔다. 사냥꾼이 민첩하게 물러났다.

"……이런, 칼리고 백작님!"

뒤늦게 사냥꾼이 자신을 부른 이름을 이해했다. 칼리고 백작. 그의 이름. 자신의 몸 둘 곳. 바라 마지않았던……. 사냥꾼이 확 물러나며 사제를 부르는 소리가 아스라이 울렸다.

'힘을 갖고 싶잖아. 이제 너에게 힘이 있잖아. 너도 갖고 싶잖아. 네 자리를 갖고 싶잖아. 갖고 싶잖아.'

제이드는 반짝이는 재능을 가지고 있었다. 우연히 세비타스를 방문한 귀족이 또 제이드의 연주에 홀딱 빠져 수도원까지 따라왔다가 수도원장을 찾아갔다는 소식이 들려왔다.

'그게 정말 「아르카디아 무곡」이었습니까? 믿기 어렵군요. 분명 그 선율이 맞는데…… 전혀 다른 곡을 들은 것 같아요. 어떻게 바이올린 하나로 그런 분위기를 만들어 내죠? 「피에타」를 그렇게 연주하는 사람은 처음 봤어요. 제가 그동안 들은 「피에타」는 전부 죽은 음악이었습니다. 그 소년의 다른 음악을 들어 볼 수 있을까요?'

새로울 것도 없는 일이었다. 귀족이고 사제고, 제이드의 연주를 듣기만

하면 홀리는 거, 벌써 몇 번이나 있었던 일이었으니까. 심심찮게 벌어지는 그런 해프닝이 기분 나쁘지 않았다. 그런 풍파가 지나가고 나면 제이드에게는 수도원의 고아가 가질 수 없는 귀한 선물들이 이것저것 떨어졌다. 자랑스럽기도 하고, 약간 어깨가 으쓱해지는 일이기도 했다. 하지만 이번에 제이드에게 관심을 가진 사람은 달랐다.

'누…… 누구라고요? 르나하의 로완 후작 부인?'

페르디안은 깜짝 놀랐다. 그동안 제이드에게 관심을 보였던 어중이떠중이들과는 차원이 달랐다. 진짜 힘이 있고, 전문성이 있는 사람이었다.

르나하에 있는 국립 예술 아카데미 학장의 딸이었고, 그 자신도 저명한 음악가로 뛰어난 예술적 안목을 가진 사람이었다. 제이드를 친구로서 좋아하고, 그의 연주 실력이 수준급이라는 것도 물론 알고 있고, 드문 재능이라고도 생각했지만, 이건 스케일이 너무 컸다.

대륙에서 제일 큰 예술 학교 학장 라인의 예술가라니, 후작 부인이 실망하고 돌아가면 어쩌지? 제이드의 연주를 사랑하긴 하지만, 그게 그 정도 넓은 물에서도 통하는 실력일까?

결론은, 통했다. 로완 후작 부인은 제이드를 데려가 제대로 키워 보고 싶다며 무려 입양 후원을 희망한다는 의사를 내비쳤다. 이번엔 페르디안도 흥분하지 않을 수가 없었다. 후작 부인의 주변엔 정말 재능 있는 예술가들이 가득할 텐데. 입양씩이나 되는 제안을 남발하는 사람도 아니었는데, 제이드가 정말 남다른 재능이 있기는 한가 보다.

알고 보니 그녀가 세비타스를 찾아온 것도, 귀족들로부터 세비타스라는 시골 영지의 수도원에 놀라운 재능을 가진 소년이 있다는 소릴 듣고 아예 그를 보기 위해 찾아온 것이었다.

제이드에게 관심을 보이는 귀족들 가운데는 결혼식이나 중요한 행사의 연주를 해 달라거나, 자기네 저택 악사로 고용하고 싶다거나, 우리 집 아이의 연주 가정교사로 삼고 싶다거나, 지금보다 편하게 살게 해 주겠다며 여러 가지로 제안을 해 오는 경우도 없지 않았다.

하지만 이런 제안은 없었다. 로완 후작 부인을 만나려고 그동안 잔챙이들을 걸렀나 보다 하는 생각이 들 정도였다. 그런데 기가 막히게도, 제이드는 그 제안을 거절했다. 당황한 페르디안은 급히 제이드를 찾아갔다.

'이건 평생 한 번 있을까 말까 한 기회라고! 잡아야 해!'

하지만 제이드는 무관심했다. 그 애는 '그래요? 그렇게 유명한 사람인가요?' 하면서 드러누워 조각칼로 나무토막이나 깎고 있었다.

유명한 사람이냐고? 로완 후작 부인이? 제정신이야? 페르디안은 기가 막혀서 소리쳤다.

'유명하다마다! 수도에 세비타스 백작가를 모르는 사람은 수두룩해도 로완 후작가를 모르는 사람은 없어! 예술 하는 사람들 사이에선 로열패밀리나 다를 바 없다고! 너 세비타스 정도는 우스운 귀족이 될 수도 있는 기회를 차 버릴 거야?'

제이드는 곤란한 듯 웃으면서 입술 위에 검지를 올리고 쉿, 소리를 냈다. 그가 눈치 주는 방향, 그리 멀지 않은 곳에 페르디안이 데려온 세비타스 저택의 기사가 서 있었다. 하지만 울분이 눈치 보는 마음을 이겼다. 알게 뭐야, 그딴 거!

'왜 안 간다는 건데? 왜 이런 촌구석에 남아 있겠다는 건데!'

단 한 번도 입 밖으로 낸 적 없는 진심이 흘러나왔다.

'제이드. 세상은 넓어. 더 넓은 데로 날아가. 후작 부인이 날개가 돼 줄 거야. 너는 여기서만 살았으니까 모르겠지만, 세비타스는 그다지 살기 좋은 곳이 아니야.'

제이드가 후, 하고 조각한 나뭇조각들을 불어 내며 웃었다.

'페르디안 님이 절 이렇게까지 생각해 주시는 줄 몰랐어요. 좀 감동인데

요?'

'그럼 다시 생각해!'

'네, 다시 생각할게요.'

'진짜?'

'네, 지금 생각 다 했어요. 마음이 바뀌진 않았어요. 죄송합니다.'

'대체 왜?'

제이드는 그냥 웃었다.

"킬리언!"

리에타가 문을 열고 달려 나왔다. 밧줄을 풀고 장작을 내리던 킬리언이 리에타를 향해 달려와 안기라는 듯 웃으면서 팔을 벌렸다. 아무리 세게 달려가 안겨도 괜찮은 사람이었다. 리에타는 마음껏 달려가서 충돌하듯 안겼다. 킬리언은 가볍게 받아 안으며 기쁜 듯 웃어 주고 그녀의 이마에 가볍게 키스했다. 리에타가 웃으며 그의 몸에 코를 묻었다.

그의 옷깃에서 마른 나무 냄새와 바람 냄새, 물 냄새가 났다. 그리고 코끝에 스치는 꽃향기. 툭……. 그가 리에타의 머리에 겨울 꽃으로 엮은 화관을 씌워 주었다. 그제야 장작 위에 한 무더기 꽃이 쌓인 것이 보였다.

"웬 꽃이에요. 이 겨울에."

"드디어 눈이 그쳤길래 내가 피워 왔어. 축복해줄래?"

리에타가 웃으며 그의 어깨를 짚고 이마에 키스해주었다. 못 견디겠다는 듯 웃던 그가 곧바로 그녀의 뺨을 손바닥으로 감싸 살짝 당기며 입술을 댄다.

그때, 그들 위에 가지를 드리운 나무에서 작은 동물이 파드득 하고 달아나며 가지 위에 가득 매달려 있던 눈이 와르륵 쏟아졌다. 둘은 똑같이 머리 위에 한 무더기씩 눈 벼락을 맞은 모습이 되었다. 리에타가 온통 눈 범벅이 된 그를 보고 웃음을 터뜨렸다. 킬리언이 콧잔등을 찡그리며 웃고는 리에타의 머리를 눈과 함께 헝클어뜨렸다.

집으로 들어서자 킬리언이 문가에 걸린 마른 수건으로 리에타의 젖은 머리를 닦아 주었다. 그대로 수건 위로 리에타의 귀를 문질러 닦아 주다가 끌어당겨 쪽, 입 맞추었다.

"감기 걸린다. 갈아입어."

"당신이야말로 갈아입어야겠어요. 엄청 젖었어. 마른 옷 준비해 줄게요."

"먼저 갈아입고 내려와."

킬리언이 웃으며 리에타의 등을 밀어 부드럽게 안으로 떠밀었다. 종종걸음으로 집 안으로 들어가는 듯하던 리에타는 휙 몸을 돌려 다시 다가오더니 킬리언의 어깨를 끌어 내려 그의 입술에 쪽, 쪽, 쪽, 몇 번 더 입 맞추고는 다시 몸을 돌려 들어갔다. 얼떨떨한 얼굴을 하고 있던 킬리언이 못내 행복에 겨워 웃었다.

리에타는 얼른 마른 실내복으로 갈아입고, 킬리언에게 줄 편한 옷들을 챙겨 아래로 내려왔다. 킬리언이 벗어 둔 외투가 의자에 걸려 있었다. 눈에 흠뻑 젖어 물기를 먹은 채라, 리에타는 그의 옷을 정돈해 줄 요량으로 정리해 팔에 걸고 몸을 돌렸다.

툭. 킬리언의 외투 자락이 테이블 모서리에 걸리며 주머니 속의 뭔가가 부딪혀 딱딱한 소리가 났다.

"……?"

어차피 세탁을 할 생각이었으므로 리에타는 큰 고민 없이 주머니에 들어 있는 것을 빼냈다. 그리고 자신이 이걸 발견해선 안 됐다는 걸 깨달았다.

"……!"

순간적으로 당황스러움과 놀라움이 퍼지며 눈이 커졌다. 리에타는 숨을 들이쉬며 입을 가렸다. 섬세하게 세공된 조그만 상자. 열어 보지 않았지만 상자의 크기와 모양만으로 뭔지 알 수 있었다. 리에타는 놀라서 어쩔 줄을 모르다가, 그걸 도로 외투 주머니에 집어넣었다.

'전 여기가 좋아요. 넓은 세상에 가면 저보다 훨씬 재능 있는 사람들이 수두룩하겠죠. 전 연주로 경쟁하며 치열하게 살고 싶지 않아요. 그런 걸로 우아하게 귀족 놀음할 체질도 아니고…….'

경쟁이 싫고 치열하게 살기 싫다고? 수도원의 고아가 할 소린 아니었다. 제이드가 귀족의 아들이었으면 페르디안도 이 정도로 강권하지 않았을 거다. 하다못해 돈이라도 있는 집안 자식이었으면.

'체질 같은 배부른 소리 할 만큼 여유 있어, 너?'

제이드는 고개를 젓고 웃으며 조각만 계속했다.

'현실적으로 생각한 거예요. 연주는 저한텐 그냥 취미예요. 그림처럼 그려 주면 돈 되는 것도 아니고, 연주는 직접 몸으로 왔다 갔다 해야 하잖아요. 그런 생활 싫어요. 업으로 삼을 정도로 대단한 재능도 아니라고 생각하고.'

페르디안이 듣기에는 말도 안 되는 소리였다. 페르디안은 귀한 기회를 제 발로 차 버리려는 제이드가 안타까워 화를 냈다.

'후작 부인이 후원한다잖아. 소질 있다잖아! 그분한테 이 정도 제안받을 실력이면 너, 이런 데서 썩힐 재능 아니야.'

제이드가 가볍게 어깨를 으쓱했다.

'썩히고 있지 않은데요? 전 제 재능 충분히 쓰고 있어요.'

쓰고 있다고? 어디에? 고작 귀족들한테 푼돈이나 선물 얻는 데에? 제이드가 가진 것은 인생을 바꿀 수도 있는 재능이었다. 제이드와 리에타를 괴롭히는 수도원장보다도, 그토록 내가 아등바등하는 세비타스 귀족가의 일원 따위보다도 훨씬 귀한 사람이 될 수도 있는데.

페르디안은 오랫동안 제이드를 설득했다. 로완 후작 부인이 어떤 사람인지, 귀족의 삶이 어떤 것인지, 아카데미가 어떤 곳인지, 이게 어떤 의미가 있는 제안인지, 이 기회를 차 버린다는 게 얼마나 말도 안 되는 상황인지도. 하지만 제이드는 곤란한 표정으로 이마를 긁적였다.

'……절 위해 하시는 말씀인 줄은 알지만 제 재능을 어떻게 쓸지는 제 소관이에요. 음악은 취미로 하고 싶어요. 여길 떠나서 다른 데로 가고 싶지 않아요.'

답답했다. 내가 너라면 절대 그 기회를 놓치지 않을 텐데. 제이드가 이 기회의 의미와 로완 후작 부인의 가치를 몰라 주니 자기가 다 아까운 마음이 들었다. 아무리 재능이 있어도, 기회라는 게 쉽게 오는 게 아니라는 것을 페르디안은 너무나 잘 알고 있었다. 제이드는 그냥 웃었다.

'전 그냥 여기서 페르디안 님이나 리에타한테 멋진 연주자로 사는 걸로 만족해요. 다른 데는 관심 없어요.'

제이드는 조각하던 나무토막을 챙겨 몸을 일으켰다. 그의 셔츠에 붙어 있던 나뭇조각들이 바닥으로 떨어져 흩어졌다. 그에게는 후원을 받아들이려는 의지도, 더 넓은 세상으로 나아가고자 하는 의지도 없었다. 절대 놓쳐선 안 되는 기회를, 제이드는 결국 그냥 보내 버리려고 하고 있었다. 다시 그를 다그치려던 페르디안은 제이드가 언급한 말 속 누군가의 이름을 깨닫고 멈칫했다.

……리에타. 제이드가 수도원에서 없어져 버리면, 리에타는.

겨울이었다. 유난히 추운 날이었다. 페르디안은 낯익은 두 사람의 투닥거리는 목소리에 다가가려다 멈칫하고 벽 너머에 멈추었다.

'너 써.'

'네 거잖아.'

'작아, 나한테는.'

'나한텐 커.'

'장갑은 원래 좀 크게 끼는 거야.'

'넌 맨날 원래 그런 거라고 우기더라.'

발갛게 부르튼 리에타의 손에 제이드가 자신의 장갑을 끼워 주려고 했다. 리에타는 받지 않으려고 했다.

'로완 후작 부인께서 너한테 선물해 주신 거잖아. 내가 왜…….'

붙잡힌 작은 손이 조금 큰 장갑에 쑥 들어갔다. 제이드가 다른 손을 잡으며 말했다.

'수도원에 온 후원품이니 꼭 나한테 주신 건 아냐. 너도 수도원 아이잖아. 다들 하나씩 골라 갔는데 너만 아무것도 못 받았어.'

'……그래?'

'그래.'

양손에 모두 장갑이 끼워졌다. 수도원에 귀족들이 방문하면 제이드같이 특출 난 아이들은 나서서 재능을 뽐내기도 하고 선물이나 후원 제안을 받을 수 있었지만, 귀족이 오면 일단 어디든 틀어박혀서 숨는 것이 일인 리에타나 여자아이들은 그런 걸 받을 기회가 없었다.

분명 리에타도 뛰어난 재능이 있었지만, 그녀에겐 귀족의 눈에 띄었을 때 재능을 인정받을 가능성보단 재앙이 있을 가능성이 컸다. 아이들은 어릴 때부터 그것을 이해하고 페르디안이 일러 주는 방법대로 여자아이들을 숨겨 주었다. 그들 수도원의 아이들은 운이 좋은 케이스였다.

리에타는 손에 끼워진 장갑을 만지작거렸다. ……부드럽고 따뜻했다. 수도원에서 이렇게 좋은 물건을 얻게 되는 일은 드물었다. 리에타는 잠자코 제이드를 쳐다보았다.

'……후회하지 않아?'

리에타의 질문에 제이드가 반문했다.

'뭘?'

'후작 부인을 따라가지 않은 거.'

제이드는 친구로서, 하지만 조금의 진심을 담아서, 그래도 농담으로 들릴 말투로 말했다.

'내가 정말 갔으면 좋겠어?'

리에타는 친구로서의 아쉬움이 담긴 얼굴로 쓸쓸하게 웃었다.

'……어떻게 아니라고 하겠어. 그래도 난 그냥 네가 원하는 대로 했으면 좋겠어. 잘됐으면 좋겠고.'

'……'

시린 바람이 불었다. 그녀의 머리카락 몇 가닥이 얼굴 앞으로 흩날렸다. 제이드는 리에타를 보다가, 장갑을 끼워 주며 잠시 그녀에게 닿을 수 있었던 자신의 손을 주머니에 찔러 넣고 앞을 보았다. 리에타는 사제가 될 거다. 그건 리에타의 오랜 꿈이었다. 이 수도원에서의 긴 겨울을 견디고, 함께하는 시간이 끝나고 나면, 교단의 보호를 받을 수 있게 되는 리에타는 넓은 세상으로 날아갈 수 있게 될 거다. 그럼 다시는 이렇게 볼 수 없게 되겠지. 제이드는 웃었다.

'난 완벽하게 내가 원하는 대로 하고 있어. 왜들 그래?'

리에타가 발끝을 내려다보았다.

'……네 재능이 아까워. 좋은 기회였다며.'

제이드는 그 말이 조금 지겹다는 얼굴로 웃었다.

'왜 그걸 아깝다고들 하는지 모르겠네. 내 재능은 내가 원하는 대로 쓰고 있는데.'

리에타는 믿지 않는 것 같았다. 제이드는 가만히 리에타를 바라보았다. 그리고 잠시 틈을 두고 말을 이었다.

'많은 사람을 위해 자기 재능을 쓰는 게 모두의 목표는 아닐 수 있어. 큰 세상에 나가고 싶다는 건 네 꿈이지 내 꿈이 아니야.'

리에타가 입을 다물고 그를 바라보았다. 제이드는 살짝 웃더니 리에타의 수도복에 달린 후드를 그녀의 머리에 푹 눌러 주었다.

'나도 너랑 같은 기준을 가지고 있을 거라고 생각하지 마. 내가 바라는 소박한 행복은 네가 꿈꾸는 드넓은 포부보다 가치가 없어? 그거 잘못 말하면 실례다?'

그 순간, 벽 너머에서 듣고 있던 페르디안은 불현듯 모든 것을 깨달았다. 제이드는 자기가 뭘 포기하려는 건지 몰라서 그러는 게 아니다. 넓은 세상에 나가고 싶지 않은 게 아니야. 제이드가 떠나지 않는 이유는……. 리에타는 잠시 고민하다, 자신이 잘못 생각한 것 같다며 사과했다.

'정말 네가 원하는 대로 선택한 거지?'

제이드가 웃었다. 그 애가 뭘 선택했는지, 그 마음속에 뭘 묻고 있는지, 어떤 마음으로 리에타를 보는지. 모든 것을 이해한 페르디안은 벽 너머에 멍하니 섰다. 순간 울컥 이상한 기분이 치밀어 올랐다. 누가 심장을 틀어쥐고, 이걸 터뜨릴까 말까 하는 것 같았다. 페르디안은 주춤주춤 뒷걸음치다가, 몸을 돌려 달아났다.

제이드에게 완전히 매료된 로완 후작 부인은 몇 번이나 더 찾아왔다. 제이드는 매번 정중하게 거절했다. 수도원의 아이들을 행복하게 만들어 주었던 천박하지 않고 우아한 방식의 선물 공세와 손에 잡힐 듯한 미래의 청사진도 제이드의 마음을 돌리지 못했다.

페르디안이 제이드를 따로 불러 말했다.

'로완 후작 부인한테 리에타를 같이 데려가게 해 달라고 해. 함께 가게 해 주면 가겠다고. ……후작 부인은 거절하지 않을 거야.'

제 마음을 들킨 제이드는 한동안 침묵하다, 머쓱하게 목덜미를 긁적이며 말했다.

'……제 속에 들어갔다 나오셨어요?'

'모르는 쪽이 바보일걸.'

제이드가 킬킬거리며 웃었다.

'리에타더러 바보라고 하신 거예요, 지금?'

'말 돌리지 말고. 네가 말 꺼내기 어려우면 내가 후작 부인 쪽에 운 띄워 줄게.'

제이드는 한동안 침묵했다.

'……솔직히 그것도 생각했었어요. 하지만 같이 후원을 받게 되면 리에타는 은혜를 갚아야 한다고 생각할 거고, 후작가에 묶인 신성 능력자가 될 거예요. 귀족 가문에 소속되는 것도 나쁘진 않겠지만 ……그럼 순례하는 사제는 못 돼요.'

제이드가 스스로의 발끝으로 훌쩍 그네를 밀며 웃었다.

'리에타 꿈은 귀족이 되거나 누구랑 결혼해서 편하게 사는 게 아니잖아요. 타니아 성녀님 같은 사제가 되는 거지.'

제이드가 완성한 나무토막은 앙크 십자가가 되어 있었다. 리에타에게 줄 선물이었다.

'……페르디안 님이야 누구보다도 잘 아시겠지만.'

제이드가 웃으며 담담하게 덧붙인 소리에, 미련한 녀석이라 욕도 못하고 입을 다물고 말았다.

수도원을 향해 걸어가는 둘의 뒷모습이 눈에 들어왔다. ……예쁘다는 생각이 들었다. 리에타의 얼굴이 아니라, 제이드의 재능이 아니라, 저 둘이 함께하고 있는 모습이. 추위 속에서 웅크린 채 서로를 생각하는 모습이. 줄곧 예쁘다고 생각하고 있었는데 그게 뭔지 몰랐다. 이제는 알 것 같았다. 그들의 모습이 조그맣게 멀어져 가고 있었다. 페르디안은 자기 자리에서 움직이지 않았다.

나는 기회가 먼저였고, 내 자리를 가지고 소속되고 싶은 마음이 먼저였고, 내 걸 가지고 싶은 마음이 먼저였다. 내가 반쪽이나마 귀족이라서, 아니면 사생아라서, 수도원에 살고 있지 않아서, 함께 보내는 시간이 훨씬 적어서, 내가 귀족가의 아이로서 머물기 위해 수도원 아이들에게 선을 그어서……. 그런 이유 때문이 아니었다.

그저 나는, 저 아이처럼 사랑하고 있지 않았다. 페르디안은 자기가 저 예쁜 그림 속에 낄 수 없다는 걸 깨달았다.

제이드가 사라지더라도 리에타의 옆자리는 그의 것이 되지 않는다. ……알고 있었다.

~~~

아래층에서 간단한 요리를 해 리에타의 방으로 올라온 킬리언은, 그녀가 마른 수건으로 대충 수습한 자신의 젖은 외투를 다리 위에 올려놓고 바느질을 하고 있는 모습을 발견했다. 막 일을 마친 듯, 그녀는 실을 끊어 내고 옷을 가볍게 털며 들어 보고 있었다. 킬리언의 발걸음이 멈칫했다. 그 옷의 주머니에 들어 있는 물건에 생각이 미치며 아차 싶었다. 거기엔 리에타에게 들켜선 안 되는 물건이 들어 있었다.

두 사람의 눈이 마주쳤다. 킬리언이 다가가 그녀 옆의 협탁에 쟁반을 내려놓고 슬그머니 그의 외투를 거두어 들었다.

"……뭘 이런 일을 해. 성에 가서 하인들한테 맡기면 되는 걸."

리에타도 알고 있었지만, 직접 바느질한 이유는 그가 직접 요리하는 이유와 다르지 않았다. 리에타가 반짇고리를 정리하며 웃었다.

"해 주고 싶어서……."

……눈치채지 못했나? 킬리언이 웃으며 허리를 숙여 그녀의 이마에 키스했다.

"고마워."

리에타가 웃었다.

저녁을 먹고, 한참 대화를 나누고, 밤이 깊어 불을 끄기 직전이었다. 반지를 들킨 건 아닌 것 같다고 안심하고 넘어갈 즈음, 리에타가 그를 불렀다.

"킬리언."

눈썹을 으쓱 하며 눈빛으로 듣고 있다 대답하니, 리에타가 그에게 기대며 눈을 들었다. 그녀의 입술이 작게 움직였다.

"당신 외투 주머니에 들어 있는 거……."

킬리언의 몸이 굳었다. 리에타가 살짝 시선을 내려 그의 입술을 보고, 다시 시선을 올려 눈을 맞추며 웃었다.

"……나한테 안 줄 거예요?"

잠시 굳어 있던 킬리언은, 그녀의 목덜미에 이마를 묻으며 끙 소리를 냈다.

"봤구나."

리에타가 빨개진 얼굴로 웃으며 그의 등에 손바닥을 올렸다.

"······응. 케이스만요."

킬리언은 손으로 눈을 가리며 웃어 버렸다.

"케이스만 보고 그게 뭔 줄 알고 달라고 하는 거야?"

"······제 거 아니에요?"

킬리언이 눈을 가린 손을 끌어 내리고 그녀를 마주 보며 작게 속삭였다.

"······네 거 맞아."

리에타가 발그레해진 얼굴로 웃었다. 그리고 조금 안달이 나는, 굉장히 아뜩하고 달콤한 입맞춤을 해 주었다. 달콤하면서도 초조한 기분으로 마음이 바싹 타들어 갔다.

킬리언은 지난번의 청혼 실패 이후, 정말로 공들여 준비했다. 이상적인 청혼에 대해 온갖 상황을 다 상정하고 상상했다. 하지만 역시 리에타의 마음을 알 수 없다고 생각해 망설이고 있었다. 다른 일들도 마음에 걸리는 것이 많아 아직은 때가 아니라고 생각했다. 그런데 이런 식으로 반지를 먼저 들키다니.

그는 반지가 완성된 이후 줄곧 그걸 몸에 지니고 있었다. 하지만 리에타에게 청혼해야겠다는 생각을 굳힌 건 아니었다. 아직 그러기엔 마음에 걸리는 일들이 많았다. 줄곧 알고 싶었다. 네가 받아 준 마음은 어디까지인가.

하지만 오늘 리에타의 눈빛은 그를 확신으로 이끌고 있었다. 네 거 아니냐고? 이미 나의 모든 것은 그대의 것이었다.

"······가져올게."

킬리언이 리에타를 잠깐 떼어 내리고 했다. 리에타가 급히 그를 잡았다.

"싫어. 가지 마요. 그냥 말해요. 지금 말해요."

킬리언이 당황했다. 말하라는 게······ 그러니까 그거?

"······지금? 여기서? 말하라고?"

리에타가 고개를 끄덕였다.

"응. 지금. 이대로 말해 줘요."

리에타가 하라면 하는 거다. ……아니 그런데 청혼이 이래도 되는 거야? 엉망이었다. 문제는 한시라도 떨어지고 싶지 않다는 듯 잡아 주는 그녀를 도저히 거역하고 싶지 않다는 거다. 고뇌에 빠진 킬리언이 그녀의 허리 뒤에서 깍지를 끼고 입술을 깨물며 콩 이마를 마주 댔다.

"……더 멋있게 할 생각이었는데."

리에타가 그의 목을 감고 기어들어 가는 소리로 속삭였다.

"……당신 지금 세상에서 제일 멋있어요."

킬리언이 입꼬리가 올라가는 걸 머쓱하게 가리며 웃었다. 미치겠네. 리에타가 말간 하늘색 눈으로 웃으며 그를 올려다보았다. 왠지 말이 술술 이어지지 않았다. 큼, 잠기는 목소리를 골랐다.

"리에타……. 그대."

킬리언이 조금 머뭇거리며 중얼거렸다.

"……나랑."

누굴 애태우려고 들이는 뜸이 아니라, 스스로 애가 타서 머뭇거려지는 감각이었다. 마음이 벅차서 견디기가 힘들었다. 킬리언은 리에타를 보고 죽을 것 같은 기분으로 다시 말했다.

"나랑……."

리에타가 조금 더 거리를 좁히고, 웃으며 속삭이듯 작은 소리로 그의 말을 이끌었다.

"당신이랑?"

킬리언이 머뭇거리다가, 감당하기 힘든 기분에 웃으며 입술을 깨문 채 고개를 숙였다. 결혼해 줄래? 마지막 말은 완성되지 못했다. 리에타가 그의 옷깃을 쥐고 당겨 키스해 왔기 때문이었다. 깨물고 있던 입술이 벌어지고, 열기가 깊이 뒤얽혔다. 닿기만 하면 언제고 거부할 수 있는 의지를 앗아 가고 마는 부드럽고 달콤한 입술. 손가락 사이로 머리카락을 움켜쥐며 그녀를 제게로 끌어당겼다.

공기가 달아올랐다. 사람을 미치게 만드는 숨소리. 머리끝까지 저릿해지는 사랑하는 사람의 감촉. 반짝이는 눈가. 반짝이는 입술……. 온통 반짝이는 바람. 겨울. 그대.

하아, 달뜬 숨을 뱉어 내며 간신히 떼어 낸 입술을 리에타의 쇄골 위에 묻었다. 미칠 것 같은 달콤한 향기가 났다. 그녀의 몸에 닿은 피부가 델 듯 뜨겁게 느껴졌다. 킬리언은 그녀의 목 위에 멈춘 채 애원하듯이 속삭였다.

"나랑 결혼해. ……평생 행복하게 해 줄게."

리에타가 물기 어린 눈으로 고개를 끄덕여 대답해 주었다.

"좋아요…… 좋아요."

리에타가 그의 뺨을 손바닥으로 감싸 당겼다. 다시 입술이 겹쳐졌다. 킬리언은 그녀의 입술에, 콧등에, 눈꺼풀에 키스하고 깊이 입 맞추었다. 조금 느렸던 것도 같고, 조급했던 것도 같다.

별이 쏟아졌다. 넘쳐흘렀다. 아득하게 새로운 세상이 펼쳐졌다. 어디까지고 당신과 함께하겠다는 약속과 함께.

매 순간. 또 하나. 영혼에 아로새겨지는 순간이었다.

평생 잊을 수 없는.

21

마길라

❖

"……킬리언."

그녀의 부름에 그가 답했다.

"응, 여기 있어."

눈을 감은 리에타가 그의 품으로 파고들며 무어라 말을 중얼거렸다. 깍지 낀 손가락 위에 킬리언이 입술을 대고 약속했다.

"……그래. 항상 그대 옆에 있을게."

리에타가 안심한 듯 눈가에 반짝이는 물기를 숨기며 조그만 한숨과 함께 그와 엇갈린 손가락을 더 깊이 얽었다.

"……요즘 자꾸 이유도 없이 눈물이 나네요. 행복해서 그런가 봐요."

리에타가 들릴 듯 말 듯한 소리로 작게 속삭였다. 킬리언은 "……그런가 보다" 하고 대답하며 그녀의 눈에 입을 맞추었다. 울어도 괜찮다는 듯,

안심이 되는 입맞춤이었다. 리에타는 편안한 듯 웃었다. "조금 더 자" 나직이 속삭이며 킬리언은 한 팔로 리에타의 어깨를 안아 제 쪽으로 부드럽게 끌어당겼다. 리에타가 깊이 안긴 채 편안하게 눈을 감았다. 시트 위에서 깍지 낀 손에 반지가 끼워져 있었다.

'평생 행복하게 해 줄게.'

리에타에게는 그 한마디밖에 하지 못했지만 킬리언은 혼자서 그녀는 듣지 못하는 수많은 약속을 했다. 평생 사랑할게. 오늘보다 내일 더. 내일보다 모레 더 사랑할게. 그대가 기억하지 못해도, 그대를 위해 나는 나의 정의를 지킬게. 그대가 기억하는 슬픔도, 기억하지 못하는 슬픔도 내가 전부 감당할게. 리에타는 그의 품에 안긴 채 평화로운 미소를 띠고 다시 깊은 잠에 빠져들었다.

'기억이 영원히 사라진 게 아니라고?'

'네. 확신할 수는 없지만 메르데스의 말을 믿는다면, 회복이 가능한 반영구 마법으로 추정됩니다. 그렇게 생각한 이유는……'

킬리언이 성녀의 말을 멈추었다.

'잠깐. 그전에, 우선 기억을 회복할 수 있는 방법이 있는지부터 듣고 싶은데.'

성녀가 자리에 앉아 말을 시작했다.

'일반적으로 마법은 시간이 지나면 효과가 사라집니다. 축성 같은 경우가 그렇죠. 하지만 봉인처럼 일정 수준 이상의 강력한 마법은 시간이 지나도 사라지지 않고 효과가 지속됩니다. 이런 마법이 풀리는 경우는 대체로 셋 중 하나.

첫 번째, 힘으로 푸는 것.

'유지되고 있는 마법을 그보다 강력한 마법의 힘으로 파괴해 푸는 방법입니다. 한번 걸린 봉인을 강제로 부수는 데에는 그 몇 배의 힘이 필요하기 때문에 거의 불가능한 일이지만요.'

킬리언이 잠시 생각하다 반문했다.

'불가능하다고? 리에타에게 걸려 있던 기억의 봉인이 그 방법으로 풀리지 않았나?'

성녀가 한 번 끄덕여 긍정했다.

'네. 리에타의 기억을 봉인한 몽마의 마법이 대축성 의식에서 집중된 강력한 신성력을 이기지 못하고 부서졌던 적이 있습니다. 한 번에 모든 기억이 돌아오지는 않았지만, 그 후 리에타는 서서히 봉인됐던 기억을 되찾았습니다.'

서서히 기억이 돌아온다면…… 혼란스러운 기간이 따르겠지만, 가장 좋은 방법 아닐까? 마법에 대해 알지 못해도 시도가 가능하다는 점이 매력적으로 느껴졌다. 그러나 성녀는 곧바로 실현 가능성을 부정했다.

'하지만 유감스럽게도 이제 리에타에게 이 방법은 힘듭니다.'

'어째서?'

성녀는 테이블 위의 유리병을 집어들었다.

'이건 비유하자면 큰 온도 차이로 유리가 깨지는 원리입니다. 갑작스럽게 가해지는 큰 압력의 신성력을 이용해 내부를 흔들어서 깨는 건데.'

성녀가 신성력을 일으켜 집중시키자 유리병 안에 달걀만 한 크기의 빛덩어리가 생겼다.

'이전의 리에타에게는 이렇게 충격을 줄 수 있었습니다.'

타니아 성녀가 병을 흔들자 유리병 안에 담긴 삭은 신성력이 구슬처럼 흔들리며 유리병 안에서 부딪쳤다.

'지금의 리에타는 그때와는 다르게 너무 강한 신성력을 가지고 있어요. 리에타에게 걸린 마법은 그 강한 신성력에 익숙해져 있는 상태이고요.'

유리병 안의 신성력이 강해지며 눈부신 빛으로 꽉 찼다. 성녀가 다시 병을 흔들었지만, 유리병 안의 빛은 견고한 고체처럼 굳은 듯이 움직이지 않았다.

'아무리 밖에서 흔들어도 내부의 밀도가 높아 흔들리지 않으니 소용없어요. 이미 어떤 대축성 마법진으로도 지금의 리에타가 가진 것보다 강한 신성력을 집중시킬 수 없기 때문에 그때 같은 방법은 쓸 수 없습니다.'

킬리언이 유리병에서 시선을 들어 올려 성녀의 눈을 바라보았다.

'그럼 다른 방법은?'

두 번째, 결자해지하는 것.

'마법을 걸었던 당사자가 직접 마법을 풀어 주거나, 마법을 건 마법사가 죽은 후 몇 년에 걸쳐 자연히 마법이 풀리는 경우입니다. 마법사가 죽는다고 항상 마법이 풀리는 것은 아닙니다만, 대공께서도 한 가지 케이스를 알고 계실 겁니다. 아마 이걸 가장 먼저 생각하고 계셨을 것 같은데요.'

킬리언이 대답했다.

'대사제 루텐펠트가 죽은 후, 로드미뉴의 마법이 풀린 것.'

성녀가 끄덕였다.

'네. 황제 폐하께는 형님 되시고, 대공께는 백부이셨던 대사제 루텐펠트가 유배지의 수도원에서 세상을 떠난 후, 대사제가 생전에 로드미뉴에 걸었던 반영구 축성 마법이 몇 년에 걸쳐 서서히 사라졌었지요, 그 케이스입니다.'

유배지에서 세상을 떠났다니 굉장히 깨끗하게 들리는군. 킬리언은 꾹 입술을 깨물었다. 대사제 루텐펠트. 리에타의 어머니를 욕보이고 자신의 죄를 덮기 위해 화형대로 떠밀었던 작자. 제대로 죗값을 치르게 했어야 했던 것을. 신성 왕녀와 얽힌 루텐펠트의 추문을 차마 공개할 수 없었던 황제는 일을 덮고 다른 죄를 붙여 그를 추방했고 그는 거기서 죽었다.

하지만 그의 죄로 인해 에샤힐테 여왕의 저주가 시작되고 악마들이 풀려났으니 그로부터 이 모든 일이 시작되었다 해도 과언이 아니다. 성녀는 굳이 그 일을 언급하지 않은 채 말을 이었다.

'하지만 이것은 마법사의 성향도 있고 마법에 따라 다르기도 해서, 마법사가 죽는다고 반드시 마법이 사라지지는 않을 수도 있으니 알아봐야 합니다. 실제로 반영구 마법은 당사자가 죽은 후에도 오랫동안 사라지지 않는 경우가 더 많습니다.'

'당장은 어떤 경우인지 알 수 있는 방법이 없나?'

'일단 마법을 건 사람이 누구인지 알아야겠죠. 죽일 생각부터 하지 마시고요.'

죽일 생각부터 하진 않았는데. 날 뭘로 생각하는 거야. 물론 생각을 안 한 건 아니지만. 성녀는 한 번 더 당부하듯 말했다.

'먼저 알아봐야 합니다. 죽이고 나선 영영 마법을 풀 수 없게 될 수도 있습니다. 죽일 생각 마세요. 아직 누군지도 모르시잖아요.'

그 일을 예지한 리에타는 마법의 배후에 있는 사람이 황비라고 지목했다. 하지만 황비에겐 직접적인 마법 능력이 없다. 적어도 황비가 주문을 풀 능력이 있는 당사자는 아닐 가능성이 높았다.

페르디안이 했던 말을 종합해 보면 라지오넬 추기경일 가능성이 있어 보인다. 황비와의 연결고리도 있으니까. 하지만 그런 식의 연결고리까지 가능성을 확장한다면 다른 흑마법사나 제삼의 인물일 가능성도 배제할 수는 없는 상황.

무엇보다 라지오넬 추기경은 자신의 강력한 후원자인 황비와 지나치게 가까워 보이지 않도록 선을 그으며 권력지향적인 행보를 보여 왔던 인물이다. 유력한 차기 교황이라는 추기경이 직접 자진해 그 정도의 리스크를 졌을까?

광신도기가 있을 정도로 신의 힘을 추종하는 그가? 페르디안은 그를 꽤나 고평가하고 경계하라 강하게 강조했지만 그건 추기경에게서 오랫동안 벗어나지 못한 영향이거나 페르디안의 개인적 원한일 가능성도 있다. 개인적인 원한이 사람의 판단력을 흐리게 만드는 법이라는 걸, 킬리언은 잘 알고 있었다.

'마지막 방법은?'

세 번째, 열쇠로 푸는 것.

성녀가 세 개의 손가락을 펼치며 마지막 방법을 말했다.

'마법사가 마법을 걸며 열쇠 구멍을 남겨 두었을 때. 즉 마법 시전의 주체가 마법을 걸며 달아 둔 '어떤 경우 이 마법이 풀린다' 라는 단서가 충족되어 마법이 풀리는 경우입니다.'

라멘타의 저주와 베아트리체 왕녀의 유언이 담긴 지팡이가 생각났다.

'여기까지는 일반론이고요.' 타니아 성녀가 손을 깍지 끼고 말을 이었다. '메르데스의 의견으로는 리에타가 당한 기억의 마법은 오블리비우스라는 몽마의 능력이 관련된 마법인 것 같습니다.'

오블리비우스? 처음 듣는 이름이었다.

'뭐, 유명한 악마야?'

성녀가 답했다.

'첫 번째 사례로 말씀드렸던, 리에타의 기억을 봉인한 적이 있는 걸로 추정되는 베아트리체 왕녀의 몽마입니다. 리에타의 기억이 영원히 사라진 게 아닐 가능성이 높다고 생각한 건 그 때문입니다.'

킬리언은 잠든 리에타를 지켜보며 생각에 잠겼다. 페르디안의 몸에 고통을 주고 있는 수마, 아비디타스를 외면할 수 없다며 말을 꺼내던 리에타의 모습이 떠올랐다.

'그대가 어떻게, 다른 사제들이 해 줄 수 있는 것보다 나은 방법을 알고 있기라도 해?'

'그 악마, 제가 아는 악마예요. 에율라티오에 복속되어 있던 수마예요.'

라멘타가 많은 고위 악마를 복속시키고 있기는 했지만, 라멘타와 계약했던 악마가 그렇게 흔할 리는 없다. 그런데 어쩐지 라멘타에 복속되어 있었다던 악마들이 자꾸만 얽히는 것 같았다.

'······.'

흐릿한 의식의 틈새로 조그만 메아리가 흩어졌다. 과거의 기억 같기도 하고 미래의 순간 같기도 한 예지의 감각이 현실과 환상 사이를 노닐었다.

'엄마······.'

어린아이의 목소리······. 사방이 하얀 빛으로 흩어지며, 리에타는 자신의 침대 위에서 눈을 떴다. 꿈속에서 들은 마지막 목소리가 귓가에 울렸다. 어린 시절의 꿈을 꾼 건가?

킬리언은 옆에 없었다. 대신 그 사람이 넣어 둔 듯한 따뜻한 물주머니의 온기가 침대 속을 덥히고 있었다. 리에타는 부스럭거리며 침대 속에서 몸을 돌렸다. 기다란 벽장 옆의 고리에 걸려 있는 어머니의 지팡이가 흐릿한 새벽 어스름 속에서 눈에 들어왔다. 그녀의 어머니, 베아트리체의 유언이 담겨 있는 유품이었다.

손을 뻗으면 마법으로 가까이 끌어당겨 쥘 수 있지만 리에타는 그냥 가만히 그걸 쳐다보았다. 그것은 아직 리에타에게 그 유언의 내용을 허락해 주지 않고 있었다.

리에타의 하늘색 눈이 조금 깊어졌다. 나는 나의 선택을 했다. 엄마는 내가 당신의 불행 앞에 주저앉아 나의 행복을 밀어내기를 바라지는 않았을 거라는 믿음으로 일어서 나의 행복을 향해 걸어왔다. 그리고 이제 엄마가 내게 남긴 것이 어떤 말이든 들을 준비가 되어 있다고 생각한다.

……하지만 엄마가 남긴 마법은 그렇게 판단하고 있지 않은 거지.

아직 때가 되지 않은 거라고……. 더 이상 의심하지 않았다. 그래도 가끔은 머뭇거리는 마음과 엄마에게 미안해지는 마음이 교차했다.

그 사람을 사랑하게 된 스스로를 용서한 것은 후회하지 않지만, 내가 황제를 용서할 수 있을까. 그게 저주의 열쇠라는 이유로 내 마음대로 용서하려 해도 괜찮을까. 그건 확신할 수 없다. 황제가 얼마나 나쁜 짓을 했을지 알 수 없어 두렵다는 문제 이전에, 나는 엄마의 딸이지 엄마가 아니니까.

엄마의 유언을 들을 수 있다면 좋을 텐데. 리에타는 조용히 눈을 감았다.

'그러면 엄마, 나는 더 똑바로 걸어갈 수 있을 것 같아요.'

"……?"

그때 아래층에서 낯익은 마력이 느껴졌다. 모르비두스? 오랜만이라 반가운 기분에 리에타는 침대를 짚고 몸을 일으켰다. 시트가 어깨 아래로 스르륵 밀려 내려가며 허전한 살갗에 닿는 서늘한 공기에 오스스 소름이 돋았다. 옷이 어디 있지? 보는 사람도 없는데 리에타의 얼굴이 민망함으로 벌겋게 달아올랐다.

"인퀴지터들이 리에타를 주시하고 있으니 조심해라."

킬리언은 등 뒤에서 불쑥 흘러나오는 모르비두스의 목소리를 듣고 순간적으로 멈칫하며 눈을 내려 벽난로 위에 놓인 유리 화병에 비친 자신의 옷차림을 점검했다. ……괜찮다. 평소보다 간소하긴 하지만 다 입고 있었다. 당장 미친 악마의 칼부림을 유발시킬 옷차림은 아니었다.

"……알아. 비꼬려는 건 아니지만 네가 가장 조심해야지. 그래서 한동안 리에타 근처에 나타나지 않기로 약속한 거 아니었나?"

킬리언은 태연하게 몸을 굽히며 하던 일을 마무리하고 손을 털며 돌아서 턱짓했다.

"특히 그 꼬마. 계약 상태도 아니고, 적당히 인간 사정을 이해하고 처신할 줄 아는 것도 아니고. 통제가 안 되잖아."

악마는 한숨을 쉬거나 하지는 않았다. 하지만 심리적으론 그러고 싶은 듯, 모르비두스는 옆으로 고개를 돌리고 가슴 앞에 팔짱을 낀 채 말했다.

"안다. 그쪽은 내가 책임질 테니 신경 쓰지 마라."

킬리언은 시선을 돌렸다. 모르비두스와는 줄곧 리에타를 사이에 두고 날을 세워 왔는데, 어째선지 갑자기 그 앞에 서자 뭔가 이상한 기분이 들었다. 뭔가…… 가능하면 리에타와의 사이에 있었던 일을 들키고 싶지 않다는 기분이 들었다.

……내가 왜 저놈을 신경 쓰고 있지? 이런 상황에서 결혼하기로 했다는 게 당당하지 못하다고 생각해선가? 킬리언이 인정하기 싫은 미묘한 기분에 살짝 눈썹을 찌푸렸다. 공통의 적이 생겨선지 다른 이유 때문인지 모르비두스를 향한 전의가 죽었다. 킬리언이 손가락을 구부려 머리를 뒤로 쓸어 넘기고 물었다.

"……리에타한테가 아니라 나한테 먼저 온 이유는?"

모르비두스가 킬리언을 향해 쪽지를 던졌다. 킬리언이 한 손으로 툭 잡았다. 펼쳐 보니 타니아 성녀의 전언이었다.

'몇몇 인퀴지터들이 황실 전투 사제들과 악시아스의 하인들을 통해 말을 흘리고 있습니다. 악마의 흔적을 찾아 내는 마법진으로 리에타의 상태를 진단해 드리고 해법을 찾는 데 도움을 드리고 싶은데, 저나 전하께서 불쾌해하실까 저어되어 도와드리지 못하고 있다고 하네요.'

"네놈이 그 소리에 혹할 것 같아서."

혹하긴 하네. 리에타가 당한 마법이나 그 마법을 건 녀석에 대해 알 수 있다면……. 마법이 마법이니만큼 그녀를 위해서라면 한 번쯤 고려해 볼 만한 소리긴 하다는 생각이 들었다. 인퀴지터는 악마의 마법에 관해선 가장 정확히 진단해 낼 수 있는 존재들이니까.

물론 그는 인퀴지터들을 믿지 않고, 리에타가 악마들을 가까이 하는 만큼 악마 탐지 마법이나 인퀴지터를 상대로는 신중해야겠지만. 모르비두스가 말을 이었다.

"리에타가 당한 몽마의 마법에 대해 알아봐 줄 수 있다는 식으로 인퀴지터들이 악마의 흔적을 탐지하는 마법을 시도해 보자고 할 가능성이 있다. 리에타가 계약 상태가 아니라는 걸 믿고 혹하지 말라고 말해 두려고 왔다."

"혹하면 안 되는 이유는?"

"인퀴지터가 검사한다면 리에타 몸에서 악마의 흔적이 나올 거다."

몸에서 악마의 흔적이 나올 거라고? 킬리언이 미간을 찌푸리며 그를 바라보다 이유를 물었다.

"어째서? 리에타는 계약 상태도, 흑마법사도 아니고 넌 일방적으로 곁에 머무는 건데?"

모르비두스의 반응이 이상했다. 킬리언을 바라보지 않는다. 킬리언의 표정이 굳어졌다.

"뭐야, 말해."

"옛날에……."

그러나 말이 이어지지 않고 무슨 생각을 하는 듯 다시 입을 다문다. 뭔가가 있다는 걸 직감한 킬리언의 목소리가 사납게 낮아졌다.

"너. 리에타한테 무슨 짓했어?"

모르비두스가 눈동자만 돌려 킬리언을 쳐다보았다. 그러더니, 잠깐 틈을 두고 눈을 감았다 뜨며 비식 웃었다. 턱도 없는 소릴 한다는 듯 중얼거린다.

"무슨 짓은."

킬리언은 낮게 다그쳤다.

"말하라고."

모르비두스가 팔짱을 풀고 한숨을 내쉬었다.

"리에타를 불러 줘. 지금부터는 같이 듣는 게 좋을 것 같다. 그 전에 너."

악마가 조금 굳은 얼굴을 풀고 웃으며 뜻밖의 제안을 꺼냈다.

"나랑 약속 하나 하겠나? 거래나, 계약이라고 불러도 좋고."

층계참에서 아래로 내려온 리에타가 반가운 얼굴을 하고 웃었다.

"모르비두스."

창가에 햇살을 등지고 걸터앉아 있던 악마가 살짝 눈을 휘며 웃었다.

"오랜만이네."

모르비두스가 은은하게 청록색 빛을 흩뿌리는 검은 나비를 날려 보내 테이블 앞의 의자를 빼 주었다.

"앉아 봐. 할 말 있어."

리에타가 웃었다.

"무슨 일이야?"

그는 바로 단도직입적으로 본론을 시작했다.

"넌 영안을 가진 신성 능력자로 살아왔으니 경험적으로 알고 있지 않을까 싶은데, 리에타."

"응?"

"넌 역병에 걸리지 않아."

웃는 얼굴 그대로 자리에 앉으려던 리에타가 멈칫하고 그를 바라보았다. 모르비두스가 말을 이었다.

"이유는 모를 것 같아서 얘기해 주러 왔어. ……아무래도 좀 주목을 끌며 살게 될 것 같으니, 앞으로 살면서 조심해야 하는 것도 있을 것 같고."

모르비두스가 그 짧은 사이 자신의 손에 끼워진 반지를 알아챘다는 걸 한발 늦게 깨달은 리에타는 얼굴이 발개져 "어……어?" 하고 말을 더듬었다. 리에타가 무어라 할 말을 못 찾고 있는 사이, 모르비두스는 적의인지 선의인지 알 수 없는 묘한 낯으로 킬리언을 쳐다보았다.

"인간. 너도 앉아도 된다."

"됐어."

"의자 빼 줘? 내가 너한테까지 의자 빼 줘야 하는지 잘 모르겠는데……웬만하면 그냥 앉지."

"필요 없어. 할 말이나 해."

둘이 시답잖은 신경전을 벌이는 동안 리에타는 얼굴이 붉어진 채 의자에 앉아 반지를 만지작거렸다. 그래도…… 모르비두스 반응이 나쁘지만은 않은 것 같은데……. 리에타는 머쓱하게 목덜미를 눌렀다. 킬리언은 앉는 대신 리에타 뒤에 와서 섰다. 창틀에 걸터앉은 모르비두스는 무릎 위에 팔꿈치를 댄 채 물끄러미 리에타를 내려다보았다.

"어릴 때 너, 오로라를 본답시고 설치다 크게 앓아 죽을 뻔한 적이 있는데, 기억해?"

리에타가 웃으며 조금 어리둥절하게 고개를 끄덕였다.

"응. 기억하지. 그건 갑자기 왜?"

킬리언도 들은 적 있는 이야기였다. 창을 열어 놓고 잠들어 호되게 앓았다고 했었는데. 그 이야긴가? 모르비두스가 한 가지를 더 물었다.

"그때 네가 역마에게 잠식당했었다는 것도?"

"어?"

리에타가 얼떨떨한 얼굴로 반문했다. 악마에게 잠식당했다고? 킬리언도 함께 모르비두스를 쳐다보았다.

"하긴. 그때 넌 생사를 넘나들던 꼬마니 그게 뭔지 알고 기억하고 있었을 것 같지는 않네. 베아트리체가 그때 네가 아팠던 것에 죄책감을 갖고 있어서 그때 일은 일부러 말한 적이 없으니 아마 넌 모를 거야."

모르비두스는 느슨하게 기대어 앉아 말문을 열었다.

"베아트리체는 라멘타의 신성 무녀로 평생 악마 때문에 위협을 느껴 본 적이 없었어. 베아트리체는 초보 엄마였고 혈족의 힘과 신성 능력 대부분을 봉인당한 네가 평범한 어린아이라는 걸 생각하지 못했지. 그때 우린, 그러니까 악마들은 다른 일 때문에 잠깐 자릴 비웠었는데……."

모르비두스가 리에타를 쳐다보았다.

"베아트리체가 새파랗게 질려서 우릴 불렀을 땐 이미 넌 사경을 헤매고 있었어. 역마는 뿌리내려 어떻게도 할 수 없는 상태였고 너무 어려 역병의 진행이 빨랐지. 아주 좋지 않았어."

리에타가 제 얘기라는 걸 믿을 수 없다는 듯 놀란 표정이 되었다. …… 역병? 잠식? 내가? 그 말이 사실이라면 지금 나 어떻게 살아 있는 거야? 한번 뿌리박힌 악마는 어떤 방법으로도 돌이킬 수 없다. 인간의 몸에 악마가 뿌리내렸다는 것은 시한부 선고다.

게다가 역병은 어릴수록 빠른 속도로 진행된다. 열두 살이었지만 일주일을 버티지 못한 안나. 황녀였음에도 여섯 살 나이에 역병에 걸려 요절한 킬리언의 이복여동생 힐스레인. 모두 죽었다. 리에타가 악마들과 살았던 건 일곱 살 보다 어릴 때. 그 정도로 어린 나이에 역병에 걸리면 거의 살 수 없다. 모르비두스는 말을 이었다.

"목숨이 위험했어. 방법이 없는 상황이었지. 하지만 베아트리체는 뭐든 해서 널 살리라고 명령했고, 실제로 뭐든 해야 하는 상황이었어. 다행히 내가 도박처럼 시도해 본 게 효과가 있었는데 그 방법이 리에타, 너한테 강제로 내 영체 일부를 심는 거였어."

모르비두스는 제 귀를 의심하는 두 인간의 얼굴을 마주 보며 말을 이어 갔다.

"악마가 뿌리내리고 잠식이 진행되면 인간에게서 악마를 떼어 낼 방법이 없다는 게 정설이지. 하지만, 하나의 몸에 똑같이 뿌리내린 상태에선 경쟁이 가능했어. 난 격이 높은 역마라 그 역마를 누를 수 있었고, 그 후엔 내가 리에타를 낫게 할 수 있었어. 그래서 넌 살았다. 끝이야."

침묵이 흘렀다. 킬리언은 눈을 가늘게 뜨며, 자신이 이해한 것이 맞는지 확인했다.

"리에타의 몸에 네 일부를… 그러니까 더 강력한 역마의 영체를 뿌리내리게 해서, 원래 있던 악마를 몰아냈다는 말이야?"

대답은 조금 느리게 나왔다.

"그래. 독으로 독을 몰아낸 거지. 너희 식으로는 감히 악마 따윌 몸에 심는다는 게 용납하기 힘든 방법이라는 걸 안다만, 그렇게 안 했으면 리에타는 살지 못했을 테니 비밀을 지켜 주면 좋겠군. 뭐, 페르디안이란 놈을 보니 요새 세상도 많이 변한 것 같긴 하더라만."

"……."

"그런 이유로 결론부터 말하면 인퀴지터의 검사는 허락해선 안 돼. 조그만 조각 하나였을 뿐이고 지금은 완전히 리에타의 일부가 됐지만, 예민한 마법으로 검사하면 악마 반응이 나오긴 할 거야. 당연히 내가 지금 한 것처럼 침착하게 자초지종을 설명할 기회는 없을 거고."

리에타는 할 말을 잃었다. 자신의 몸에서 악마 반응이 나올 거라는 말에 신성 능력자가 놀라지 않긴 어려웠다. 리에타는 마치 그곳에 모르비두스의 조각이 심어져 있기라도 한 것처럼 멍하니 제 가슴 앞섶을 눌렀다. 스스로의 몸이 낯설게 느껴졌다. 모르비두스가 말했다.

"악마가 있다는 불편함 같은 건 못 느낄 거야. 역병에 걸리지 않는다는 거 외에 딱히 나쁠 건 없어. 사람들이 알면 좀 위험할 수 있을 거라는 거 말고는."

리에타가 문득 손을 떼고 그를 쳐다보았다. 모르비두스의 목소리가 이어졌다.

"하지만 어쨌든 네게 역마 일부가 섞여 있는 건 사실이니까. 염두에 두고 조심해. 마녀로 몰리면 안 되잖아."

모르비두스는 담담한 어조로 말했지만 누군가를 연상시키는 말인지라 담담하게 받아들일 수 있는 사람은 없었다. 너무 무거운 화제로 인해 침묵이 내려앉으려 하자 모르비두스는 곧 다른 데로 말을 돌렸다.

"네가 체질적으로 역병에 안 걸린다는 건 알고 있었나 보네?"

리에타는 "……응" 하며 멍하니 고개를 끄덕였다. 경험으로 알고 있었다. 역병에는 걸리지 않는다는 것. 감기 같은 데는 곧잘 걸리기도 하는 약골이면서도 사소한 유행병이나 악마가 붙을 수 있는 병에는 이상하게 한 번도 걸린 적이 없었다. 기억이 잘 나지 않는 그 어린 시절에 내가 역병에 걸렸다는 것에 놀란 건 그 때문이었다. 그래도 그게 이런 이유 때문일 거라고는 상상도 하지 못했는데…….

수도원에서 악마학과 신학을 공부하며 십일 년을 살았다. 역마에 대해서도 잘 알았다. 자신의 특이 체질에 대해선 어렴풋이 알고 있었다. 그리고 그녀의 체질에 대해 정확히 알려 준 것은 악마학의 천재라는 소릴 듣는 페르디안이었다.

'리에타. 너는 역병에 걸리지 않아. 특이한 체질이야. 너 이건, 비밀로 하는 게 좋겠다. 아무한테도 말하지 마. 특이한 사람으로 보이면 괜히 눈에 띌 테니까. 그건 너한테 좋지 않아. 이건 너랑 나만 아는 비밀인 거야. 사제님한테도 절대 말하면 안 돼.'

역마들이 이상하게 자신에겐 역병을 일으키지 못한다는 것. 본능적으로 숨겨야 한다는 말이 옳다고 생각해서 리에타는 아무에게도 말하지 않았고, 페르디안도 비밀을 지켜 주었다. 킬리언과 모르비두스에겐 숨기지 않아도 되지만…….

"왜 지금까지 말 안 했어? 그런 중요한 걸 이제야……!"

옆에서 킬리언이 모르비두스를 향해 화난 목소리로 소리를 쳐서 리에타는 깜짝 놀랐다. 다그치듯 말하던 킬리언이 마른 손바닥으로 눈을 꾹 누르며 입술을 물었다.

리에타의 몸에 역마가 심어져 있다는 말을 들은 킬리언의 머릿속은 아찔한 걱정으로 가득 찼다. 사제들을 그동안 얼마나 많이 만났는데. 신성 능력을 얼마나 많이 쓰게 했는데. 나중에 리에타한테 문제가 되지 않을까?

무엇보다도 몸에 악마를 심은 페르디안이 겪었던 고통과 심한 부작용이 떠올랐다. 페르디안은 수마였는데도 그 정도였으니 역마를 심은 사람은 어떤 고통을 겪었을지 짐작도 할 수 없었다. 그럼 리에타도 그렇게 아팠을까? 그 어린 나이에? 앞으로는 괜찮은 건가?

리에타가 아프면 안 된다는 걱정에 킬리언의 눈에 불이 튀었다.

"페르디안과 같은 케이스야? 리에타한테도 언젠가 그런 문제가 생길 수 있어?"

킬리언의 물음에 모르비두스가 단호하게 부정했다.

"천만에. 나 같은 전문가가 처음부터 끝까지 관리한 거랑은 다르지. 그

녀석의 경우는 시작도 예후도 좋지 않아. 내가 좀 고쳐 주긴 했지만 평생 관리하며 살아야 할 거야. 하지만 리에타는 모르고 살아도 아무 문제도 없어. 지금까지 그랬던 거랑 똑같이."

……다행이다. 마음에는 들지 않지만 실력 하나는 믿을 수 있는 놈이고 질병의 악마니까. 믿어도 괜찮겠지?

"신성 능력을 쓰는 건 괜찮아?"

"지금까지 멀쩡하게 신성 능력 쓰고 살았잖아. 문제없어."

"리에타가 신성 몸살을 심하게 앓았는데, 혹시 그것 때문 아냐?"

"원래 잠재력보다 신성 능력이 조금 늦게 발현됐을 수는 있겠지만……몰라! 악마한테 신성 능력 자문하냐?"

"더 숨기는 거 없지? 다른 조심할 건?"

그녀의 몸과 영혼 어딘가 역마가 섞여 있다는 말을 듣고도 리에타에게 향하는 마음에 아무런 거리낌도 없는 킬리언을 보고 입을 다문 모르비두스는 짧은 침묵 끝에 조용히 눈을 감았다 떴다.

"없어, 머저리야."

"뭐? 머저리는 너지. 이런 중요한 걸 여태까지……!"

두 남자가 서로를 달달 볶으며 지독한 극성을 뿜냈다. 그리고 다음 순간, 리에타가 눈빛을 바꾸며 손가락 끝을 매만지다 조심스럽게 꺼낸 말에 킬리언은 꽤나 충격을 받았다.

"……모르비두스. 지금 말한 그 치료법. 몽마한테 잠식당한 사람한테도 적용할 수 있어?"

"몽마?"

모르비두스가 반문했다. 킬리언은 저도 모르게 표정을 굳혔다. 리에타를 걱정하느라 킬리언이 미처 짚어 내지 못한 가능성을 리에타가 먼저 눈치채었다. 그녀는 그 방법으로 악마에게 잠식된 황제를 살릴 수 있냐고 묻고 있었다.

"칼리고 백작님, 정말 괜찮으십니까?"

"괜찮습니다."

페르디안이 어깨와 머리를 덮고 있던 모포를 끌어 내리며 고개를 들고 미소 지었다.

"폐를 끼쳤습니다. 염려해 주셔서 감사합니다."

사제가 안절부절못하는 마음을 애써 감추며 불안한 눈빛으로 그를 바라보았다. 그는 근처에 듣고 있는 사냥꾼이 없다는 걸 확인하고 조심스럽게 물었다.

"백작님. 악시아스에서 진행하신 마지막 안정화 실험으로 수마의 힘을 완전히 제어하실 수 있게 되셨다고 들었는데요."

페르디안은 미소 지으며 평화롭게 옷매무새를 가다듬었다.

"온전히 다룰 수 있게 된 줄 알았습니다만, 아직 부족하다는 것을 알게 되었습니다. 저 개인적으로는 다행한 일입니다만 사제님들을 놀라게 해드렸으니 죄송합니다."

사제의 눈에 비친 온화한 암갈색 눈동자는 평온해 보였다. 그러나 지금은 평온해 보여도 다시 그런 괴물의 모습이 나타나지 않는다는 보장은 없었다. 자유자재로 물의 마법을 다루는 능력은 놀라웠고 확연히 악마의 흔적이 나타났던 몸은 거짓말처럼 원래대로 돌아와 있었지만, 아무리 그래도 그런 괴물 같은 모습은 일반인에게 보일 만한 것이 아니었다.

"어려움이 있다면 저희가 돕게 하십시오. 저희들은 그러기 위해 와 있으니까요."

페르디안이 웃었다.

"무얼 염려하시는지 압니다."

순간적으로 오싹한 기운이 들었다. 사제가 흠칫하자 페르디안이 그를 바라보며 시선을 내리깔고 여전히 온화한 웃음을 지었다.

"걱정 마시고 사제님들께서는 사냥꾼들과 함께 돌아가십시오. 저는 조금 더 여기 남아 할 일이 있습니다."

사제가 당황해서 그를 바라보았다.

"할 일이 남으셨다니 무슨 말씀이십니까? 백작님, 화마는……."

페르디안이 자리에서 일어서며 말했다.

"여러분의 임무는 화마 엑시티우스의 포획입니다. 그리고 아시다시피 지난 며칠간의 추적 결과, 엑시티우스는 더 이상 이곳에 없는 것 같다는 결론을 내렸지요. 돌아가시면 됩니다. 남은 임무는 저 혼자 마무리하겠습니다."

"백작님께선 같이 돌아가시지 않는다는 말씀이십니까?"

페르디안은 미소 지었다.

"대공 전하께 저는 맡은 바 임무를 완수하기 위해 남았다고 전해 주십시오. 그리 말씀드리면 아실 것입니다."

사제는 당황해서 그를 바라보았다. 악시아스 대공에게 따로 임무를 받았다는 뜻인가. 바로 얼마 전까지 페르디안은 그들 일행에서 가장 말단 직위의 학자였으나 이 화마 추적 팀에서 그는 사실상 일행의 우두머리였다. 거스를 수 없었다.

그런데…… 페르디안 칼리고 백작의 눈이 원래 저렇게 검은색이었나? 하얗게 빛나는 머리카락 아래 그림자 진 눈동자가 평소보다 어둡게 보였다. 페르디안은 머릿속에서 떠나가지 않는 성물의 모습을 떠올렸다. 대사원의 분수대 속에 떨어져 물을 맞고 있던, 달빛을 받은 대석장의 모습이 강렬하게 그를 사로잡았다.

그에게 악마의 힘을 주었던 라지오넬 추기경보다도, 날뛰는 힘을 실질적으로 다룰 수 있는 방법을 알려 준 모르비두스보다도, 그 대석장을 마주친 순간 그는 많은 힘을 얻었고 많은 것을 할 수 있게 되었다.

마의 성물이 사람을 홀린다는 걸 안다. 그렇다 해도, 그에겐 당장 힘이 필요했다. 힘을 가져야 했다. 그것을 가져야 했다. 나에게 이제 방법은 그것뿐이었다.

'부디 제가 쓸모를 다 하는 그날이, 해야 할 일을 다 하기 전에 오지 않기만을 바랄 뿐입니다.'

세비타스 저택 응접실에 정적이 감돌았다. 사제는 미소 짓고 있었지만 속으로 무슨 생각을 할지는 뻔했다. 앞으로 후원해 드리게 된 연구 사제님이라고 집안 가족들을 소개하는 와중에 이런 얼빠진 소리라니…….

유감스럽게도 프레데릭이 멍청한 소리를 하고 있다는 걸 알아챈 사람은 페르디안뿐이었다. 프레데릭이 계속 입을 놀리게 두었다간 세비타스가 망신을 당할 상황이었다. 페르디안은 집안 망신을 막기 위해 슬그머니 나서며 아이 특유의 천진함을 가장해 깜짝 놀란 시늉을 했다.

'아! 그러니까 형님께서는, ……라는 뜻으로 하신 말씀이신 것이군요?'

페르디안의 입을 통해 살짝 바뀐 자신의 말이 아주 그럴싸하게 들리자 기분이 좋아진 프레데릭이 손가락을 튕기며 기뻐했다.

'그렇지! 페르디안. 역시 네가 오래 배워서 그런지 내 말을 잘 알아듣는구나.'

페르디안이 뒤통수를 만지작거리며 미소 지었다.

'형님께서 많이 가르쳐 주신 덕분이지요.'

……이 정도면 되겠다. 프레데릭의 실수를 눈치껏 수습하며 적당히 대답한 페르디안은 물러났다. 백작 부인을 포함해 주변에 있는 사람들이 흐뭇하게 미소 지었다.

사제와 눈이 마주쳤다. 페르디안은 잠깐 멈칫하다 묵례했다. 사제의 눈에 이채가 어렸다.

'……영식께서 상당히 영민하군요.'

자식 칭찬에 흡족해하며 만면에 미소를 띤 백작 부인이 프레데릭의 어깨를 뿌듯이 쓸어 주었다.

'별말씀을요. 악마학은 교양으로만 가볍게 배운지라, 사제님 앞에 자랑스럽게 내보일 만한 수준은 못 됩니다. 아이 교육에는 특별히 신경을 쓰고 있습니다만…….'

사제가 짧게 웃음을 터뜨렸다.

'아뇨. 그 아드님 말고,' 미소를 띤 사제가 손바닥을 비스듬히 위로 들고 똑바로 페르디안을 가리켰다. '이쪽 아드님 말입니다.'

페르디안의 얼굴이 굳어졌다. 세비타스 저택 사람들의 당황한 시선이 사제와 페르디안에게로 내리꽂혔다. 카사리우스 세비타스의 차남이 입적된 사생이라는 건 외부에는 쉬쉬하는 비밀이었다. 어차피 장남은 영주가 될 운명이니 일반적인 경우라면 학문적 영민함이야 차남이 더 낫다 해도 그리 서운하거나 실례가 될 소리가 아닐 수도 있겠지만.

사실 이게 적자보다 사생아가 낫다는 칭찬을 받은 미묘한 상황이라는 걸 빤히 알고 있는 세비타스 저택 사람들은 대놓고 드러내지 못한 조마조마한 시선으로 표정 관리를 하며 백작 부인의 눈치를 보았다. 페르디안은 자신의 실수와 곧 닥칠 곤란을 예상하고 창백해졌다.

알아챘다 해도 모르는 척해 주시지. 하다못해 그 아드님도 나쁘진 않습니다만, 이쪽이 좀 더…… 정도로만 말씀하실 순 없었나. 저렇게 딱 잘라서 '그쪽 말고 이쪽'이라니, 후원을 받으러 온 사제의 경솔함을 믿을 수가 없었다. 사제가 관심 어린 눈길로 페르디안의 갈색 눈을 들여다보다 웃었다.

'……내 젊은 시절을 보는 것 같구나.'

사제가 그의 앞에 한쪽 무릎을 꿇고 앉아 손을 내밀며 눈을 맞추었다.

'어떠냐. 너, 나하고 같이 연구해 보지 않겠느냐?'

페르디안은 열없는 눈으로 생기 없는 미소를 그리며 그를 바라보았다. 경솔한 분이구나. 아버지에게 따로 먼저 의향을 타진해 보셨으면, 이런 피차 민망할 일이 생기지도 않았을 것을. 저 사제는 아무것도 모르니 한 말이겠지만 덕분에 나는 나대로, 저 사제는 사제대로 곤란한 일이 되었다. 페르디안이 고개를 숙이며 꾸벅 감사 인사를 했다.

'……말씀만으로도 영광입니다, 사제님. 하지만 워낙에 미욱한지라 제가 혼자 감당하기 벅찬 과분한 말씀이라는 생각이 듭니다. 제 부족함이 사제님께 폐가 되지 않을지 부모님께 먼저 상의를 드린 후에 결정해도 실례가 되지 않을는지요.'

……내가 제이드보다 나을 것도 없구나. 재능이 있어도, 기회가 있어도, 잡고자 하는 의지가 있어도, 평민 사이에도 귀족 사이에도 낄 수 없는 애는 스스로의 의지조차 지킬 수가 없으니. 사제는 싱긋 웃더니 내밀었던 손을 거두어 소매에 집어넣었다.

'내가 성급하였구나. 똑똑한 아이야. 네 말대로 하도록 하자.'

페르디안은 이미 오래 전 체념한 스스로의 처지에 새삼스런 쓸쓸함을 삼키며 웃었다. 답은 정해져 있었다. 이제 누군가가 그에게 적당히 귀띔을 해 주고, 사제는 실언했다며 말을 거두고, 이 제안은 모두 없던 일이 되겠지. 페르디안은 그렇게 생각했다. 하지만 상황은 페르디안의 예상과는 다르게 흘러갔다. 사제가 일어나더니 카사리우스를 향해 몸을 돌렸다.

'어떻습니까, 카사리우스 님.'

'……예?'

사제가 미소 지었다.

'이 아이를 제게 맡겨 주십시오. 가르쳐 보고 싶습니다.'

당연히 당장 말해 보잔 소리가 아니었다. 알아들었을 텐데? 귀족다운 태도라 하기 어려운 저돌적인 제안에 페르디안은 당황했다. 기분이 상한 채 애써 미소 짓고 있던 백작 부인의 입가가 기어이 씰룩였다. 카사리우스는 어색하게 미소 지었다.

'좋은 제안을 해 주셔서 감사합니다. 허나…… 부족한 아들인지라 중요한 연구를 하시는 사제님께 누를 끼치게 되지 않을까 두렵습니다. 중요한 연구를 하시는 분이신데, 염치가 있지 제가 어찌 아들 출세까지 시켜 달라 바라겠습니까.'

아버지는 이 얘기는 그만하자는 듯 웃으며 한쪽 손바닥을 들어 보였다.

'모쪼록 사제님께서는 연구의 성과를 거두시는 데에만 집중해 주십시오.'

그러자 사제는 웃음 띤 얼굴 그대로 말했다.

'저는 아직 세비타스 백작님의 후원을 받겠다 말씀드리지 않았던 것으로 기억합니다만.'

사제의 대답에, 사람들이 어리둥절한 얼굴로 그를 바라보았다. 사제는 곤란한 듯 미소 지었다.

'제안해 주신 후원은 물론 감사한 말씀입니다만, 저는 신을 따르는 몸입니다. 저에게 돈은 가장 중요한 가치가 아니라 고민이 되는 일이지요. 저 한 몸으로 성실히 보필할 수 있는 분들의 수에는 아무래도 한계가 있는데 어찌해야 할까…….'

카사리우스의 표정이 흔들렸다. 그는 당황한 듯 황급히 양손을 저었다.

'아, 무슨 대단한 보필이나 보상을 기대하여 드리는 후원은 아닙니다.

물론 연구의 성과를 기대하고 있습니다만, 그러니까 저는 그저, 어디까지나 그 연구의 성공만을 바라는 순수한 의도에서…….'

페르디안은 돌아가는 상황을 멍하니 바라보았다. 그 누구도 사제를 제지하거나 그의 무례를 지적하지 않았다. 일개 사제를 향한 아버지와 집안 사람들의 태도가 이해가 가지 않았다. 그냥 사제가 아닌 건가? 이 사람이 하는 연구가 뭐길래?

'사실 저는 더 이상 귀족의 후원을 받을 생각이 없었습니다만…….'

사제는 페르디안을 자신의 앞으로 끌어와 소년의 등 뒤에 선 채 그의 어깨를 짚고 웃었다. 당황한 페르디안이 고개를 뒤로 들어 올리며 그를 쳐다보았다. 미소 지은 사제의 말이 평온하게 이어졌다.

'이 아이는 어딘지 모르게 특별한 인연이라는 생각이 드는군요. 이런 아이를 키우신 분의 후원이라면 제게도 의미가 있을 것 같다는 생각이 들 정도로…….'

한발 늦게 사제의 말을 이해한 페르디안의 눈이 천천히 커졌다. 그는 그 이상 페르디안을 원한다는 식으로 자신의 요구사항을 말하지조차 않았다. 그저 느긋하게 미소 지었을 뿐이었다.

가장 먼저 움직인 것은 세비타스 백작 부인이었다. 어머니는 사제의 말이 매우 감명 깊다는 듯 굳은 얼굴에 애써 그림 같은 미소를 띠었다. 그리고 애정을 가장한 눈으로 페르디안을 바라보기까지 했다.

'부족한 아이를 그렇게까지 각별하게 봐 주시니 기쁩니다.'

사제가 페르디안의 어깨를 부드럽게 감싸며 미소 지었다.

'부족하다니요. 이 아이는 저의 연구에 도움이 될 것입니다. 물론, 저희 사이의 소중한 인연에도요.'

초조하게 그를 바라보던 카사리우스가 비로소 '하하' 하고 안도의 한숨을 지으며 웃었다.

'제 아들이 사제님께 도움이 된다면 그런 감사하고 영광스러운 말씀을 어찌 마다하겠습니까.'

이 사제가 누군지, 무슨 연구를 하는 사람인지도 제대로 몰랐지만, 소년은 분위기를 통해 직감적으로 알 수 있었다. 그 자리에서 가장 서열이 높은 사람을. 사제의 미소 띤 눈동자가 똑바로 페르디안에게로 향했다.

'부모님께서 허락하셨구나. 어떠냐. 나와 함께 가 보겠느냐?'

당황한 페르디안의 눈이 실망하고 싶지 않은 불안과 기대감으로 흔들렸다. 그러나 이어진 소년의 대답은 그 자리의 그 누구도, 심지어 페르디안 스스로도 예상하지 못한 것이었다.

'저는…… 세비타스에 있고 싶습니다.'

카사리우스와 백작 부인의 조금 놀란 시선이 그에게 떨어졌다. 사제가 미소 지었다.

'세비타스에 있고 싶다고? 어째서지?'

잠시 스스로에게 당황했지만, 살짝 고개를 숙인 페르디안의 입은 능숙하게 가문에 대한 충정을 읊었다.

'이곳에서 형님을 충실하게 보필하는 것이 제 오랜 꿈이라서요.'

저택 사람들의 눈이 사제와 소년을 향해 쏟아졌다. 그 순간, 세비타스 백작 부인이 말했다.

'……저렇게 형제끼리 우애가 좋답니다.'

그리고 페르디안을 보며 미소 지었다.

'괜찮다, 아들아. 네가 사제님을 따라 다니며 깊은 가르침을 얻을 수 있다면 그거야말로 네 형과 아버지에게 도움이 될 수 있는 일이 아니겠니.'

백작 부인의 미소에, 순간적으로 가슴 속에서 무언가가 치밀었다. 페르디안은 사제를 올려다보며 다시 말했다.

'사제님. 저는 세비타스에 있고 싶습니다.'

아이가 자신의 명을 거역할 거라고 생각하지 못했던 백작 부인이 눈썹을 꿈틀했다. 부채를 쥔 손끝이 떨리는 것이 느껴졌지만, 페르디안은 땀이 밴 주먹을 꽉 쥐고 무시했다. 사제는 다시 웃었다.

'그것도 좋은 생각이구나. 그러자꾸나.'

사제는 마치 페르디안이 줄곧 바라 왔던 것을 읽기라도 한 것처럼 손을 내밀었다.

'정식으로 인사하자. 네 이름이 무엇이냐.'

쿵. 심장이 내려앉았다. 쿵. 그리고 다시 뛰기 시작했다. 페르디안이 손을 내밀었다.

'페르디안 세비타스입니다.'

소년이 내민 손을 마주 잡고, 사제는 격려하듯 그의 어깨를 큰 손으로 감싸며 두드리고 웃었다.

'반갑구나. 나는 라지오넬이다.'

그리고 마치 사람의 속에 들어갔다 나온 것처럼 속삭였다.

'언젠가 네게, 세비타스보다 어울리는 이름을 주마'

그의 입이 움직이지 않았다. 소리는 머릿속으로 흘러들어 왔다. 깜짝 놀랐지만, 페르디안은 '네?' 하고 반문하거나 세비타스의 사람들을 당황해 쳐다보지 않을 정도의 눈치는 가지고 있었다. 세비타스보다 어울리는 이름? 그 말이 암시하는 것에 페르디안은 손을 꽉 쥐었다. 작위를 줄 수 있는 사람.

'앞으로 나를 잘 도와주거라. 그러면 내가 너에게 원하는 것을 주겠다.'

뛰지 마라. 뛰지 마라. 흥분해서 실수하지 마. 페르디안은 떨리는 눈으로 키 큰 사제를 올려다보았다. 세비타스 저택에서도, 수도원에서도 섞일 수 없는, 줄곧 바라 마지않았던, 내 한 몸 둘 곳. 틀어쥔 심장이 손가락 틈새로 맥동했다. 그때는 그 선택을 후회할 일이 절대 없을 줄 알았다.

아이들의 뒤에서 페르디안은 새하얗게 질린 손을 틀어쥐었다. 수도원을 졸업하고 사제가 되어 다른 사원으로 떠나는 신성 능력자들이 수도원 아이들의 포옹과 눈물, 웃음 섞인 환송 속에 작별 인사를 나누고 있었다. 아이들의 웃음과 눈물에, 아득한 나락으로 떨어지는 기분이었다.

'세비타스에 있고 싶습니다.'

지옥처럼 떠오르는 그날의 한마디. 페르디안은 뒤에서 숨은 채 멍하니 기도하는 아이들을 보고 섰다. 아이들은 마지막으로 서로를 축복하는 기도를 마쳤다.

'루시엘리.'

'레시엘.'

지금이라도 이 모든 걸 멈출 수 없을까. 수백 수천 번도 더 생각했다. 그러나 왜 진작 멈추지 않았을까 깨달은 시점엔 이미 돌이킬 수 없게 되어 있었다. 내가 이 자리를 지키지 않으면 그가 아끼는 소녀 역시 먼저 떠난 수도원 아이들과 같은 전철을 밟게 될 것이다.

매 순간 악마가 되어 가는 자기 자신을 느끼며 그 목표 하나만을 붙들었다. 나에게도 피치 못할 이유가 있다. 나는 나의 방법으로 소중한 사람을 지키기 위해서 남아 있는 거야. 그래서 그만두지 못하고 있는 거야.

페르디안은 리에타를 생각했다. 운 좋게 영안을 지니고 있을 뿐, 그저 약간 괜찮은 수준의 평범한 신성 능력자로 보이지만, 악마학을 배우면 배울수록 이상하게 느껴지는 아이.

역병에 걸리지 않으며, 수도원에 오기 이전의 기억을 가지고 있지 못하고, 글을 읽을 줄 알고, 평민이라기엔 고운 손을 가지고 있지만, 귀족이라기엔 소박한 삶을 살아온 듯한 티가 나는 이상한 아이.

소녀가 이 시대의 신성 능력자나 마법사는 알아챌 수 없을 정도로 교묘한 악마의 마법과 봉인으로 지켜지고 있다는 걸 알아챘을 무렵, 악마학의 천재라 알려지기 시작한 페르디안은 리에타 자신조차 모르는 그녀의 비밀을 알게 되었다.

리에타에 대해 알게 된다면 라지오넬 대사제는 리에타를 그냥 두지 않을 거다. 그의 눈에 절대 띄지 않는 곳에 숨겨야 했다.

'리에타. 너는 역병에 걸리지 않아. 특이한 체질이야. 너 이건, 비밀로 하는 게 좋겠다. 아무한테도 말하지 마. 이건 너랑 나만 아는 비밀인 거야. 사제님한테도 절대 말하면 안 돼.'

절대 말하지 마. 무덤까지 가져갈 비밀이야. 무슨 비밀? 네 비밀? 리에타의 비밀? 추기경의 비밀? 다, 다, 다. 당장은 이 자리를 지켜야만 한다. 그래야 리에타를 살릴 수 있어. 내가 이걸 계속하는 건 저 아이를 지키기 위해서야. 내가 괴물이기 때문이 아니야.

'아직도 지가 사람인 줄 아나.'

죄가 없다는 뜻이 아니야. 지키고 싶은 거 하나 정도는 가져도 되잖아.

'그냥 멈추고 싶지 않은 거잖아?'

아니야. 리에타를 지키고 싶어서야.

'네게 필요한 건 네가 괴물이 아니라는 변명뿐이야.'

아무렇게나 살고 있지 않다는 목적 하나 있을 뿐이야. 그 정도는 가져도 되잖아.

'핑계 없는 무덤은 없다더니.'

입 다물어. 너는 악마야. 스스로를 기만하는 것을 멈출 수가 없었다.

'그래 봤자 성격 좋은 악마나 되겠지.'

인간이 말했다.

'성격 나쁜 인간보단 성격 좋은 악마가 쓸모 있을걸?'

악마가 말했다. 페르디안이 웃음을 터뜨렸다. 악시아스 대공 전하. 태초의 역신 모르비두스 님. 성격 좋은 인간도 아니고 성격 나쁜 악마도 아닌 녀석은 어떻게 생각하십니까. 저는 그 둘 중 어디에 더 가까울까요.

저는 몸에 악마를 심었어요. 그래도 태어나기는 인간이었으니 인간일까요? 한 짓을 보면 양심이 없나요? 그럼 역시 악마에 가까울까요?

수도원 아이들 사이에도 섞이지 못하고, 귀족 사회에도 섞이지 못하던 사생아는 자라서 인간들도 끼워 주지 않고, 악마들도 끼워 주지 않는 이상한 놈이 되었습니다.

태어나길 울타리 밖의 인간이었다고, 평생 겉돌기만 하는 인생. 겨우 그런 거에 괴로워하던 시절도 있었죠. 제가 뭘 어떻게 하면 될까요?

수반 앞에서 물러난 추기경이 미소 지었다. 수반 위에는 먼 북쪽 땅. 새하얗게 눈이 내리는 황량한 풍경이 비치고 있었다. 고요히 움직이는 시야 저 멀리, 흐릿하게 하비투스 대사원의 모습이 보였다.

페르디안. 짧은 시간이었는데, 세상 순례를 보낸 사이 기대 이상으로 많이 컸구나. 기쁘다. 어서 그 힘을 가지고 내게 오너라.

타니아 성녀가 말했다.

"저 좀 여기 머물게 해 주십시오. 콘클라베*가 열리면 교황 선출권을 가

◇◇◇◇
* 교황 선출 회의

진 사람은 모조리 회의장에 갇히게 됩니다. 유감스럽게도 저한테 교황 선출권이 있네요."

"……뭐?"

귀를 의심하며 반문하자 타니아 성녀가 "아" 하더니 눈 하나 깜짝이지 않고 말했다.

"교황 성하께서 서거하셨습니다. 지금쯤 다른 사제들한테도 다 소환장이 뿌려졌을 겁니다."

연이어 폭탄이 터졌다.

"교황청 발표로는 노환이라는데 진짠지는 모르겠네요. 타이밍이 너무 ……. 지금 콘클라베가 열리면 라지오넬 그 빌어먹을 놈이 교황이 될 겁니다. 교황의 힘이 놈의 손에 들어가면 안 돼요."

성녀가 찻잔에 냉수를 따라 벌컥벌컥 들이켜고 손등으로 입술을 닦으며 말했다.

"……라지오넬 추기경이 교황 감으로 일순위는 아니었는데 최근 교황이 될 만한 후보들이 다 급사했습니다. 저랑 라지오넬 추기경 빼고 전부요. 급사할까 봐 무서워서 달려온 건 아니고요. 아마 절 죽이진 못할 거라고 생각하는데. 아무튼."

성녀가 한숨을 내쉬며 꾹 눈을 감았다 떴다.

"그 광신자 놈이 교황이 될 바엔 차라리 제가 이 한 몸 희생해서 교황이 되면 좋겠지만 아쉽게도 교황 선출권 가진 사제들이랑 추기경들 중에 저를 지지할 만한 사람이 많지 않네요. 거의 다 귀족이라서. 황비가 귀족들 찍어 눌러 미친 듯이 밀고 있고."

"이게 다 무슨 소리야?"

성녀가 눈을 찡그렸다.

"그러게요. 일단 무단결석 처리가 돼서 선거권이 박탈되어 버리면 안 되니 저는 공식 임무 띠고 나왔습니다. 공무로 나온 거니 최소한 제가 참석하기까지는 기다려 줄 겁니다. 그 사이에 라지오넬의 결격 사유를 찾아야 하는데…… 아."

타니아 성녀가 문득 생각났다는 듯 자신의 짐을 뒤적이더니 킬리언과 리에타에게 금사로 묶인 양피지를 내밀었다.

"일단 이쪽이 공식 임무. 알고나 계십시오. 대공과 리에타를 초대하는 황실의 초청장입니다."

초청장? 리에타가 놀란 눈이 되어 손으로 입을 가렸다. 초대를 받지 못하면 어차피 황궁엔 갈 수 없다고 킬리언과 나누었던 대화가 떠올랐다. 킬리언이 굳은 얼굴로 리에타를 한번 쳐다보고, 두루마리를 펼쳤다. 금박이 된 양피지에 황실의 인장. 황명이었다.

운명이 우리를 이곳으로 이끌었나니.

이제 마땅히 올바른 사람에게 돌려드리려 합니다.

릴페이엄 딤펠 황가는 모든 예를 다하여 정중히 초청하는 바이니 에율라티오의 딸은 라멘타의 왕관을 돌려받으러 오십시오.

타니아 성녀가 이미 네 번째인지 다섯 번째인지 모를 폭탄을 터뜨렸다.

"신경쓰지 마십시오. 함정입니다."

리에타는 조금 놀란 눈으로 성녀를 바라보았다. '신경 쓰지 마십시오'랑 '함정입니다'가 이어서 나오기에 적합한 문장 조합이었나? 리에타는 이전에 황제를 만나 보고 싶다는 자신의 말에 킬리언이 신변의 안전 문제를 이야기하며 황제 시해 의혹을 쓰게 될 가능성이 높아 힘들다고 말했던 것을 떠올렸다.

"……함정이라는 말씀은, 황비 때문인가요?"

타니아 성녀는 미간을 찌푸리며 킬리언이 예상했던 가능성을 거의 그대로 읊었다.

"그 문제도 있죠. 황제께서는 오래 못 버티실 테니. 황제 폐하께서 살아 계실 때 황궁에 도착하게 된다면 황제 시해 누명을 쓰기 딱 좋겠군요. 먼 길 가서 봉변당하고 싶지 않다면 설령 가시더라도 조금 기다렸다가 황제께서 돌아가신 후에 가시는 게 좋겠네요."

타니아 성녀는 기본적으로 약자의 편에 서는 사람일 뿐, 사려 깊은 방향으로 말을 조심하는 성격은 아니었다. 킬리언은 킬리언대로 황제가 죽기를 기다려 조문이나 가라는 소리에도 덤덤했다. 눈썹만 가볍게 으쓱해 보인 킬리언이 테이블 위에 황명이 적힌 양피지를 내려놓으며 물었다.

"함정이라 말한 다른 이유는?"

킬리언의 물음에, 높으신 분 좀 편하게 부르겠다고 양해를 구한 성녀가 말을 이었다.

"이 황명 자체는 황제가 직접 작성했지만, 황제는 아무것도 준비하지 못하고 다시 잠들었습니다. '예를 다하여 정중히 초청'한다고 해 놓고 뭐 하나 제대로 갖추지 못한 채 이렇게 제 손에 덜렁 황명을 들려 보낸 이유죠. 일단 이런 형태가 돼서 미안합니다. 황제가 다시 깨어나 '정중한 준비'를 하기를 기다릴 시간이 없어서 그냥 제가 무단 침입해 들고 왔습니다만."

성녀가 짧은 한숨을 쉬고 말을 이어 갔다.

"황제가 보는 모든 일들이 대체로 그런 식으로 돌아가고 있더군요. 오랫동안 깨어 있질 못하니 간신히 사태 파악 후 결정만 해 놓고 실행과 디테일은 다른 사람들에게 맡기는데, 거기에 온갖 사람들이 제 이권을 개입시키려 드니 결과물이 황제의 의도대로 나오지 않습니다. 지금 황실은 무능을 넘어서 위험한 상황입니다."

성녀가 킬리언의 손에 들린 양피지를 가리켰다.

"이 일도 마찬가지예요. 황제가 당신들을 부르려고 한다는 내용은 알려져 있는데 제대로 관리되지 못한 채 황실의 업무 사이에서 표류하다가 황제의 와병을 핑계로 이 사람 저 사람 간섭하고 손대기 시작하더니 어느새 두 분 맞이하는 계획을 귀족원과 라지오넬 추기경이 준비하고 있더군요."

귀족원과 라지오넬 추기경? 최악이다. 전부 킬리언을 적대하거나 견제하는 인물들이었다. 성녀가 그 초청을 부정적인 태도로 단언한 이유를 쉽게 알 수 있었다. 가슴이 답답해졌다. 안 그래도 적진 한복판이나 다름없는데, 황제의 초청으로 킬리언을 맞이할 준비를 하고 있는 게 그들이라니.

종교적 성지였던 하비투스 대사원에서도 그런 일이 일어나고 살인 누명까지 쓸 뻔했는데. 최소한 겉으로 보기에라도 객관적이고 호의적인 사람에게 일을 맡겨야 한다는 상식조차 통용되고 있지 않단 말인가.

"일이 그렇게 되도록 막거나 바로잡는 사람이 없었던 건가요?"

리에타의 물음에 성녀가 고개를 가로저었다.

"보통 전투 사제단이 황제의 뜻을 대변하는 역할을 맡습니다만, 길리우스 대사제를 비롯해 영향력 있는 귀족 사제들이 여기 나와 있느라 자리를 비운 사이에 이때다 하고 달려들었더군요. 그쪽에도 힘 있는 사제가 몇 명 남아 있긴 했는데 황제가 그 모양이다 보니 명분 싸움에서 밀렸어요."

성녀의 어조가 씁쓸했다. 글러먹었다는 듯 말하지만 그 속에는 조금의 안타까움이 담겨 있었다. 리에타는 황명이 담긴 양피지를 쳐다보았다.

"성녀님께서는 황제 폐하께서 나름의 진심으로 저를 초청하셨다고 여기시는군요."

성녀가 살짝 한숨을 쉬며 답했다.

"진심이라기엔 거창하지만 황제는 당신에게 사과하고 싶어 합니다. 대공을 아끼고요. 이 초청이 위험해진 건 그의 의도는 아니었을 겁니다. 하지만 황제가 진심이라고 당신이 참작해 줄 필요는 없죠. 무능이 유죄라면 황제는 사형입니다."

성녀가 가차없이 혀를 차고 팔짱을 끼었다.

"황제는 잠들어 있어 자신의 뜻을 관철하지도, 당신들을 보호해 주지도 못해요. 아무것도 준비하지 못할 겁니다. 저는 공식 업무로 나와 있다는 핑계가 필요해서 이걸 전달한다고 집어 들고 오긴 했지만, 가지 않는 게 서로를 위해 좋아요. 당신이 응할 이유도 없고요."

리에타는 황명이 새겨진 묵직한 양피지를 내려다보았다. 제국의 황제. 에샤힐테 여왕, 얼굴 한번 본 적 없는 나의 할머니에게 피눈물에 잠겨 죽으리라는 저주를 받은 사람. 이상한 기분이었다.

라멘타의 저주를 풀기 위한 열쇠가 나에게 있으니 언젠가는 나를 찾을 것 같다고 예상하고 있었다. 최악의 경우 강제 구인을 시도할지도 모른다고 생각하고 있었고, 하지만 황명의 내용은 상정했던 최악만큼 강제적이지 않았고 예상했던 것보다 더 온건하고 정중했다. 최악이 일이라는 게 잘 일어나지 않는 법이라는 건 알지만…….

라멘타의 왕관을 돌려받으러 오라는 문장에 리에타의 눈길이 오래 머물렀다. 킬리언의 목소리가 들렸다.

"그대는 어떻게 했으면 좋겠어?"

리에타가 눈을 들어 그를 바라보았다. 킬리언은 리에타를 바라보고 있었다.

"왕관을 돌려받는 건 그대의 권리지만, 이 초청이 위험해 보이는 건 사실이야. 꼭 왕관을 돌려받는 일이 지금 당장 이 초청에 응해서 이뤄져야 할 필요는 없으니 받아들이지 않아도 괜찮아. 그대가 원한다면 다른 방법으로 왕관을 돌려받을 방법을 강구하면 돼."

리에타는 망설였다. 자신에게 선택권이 있는 걸까?

"……받아들이지 않아도 되는 건가요? 황명인데요."

위험하다 한들 황명인데 제국민인 그녀에겐 애초에 거부권이 없지 않은가? 이미 킬리언도 하비투스 대사원으로의 초청을 거절하지 못하고 응한 바 있었다. 황제의 아들인 킬리언도 거절하지 못했는데 내가 무슨 수로 황명을 거절한단 말인가. 그런데 타니아 성녀에게서 뜻밖의 말이 나왔다.

"당신, 신성 왕녀의 딸이라는 걸 아직 공식적으로 인정하지 않았죠?"

리에타가 성녀를 바라보며 조금 어리둥절한 눈으로 "네" 하고 긍정했다. 그러자 성녀가 테이블 위에 놓인 초대장을 집어 들고 한 대목을 짚었다.

"황제가 초청한 건 '에율라티오의 딸'이에요. 리에타. 당신은 에율라티오의 딸이라고 인정하지 않았으니 이 부름에 응할 이유가 없습니다. 그냥 침묵하면 돼요. 공식적으로 '당신'을 부른 게 아니니까요."

생각지 못한 해법에 리에타의 얼굴에 놀라움이 퍼졌다. 성녀의 말이 맞다. 그때 킬리언의 목소리가 들렸다.

"그것도 가능하겠네. 나는 조금 다른 쪽으로 해석했지만……."

리에타가 킬리언을 바라보았다. 두 사람의 눈이 마주쳤다. 킬리언이 성녀에게서 양피지를 건네받아 들어 보였다.

"이건 황명이 아니라 외교 문서야. 제국이 라멘타를 향해 보내는."

리에타의 눈이 커졌다. 그의 목소리가 이어졌다.

"리에타. 그대는 제국민으로서 황명에 복종하거나 상대가 잘못 지정된 명령에 불응하는 것이 아니라 라멘타 최후의 왕녀의 딸로서 제국의 초청을 받기를 거절할 수 있어. 외교 문서로서의 초청장으로 볼 여지도 충분하니까."

리에타가 놀란 얼굴로 킬리언을 쳐다보았다. 타니아 성녀의 눈에 이채가 어렸다. 리에타는 다시 시선을 옮겨 양피지를 쳐다보았다.

에율라티오의 딸임을 공언하고 왕관을 돌려받기를 원한다면 그렇게 하면 된다. 뭇 사람들이 손가락질하고 누군가는 위협하더라도 킬리언이 그녀의 기사로서 리에타를 지킬 것이다.

이대로 침묵해, 황제에게 내려진 벌이 끝나기를 기다리거나, 사람들의 손가락질을 피해 평범한 사람으로 숨어 살기를 원하거나, 나중에 왕관을 되찾길 원한다면 그렇게 하면 된다. 역시 킬리언이 그녀의 기사로서 리에타를 지킬 것이다.

어떤 선택을 하든 킬리언은 리에타를 지지할 것이었다.

황제가 보낸 초청장에 대한 이야기가 끝난 후, 타니아 성녀는 비로소 킬리언을 찾아온 본론을 이야기했다. 타니아 성녀가 줄곧 추적해 왔던 '악마가 담긴 단검'이 추기경의 연구인 라자루스 프로젝트와 관련이 있는 것 같다는 심증이 생겼는데 그 구체적인 증거를 찾지 못한 상태에서 라지오넬 추기경이 교황이 될지도 모르는 상황이 되어 도움을 청하고 싶다는 것이었다.

킬리언과 리에타가 시선을 교환했다. 킬리언이 말했다.

"……그런 목적이라면 제대로 찾아왔군. 타니아 성녀."

라지오넬 추기경이 '악마로부터 인간을 구원할 방법'을 연구한다고 진행해 왔던 악마 실험에 큰 윤리적 문제가 있었으며, 그가 십여 년 동안 수천 명 이상의 사람들을 실험 재료로 쓴 미친 악마 실험을 벌이고 있었고, 그것을 숨기기 위해 고의로 역병을 퍼뜨리며 역병의 두려움에 사로잡힌 귀족들에게 구세주로 군림해 왔다는 것 정도면 타니아 성녀, 그대가 원하는 증거가 되겠느냐는 말에, 성녀는 십여 년간 지은 표정 중 가장 놀란 얼굴로 멍하니 킬리언을 쳐다보았다.

"증거나 증인이 있습니까?"

눈이 휘둥그레진 채 목소리마저 낮춘 성녀의 질문에 킬리언이 대답했다.

"아마 그대도 이름 정도는 알고 있는 사람일 것 같군. 칼리고 백작이라고

……."

성녀는 양손으로 쾅 테이블을 치며 벌떡 일어났다.

"네?"

그리고 성녀는 황급히 목소리를 낮추어 다다닥 쏘아 대었다.

"칼리고 백작이요? 악마학 연구원의 페르디안 칼리고? 라지오넬이 가장 신뢰하는 최측근이잖아요? 그가 라지오넬의 뒤통수를 치고 그런 엄청난 걸 증언한다고요?"

킬리언이 가만히 그녀를 쳐다보다 손을 내밀어 악수를 청했다.

"……잘 부탁한다, 성녀. 이제부터 우린 황비랑 추기경을 끌어내릴 거야. 우리는 한 배를 타게 되겠군."

"황비는 유폐되어 있다고 들었는데, 황실에서 그분의 영향력이 아직 강한가요? 그리고 황제의 상태는 많이 좋지 않은가요?"

리에타의 질문에 성녀가 답했다.

"황비는 탑에서 지내고 있다고 하지만 황비와 일시적 동맹을 맺을 가능성이 높은 이들은 자유롭게 움직이고 있어요. 유폐되어 있는 건 사실상 황제인 것 같군요. 제 침실에서 나오지 못하고 이 주 동안 잠들어 있다가 한두 시간 깨어 있고 다시 잠들고……."

성녀는 시니컬하게 중얼거리던 말을 끊고 짧은 결론을 뱉었다.

"……오래 걸리지 않을 거예요."

리에타가 물었다.

"추기경이 황제 폐하를 치료하기 위해 많은 연구를 했다고 알고 있는데요. 그가 황제 폐하를 치료하는 데 성공할 가능성은……."

성녀는 고개를 저었다.

"나는 안 된다고 봅니다. 추기경이 수도의 지하 수로를 이용해 역사상 없던 규모의 대축성 의식을 준비하고 있다던데, 글쎄요. 그런 걸로 될 것 같았으면 진작 됐겠죠. 어차피 사람 몸에 뿌리박은 악마는 인간의 신체를 방패로 가진 거나 마찬가지라 신성 면역입니다."

리에타는 성녀에게 모르비두스로부터 힌트를 얻었던 새로운 치료의 가능성을 말했다. 리에타가 이야기하는 새로운 방법을 들은 성녀의 얼굴에 놀라움이 퍼졌다.

"……상상도 못했던 이야기를 하는군요. 그 방법으로 황제를……?"

성녀는 곰곰이 생각하다가 그녀를 바라보았다.

"하지만 모르비두스는 질병의 악마고 오랫동안 인간과 함께했기에 사람의 몸에 대해 잘 아는 특수한 케이스예요. 메르데스가 가진 마법의 힘과 숙련도로는 불가능할 가능성이 높아요. 솔직히 말하면 시도하는 도중 죽을 가능성이 가장 높다고 생각해요. 하지만 상의는 해 보지요."

가능성을 남겨 두는 성녀의 대답에 리에타가 보일 듯 말 듯 안도의 한숨을 내쉬며 꾸벅 인사했다.

"감사합니다. 성녀님."

성녀가 가만히 리에타를 보다가 물었다.

"진심으로 황제를 구해 볼 생각인가 보군요. 당신, 그를 원망하지 않나요? 아니면 저주를 풀고 싶어서, '진짜 용서'라는 걸 해 보기 위해 애쓰고 있는 건가요?"

성녀의 질문에 리에타는 잠시 자신의 마음에 대해 고민해 보았다. 나는 저주를 풀기 위해 애쓰고 있는 걸까? 모르겠다. 그저……. 이런 시점에 내가 오랫동안 숨겨져 있던 일들을 알게 되고, 어떤 방법이 가능할지도 모른다는 가능성들을 포착하게 되는 것이, 필연적으로 이 길로 가라고 누군가 이끌어 주는 것만 같다는 생각이 들어서, 이 끝에 무엇이 있는지 가보는 데까지는 가 보고 싶다는 생각이 들었다. 리에타는 입을 열었다.

"믿지 않은 건 아니에요."

모든 일을 알았으면 에샤힐테 여왕님은 황제가 아니라 대사제 루텐펠트를 저주했을 거라거나, 황제는 그만하면 충분히 죗값을 치른 것 같다거나, 머리로 이해하고 그렇게 말할 수 있다 해서 얼굴 한번 본 적 없는 황제를 가엾게 여길 수 있다거나 원망하지 않을 수 있는 건 아니다.

하지만 우리를 고통스럽게 하는 매듭이 손 닿는 곳에 있다면 가능한 풀고 싶다. 그 저주 때문에 내가 사랑하는 사람이 황제가 흘릴 피눈물의 원인이 되길 바라지 않고, 우리 사이에 슬픈 일은 더 없었으면 좋겠다. 돌려받아야 할 것은 돌려받고 엄마가 내게 남겼다는 유언을 듣고 싶다. 그리고 무엇보다도.

"용서까지는 모르겠지만, 그분께서 사과하신다면 받을래요."

그런 마음인 것 같았다.

에윰라티오의 딸은 라멘타의 왕관을 돌려받으러 오십시오.

라멘타의 왕관……. 리에타는 손가락 끝으로 그 글자를 만져 보았다. 땅 한번 밟아 보지 못한 라멘타가 나의 나라라고 느끼지는 못했지만 그건 엄마의 또 다른 유품이었다. 황실에 보관되어 있느니보단 내가 돌려받아야 할 물건이라고 느껴졌다. 리에타는 고개를 들어 킬리언을 바라보았다.

"왕관은 돌려받고 싶어요. 마의 성물이 됐다곤 하지만 그건 엄마의 유품이기도 하고, 여왕님의 유품이기도 하니까."

리에타가 어머니의 지팡이를 든 손을 조금 만지작거리며 그것을 올려다보았다.

"사과를 받는 것도, 왕관을 돌려받는 것도 황제를 만나야지만 할 수 있는 일이잖아요."

리에타가 웃었다.

"왠지 그후에는 유언을 들을 수 있을 것 같아요. 제가 엄마의 유언을 들을 준비가 되지 않은 이유…… 황제가 아직 제게는 추상적으로 느껴지기 때문인 것도 같고, 아직 제대로 사과 받지 못했기 때문인 것도 같거든요."

리에타는 킬리언을 마주 보았다.

"무리가 되지 않는다면, 가능하면 살아 계실 때 만나 보고 싶어요. 그분의 죄가 아니라고 느끼게 되면, 어쩌면 용서할 수 있을지도 모르고……."

그리고 리에타는 가만히 그를 보다가, 조용히 킬리언의 손을 잡았다.

"설령 저주를 풀지 못해도, 이 끝에 있는 게 실패나 좌절이어도, 난 당신을 계속 사랑할게요. 그러지 않을 수는 없을 거예요."

리에타가 씩씩하게 웃었다.

"황궁으로 가고 싶어요."

킬리언은 가만히 그녀를 마주 보았다. 무엇이든 리에타가 원하는 대로 따르리라 맹세했지만, 수도는 위험하다. 그는 조금이라도 위험한 곳이나, 그녀의 마음을 다치게 할 수 있는 곳으로 리에타를 보내고 싶지 않았다. 그러나 그것은 리에타의 기억을 찾아 주기 위해 피할 수 없는 길이기도 했다. 킬리언은 잡은 손을 끌어당겨 그녀의 손등에 키스했다.

"그대 뜻대로."

그는 제국의 수도로 가겠다는 리에타의 뜻을 받아들였다.

타니아 성녀는 찬성하지 않았다.

"리에타의 신분을 인정하지 않은 채로 무시하든, 그걸 인정하고 거절하든 어쨌든 초대에는 응하지 않는 편이 좋겠다고 대화했던 것 같은데요."

킬리언은 별말 없이 들여다보고 있던 서류만 옆에 차곡차곡 쌓았다. 성녀는 팔짱을 낀 채 미간에 잡힌 주름을 손가락 끝으로 누르며 말했다.

"분명 함정이 기다리고 있을 거라고 말씀드렸잖습니까. 제 말을 어디로 들으신 거죠? 대공 부부 교수형 사건이나 시해 사건이나 암살 사건 따위에 타니아 성녀가 초대장을 전했다고 널리 세상에 알려지고 싶지 않은데요."

걱정된다는 소릴 군이 저렇게 할까. 킬리언이 피식 웃으며 대답했다.

"어쨌든 호랑이를 잡으려면 호랑이 굴로 들어가야 하니까."

깃펜을 내려놓으며 그가 성녀를 올려다보았다.

"얌전히 묶인 채 함정 안으로 걸어 들어가겠다는 뜻은 아니야. 나름대로 생각하고 있어."

성녀가 뚱하니 대답했다.

"무슨 생각이요?"

"콘클라베만 피한다고 추기경을 막을 순 없잖아. 일단 이거. 그대가 보고 효과적으로 활용할 만한 방법을 검토해 주겠나?"

킬리언이 책상 위에 산더미처럼 쌓인 서류를 묵직이 떠밀어 성녀 앞으로 보내며 말했다. 성녀가 질색했다.

"뭔데요, 이 변태 같은 서류 더미는? 제가 리에타인 줄 아십니까?"

킬리언이 푸핫 짧은 웃음을 터뜨렸다. 성녀의 목소리가 이어졌다.

"칼리고 백작은 어떻게 된 겁니까? 칼리고 백작이 화마 추격 도중 임무를 핑계로 이탈해 돌아오지 않았다는 말 들었습니다. 무슨 임무를 맡겨 두신 겁니까? 증언해 줄 사람이 없다면 추기경도 황비도 공박할 수 없어요."

"흠."

킬리언이 의자 등받이에 몸을 기댔다. 성녀가 빨리 무슨 말이든 해 보라는 듯 인상을 썼다.

"변심하거나 달아나면 곤란하지 않습니까? 그런 놈을 믿거나 방목하실 만큼 대공께서 순진하지 않을 걸로 아는데요? 한배를 탔다면서요. 내용 공유 좀 해 주십시오."

킬리언이 답했다.

"페르디안 칼리고가 직접 증언하지 않아도 충분해."

킬리언이 서류를 턱짓했다.

"내용 공유해 달라며. 그 서류 확인해 보고 다시 얘기하지."

한숨과 함께 보기나 하자며 하나 펼쳐 읽기 시작한 성녀는 눈이 커지며 그 내용들을 정신없이 읽어 내려가기 시작했다. 그것은 페르디안이 오랜 시간에 걸쳐 기록해 온 불법 실험의 자금 융통과 세비타스 마법 실험의 내용, 의도적인 역병 발생, 그 모든 과정의 증거 인멸의 기록들을 적어 둔 장부였다.

거기엔 페르디안이 털어놓은 정보를 바탕으로 킬리언이 근 몇 달간 도둑 길드를 움직여 만들어 낸 증거와 증인들의 목록이 함께 적혀 있었다.

킬리언은 반지함을 열고 빈자리에 넣어 둔 아델의 반지를 엄지로 쓸었다. 리에타가 그에게 빌려준 가슴 아픈 사연이 담긴 반지는 악마의 힘으로부터 그를 지켜 주었고, 신성 능력자가 아닌 킬리언이 축성 성물의 신성력을 사용할 수 있게 만들어 주었다. 검기를 다루는 데 익숙한 그는 시간이 갈수록 성물의 힘을 좀 더 능숙하게 다룰 수 있게 되었다.

딸에 대한 기억을 잃어버린 리에타는 아델이라는 이름을 잊어버린 것처럼 그 반지가 무엇인지, 자신에게 어떤 의미가 있는 물건이었는지 더 이상 기억하지 못했다. 킬리언은 굳이 그걸 억지로 일깨우려고 하지 않았다. 다만 이 모든 것을, 어느 하나 빼놓을 것 없이 온전히 그대에게 돌려줄 것이라 여기며, 잠시 빌린 물건을 자신의 목에 걸었다.

"대공 각하, 동쪽 별채가 돌아왔습니다. 지금 헤르메덴의 아나이스와 함께 악시아스 외성 서쪽 문밖에 대기하고 있습니다."

킬리언이 자리에서 일어났다. 오랫동안 기다리던 소식들 중 하나였다.

"무사한가?"

레이첼이 끄덕였다.

"네, 무사하다고 볼 수 있을 것 같습니다. 일단 직접 만나 보시는 편이 좋을 것 같아요. 요청 드렸던 사제가 준비되어 있나요? 치유 사제였으면 한다고 하는데요. 구마 능력도 있다면 좋겠다고 합니다."

무사하면 무사한 거지, 무사하다고 볼 수 있을 것 같은 건 뭐지? 순간적으로 이전에 녹턴을 통해 전해 받았던 쪽지의 내용이 떠올랐다.

'아나이스' 신변 확보했습니다. 약간의 문제가 있으나 무사합니다. 믿을 수 있는 사제를 비밀리에 준비해 주십시오. 악시아스로 귀환합니다.

꽤나 시간이 지났는데도 아나이스에게 아직 그때 언급된 '약간의 문제'가 남아 있다는 걸 직감한 킬리언이 물었다.

"무슨 문제지?"

레이첼이 답했다.

"구출 당시 충격을 많이 받았는지 정서적으로 불안정한 상태라 헛소리를 조금 합니다. 리에타가 만나면 놀랄 수 있을 것 같아서요, 일단 리에타는 모르게 하시고 치유 사제에게 먼저 보였으면 합니다."

킬리언은 짧게 끄덕이고 기사를 불렀다.

"타니아 성녀를."

"네."

그렇지 않아도 킬리언은 아나이스를 리에타와 만나게 해 주기 전에 먼저 따로 만나 봐야 한다고 생각하고 있었다. 아나이스는 리에타의 딸, 아델의 죽음에 대한 소식을 듣고 누구보다도 애태우고 있었을 상태일 테니 리에타를 보면 분명 아델에 대해 먼저 위로하려 할 테지.

리에타가 자신에게 딸이 있었고, 그 아이가 죽었고, 그 사실을 잊어버렸다는 걸 제삼자를 통해 알게 된다면 큰 혼란에 빠지고 충격을 받을 것이다.

언젠가는 되찾아야 할 소중한 기억이지만, 자신에게 없는 기억을 더듬으며 아이를 잃어버린 경위를 되짚어가는 과정의 혼란과 두려움과 슬픔을 리에타가 전부 다시 겪게 하고 싶지 않았다. 그러기 위해선 아나이스에게 아델에 대한 기억을 잃어버린 리에타의 상태에 대해 먼저 언질을 해 두어야 했다.

"어디 있지?"

"악시아스 외성 서문 근방의 경비 초소입니다."

에샤힐테 여왕님은 내 존재를 알고 계셨을까? 아마 알고는 계셨을 것 같다. 여왕님 자신을 제외한 마지막 에율라티오의 딸이 찾아내기 어려운 상태로 살아 있다는 걸 알고 계셨으니 그런 저주를 남기신 것일 테지. 여왕님이 건 저주에서 해주의 단서는 최소한 한 사람의 에율라티오의 딸이 더 남아 있지 않으면 무의미한 단서였다.

단서나 제약이 무의미한 저주는 마법으로서의 생명력을 잃는다. 저주의 대상에 마법의 힘이 집중되지 않으며, 강력한 필연성과 인과의 힘을 얻지 못해 해주 시도로부터도 취약해지는 죽은 저주가 된다.

황제 정도의 힘을 가진 사람이라면 충분히 그런 저주를 무효화시킬 정도의 해주 시도를 할 수 있었을 테고 여왕님이 그것을 모르진 않으셨을 것이다. 실제로 황제는 해주 시도를 했다. 내가 살아 있지 않다면 저주가 사라졌을 가능성이 높을 정도로 여러 번, 충분히.

하지만 내가 살아 있었기 때문에 마법적 필연성으로 저주를 지키는 자물쇠는 견고했고, 황제는 용서받지 못한 채 시간이 흘러 그를 피눈물에 잠겨 죽게 하리라는 저주의 힘은 강해졌다.

리에타는 할머니를 생각했다. 모두가 라멘타 최후의 신성 여왕이라 부르는 비운의 어머니, 에샤힐테 여왕님. 스물일곱이 되어서야 알게 된 이야기 속 여왕님이 내게 '할머니'라는 친숙한 이미지의 대상으로 여겨지지는 않았지만, 틀림없이 그분은 나의 어머니의 어머니였다.

"……모르비두스. 내가 잘하고 있는 걸까?"

에샤힐테 여왕님이 깊은 고통 속에서 목숨을 제물로 건 저주다. 슬픔과 분노로 스스로의 몸을 태우고, 딸의 딸인 나에게 복수의 칼자루를 남기신 것이다. 그걸 손녀의 손으로 풀라고 걸지는 않으셨을 텐데. 모르비두스가 답했다.

"에샤힐테도 네게 묻지 않고 지운 짐이야. 너도 묻지 않고 벗겠다는데 안 될 것 없겠지."

엄마, 베아트리체의 이야기는 하지 않는다. 그 역시 확신하지 못하는 거겠지. 리에타가 모르비두스를 잠자코 바라보았다.

"모르비두스, 나 그 사람이랑 결혼해도 돼?"

모르비두스가 답했다.

"뭘 나한테 물어. 하지 말라면 안 할 거야?"

리에타가 정말 그럴 거냐는 듯 살짝 웃으며 팔 위에 뺨을 기대었다.

"하지 말라고 할 거야?"

"하지 마."

"할래."

"왜 물었어?"

리에타가 웃으며 손을 뻗어 그의 팔을 잡고 흔들었다.

"……해도 된다고 해 주면 안 돼? 모르비두스. 당신이 허락해 줬으면 좋겠어."

모르비두스가 그녀의 팔을 손으로 쓸어내리듯 떼어내며 몸을 돌려 외면했다.

"네 맘대로 해. 나한테 허락할 권리가 있겠어?"

리에타는 약하게 미소 지었다. 엄마는 떠나고 없지만, 리에타는 이따금씩 모르비두스를 통해 추억 속 엄마를 만났다. 리에타에게 그는 엄마와 함께했던 어린 시절의 향수를 느낄 수 있게 해 주는 유일한 존재였다.

지금 곁에 있는 사람 중 가장 오래전의 리에타를 아는 사람이고, 엄마와의 시간을 함께 공유한 유일한 존재고……. 모르비두스는 리에타에게는 그런 의미가 있는 상대였다. 모르비두스가 결혼해도 좋다고 말해 준다면 조금은 위안이 되고, 확신이 되며, 가슴 아픈 위로와 기쁨이 될 것이었다.

"허락받고 싶어. 결혼이잖아. 허락해 줘."

자신의 팔을 잡고 웃는 리에타를 보며 모르비두스가 한숨과 함께 손을 떨쳤다.

"그럼 저기 가서 아무한테나 허락해 달라고 해. 난 너 결혼하라고 말하기 싫어."

모르비두스가 턱짓한 곳엔 시나가 햇빛 아래서 늘어져라 발바닥을 핥고 있었다. 입술을 삐죽이며 픽 웃은 리에타는 그의 손목을 잡은 채 고개를 들어 올려다보았다. 아무리 그래도 고양이한테 결혼 허락을 받으라고

하다니. 심술은.

"아무나 말고 역시 당신이 허락해 줬으면 좋겠어."

이런 중요한 일을 내 맘대로 혼자 결정하면 끝이라는 게 뭔가 쓸쓸해. 참견해 줘. 허락해 준다면 기쁘겠지만, 조를 수 있도록 반대해 줘도 좋을 것 같아.

"응? 모르비두스."

그러나 모르비두스는 쌀쌀맞은 얼굴을 하고 다시 리에타를 밀어냈다.

"축복받아야 할 결혼을 악마한테 허락받아서 어쩌게?"

리에타는 물끄러미 그를 바라보았다. 문득 그가 했던 말이 귀에 밟혔다.

'인간이고 인간 사이에서 사는 편이 나아. 감히 악마 따위 몸에 심는다는 게 용납하기 힘든 방법이라는 걸 안다만, 그리하지 않았으면 리에타는 살지 못했을 테니 비밀을 지켜 주면 좋겠군.'

"모르비두스."

"왜."

리에타는 조금 늦은 인사를 했다.

"살려 줘서 고마워."

모르비두스는 가만히 세로로 긴 눈동자로 리에타를 바라보았다. 리에타가 잠깐 그를 쳐다보다 장난스럽게 웃었다.

"내 안에 당신의 영체가 있다니 묘한 기분이야. 진짜 피라도 섞인 가족 같지 않아?"

모르비두스는 묵묵히 리에타를 내려다보았다. 리에타는 그의 눈을 바라보며 말했다.

"날 키워 줘서 고마웠어. 아플 때 돌봐 준 것도, 놀아 준 것도, 역병에 걸리지 않게 해 준 것도 고맙고. 가족이 돼 준 것도 고맙고."

모르비두스가 미간을 찡그리며 그다지 살갑지 않게 웃었다.

"가족?"

그 말을 냉소하는 듯한 뉘앙스였다. 리에타는 상처받지 않고 웃으며 말했다.

"냉정하게 말하려고 하지 마. 어려서 다 기억은 안 나지만, 칠 년을 함께한 아이의 눈을 속일 순 없을걸? 나한텐 가족이었어."

모르비두스가 쓴 표정으로 절레절레 고개를 저으며 코웃음 쳤다.

"이봐, 리에타."

"걱정 마. 사람들 사이에선 조심할게. 하지만 진심이야. 나한텐 가족이었어. 지금도 그렇고. 앞으로도 그랬으면 좋겠어. 나는 네가 좋아. 앞으로도 좋아할 거야."

리에타는 웃으며 그를 올려다보았다. 모르비두스가 껄끄러운 얼굴로 눈을 찡그리다 고개를 돌리고 한숨을 쉬었다.

"……그래 봤자 그놈 다음으로겠지."

리에타가 웃었다. 잠시 묵묵히 섰던 모르비두스가 리에타의 머리 위에 고개를 숙였다. 두 얼굴이 가까워지며 그의 콧날에 리에타의 머리카락이 스쳤다. 가까이 마주한 얼굴 양옆으로 뻗은 뿔이 둘 사이에 작은 공간을 만들었다. 리에타는 얼굴 앞에 이는 바람에 눈을 깜박였지만, 코앞까지 온 모르비두스를 피하지 않았다.

모르비두스는 잠시 그렇게 멈추어 있다가 리에타의 뒷머리를 당기며 그녀의 머리카락을 손가락 틈새로 쥐고 헝클어뜨렸다.

"잘 살아라. 이번에는……."

역신의 축복도 상관없다면, 내가 너를 축복할 수 있기를. 모르비두스는 한 치의 의심도 갖지 않고 자신을 피하지 않는 리에타를 바라보다, 그녀의 이마에 가볍게 키스하고 떨어졌다. 리에타가 멀어지려는 모르비두스를 잡으며 웃었다.

"고마워. 계속 지켜봐 줄 거지?"

모르비두스는 잠깐 멈춘 채 리에타를 한 팔로 꽉 끌어안았다가 놓았다. 아무것도 모르는 미소 위에 햇살같이 반짝이는 머리카락을 손 갈퀴로 헤집고는, 모르비두스는 그저 갈 때가 되어 그런 것처럼 몸을 돌려 뒤로 물러났다.

……너는 아무것도 모른다. 너는 절대 나를 가족이라 말해선 안 된다는 것을. 너와 베아트리체가 내게 무엇을 빼앗겼는지 안다면, 아마 너도 나를 용서하지 않을 것이다. 그러니 그녀를 닮은 얼굴로 웃어 주지 말기를. 그녀를 닮은 목소리로 나를 좋아한다고 말하지 말기를.

미련 없이 문가로 움직이는 그에게 리에타가 얼른 다가오며 말을 붙인다.

"악시아스 밖에서 지내고 있다고 했지?"

"그래. 성역 내부에 계속 있기는 아무래도 불편하니까. 말라디에라가 발각될 위험도 있고."

"서문? 아니면 남문?"

"대중없이 왔다 갔다 하고 있어. 지금 여긴 인퀴지터가 워낙 많아서."

"힘들지는 않아?"

"별걱정을. 세상에 널리 역병의 공포가 퍼져 있으니 어디나 편안하기 짝이 없다. 지옥의 안방이나 다를 바 없어."

리에타가 복잡한 얼굴로 목덜미를 만졌다.

"……황궁에 가게 되면 같이 가 줄 수 있어?"

"가야지. 위험할 거라며. 인퀴지터들이 가까이서 움직인다면 밀착해서 다니긴 힘들겠지만, 멀지 않은 데서 따라갈게."

"고마워."

"그래."

모르비두스는 리에타를 외면했다. ……리에타의 전남편이 역병으로 죽었다고. 비록 봉인되어 있어 느낄 수 없었지만 그랬다면 리에타의 슬픔과 절망은 내 육신이 되고 영체가 되었을 것이다. 모르비두스는 햇살이 내리는 창 앞에 서서 창틀을 짚고 올라섰다. 겨울바람이 악마의 금빛 머리카락을 흐트러뜨렸다.

에샤힐테의 고통과 베아트리체의 희생을 넘어, 드디어 지독했던 계약에 마침내 종지부를 찍을 수 있었지만, 어쩌면 무녀의 힘을 막는 봉인은 이미 흐르기 시작한 운명까지 막지는 못한 것일지도 몰라서, 계약의 대가로 부과된 운명이 아직 끝나지 않은 것일지도 몰라서, 리에타가 온전히 운명의 굴레에서 자유로워졌는지는 아직 확신할 수가 없다.

그만. 이제 더 이상 내게 바쳐지는 제물이 없기를. 네게 달려 있던 모든 계약의 의무가 이제는 남은 것이 없이 끝이 났기를. 베아트리체가, 그녀의 어머니가, 그 어머니의 어머니가 소원했던 대로, 이제 악마들과 얽힌 의무도, 산 자의 삶을 좀먹는 라멘타의 망령도 너에게 남아 있지 않기를. 그리고 가족 같은 소리는 다시 너의 입에서 나오지 않기를.

모르비두스는 창을 넘어 밖으로 뛰어내렸다.

이번에는 잘 살기를. 끝까지 모르기를.

내가 너의 결혼을 축하할 수 있기를.

22

죽은 자는
말이 없다더니

✤

교황은 대대로 대관식에 포함된 마법적 절차를 통해 교황으로서의 신성 능력과 지식을 물려받아 왔다. 엿새에 걸쳐 이루어지는 교황의 대관식에는 몇 가지 신성 마법 의식이 포함되어 있는데, 거기에 선대 교황의 마법 능력과 교황에게만 허락된 지식을 이어받는 의식이 들어가 있기 때문이었다.

교황이 되는 것은 단순히 직함을 얻게 되는 것이 아닌 실질적이고 마법적인 과정인 것이다. 전임 교황 이바손 사 세는 대단한 신성 능력자는 아니었지만 안전하고 도덕적인 평화주의자라는 평을 받아 이십 년 전 교황이 되어 오랫동안 그 자리를 지켜 왔다.

그런 교황이 갑작스럽게 세상을 떠난 후, 공교롭게도 다음 교황이 될 가능성이 가장 높은 사제는 라지오넬 추기경이 되어 있었다.

라지오넬 추기경은 교황으로서의 결격 사유가 될 정도로 약하지는 않지만 신성 능력이 지나치게 강하지 않으며, 얌전하고 귀족적인 연구 사제의 모습을 하고 있고, 많은 귀족들의 호의를 얻고 있으며 정치적으로 어느 한 곳에 치우치지 않아 중립적으로 보이는 인물이었다. 연구자로서의 업적은 있으나 대부분 그가 길러 낸 학자들이 해낸 것으로 그 자신의 업적은 훌륭한 후진을 양성한 정도에 그쳤다. 그런 면에서 그는 누구보다도 교황에 적합해 보였다.

반면 타니아 성녀는 교황이 되기엔 신성 능력이 지나치게 강했고, 얌전하지 않았으며, 업적은 숨길 수 없을 만큼 화려하고, 귀족들의 지지를 받지 못하고 있었다. 많은 귀족 사제들이 저 타니아 성녀가 교황이 될 바에는 라지오넬 추기경을 지지할 것이라는 마음을 가지고 있을 터였다.

사제들은 교황에게만 허락되는 마법과 지식이 한 사람에게 집중되는 위험성을 경계하여 지나치게 강하지 않고 도덕적으로 문제가 없는 교황을 신중하게 고른다고 하지만, 그보다 중요한 기준은 신임 교황이 자신들의 이권을 지나치게 침해하지 않는 인물인가 하는 것이었다. 덕분에 교황은 교단의 결정을 거부할 수 없는 사정을 가진 허수아비가 임명되거나, 자신의 근거지인 사원 밖으로 나가지 않겠다는 약속을 하는 등의 제약을 받는 일이 많았다.

자신이 맡기는 부담스럽지만, 누군가 위협적이지 않은 적당한 사람이 맡아 주길 바라는 자리였다. 성녀는 서류 더미 앞에서 긴 한숨을 내쉬었다.

왜 생각하지 못했을까. 추기경이 교황의 자리를 노리고 있다는 걸. 보통의 고위 사제에게야 거북한 자리일지라도 거기까지 올라간 광신자라면 충분히 욕심낼 만한 자리인데. 황제의 일에 정신이 쏠려 미처 생각하지 못했다. 교황 성하께서 서거하신 후에야 이 사태를 눈치채게 되다니.

전승의 과정에서 일부 신성력이 사라지긴 하지만 대를 이어 전승된 교황의 신성 능력이란 한 인간에게 주어지기엔 두려울 정도로 거대한 힘이었다. 교황에게만 허락되는 수백 년 역사의 마법 지식도 마찬가지였다.

그것이 도덕성에 문제가 있거나 지나치게 강한 마법 능력을 가진 사람이 교황이 되지 않도록 경계하는 이유였고, 부도덕한 마법 실험을 주도한 정황이 포착된 라지오넬 추기경이 절대 교황이 되어서는 안 되는 이유이기도 했다.

차라리 이 한 몸 희생해 내가 교황이 되는 게 낫겠다는 건 그만큼 추기경은 안 된다는 의미에서 한 농담이었는데. 서류에 기록된 실험과 의식의 기록들을 보니 어딘지 모르게 불길한 예감은 점점 더 구체적인 그림이 되어갔다. 대축성 의식, 교황 대관식, 그리고…….

성녀는 눈을 감았다. 설마 추기경이 그 마법을? 아니길 바라지만, 이건 정말 위험한 일이 될지도 모르겠다. 성녀는 서류 위로 숙였던 고개를 들며 둔통이 이는 관자놀이를 꾹 눌렀다.

이건 정말 좋은 증거다. 악시아스 대공이 준 것은 성녀가 찾던, 바로 그런 증거물이었다. 그리고 이제 성녀는 이걸로 누굴 포섭할 수 있을까를 고민해야 했다. 누굴 먼저 끌어들여야 최대한 빠른 시간 안에 많은 사람들을 함께 설득해 줄 수 있을까. 가능한 안전하게, 우리가 가진 패를 드러내 보이지 않은 채로…….

타니아 성녀에게는 민중의 지지와 그녀가 쌓아 온 삶에서 비롯된 정당성이 있었다. 그러나 민중이 그녀가 한 일이나 세상에 닥친 위기를 알게 되는 데에는 항상 오랜 시간이 걸렸고, 민중의 지지가 실질적으로 결정권을 가진 귀족들이나 교단의 결정을 압박할 만한 힘이 되기에는 어려움이 많았다.

당장 하루하루의 삶을 살아가는 것도 버거운 민중들이 위기감을 느끼는 것은 당장 자신이나 이웃의 삶에 악마나 재앙이 들이닥쳤을 때이고, 그들이 감사를 느끼게 되는 것은 당장 눈앞의 문제를 해결해 주고 그들에게 체감이 되는 구원을 주었을 때이다.

그녀를 지지하는 민중들이 당장 다가온 교황의 교체라는 대사건에 위기감을 느끼지 못하는 것이야 당연한 일이고 딱히 원망한 적도 없지만, 이렇게 부족한 힘으로 혼자 발을 동동 구르며 절실하게 속이 타고 있자니 내가 도와주었던 백 명이나 천 명 중 한 명이라도 내가 필요할 때 실질적인 도움을 줄 수 있었다면, 하는 마음이 들었다.

성녀는 벌써 몇 번째 씁쓸한 한숨을 내쉬었다. 성녀의 뒤에 누구보다도 많은 민중이 있다 해도 타니아 성녀가 행사할 수 있는 것은 오직 한 표뿐. 혼자서는 막을 수 없다. 지금 당장은 수십만 민중의 신뢰와 지지보다는 교황 선거의 투표권을 가진 한 명의 귀족 사제가 절실했다.

'관계를 만들어두는 값'이라는 것도 있는데 너무 함부로 하는군. 자네 같은 사제는 처음이야. 이봐, 타니아 성녀. 언제까지고 귀족들의 도움이 필요 없을 것 같아?'

누가 그랬더라. 아쉬워지니 새삼스럽게 생각나긴 하네. 누가 말했는지가 중요하진 않다. 평생 비슷한 종류의 말은 많이 들어 왔으니까. 타니아 성녀는 쓴웃음을 지었다.

그들의 말대로 조금 더 '성녀답게' 이미지 관리를 했으면 도움이 되었을까. 그랬으면 더 많은 귀족 사제들이 내 이야기에 귀를 열어 주었을까. 많은 사람들이 고통받는 험지를 찾아다니기보다 귀족들과 더불어 조금 더 몸 편히 지내며 좋은 관계를 유지해 두었더라면 지금 힘이 되어 줄 사람들이 있었을까.

돈 타령을 넣어 두고, 머리를 길게 기르고, 상냥하게 말하며, 먼지 한번 안 타본 듯한 흰 옷을 입고, 성기사들의 비호를 받으며 우아하게…….

당장 마음이 급하니 별생각이 다 들었다. 그랬으면 그건 이미 타니아

'성녀'가 아니었을 거라는 걸 아는데도.

'사람들에게 신뢰를 주고 신의 이미지를 보여 주는 것도 사제의 역할인데……. 쯧. 그런 모습으로 용케도 성녀 소리를 듣는군. 민중들도 '성녀'에 대해 기대하는 이미지가 있을 텐데. 제발 관리 좀 하게.'

전혀 가치 없는 말이라고는 생각하지 않았지만, 밤새 말을 달리고 몸을 움직이는 데 긴 머리는 방해가 되었다. 머리를 말리는 데 오랜 시간이 걸리거나 말을 달릴 때 머리가 젖어 있어 체온이 떨어지면 곤란하니 머리카락은 짧게 잘랐다. 그것이 타니아 성녀가 하는 관리였고, 그녀가 살아온 성녀의 삶이었다.

세련된 정치나 귀족적 예법을 경멸하는 것은 아니었다. 우아하고 치밀한 방식이 훨씬 더 효과적일 때도 있다는 걸 알지만, 그저 순례자 타니아의 적성은 빠르게 몸을 움직이고 달리고 마법을 펼치는 일에 있었다. 어차피 안 되는 데에 에너지를 쓰기보단 잘 하는 일을 더 잘 하기 위해 효율적인 것이 낫다고 생각했다.

그런 삶이 그녀에게 대중의 인정과 사랑을 주었고, 그녀가 원하는 종류의 보람을 주었고, 성녀라는 이름을 주었지만. 그런 것들은 타니아 성녀를 귀족들과는 대척점에 서게 만들기도 했다.

달각. 타니아 성녀는 굳은 얼굴로 안경을 내려놓았다. 성녀는 자세를 꼿꼿이 하며 피로해진 목덜미를 눌렀다. 추기경이 교황이 되는 것을 막기 위해 필요한 것은 민중의 사랑과 성녀라는 이름이 아니라 당장의 힘과 발언권을 바탕으로 한 엘리트 권력 집단의 저지력이었다.

그러나 귀족과 친하지 않은 성녀에게는 실제로 명분을 바탕으로 강제력을 행사해 추기경을 공박하고 끌어내릴 수 있는 발언권을 지닌 '다수의 귀족 아군'의 힘이 없었다. 언제까지고 귀족들의 도움은 조금도 필요 없을 것 같냐는 그 누군가의 말대로였다. 지금 성녀에겐 귀족의 도움이 필요했다.

그나마 악시아스 대공으로부터 이런 도움을 받은 건 큰 수확이었다. '악마가 담긴 단검'에 대한 조사가 혼자의 힘으로 버거우니 도와 달라는 말을 했을 때, 염두에는 두겠지만 큰 도움은 안 될 테니 기대하지는 말라는 대답을 들었었고 성녀도 이해했다.

그러나 악시아스 대공은 성녀에게 생각지도 못한 큰 도움을 주었다. 킬리언이 준비한 증거는 그의 말대로 잘 활용하기만 하면 추기경과 황비를 끌어내릴 수 있는 힘을 가진 자료들이었다. 덕분에 막막하던 상황에 길이 열렸다. 조금은 방법이 보이는 것 같았다.

그러나 아무리 대단한 증거를 들이대도 대다수의 발언권자가 믿을 수 없다, 조작된 것이라며 추기경을 지지한다면 받아들여지지 못할 것이다. 아무리 증거가 강력하다 해도 강한 권력을 쥐고 이해관계로 얽혀 있는 상대들과 싸움을 하기 위해선 우선 추기경이 얼마나 위험한지에 대한 공감대를 형성하고 아군을 포섭해야 했다.

귀족 아군을 만드는 것은 명분과 이해관계였다. 이 증거라면 충분히 명분과 정당성이 있다. 설득력이 있었다. 그런데 귀족들이 그것을 외면하지 않게 해 줄 이해관계를 잡을 수 있을까. 충분히 아군을 포섭하지 못하면 이의 제기는 묻히고 증거까지 인멸당할 위험이 높았다.

먼저 움직일 수 없는 증거와 논리로 이 위기 상황에 대한 공감대를 마련해 귀족들을 설득한 후 아군을 만들어야 본격적인 싸움으로 끌고 갈 수 있을 텐데…….

'협상은 내가 맡을 테니 그대는 그 자료들을 살펴보고 세련된 명분을 만들어 줘. 난 사제들 정신세계와 악마학은 잘 모르니.'

그렇게 말은 했지만 악시아스 대공이 귀족들을 어디까지 주물러 줄 수 있을까. 걱정이 되었다. 대공도 귀족들이랑 좋지 않기는 나와 큰 차이가 없을 텐데…….제대로 하지 못하면 모처럼 완벽한 기회를 놓친다.

똑똑. 노크 소리에 성녀가 고개를 돌렸다.

"네."

"타니아 성녀님, 대공 전하께서 찾으십니다. 잠시 외성으로 함께 나가 주실 수 있을까요?"

대공이 그녀를 찾는다는 기사의 부름에 성녀가 자리에서 일어났다.

"알았어요. 기다리세요."

외성……. 성녀는 달을 가늠해 보았다. 메르데스를 부를 수 있을까? 아슬아슬하게 될 것 같다. 성 안을 지켜보는 인퀴지터들의 시선을 피하느라 오랫동안 메르데스를 소환하지 못했다. 그녀의 악마와 상의할 일이 많았다. 황제에게 할 수 있는 처방에 대해 가늠해 보고, 리에타가 당한 몽마의 마법에 대해서도 다시 한번 확인을…….

성녀는 베일이 달린 모자와 후드가 달린 망토, 석장을 챙겨 갖추어 입었다. 성녀는 나가기 직전, 서류 더미를 또 한번 바라보았다. 칼리고 백작이 준비한 거라고……. 아주 오랫동안 준비한 자료고, 목적에 필요한 것을 놓치지 않은 좋은 자료였다. 마치 오랫동안 칼을 갈며 배신을 준비하기라도 한 사람 같은 문서들이었다. 그러나 성녀는 그 자료들을 통해 희망을 본 한편, 불길함을 느끼기 시작했다.

페르디안이 기록해 둔 실험의 종류와 내용, 어떤 결과를 얻기 위한 집요한 실험의 흐름을 읽어 보니 라지오넬 추기경이 왜 이런 실험을 벌였는지, 어디에 꽂혀서 이런 짓을 하고 있는 건지 알 것 같았다. 그 때문인지, 아까부터 계속 떠오르는 목소리들에는 '그'의 음성도 섞여 있었다.

세상이 너무 넓다 못해 그런 미친 인간들이 몇 번씩 생기는구나, 한탄해야 하는 건지. 세상이 너무 좁아 그런 미친놈을 두 번이나 만나게 되는구나, 기막혀해야 하는 건지.

불길하다. 연구의 흐름과 목적을 보면 볼수록 머릿속에 선명하게 떠오르는 한 사람이 지워지지 않았다. 대사제 루텐펠트. 십여 년 전, 베아트리체 왕녀를 화형대로 보낸 황제의 형이었다. 성녀는 석장을 쥐고 몸을 돌려 문밖으로 향했다.

'신이 되겠다는 미친놈은 그 한 번으로 끝일 줄 알았는데.'

끼익, 덜컥. 문이 닫혔다.

왕국 로드미뉴의 역사는 시황제 에스텐펠트의 대륙 통일과 함께 제국 릴페이엄의 역사로써 이어졌다. 하여, 왕국의 시대에는 있었으나 제국의 시대에는 세상을 떠나 존재하지 않는 사람도 왕국을 계승한 제국의 역사에선 대부분 중요하게 기록하였다.

특히나 왕국의 역사에 주요도가 있던 왕실 인물이나 제국의 역사에 공헌이 있는 이름들은 왕국 때의 사람이라도 왕국 역사보다 제국 역사에 더욱 자세히 기록되었다.

그러나 왕국의 역사에는 주요한 인물로 기록되었으되 제국의 역사에는 존재감이 흐릿한 예외적 인물이 있었으니, 대사제 루텐펠트가 바로 그였다.

루텐펠트는 시황제 에스텐펠트의 친형으로, 제국이 통일되기 전 왕국이었던 로드미뉴에서 첫째 아들로 태어났고, 무난하게 자랐다면 다음 시대의 왕이 될 수도 있었을 인물이었다. 그러나 루텐펠트는 왕으로서의 자질이 뛰어나지 않았고, 대신 신성 능력자로서 타고난 재능과 영안을 가지고 있었다.

루텐펠트는 왕으로서 더 뛰어난 자질을 보인 동생 에스텐펠트에게 왕세자의 자리를 양보하고 그 자신은 종교에 귀의하여 사제가 되었다. 그리고 형의 양보로 왕이 된 동생 에스텐펠트는 역사상 전무후무한 정복 군주라는 평가를 받으며 대륙을 통일해 역사상 최초의 제국을 건설하고 시황제가 되었다.

도서관의 문을 닫고 나온 젊은 학자들이 두런두런 이야기를 나누었다.

"대사제 루텐펠트는 황제 폐하의 친형이시고 대사제로 제국 통일의 과정에서 상당히 활발하게 활동한 인물인데도 존재감이 이렇게 희미한 이유가 뭐죠? 아무리 신성 왕녀의 일로 책임을 져 유배를 가서 죽었다고 해도 이렇게까지 묻힐 수가 있나 싶은데요."

"그치? 제국 역사서에서 그 사람에 대한 기록은 거의 찾을 수가 없어. 우리처럼 전쟁 당시 기록이나 왕국 역사서를 직접 찾아보지 않는 이상은 루텐펠트가 무슨 일을 했던 사람인지 알 수가 없지."

"맞아요. 그냥 시황제의 형이고 왕녀의 일에 책임을 지고 유배 가서 죽었구나, 정도는 알아도……. 사실 황제 폐하의 형이라는 것만으로도 상당히 주목을 끌 만한 인물인데요. 그렇지 않은가요?"

학자는 품에 안은 책을 추켜올리며 말했다.

"황제가 왕이 된 것에 정통성에 시비가 걸릴까 싶어서 일부러 형을 주목받지 못하게 하려고 역사적으로 배제하고 묻은 거 아닌가 하는 말이 충분히 나올 법한데요."

황제와 같은 항렬의 전성기 남성이 아래도 아니고 위에 있다면 아무래도 대중들이 보기엔 황제의 입지가 약해 보이기도 하고.

"그런 설도 있긴 하지. 하지만 이렇게 생각해 봐. 황제는 전쟁신이라 불릴 정도의 정복 군주였는데, 그 형이 대사제였단 말이야."

형은 교단의 대사제, 동생은 대륙을 통일한 정복 군주. 정복 전쟁의 과정에서 황제는 사제들의 도움을 지속적으로 받았다.

부상병을 치료하고 흑마법을 감지하는 능력을 가진 '사제'는 군대의 필수적인 존재였고, 시황제는 타고난 전쟁의 천재이자 군대의 총사령관이었다.

그런 시황제에게 마찰 없이 왕의 자리를 기분 좋게 양보해 주었고 종교에 귀의한 '왕족 사제인 친형'의 존재란 신뢰로 의지할 만한 대상이면서도 황제로서의 역량을 드러낼 수 있는 상징적인 자랑거리였다.

'형은 종교적으로 높은 위치에 오른 존경받는 사제로, 동생은 제국을 통일하여 대륙에 평화와 번역을 가져온 황제로 형제는 서로가 서로를 잘 보필했다.'

이런 식으로 끝났다면 아름다운 이야기였을 것이다. 활용하기에 따라 물질적 지배와 정신적 지배를 함께 잡을 수 있는 괜찮은 정치가 가능한 조합이었다.

"그렇네요……. 왜 그렇게 하지 않았죠?"

"처음엔 그렇게 하려고 한 것 같더라. 하지만 줄곧 마찰이 있었던 모양이야. 그게 신성 왕녀 화형 사건 이후로 확 터진 모양이고……."

베아트리체 왕녀의 화형 사건은 처음엔 전부 황제의 잘못인 것처럼 이야기가 퍼졌다.

"기록을 보면 분명 대사제 루텐펠트가 당시 책임자였고 황제는 알지 못한 일이라는 게 명백한데도 황제는 당시에 바로 해명하지 않았단 말이지. 결과적으로 자기가 완전히 뒤집어썼고."

그러다가 라멘타가 최후의 빛과 함께 멸망하고, 대륙에 악마들이 날뛰기 시작하며 뒤늦게 대사제 루텐펠트의 실책이 있었다는 이야기가 나왔으니. 일이 커지자 황제가 다른 사람을 내세워 변명을 하는 것처럼 된 것이 사실이었다.

"저희야 기록을 뒤져 볼 수 있으니 그게 사실이라는 걸 알지만, 귀족이 아닌 사람들은 그것도 잘 믿지 않으려 하지요."

"아무래도 루텐펠트 쪽은 대사제니까. 황제 폐하는 당시 전쟁 때문에 여론이 안 좋았고……."

"황제 폐하에게 악역을 맡기고 사제에게 나쁜 혐의가 씌워지는 걸 피하려는 교단과의 알력 싸움에서 밀린 걸까요?"

"그럴 수도 있고…… 뭐 저주썩이나 당했을 줄은 모르고 심각하게 생각하지 않은 걸 수도 있고."

"군이 해명까지 할 필요는 없는 실수라고 생각했다가, 민심이 최악으로 치닫고 세상에 악마들이 풀려나니 이게 보통 일이 아니구나, 앗 뜨거 하고 뒷수습을 한 거라, 이거죠?"

"도저히 말할 수 없는 추문이 있었다는 소리도 있긴 한데, 모르지 뭐."

"추문이요? 이크, 죄송……."

책을 가득 안고 모퉁이를 돌던 학자가 코앞에 나타난 사제를 발견하지 못하고 살짝 부딪히며 사과를 하려다 깜짝 놀랐다.

"추기경 예하! 놀라게 해드려 죄송합니다."

"추기경 예하를 뵙습니다."

추기경은 빙그레 웃고 살짝 고개를 끄덕였다. 추기경은 평소의 붉은 옷 대신 교황의 죽음을 애도하는 의미의 검은 사제복을 입고 있었다. 학자들이 안타까운 얼굴로 애도를 표하는 인사를 건네었다.

"교황 성하의 일은 유감입니다."

"저희가 큰 빛을 잃었습니다."

추기경은 잠시 그들을 바라보며 무어라 말을 하려다가, 슬픔을 절제하는 듯 말을 잇지 않고 그저 만들어지다 만 희미한 미소를 삼키며 입을 다물었다. 그리고 자신의 깊은 슬픔을 이 말로 대신한다는 듯 손을 뻗어 신성력으로 그들을 축복했다.

"루시엘리."

두 학자는 얼른 고개를 숙이며 애도의 말을 대신하여 예를 표해 축복을 받았다.

"레시엘."

추기경은 그들을 축복한 후 격려하듯 한 번씩 각각의 어깨를 짚어 준 후에야 무거운 입을 열었다.

"……그곳에서도 교황 성하께서 저희를 지켜 주실 겁니다. 위로 고맙습니다. 펠트너 소백작, 라스 백작 영식."

이름을 불린 두 젊은 학자가 조금 놀란 얼굴을 했다. 그들이야 아직 배우는 단계에 있는 학자이고 추기경은 학문 중의 학문이라는 악마학 연구원의 원장이니, 오며가며 인사 올릴 정도의 안면이야 있지만 이름까지는 모르리라 생각했기 때문이었다. 서로의 눈치를 보고 옆의 사람도 같은 생각을 했다는 걸 안 소백작이 조심스럽게 말했다.

"저희를 아실 줄 몰랐습니다."

추기경이 빙그레 웃었다.

"그대들이 나를 아는데, 내가 그대들을 모를까요."

모른다 해도 흠이 되지 않을 것을. 그들이야 추기경을 알지만 추기경은 일개 학자인 그들의 이름을 기억하기 어려운 것이 자연스러운 일인데, 겸양으로써 신도이자 후배 학자들을 굽어 살펴 주는 말에 두 학자는 조금 감동한 얼굴로 미소했다.

"영광입니다, 추기경 예하. 저희는…….'

"라지오넬 추기경 예하!"

두 귀족 청년이 조금 더 친교의 말을 섞어 보려던 찰나, 성기사가 저편에서 그를 발견하고 다가왔다. 절도 있는 움직임에 무거운 은빛 갑옷이 햇살을 반사하며 절그럭거렸다.

"하워드 대사제와 유텐 후작께서 급히 찾으십니다."

성기사의 입에서 흘러나온 지체 높은 대사제와 고위 귀족의 이름에 두 학자는 바쁜 추기경을 방해할 생각은 없다는 듯 아쉬움을 감춘 겸손한 미소로 물러섰다. 추기경은 고개를 끄덕여 인사하고는 다가온 성기사를 향해 몸을 돌렸다.

뒤에 남은 두 학자는 성기사 쪽을 향해 멀어지는 추기경의 뒷모습을 바라보았다. 슬픈 건 슬픈 거고. 지금 추기경은 눈코 뜰 새 없이 바쁠 것이다. 직접 주관하여 기획한 대축성 의식의 준비와 미사만으로도 충분히 바쁘시던 분인데.

갑작스럽게 교황 성하께서 돌아가셨으니 슬픔과 애도로 그 뒷수습을 함께할 고위 사제로서도, 유력한 다음 교황 후보자로서도 일이 산더미 같으시겠지. 한 사람이 조그맣게 중얼거렸다.

"……다음 교황으로는, 아무래도 라지오넬 추기경께서 오르시게 되겠죠?"

"아무래도 그렇겠지?"

라스 백작 영식이 추기경이 조금 전 손으로 짚어 주고 간 어깨를 손으로 덮어 보며 으쓱했다.

"미래의 교황 성하께 손수 축성을 받았네요."

펠트너 소백작이 웃으며 맞장구를 쳤다.

"그러게. 대관식을 하고 나면 저분께 이렇게 개인적으로 축성받을 기회는 없겠지?"

두 학자는 약속이라도 한 것처럼 곧 지극히 높은 자리에 오를 추기경의 뒷모습을 조금 더 바라보며 한숨을 쉬었다.

모든 교황이 그렇게 살지는 않았지만, 이십 년을 집권한 전대 교황이 자신의 근거지에 마련된 교황청에서 평생 나오지 못하고 살다가 갔기에 교황에게는 '속세와 격리된 삶을 살아야 하는 사람'이라는 인식이 따랐다.

누구에게나 인정받고 존경받는 사제들의 정점이 되는 것이지만, 과연 그것이 행복한 삶일지 인간적으로는 동정하게 되는 면이 없지 않았다.

"이바손 사 세 교황 성하처럼 라지오넬 추기경께서도 교황이 되면 근거지에서 나갈 수 없다는 제약 같은 걸 받으시게 될까요?"

"모르겠네. 세상이 많이 바뀌기도 했고 라지오넬 추기경께선 귀족들이랑 두루 원만하시니, 이번에는 그러지 않으실 수도⋯⋯. 일단 지금 라지오넬 추기경 예하의 근거지는 황실 악마학 연구원이기도 하고."

확실한 것은 이번엔 딱히 신중히 경합을 고민할 만한 다른 교황 후보자들이 보이지 않는다는 것이었다. 서로 지지하는 후보가 갈려 여느 때처럼 콘클라베가 몇 달씩 이어지느라 서로의 인내심을 시험하고 투표권자들을 괴롭힐 정도로 지루하게 오래 끌지는 않을 것 같았다. 라지오넬 추기경의 등극에 이의를 제기할 만한 귀족들도 딱히 없을 듯하고.

"혹시 타니아 성녀님은⋯⋯?"

"퍽이나 그분이 교황 자리에 관심이 있으시겠다."

들자마자 딱 잘라 답하자 말을 꺼낸 사람이 웃었다.

"역시 그렇죠? 그냥 한번 확인차 여쭤봤어요. 워낙 평민들 사이에선 인지도도 높고 인기가 좋으시다니까."

"어디 교황을 평민들이 뽑나."

"하긴."

어쩌면 역대급으로 짧고 깔끔한 콘클라베가 될 수도 있겠다는 생각이 들었다. 라지오넬 추기경은 마치 교황이 되기 위해 태어난 사람처럼 누구도 적으로 만들지 않았고, 귀족들과의 관계도 좋았다. 신성 능력이 그렇게 뛰어나지 않은데도 어딘지 신비롭고 예지에 능한 사제라며 은근히 이야기가 돌고 추켜올려지기도 하고.

"콘클라베는 언제쯤 열릴까요?"

소백작이 시간을 가늠해 보았다.

"일단 모든 추기경들과 교황 선거권자들이 도착해야 합법적으로 콘클라베가 열리니까, 그들이 돌아오면⋯⋯. 아마 오지에 나가 있어 소식이 느린 추기경들과 최근 황명으로 악시아스로 떠난 타니아 성녀가 가장 오래 걸리지 않을까 싶은데. 뭐, 시간문제지."

그때, 어느새 다시 그들에게 가까이 다가온 추기경이 그들을 불렀다.

"소백작. 잠시."

잠시 서로를 바라보며 대화하느라 잠시 그쪽에 신경을 쓰지 못하고 있던 두 사람은 얼른 자세를 바르게 했다. 추기경이 그들을 굽어보며 인자하게 말했다.

"부친의 병환은 그리 염려하지 않아도 될 겁니다. 사제들을 보내 드렸으니 걱정 마십시오."

"예? 아……! 예! 감사합니다!"

당황하던 소백작이 허리를 숙였다. 아버지의 병환에 대해서 어떻게 알고 계신 거지? 당당한 병은 아니라 집안에서도 쉬쉬하는 일이었는데. 추기경의 시선이 옆으로 이동했다.

"라스 백작 영식. 그대의 형님께 지금 가까이하시는 약이 좋지 않으니 부디 건강을 조심하시라 전해 주십시오. 영식께서도 언제나 악마를 조심하시고, 지금의 마음을 잃지 마시고요."

라스 백작의 차남도 당황해서 더듬거렸다.

"예……? 그, 그러겠습니다. 감사합니다."

소백작의 부친이 매독에 걸려 고생하고 있다는 것도, 라스 백작의 장남이 오트낭의 마약에 빠져 집안의 골칫거리라는 것도 각자 집안의 비밀이었고, 큰 걱정이었다. 크게 소문이 날 만한 일이 아니었는데……. 두 사람 모두가 차기 교황이 유력하게 예정된 고위 성직자 앞에서 위축되어 자세가 쪼그라들었다.

이것이 말로만 듣던 추기경의 예시인가? 간혹 추기경이 사람의 속내나 미래를 꿰뚫어 보는 듯이 놀라운 말을 할 때가 있다더니. 예지가 그렇게 흔하겠느냐고 흘려들었는데, 막상 직접 맞닥뜨려 보니 말로만 듣던 그게 이것이었나 하는 생각이 들며 식은땀이 났다. 추기경이 미소 지었다.

"조금 더 여유롭게 대화를 나눌 시간이 있었다면 좋았을 텐데요. 제가 가는 길이 바쁜 탓에 놀라게 해 드렸군요. 이아 마길라. 사제의 입은 무덤만큼 무거우니 너무 염려치 마시라는 뜻입니다."

두 사람이 얼떨떨하게 추기경을 쳐다보았다.

"그리고 두 분 모두에게 조만간 좋은 소식이 있을 것 같으니, 미리 축하 드립니다. 그럼 저는 이만."

단지 그 말을 전하기 위해 잠시 돌아왔다는 듯, 추기경은 미련 없이 몸을 돌려 성기사와 함께 떠나갔다. 두 사람은 우두커니 떠나가는 추기경의 뒷모습을 바라보았다. 무언가에 홀린 기분이었다.

덜컥 겁이 나면서도 그가 말한 희망적인 전망에 솔깃하고 기대가 되었다. 좀 더 자세히 말해 주실 수 없냐고 붙들어 보고 싶은 한편으로 너무 가까이하고 싶지 않은 어딘가 오싹한 경외심도 들었다. 정말로 신성한 존재를 마주한 기분이 들었다.

"혹시 이게 말로만 듣던 그건가……? 듣고 나면 라지오넬 추기경 등 뒤로 후광이 보인다는 '예지'?"

듣는 사람도 없는데 목소리가 절로 낮게 깔렸다. 옆의 사람이 소름이 돋은 팔을 쓸어내리며 한숨을 내쉬었다.

"와, 전 이런 건 줄 몰랐어요. 꽤 무섭고 신기한데요. 좋은 일이라는 게 뭘까요?"

두 사람은 자연스럽게 서로의 비밀은 묻어 준 채 '좋은 일'에 대해서만 대화하기 시작했다.

라지오넬 추기경은 '예지력'을 가지고 있지 않았다. 그러나 그는 자신에게 예지가 허락되지 않는 것에 조금도 아쉬움을 느끼지 않았다. 흔하지도 않을뿐더러, 계시와 달리 원하는 내용을 보여 주지도 않는 예지 같은 것은 필요하지도 않았다. 그는 예지 따위보다 훨씬 유용한 '기억의 몽마'를 마법으로 활용할 수 있었기 때문이다. 추기경은 조용히 보랏빛 아지랑이가 피어오르는 손바닥을 내려다보며 주먹을 쥐었다 피고는 미소 지었다.

펠트너 백작. 매독에 걸렸군. 라스 백작의 장남은 오트낭의 마약에 푹 절은 상태를 보니 남은 명이 길지 않겠고.

추기경은 여기저기서 읽어 온 기억의 정보들을 조합해보면 누구보다도 정확하고 의표를 찌르는, 마치 '예지'처럼 보이는 의미심장한 한마디를 가장 적절한 때에, 필요한 만큼 던질 수 있었다. 라지오넬은 그들이 '좋은 일'을 깨달은 후 라지오넬에게 가지게 될 경외심과 감사를 헤아려 보았다.

펠트너 소백작의 아내는 임신을 했다. 라스 백작의 차남은 장남이 죽고 나면 자연스럽게 그 자신이 후계자로 낙점될 것이다. 둘 다 그들이 오랫동안 기다려 왔던 일이었다.

사실 그들 집안의 비밀들과 그들이 바라 왔던 일들은 모두 펠트너 소백작과 라스 백작 영식의 기억을 통해 읽어 냈다. 펠트너 소백작의 아내가 임신을 했다는 건 그 집에서 일하는 하녀가 아이를 위한 축원을 빌러 왔기에 그녀를 축복해 주며 알았고, 라스 백작의 차남이 마약 중독자인 장남 대신 후계자로 낙점될 예정이라는 건 그 집의 부인이 찾아와 후원 공물을 바치러 왔을 때 알았다.

그리고 그는 또 다른 사람들에게서 수집한 '기억'을 통해 정보를 얻어 매독의 증상과 경험, 마약 중독자의 상태와 경과에 대해서도 자신이 의사로서 겪은 것처럼 잘 알고 있었다.

본래 같으면 약점을 잡았다는 느낌을 줄 수 있을 만한 그린 발언을 함부로 하지 않았을 것이다. 모든 사람들이 적당하고 온건해 보인다는 이유로 라지오넬 추기경을 무조건적으로 속 편하게 지지하고 있지는 않았기 때문이다. 유난히 그를 향해 날을 세우는 다른 추기경도 있었고, 실험에 대해 눈치채거나 황비와 얽혀 있다는 것만으로 그를 수상하게 여기고 견제하는 자들도 있었다. 교리 해석이 자신과 다르다거나 악마학을 연구한다는 이유만으로 싫어하는 보수적인 추기경도 있었다.

펠트너 백작은 루엔 추기경과 후원 관계로 밀접하게 얽혀 있으니 영향력을 행사할 수 있고, 라스 백작은 당장 유용하게 활용할 방법이 없지만, 아들의 중독 문제를 알고 있다고 흘려 두는 것만으로도 백작 주변의 문제 아들을 자식으로 둔 귀족들을 긴장시킬 수 있다. 둘 다 쥐고 있을 가치가 있는 패였다.

추기경은 수십 수백 장의 그가 가진 패들을 헤아려 보며 웃었다. 질 수가 없는 싸움. 추기경은 여유롭게 기지개를 켜고 의자에 편안히 앉았다. 사람은 많다. 정보가 될 자원들은 무궁무진했다.

신성 능력자를 상대로는 그의 '기억 읽기'를 사용하는 것이 어렵지만, 주변 사람들을 통해 얼마든지 정보를 모을 수 있었다. 라지오넬은 펠트너 소백작과 라스 백작 영식의 기억을 통해 읽은 정보를 생각하며 희미한 미소를 띠었다.

대사제 루텐펠트의 '추문'이라. 이제는 아무래도 상관없었다.

"당신께서…… 악시아스 대공 전하."

머리를 덮은 후드 아래로 밝은 갈색 머리카락이 드러난 사제가 바닥에 무릎을 꿇고 손으로 땅을 짚은 채 비틀비틀 엎드렸다.

"……이런 모습으로 전하의 심기를 어지럽혀 드려 죄송합니다."

기이한 냄새가 코를 찔렀다. 죽음의 냄새. 독한 알코올 향과 향유 냄새 사이로 무언가가 썩는 듯한 어두운 기운이 스쳤다. 비릿하고 뜨거운 피의 냄새가 아닌, 동토 위에 뼈와 살이 썩어 들어가는 차가운 냄새였다.

'……아나이스도 이런 은도금 팔찌가 있는데, 한쪽 팔이 부러져 있거든요. 흠집이 생기거나 부러졌는데 팔찌나 목걸이에서 떨어지지 않은 앙크는 생명력이 강하고 길한 징조라고 여겨서 좋게 여긴다더라고요.'

한쪽 팔이 부러진 앙크가 바닥을 짚은 사제의 파리한 손목에서 흔들렸다. 외팔 앙크.

"부디 저를…… 리에타에게 보이지 말아 주세요."

귓속에서 아찔한 이명이 울렸다.

'킬리언.'

용의 계곡에서 보았던 마지막 환영이 갈라진 목소리로 그의 이름을 뇌까렸다. 사제복을 입은 회색빛 피부의 사제가 갈라진 목소리로 중얼거렸다.

"……저는 죽었습니다. 저를 구하러 와 주신 기사님들께서는 제가 죽었다는 것을 믿지 않으셨고, 그럴 만도 하다는 것을 이해합니다만……."

사제가 고개를 들자, 동공이 풀린 탁한 눈동자가 영혼 없이 킬리언을 바라보았다.

"……사제님께서 저의 상태를 살펴보시면, 제 말이 거짓이 아님을 아실 것입니다."

킬리언은 굳은 얼굴로 섰다. 지금 사제가 하고 있는 말이, 지나치게 잘 이해되고 있는 것 같았다. 한편으로는 제대로 머릿속에 전달되지 않고 있는 것 같기도 했다.

"흉한 모습을 보이는 것을 용서하세요."

사제는 천천히 머리를 가린 후드를 벗고, 자신의 옷을 헤쳐 붕대로 상처를 가린 몸을 열어 보였다. 어깨에서부터 가슴으로 이어지는 몸에는 뼈

가 보이며 썩어 들어가기 시작한 치명상이 보였다. 아나이스의 몸이 그 정
도로 망가져 있었다는 걸 미처 알지 못했던 동쪽 별채의 여기사들이 입을
가리며 숨을 삼켰다.

아나이스의 시선이 킬리언과 함께 서 있는 짧은 금발의 사제에게로 향
했다. 그리고, 어떤 사원의 문양도 가지고 있지 않지만 범상치 않은 신성
력을 가진 그녀가 평범한 사제가 아니라는 것을 깨닫는다. 아나이스의 탁
한 눈동자가 묘한 빛으로 푸른 눈의 성녀를 담았다.

"……이쪽…… 사제님께서는."

굳은 얼굴의 성녀는 그녀의 앞에 한쪽 무릎을 꿇고 앉아 그녀의 차가운
손등을 겹쳐 쥐었다.

"……이렇게 만나게 되어 안타깝고 반갑습니다. 자매님. 내 이름은 순례
자 타니아입니다."

그 이름을 들은 아나이스의 탁한 회색 눈이 멍하니 흔들렸다.

"……그렇군요. 당신께서…… 타니아…… 성녀님."

아나이스가 슬프게 웃으며 고개를 숙였다.

"……살아생전 뵙기를 바랐는데. 살아서 뵈었으면 좋았을 것을요."

목소리에 담담한 절망이 묻어났다.

"평생을 성녀님의 미담을 듣고 자랐습니다. 저희 세대의 수도사들 대부
분이 그랬겠지만, 오래전부터 흠모해 왔습니다."

아나이스의 눈에서 피가 섞인 눈물이 뺨을 타고 흘러 떨어졌다.

"부탁드립니다."

조금 느린 동작으로 옷을 가다듬은 아나이스가 성녀의 앞에 깨끗한 목
을 드러낸 채 엎드려 고개를 숙였다.

"아직 저에게 인간의 마음이 남아 있을 때, 이 바르지 못한 육신에 이어
지고 있는 그릇된 목숨을 거두어 주신다면, 가장 영광된 죽음으로 알겠습

니다.”

⚜

아나이스는 자신이 죽었으며, 언데드가 되어 살아났다고 주장했다. 비록 살아생전의 마음이 남아 있으나 신의 법칙을 거슬러 살아 있는 마물로, 신의 품에도 돌아갈 수 없고, 생전에 알던 사람들의 마음에 큰 상처를 입히게 될, 살아 있어서는 안 되는 언데드.

동쪽 별채의 여기사들은 자신이 죽었다는 그녀의 말을 믿지 않았다. 아나이스는 전혀 마물 같지 않았고, 그저 습격 당시의 정신적 충격으로 자신이 죽었다는 착각에서 깨어나지 못하고 있는 줄 알았다.

킬리언은 자신이 어떤 표정을 짓고 있는지 알 수 없었다. 아나이스가 구구절절 설명하지 않아도 알 수 있었다. 아나이스는, 의식이 있는 언데드였다. 십삼 년 전 그의 어머니와 똑같은.

‘킬리언. 킬리언. 킬리언. 킬리언.’

귓속에 이명이 울렸다.

‘……서둘러야 할지도 모르겠습니다. 대관식만이 아니라 추기경이 제국의 수도에서 진행 중이라는 대축성 의식도 신경이 쓰입니다. 추기경이 교황이 되려는 건 어쩌면, 악마 실험에 미친 광신도가 그저 교황의 힘과 지식을 원해서가 아니라…….’

킬리언은 소파에 몸을 묻은 채 오랫동안 생각했다. 그는 아나이스가 말한 이야기들을 하나하나 되짚었다. 누군가가 아나이스를 납치 혹은 살해하려던 정황. 그녀가 위험에 처했다는 걸 깨닫고 도망치게 해 준 헤르메덴의 사제들. 그녀를 보호하려는 사제들과 달아나던 아나이스를 덮친 갑작스러운 습격.

정신을 잃었다 깨어난 아나이스는 간신히 달아나다 천우신조로 동쪽 별채 기사들과 마주쳐 그녀들의 보호를 받게 되었다. 그리고 그후 서서히 아나이스의 머릿속에 정신을 잃었던 당시의 기억이 돌아오기 시작했다.

벼락같았던 고통 이후의 암전. 그리고 그저 잠에서 깨듯 아무런 전조도 없었던 각성. 그녀가 말한 것은 그뿐. 더 이상 알 수 있는 것은 없었다. 그럼에도 킬리언은 아나이스가 말한 것들을 처음부터 끝까지 몇 번이고 곱씹었다.

'킬리언. 킬리언. 킬리언. 킬리언.'

이명이 울렸다. 킬리언은 가만히, 귀를 어지럽히는 환청을 음미하듯 눈을 감았다.

'킬리언. 킬리언. 킬리언. 킬리언.'

그는 오랫동안 어둠 속에서 리에타를 생각했다.

'유배당한 루텐펠트가 죽기 직전까지 신성 악마학 이론에 미쳐 있었다는 걸 아실지 모르겠는데요. 그 이론은 악마를 부릴 수 있다는 것은 궁극적인 신의 증명이며, 극단적인 신력과 극단적인 마력은 결국 하나로 상통하고, 악마의 힘과 강대한 신성력이 하나의 육신에 동시에 주어지면 현실의 육신을 초월하여 '불사의 존재', 그러니까 '신'이 될 수 있다는 이론입니다.

한배를 탔으니 불완전한 추측이나마 전부 말씀드리겠습니다. 칼리고 백작이 남겨 둔 실험의 기록과 흐름을 살펴본 후 짐작한 바, 어떤 경위로 알게 되었는지는 몰라도 라지오넬 추기경은 루텐펠트 대사제가 남긴 신성 악마학 이론에 대해 알게 되고 그에 관심을 가졌던 것 같습니다.

루텐펠트가 남긴 기록은 그가 죽은 후 빠짐없이 말소시켰으니 아마도 루텐펠트가 죽기 전에 그를 만난 적이 있든지, 루텐펠트가 남겼던 이론이 어떤 경로로 라지오넬에게 흘러들어 간 적이 있든지 한 모양인데요.

칼리고 백작이 남겨 둔 실험의 기록은 모두 그 이론의 궁극 목표를 가리키고 있습니다. 불행하게도 그 이론은 광신도의 헛된 망상이 아니었고, 라지오넬은 실험을 통해 그 이론을 실현 가능한 수준까지 구체화시켰습니다.

라지오넬 추기경은 신을 만들어 내거나, 최소한 신이 되려는 시도를 하고 있는 것 같습니다.

'아나이스' 양의 몸이 그렇게 된 것은, 불완전하나마 신이 되는 방법의 예행 연습이었을 가능성이 있습니다. 루텐펠트가 주장한 바에 따르면 불사의 육신을 얻고 신이 되는 방법은 죽은 자를 되살릴 수 있는 방법이기도 하거든요.'

어머니의 일하곤 상관없을 거야. 라지오넬이 본격적으로 실험을 시작한 건 어머니의 일이 있은 후 몇 년이나 더 지나서다. 지금 당면한 문제는 옛날 일 따위가 아니야.

'너무 많은 사람이 죽었고, 너무 많은 사람이 얽혀 있어요. 연루된 귀족들의 저항이 만만치 않을 것입니다. '부활'이라고 번지르르하게 말하고 있지만 보셨다시피. '신의 강림'이나 '죽은 자의 부활'이 실현되는 것은 결코 낭만적인 기적 따위가 아닙니다.

생자와 사자가 뒤섞이는 혼란이 일어날 거예요. 아직 살아 있어야 하는 이들의 목숨이 대가로 바쳐질 것이고 마땅히 영원한 안식으로 떠나야 했을 영혼은 썩어 가는 육신에 매일 것입니다. 많은 사람들이 살아도 산 것이 아닌 상태가 되어 차라리 죽기를 바랄 것입니다.

죽은 자를 되살리는 방법이란 없습니다.'

'어느 밤 야영지의 잠자리에 들어 누워 있다가, 제 자신의 몸이 더 이상 살아 있지 않다는 것을 깨달았어요. 습관처럼 숨을 쉬었을 뿐, 더 이상 심장이 뛰지 않았어요. 더 이상 신성력을 쓸 수 없었고, 다친 곳의 통증은 다른 세상의 환상처럼 아득하게 느껴졌어요.

저도 충격을 받았고 믿을 수가 없어서 오랫동안 기사님들께 말씀드리지 못했어요. 하지만……. 리에타와 악시아스의 일들을 전해 들으면서…… 제가 리에타를 만나려고 한다면, 이단 의혹을 받고 있는 리에타에게 피해가 갈 거라는 걸 알게 됐어요. 악시아스가 성역이 되었다는 이야기에…… 언데드인 제가 들어갈 수 있을 리 없다는 것도 알았고요.

그래서 기사님들께 제가 살아 있지 않다는 걸 털어놓았어요. ……믿어 주지 않으셨지만요.'

킬리언은 아나이스의 말을 오래도록 곱씹었다.

"……신성력으로 치유하거나, 축성으로 부패하지 않게 유지하는 건 힘들 것 같습니다. 죽은 육신에 담겨 있는 의식을 신성력이 '바르지 못한 것'으로 판단해 소멸시킬 가능성이 높아요."

입이 무거운 의사들이 불려 와 아나이스의 상태를 돌보았지만, 상처는 낫거나 호전되지 않았다. 그들은 믿을 수 없는 얼굴로, 아나이스의 주장대로 그 육신이 죽은 상태라는 선고를 내렸다. 아나이스는 담담한 얼굴로 눈을 감았다.

"……죽게 해 주십시오. 너무 많이 썩기 전에."

끔찍하게도, 어느새 날이 밝고 있었다.

타니아 성녀가 물었다.

"제가 아나이스의 도움을 받아도 되겠습니까?"

아나이스는 추기경이 벌인 실험의 살아 있는 증거였다. 그녀에게 일어난 일이 무엇인지를 알려 주는 성녀의 설명과, 이런 일이 앞으로 다시 일어나지 않기 위해 당신이 겪은 일에 대한 증언과 도움이 필요하다는 설득을 들은 아나이스는 비로소 자신의 삶에 남은 의미를 찾았다. 아나이스는 눈물을 흘리며 고개를 숙였다.

"……돕겠습니다. 성녀님, 대공 전하. 돕게 해 주셔서 감사합니다."

킬리언은 눈을 감았다가 조금 느리게 다시 떴다. 이 사실을 리에타에게 어떻게 전해야 할까. 차라리 아나이스가…… 죽었다고 전해야 할까. 어떻게 해야 할지 알 수 없었다.

아나이스의 몸은 돌이킬 수 없게 되었다. 치유도, 재생도 불가능하다. 그녀의 죽은 몸은 점점 썩어 가다가 끝내 다시 죽게 될 것이다. 그녀의 의식이 언제까지 저 육신에 담겨 있을 수 있을까. 그 옛날의 어머니도 오랜 시간 두었다면 저렇게 되었을까. 킬리언은 먼 과거의 일로 뻗어 나가려는 생각의 가지를 냉정하게 끊어 냈다. 아나이스가 멍하니 창밖을 바라보며 청했다.

"장의사를 불러 주시겠습니까?"

아이러니하게도 아나이스에게 의사보다 도움이 된 것은 장의사였다. 방부 처리가 된 아나이스의 육신은 악화되는 속도가 확연히 줄어들었다.

고위 귀족의 직위를 가진 신성 사제들에도 여러 종류가 있었다. 자신의 신념과 공익을 행동의 최우선 기준으로 여기는 사제. 황제의 사제로서 황실에 대한 충성심을 삶의 의미로 둔 사제. 신의 종으로서 사람들의 존경과 권력을 원하는 사제. 귀족으로서의 입지를 원하는 사제. 개인적인 약점이나 사정을 가진 사제.

첫 번째 유형은 페르디안 칼리고가 남겨 둔 증거물이, 두 번째 유형은 황제를 향한 저주를 진심으로 풀 수 있길 희망한다는 리에타의 전언이, 세 번째 유형은 타니아 성녀의 편에 선다는 정의와 명분이, 네 번째 유형은 악시아스 대공이 가진 재력과 그가 가진 귀족들과의 연결점이, 다섯 번째 유형은 킬리언이 움직이는 도둑 길드의 정보가 설득하기 시작했다.

그리고 마지막 유형으로, 주변 사람들이나 존경하는 사제의 뜻에 따라 형성된 여론에 쉽게 영향을 받아 움직이는 사제들. 이들이 숫자로는 가장 많았는데, 타니아 성녀의 주장과 회유에 포섭당하기 시작한 사제들이 악시아스에 모인 사제들의 과반수를 넘기 시작하자 여론은 빠르게 그들의 편으로 돌아서기 시작했다. 빠른 속도로 뒤집히고 있는 여론의 뒤편에, 산 증인 '아나이스'가 있었다.

리에타는 악시아스의 모든 일에 깊이 관여하고 있었다. 사제들에게 그녀를 직접적으로 노출시키는 일이 많지 않아 아직 들키지 않았지만, 언제까지고 숨길 수는 없을 것이었다.

이 모든 걸 리에타에게 사실대로 말해도 되는 걸까. 유일하게 살아남은 그녀의 옛 친구가 언데드가 되었다는 걸, 아나이스가 썩어 가는 육신 속에서 버티며 악시아스 외성 바깥에서 우리를 도우며 일해 주고 있고, 두 번째 죽음을 기다리고 있다는 걸.

처음엔 리에타에게 위로와 안식이 되어 주리라 기대해 아나이스를 불러오려 했었다. 그다음에는 그녀가 위험에 처했다는 것을 알고 급히 그가 가장 신뢰하는 기사들을 보냈다. 그러나 무사히 구해 낸 줄 알았던 아나이스는 이런 상태였다. 눈앞에서 죽어 가는 것을 어떻게 할 방법도 없었다.

어떻게 해야 하지. 사제로도, 의사로도, 돈으로도 할 수 있는 것이 없다. 결국 킬리언은 아나이스의 앞에 한쪽 무릎을 꿇고 앉아 당사자가 어떻게 하기를 바라는지, 그녀의 의향을 물어보았다.

"일이 이리 되었지만, 사실 나는 리에타와 만나게 해 주고 싶어 그대를 찾았다."

"……."

"그대는 리에타를 만나 보고 싶은 마음이 있나?"

아나이스는 고개를 숙였다.

"대공 전하의 뜻대로……."

킬리언은 다시 물었다.

"그대의 바람은?"

아나이스가 눈을 감았다.

"……전하께서 리에타에게 가장 좋은 결정을 하시는 데에 제 뜻을 고려해 주신다면…… 저는 리에타에게 저의 모습을 보여 주고 싶지 않습니다."

킬리언은 가만히 고개 숙인 아나이스를 바라보았다. 그녀의 육신이 썩고 있는데, 그녀를 처음 봤을 때 느낀 죽음의 냄새가 느껴지지 않는 기분이 들었다.

"그냥 제가…… 사제의 손길이 필요한 곳에서 신의 뜻을 실천하며 할 일이 많아…… 악시아스에는 오지 못했다고…… 하지만 널 여전히 좋아하고, 그리워하고 있으니, 우리 조금만 나중에 만나자고 전해 주신다면…… 은혜를 잊지 않겠습니다."

"……어떻게 하실 겁니까?"

킬리언은 끝내 몸을 돌렸다.

"리에타에게는 아나이스 사제가 여기에 있다고 밝히지 않는다."

레이첼이 어두운 얼굴로 고개를 숙여 명을 받았다.

"알겠습니다. 그럼 계속 비밀로 하실 건가요?"

킬리언은 답하지 못했다. 차마 확신할 수 없었다. 그는 자신이 냉정하다고 생각했지만, 스스로의 냉정을 확신할 수 없었다. 머리가 얼어붙은 것 같다. 마음이 무거웠다.

'킬리언. 킬리언. 킬리언. 킬리언.'

이명이 울렸다.

"킬리언. 바덴 대사제님과 에밀라이 대사제님께서 로톤 추기경 예하와 클리페 추기경 예하를 만나 뵙고 설득하는 데 함께해 주신다고 하셨대요."

킬리언이 고개를 들며 웃었다.

"잘됐네."

"그렇죠? 그 두 분이 보수적이신 분들이라 엄청 고전하고 있었는데."

그가 미소 지으며 리에타를 끌어안았다.

"리에타."

"응, 킬리언."

자신의 이름을 불러 주는 목소리에, 킬리언의 귓가에 계속 울리던 괴로운 이명이 평화로이 잦아들었다. 킬리언은 품에 안은 리에타의 심장 소리에 귀를 기울이며 숨을 죽였다. 그가 평소와 조금 다르다는 걸 느낀 리에타가 걱정스럽게 그를 안아 주었다.

"······당신 요즘, 무슨 일 있어요?"

킬리언은 가볍게 그녀의 목덜미에 턱을 묻고 웃었다.

"아무것도."

리에타가 가만히 그를 토닥여 주었다.

"킬리언, 있잖아요."

"응."

리에타는 조금 머뭇거리며 그의 등을 쓸어 주었다.

"이건 제가 어릴 때 엄마한테 들은 건데요."

"응."

"악시아스는 어떤지 모르겠는데…… 청혼을 받은 여자가 승낙할 땐 남자한테 작은 선물을 하나 해 주는 전통이 있대요."

킬리언이 웃었다.

"그래?"

분위기가 너무 가라앉지 않고 킬리언이 웃으며 관심을 보이자 조심스럽게 말을 꺼냈던 리에타가 안심하고 말을 이었다.

"응……. 그럼 행복하게 산대요. 아마 라멘타 쪽 문화였겠죠?"

리에타의 목소리가 살짝 들떴다.

"그래서, 당신한테 반지를 받았으니, 나는 당신이 갖고 싶은 선물을 하나 해 주고 싶어요."

킬리언이 리에타를 끌어안고 천천히 몸을 기울였다.

"청혼 받아 준 게 가장 큰 선물인데. 뭘 또 받아."

리에타의 목소리에 조금 설레는 웃음기가 담겼다.

"음……. 그치만 내가 해 주고 싶어요. 행복하게 산다잖아요?"

킬리언이 소리 없이 미소 지었다.

"……그럼 선물 대신, 소원 하나 들어줄래?"

"무슨 소원인데요?"

"지금 당장 말고, 나중을 위해 받아 두고 싶은데."

리에타가 몸을 떼며 반짝이는 눈으로 그를 올려다보았다.

"내용부터 들어 보고요. 제가 들어줄 수 있는 거라면."

킬리언이 가볍게 쪽, 그녀의 콧날에 입 맞추고 그녀를 다시 끌어안으며 말했다.

"언젠가 혹시라도 내가 잘못된 선택을 해서, 그대가 나한테 화가 날 일이 있을 때. 딱 한 번만 용서해 주기."

"그게 어떻게 선물이 돼요. 너무 당연하잖아요."

리에타가 웃었다. 킬리언이 가만히 리에타를 쳐다보며 그녀의 잔머리를 귀 뒤로 넘겼다.

"난 그걸 받고 싶어."

리에타는 웃으며 그를 축복했다.

"어렵지 않네요."

그러나 언제나 비밀이 마음대로 숨겨지는 것은 아니었다. 끼익…… 문이 열리는 소리에, 우두커니 침대에 앉아 있던 사제의 언데드는 조금 느리게 고개를 돌렸다. 회색빛이 된 언데드의 탁한 눈과 놀란 리에타의 흔들리는 하늘색 눈이 마주쳤다. 리에타는 멍하니, 당황한 얼굴로 그녀를 마주보는 옛 친구를 바라보았다.

리에타를 알아본 아나이스는 충격으로 굳어 있다가, 다리 위에 놓아 둔 손을 바들바들 떨며 가슴 쪽으로 끌어당겼다. 수의처럼 보이는 사제복의 소매 아래로, 부러진 외팔 앙크가 흔들리는 것이 리에타의 눈에 들어왔다.

"……아, 나이스……."

거칠게 문이 열렸다. 아나이스를 발견하고 넋이 나간 리에타를 보고, 킬리언은 숨을 멈추었다. 킬리언은 자기도 모르게 그들 사이를 가로막듯 움직이려고 하며 그녀를 불렀다.

"……리에타!"

보지 마. 그러나 굳어 버린 킬리언이 힘겹게 반걸음 걷는 순간 리에타가 그를 향해 몸을 돌렸다. 그보다도 빠른 걸음으로 다가온 리에타가 황급히 다가서며 킬리언의 눈을 가렸다. 눈이 가려지기 직전, 뭐라 형용할 수 없는 감정이 담긴 그녀의 얼굴이 그의 시야에 가득 찼다.

"……킬리언."

망연한 부름과, 가늘게 떨며 어찌할 바를 모르다 그의 몸을 있는 힘껏 끌어안는 손길에, 입을 다문 킬리언은 자신의 몸이 전에 없이 둔하고 차가워진 상태라는 것을 깨달았다.

"킬리언."

다시 그를 부르는 리에타의 몸이 떨리고 있었다. 리에타의 목소리 속에는 아나이스를 보고 충격을 받은 그녀 자신의 슬픔만큼이나, 킬리언이 받았을 충격을 안아 주고 싶어 하는 슬픔이 들어 있었다.

그녀와 그만이 알고 있는 옛날의 일. 그가 과거에 겪은 어머니의 두 번째 죽음. 비로소 생각이 났다. 리에타는 용의 계곡에서 그 옛날의 일들을 모두 함께 봤었다. 그가 과거에 겪은 일들을. 그래서 리에타는 그를 염려하고 있는 것이었다.

하지만 그에겐 다 옛날 일일 뿐이었다. 지금 더 놀랐을 사람은, 위로가 필요한 사람은 리에타인데.

자신이 리에타를 걱정했던 것만큼, 리에타가 큰 충격 속에서도 그를 걱정하고 있다는 것을 깨닫는 건 어려운 일이 아니었다. 리에타의 마음을 깨달은 킬리언이 숨을 멈추었다. 그 자신도 충격을 받았고 그에게도 온기가 필요했다는 것을 깨닫는 데는, 조금 더 오랜 시간이 걸렸다.

"아나이스……. 아나이스."

둘만 남게 되자 비로소 참았던 울음이 쏟아졌다. 리에타는 무너진 채 그녀를 붙들고 오랫동안 울었다.

"가까이 오지 마. 피가…… 기분 나쁜 냄새가 밸 거야."

리에타는 아나이스를 놓지 않고 더욱 끌어안으며 매달리듯 울었다. 자신과 닿아서는 안 된다며, 어쩔 줄 모르고 그녀를 밀어내려던 아나이스도 어느 순간부터는 리에타를 안고 달래었다.

"미안해……. 울지 마. 나 괜찮아……. 울지 마."

이런 모습으로 널 슬프게 해 미안하다며, 아나이스는 리에타를 위로했다. 죽은 자가 오히려 자기 때문에 슬퍼하는 생자를 다독였다. 리에타는 그러는 것조차 서러워, 그런 말 하지 말라며 입술을 앙다문 채 고개를 저었다. 세게 안으면 망가져 버릴 것만 같은 차갑게 굳은 육신. 리에타는 약해진 그녀의 몸이 망가질까 봐 아나이스를 힘껏 끌어안지도 못했다.

연락이 끊겼다던 옛 수도원 친구들의 웃는 얼굴이 두렵고 혼란스러운 마음속에 어지러이 교차했다. 용의 계곡에서 만났던 킬리언의 의식 속, 칼 앞에 몸을 내주며 그를 지키고자 소리치던 킬리언의 어머니의 모습이, 굳어 가는 몸으로 자신을 안아 주고 위로하려 애쓰는 아나이스의 애처로운 모습 위에 겹쳐졌다.

육신의 부패를 막기 위해 불을 때지 않고 창까지 열어 둔 아나이스의 방에는 혹독한 겨울의 기운이 그대로 흘러들고 있었다. 수의처럼 보이는 사제복 속에 감싸인 아나이스의 마른 몸은 얼음장같이 차가웠다. 냉기에 잠겨 움직임이 둔해진 아나이스의 손이 울지 말라며 리에타의 눈물을 닦아 주었다. 오랫동안 끌어안고 있어도 온기가 느껴지지 않았다.

"미안해, 아나이스. 미안해……."

갈라지고 가라앉아 모르는 사람처럼 변한 목소리가 미안하다며, 괜찮다며 리에타를 위로했다. 머리로는 그 가능성을 알고 있었지만 아직은 의심일 뿐이라며 유보해 두었던 끔찍한 실감이 리에타를 흔들었다. 리에타의 눈에서 눈물이 흘러넘쳤다. 어떡하면 좋아. 아나이스.

황제의 저주를 풀어 주고 싶다며 손 내밀고 싶었던 결심이 아득해졌다. 정말 이 일의 배후에 황제가 연루되어 있다면, 도저히 그 일은 그 일, 이 일은 이 일이라며 용서할 수가 없을 것 같았다.

리에타가 방 밖으로 나왔을 때, 킬리언은 복도 끝의 창가에 서서 그녀를 기다리고 있었다. 리에타는 붉어진 눈시울로 그를 쳐다보다가, 이끌리듯 다가가 그를 안았다. 킬리언도 조용히 그녀를 안아 주었다.

따뜻한 온기가 도는 포옹. 어떤 말로도 표현할 수 없는 위로. 말로 다 할 수 없는 가슴 아픈 이해가 뒤섞였다. 서로만이 위로가 될 수 있었고, 온전한 이해가 될 수 있었다.

누구의 죄든, 더 이상 용서받기 힘든 업이 쌓이지 않길 바랐는데. 같은 상처를 겪는 것으로 내 마음을 이해하게 되길 바라지 않았는데. 킬리언은 눈을 감았다.

어쩌면 나도 어머니와 대화를 나눌 수 있었을까. 때때로, 정신계 마수들이 보여 주곤 했던 환상처럼……. 많이 컸구나……. 그런 짧은 인사나마 나눌 수 있었을까. 내가 되살아난 어머니를 만난 순간 자신의 눈을 의심하여 그렇게 얼어붙어 있지 않았더라면, 내가 윌리엄을 막을 수 있었더라면. 킬리언은 리에타를 안은 채 입을 열었다.

"……어머니 일을, 공개하려고 해."

킬리언의 말에, 리에타는 대답 없이 그를 안은 채 조용히 입술을 깨물고 눈물을 흘렸다.

"옛날 일이고. 긴 논쟁이 있겠지만……."

킬리언은 입을 다물었다가, 그녀의 등을 끌어안았다.

"……진작 그래야 했던 것 같아."

리에타는 말없이 그의 품에 얼굴을 묻고 천천히 고개를 끄덕였다. 킬리언의 어머니, 아리아드네 황후에게 벌어진 일. 그저 단순히 인간이 이해할 수 없는 영역에서 벌어진 운명의 장난이 아니었던 것일까.

아나이스라는 증거물이 있으니, 이제는 킬리언이 말하는 주장이 헛소리로 치부되지 않고 받아들여질 가능성이 높다는 것을, 리에타는 이해했다. 이런 일이 또 발생하지 않기 위해서 무엇이든 해야 한다는 것. 그리고 우리가 생각했던 것보다 훨씬 가슴 아픈 일이나 무서운 일을 직면해야 할지도 모른다는 것도.

그것은 아나이스가 자신에게 주어진 마지막 사명으로 삼은 일이기도 했다. ……그후에 아나이스는 어떻게 되는 걸까?

리에타는 눈물을 삼키며 그를 끌어안았다. 이제 더 이상 가슴 아픈 일은 없을 줄 알았는데. 내가 숨지 않고 용기를 내는 것이, 우리 상처를 조금 더 낫게 만들 수 있을 거라고 믿었는데.

황제를 마주하고 나면…… 라지오넬 추기경을 직면하고 나면 당신이냐며, 이 모든 게 당신의 짓이냐며 이성을 잃지 않을 수 있을까? 설령 그들이 진실을 말한대도 의심하지 않을 수 있을까? 좀 더 행복해질 수 있기를 바랄 뿐이었는데…….

그와 함께 걸어가고 싶다고 생각한 길에 놓인 강은 들여다보니 위험하게 굽이치는 계곡이었다. 이 모든 일은 어디서부터 흘러와, 어디를 향해 흘러가고 있는 것일까. 황궁으로 가겠다는 결심은 잘한 것이 맞을까. 그들을 집어삼킬지도 모르는 심연에 부러 발 디디는 것이 맞는가. 나는 무모한 짓을 하고 있는 게 아닐까. 꼭 저 물을 건너가지 않아도, 이곳에서도 당신 옆에서 행복하게 살 수 있는데…….

우리가 수도에 갔을 때 뭘 마주하게 될까. 나는 황제를 만나고, 후회하지 않을 수 있을까? 아직도 상처 받을 일이 많았다. 더 많은 각오를 해야 했다. 킬리언이 받을 상처도 아득했다. 아마 킬리언도 똑같이 생각하고 있겠지.

킬리언의 어머니에게 벌어진 일. 그리고 아나이스에게 벌어진 일. 전부, 누가 배후로 있는 것일까.

"미안해."

킬리언의 속삭임에 리에타는 고개를 저었다.

"우리, 서로 미안하다고 하지 말아요……."

당신이 미안할 일이 아니었다. 그럼에도 너무나 사랑하기에 상대가 받을 상처가 마냥 두렵고 내 잘못이 아니어도 미안한 마음을 알 것 같았다. 리에타 역시 그랬기 때문이었다. 그저 안타깝고 두렵고, 나 자신을 포함해 당신을 괴롭게 하는 이 세상 모든 것이 죄스러웠다. 가슴이 아파 그를 끌어안고 꾹 입술을 물었다.

'킬리언, 당신은 괜찮아요?'

'우리 가지 말까요……?'

물었는지 묻지 못했는지, 기억나지 않는다. 리에타는 그를 껴안은 채, 기절하듯 까무룩 잠이 들었다.

그녀가 다시 잠에 빠진 것은, 아나이스를 만난 것으로 인해 딸에 대해 이야기했던 편지를 떠올려 버렸기 때문인 것 같다고 성녀가 말했다.

아델과 연관된 기억에 근접하려는 그녀에게 기억을 지운 몽마의 마법이 발동되었기 때문이라고. 타니아 성녀의 부름으로 소환되어 리에타를 살핀 메르데스는, 리에타의 꿈에 몽마 오블리비우스의 흔적이 느껴진다고 말했다.

리에타의 어린 시절의 기억을 봉인했던 베아트리체 왕녀의 몽마. 아델의 기억을 지운 마법에 오블리비우스의 힘이 개입하고 있다는 의미였다.

이것이 시사하는 바는 두 가지. 하나는, 마법을 쓴 자를 찾아낸다면 리에타가 기억을 되찾을 가능성이 있다는 것. 또 다른 하나는, 왕녀가 데리고 있었다던 이 몽마를 누가, 어떻게 데리고 있는 것인가 생각해 볼 가치가 있다는 것이었다.

킬리언이 잠든 리에타의 이마에 입을 맞추었다.

"변한 건 아무것도 없어. 우리는 수도에 갈 거야."

나는 그대가 잃어버린 기억을 되찾아 줄 거고. 그대가 가져야 했던 모든 것을 그대에게 되돌려 줄 것이다. 어머니의 일에 어떤 진실이 남겨져 있든 나는 직면할 준비가 되었다. 그대에게 약속한 대로, 나는 나의 정의를 행할 것이다. 그대 덕분에.

리에타는 긴 꿈을 꾸었다. 기뻤다가, 슬펐다가, 두렵고, 아련하고, 아름답고 좋았다가, 사랑스럽고, 애틋한 꿈이었다.

스산한 북풍이 불었다. 수도로 향하는 여정이 꾸려지고 있었다. 타니아 성녀가 앞장서, 한뜻으로 마음을 모은 사제들과 인퀴지터들을 지휘했다. 타니아 성녀의 명분과 대공의 추진력이 모든 일을 무겁게, 하지만 확실하게 이끌어 가기 시작했다.

"육신이 상하기 시작해서 아나이스 자매는 여정을 감당하는 것이 불가능할 것 같습니다."

킬리언은 예상했다는 듯 끄덕였다.

"아나이스는 악시아스에서 보호한다. 아나이스의 증언은 '기억 전승 마법'으로 대신하지. 길리우스 대사제와 에밀라이 대사제를 비롯한 스물네 사람의 대사제가 아나이스의 증언을 마법으로 생생하게 기억하여 증언할 것이다."

증거이자 증인인 '아나이스'에 대한 정보는 공증력이 있는 강력한 신성 마법 중 하나인 '기억 전승 마법'을 통해 마법적 증거로 입증되어 가장 신뢰할 수 있는 사제들의 몸속에 남겨졌다.

"……아나이스는 최대한 보호할게. 어떻게든 살려 보자."

킬리언의 말에, 리에타는 애써 미소 지었다. 아나이스를 살릴 수 있을까? 아나이스는 이미 한번 죽은 사람. 가능할지 모르겠다. 모든 것이 바르게 돌아간다면, 어쩌면 최선의 결과는 아나이스의 평온한 죽음일 가능성이 높았다. 그러나 리에타는 굳게 그의 손을 잡은 채 의심하지 않겠다는 듯 고개를 끄덕였다.

"응. 겨울이 가기 전에……."

봄이 오면, 죽은 육신은 버티지 못할 테니까. 겨울이 가기 전에.

내 딸이 찾아갈 테니 북쪽으로 가서 기다려 달라고 했다던 엄마의 말을, 리에타는 오래도록 생각했다. 리에타는 어머니의 지팡이를 쥔 채 눈을 감았다.

엄마……. 저한테 남기고 싶으셨던 말은 뭐였어요? 혹시 엄마는, 뭔가 알고 있지 않으셨어요?

그러나 계속해서 지팡이는 침묵했다.

이 겨울의 끝에 무엇이 있을까.

베아트리체 왕녀의 죽음. 역사에서 시워진 대사제 루텐펠트와 침묵으로 루텐펠트의 죄를 뒤집어쓴 황제 에스텐펠트. 에샤힐테 여왕의 저주. 황실에 남겨진 라멘타의 왕관.

라멘타의 멸망 이후 세상에 풀려난 악마들과, 악마에게 잠식당한 황제. 황자와 황비 사이에 쌓이기 시작한 반목과, 킬리언의 어머니 아리아드네 황후에게 벌어진 일.

피로 얼룩진 황실. 북쪽으로 쫓겨난 폐황자와 십삼 년에 걸쳐 이어진 복수극. 수도원에서 벌어진 악마 실험. 어느 혹독한 계절, 북쪽 폐황자의 땅으로 온 과부와 베아트리체 왕녀가 그녀에게 남긴 유언.

이 모든 것들은 어떻게 얽혀 있는 걸까.

루텐펠트 대사제. 그 옛날의 사람은 무슨 악연으로 우리에게 이토록 많은 고통을 남긴 것일까. 내 어머니를 화형대로 떠밀어 죽게 만들고, 어머니의 어머니를 비탄 속에 죽게 만들고, 킬리언의 아버지를 저주받게 만들고…… 그리고 이렇게…… 우리를.

황비는 어디까지 개입하고 있는 걸까. 그저 킬리언과 내가 고통받고 있다는 데에, 그분은 기쁘게 만족하고 있는 걸까?

"……아나이스."

"잘 다녀와."

아나이스는 떠나는 리에타에게 마지막 인사를 하며 웃었다. 리에타의 눈에 다시 먹먹한 눈물이 차올랐다. 이제 가면 다시는 못 만날지도 모른다. 수도까지, 아무것도 하지 않고 다녀오기만 해도 두 달이 넘게 걸릴 것이다. 그녀가 돌아오면 봄이다. 아나이스가 그때까지 '살아' 있을까?

설령 우리가 수도에 가서 모든 문제에 대한 최선의 결과를 가지고 돌아올 수 있게 되더라도, 아나이스는.

리에타의 생각을 짐작한 것인지 아나이스는 웃으며 입을 열었다.

"……처음엔 죽고 싶지 않았어. 하지만 지금은 때가 되었을 때 '잘 떠나고 싶다'고 생각해."

리에타가 입을 다물고 아나이스를 바라보았다. 아나이스는 흔들리지 않는 눈으로 그녀를 마주 보았다.

"처음엔 너한테 날 보여 주고 싶지 않았어. 하지만 지금은 널 만나 대화할 수 있었던 거, 다행이라고 생각해."

아나이스는 잠시 리에타를 바라보다가 미소 지었다.

"옛날 생각난다. 리에타. 우리 몇 살이었지……. 수도원에서 했던 말 기억해? 왜, 어떻게 죽었으면 좋겠다…… 그런 이야기한 적 있었잖아. 우리 수도원 애들, 다 같이 장례 미사를 다녀온 날 말이야. 그때는 죽는다는 게 무서웠어. 자다가 조용히 어느 날 갑자기, 내가 죽을 줄도 모르고 떠났으면 좋겠다고 생각했지. 그런데 내가 막상 겪어 보니까."

아나이스가 천천히 말을 이어갔다.

"죽음을 준비할 수 있다는 거. 가장 절실한 때, 내가 떠나고 남을 소중한 사람들에게 진심으로 마지막 당부의 말을 남길 수 있다는 거. 누구에게나 허락되는 기회가 아니더라고. 소중한 기회를 갖게 된 거잖아."

떠날 날을 미리 알고, 남겨질 사람들에게 마지막 인사를 준비하고 죽기 전에 마지막으로 의미 있는 일을 할 수 있다는 것, 누구에게나 주어지는 축복이 아니었다. 아나이스가 미소 지으며 리에타를 바라보았다.

"리에타, 슬퍼하지 말아 줘. 나는 기뻐."

표정이 잘 지어지지 않는 얼굴이었지만, 아나이스는 활짝 웃었다.

"조금 더 이어지고 있는 삶은, 그런 거지. 아직 할 일이 남은 내게 신이 허락해 주신 조금 특별한 유예?"

생각하기 나름이겠지. 나는 그렇게 생각하기로 했다. 아나이스는 씩씩하게 웃었다.

"내 마지막 모습이 너에게 상처가 되지 않았으면 좋겠어. ……웃어 주라."

나는 정말 괜찮다. 그러니까 너무 슬퍼하지 말아 줘. 네가 너무 슬퍼하지만 않으면, 정말로 괜찮을 것 같으니까.

"네가 내 말을 들어 주고, 나의 마지막을 지켜봐 준 덕분에 나는 행복했다는 걸 기억해 줘. 너는 의심하지 말고 너의 길을 가길 바라."

리에타는 슬픈 얼굴을 하지 않기 위해 눈물 고인 눈으로 꾹 입술에 힘을 주었다. 아나이스가 마지막 인사를 건넸다.

"잘 다녀와."

아나이스가 리에타의 삶을 축복했다. 리에타가 인사했다.

"다녀올게. ……안녕. 아나이스."

웃고 있었지만, 목 아래로 울음을 삼킨 목소리는 아주 작게 나왔다. 아나이스가 활짝 웃으며 화답했다.

"안녕. 리에타."

리에타는 울음기 남은 얼굴로 웃어 보였다.

'힘을 갖고 싶잖아. 이제 너에게 힘이 있잖아.'

악마가 속삭였다.

'헉……'

제이드가 피투성이가 되어 떨리는 손으로 페르디안의 옷깃을 움켜쥐었다. 페르디안의 눈이 커졌다. 후두둑 바닥에 피가 떨어졌다. 그의 피 위에 칼이 탱그랑 소리를 내며 떨어졌다.

바란 적 없어. 내가 이런 걸 바랐을 리 없어. 내가 한 일이 아니야. 이러고 싶었던 게 아니야.

아무리 눈을 감고 머리를 쥐어뜯어도 눈앞에서 지워지지 않는 순간. 한

때 그의 구원자라 믿었던 악마가 속삭였다.

'너는 나를 닮았다.'

'리에타한테…… 말하지 마요…….'

제이드가 이를 악물고 그를 바라보았다.

'절대, 말하지 마……. 이건 사고야…….'

감당할 수 없을 부탁이 페르디안을 지배했다.

'리에타를 부탁해요.'

자신의 죄에 새파랗게 질린 페르디안은 몸을 돌려 달아났다.

'가지 마. 가지 마. 안 돼. 가지 마. 당신 없이 나 혼자, 나 혼자 어떡하라고! 안 돼. 잠깐만, 잠깐만 멈추라고 해 주세요. 잠깐만. 안 돼, 싫어. 난 아직 보낼 준비가 안 됐어.'

몸이 떨렸다. 도저히 리에타를 볼 수가 없었다. 주저앉아 울며 일어나지 못하는 리에타를 보며 자신이 저지른 일의 무게감을 직시한 페르디안은 안에서부터 무너지기 시작했다.

어느 순간 자신의 인격이 유리되는 걸 느꼈다. 자신이 통제할 수 없는 자신이 생겨나고, 그의 의지를 벗어나 멋대로 행동하기 시작했다.

'염치없는 것. 방금 전까지 남의 아버지를 저주했으면서 네 딸은 귀한가 보구나. 네가 아니라 딸인 걸 다행으로 생각해야 할 텐데?'

악마한테 홀린 거였다. 리에타 근처에서 머물지 말았어야 했는데. 이런 걸 바란 게 아니었는데. 자신이 뱉은 말을 깨닫고, 리에타의 얼굴을 보는 순간 확신했다. 내 안에 다른 놈이 있다. 내가 나의 의지로 그런 말을 했을 리 없어.

'내 핑계를 대서 네 맘이 편하면 얼마든지 그렇게 해. 하지만 알아 둬.

난 네가 조금도 원하지 않는 일은 할 수 없다는 걸.'

리에타를 부탁한다는 제이드와의 약속을 지키지 못한 채, 페르디안은 리에타로부터 달아났다. 그의 아버지가 그녀에게 추악한 손을 뻗기 전까지.

'……뭐?'

세드릭 카발람의 보고에, 페르디안이 의자를 넘어뜨리며 벌떡 일어났다.

'안 돼.'

무엇 하나, 리에타와 관련해서는 생각대로 흘러가는 일이 없었다.

'……망자의 마지막 길동무를 빼앗겠다는데 그 정도는 되어야 하지 않겠나? 차액이 있다면 부조금 한 셈 치지.'

페르디안의 안색이 하얗게 질렸다. 듣지 않아도 프레데릭이 내릴 결정은 뻔했다.

'여자를 데려와라.'

'안 됩니다, 영주님!'

카발람이 뛰어들었다. 프레데릭이 카발람을 노려보았다.

'호오, 그럼 자네가 이천만 골드에 달하는 아버님의 채무를 책임질 방법을 가지고 있겠지?'

카발람이 겁에 질려 식은땀을 흘렸다. 직접 눈을 마주치지 않았지만, 페르디안이 그가 움직이길 바란다는 것을 알 수 있었다. 오랜 세월 페르디안이라는 모습으로 그를 실질적으로 지배해 온 죽음에 대한 공포는 악시아스 대공이라는 미지의 공포보다 강했다.

'다, 단지 돈 때문에……. 겨우 돈 때문에 아버님의 마지막 희망을 이렇게 저버리시려는 것입니까? 리에타 트리스티는 저승에서 영원히 카사리우스 영주님을 모시기로……!'

악시아스 대공이 산뜻하게 비웃음을 터뜨렸다.

'눈물겨운 충정이네.' 대공이 검을 뽑았다.

'그래, 내 카사리우스의 마지막 가는 길에 준비해 온 선물이 딱히 없는데……. 어때? 그대가 함께 가서 영원히 카사리우스를 모셔 보는 건. 영원히 모실 충신이라니 최고의 선물이 되겠군.'

……끝났다. 페르디안은 주먹이 하얗게 변하도록 틀어쥐었다. 살인귀 악시아스 대공이라니. 내가 외면한 사이, 리에타에게 무슨 일이 벌어지고 만 것인가.

'리에타를 부탁해요.'

약속을 지켜야 했다. 리에타를 구해야 했다. 인간이길 포기한 대가로 가질 수 있었던 모든 힘과 권력을 닥치는 대로 움켜쥐기 시작했다. 리에타를 지켜야 한다고 생각할수록 힘에 대한 갈망이 커져갔다. 나한테 힘이 있었더라면…….

쏴아아아……. 여신상이 물병을 기울이고 있는 대사원의 분수대 안. 은빛 머리칼의 인간의 몸에서 은빛 기운이 피어올랐다. 키이이이잉! 성수를 맞고 있던 거대한 석장이 악마의 힘에 공명하며 분수대 위로 떠올랐다. 페르디안은 손을 뻗어, 석장을 움켜쥐었다. 석장에서 마력과 신력이 뒤섞이며 소용돌이쳤다. 그 순간. 쐐애액! 모르비두스가 낫을 뽑아 페르디안을 내리찍었다. 페르디안이 작은 웃음을 흘리며 석장을 휘둘러 그의 낫을 받아 냈다.

카앙! 무기가 뒤얽힌 순간, 모르비두스가 손톱을 세운 왼손으로 그의 몸을 후려쳤다. 순간적으로 수천 개의 물방울로 찢겨진 페르디안이 흩어졌다가 뒤에서 나타나 하나로 합쳐지며 웃었다.

그는 그대로 사라졌다.

'리에타를 부탁해요.'

죽은 자는 말이 없다더니.

"죽어서도 잊지 않겠습니다."
아나이스가 웃었다.

"추기경 예하를 만나게 해 주십시오. 라지오넬…… 라지오넬 추기경 예하를……."
성기사들이 무표정하게 사내의 앞을 창으로 막아섰다.
"추기경 예하는 바쁘십니다. 미리 약속하지 않으신 분을 만나게 해 드릴 수는 없습니다."
사내가 무릎을 꿇으며 다급하게 끄덕였다.
"네, 네, 물론 그러시겠죠. 바쁘신 분이라는 걸 잘 알고 있습니다. 많은 시간을 빼앗지 않겠습니다. 그저 잠시만 대화하면 됩니다. 부디 아주 조금만, 시간을……!"
"무슨 일입니까."
성기사들의 뒤에서 검은 사제복을 입은 라지오넬이 걸어 나왔다. 그는 성기사들의 창 아래서 무릎을 꿇은 사람을 보고 놀란 듯 눈을 떴다.
"오…… 이런. 일어나십시오."
추기경이 두 손을 뻗어 사내의 어깨를 붙잡고 일으켰다. "다, 당신께서 추기경 예하이시군요" 하고 다급하게 사내가 입을 열려는 찰나, 추기경이 안타깝다는 듯 그의 손을 잡았다.
"사랑하는 사람을 잃었으니 얼마나 상심이 크십니까."
추기경과는 초면이었고 사내는 자신의 이야기는 단 한마디도 하지 않

았다. 그러나 마치 모든 것을 알고 있다는 듯 위로해 오는 목소리에 사내
는 놀랄 틈도 없이 주룩주룩 눈물을 흘리기 시작했다.

"신이여…… 신이여 부디……."

사내는 추기경을 붙들고 애원하기 시작했다.

"데이지를 다시 만나게 해 주십시오. 아주 잠깐이라도 좋습니다. 꼭 해
야 할 말을 전하지 못했어요."

추기경이 자비롭게 미소 지었다.

"예하께서는 망자들의 세계와 신의 세계를 엿보실 수 있다고 들었습니
다. 제게 숨기지 말아 주십시오. 제발 신이여, 저에게 아주 조그만 희망이
라도 주십시오."

지금 당장은 드릴 수 있는 것이 없지만 대가를 마련할 수 있습니다. 제
가 할 수 있는 것이라면 무엇이든 하겠습니다. 사내가 말하는 동안, 추기
경은 계속 그의 손을 잡고 있었다. 사내가 오열하기 시작하자 추기경이 그
의 어깨를 짚었다.

"상실을 슬퍼하는 이여, 눈물을 거두세요. 지금 당장은 때가 아닙니다."

신이여, 신이여. 사내가 바닥에 엎드려 울었다.

"그러나 위대한 신은 언제나 저희를 굽어살피고 계십니다. 구원의 날이
머지않았습니다."

무엇이든 하겠습니다, 무엇이든. 우는 사내를 향해 추기경이 미소 지었다.

유리창의 뽀얀 입김 위에 손가락으로 그림을 그리던 금발의 아이가 그
녀를 향해 고개를 돌렸다.

'엄마….'

예쁜 아이가 말간 얼굴로 웃었다.

슈펠만 구호 재단. 아이린은 멍하니 아래층에서 걸어가는 아이의 뒷모습을 바라보았다. 이상하게 아이의 뒷모습에서 시선을 뗄 수 없었다. ……어디서 봤지? 저 아이…… 왠지 아는 아이 같은데…….

"아이린. ……아이린!"

아이린은 퍼뜩 정신을 차리며 자신을 부른 청년을 올려다보았다.

"어?"

아이린이 돌아보자, 청년은 손에 들고 있던 짐을 내려놓으며 아이린이 바라보고 있던 방향으로 고개를 돌렸다.

"뭘 그렇게 정신 놓고 보고 있어?"

아이린은 잠시 그를 쳐다보다 청년을 따라 다시 자신이 보고 있던 쪽으로 시선을 돌렸다. 아이린이 바라보던 장소에 있던 아이는 이미 저편 모퉁이를 돌아 사라진 후였다. 아이가 시야에서 사라졌을 뿐인데 초조하고 이상한 기분이 들었다.

"방금 저기 있던 아이……."

무의식적으로 중얼거리고 말았다. 청년이 의아한 기색으로 반문했다.

"아이?"

"……아니, 어디선가 본 적 있는 애 같아서."

뒤의 말은 굳이 할 필요가 없었는데 괜히 덧붙였다. 그래, 그 아이…… 꿈속에서 본 아이를 닮았다. 그래서 이런 이상한 기분이 드는 건가? 아이린의 얼굴을 본 청년은 그녀의 표정이 어딘가 이상하다는 걸 알아챘다.

"뭐야? 그냥 '어디서 본 애' 같아서 쳐다본 얼굴이 아닌데?"

아이린은 잠시 생각하는 듯 눈을 깜박이다 한숨을 내쉬었다. 그리고 고개를 돌리며 중얼거렸다.

"……아무것도 아니야. 신경 꺼."

그러나 관심 없다는 말과 달리 아이린의 시선은 여전히 그곳을 향해 있었다. 청년은 아무도 없는 그곳을 힐끔 한번 쳐다보고 아이린에게 물었다.

"어떻게 생긴 앤데? 알아봐 줄까?"

청년은 이 재단에서 보호하고 있는 아이들의 신상을 대부분 파악하고 있었다. 재단의 돈줄인 아이린도 그것을 알고 있었다. 아이린이 대답하지 못한 사이 그의 말이 이어졌다.

"지금 시간에 저런 데를 돌아다니고 있는 아이라면 역병 문제에서는 자유로운 아이일 테고. 귀족가의 아이거나, 입양이 결정된 아이거나, 귀족이 입양에 관심을 가질 만한 특징을 가진 아이일 거야."

아이린은 머뭇거렸다. 별일이네. 청년은 묘한 얼굴로 그녀를 바라보았다. 무슨 사연이기에 이 얼음 공주가 이렇게 초조한 얼굴을 한담?

"몇 살 정도였는데? 여자애? 남자애?"

아이린은 더 이상 거절하지 못했다.

"여자애……."

그다음엔 말문이 막혔다. 나이…… 모른다. 어린아이의 나이를 전혀 가늠하지 못하는 아이린은 마구 헛짚었다. ……안나가 열두 살이었으니까.

"한…… 여섯 살?"

청년은 낯선 표정을 짓는 아이린을 조금 새롭다는 듯 바라보았다. 아이린은 자신 없는 태도로 말을 고쳤다.

"……일곱 살?"

아이린은 무심결에 손목에 묶여 있는 빛바랜 실크 리본을 만지작거렸다. 그녀가 난처해하는 것 같아 청년은 아이린에게서 시선을 거두며 중얼거렸다.

"여섯에서 일곱 살 정도 된 여자애……."

귀족가에 입양됐거나 입양이 될 만한 아이라면 신성 능력자이거나, 예쁘장한 외모를 가진 건강한 아이일 것이다. 청년이 머릿속으로 아이들의 목록을 쭉 훑는 찰나 아이린이 슬그머니 물어보았다.

"……애들이 몇 살부터 걷지? 세 살이면 걸을 수 있나?"

청년이 가만히 아이린을 쳐다보았다.

"키가 얼마만 한데?"

"요만한 아이인데……."

"그만한 꼬마면 아무리 영양 상태가 좋은 귀족 아이라도 서너 살을 넘지 않을 거야."

청년은 아이린의 얼굴이 무안함으로 붉어지는 걸 모르는 척하고 바로 이어서 물어보았다.

"머리색은?"

"금발……."

"뭐 다른 특징은?"

"잘 몰라. 하지만 얼굴을 보면 알아볼 수 있을 거야."

청년이 의아한 표정이 되었다. 그러니까, 방금 거기서 봤다는 아이 말고 자신이 원래 알고 있던 아이 이야기를 하고 있는 모양이다.

"이름은?"

"몰라."

나이도 뭣도 모르는데 얼굴만 아는 아이?

"어떻게 아는 아이인데?"

"그게……."

아이린의 표정이 묘해지더니 입을 다물었다. 꿈에서 자주 보는 아이라고 말하기는 왠지 바보같이 느껴졌다. 게다가 나를 엄마라고 부르는 아이라니. 난 뭘 확인하고 싶은 걸까. 이미 시신을 확인했으니 그 아이는 죽었다는 게 확실한데…….

"……?"

내가 꿈에서 시신을 본 적이 있나? 설령 꿈에서 시신을 봤다고 그 애가 죽었다는 증거는 안 될 텐데. 나는 왜 꿈속에서 본 그 애가 죽었다고 확신하고 있는 거지? 아이린은 점점 더 초조한 얼굴이 되어 갔다. 그런데 난 왜 이렇게 그 애가 눈에 밟히는 거야……. 그냥 꿈일 뿐인데…….

똑똑.

"아가씨. 찾아오신 분이 계십니다."

아이린이 고개를 돌렸다. "누구죠?"

곧바로 뒤에서 그녀를 찾아왔다는 사람이 고개를 내밀었다. 이곳에서 다시 보리라 상상하지도 못했고, 아이린이 알던 그녀와는 부쩍 달라진 모습이라 처음엔 알아보지 못했다. 상대가 한 손으로 머리에 쓴 후드를 등 뒤로 넘기며, 묶어 올린 갈색 머리와 왼쪽 눈 아래 조그만 눈물점이 보이기 전까진. 아이린이 멍하니 그녀의 이름을 불렀다.

"……지젤?"

온몸을 검은 천으로 감싼 자들의 시중을 받아 사제복을 벗으며 암실에서 나온 추기경이 물었다.

"마길라는?"

갑옷을 입은 성기사가 답했다.

"순조롭게 제물들이 모이고 있습니다. 목표하고 있는 수치의 팔 할 정도로, 추이로 보건대 대축성 의식까지 충분한 양이 모일 것 같습니다."

추기경이 고개를 끄덕이며 웃었다.

"겨울이라 다행이구나. 너희들의 육신에 진정한 새 생명을 주기까지 충분한 여유가 있을 것 같다."

은빛 갑옷에 둘러싸인 성기사들이 충심으로 예를 표했다.

"예."

자신의 방으로 돌아가려는 라지오넬에게, 한 성기사가 다가와 귓속말을 속삭였다. 라지오넬은 가볍게 끄덕이고 발걸음을 옮겼다.

"이런, 황비마마."

그를 기다리고 있던 가장 고귀한 후원자에게, 추기경이 웃어 보였다.

"그러지 않아도 찾아뵈려 하였는데. 몸소 오셨습니까."

황비가 미소 지었다.

유폐되었던 황비는 특별 사면되었다. 황실은 황비가 하비투스 대사원의 일에 연루되었다는 것을 공개하지 못했고, 처음부터 명확한 증거가 있었던 것이 아니었기에 황비의 죄목은 모호했다. 분명한 죄목으로 유폐되었던 것이 아니었으니, 교황의 죽음과 새로운 교황의 선출이라는 큰 사건을 전후로 그녀가 유폐에서 풀려나게 되는 것은 예정된 수순이나 다를 바 없는 일이었다.

건강상의 이유로 오랫동안 모습을 보이지 못하고 있는 황제 대신 황비는 많은 것을 준비해야 했고, 많은 자금을 움직여야 했다. 귀족원은 황비의 석방에 찬성했다.

"교황 성하의 서거 소식은 전 대륙에 전해졌습니다. 스물네 명의 추기경들과 타니아 성녀가 장례식과 콘클라베에 참석하기 위해 수도로 돌아오겠다는 응답을 보냈습니다. 역시 타니아 성녀 쪽이 가장 오래 걸릴 것 같습니다."

황비와 함께 기사의 보고를 받은 추기경이 싱긋 웃었다.

"못 오겠다고는 안 하던가요?"

황비가 대신 대답했다.

"안 하더군요. 오겠답니다."

타니아 성녀가 불참 의사를 밝히면 콘클라베는 성녀를 빼놓고 이십사인의 추기경만이 참석한 채 열리게 될 것이다. 그러니 어떻게든 오겠다고 하겠지.

"언제나 가장 낮은 곳에서 헌신하느라 바쁜 성녀에게 폐를 끼치게 되겠군요."

"가끔은 성녀도 높은 곳의 공기를 쐬어야지요."

황비가 팔걸이에 팔꿈치를 대며 비스듬히 소파에 몸을 기대었다. 목에 두른 하얀 담비 털이 황비의 몸 위에 늘어졌다. 이번에는 저걸 아낀다던가. 황비의 목소리가 이어졌다.

"그러고 보니 그대는 타니아 성녀에게 관심이 있지 않았던가요?"

추기경은 가만히 황비를 쳐다보다 의자 등받이에 몸을 기대며 말했다.

"무슨 말씀이신지. 오해가 있는 것 같군요."

"오해인가요?"

"오해입니다. 관심이 있었다기보다는 건설적인 가능성이 있는 제안을 몇 가지 해 본 것뿐이었습니다. 지금 와서 돌이켜 보면 타니아 성녀에게 어울리는 제안도 아니었다고 생각합니다."

제안이라. 황비가 심드렁하게 웃었다. 추기경은 미소를 잃지 않은 채 말을 이었다.

"뭐, 적합한 인물이 없었으니까요. 다 옛날 일입니다."

"베아트리체 왕녀는 적합했나요?"

짧은 침묵. 추기경은 배 위에서 손깍지를 낀 채 엄지를 떼었다 붙였다

하며 웃었다.

"적합했다기보단, 아까운 인물이었죠. 그러나 일이 이리된 것을 보니 모두 운명이 아니었나 싶습니다."

"그대의 취향은 참 알기 쉽군요."

황비가 싱긋 웃었다. 추기경은 한숨을 내쉬며 고개를 옆으로 돌렸다. 짧은 사이를 두고 대답이 따라왔다.

"자리에 어울리는 합당한 인물이 다 있는 거겠죠."

황비가 피식 웃으며 그를 내려다보았다.

"그대가 대공의 애첩을 신의 옆 자리에 어울리는 합당한 인물이라 여길 줄은 몰랐는데."

추기경이 가만히 황비를 쳐다보았다. 여전히 미소 짓고 있었지만 여유롭게 웃는 얼굴은 고정시킨 듯 움직이지 않았다.

"신성 왕녀의 딸이자 고귀한 혈통의 무녀입니다. 원치 않게 대공의 새장에 붙잡혀 있는 것은, 가련한 일이죠."

황비가 입매를 올리며 그를 바라보았다.

"뜻밖이네요. 너그러워졌어. 이전에는 베아트리체 왕녀에게 자식이 있다는 이야기에 꽤 화를 내지 않았던가요?"

다시 침묵. 추기경의 웃음에 미묘한 틈이 생겼다.

"……자꾸 의미도 없는 과거의 이야기를 하시는군요. 그는 과거의 인물이고, 죽었습니다."

그리고 한 번 더 반복해 서늘하게 말했다.

"더 이상 그때의 사람이 아니란 말씀입니다."

황비가 가만히 그를 쳐다보며 웃었다.

"그렇군요."

추기경은 자리에서 일어나며 황비에게 손을 내밀었다.

"그럼 미래의 이야기를 하실까요."

황비가 피식 웃으며 일어났다. 한동안 아꼈다던 담비 털을 언제 그랬냐는 듯 무심히 바닥에 떨어뜨렸다.

"그러지요."

찰박 찰박. 물기 어린 발소리가 지하 수로의 바닥을 울렸다. 이끼 긴 어두운 벽면에 횃불이 일렁였다.

"무슨 일이라도 할 수 있게 될 겁니다. 신의 힘도, 악마의 힘도 모두 우리의 것이 된다는 건 말할 것도 없거니와, 불사의 몸이 될 수도, 죽은 자를 살려 낼 수도 있지요. 물론 그것은 누구에게나 허락되는 일은 아니겠지마는……."

극한의 신성과 극한의 마성이 만나는 순간 단 한 번, 가장 고귀한 이들에게만. 추기경이 싱긋 웃었다.

"그러고 보니 방금 만나고 온 평민 사내의 소원이 그것이더군요. 아주 잠시만이라도 좋으니 죽은 자를 다시 만나게 해 달라."

두 사람의 발걸음이 멈추었다.

"불사의 힘을 나누어 달라는 것만큼이나 진부한 경우죠."

너른 공간이 한눈에 들어올 정도로 높이 설치된 철제 비계 아래, 지하 수로를 따라 그려진 거대한 은빛 마법진이 황비와 추기경의 눈앞에 펼쳐졌다. 도시 전체를 감싸 안으며 그려진 대축성 마법진의 심장부였다. 추기경이 가볍게 손을 들어 저었다. 추기경의 손짓에 따라 보랏빛 암흑이 동굴 안을 일렁이듯 휩쓸고 지나가며 몽마의 환상이 거두어졌다.

축성 의식을 준비하는 마법진의 내부에 숨겨져 있던 거대한 산제물들의 무덤이 모습을 드러냈다. 발밑에 파드득, 꿈틀거리며 어둠을 더듬는 피투성이 손이 나타나자 추기경은 감흥 없는 눈으로 내려다보며 그것을 건 어찼다. 철제 말뚝에 묶인 인간들이 발 디딜 틈 없이 빼곡했다. 은은하게 빛나는 성스러운 마법진 속에 끔찍하고 놀라운 광경이 숨겨져 있는 모습이 기괴했다. 추기경이 말을 이었다.

"황비마마께서는 어떠십니까, 생사의 권능을 지닌 신이 하나의 가장 간절한 소원을 들어 드린다면?"

황비가 마법진을 내려다보며 조금 늦은 웃음을 흘렸다.

"아무한테나 남발하는 뻔한 수법으로 나를 시험하려 하는 건가요? 추기경."

대답하려는 순간, 추기경은 자신이 지닌 역마의 힘을 옭아매고 있던 화마의 봉인이 그를 자유롭게 하고 사라진 것을 느꼈다. 만족의 표현이었다. 언제나 지루하던 아베르사티 황비의 눈빛 깊은 곳에 은은한 광기가 비쳤다.

"소원 따위 거창한 일은 필요 없으니, 재미있는 장난감이나 가져오세요."

한 발 다가가며, 한층 더 깊어진 황비의 회색 눈동자가 추기경에게로 향했다. 음산한 목소리가 비좁은 돌벽을 반사하며 울렸다.

"나를 즐겁게 하는 것은 단 하나뿐입니다. 모두가 그것을 알고 있지요. 당신도 잘 알고 있을 텐데요."

과연, 평범하게 부활이나 영생 따위를 염원하는 류의 인간은 아니라 이거지. 추기경은 입매를 당겨 올리며 웃었다. 월리엄과 살레리온의 죽음이 처음 그녀가 미친 계기가 되었을지는 모르지만, 그녀는 이미 그 계기로부터 지나치게 멀어졌다.

복수심에 미친 그녀가 원하는 것은 오직 악시아스 대공이 고통받는 것뿐. 과거도, 자기 자신도, 자신의 자식들도 이미 황비의 머릿속에는 남아 있지 않았다. 이미 논리 따위는 없어진 지 오래인 그곳에는 느릿하고 지루한 광기의 결정체만이 남아 있었다.

"나의 가장 고귀한 후원자."

추기경이 황비를 에스코트하며 미소 지었다.

"당신의 뜻대로 될 것입니다."

성녀가 감았던 눈을 뜨며 킬리언을 바라보았다.

"황비가 유폐에서 풀려났다고 합니다."

"들었다."

"황제 폐하는 황비를 폐할 계획을 하고 계셨었습니다."

"그래."

묻는 것도, 인지했다는 것도 아닌, 그저 알았다는 대답. 성녀가 말을 이었다.

"황제 폐하는 거의 황실에서의 영향력을 상실했다고 봐야 합니다. 이미 돌아가셨을 수도 있고요."

황비나 귀족원이 준비한 절차는 최대한 피해야 하지만, 리에타는 왕관을 돌려받아야 한다. 콘클라베가 열리는 것은 피하거나 최대한 늦추어야 하지만, 콘클라베에 참석하기 위해 모여 있을 추기경들에게 접촉해 그들을 설득해야 한다. 황비나 추기경을 최대한 피하면서도, 리에타에게 마법을 사용한 주체가 누구인지 확인해야 한다.

"어떻게 하실 겁니까?"

"황제 폐하."

잠든 황제 앞에 선 황비가 가만히 손을 뻗었다. 그녀는 그의 이마에 흐트러진 머리카락을 얼굴 옆으로 정돈해 주며 속삭였다.

"조금만 더 버텨 보시지요. 곧 당신 아들이 옵니다. 죽기 전에 지켜봐야죠."

당신 아들이 고통받는 모습을. 황제의 마른 몸이 느린 호흡을 따라 천천히 오르내렸다.

'일황자 킬리언의 황위 계승권을 박탈하고 악시아스로 추방한다. 이것으로 더 이상 그의 죄를 묻지 말라. 그리고 아베르사티의 막내아들 사황자 힐스테드를 황태자로 봉한다.'

오래전의 목소리를 떠올리며, 황비가 심드렁하게 웃었다. 당신도 알고 있겠지요. 그건 전혀 당신이 한 약속의 보상이 되지 않는다는 것을. 내가 바란 건 내 아이를 황제로 만들어 달라거나, 고귀하게 만들어 달라는 것이 아니었어요.

황후 자리를 바라지 않겠다는 약속. 당신에게 사랑을 바라지 않겠다는 약속. 당신이 사랑해 마지않았던 아리아드네 황후를 위협하지 않고 지켜 주겠다는 약속. 이 모든 걸 비밀로 하겠다는 약속.

그 대가로 바란 건 단 하나, 내 아이의 목숨을 지켜 달라는 것뿐이었습니다. 황비가 미소 지으며 그의 귓가에 다가가 닿을 듯이 속삭였다.

"난 당신에게 한 약속을 모두 지켰습니다."

"……."

"하지만 당신은 내게 단 하나뿐이었던 약속을 지키지 않았어요."

황비가 다정하게 중얼거렸다.

"에스텐펠트."

깊은 잠에 빠진 황제는 답이 없다. 황비가 조용히 웃으며 그의 이마를 어루만졌다.

"아직 죽지 말아요."

축성으로 가득한 방, 황제의 몸에서 악마의 기운이 넘실거렸다. 그녀가 속삭였다.

"지켜봐야죠."

악시아스는 아직 성역이었다. '악시아스 악마 전쟁'으로 불리기 시작한 가을과 겨울 사이 악마들의 습격 사태에서 이 땅을 지키기 위해 악시아스 곳곳에 펼쳐졌던 다섯 개의 성역은 아직 신성한 힘이 조금도 쇠하지 않은 채 처음과 같은 힘으로 유지되고 있었다.

그러나 신성력만으로 꽁꽁 싸매는 것보다, 악마의 힘을 통제할 수 있는 아군이 함께 머물며 악시아스를 지키는 편이 훨씬 안전하다는 결론이 나왔다.

이 땅의 역병을 통제하고 있는 모르비두스가 떠난 후, 일대에 돌고 있는 역병과 악마들로부터 악시아스를 안전하게 지키기 위해서였다. 리에타와 모르비두스, 킬리언, 사제들 간의 의논 끝에 말라디에라가 악시아스의 사제들과 함께 악시아스에 남기로 했다.

"약속한 거 기억하고 있지? 네 능력은 아주 강하니까, 연약한 사람들한테 사용할 때는 신중하기."

말라디에라가 고개를 끄덕였다.

"좋아, 손."

모르비두스가 손바닥을 펼쳐 내밀었다. 짝. 말라디에라가 무표정한 얼굴 그대로 모르비두스와 손바닥을 맞부딪쳤다. 모르비두스가 한 번 더 당부했다.

"아마 그럴 일은 거의 없겠지만, 네 힘으로 감당하기 힘든 악마가 나타나면 아예 나를 부를 수 있는 역병진을 펼쳐. 내가 넘어올 수 있게. 알지?"

모르비두스가 말라디에라의 귓가에 무어라 말을 속삭이고, 말라디에라는 고개를 끄덕였다. 그는 말라디에라의 머리를 쓰다듬던 손을 내려 뷔테르 쪽으로 밀었다. 제 몸보다 큰 낫을 든 꼬마 역마가 사제들 쪽으로 타박

타박 걸어왔다. 뒤에서 콜브린과 데미안은 파리해진 얼굴로 두 역마와 자신들의 수도원장을 바라보았다. 모르비두스가 입을 열었다.

"만일의 사태에 도움이 될 거다. 하지만 만일의 사태엔 위험할 수도 있으니 사고 치지 않게 부탁한다."

어느 쪽 만일의 가능성이 더 높을까. 뷔테르가 한숨을 쉬었다. 요즘 들어 너무 오래 살았다는 생각이 부쩍 든다.

"살다 살다 악마 아이를 맡게 될 줄은 몰랐습니다."

"나는 많이 해 봤는데, 인간 아이 맡는 거."

"그건 저도 많이 해봤고요."

모르비두스가 웃었다. 인간인 네가 인간 아이 맡는 게 뭐 특별하냐 핀잔하는 대신 모르비두스는 뷔테르의 수고를 인정했다.

"오래 살다 보면 여러 가지 일이 있지."

모르비두스의 말에 뷔테르도 허허로이 웃고 말았다. 눈앞의 악마는 인간의 역사만큼이나 나이가 많았다. 고위 악마의 몸으로 오랫동안 인간과 함께한 그에겐 그리 당황스러운 일조차 아닐 수도 있겠지. 그러나 실질적으로 거동이 불편한 뷔테르 대신 말라디에라와 함께하게 된 데미안과 콜브린은 얼굴이 파래졌다 하얘졌다. 심란하기 짝이 없는 얼굴이었다.

악시아스에 머물던 인퀴지터들은 모두 킬리언과 리에타와 함께 떠나간다지만, 굳이 이단 심판 때문이 아니더라도 사제로서 악마와 함께한다는 건 엄청난 심리적 부담과 실질적인 위험이 따르는 모험이었다. 왜 우리에게 이런 시련이.

"원장님. ······만일의 사태에 저희를 버리실 건 아니시죠?"

뷔테르가 새하얀 눈썹을 찡그렸다.

"뭐야, 이놈아?"

"아니 훨씬 경험 많고 믿을 만한 사제님들도 많으신데······ 어째서 저희

를……. 저희 둘은 이런 큰일을 감당하기엔 너무 경험도 부족하고 어리잖
아요."

뷔테르가 시큰둥하게 답했다.

"그러니까 너희를 고른 거다."

청년들로서는 알 수 없는 말이었다. 모르비두스가 빙긋 웃었다.

"당황하지 말거라. 악마와 잘 상생한 인간들도 종종 있었다. 잘 교육해
놨으니 그렇게 무서워하지 않아도 된다."

사람이 사람 되는 데도 저거보다는 시간이 걸리는데. 악마의 기준으로
는 충분한 시간이었을까? 그동안은 격이 높은 역마로서 모르비두스가 하
위 역마의 행동을 통제할 수 있었지만, 거리가 멀리 떨어지게 되면 모르비
두스는 말라디에라를 지배할 수 없게 될 것이다.

사제로서 악마를, 그것도 고위 역마를 맡는 것에 저항감이 드는 것은
어쩔 수 없었지만, 어쨌든 뷔테르는 그를 신뢰하는 킬리언과 리에타의 안
목을 믿기로 했다. 뷔테르가 소녀를 바라보았다.

"무어라 불러 드리면 됩니까."

"말라디에라."

소녀가 직접 대답했다. 뜻밖에 맑고 영롱한 목소리가 흘러나와 뷔테르와
사제들이 놀라운 얼굴을 했다. 뷔테르가 악마 소녀를 향해 손을 내밀었다.

"목소리가 무척 좋으시군요. 반갑습니다. 잘 부탁합니다. 말라디에라 님."

소녀가 내밀어진 손을 한 번, 그리고 뷔테르의 눈을 한 번 올려다보았다.

"연장자 공경한다. 편히 말해라, 노인."

악마와 인간이 손을 잡았다.

황실로 가기로 한 악시아스의 기사들과 사제들이 악시아스 성 앞에 모
였다. 킬리언과 리에타, 타니아 성녀와 길리우스 대사제, 악시아스에 왔던

인퀴지터들과 황실 사제들 대부분이 말에 올랐다.

많은 수가 황실로 향하는 킬리언과 리에타를 따랐지만, 더 많은 수가 악시아스에 남겨졌다. 그들이 돌아올 곳을 안전하게 지키기 위해.

"악시아스를 부탁한다."

"부디, 몸조심하여 다녀오십시오."

푸르릉. 티그리스에 오른 리에타가 킬리언 옆에 와서 섰다. 리에타는 충분히 따뜻하게 입었지만, 그래도 겨울이었다. 붉게 달아오른 뺨과 눈가, 바람 속으로 뽀얗게 흩어지는 숨결이 추워 보였다. 말을 달리기 시작하면 더 그렇겠지.

"마차를 타는 게 낫지 않겠어?"

킬리언이 그녀를 보고 말했다. 리에타가 웃으며 고삐를 당겨 그의 옆으로 더 가까이 다가갔다.

"항상 곁에서 달려 달라는 의미로 선물해 주시는 거라면서요."

"그대를 안고 달리는 것도 좋다고도 했는데."

킬리언이 희미하게 웃으며 말했다. 리에타가 미소 지으며 말했다.

"돌아올 때는 그렇게 할까요?"

깃발이 올랐다. 그들은 수도로 향했다.

23

마지막 겨울

❊

운명이 우리를 이곳으로 이끌었나니.

이제 마땅히 올바른 사람에게 돌려드리려 합니다.

릴페이엄 딤펠 황가는 모든 예를 다하여 정중히 초청하는 바이니

에윱라티오의 딸은 라멘타의 왕관을 돌려받으러 오십시오.

릴페이엄 딤펠 제국 수도 로드미뉴 황궁 전망대. 망루에 오른 파수병들
이 수군거렸다.

"나는 잘 모르겠는데. 상단 같기도 하고…….'

"상단이라기엔 무리의 형태가 조금…… 마차 수도 적어 보이고…….'

"파수꾼들을 좀 더 불러 확인해 볼까요?"

파수병들이 저희끼리 자신 없게 두런거리다가 한참 만에 눈치를 보며

상급 파수병을 불렀다. 투덜거리며 일어난 상급 파수병이 기지개를 켜며 늘어져라 하품을 했다.

"뭘 그런 걸로 사람을 깨우고 그러냐……. 조금 더 기다려 보지……. 어차피 몇 시간 지나고 더 가까워지면 확실해질 텐데."

몇 시간 후, 상급 파수병을 포함한 파수꾼들이 웅성거리기 시작했다. 불안한 눈으로 양피지 묶음을 뒤적이며 주요 가문과 상단의 깃발 모습을 대조해 보는 파수병도 있었다.

"……악시아스 깃발일지도 모르겠는데요. 만일 그렇다면 파수대장님께 보고해야 하지 않나요?"

상급 파수병이 눈을 찌푸렸다. 그러나 파수대장을 떠올린 그는 결국 고개를 저었다.

"조금 더 확실해지면 부르자. 별것도 아닌 걸로 귀찮게 한다고 파수대장 지랄 난다."

"하지만……."

상급 파수병이 얼굴을 찡그리고 손을 획 저었다.

"정말 악시아스 대공 일행이라면 어차피 밖에서 대공 납셨다 알리고 기다리고 이것저것 하느라 한참일 텐데 뭐가 걱정이야? 안에서 모시러 나오면 그제야 환영받으면서 허락 떨어진 후에야 천천히 들어오겠지. 급할 거 없어. ……아무튼 주시는 계속하고."

제국력 십구 년. 대륙에 통일 제국 외의 나라가 존재하지 않게 된 지 십구 년이었다. 악마와 역병만이 나라를 병들게 하는 것은 아니었다. 군주가 제국의 통치를 방기하고 제정신이 아닌 황비와 부패한 귀족들이 권력을 잡은 지 십여 년. 제국은 평화와 방치 속에 병들어 가고 있었다.

성문을 지키는 기사의 응대는 형편없었다.

"대, 대공 전하. 조, 조금만 기다려 주십시오. 황궁에 기별을 보냈으니 곧 전하를 모시러 사람들을 보내어 주실 것입니다. 부디 너른 아량으로, 조금만 기다려 주신다면……."

이미 파수대가 수십 리 밖에서 깃발을 확인했어야 정상인데, 전혀 예상하지 못했다는 듯 허둥거리는 반응이었다. 킬리언이 이곳을 떠났던 십삼 년 전이었다면 상상도 할 수 없던 일이었다. 한때는 전쟁의 신이라 불리기까지 했던 지도자의 빈자리가 크게 느껴졌다. 킬리언은 별다른 감상을 표하지 않고 고삐를 당기며 턱짓했다.

"환영은 필요 없다. 그냥 들어갈 테니 길을 열어라."

눈이 휘둥그레진 기사가 식은땀을 뻘뻘 흘리며 킬리언을 막았다.

"그, 그건 안 됩니다, 대공 전하."

킬리언이 대동한 사람들의 숫자는 명백히 법과 관례의 허용을 넘어설 정도로 위협적이었다. 재수가 없어 불똥이 튄다면 이들을 통과시킨 죄로 목이 달아날 수도 있었다. 책임지고 싶지 않았다.

"조, 조금만 기다려 주십시오. 조금만. 대공 전하께 더 적합한 예를 갖추어 주실 수 있는 상급 기사님이 오고 계시니 그때까지만……."

먹힐 리 없었다.

"자네나 상급 기사나 나한텐 똑같은데 상급 기사가 무슨 다른 예를 갖출 수 있단 말이지? 열어."

우회적인 만류가 씨알만큼도 통하지 않자 결국 기사가 죽을 용기를 다해 목소리를 쥐어짜 냈다.

"소, 송구하오나, 대, 대동하신 무장 병력의 숫자가 조금 많은 것 같습니다. 이, 이렇게는 곤란…… 모, 못 들어가십니다."

킬리언이 기사를 보며 고개를 가웃하고 웃었다.

"무장 병력?"

딱히 겁을 준 것도 아니고 그저 웃었을 뿐인데, 수도의 귀족들 사이에
선 미치광이 살인자로 악명이 자자한 악시아스 대공이 웃자 그가 화를 낸
다고 생각하고 지레 겁을 먹은 문지기는 겁을 먹고 덜덜 떨었다.

"저, 전투 사제와 인퀴지터는 무, 무기를 패용하지 않아도, 벼, 병력으로
분류될 수 있다는 점을…… 부디 양해……."

킬리언이 듣고 있을 가치도 없다는 듯 병사의 말을 잘랐다.

"길리우스 대사제."

킬리언의 부름에 뒤쪽에 있던 대사제가 말을 몰아 앞으로 나섰다.

"착오가 있는 것 같군요. 저희는 귀환한 사절단이지 대공 전하의 호위
병력이 아닙니다."

당황한 기사가 다리를 후들후들 떨며 길리우스 대사제를 바라보았다.
대사제가 말을 이었다.

"저희들 전투 사제단은 악시아스에 파견되었던 사절로서 부여받았던
임무를 마치고 지금 막 수도로 귀환하였습니다."

기사가 멍청하니 그를 쳐다보았다. 대사제가 친절하게 손을 들어 성문
안쪽을 가리키고, 단호한 목소리로 기사가 해야 할 일을 알려 주었다.

"문 여시고, 안쪽에 통보하세요."

"아, 예, 예!"

기사는 도망치듯 달려갔다. 문이 열렸다. 황실의 전투 사제들이 제국의
수도로 돌아왔다. 그리고 악시아스 대공과, 라멘타의 후예라고 소문난 그
의 애첩 역시 그들을 호위하는 기사들과 함께 수도에 입성했다.

"악시아스 대공……."

"저 사람이 라멘타의……."

작은 소리로 웅성거리는 사람들 사이에서 킬리언과 리에타를 가리키는
이름들이 섞여 나왔다.

"저쪽 베일……."

"얼굴을 가렸네……."

"저 사람 맞아? 혹시 마차 안에 있는 거 아냐?……"

수군대는 사람들 사이에서, 백마를 타고 베일로 얼굴을 가린 작은 체구의 여인은 악시아스 대공보다도 더 뜨거운 시선을 받았다. 귀족들이나 평민들이나 호기심 담긴 눈동자들은 똑같이 그들에게로 향해 있었다.

"비키시오. 비켜요!"

기사와 병사들이 인파 사이로 길을 텄다. 킬리언과 리에타 일행이 발걸음을 멈추었다. 사람들 틈새를 가르고 황급히 달려 나온 수십 명의 귀족들과 고위 사제들이 킬리언과 리에타의 앞에 늘어서더니 가쁜 숨을 몰아쉬고 고개 숙여 인사했다.

"오셨습니까, 대공 전하."

킬리언이 말없이 그들을 내려다보았다. 귀족원의 대표, 에스트라 후작이 곤란한 얼굴로 미소 지었다.

"빨리 오셨군요. 도착하셨다는 전언을 들은 것이 얼마 되지 않았는데…… 정성껏 맞이할 틈도 주시지 않고 이리 방문해 주시다니. 귀하신 분들을 모심에 시작부터 부족한 모습을 보여 부끄럽습니다."

어째서 허락을 기다리지 않고 이렇게 막무가내로 들어오느냐 은근히 탓하는 말이었다. 킬리언은 한쪽 입꼬리를 올려 웃으며 그들을 내려다보았다.

"귀하신 분들을 추위 속에 기다리게 하다니 송구하다 할 것 같기에."

에스트라 후작의 얼굴이 굳어졌다. 후작은 저도 모르게 채 펴지 못한 얼굴로 킬리언 옆의 베일 쓴 여인을 쳐다보았다가, 싸늘한 시선에 황급히 다시 킬리언에게로 눈을 돌리며 얼른 고개를 숙였다. 어차피 귀족식 눈치 주기가 통하지도 않는 인물, 더 이상 이의를 제기할 수도 없는 대답이었다.

"……결례를 범하지 않도록 배려해 주셔서 감사합니다."

고개를 들지 못했지만 베일 쓴 여자에게로 온통 신경이 쏠렸다. 저쪽이 그 여자인가. 대공의 애첩……. 평민이 말에서 내리지도 않고 얼굴을 가린 베일을 벗지도 않다니……. 건방지다는 생각이 들었지만, 아마도 자신의 허락 없이 귀족에게 고개 숙이지 말라는 식으로 악시아스 대공에게 명령을 받았을 거라는 생각이 들었다. 어차피 이 일행을 움직이는 사람은 악시아스 대공일 테니까.

라멘타 왕녀의 딸이라지만 대륙에 제국 외의 나라가 존재하지 않게 된 지 이십 년이었다. 여러모로 그런 그림이 좋으니 황제가 그녀를 높이 취급하며 예우하고 있다지만 상대는 이십 년 동안 평민이었던 사람이었다. 대공이 원한다면 작위를 내리긴 하겠지만 그건 악시아스 대공과의 협상이 끝난 후 귀족원의 결정에 따라 진행될 일. 에스트라 후작은 그녀가 평민이라는 데 아무런 의심도 갖지 않았다.

귀족들이 인파를 헤치고 나오며 우왕좌왕 어수선한 가운데 침묵이 흘렀다. 후작을 따라온 귀족들은 허둥지둥 부산하게 자리를 잡으며 그들 앞에 쭉 늘어서고 있었다. 거리의 사람들이 모두 구경났다고 수군거리며 그들을 쳐다보고 있었다. 젠장, 모양 빠진다. 사람은 왜 이렇게 많은 거야?

간신히 귀족들이 전부 늘어서 자리를 잡고, 에스트라 후작은 조금 늦게 대공을 향해 공식적으로 예를 갖춘 인사를 건네었다.

"날도 추운데 먼 길 오시느라 수고가 많으셨습니다. 모처럼 성사된 만남이 기쁜 화해로 이어지길 바랍니다. 진심으로 환영합니다."

킬리언은 대답하지 않았다. 킬리언 대신 레아가 가볍게 발굽을 구르며 투레질하는 것으로 대답을 대신했다.

"푸르릉."

킬리언이 인사조차 받아 주지 않고 말 위에 앉은 채 쳐다만 보자, 에스트라 후작의 얼굴이 굳었다. 귀족들은 흠 흠, 하고 헛기침을 했다. 면이 깎일 위기라는 걸 느낀 에스트라 후작은 그대로, 처음부터 그러려고 했다는 듯 리에타에게 이어서 인사했다.

"초청에 응해 주심에 감사드립니다. 릴페이엄 딤펠 황가가 마음을 다해 환영합니다. 에율라티오의 따님."

라멘타의 성녀 소리를 듣는 여자가 대공의 애첩이라고 고개를 꼿꼿이 세우고 귀족이 해 주는 인사도 제대로 받지 않더라는 소리를 듣고 싶지 않다면 적절한 대답을 하겠지. 어찌하나 볼까? 리에타는 말에서 내리지 않은 채, 그들을 내려다보며 베일 속에서 인사했다.

"네, 반갑습니다."

귀족들이 당황했다. 리에타의 대답은 존댓말이었지만 태도와 어조, 제스처를 중시하는 귀족들의 언어로 그것은 명백한 하대였다. 리에타는 베일을 벗고 얼굴을 드러내지도, 말에서 내리지도 않았다. 고개를 끄덕이는 시늉조차 없었다.

그들의 뒤편 가까운 곳에 서 있던 길리우스 대사제가 흥미로운 얼굴로 리에타를 바라보았다. 리에타는 공식적 예를 갖춘 인사를 할 줄 모르는 사람이 아니다. 저 짧은 대답은 아마 다분히 계산된 정치적인 행동일 것이다. 리에타는 차분한 태도로 에스트라 후작을 내려다보며 예상하지 못한 한마디를 더했다.

"릴페이엄 딤펠 황가의 마음을 다한 환영을 대표해 주신 분의 성함이 궁금하군요."

에스트라 후작이 당황한 마음을 추스르며 입을 열었다.

"······예, 아, 저는."

너에게 묻지 않았다는 듯 베일 속 여인은 그를 외면하며 악시아스 대공 쪽으로 고개를 돌렸다.

"……대공 전하."

충격은 한발 늦게 찾아왔다. 지금 저 여자가, 뭘 한 거지? 악시아스 대공이 웃으며 대답했다.

"모르는 사람인데."

자신이 누군지 대답을 하려다 말문이 막힌 에스트라 후작의 얼굴이 시뻘겋게 달아올랐다. 대공 전하 저를 모르십니까, 반박할 정신조차 없었다. 리에타가 고개를 돌려 귀족을 내려다보며 천천히 말했다.

"대공 전하께선 당신을 모르신다는데, 당신께선 누구시기에 황제 폐하의 초대를 받아 한 나라를 대표해 온 제게, 감히 황가를 대신해 인사를 하는 거죠?"

사람들이 모두 자신이 들은 말에 제 귀를 의심했다. 차분한 목소리가 이어졌다.

"제가 뵈러 온 것은 황제 폐하인데. 실망스럽군요."

에스트라 후작은 상상하지 못한 리에타의 태도에 허를 찔린 얼굴로 입을 벌렸다.

그리고 그 시간, 두 번째 사제단이 황궁 문을 통과하고 있었다. 맨 앞에 선 인퀴지터가 기사를 바라보며 말했다.

"인퀴지터들은 교단의 보호를 받으며, 이단으로 의심되는 정황이 있을 시 합당한 사유 세 가지를 댈 수 있으면 어떤 영지든 거부권 없이 방문할 권한과 이단을 심문하고 강제 구인할 권한을 가지고 있습니다. 그것은 제국의 수도 또한 예외가 아닙니다."

이단 사건이라는 말에 놀란 사람들의 시선이 집중되었다. 얼굴이 새하얘진 문지기 병사들이 바라보는 가운데, 이단 심문관의 말이 이어졌다.

"저희들 인퀴지터 사제단은 근래 제보받은 세 가지 이단 사건의 공식적인 조사를 위해 황궁을 방문하였음을 통보하는 바입니다."

뒤늦게 달려온 상급 기사가 문지기를 밀쳐 내고 간신히 숨을 고르며 고개를 들어 물었다.

"저희들은 금시초문입니다. 세 가지 이단 사건이라니, 그게 무엇입니까?"

인퀴지터가 양피지 두루마리를 펼쳐 들고 그것을 읽어 내려가기 시작했다.

"첫째, 사원 헤르메덴의 사제 아나이스 자매님에게 일어난 모종의 불미스러운 일에 살아 있는 인간을 제물로 바친 마법의 정황이 발견되었으며 그 배후로 이 황실에 계신 귀한 분이 지목되었습니다."

"둘째, 최근 저희의 곁을 떠나신 교황 성하의 서거와 관련하여 가벼이 지나칠 수 없는 의혹이 제기됐으며, 거기에 첫 번째 말씀드린 사건과의 연관성을 의심할 만한 상당성이 발견되었습니다."

"셋째, 최근 벌어진 타니아 성녀 실종 사건의 배후로 역시 첫 번째 말씀드린 사건의 귀한 분이 유력한 용의자로 지목되었습니다. 저희는 이 세 가지 사건의 연관성이 높다고 추정하고 있습니다."

수도에 들어가기 위해 기다리며 구경하고 있던 평민들이 깜짝 놀라 저희들끼리 쳐다보며 서로 제가 들은 것을 확인했다.

"뭐야, 무슨 일이야? 타니아 성녀님이 실종됐다고?"

"살아 있는 인간을 제물로? 흑마법을 벌였다는 거야?"

"돌아가신 교황 성하께 무슨 일이……."

인퀴지터가 양피지를 오므려 쥐고 기사를 내려다보며 말했다.

"이상의 이유로 방문하였으니 여십시오."

다시 황궁의 문이 열렸다. 제국의 수도에, 수백 명의 무장한 사제들이 모여들기 시작했다.

에스트라 후작을 비롯한 귀족들이 모인 방향과 조금 다른 곳에서 들려오는 목소리가 침묵을 깼다.

"결례를 범했습니다. 여러분을 맞이하는 데 착오가 있었습니다."

곧 목소리의 주인공이 모습을 드러냈다. 킬리언 일행을 맞이하러 나왔던 귀족원의 귀족들이 예상치 못한 인물을 보고 눈을 크게 떴다.

"먼 길 오셨습니다. 어려운 발걸음이셨을 텐데……. 무사히 다시 뵙게 되어 반갑습니다. 대공 전하, 그리고."

또 다른 귀족이 리에타를 올려다보며 미소 지었다.

"……존함은 알고 있습니다만, 어찌 불러 드리는 것이 가장 적합할는지 다시 여쭈어야 할 것 같군요."

이런 일에는 끼지 않는 사람 아니었어? 귀족들이 당황하여 그를 쳐다보았다. 언제나 원칙주의자로 유명하던 귀족 대법관, 렉터스 유스티오였다. 리에타가 베일 속에서 고개를 숙여 보이며 미소 지었다.

"리에타입니다. 유스티오 대법관님."

렉터스 유스티오가 가슴 앞에 손을 올리며 리에타 앞에 예를 표했다.

"다시 뵙게 되어 영광입니다. 리에타 님."

뒤에 남겨진 에스트라 후작과 귀족원의 유력 귀족들이 뜻밖의 상황에 표정을 추스리지 못하고 얼어붙었다. 제국 수도가 술렁이기 시작했다.

제국의 수도. 악시아스가 아닌 곳. 리에타는 이방인으로서 낯선 이들로부터 쏟아지는 시선을 견디며, 수도에 들어오기 전, 킬리언이 그녀에게 얼굴을 가릴 것을 권한 이유를 이해했다.

베일이 없었다면 모두가 자신의 일거수일투족을 보고 있다는 생각에 시선을 어디에 두어야 할지 말도 못하게 긴장하며 앞만 보고 걸어야 했을 것이다.

하지만 베일을 쓰고 있으니 자신에게 쏟아지는 시선과 목소리 속에서도 자유롭게 눈과 몸을 움직일 수 있었다. 내가 어딜 보든, 어떤 얼굴을 하든, 설령 조금 떨더라도, 나의 표정을 볼 수 있는 사람이 없다는 것. 그리고 옆에 킬리언이 있다는 것이 큰 의지가 되었다.

머물 곳과 시중을 들어줄 사람들을 소개받고 또 그들을 물리친 후, 비로소 사람들의 시선이 닿지 않는 곳에 도착하고 나자 긴장이 탁 풀렸다. 리에타는 문이 닫히자마자 손을 뻗어 킬리언의 팔을 붙잡았다. 혹시 리에타가 비틀거릴까 하여, 킬리언은 리에타를 보며 그녀가 잡은 팔에 힘을 주었다.

"……저 너무하지 않았어요?"

리에타는 휘청거리지 않았다. 킬리언이 웃었다.

"완벽했어. 더 이상 좋을 수 없을 만큼."

언제나 제게 후한 그의 칭찬을 곧이곧대로 믿는 건 아니지만 듣고 나니 마음이 놓이기는 했다. 부족한 점이 있는데도 알려 주지 않는 사람은 아니니까……. 리에타가 그를 잡지 않은 손으로 가슴을 짚고 안도의 한숨을 내쉬었다. 킬리언은 리에타의 어깨를 꽉 감싸 제 쪽으로 끌어안으며 얼굴을 가린 베일 위로 그녀의 이마에 입 맞추었다.

조금 더 닿고 싶어서, 리에타는 그를 쳐다보다가 제 손으로 베일을 걷고는 손을 뻗어 킬리언의 두 뺨을 감쌌다. 킬리언이 입꼬리를 올려 웃으며 입술을 맞대고 리에타의 허리를 끌어당겼다. 두 몸이 서로를 의지하듯 꽉 맞붙었다.

드디어, 황궁이었다. 라멘타의 왕관이 있는 곳. 킬리언에겐 십사 년 만에 돌아온 곳이었다.

"그대 덕에 내가 황궁에 다 들어와 보네."

킬리언의 말에, 리에타가 입술을 살짝 물고 '장난칠 거예요?' 하는 빛으로 눈을 흘겼다. 그는 심각하거나 어려운 상황일수록 장난처럼 말할 때가 있는데, 아마 긴장하지 말라고 풀어 주고 싶어서 그러는 것 같다. 킬리언은 피식 웃으며 엄지를 들어 리에타가 물고 있는 입술을 살짝 만졌다. 리에타가 물었던 입술을 풀고 웃었다.

리에타의 호의적 해석과 달리 킬리언의 머릿속에 있는 생각은 단순했다. 예쁘다. 키스해야 마땅하다. 또다시 고개를 숙이며 그녀의 입술을 찾아 내려오는 입술에 리에타는 웬일로 손바닥을 들어 막고 웃으며 슬그머니 킬리언의 눈을 바라보았다.

"……정말로 십삼 년 만에 황궁에 처음 들어와 보는 거예요?"

리에타의 물음에 "십사 년" 킬리언이 정정했다. 다시 고개 숙여 키스하려 하니 리에타가 웃으며 정신 차리라는 듯 찰싹 팔을 때린다. 그제야 킬리언은 아쉬운 듯 웃으며 물러났다. 벽에 있는 창 쪽으로 몸을 돌린 킬리언이 익숙하게 귀빈실의 창을 열어 걸쇠를 걸며 말했다.

"그래도 여긴 크게 바뀐 게 없다."

그리고 리에타를 향해 화려하고 고풍스럽지만 번거로운 덧문의 걸쇠를 들어 보이며 장난스럽게 눈을 찡그렸다.

"악시아스는 그 사이 공예며 건축이 얼마나 발달했는데 황실은 아직도 이런 걸 써."

리에타가 그의 등 뒤에서 킬리언을 껴안으며 웃었다. 따뜻한 온기가 몸을 감쌌다.

"악시아스는 뭐든 최고잖아요."

사랑스러운 포옹과 달콤한 속삭임에 킬리언이 작게 소리 내 탄식했다. 들고 있던 걸쇠를 창틀에 던져 놓으며 찡그린 미간 위를 엄지로 눌렀다가, 그녀의 손등 위로 제 손을 겹치며 살짝 고개를 돌려 리에타를 흘겨보았다.

"……무슨 말을 그렇게 예쁘게 해."

열여덟 살의 킬리언이 악시아스로 추방된 후 십사 년. 그가 공식적으로 수도에 발걸음 했던 것은 그 십사 년 동안 단 두 번 있었던 일이었다. 한 번은 마수들로부터 악시아스 성을 수복했던 직후의 신년제 때. 또 다른 한 번은 악시아스가 사람 사는 땅이 된 후 북부와의 교역이 큰돈이 되기 시작하며 황실과 귀족원으로부터 그가 정식으로 악시아스 대공의 작위를 인정받았던 때였다.

그 두 번 모두 킬리언은 황궁에 발을 들이지 않았다.

'부르심이 있으니 오기는 했지만, 그곳에서의 불미스러운 일로 추방된 몸이 감히 황궁에 다시 발 들일 수는 없지 않겠습니까.'

황궁에 머물지 않겠다며 킬리언이 제시한 이유였다. 그가 너무 많은 권력을 되찾길 원치 않은 귀족원으로서는 마다할 이유가 없는 이야기였다. 어찌 보면 시건방진 말이었지만, 그때는 킬리언을 찢어 죽이려는 황비의 열정이 지금보다 뜨겁게 타오르던 시기였던지라 납득이 가지 않는 사정도 아니었다.

황족이었던 이복형제를 포함해 수십 명을 살해하고도 어떤 변명도 하지 않은 킬리언을 독재와 다름없었던 결정으로 살려 준 이후, 황제는 그의 거취에 대한 결정을 귀족원과 황비의 뜻에 일임하고 간섭하지 않고 있었다. 결과적으로 통보나 다름없었던 킬리언의 요구는 받아들여졌다.

하여 그가 수도에 들렀던 두 번, 악시아스 대공은 언제나 황궁 내부에 마련된 귀빈실이 아닌 황궁 인근의 고급 여관에 머물렀다. 귀족원의 귀족들은 이번에도 그가 그러리라 생각했다. 황명으로 불려 온 악시아스 대공과 리에타 일행을 머물게 하기 위해 귀족원은 대공이 이전에 머문 적 있던 여관 두 곳을 모두 수배하여 준비해 둔 상태였다. 자신들의 눈과 귀, 수족들을 붙여 둔 것은 당연했다.

설령 악시아스 대공이 이전과는 다른 것을 요구한다 해도 수도에서 무소불위의 권력을 휘두르기 시작한 귀족원은 상황을 자신들의 뜻대로 끌어갈 수 있으리라, 악시아스 대공이 자신들을 무시할 수는 없으리라 생각했다.

그런데 대공도 아니고 그 애첩에게, 사람들 앞에서 그런 치욕을 당하다니. 귀족들이 이를 갈았다. 어떻게 우리에게 이럴 수가. 기껏해야 귀족의 첩실인 주제에.

"대공을 믿고 저렇게 설치는 것인지. 기가 막히는군요. 자기랑 똑같은 여자를 들였어."

"이건 드디어 대공이 귀족원을 향해 이를 드러냈다고 봐야 하는 것 아닙니까?"

에스트라 후작이 분개하는 귀족들을 진정시켰다.

"일단 침착하고, 경거망동하지 마십시오."

크게 화가 났지만 귀족들은 일단 침착했다. 우선 악시아스 대공이 가지고 있다는 앞뒤 없는 폭력성은 무서웠고, 황제가 신뢰하는 대법관이 가지고 있던 원칙주의자의 이미지는 굳건했으니까. 귀족들은 침착하게 혹시 우리가 잘못 이해한 부분이 있는지 확인했다. 그리고 그들이 침착하고 있는 사이, 빠른 속도로 문이 열렸다.

유스티오 대법관은 혼자서 큰 영향력을 행사할 수 있는 인물은 아니었다. 그러나 황제의 초대를 받았다는 신성 왕녀의 딸과, 웬만하면 그 앞을 막아서고 싶지 않은 악시아스 대공이 나란히 뒤에 서 있는 상황에서, "법적으로 문제가 없으니 문을 여세요."라고 말해 주는 원칙주의자 대법관의 말 한마디에는 마법 같은 영향력이 있었다. 그 순간만큼은 문지기나 기사들에게 구원자나 다름없는 사람이었다.

여전히 귀족들이 침착하고 있는 사이 유스티오 대법관은 그들을 황궁의 본궁 앞까지 데려다 놓았다. 법대로, 원칙대로, 그리고 리에타가 요구한 대로, 황제의 초대를 받은 손님을 황궁의 귀빈실로 안내하고 황제를 만날 수 있도록 해 주기 위함이었다. 킬리언과 리에타는 채 한 시간도 되지 않아 황제궁의 앞마당에 도달했다.

"고맙습니다, 대법관님."

"감사받을 만한 일을 한 적 없습니다."

무뚝뚝하게 말한 렉터스 유스티오가 서기관을 불렀다. 그리고 새장 안에서 파닥거리는 시커먼 큰까마귀를 새장째로 킬리언에게 건네었다.

"까악. 법대로! 법대로!"

녹턴이 퍼덕거리며 나불거리는 말에 대법관은 웃음 한 점 없이 덤덤하게 말했다.

"말을 빨리 배우더군요. 훌륭한 전령이었습니다만 군용으로 쓰실 거면 입단속을 좀 시키시는 게 좋겠습니다."

"까악!"

횃대에 앉은 까마귀가 리에타를 보고 아는 척하듯 자랑스럽게 날개를 펴고 머리를 주억거리며 옆걸음을 했다. 악시아스의 동료이자 선발대를 다시 만난 기분이 들어 웃음이 나왔다. 살짝 미소 지은 리에타가 손가락을 뻗어 새장 틈새로 녹턴의 머리를 긁어 주었다. 대법관이 킬리언을 향해 물었다.

"다른 동쪽 별채 아가씨들은 같이 머물지 않으십니까? 동쪽 별채가 해산되었다는 소문은 전해 들었습니다만."

킬리언이 대답했다.

"이쪽만 내 여자다. 나만 그녀의 기사고."

렉터스 유스티오가 빤히 그를 쳐다보았다. 얼굴이 붉어진 리에타가 살짝 킬리언에게 소리를 낮춰 눈치를 주었다.

"……킬리언. 무장한 기사는 스물네 명 까지만……."

"법대로!"

잔망스러운 큰까마귀가 부리로 새장을 물고 몸을 흔들었다. 대법관이 지적을 할는지 상기된 얼굴로 조금 눈치를 보았지만, 새가 대신 말해주 었기 때문인지 렉터스 유스티오는 못 들은 척 미소 짓고는 허리를 숙여 예를 표하고 떠났다. 동쪽 별채 여자들을 포함한 기사들 모두에게 호위 기사를 향해 제공되는 특실이 배정되었다.

악시아스 대공과 라멘타의 후계자, 그들을 지키는 기사들이 순식간에 황궁 귀빈실에 들어앉았다는 소식에 귀족원은 한바탕 뒤집어졌다. 온갖 귀족들이 당혹감을 표하며 공식적, 비공식적으로 그들을 찾아왔다.

그러나 악시아스 대공도, 리에타도 그들을 만나 주지 않았다. 리에타는 황제 폐하의 부르심으로 당도한 몸이 황제 이전에 다른 사람을 먼저 만나 많은 말을 나누는 것은 예의가 아니라 생각한다며, 귀족과는 볼일이 없고 황제만을 만나겠다는 뜻을 확실히 했다.

그리고 유스티오 대법관이 두 사람을 다시 찾아왔다. 그의 뒤에는 아마 도 대법관의 사람들은 아닐 시종들이 그의 시중을 핑계로 줄줄이 이어져 있었다. 유스티오 대법관은 그들을 향해 황실의 공식 전언을 전했다. 보여 주기 위한 대화였다.

"황제 폐하께서 몸이 편치 않으셔서 두 분을 직접 맞이하지 못하시는 점, 아쉽습니다. 부디 편히 머무시며 기다려 주시길 바랍니다."

귀족들로부터 사명받은 부리부리한 탐색의 시선들이 리에타와 킬리언, 유스티오 대법관을 향해 쏟아졌다. 리에타는 공손히 답했다.

"따뜻한 환대에 감사드립니다. 많은 분들의 배려로 편히 머물고 있으니 폐하께서는 모쪼록 빨리 쾌차하시기를 바랍니다. 뵙게 될 날을 기대하고 있겠습니다."

대법관의 답이 이어졌다.

"양해해 주셔서 감사합니다. 오늘 저녁, 폐하를 대신할 수 있는 황실 어른께서 두 분께 환영의 뜻을 전하러 나와 주실 것입니다. 잠시 여독을 풀며 기다려 주십시오."

"감사합니다. 기다리고 있겠습니다."

리에타가 답했다. 대법관은 거기까지만 말했지만, 그 자리에 있는 모두가 누굴 이야기하는지 바로 이해했다. 지금의 황실에서 황제를 대신할 수 있는 황실 어른이라 일컬어질 수 있는 사람은 한 명뿐이었다. 유스티오 대법관은 할 일을 마쳤다는 듯 고개를 숙이고 물러갔다. 그리고 유스티오 대법관을 시중들기 위해 들어왔던 시종들 역시 빠르게 흩어져 자기들의 위치로 돌아갔다.

순식간에 리에타에 대한 소문이 파다하게 퍼졌다. 소문의 그녀가 사람들이 상상하는 것과는 전혀 다르게 건방지고 표독스럽기 짝이 없는 여자더라는 소문과, 이치에 맞는 말을 하며 아름답고 멀쩡하기만 하더라는 소문이 뒤섞였다. 귀족들이 혼란에 빠져 술렁이기 시작했다.

그리고 그날 저녁, 킬리언과 리에타의 행보에 처음으로 제대로 된 이의를 제기하는 이가 나타났다. 놀랍게도 황비의 기사였다.

"악시아스 대공 전하. 외람되오나 황제 폐하께 초대받으신 분은 한 분이신 것으로 압니다."

이름은 알 수 없었으나, 황비궁, 그리프스* 기사단 소속 상급 기사의 계

◇◇◇◇
* 황비의 근위기사단의 이름

급장이 킬리언의 눈에 들어왔다. 기사의 목소리가 이어졌다.

"황실의 귀빈으로서 이곳에 머무실 수 있는 것은 에율라티오 성녀님뿐입니다."

또 다른 호칭이 추가됐다. 에율라티오 성녀님. 리에타에 대한 호칭은 통일되지 않고 있었다. 그들을 찾아온 귀족들은 리에타를 에율라티오의 따님, 라멘타의 공주님, 신성 왕녀의 따님, 라멘타의 후계자님, 라멘타의 성녀님 등으로 멋대로 부르고 있었다. 킬리언이나 리에타가 입을 열기 전, 그들 곁에 서 있던 렉터스 유스티오가 먼저 말했다.

"황제 폐하의 친서로 한 나라를 대표하여 오신 분이십니다. 특수한 상황이지만 이와 유사한 사례에 비추어 보았을 때, 황실은 왕녀의 따님이신 리에타 님을 왕족에 준하는 귀빈으로 예우하여야 하며 리에타 님은 사절단에 준하는 정식 호위를 대동하실 수 있습니다."

이름 모를 기사가 대답했다.

"호위요. 그렇다면 대공 전하께서는 에율라티오 성녀님께 어떤 자격으로 동행하여 계시는 호위입니까. '애첩'의 호위입니까?"

그 누구도 제기한 적 없는 문제 제기에 악시아스 대공 일행을 저지하지 못해 쩔쩔매던 귀족들과 시종들이 멈칫하며 놀란 눈을 했다. 기사의 목소리가 이어졌다.

"정식으로 혼인한 '부인'인 경우에만 호위를 대신하여 남편을 대동하는 경우가 드물게 있는 것으로 압니다. 그러나 저는 대공 전하께서 혼인하셨다는 소식을 못 들었습니다."

기사가 차분하게 말을 이었다.

"귀족이 공공연하게 애첩을 호위하는 일은 없습니다. 황궁에서, 그것도 한때 황족이었던 분께서요."

옳은 말이었다. 기사의 말이 이어졌다.

"이제는 황실과 갈라서신 분이라 하나 악시아스 대공 전하께서 황제의 아드님이라는 점은 변치 않는 사실입니다. 체통을 지켜 주십시오. 십사 년간 황궁에 발 들이지 않으신 대공 전하께오서, 수십 명 애첩 중 하나의 호위를 위해 전하의 죄를 자숙하신다는 명목으로 지켜 오신 십사 년의 금기를 깨신다면, 황실의 위신에 좋지 않을 것입니다."

렉터스 유스티오는 반박하지 않은 채 기사를 바라보았다. 수많은 귀족들과 기사들이 숨을 죽였다. 황실의 위신과 명예가 언급된 이상 렉터스 유스티오가 아닌 악시아스 대공이 직접 답해야 하는 문제였다. 가만히 그를 내려다보던 킬리언이 입을 열었다.

"그리프스의 기사. 그대가 '황실의 위신'을 수호하기 위해 나를 저지할 자격을 가지고 있다는 듯이 말한다는 건 지금 말하고 있는 내용은 황실의 입장이란 뜻인가?"

놀랍게도, 기사가 답했다. "그렇습니다."

킬리언이 답했다.

"그렇다면 들으라. 나는 리에타 트리스티에게 충성을 맹세한 기사이므로 그녀를 호위하는 나의 자격에는 문제가 없다. 비록 황실과 갈라섰으나 한때 황족의 일원이었던 자로서 황족의 맹세를 가벼이 여겨선 안 되겠지."

악시아스 대공의 말이 이어졌다.

"황실의 위신을 위해서라도 황족의 피가 흐르는 이가 한 맹세는 지켜져야 할 터. 충성의 맹세를 한 기사로서 내 주군을 수호하는 일이, 내가 고집해 온 사소한 금기보다는 중요한 일일 것이라 생각되는군. 이의가 있나?"

단식기도를 준비하며 옷을 갈아입던 추기경이 움직임을 멈추며 사제를 바라보았다.

"타니아 성녀가 실종?"

사제가 고개를 조아렸다.

"네, 황궁에 도착하기 며칠 전 밤에 사라졌다 합니다."

추기경이 눈썹을 꺾으며 왼손으로 하나하나 단추를 꿰었다.

"저런, 성녀는 악시아스에서 대공 일행과 함께 달려오고 있지 않았습니까? 그분들과 함께 행동하지 않았다던가요?"

사제가 설명해 주었다.

"수도에 도착하기 직전, 급히 들렀다 가야 할 곳이 있다며 일행에서 빠져나가 헤어졌다고 하더군요. 그후 실종되었다고 합니다."

옷을 다 갖추어 입은 추기경이 성서를 들었다.

"워낙 걸출한 인물이니 타니아 성녀라면 크게 위험할 일은 없을 것입니다만, 때가 때이니만큼 공교롭군요……. 별일 없는지 걱정되네요."

그의 열렬한 추종자인 복사 소년이 그에게 두 손으로 석장을 건네주며 말했다.

"예하께서는 모쪼록 몸 건강히 단식기도를 마치시는 것만 생각하십시오. 곧 지극히 높으신 자리에 오르실 분이 아니십니까."

추기경이 웃으며 허리를 숙여, 어린 복사 소년의 이마를 짚어 주었다.

"고맙습니다."

소년의 기억 속, 씨근거리며 화내는 목소리가 추기경의 머릿속으로 흘러 들어왔다.

'……이런 일이 처음 있는 줄 알아?! 헛소리들 말라고 해!'

'추기경 예하께서 교황이 되실 것 같으니까 음해하려 하는 거지!……'

'……어머니. 조금만 견디세요. 추기경 예하께서 교황의 마법을 얻으시면, 다치고 병든 자들을 모두 구해 주실 거예요……'

그를 챙기던 사제들이 함께 걱정스러운 얼굴을 하며 두런거렸다.

'사람들 사이에 도는 소문을 말씀드려야 할까?'

'관두자. 중요한 단식기도 들어가시기 직전이잖아. 집중하시는 데 방해만 되지……'

추기경이 미소 지었다.

"신께서는 모든 것을 알고 계십니다."

서로를 향해 눈짓하던 사제들이 흠칫했다. 추기경은 사제들과 복사 소년을 차례로 바라보며 인자한 미소를 지어 보였다.

"누구에게나 그릇에 따라 짊어져야 하는 십자가가 있는 법."

추기경이 몸을 곧게 세우고 성서를 가슴에 대었다.

"믿음은 보상 받을 것입니다. 루시엘리."

소년이 반짝이는 눈으로 답했다. "레시엘."

추기경은 빙그레 미소 짓고는, 조용히 기도실 안으로 향했다.

수도 곳곳에서 인퀴지터들이 움직이기 시작했다. 타니아 성녀가 실종되었다는 소식이 사람들 사이에 전해졌다. 그러나 타니아 성녀나 베아트리체 왕녀, 그 외에도 억울하게 마녀사냥을 당하거나 이단 몰이를 당한 피해자들에 대한 기억이 아직 사람들의 마음속에 나쁜 기억으로 남아 있었기 때문에 사람들의 마음은 닫혀 있었다.

"천벌 받을 놈들이 또 무슨 애먼 사람을 잡으려구."

"또 제 버릇 개 못 주고 멀쩡한 사람 해코지하는 거 아냐?"

"타니아 성녀님도 사실 지들이 어떻게 해 놓고 찾는 척하는 것일지도 모른다던데."

"안 될 말이지! 그놈들이 어쩌는지 내가 두 눈 시퍼렇게 뜨고 지켜볼 거야."

사람들은 또 이들이 무슨 경솔한 짓을 저지르지 않는지 인퀴지터들의 행보를 주의 깊게 지켜보기 시작했다. 인퀴지터들은 일사불란하게 움직였다. 인퀴지터들은 수도 곳곳을 헤집고 다니며 이단 사건에 대한 조사를 벌이고 제보를 받기 시작했다. 그들은 킬리언과 타니아 성녀가 지시한 대로 이단 사건의 배후로 추정되는 인물이 누구인지 함구하여 결코 직접적으로 발설하지 않았다. 억울한 피해자가 나올 가능성이 있으므로 확실해지기 전까지는 어떤 판단도 섣불리 내리지 않겠다는 말과 함께.

다만 사람들 사이에 이단에 대한 경각심을 일깨우며 '부활'이나 '불로불사'에 대한 이상한 말을 들은 적 없는지 묻고, 실종된 사람들에 대한 제보를 받고 사라진 사람들을 찾는 일을 도우며 사람들의 마음을 얻기 시작했다. 누군가를 이단으로 주장하고 몰아가기보다는 사람들의 어려움을 살피고 귀를 열어 이야기를 듣는 데 힘썼다.

인퀴지터들은 사람들 사이를 휘젓고 다니며 사태의 심각성과 경각심을 끝없이 환기시켰다. 그들은 제보에 귀기울이고 사람들을 주의시킬 뿐 여론을 선동하려 하지 않았다. 대중들은 인퀴지터들의 일관성 있는 태도에 점차 이단 심문관에 대한 편견을 누그러뜨리고, 그들이 말하는 '이단 사건'에 귀를 기울이기 시작했다.

오랫동안 묵묵히 교황의 자리를 지켜왔던 선대 교황 이바손 사 세의 죽음과, 그간 대중의 전폭적인 사랑과 지지를 받아 왔던 타니아 성녀의 실종은 끝없이 사람들의 입에 오르내리며 점점 피부로 와닿는 사건이 되어 갔다.

그리고 어떤 평범하고도 희생적인 사제에게 일어난 말할 수 없는 비극은 사람들의 마음에 공감을 일으키며 대중들 사이로 퍼져 나갔다. 경계심이 높아진 사람들은 점차 사라진 이웃들을 찾기 시작했다. 사람들은 불안해하고 분노하며 이단 심문관들에게 조사가 잘 되어 가는지 소식을 물었고, 자신들이 가진 정보를 협조적으로 제공하기 시작했다.

"강 건너 퇴역 군인네가 언제부턴가 보이지 않아요. 그 사람만이 아니에요. 빈민촌에도, 귀족가의 하인들 중에도 사라진 사람이 많아요."

"그 사람이 사라지기 전에 우리 아이에게 부활에 대한 이야기를 한 적이 있대요."

"이상한 이야기를 들은 적 있어요."

"그 사람은……."

인퀴지터들은 절대 자신들의 입으로 이단자의 이름을 밝히지 않았다. 다만 '부활'에 대한 소문을 조사하고, 사라진 사람들과 관련한 정황을 묻고, 사람들의 어려움을 살피고, 이단의 유혹을 조심하라 말했을 뿐이었다. 그러자 사람들이 더 흥분해 저희끼리 추측을 주고받고, 확신에 차 그 사람을 조사해야 한다며 인퀴지터들을 설득하려 애쓰기 시작했다.

황실의 귀한 사람. 실종된 이웃들이 사라지기 전에 관심을 가졌던 사람. 교황의 사망으로 이익을 챙길 수 있으며, 타니아 성녀와 대척점에 있는 사람.

눈먼 호랑이들이라도 이빨은 건재했다. 지금의 인퀴지터들이 바로 그런 존재들이었다. 구체적인 사건이나 사람이 특정되지 않더라도, 이단 심문관들이 조사를 벌이고 있다는 사실 자체가 중요했다.

사제들은 대중의 여론에 민감했다. 타니아 성녀를 빨리 찾아내고 이 혼란을 최소화하기 위해서라도 서둘러서 새 교황을 옹립해야 하지 않냐는 주장은 사람들의 눈치를 살피며 슬그머니 사그라들었다. 대중이 지켜보기 시작했다. 콘클라베는 중단되었다.

황비의 기사는 악시아스 대공의 대답을 인정하고 그들의 앞에서 물러 갔다. 그리고 잠시 후 또 다른 기사가 도착해 황비의 알현이 준비되었음을 알려 왔다.

"공개 알현입니다. 참관을 희망하는 귀족들이 알현실 대강당에서 두 분의 알현을 지켜보실 것입니다."

기사의 설명에 짧게 끄덕인 킬리언이 물었다.

"자네 전에 왔던 그리프스 기사의 이름이 뭐지?"

기사가 눈을 껌벅이다 반문했다.

"……예? 전에 왔던 기사요? 그리프스 기사단에서 누가 왔었습니까?"

킬리언이 가만히 그를 쳐다보다가 고개를 돌렸다.

"아니다."

"아베르사티 황비마마께서 납십니다."

시종이 귀인의 행차를 알리고, 알현실에 모인 모든 사람들이 가슴에 손을 올린 채 예를 갖추었다. 알현실의 문이 열리고, 와병 중인 황제를 대신할 수 있는 황실의 최고 권력자, 아베르사티 황비가 사람들을 향해 천천히 내려왔다. 킬리언과 리에타는 사람들의 맨 앞에 서서 황비를 향해 나란히 고개를 숙였다.

방문한 귀빈에게 예를 갖추면서도 교황의 서거와 황제의 병환이 겹쳐 있는 상황을 고려한 듯 황비는 회색빛 공단 드레스 위에 검은 모피 코트를 걸치고 있었다. 하나로 모아 늘어뜨린 와인빛 머리칼이 검은 모피 위에 흘러내렸다. 황비가 느릿느릿 걸어 두 사람의 앞에 멈추었다.

"다시 만나 반갑습니다. 악시아스 대공, 그리고 에율라티오의 성녀."

고개를 숙인 두 사람을 내려다보는 황비의 눈매가 사르륵 휘었다.

"대사원에선 인사도 제대로 하지 못하고 헤어지게 되어 유감이었습니다. 그대와는 조금 더 이야기를 해 보고 싶었는데, 이렇게 운명이 우리를 다시 만나게 해 주려고 그날은 그리 갈라 두었을까."

리에타는 고개 숙인 채 아무 말도 하지 않았다. 황비가 미소 지으며 말을 이었다.

"그래……. 황제 폐하를 만나야겠다 했다고요."

리에타가 고개를 들어 황비를 올려다보았다. 맑지만 단단한 하늘색 눈동자가 흔들림 없이 황비를 응시했다.

"네. 제게 주실 것이 있다 하시어."

황비가 산뜻하게 고개를 끄덕이며 웃었다.

"그렇지. 좋아요. 그 이야기를 하기 전에."

황비가 몸을 돌려 공개 알현을 구경하러 온 귀족들을 쭉 훑어보았다.

"그대의 방문 목적이 어머니의 복수에 있다 의심하는 이들이 있을 것임을 알고 있을 테지요. 그런 이들에게 하고 싶은 말이 있나요?"

귀족들이 숨을 죽인 채 두 고귀한 여인을 바라보았다. 리에타는 가만히 황비를 올려다보며 말했다.

"저는 다만 황제 폐하께서 제 어머니의 물건을 돌려주려 하신다기에, 해 주시는 말씀을 들어 보기 위해 왔을 따름입니다. 복수든 용서든 그후의 일은 정해 두고 있지 않습니다."

당돌한 대답이었다. 숨죽여 웅성거리는 소리가 울렸다. 황비의 눈이 번득 빛났다.

"정해 두고 있지 않다?"

황비의 반문에, 리에타가 답했다.

"네, 그후의 일은 마음이 가는 대로 두려 합니다. 약속해 드릴 수 있는 것은 없으나, 사과하신다면 받겠습니다."

사람들 사이의 웅성거림이 커졌다. 킬리언은 조용히 리에타와 황비의 대화를 듣고만 있었다. 황비가 가만히 웃으며 그녀를 바라보았다. 침묵은 길지 않았다.

"좋습니다. 황가의 이름으로, 환영합니다."

사람들은 놀라워하는 기색으로 술렁였다. 황비가 말을 이었다.

"어서 황제 폐하께서 일어나셔서 그대에게 좋은 말씀을 들려주시면 좋겠군요. 편히 머물다 가길 바랍니다."

리에타가 예를 표하듯 눈을 내리깔며 답했다.

"감사합니다."

황비는 가만히 두 사람을 내려다보며 웃었다. 그리고 조금 더 가까이 걸어왔다.

"운명이 참 재미있지요. 생명의 은인인 줄 알았더니 원수의 아들이라니."

리에타를 향해 허리를 숙인 황비가 그녀의 귓가에 속삭였다.

"나는 그대가 마음에 듭니다."

나직이 흘러나온 목소리가 싸늘해진 공기를 갈랐다.

"편찮으셨다지요."

황비가 미소 지으며 천천히 몸을 세우고 물었다.

"내가?"

고개를 든 킬리언이 한쪽 입꼬리를 비틀었다. 눈은 웃지 않은 채였다.

"대사원의 일로 정신적 충격이 심해 요양하러 먼저 떠나셨다는 설정이셨습니다."

"아, 그랬었죠."

황비가 뻔뻔하게 웃음 짓더니 황비가 입가를 가리며 웃었다.

"걱정해 주나요, 나를?"

"좀 쉬셨으면 하는 마음은 있군요."

킬리언이 냉랭하게 웃으며 답했다. 순간적으로 번뜩이는 묘한 살의가 공기를 갈랐다.

"쉬게 해 주세요."

절박하고도 몽롱한 환희가 담긴 목소리가 가늘게 흩어졌다. 지루함 속의 광기. 한 찰나, 황비 그 자체가 느껴지는 울림이었다. 킬리언이 가만히 웃는 얼굴 그대로 황비를 바라보았다. 언제 그런 소름 끼치는 목소릴 냈냐는 듯, 황비의 얼굴에는 산뜻하고 지루한 미소만이 떠올라 있을 뿐이었다. 킬리언이 한 박자 쉬고 대답했다.

"황비마마께서는 언제든 쉬실 수 있습니다."

황비가 심드렁하게 웃었다.

"글쎄."

킬리언은 그냥 웃었다. 서늘한 얼굴로, 더 이상의 대답은 없었다.

"왕관은 마의 성물이라 그냥은 못 가져간다더군요. 손대면 미친다던데. 그대는 강한 신성 능력자라 하니 예외일 수도 있겠지만, 때마침 수도에 대축성 의식이 예정되어 있으니 겸사겸사 도움을 받으면 어떻겠습니까. 폐하께서 일어나시거든 말씀 나누어 보도록 하지요.

신년제라도 함께 즐기면 좋으련만. 교황 성하의 일도 있고, 이래저래 축제를 주관할 상황은 아닌지라, 이즈음에 가묘家廟를 참배하는 일정이 있으니 그것이나마 함께하면 어떻겠습니까."

황궁의 복도를 걸어가던 킬리언은 저편 복도에서 마주 걸어오는 황비와 마주쳤다. 오래전, 황자였던 시절로 돌아간 것처럼 익숙하면서도 낯선 조우였다. 킬리언이 멈추어 예를 표하자, 황비가 웃음과 눈인사로 받아 주었다.

"혼자인가요? 그대의 짝을 만나면 물어보고 싶은 것이 있었는데."

킬리언이 답했다.

"리에타에 대한 것은 모두 제가 알고 있으니 제게 하문하시면 됩니다."

황비는 사양하지 않았다.

"그런가. 그렇다면 그대의 연인은 누구에 대한 기억을 잃어버렸나요?"

킬리언이 황비를 빤히 쳐다보았다. 황비가 생긋 웃었다.

"대공을 잊은 것 같지는 않아 보이던데."

킬리언은 가만히 황비를 바라보았다. 둘 사이로 서늘한 공기가 흘렀다. 리에타가 기억을 잃은 줄을 당신이 어떻게 아느냐. 범인이 누구냐. 누구를 사주해 무슨 짓을 하게 했느냐. 킬리언의 입에선 그 어떤 말도 나오지 않았다.

다만 담담한 얼굴로 그의 입에선 단 한 번도 황비에게 들려준 적 없는 목소리가 흘러나왔다.

"죽은 딸을 잊었더군요."

킬리언은 고요한 눈으로 가만히 그녀를 바라보며 말했다.

"……그러니까 하지 마십시오."

무엇을 하지 말라는 것인지, 말은 없었다. 다만 킬리언은 잠시 황비를 마주하고 있다가 시선을 내리며 몸을 돌렸다. 손을 짚은 대리석 난간 아래, 황가의 가묘로 이어지는 오솔길이 보였다.

"……살아 있었다면 스무 살이 넘었겠지요."

정적이 흘렀다. 지금의 그들 사이엔 어울리지 않는 침묵이었다.

"보고 싶네요."

황비의 움직임이 묘하게 멈추었다. 들은 말의 뜻을 이해하지 못한 듯, 살짝 고개가 기울어진다.

"잊었는지."

나이 든 여자의 서늘한 목소리가 침묵을 깨고 공기를 긁었다.

"힐스레인은 내 자식입니다. 그대가 왜 보고 싶어 하지요?"

킬리언은 조용히 눈을 들어 황비를 바라보며 말했다.

"윌리엄이나 살레리온을 보고 싶어할 순 없으니까요."

그는 몸을 돌려 황비를 바라보고는, 가슴에 손을 올려 허리 숙여 예를 표하고 자리를 떠났다.

황비는 숨기지 않았다. 리에타가 기억을 잃었다는 걸 알고 있다. 리에타가 몽마에게 공격을 당했다는 건 당시 악시아스에 있던 극소수의 사제들만 알고 있는 일이었다. 더욱이 기억을 잃었다는 걸 알고 있는 사람들은 킬리언이 신뢰하는 사제들뿐이었다. 킬리언이 차가워진 눈을 빛냈다. 황비의 손에, 리에타가 잃어버린 기억을 돌려줄 방법이 쥐어져 있을까? 이제 알아볼 차례였다.

"몽마 메르데스."

킬리언이 나직이 읊조렸다. 보랏빛 암흑이 일렁였다. 비밀의 권능을 지닌 몽마를 향해 그가 물었다.

"황비에게 있는 '비밀'을 읽어 보았나?"

방법을 가지고 있지 않다면, 자 이제 날뛰어 봐. 아베르사티 황비.

'죽은 딸을 잊었더군요. ……그러니까 하지 마십시오.'

황비는 석상처럼 멈추어 선 채 아래를 내려다보았다.

'살아 있었다면 스무 살이 넘었겠지요. 보고 싶네요.'

뜬금없이 그가 누구를 보고 싶다고 한 것인지, 황비는 킬리언의 말을 본능처럼 알아들었다. 살아 있었다면 스물한 살이 되었을 그녀의 딸. 힐스레인.

황실의 가묘로 이어지는 길. 황비는 표정 없는 얼굴로 고개를 내린 채 가만히 아래를 내려다보았다. 잠시 그러고 있다, 눈동자만 들어 올려 킬리언이 사라진 복도를 응시했다.

'윌리엄이나 살레리온을 보고 싶어할 순 없으니까요.'

황비가 눈을 반만 감은 싸늘한 얼굴로 비스듬히 고개를 꺾었다. 구불거리는 머리카락이 그녀의 회색 눈동자 위에 붉은 차양을 드리웠다. 스르륵. 소리 없이 나타난 엑시티우스가 황비의 어깨를 감아 안으며 같은 방향을 바라보고 흐흥, 웃었다.

원한이라고도, 슬픔이라고도, 분노라고도 정의하기 어려운 뒤틀린 초연함에 화마가 흥미롭게 미소 지으며 그녀의 목덜미에 다정하게 고개를 파묻었다. 고귀한 인간 여인에게서 일렁이는 짙은 어둠이 악마에게 달콤한 쾌감을 주었다. 그것을 한껏 음미한 엑시티우스가 흡족한 어조로 물었다.

"내 계약자가 왜 이렇게 화가 났을까……."

악마가 속삭였다.

"내 힘이 필요한가?"

'괜찮아. 나는 황자인 오라버니가 셋이나 있는걸.'

세 형제 사이의 복잡 미묘한 분위기를 누그러뜨리는 어리고 귀여운 황녀 앞에선 누구도 윌리엄이 황자가 아니라고 정정하지 않았다.

'황자인 오라비가 셋이면 뭘 해. 황자비나 셋 생기겠지. 황자비가 들어오면 네가 좋아하는 오라비들은 이제 우리 황녀님 것이 아니게 될걸?'

오빠들을 좋아하는 어린 여동생은 자신을 놀리는 소리에, '황자비?' 하며 눈을 동그랗게 떴다.

'황자비가 뭐야?'

살레리온이 힐스레인을 훌쩍 들어 올려 어깨 위에 목말을 태우며 웃었다.

'오라버니에게 가족이 생기는 거야. 황제 폐하에게 어머니처럼, 밥도 같이 먹고, 춤도 같이 추고, 행사가 있으면 같이 나가고 하는…….'

가족이 생기는 거라고? 오라버니만 셋인 힐스레인의 얼굴이 발갛게 달아오르더니 이내 놀라움으로 활짝 피어올랐다. 힐스레인이 살레리온의 머리카락을 쥐어뜯으며 흥분해서 소리쳤다.

'황자비 좋아!'

'아야, 레인. 오빠 아파, 아파!'

킬리언에게는 이복동생. 살레리온에게는 동복동생. 윌리엄에게는 이부동생. 묘한 관계였지만, 그녀는 누구에게나 햇살 같은 황녀였다.

찢어진 공간 틈새로 푸시식, 마기가 새어 나왔다. 메르데스가 자신이 만들어 낸 아공간에서 빠져나오지 못한 채 낑낑거렸다.

"아, 좀 당겨 봐."

킬리언이 공간 틈새에 낀 채 애를 쓰는 악마의 손을 마주 잡고 자기 쪽으로 잡아당겼다. 상체가 쑥 빠져나온 메르데스가 그대로 바닥에 굴러떨어졌다. 킬리언이 옆으로 슥 자리를 옮겨 제 쪽으로 쓰러지는 악마의 몸을 피했다.

우당탕. 볼품없이 넘어진 메르데스는 오만상을 찡그리며 몸을 일으켰다. 간신히 열렸던 몽마의 아공간은 그가 빠져나오자마자 곧장 닫혔다.

"어휴."

메르데스가 탁탁, 먼지 묻은 옷을 털며 짜증을 부렸다. 몽마는 스스로의 몸을 살피더니 바닥에 긁힌 상처를 발견하고는 빼액 소리를 질렀다.

"내 피부! 다 까졌잖아!"

참아 주던 킬리언이 정 떨어지는 표정으로 싸늘하게 메르데스를 쳐다보았다.

"무슨 고위 악마가 그거 좀 까졌다고 징징대?"

메르데스가 표정을 구기며 쏘아붙였다.

"네 놈이 뭘 알겠냐. 계약자도 없이 이런 곳에서 악마가 육신을 유지하는 게 얼마나 힘든 건지."

메르데스의 목소리가 서럽고 억울하다는 듯 침울해졌다.

"안 그래도 여긴 축덩 투덩이라 힘에 제약이 있는데 타니아도 없더라……. 아 띠, 혀까지 꼬이네."

메르데스가 으갸갸 하고 입을 열었다 닫았다 하며 굳은 혀를 풀었다. 메르데스가 까진 곳을 살피며 울상을 짓는 동안 킬리언은 머저리를 보는 듯 한심한 눈으로 참을성 있게 기다렸다. 오래 기다려 줄 꼴은 아니었다.

"호 해 주랴?"

작작 하라는 의미로 던진 비아냥거림에 새침한 대답이 돌아왔다.

"필요 없어. 타니아라면 모를까 계약자도 아닌 주제에 무슨 도움이 된다고."

타니아 성녀가 픽이나 그런 걸 해 주겠다. 하지만 킬리언은 메르데스를 긁어 대는 대신 물었다.

"읽어 봤냐고."

메르데스가 힐끔 킬리언을 쳐다보고 좀 자신 없는 투로 중얼거렸다.

"……별로 좋은 소식은 없어."

……역시 그런가. 킬리언은 짧게 끄덕였다. 전혀 실망하지 않았다면 거짓말이겠지만 어느 정도는 예상한 일이었다. 지금 메르데스의 상태를 보니 저 정도로 힘이 제약된다면 아무리 고위 악마라도 제 능력을 제대로 발휘할 수 없겠구나 싶었다.

그전부터 황비가 몽마의 힘을 손에 넣은 상황이라면, 라멘타의 후손인 리에타를 만나기 전 악마에 대한 대비책을 준비하지 않았을 리 없다고 생각하기는 했다.

하지만 메르데스가 황비에게서 성과를 거두지 못한 이유는 다른 데 있었다. 메르데스가 말을 이었다.

"나는 사람이 '숨기고 있는 일'만 알 수 있어. 숨기고 싶어 하는 감정이 폭로에 대한 두려움이나 타인을 배척하는 마음으로 나타날 때 나한테 읽히거든. 다시 말해 내 능력은 사람이 '비밀'이라고 생각하고 숨기고 있는 일에 한정돼. 그런데 그 여자……."

메르데스가 생각에 잠긴 얼굴로 눈썹을 꺾고 턱을 만졌다.

"두려워하는 게 아무것도 없어. 자기가 꾸미고 있는 일 가운데 '비밀'이라고 생각하는 내용이 하나도 없다는 말이야. 다른 사람들과 함께 모의하고 있는 일이기 때문일 수도 있긴 하지만……."

메르데스가 미간을 찡그렸다.

"본질적으로 지금 벌이고 있는 일들에 대해선 무엇 하나 들켜도 상관없다고 생각하고 있어. 제대로 미쳤다고 해야 할지 담대하다고 해야 할지. 물건은 물건이더라."

하. 킬리언은 작게 웃음을 흘렸다. 너무 황비다워서 할 말이 없었다. 황비에게는 그 무엇도 딱히 비밀이 아닐 수 있다. 그녀에겐 숨 쉬듯 당연한 일상 같아서 메르데스는 읽을 수 있는 것이 없다는 뜻이었다.

"아무것도 읽을 수 없다고?"

메르데스가 어깨를 으쓱했다.

"황비에게 있는 비밀은 하나뿐이야. '황제와의 약속.'"

고개를 숙이고 있던 킬리언이 멈칫했다. 아버지와의 약속……?

"약속의 내용까지는 구체화되질 않아서 보지 못했어. 힘이 달려서."

킬리언의 묘한 반응을 포착한 메르데스가 흥미로워하는 얼굴로 유들거리며 물었다.

"별 도움 되는 내용은 아닌데. 본 거라도 공유해 줄까?"

과시하듯 들어 올린 몽마의 손 위에 반짝이는 보라색 기운이 일렁였다. 킬리언은 메르데스를 쳐다보며 비웃었다.

"힘 달린다며? 무리하지 마시지."

메르데스가 눈썹을 으쓱하며 웃었다.

"관심 없어? 아니면 궁금하지 않은 척?"

킬리언은 별다른 유예도, 망설임도 두지 않고 메르데스를 응시한 그대로 말했다.

"리에타의 기억을 찾고, 황비가 벌이고 있는 일을 멈춘다. 그 외의 일에 넘치는 친절은 사양하지."

메르데스가 의외의 말을 들었다는 듯 웃으며 손을 내려 허리에 짚고 빙글거렸다.

"남의 비밀에 관심 없는 인간 없는데. 그것도 너랑은 원수지간이라며."

킬리언은 대답 없이 메르데스를 두고 돌아섰다. 싱거운 반응에 메르데스는 흥 콧방귀를 뀌고 힘을 비축하기 위해 사라졌다.

황비와 아버지의 혼인에 모종의 거래가 있었다는 건 어렴풋이 알고 있었다. 아마 그것이겠지. 관심이 없다기보단 알고 싶지 않다.

'킬리언, 아베르사티를 용서해라. 죄를 지은 건 네 형제들이었지 그녀가 아니었어. 네 형제들은 이미 죗값을 치렀다. 그러나 그녀는 죄 없이 너무 가혹한 대가를 치렀어. 그녀의 화풀이를 받아 주어라.'

굳이 황비의 화풀이를 받아 주겠다 결심하고 인내했다기보다는, 아무것도 하지 않았다. 그것이 결과적으로는 황비를 참아 준 것이 되었지만.

킬리언은 고개를 숙이고 잠시 계단에 멈추어 선 채 눈을 감았다가 떴다. 휘잉. 십사 년 만에 다시 마주한 황궁에 스산한 겨울바람이 불었다.

내가 황비에게 찢어 죽일 자식이라는 걸 안다. 그땐 황비고 윌리엄이고 다 한통속이라 여기고 저지른 일이었지만, 이성을 되찾은 후 조금만 생각해 보면 알 수 있었다.

황비는 몰랐어.

단 한 번도 후회하지 않은 것은 아니었다. 아무리 반목이 있었던들, 하지 말아야 할 선이 있는 것인데. 그쪽에서 먼저 선을 넘었다 해도 나 역시 선을 넘는 방식으로 풀지는 않을 수도 있었을 것을.

충격적인 방식으로 자식의 죽음을 알게 된 황비에게는 잘못했다고 생각한다. 씻을 수 없는 상처를 주었다고도 생각한다. 하지만 이미 황비와는 돌이킬 수 없는 강을 건넜다.

바람에 떠밀린 앙상한 겨울 가지들이 황궁의 벽에 부딪쳤다. 한손에 검을, 다른 손에 의붓형제의 머리를 들고 피투성이 발자국을 남기며 황제를 찾아갔던 그 날의 길이 그곳에 그대로 있었다. 킬리언은 십사 년 만에 돌아온 자리에서 잠시 그 길을 바라보며 바람 소리를 들었다.

황비가 저를 용서할 수 없을 것임을 안다. 어차피 용서도 사죄도 무의미해진 사이. 킬리언으로서도 이제는 황비를 내버려 둘 수 없다. 황비의 칼끝이 그 자신을 넘어서 악시아스와 그의 소중한 사람들을 위협하기 시작한 이상.

그동안은 당해 주었지만, 이제 황비를 멈추겠다고 결정한 이상 부채감이 들 만한 정보를 모을 생각은 없었다. 이제 나 자신과, 내 사람을 지킬 뿐이었다.

킬리언이 리에타와 떨어져 있을 때는 모르비두스가 리에타를 은신시킨 채 보호했다. 애초에 그들 가까이에서 수발드는 것을 허락하지 않았기에 시종들은 리에타의 행방이 묘연해도 악시아스 대공과 함께 있다고 생각했다. 최소한 이상한 일이 일어나고 있다고 여기지 않았다.

리에타는 모르비두스와 함께 몸을 숨긴 채 위험하지 않은 범위 내에서 움직이며 황궁의 지리를 파악하고, 있을 수 있는 위험과 탈출의 경로를 점검했다. 그렇게 돌아다니다 사람들이 많이 모인 곳 근처를 지날 때면 잠시 멈추어 귀를 열었다. 그러면 인퀴지터들이 퍼뜨리고 있는 소문이 들려왔다.

타니아 성녀의 실종. 서거한 교황 이바손 사 세의 죽음에 얽힌 의문. 불길한 의심을 받기 시작한 추기경과 중단된 콘클라베 따위가 화제에 올랐다. 이단에 대한 의심이 퍼져 나가며 그만큼 사람들은 경계하기 시작했다.

추기경을 옹호하는 이야기들과 타니아 성녀에 반발하는 귀족들의 목소리도 만만치 않게 거세었지만, 조금씩 해볼 만한 싸움이 되어 가고 있는 것 같았다.

리에타와 킬리언에 대한 이야기도 나왔다. 대부분 화두에 오르는 것은 공개 알현에서 그녀가 황비의 질문에 한 대답이었다.

"들었어, 그거? 어제 공개 알현 말이야."

"당연하지. 황비가 사람들 앞에서 신성 왕녀의 딸에게 황제한테 복수하러 왔냐고 물었다며?"

"한마디 해 보라고 했더니 글쎄 그 사람이……."

나는 용서하거나 복수하러 오지 않았다. 다만 과거의 일에 대해 사과한다면 받겠다. 많은 사람들이 리에타가 한 대답에 대해 이야기했다. 손끝이 차가워지는 두려움이 리에타의 발목을 잡으려 했다. 이곳에 찾아온 것이, 그리고 내 대답이, 어머니에게 잘못하는 일은 아닐까. 그러나 당돌하고 겁이 없다고, 때로는 건방지다고 말했을망정, 그 누구도 감히 그녀가 사과받을 자격이 없다고 말하지 않았다.

묘하게도, 가슴이 조금 시원해지는 느낌이 들었다. 이상한 기분이었다. 대체 상관도 없는 남들이 하는 이야기가 뭐라고……. 조금이나마 서러움이 풀어지며 울컥 가슴이 벅차고 목이 메어, 리에타는 눈물을 참고 후, 심호흡했다.

모르비두스가 말없이 그런 그녀의 곁을 지켰다.

쌀쌀한 바람이 창을 흔들었다. 바깥을 돌아다닐 땐 악시아스만큼의 맹추위는 아니라 생각했지만, 정작 방 안에 들어와 있자니 생존을 위해 발달한 북부의 방한 건축에는 미치지 못하는 탓인지, 벽난로를 때고 창을 닫고 덧문까지 걸어도 악시아스보다 추운 기운이 돌았다.

킬리언과 리에타는 난로 앞에 긴 소파를 놓고 나란히 붙어 앉았다. 킬리언이 가만히 리에타의 손을 잡자, 리에타가 손가락을 얽어 깍지를 끼었다.

"내일은 황태자 전하도 나오겠네요."

"그렇겠지."

황제가 자식 때문에 피눈물을 흘리게 되리라는 저주의 객체가 되는 존재. 킬리언 외에 또 한 사람. 힐스테드 황태자. 리에타가 킬리언의 어깨에 머리를 기대며 중얼거렸다.

"어떤 사람일까요……? 당신의 동생이요."

킬리언은 잠시 틈을 두고 답했다.

"글쎄. 나도 궁금하네. 아주 어릴 때 말고는 본 적이 없어서."

황태자에게 별다른 유감은 없었다. 윌리엄이나 살레리온과는 그렇게 되었지만, 힐스레인은 꽤나 귀여워했었다. 황비나 윌리엄과 완전히 틀어지기 전, 어려서 역병으로 죽은 탓에 애틋한 감정도 남아 있었고.

마지막으로 힐스테드를 봤던 게 네 살 때였던지라, 오히려 킬리언이 황태자에 대해 느끼는 감정은 윌리엄이나 살레리온보다는 힐스레인에게 느끼는 감정에 더 가까웠다. 황실에 남은 감정이라곤 지긋지긋함뿐이었지만, 황태자에 대해서는 조금 동정적인 마음이었다.

어린것이 고생 좀 하겠구나, 가끔은 딱한 마음이 들었다가, 그 녀석도 언제까지나 네 살이 아닐 텐데 내가 신경 쓸 필요는 없겠지 싶었다가. 아무튼 나와는 상관없이 잘 살았으면 싶었다.

그러나 막상 윌리엄이나 살레리온처럼 불쑥 커 버린 황태자의 모습을 보면 그 감정이 깨질 것 같아 일부러 만나지 않았다. 황태자를 위한 배려이며 킬리언 스스로를 향한 배려이기도 했다. 제 어머니가 아무렇지도 않게 사람을 죽이고 대사원을 언데드 지옥으로 만드는 미친 사람이라는 걸 황태자도 인정할지는 모르겠지만…….

황비를 끌어내리려 하면, 어쩔 수 없이 황태자와는 적대하게 되겠지. 형들을 빼앗아 간 걸로도 모자라 어머니의 원수가 될 가능성이 높으니, 그건 어쩔 수 없는 일이라 받아들이고 있었다. 킬리언은 웃으며 리에타의 머리에 뺨을 기대었다.

"다 큰 동생을 다시 만나려니 긴장되네."

"십사 년 만에 보는 건가요?"

"응."

무심하기도 하다 타박하는 대신, 리에타는 희미하게 웃으며 그의 손등을 엄지로 쓸었다.

"궁금하겠네요."

킬리언이 웃었다.

"응. 궁금해."

윌리엄을 황제의 자식으로 칠 수 있을지는 모르겠지만, 황제의 자식이 었던 윌리엄, 살레리온, 힐스레인이 죽었다. 킬리언은 윌리엄과 살레리온 을 살해한 죄로 먼 북방의 황무지로 쫓겨나 미치광이 살인마 소리를 듣게 되었다. 모두 황제가 피눈물을 흘렸다 하기에 부족함이 없을 만한 결말.

그렇다면 황태자는 어떤 삶을 살아왔을까? 십사 년 전의 사건에 휘말려 네 살에 황태자가 된 힐스테드 황태자는 올해로 열여덟 살, 얼마 전 성년 이 되었다. 그러나 오랫동안 황태자는 조용히 후계자 교육을 받고 있다고 알려졌을 뿐, 대외적 활동은 거의 알려지지 않았다. 때때로 황태자로서 피할 수 없는 공식 행사에 황비를 에스코트하여 등장하기는 한다지만 그뿐.

별다른 소문도 없고 황태자가 했어야 하는 모든 대외적 교류는 황비와 귀족원이 대신했다. 황태자는 황비의 그늘에서 벗어날 생각이 없어 보였다.

황비의 꼭두각시. 나약한 허수아비. 미친 황비에게 치이는 가여운 소년 황태자. 그것이 대외적으로 알려진 황태자의 이미지였다.

내일 그들의 눈으로 확인하게 될 것이었다.

"아베르사티 황비마마와 힐스테드 황태자 전하께서 납십니다."

황비가 황태자의 에스코트를 받으며 등장했다. 사람들의 시선이 황비 와 그 옆의 청년에게로 향했다. 황비를 에스코트하여 그녀의 곁에 선 황태 자는 존재감이 뚜렷하지 않은, 창백한 붉은 머리의 청년이었다. 황태자의 뒤로, 얼마 전에 만났던 그리프스 기사단의 기사를 비롯해 몇 명의 호위

기사들과 시종이 보였다.

모두가 노골적으로 황태자를 관찰하지 않기 위해 시선을 단속하며 공손히 황비를 향해 예를 갖추었다. 킬리언과 리에타 역시 황태자에겐 잠시 스치듯 시선을 주고, 황비 쪽으로 고개를 숙였다. 그들이 가까이 와서 멈추자 킬리언이 먼저 황비를 향해 인사를 건넸다.

"평안하십니까."

황비가 답했다.

"그래요. 지내는 데 불편함은 없나요."

"신경 꺼 주신 덕에요."

"다행이군요."

황비는 태연하게 무례한 인사를 받아넘겼다.

"황태자."

황비의 부름에, 황태자가 앞으로 나서며 예를 표하고 살짝 고개를 숙여 인사했다.

"형님을 뵙습니다."

그제야 사람들의 시선이 모두 황태자에게로 향했다. 킬리언이 황태자를 향해 시선을 주었다. 그리고 다음 순간, 탁. 리에타가 킬리언의 팔을 붙잡았다. 킬리언이 멈칫하고 리에타를 바라보았다. 인사하려는 사람을 막을 타이밍은 아니었다.

모여든 사람들의 시선이 리에타에게로 내리꽂혔다. 굳은 얼굴로, 리에타가 황비를 바라보며 말했다.

"……무례를 용서하십시오. 하지만 정말 이쪽이 황태자 전하가 맞으십니까?"

귀족들이 당황해 리에타와 황비를 바라보았다. 그리고 믿을 수 없게도, 황비가 웃음을 터뜨렸다.

"이런, 어떻게 알았지?"

황비의 말에 귀족들은 자신의 귀를 의심했다. 황비가 고개를 기울이며 해사하게 웃었다.

"과연 무녀는 무녀로군요. 이렇게 선수를 빼앗겼으니. 조금 더 빨리 소개해야겠네요. 인사해도 좋습니다, 황태자."

잠시 동요한 얼굴을 하던 '황태자'가 입을 다물고 뒤로 물러섰다. 그리고 다음 순간, 그와 엇갈리듯 한 발 앞으로 나선 그리프스의 기사가 두 손으로 투구를 벗고는 어색하게 고개를 숙였다. 와인빛 머리카락이 어깨 위로 흘러내렸다.

"……결례를 범했습니다. 용서하시기를."

리에타의 눈이 커졌다. '진짜 황태자'가 사과의 의미로 조금 더 깊이 고개를 숙였다.

"다시 인사 올립니다. 형님을 뵙습니다."

킬리언이 묵묵히 그를 보다가 씁쓸하게 웃었다. 황태자 힐스테드. 네 살 때 이후로 본 적 없는 그의 이복동생이었다. 십사 년 만에 만나는 이복동생의 인사에 킬리언은 그저 조금 쓰게 웃었다. 킬리언이라거나, 악시아스 대공이라거나 자기를 소개하는 말을 할 필요는 없었다. 이미 황태자는 알고 있을 테니까.

"몰라보겠구나."

다만 그는 그렇게 말했다. 어쩌면 황실에서는 힐스테드의 삶에도 그의 형제자매들에게 있었던 것처럼 큰 굴곡이 있을 가능성을 염두에 두고 황태자의 행보를 감추고 있을지 모르겠다고 생각한 적 있었다. 그러나 아예 황태자 자체를 다른 사람으로 바꿔치기해 두었을 줄이야.

"어떻게 아셨습니까."

황태자가 물었다. 리에타는 쌀쌀맞은 얼굴로 황태자를 바라보며 답했다.

"자신이 누구인지조차 보이지 않으시려던 분께 모든 것을 말씀드릴 의무는 없을 것 같습니다."

황태자가 리에타를 바라보다가 살짝 고개를 숙이며 웃음 지었다.

"라멘타 왕족은 예지에 능했다고 알려져 있죠. 신성 왕녀 역시……."

어머니를 언급하는 말에, 리에타가 한층 더 차가워진 목소리로 말했다.

"유도 심문에 능하다고 알려지고 싶으신가요?"

군이 만들어 내지 않아도 냉랭한 목소리가 나왔다.

"제 앞에서 그 누구도 제 어머니를 쉽게 입에 올리지 않습니다."

황태자가 슥 한쪽 입꼬리만 올려 웃으며 고개를 내렸다.

"……단단히 밉보였군요."

그럼 그렇게 행동해 놓고 곱게 보이리라 기대했나. 마치 허심탄회한 대화라도 나누길 기대했다는 듯한 태도에 리에타는 경계심을 늦추지 않은 빛으로 황태자를 바라보았다.

그 와중에 한쪽 입매만 올려 웃는 모습이 킬리언과 사뭇 닮은 데가 있다는 생각이 들어 기분이 이상해졌다. ……킬리언이 열여덟 살엔 저런 모습이었을까.

리에타는 조금이라도 무른 모습을 보이게 될까 경계하며 마음을 냉정하게 다잡았다. 상대는 황비의 아들. 킬리언의 기억엔 네 살 아이였던 황태자의 모습이 남아 있다지만 처음 만나게 된 리에타의 눈에는 그저 위험한 적일 뿐이었다.

차라리 정말로 황비의 꼭두각시 같은 황태자였다면 이토록 경계하게 되지는 않았을 것. 진짜 황태자는 우리가 황궁에 들어오자마자 신분을 숨긴 채 우리를 확인하러 왔던 사람이다. 심지어 그는 황제의 초대를 받은 건 나뿐이라며 킬리언을 쫓아내고 우릴 갈라놓으려 했다. 어쩌면 황비보다 위험할지도 모르는 인물이었다.

"윌리엄이 이곳에 안장됐다니 의외로군요."

"부러운가요?"

"그렇진 않네요. 용의 계곡에서 굴러도 이승이라."

"유감이군요. 여러모로."

"동감입니다."

황비와 킬리언은 생글생글 웃는 얼굴로 서로의 얼굴에 독설을 던졌다. 그리고 킬리언은 현 황제 세대의 아이들이 안장된 묘지, 즉 윌리엄과 살레리온, 힐스레인의 묘지가 있는 입구 앞에서 들어가지 않은 채 몸을 돌렸다.

"황비마마와 함께 힐스레인의 묘를 참배해 봤자 피차 기분만 잡칠 것이고, 윌리엄이나 살레리온을 참배하는 것도 웃기는 꼴이 될 텐데. 보는 사람들 난처하게 하지 말고 그냥 사이좋게 우리 둘이 자리를 비워 주는 것이 어떻겠습니까."

놀랍게도 황비는 그 말에 응했다. 그러더니 둘은 진짜로 같이 사라져 버렸다. 황비는 심지어 떠나가기 전 황태자에게 리에타의 에스코트를 부탁하며 웃었다. 킬리언은 황비를 에스코트하며 힐스테드를 향해 리에타를 잘 모시라는 말까지 남겼다. 서로를 향해 숨 쉬듯 서슬 퍼런 독설을 날리고 있다는 것만 제외하면, 언제부터 저렇게 손발이 잘 맞았나 싶을 지경이었다.

황비는 '그대의 애첩을 황태자 곁에 혼자 둬도 되겠어요?' 하며 농담인지 진담인지 모호한 말로 속을 긁었지만 킬리언은 '이 황궁에 황비마마보다 위험한 사람이 있겠습니까' 하며 웃더니 황비를 에스코트하기 시작했다.

덕분에 남은 사람들은 황망하게 그곳에서 물러나 가묘를 돌며 차례차례 선왕들의 묘를 참배하였다. 사라진 킬리언과 황비 때문인지, 갑작스레 진짜 황태자랍시고 등장한 뜻밖의 인물에 대한 충격 때문인지 모두가 제정신을 차리지 못하는 분위기가 되었다. 황태자는 리에타를 호위하는 기사들, 최소한의 침착함을 유지하고 있는 사제, 시종 두엇만 두고 나머지 인원들을 물러가게 했다. 헌화할 꽃을 고르는 황태자의 목소리가 바람 사이로 흘러갔다.

"너무 불쾌해하지 마십시오. 두 분께서는 단 이틀 속으셨지만 귀족들은 십 년이 넘게 속아 왔으니까요. 귀족들이야말로 지금쯤 발칵 뒤집혔을 겁니다."

십 년이 넘게 귀족들은 그의 신뢰를 얻지 못하고 있음. 리에타는 황태자가 드러내는 정보들을 냉정하게 추려 판단해 보며 단조롭게 대답했다.

"더한 피해자가 있다는 점은 그다지 위안이 되지는 않는군요."

꽃을 한 송이 집어 든 황태자가 조금 틈을 두고 미소를 그렸다.

"……딱히 형님과 성녀님, 두 분을 모욕하려던 의도는 없었다는 의미에서 드린 말씀이었습니다. 아마 확인해 보시면 제 말이 거짓이 아니라는 걸 알게 되실 겁니다."

황태자가 먼저 헌화하고 물러섰다. 황가의 몇 대째 조상쯤 된다는 왕국 릴페이엄의 선왕들. 킬리언의 증조할아버지나 그 할아버지쯤 되는 사람들의 묘였다.

"……직접 헌화를 하게 될 줄 알았더라면 이렇게 입고 오지 않았을 것을요. 첫인사 드리는 것인데. 웬 기사인가 조상님들께서 당황하시겠습니다."

리에타가 말없이 그의 뒷모습을 바라보았다. 황태자는 혼자서 말을 이어 갔다.

"저도 제가 황태자인 것 같지 않네요. 오랫동안 기사 견습생으로 지냈더니……. 평생을 황태자의 견습 기사로, 가끔씩은 황비마마의 견습 기사로 지냈습니다."

황태자가 시선을 내렸다.

"언젠간 황태자로 돌아가야 하니 기사 생도로서 너무 흠 잡히지는 않아야 한다는 부담감 정도는 가지고 있었습니다만, 이 모습으로도 사람들과 교류할 일이 많지는 않아서 저도 좀 낯설어요."

황태자가 잠시간의 침묵 끝에 고개를 돌리더니 리에타를 보며 말했다.

"궁금한 게 있으시다면 물어보십시오. 답해 드리겠습니다."

정적이 흘렀다. 리에타가 아무 말도 하지 않고 표정을 풀지 않자 황태자가 리에타에게 헌화를 위한 칼라 꽃을 건네며 희미하게 미소 지었다.

"……마음 풀어 주시면 안 되겠습니까?"

리에타는 그가 건네는 꽃을 정중하게 사양하고 받지 않은 채, 꽃수레에서 흰 꽃을 꺼내어 옛 선왕의 묘 앞에 헌화했다. 황태자는 그대로 얼굴에 웃음을 띤 채 꽃을 쥔 손을 자신의 가슴 앞으로 거두었다. 리에타는 굳은 얼굴로 제단 앞에 멈추어 섰다.

엄마와 할머니는 묘지조차 없고, 라멘타는 잿더미가 되어 사라졌는데 그들을 멸망시킨 황실의 가묘에 참배라니. 황비다운 악취미였다. 그러나 여기서 굳이 어깃장을 놓아 트집 잡을 빌미를 주어서는 안 됐다.

다행이라 해야 할까. 참배는 형식적으로 진행되고 있었다. 그들의 조상들이 묻힌 묘지는 가족들이 애도하는 공간이라기보다는 잘 꾸며진 유적지 같았다. 리에타가 있기 때문에 그런 것인지 본래 이런 분위기인지는 알 수 없었다. 리에타가 물었다.

"당신의 말이 사실이라면 어째서 이런 거짓말을 해 왔던 거죠? 황제 폐하의 뜻인가요?"

황태자는 선왕의 묘비 쪽을 바라보며 답했다.

"아뇨. 굳이 말하자면 그 반대입니다."

황태자가 손안에 쥐고 있는 꽃줄기를 내려다보며 말했다.

"전부 황제 폐하를 속이기 위해 하는 거짓말이니까요."

사람들이 다가오자 황태자는 잠시 말을 멈추었다. 한 사제가 제단 앞에서 선왕의 평안을 비는 기도와 축복을 마친 후 시종들과 함께 다시 거리를 두고 멀어졌다. 황태자가 다시 말을 이었다.

"황제 폐하께서는 저를 모르십니다. 네 살 때, 황태자가 된 이후로 저는 폐하를 뵌 적이 없거든요. 귀족들도, 황제 폐하께서도…… 루슬란, 아까 보신 그 친구가, 황태자 힐스테드인 줄 알고 계십니다."

휘잉. 건조한 바람이 불었다. 리에타는 그를 바라보다가 입을 열었다.

"……믿을 수가 없네요. 처음부터 그러지는 않았을 텐데. 중간에 사람이 바뀌었는데도 아무도 의심하지 않았다는 건가요?"

황태자 힐스테드가 리에타에게 거절당한 흰색 꽃을 턱 언저리에 스치듯 대고 웃으며 그녀를 바라보았다.

"……역시 누군가 알아채고 유출한 건 아니군요. 정말 예지로 아신 건가요?"

리에타는 대답하지 않았다. 황태자는 스스로의 말을 후회하는 듯 묘한 표정을 지으며 머쓱하게 사과다.

"……죄송합니다. 불쾌하게 해 드렸군요. 대답해 주지 않으셔도 됩니다."

황태자가 살짝 귓가를 매만지고 말을 이어 갔다.

"황제 폐하께서도 사제들의 권고에 따라 저주를 의식하셔서, '황태자'를 자주 만나지 않으려 신경 써 주셨기에 가능한 일이었습니다."

황태자가 담담하게 말을 이어갔다.

"저는 유모의 아이와 바꿔치기되었습니다. 그후 기사 생도로 살아왔지요. 가짜 어머니가 유모였던 덕에 황비마마와 '가짜 황태자'의 곁에서 비교적 편한 일을 하는 견습 기사로 지냈습니다. 얼마 전 성년이 되어 그리프스 기사단에 들어갔고요."

리에타는 이해할 수 없는 얼굴로 그를 바라보았다. 황태자는 선왕의 묘비 앞 제단을 바라보며 말을 이었다.

"……속죄양이라 하기도 하고 뭐 조금씩 에둘러 여러 가지 가리키는 말이 있습니다만."

황태자가 리에타에게 건네려던 흰 꽃을 제단 위에 다시 한 번 헌화하며 말했다.

"액받이라는 말을 아십니까."

황태자가 헌화한 꽃이 바람에 흔들렸다. 리에타는 멍하니 꽃을 내려다보았다. 그녀의 눈농자에 녹색 줄기와 무언가를 감싸듯 맺힌 티 없이 하얀 꽃이 비쳤다. 황태자의 목소리가 이어졌다.

"여왕님께서 황제 폐하를 상대로 한 저주의 내용을 알고 계시겠죠. ……'자식 때문에 피눈물을 흘리게 되리라.'"

차갑고 선뜩한 바람이 옷깃 사이로 스며들어 왔다.

"그럼 저주가 노리는 것은 황제일까요, 황제의 자식일까요."

황태자가 고개를 들어 조금 높은 곳을 응시했다.

"폐하께서 엉뚱한 사람을 자신의 아들로 줄곧 믿고 계신다면, 폐하는 저주를 피해 영영 피눈물 없이 살 수 있으실까요?"

쿵. 심장이 내려앉았다. 황태자의 말에 담긴 사실을 깨달은 리에타가 자신도 모르게 숨을 멈추었다. 힐스테드 황태자가 자조하듯 중얼거렸다.

"진짜 아들인 제게 무슨 일이 벌어져도 폐하께서 저를 모르신다면 그 저주가 제게 해를 미칠 수 있을까요? 제가 아무리 끔찍한 횡액을 당해도 폐하께서 모르시는데 말이에요."

황태자가 고개를 숙여 발끝을 내려다보며 말했다.

"……흑마법사들과 사제들이 내놓은 해법이었습니다. 한번쯤, 해볼 만한 도박이라고."

라지오넬 추기경은 얼어붙은 호수 앞에 서 있었다. 조금 부서진 동굴의 천장으로 햇살이 들어와 호수 위를 비추었다. 호수를 향해 뻗어 나가며 반쯤 벽을 타고 오르듯 얼어붙은 얼음 속에는 빛바랜 하얀 머리카락의 청년이 갇혀 있었다. 그가 한기의 진원지라도 된 듯 그를 중심으로 눈부신 얼음꽃이 돋아나 있었다. 마치 죽어 가는 사람처럼, 느리게 호흡하는 몸이 희미하게 오르내렸다.

추기경은 차갑게 굳은 얼굴로 얼어붙은 강 위를 조용히 걸어가 페르디안을 마주 보고 섰다. 그의 하얀 얼굴 위에 평화로운 햇살이 떨어졌다. 가만히 페르디안을 내려다보던 추기경이 별안간 그의 목 아래 옷깃을 쥐고 확 쥐어 뜯어내었다. 투두둑! 거친 손길에 페르디안의 고개가 옆으로 확 젖혀지듯 돌아갔다.

젖은 채 드러난 페르디안 칼리고의 몸에는 가슴 중앙으로부터 암녹색 빛의 염증이 번져 가고 있었다. 역병이었다. 입을 앙다문 추기경의 얼굴이 분노로 서늘해졌다. 추기경은 신경질적으로 그의 옷깃을 팽개치듯 내려놓으며 낮게 을러대었다.

"어디서 이상한 것을 묻혀 온 게냐."

잠들어 있는 것만 같았던 페르디안이 고개를 떨군 채 웃었다. 흉하게 갈라진 작은 목소리가 흘러나왔다.

"······죄송합니다."

추기경이 비뚜름히 한쪽 입매를 비틀어 올렸다.

"세상 공부를 하고 온다더니 몸만 망쳐서 왔구나. 좀 더 빠르게 안정화가 되리라 기대하여 보내 주었더니. 신의 일부가 될 몸이니 아끼라 그리 당부하였건만."

페르디안이 낮게 속삭였다.

"……못 쓰게 되셔서 어쩝니까."

추기경이 한숨과 함께 인자한 미소를 짓더니 손가락 사이로 그의 머리채를 잡아 올렸다.

"헤쳐 나갈 역경이 하나 늘었을 뿐이지. 원래 큰일을 하는 사람의 앞길에 역경들은 숙명이니라."

웃던 페르디안이 무어라 입을 열어 답하려는 순간, 추기경이 역마의 힘을 일으켜 페르디안의 몸에 집중시켰다.

"……!"

숨을 멈추며 페르디안이 이를 악물었다. 수마의 마력을 품은 몸이 역마의 힘에 파헤쳐지며 고통으로 덜덜 떨렸다. 추기경이 일으킨 역마의 힘이 페르디안의 몸속에 있는 역병을 짓누르고 강제로 몰아내려 했다. 그의 몸을 가둔 얼음이 몸부림치듯 진동했다.

그러나 추기경이 가진 것보다 격이 높은 역마의 기운은 추기경의 힘이 제 몸을 침범하는 것을 허락하지 않았다. 페르디안의 악문 입술에서 진득한 피가 흘러내릴 때까지 독한 역마의 기운으로 그의 몸을 휘젓던 추기경이 마침내 포기하고 혀를 차며 물러섰다.

"안 되는군."

페르디안이 피를 흘리며 고통스러운 숨을 몰아쉬었다.

"하아…… 하아……."

'폐하의 자식들은 모두 요절했거나, 꽤나 험난한 삶을 살았지요. 많은 사람들이 저주 때문이라 여긴다는 것도 아마 알고 계실 것입니다. 모두가 저주에 달라붙어 마력의 흐름을 해석하고, 라멘타의 왕족에 대해 조사했는데도 그 원인이나 해법은 어떤 방법을 써도 찾을 수 없었습니다.

우여곡절 끝에 저주가 풀리지 않고 남아 있다는 건 알았는데…… 어째서일까. 그동안 황실에서도 정공법으로 저주를 정화하는 대축성 의식만 벌여 왔던 것은 아니었습니다. 황가에 남은 후계자는 저 하나. 대륙의 정점에 있는 권력이 움직일 수 있는 모든 금전과 지식이 저를 지키기 위해 총동원되었지요.

저희는 계속해서 저주가 풀리지 않는 이유를 찾는 한편으로 대축성 의식을 벌이고, 다른 방향으로도 해결 방안을 찾아 나갔습니다. 그러다 어떤 천재적인 학자의 제안에서 모종의 가능성을 발견하고 노선을 선회했습니다. 저주를 풀 수 없다면, 그것이 이루어지는 것을 다른 방법으로 완충하거나 회피할 방법은 없는가…….

사제며, 악마학자며, 흑마술사들까지. 내로라하는 저주 전문가들이 떠올린 방법들 중 하나였습니다. 가짜 황태자를 내세워 폐하께 아들 행세를 시키는 것.

꽤 성공할 가능성이 높아 보이는 방안이었고, 실현 가능성도 있었습니다. 그러기 위해 속여야 하는 것은 황제 폐하. 그리고 황제 폐하를 속이기 위해선, 모두를 속여야 했지요.'

왕자의 재능을 알아챈 고위 사제가 놀라워하며 찬탄했다.

'왕자님께서 가진 것은 특별한 재능입니다. 많은 이들이 그 능력을 가지기를 열망하지만 그것은 노력으로 가질 수 없는 타고난 재능이지요. 신께서 사랑하심이 틀림없습니다.'

그는 영안을 가지고 태어났다. 신성 능력은 대단하지 않은 수준이었지만, 가지고 태어나지 않으면 얻을 수 없는 재능을 가지고 있었다. 왕자는 그것에 만족했다. 퍽이나 자신에게 어울리는 능력이었다.

그는 노력으로 누구나 얻을 수 있는 재능 따위보단 노력으로 대체할 수 없는 타고난 자질이 중요하다 여겼다. 노력해서 뭔가를 얻어야 한다는 건 갖지 못한 범인들이나 집착하는 일. 진정한 위대함은 신의 섭리처럼 타고나는 것이라 생각했다.

젊고 오만한 왕자는 제게 주어진 신의 이능에 매료되었다. 나는 남들이 보지 못하는 것을 아무 노력 없이 타고난 재능으로 볼 수 있는 사람. 선택받은 존재라고 생각했다.

"어떻게 이런 일이 있을 수가 있어!"

분노한 에스트라 후작이 주먹으로 테이블을 내리치며 일갈했다.

"사람을 기만해도 유분수지, 어떻게!"

귀족원은 발칵 뒤집혔다. 분노한 귀족들이 모여들었다.

"황태자 전하가 가짜였다는 게 정말입니까?"

"진짜 황태자는 얼마 전 그리프스 기사단에 들어간 기사 생도라던데요."

"이게 말이 되는 겁니까?"

귀족원의 유력 귀족들이 분노와 혼란 속에 몰려들어 따져 묻는 말에, 황궁의 문을 가로막은 기사들이 답했다.

"저희는 들은 바가 없습니다. 알현 신청을 하시거나, 황실의 공식 답변이 있을 때까지 기다리십시오."

에스트라 후작이 이를 갈며 기사와 사병들에게 명령했다.

"루슬란이라는 견습 기사와 교류한 적 있거나 그를 기억하는 사람들 전부 긁어모아서 보고해."

황태자가 제단 위를 응시한 채 말을 이었다.

"아무리 숨겨도 언젠가는 들킬 거다, 그 순간 피해 왔던 것 이상의 큰 액운이 닥치게 될 거다, 뒤늦게 그걸 알게 된 황제 폐하는 미루어 두었던 것만큼의 피눈물을 흘리게 될 거다, 이런 해석으로 경계하는 목소리도 없지 않았습니다만."

"……."

"결론부터 말하면, 저는 큰 액운 없이 무사히 성년이 되었습니다. 제가 저주를 피하기 위해 한 조치가 그것 하나만은 아니니, 반드시 그 때문이라고 믿을 수는 없을 것입니다만."

황태자가 리에타 쪽으로 고개를 돌리며 미소 지었다.

"물론 우연일 수도 있겠지만요."

리에타가 굳은 얼굴로 황태자를 바라보았다. 등줄기를 타고 서늘한 기운이 흘렀다. 액받이라고? 황제가 자식으로 인해 피눈물을 흘리리라는 저주가 그 자식들에게 미칠 횡액을 대신 받기 위해……?

그쪽이 진짜 황태자가 아니라는 걸 알고 나서 기억의 저편으로 밀어 두었던 붉은 머리 청년의 모습이 다시 머릿속에 떠올랐다. 그들에게 다가온 가짜 황태자를 처음 봤을 때 순간적으로 머릿속을 스쳤던 감상이 되살아났다.

'유약한 인상. 열여덟 살이라기엔 작다. 지쳐 보인다. 분명하진 않지만 어딘가 몸이 불편해 보여.'

무심결에 시선을 내렸다가 리에타는 그가 불편해 보이는 원인을 알아채고 멈칫했다.

'……절름발이?'

리에타가 당황한 마음을 감추며 표정을 관리했다.

'황태자의 다리가 불편하다는 소문은 들은 적이 없는데. 가뜩이나 어린 나이에 자질 부족으로 논란이 있는데, 절름발이라니. 좋지 않다. 그의 발목을 잡고 있는 황비와 귀족원의 상황을 생각하면 더욱 더. ……혹시 그동안 황태자의 행보가 알려지지 않은 건 이걸 숨기기 위해서일까?'

거기까지 생각한 순간, 리에타는 위화감을 느꼈다. 쿵. 사방이 희게 점멸하는 느낌. 순간적으로 과거인지 미래인지 모를 찰나의 장면이 리에타의 눈앞에 스쳐 지나갔다.

'아니야! 이 사람은 황태자가 아니다.'

"……."

그가 황태자가 아니라는 걸 깨닫고 리에타는 마음의 문을 걸어 잠갔다. '약한 모습의 가짜 황태자를 내세워 방심시키려는 거다', '내게 저주에 대한 부채감을 씌우려는 거야' 하는 생각을 했기 때문이었다. 황태자가 말을 이어 갔다.

"……루슬란은 마차 사고로 다리를 절게 되었습니다. 아까 인사를 나눌 때 보셨겠지요."

굳은 표정의 리에타를 보며 황태자가 희미하게 웃었다.

"물론 이 역시 우연일 가능성도 있습니다."

리에타는 황태자가 말하지 않은 것을 생각했다. 우연일 수도 있는 것들. 그러나 황태자를 바꿔치기한다는 계획이 실효성 있으리라 여긴 이의 관점에서 해석해 본다면, 저 황태자 대신 아까 그 붉은 머리의 청년, 루슬란이라는 이름의 가짜 황태자가 황제에게 자식으로서 고통을 안기고 있다 할 수 있을 것이었다. 자식 때문에 피눈물을 흘리게 되리라는 저주의 피해를 대신 받으면서. 가짜 황태자를 저주와 무관한 제삼자이리라 여겼던 리에타의 주먹 쥔 손이 가늘게 떨렸다.

"황태자 전하."

황태자가 싱긋 웃으며 말해 보라는 듯 리에타를 바라보았다.

"……지금 해 주신 이야기가 모두 사실이라면, 어째서 이 모든 걸 말씀해 주시는 거죠? 더 이상 사람들에게 숨기지 않아도 상관없는 건가요?"

리에타의 질문에, 황태자가 대답했다.

"어차피 곧 공개할 예정이었습니다. 조금 당겨졌을 뿐이에요."

리에타의 가슴이 서늘하게 내려앉았다.

"어째서죠? 혹시, 폐하께서 돌아가셨나요?"

황태자가 희미하게 웃으며 고개를 저었다.

"아뇨. 아직 살아 계십니다. 하지만……."

황태자는 조금 낯선 얼굴로 고개를 숙이며 말했다.

"……곧 그리되긴 할 것입니다. 저희는 폐하의 임종을 준비하고 있습니다. 그러니 폐하께서 돌아가시기 전에 사실을 바로잡는 것이 미래의 혼란을 최소화하는 방법이라 생각하고 있습니다."

이상한 대답이었다. 네 살 때부터 십사 년을 보지 못한 아버지에 대한 감정이 일반적인 부자 관계처럼 애틋하지는 못할 수도 있다는 점을 감안하더라도.

"황비마마께서는 반대하지 않으셨나요?"

황태자가 답했다.

"어머니는 제 뜻을 존중해 주셨습니다."

존중? 아들의 목숨이 달려 있는데? 황비는 황태자의 안위를 염려하지 않는 건가? 리에타는 꽉 주먹을 쥐고 황태자를 직시했다. 황태자의 표정에선 아무것도 읽을 수 없었다.

"저주가 아직 남아 있다는 걸 알고 계실 텐데요."

황태자는 담담하게 고개를 돌려 제단을 쳐다보았다.

"전 몇 달 전 성년이 되었습니다. 저주가 치명적인 나이는 지났지요. 성년이 된 황태자가 사실은 멀쩡한 두 다리를 가지고 있다는 걸, 이제는 보여주어야 할 때가 되었다고 생각합니다."

정말 그뿐? 리에타는 몸을 긴장시켰다. 성년이 아닐 때 저주가 더 치명적으로 작용하는 것은 맞다. 그러나 성년이 지났다고 완전히 저주의 영향으로부터 자유로워질 리 만무했다. 그동안 황태자가 저주를 피하기 위해 어떤 대가를 치러 왔는지 생각하면 더더욱 납득이 가지 않는 일이었다. 황제를 속이며 미루어 두었던 저주의 반향이 두렵지 않은가?

리에타는 황태자를 바라보았다. 저주의 액땜이라면 훨씬 완벽한 방법이 있었다. 황비도 만족시킬 수 있고, 이후의 혼란을 최소화할 수 있으며 황태자에게도 흡족할 방법.

"납득할 수 있게 말씀해 주세요."

사아아악……. 싸늘한 공기와 함께 황태자 힐스테드의 목에 역신의 낫이 와 닿았다. 황태자의 움직임이 멈추었다. 리에타가 굳은 얼굴로 말했다.

"……저희를 이 자리에서 다 죽일 것이기 때문에 상관없다고 생각하시는 것은 아니길 바랍니다."

황태자는 가만히 멈추어 선 채 리에타를 바라보았다. 모르비두스가 바짝 낫을 당겨 대었다. 목에 와 닿는 차가운 낫의 감촉이 소리 없이 황태자를 재촉했다.

황태자는 조용히 리에타를 응시하다 눈만 돌려 사제들과 기사들이 모여 있는 방향을 바라보았다. 응당 비명을 지르며 악마를 저지하거나 달려와야 하는 사제들과 기사들, 시종들은 무슨 일이 벌어지는지도 인지하지 못하고 있는 듯, 별다른 표정 변화 없이 그들을 지켜보고 있었다. 모르비두스가 꾸며 놓은 은신의 결계가 평화롭게 대화하고 있는 그들을 꾸며 내보여주고 있기 때문이었다. 황태자는 오랫동안 망설이지 않았다.

"황제 폐하는 이미 늦었습니다. 하지만."

힐스테드는 짧은 틈을 두고 말을 이었다.

"진짜 루슬란은 아직 열일곱 살입니다."

루슬란. 힐스테드가 십사 년을 살아온 가짜 이름이자, 가짜 황태자의 진짜 이름이었다. 황태자의 목소리가 이어졌다.

"그 아이가 황태자를 대신하기 위해 어떤 희생을 치렀는지는 말씀드리지 않겠습니다. 다만 분명한 건, 그 애는 그대로 더 두면 위험합니다."

힐스테드는 모르비두스의 낫을 피하지 않은 채 리에타를 응시했다.

"당신께서 하신 대답은 인상적이었습니다. 솔직한 대답이었겠지요. 어머니와 귀족들 앞에서 그렇게 말씀하시는 게 쉽지는 않았을 것임을 압니다. 경의를 표합니다."

황태자가 고개를 들어 리에타를 바라보았다.

"저주를 풀어 달라 감히 말씀드리지 않겠습니다. ……다만, 마음 가시는 길에 용서가 있기를 바랍니다."

다음 순간, 결계의 바깥에서 웅성거리는 목소리와 함께 숨을 들이켜는 비명이 일었다. 시종들과 기사들이 크게 눈을 부릅뜨며 손을 들거나 입을 벌렸다. 사람들은 리에타와 황태자 쪽이 아닌, 다른 방향을 일제히 바라보며 소리쳤다.

"불이야!"

리에타가 하얘진 얼굴로 확 고개를 돌렸다. 사람들이 가리키고 있는 방향은 킬리언과 황비가 사라진 쪽이었다. 모르비두스는 황태자의 목에 자신의 낫을 댄 채 눈동자만 돌려 그쪽을 바라보았다. 화마의 기운. 황태자가 굳은 얼굴로 입술을 다물고 같은 방향을 바라보았다.

"……아쉽군요. 이제 오늘 같은 기회가 자주 있지는 않을 텐데. 신뢰를 회복하는 데에 너무 많은 시간을 썼네요. 그것이나마 희망한 결과를 거두었다면 다행이겠지만."

리에타는 답하지 않은 채 그를 바라보았다.

"저의 모든 것을 믿어 달라 말씀드리진 않겠습니다. 다만 저희가 서로

도울 수 있는 지점이 있을 거라고 생각합니다."

황태자는 자신을 위협한 악마도, 리에타도 비난하지 않은 채 차분하게 리에타를 마주 보며 말했다.

"당신의 경호원이 저희의 다음 만남에 도움이 될 것 같군요. 저를 다시 찾아 주시겠습니까?"

아직 황태자를 믿는 건 아니었다. 하지만……. 리에타의 뜻에 따라, 모르비두스가 낫을 거두었다. 모르비두스가 은신의 결계를 거두기 직전, 황태자는 리에타를 향해 가볍게 기사식으로 예를 표했다.

"다시 말씀 나눌 기회가 있기를 고대하고 있겠습니다."

"견습 기사 루슬란, 지난 가을에 기사단 시험을 통과하여 그리프스 기사단 소속의 평기사가 된 사람입니다. 황실에서 고용한 여섯 번째 유모의 아들로 한미한 집안 출신이며 아버지는 네 살에, 유모였던 어머니는 여덟 살에 여의었습니다."

"귀족원 출신 가운데 깊이 교류한 인물은 없다고 합니다. 평판이 나쁘지 않으며 별다른 장애는 없습니다. 이전의 황태자와는 전혀 다른 인물입니다."

귀족원에게는 좋은 소식이 아니었다. 그것은 황비와 귀족원의 균형이 무너지는 소리였다.

"눈에 띄지 않는 생활을 해 왔기에 평판이 좋거나 나쁘다기보다는 존재하지 않는다에 가깝습니다. 게다가 황비가 그를 자주 가까이한 탓에 사람들이 얽히고 싶어 하지 않으려 했던지라……."

에스트라 후작이 이를 갈았다.

"그런 것 말고 약점은 없더냐? 새 황태자의 약점 말이다."

후작의 부하는 야무진 표정으로 좀 전에 했던 말을 똑같이 반복했다.

"한미한 집안 출신이고 부모가 일찍 죽었습니다."

에스트라 후작이 분노에 차 소리쳤다.

"그걸 지금 말이라고 지껄이는 것이냐! 애초에 그건 가짜 놈의 얘기잖나!"

부하들이 흠칫하며 눈치를 보았다.

"그, 그것이…… 워낙 변변치 못한 집안 출신이라 그와의 교류에 관심을 둔 자가 없고, 본인도 의지가 없어서……. 아! 기사 생도로서 최종 졸업 시험 성적은 본인의 평소 성적보다 좋지 않았다고 합니다. 결정적인 시험에 약한 인물인 것 같습니다."

기어이 후작은 부하의 빰을 후려치며 노성으로 일갈했다.

"그야 당연하겠지! 황비의 기사단은 우수한 기사 생도들이 선호하는 일자리가 아니니까!"

끼익, 쾅! 유스티오 대법관이 들어서자마자 에스트라 후작이 그의 멱살을 잡아 쥐고 벽에 밀쳤다.

"대법관. 당신 알고 있었지!"

대법관이 눈살을 찌푸렸다.

"손님을 맞이하는 가풍이 남다르군. 후작가의 전통이오?"

에스트라 후작은 노발대발해서 고래고래 소리쳤다.

"법을 수호하는 원리주의자라니, 공정한 법의 대리인이라니, 당신이 그러고도!"

"내가 알고 있었든 아니든 '법'과 무슨 관련이 있는지 모르겠으나, 이것은 폭행이오, 에스트라 후작."

"사기죄로 고소할 거요!"

"엉뚱한 곳에 화풀이를 하고 있다는 것이나 알아 두시오."

후작이 밀쳐 내듯 그를 잡은 손을 놓으며 둘째손가락을 세워 위협적으로 그의 눈앞에 들이밀었다.

"당신, 행동을 분명히 하시오. 당신 대공의 편이오, 황비의 편이오?"

"법관은 법의 편이오."

유스티오 대법관이 답했다. 후작이 발을 굴렀다.

"법관으로서의 당신 말고, 인간 렉터스 유스티오는 누구의 편이냐 이 말이오!"

렉터스 유스티오가 답했다.

"나는 법관이 올바르게 신념을 지킬 수 있게 해 주는 이의 편이오. 지금의 황실과 귀족원에는 나의 편이 없소."

후작 저택의 집사가 뛰어 들어오며 소리쳤다.

"가주님! 황궁에서 급한 소식입니다."

성의 소식이라는 말에 에스트라 후작과 유스티오 대법관이 모두 그를 바라보았다.

"황궁에서 화재랍니다! 황태자 전하와 황비마마, 악시아스 대공 전하께서 참배 중이던 황실 가묘에서 불이 났다고 합니다!"

속세의 일은 하찮았다. 왕위 계승에도 무관심했다. 왕자는 그의 곁에 모여드는 귀족 사제들과 어울리며 한가로이 지냈다. 자신의 부족함을 드러내 가며 이것저것 골치 아프게 배우는 것도, 얽매일 것 많은 속세의 왕위를 잇는 일도 제게는 어울리지 않는다고 생각했다.

"황비마마!"

"대공 전하!"

기사들과 성의 일꾼들이 혼비백산해 뛰어다니며 불을 끄고 목이 터져라 두 사람을 찾아 헤맸다. 사람들의 손에서 손으로 물동이가 옮겨졌다.

사제들은 다급하게 정화를 펼치며 사람들을 대피시켰다.

"엑시티우스다."

은신한 모르비두스가 리에타의 뒤에서 나직이 속삭였다. 리에타가 놀라서 그를 바라보았다.

"……황비가?"

"그런 것 같군. 신성력을 가진 자의 복속이 아니다. 흑마법에 손을 댄 자가 있어."

모르비두스의 미간이 찌푸려졌다.

"상당한 양의 제물을 계약의 대가로 받은 것 같다. 일전의 엑시티우스가 아냐. 훨씬 강해."

리에타가 고개를 들었다. 불길에 휩싸인 조경수가 길 위로 무너져 내렸다.

권력에의 복종과 신앙에의 복종은 달랐다. 영안을 가진 왕자는 후자의 것에 더 매력을 느꼈다. 두려워하는 눈. 숭배하는 빛. 내가 상대의 마음으로부터 우러나는 신앙과 경외의 대상임을 확인하는 순간. 인간이 인간을 향해 가질 수 있는 감정을 넘어선 무언가가 느껴질 때마다 왕자는 희열을 느꼈다.

그래서 그는 신이 되기로 결정했다. 인간으로서 왕의 아들로 태어났고, 영적으로는 신의 사랑을 받은 존재이니 세상 모든 것은 그를 지극히 높은 존재로 빚어내기 위해 준비되어 있다는 것을 의심하지 않았다.

리에타가 하늘거리는 레이스나 깃털처럼 불이 붙기 쉬운 것들을 제 몸에서 황급히 뜯어내 바닥에 던지며 불길 속을 살폈다. 킬리언, 킬리언은?

리에타가 다급히 움직이려 하자 모르비두스가 그녀의 손목을 잡아 세웠다.

"어디 가."

리에타가 당황해 모르비두스를 바라보았다.

"킬리언을 찾아야지."

와지끈! 불붙은 조경수 하나가 그들 쪽으로 넘어지며 불티가 사방으로 튀었다. 모르비두스가 리에타를 당겨 제 뒤쪽으로 보내며 불 쪽으로 시선을 둔 채 빠르게 말했다.

"물러나 있어. 내가 찾아볼 테니까."

"같이 가."

"안 돼, 넌. 화마랑 얽히면."

그가 자신을 막으려는 걸 알고 리에타의 낯빛이 바뀌었다.

"당신이야말로 불길 속에서 역마가 뭘 할 수 있다고?"

"너보단 재빠르게 움직일 수 있지."

와지끈! 다시 나무 둘이 얽혀서 떨어졌다. 모르비두스가 확 낫을 꺼내 들고 불붙은 나무를 잘라 쳐냈다.

"자리를 먼저 옮겨야겠군."

"옮기긴 뭘 옮겨. 같이 가."

리에타는 안쪽으로 향하는 비어 있는 길로 발을 내디디려 했다. 모르비두스가 마력을 일으키며 자신의 사역마인 그늘나비들을 불러왔다. 다음 순간 무언가가 리에타의 손목을 잡아챘다. 리에타의 손목 위에 나타난 마력 족쇄 같은 것이 그녀의 몸을 당기고 있었다.

"!"

리에타가 반사적으로 신성력을 일으키며 자신의 손을 잡아당겼다. 절컹! 마력의 사슬이 흔들렸다. 하지만 끊어지진 않았다.

'모르비두스?'

리에타가 당황해 자신의 손목에 얽힌 사슬을 내려다보았다. 속박 마법? 모르비두스가 리에타를 뒤에 둔 채 몸을 돌렸다.

"더 이상 들어오지 마. 여기까지가 최소한의 안전선이야."

다음 순간, 리에타를 숨겨 주던 역마의 결계가 거두어졌다. 바쁘게 뛰어다니던 기사들과 사제들이 별안간 사람들 사이에 당혹스런 얼굴로 섞여 있는 리에타를 발견하고 놀라 소리쳤다.

"리에타 님! 어째서 아직도 여기 계십니까!"

"대피하셔야 합니다!"

리에타는 모르비두스가 사라진 곳에서 시선을 떼어 멍하니 사람들을 쳐다보았다. 하지만 발은 바닥에 붙박인 듯 움직이지 않았다.

"리에타 님!"

기사 하나가 리에타를 향해 손을 뻗으려 했다. 탁! 기사의 손을 쳐낸 레이첼이 리에타를 감싸며 그들 사이에 끼어들었다.

"이분은 저희가 보호합니다."

기사가 움찔하며 물러섰다. 비로소 정신을 차린 리에타가 조금 놀란 얼굴로 레이첼을 바라보았다. 리에타의 손목을 얽어매고 있던 구속의 마법이 레이첼의 손목으로 희미하게 이어지고 있었다.

"리에타!"

세이라가 순식간에 따라붙으며 리에타를 엄호하고 엘리제는 리에타의 옷이 여기저기 망가진 걸 보고 그녀의 안위를 확인했다. 리에타는 멍하니 그들과 자신 사이에 걸려 있는 사슬을 쳐다보았다.

모르비두스의 마법. 다른 사람들에겐 보이지 않겠지만 리에타에게는 보였다. 모르비두스가 리에타를 동쪽 별채 여기사들에게 묶어 둔 것이었다.

리에타가 혼란에 빠져 자신의 손목에서 흔들리는 앙크 팔찌를 바라보았다. 어떻게? 어떻게 모르비두스가 나의 명령을 거부하고 나를 구속할 수 있는 거지? 이럴 리가 없는데.

하지만 지금 급한 문제는 그게 아니었다. 다음 순간 여기사들이 그녀를 잡고 달리기 시작하자 리에타는 그녀들을 붙잡으며 소리쳤다.

"잠깐만! 레이첼! 엘리제! 킬리언을 찾아야 해요. 킬리언이 아직 나오지 않았어!"

엘리제와 레이첼이 속삭였다.

"미안해. 리에타. 우리가 각하께 받은 명령은 그게 아니에요."

"각하는 무사하실 거예요."

그들은 리에타를 데리고 위험한 장소를 피해 안전한 곳으로 달려갔다.

보통의 인간과는 다르다. 내가 영적인 우상으로서 뭇 사람들의 정신적인 지주가 될 터이니, 내 아우가 속세의 왕이 되어 인간 세상을 다스리는 것이 적합하다.

그는 사제들의 추앙과 찬탄 속에서 종교에 귀의할 것을 선언하고 너그럽게 동생에게 왕위 계승권을 양보했다. 그리고 사람들이 보내는 존경을 받으며 신성 능력자로서 가장 높은 자리를 향해 걸어가기 시작했다.

무언가를 할 필요는 없었다. 세기의 정복 전쟁을 벌이고 있는 왕을 동생으로 둔 고귀한 왕족 사제에게 교단은 능력의 검증도, 업적도 따지지 않고 아주 쉽게 대사제의 서임을 내렸다.

왕이었던 그의 아우가 최초로 대륙을 통일하는 시황제가 되기 직전이었다.

킬리언은 너무 늦지 않게 무사히 리에타의 곁으로 돌아왔다.

"킬리언!"

리에타가 킬리언에게 달려가 그를 끌어안았다. 킬리언은 그녀를 꽉 안고 등을 한번 쓸어 주었다.

"괜찮아요? 안 다쳤어요?"

킬리언은 시원스레 웃었다.

"손바닥 조금? 괜찮아. 그대는?"

리에타가 울 것 같은 눈으로 고개를 빠르게 끄덕였다. 불길은 황궁 너머 숲으로 옮겨붙으며 계속 번져 가고 있었다.

그는 대륙일통을 코앞에 둔 아우를 기특하고 자랑스럽게 여기며 동생이 정복한 땅들을 돌아보았다. 신이 가까이 있음을 느낄 수 있게 하는 존재는 뭇 사람들이 우러러볼 수 있도록 사람들과 가까운 곳에 머무는 것이 좋다며 그는 사제들을 이끌고 황제의 정복지를 누비며 왕처럼 군림했다.

정복지의 사제왕으로 불리기 시작한 그의 이름은 대사제 루텐펠트였다.

숲으로 번진 불길은 수그러들 기미 없이 퍼져 나갔다. 화마가 휩쓸고 간 자리에 인퀴지터들이 모여들었다. 그들의 뒤에 대중이 지켜보고 있었다.

중단된 콘클라베와 가까워져 오는 대축성 의식과 관련하여 이견이 생긴 추기경들 사이에 충돌이 일어나기 시작했다. 물밑에서 온건파 추기경들과 접촉하는 듯하던 전투 사제들과 인퀴지터들이 콘클라베의 여론에 생각보다 큰 영향을 미치고 있다는 걸 깨달은 보수파 추기경들은 대축성 의식을 위해 단식기도에 들어간 라지오넬에게 제기된 위험하고도 부당한 의혹에 반발하며 대회의를 소집했다.

그리고 리에타는 익명의 초대장을 받았다.

전쟁 중인 황제를 대신해 정복지를 관리하고 자신이 원하는 곳에 사제들을 파견하기 시작한 루텐펠트의 권력은 하늘 높은 줄 모르고 치솟아 올랐다.

그는 전장에 나가 있는 황제를 대신해 주변 국가와의 외교를 대리하거나 항복, 화친 선언 따위를 수락하기도 했다. 대사제라는 자신의 종교적 위치와 황제의 형이라는 정치적 위치를 그때그때 제멋대로 이용하며 권력을 휘둘렀다. 황제의 신하들과 마찰이 생기기 시작했지만 그에게 아첨하는 이들에게 익숙해진 루텐펠트는 개의치 않았다.

그러다 오만한 그가 평생을 믿어 온 믿음을 송두리째 뒤흔들어 놓는 사건이 있었으니, 제국과의 평화 협정을 위해 방문한 라멘타의 사절, 베아트리체 왕녀와의 만남이 그것이었다.

끼익…… 문이 열리는 소리에 검은 머리를 베일 속에 늘어뜨린 여인이 고개를 돌렸다. 신비로운 연보라색 눈과 마주치는 순간.

'……!'

모든 것이 시작되었다.

"황태자 전하를 뵙습니다."

별다른 기별도 없이 뒤에서 목소리가 울렸다. 창밖을 향해 서 있던 황태자가 돌아서며 웃었다.

"와 주셨군요. 감사합니다."

황태자가 에스코트라도 하려는 듯 다가오려 하자 그녀가 살짝 물러서며 손을 들었다.

"가까이 오지 말아 주세요. 죄송하지만 여기 왔다는 게 전하를 신뢰한다는 의미는 아닙니다."

황태자는 더 이상 다가가지 않겠다는 의사를 표현하듯 자리에 가만히 멈춰 선 채 책상에 살짝 걸터앉듯 기대었다. 그대로 미소를 띠고 스스로의 손을 엇갈려 허벅지 위에서 깍지 끼었다. 리에타가 잠시 망설이다 입을 열어 물었다.

"혹시 영안을 가지고 계신가요?"

"아뇨."

리에타는 짧게 눈을 내리깔았다 들어 올리며 말했다.

"예상하고 계시겠지만 황태자 전하의 눈에 보이지 않는 경호원을 대동하였습니다. 미리 말씀드리는 것이 예의일 것 같아서요. 제가 저 자신을 지키기 위해, 그들의 모습을 드러내 보여 드리지 못하는 무례를 용서하세요."

황태자가 조용히 미소 지었다.

"물론 그렇게 하심이 옳습니다."

"헤아려 주셔서 감사합니다."

그들은 정중하게 서로의 불신을 양해하며 잠시 마주 보았다. 황태자가 리에타에게 자리를 권했다.

"앉으시지요."

리에타는 가볍게 예를 표하고 앉았다. 황태자는 리에타의 말을 기다렸다. 묻고 싶은 것을 먼저 물어봐도 좋다는 양보가 담긴 침묵이었다. 리에타가 그를 바라보았다.

"저희가 궁에 도착한 첫날. 저희를 찾아오신 이유를 여쭤도 될까요? ……처음에는 황비마마의 명령이 있으셨을 거라고 생각했지만, 지금은 아니었던 것 같다고 생각하고 있습니다."

황태자가 답했다.

"공식적으로 만나 뵙기 전에, 직접 한번 제 눈으로 뵙고 대화를 나누어 보고 싶었습니다. 아무래도 북부는 너무 멀고 귀족원과 황비마마는 대공 전하께 객관적이기 힘든 입장인 것 같아서."

황태자가 찻잔에 물을 따르며 말을 이어 갔다.

"제가 듣고 접해 왔던 형님에 대한 정보가 사실인지 편견인지 알 수 없었거든요. 언젠가 형님을 뵐 기회가 있다면, 제가 직접 뵙고 판단하는 것이 좋겠다고 생각하고 있었습니다."

리에타가 황태자를 바라보다 찻잔으로 시선을 내렸다.

"······짧은 만남이라 한 사람에 대해 뭔가를 판단하기에 충분한 시간은 아니었을 것 같은데요."

황태자가 미소 지었다.

"저도 그렇게 생각합니다만, 생각했던 것보다 많은 걸 알 수 있었습니다."

황태자가 차를 권했다. 리에타는 정중하게 사양하고 본론을 꺼냈다.

"······저희에게 시간이 많지는 않습니다. 저를 부르신 이유를 듣고 싶어요."

"저는 당신께서 저희에게 말씀하신 것보다 우호적이시라고 생각합니다. ······좀 더 정확히 말하자면, 저는 당신께서 황제 폐하를 용서하기 위해 노력하고 계신다고 생각합니다."

황태자가 리에타를 바라보며 말했다.

"그래서 제가 지금부터 말씀드리려는 게 잘하는 짓인지는 모르겠습니다만. 그래도 해야 하는 일이라고는 생각합니다."

본론은 멀지 않았다.

"그날의 일, 어디까지 알고 계십니까."

리에타는 그가 지금 말하고 있는 그날의 일이, 설마 십구 년 전 '그때'를 말하려는 것인가 확신하지 못한 채 황태자를 바라보았다.

"아마 이것저것 많은 이야기를 들으셨을 거라고 생각하고 있습니다만. 저는 그 일에 대해 당사자들 다음으로 가장 정확하게 아는 사람일 것입니다."

리에타의 얼굴이 서서히 굳어졌다. 불안과 두려움, 거부감으로 심장이 빠르게 뛰기 시작했다.

"……솔직하게 말씀드리면 이 모든 걸 들으시고 화를 내실지, 잘 들었다고 여기실지 확신하지 못하겠습니다. 하지만 당신께서는 아실 권리가 있는 이야기라고 생각합니다."

황태자가 조금 씁쓸한 듯 고개를 숙이고 손을 만지작거렸다.

"제가 가해자를 감싸는 방식으로 이야기하게 되어 당신의 분노를 사게 될지도 모르겠다는 염려도 듭니다만. 허락하신다면 한 치의 거짓 없이, 제가 정당하다 여기는 방식으로 당신을 속이지 않고 말할 것을 맹세합니다."

황태자가 말을 잇지 못한 채 앉아 있는 리에타를 응시했다.

"제가 감히 당신 앞에서 신성 왕녀 전하를 입에 올리는 것을 용서해 주시겠습니까?"

베아트리체 왕녀. 수백 년을, 어쩌면 수천 년을 이어온 역사를 가진 왕국의 신성 무녀. 그는 그녀를 보자마자 납득했다. 이 세상에 가장 완벽한 신의 은총을 받은 이는 내가 아니었다. 그의 세상을 뒤집어 놓은 왕녀는 루텐펠트 대사제의 첫 번째 열망이자 첫 번째 좌절이었다.

그녀는 신성하고 완전무결했다. 아름다웠고, 강했으며, 누구보다도 특별했다. 그녀는 왕의 딸이었고, 왕의 뒤를 이어 그녀 자신 또한 왕이 될 사람이었으며, 영안을 가지고 있었고, 그가 보아 왔던 그 어떤 신성 능력자보다도 강했다.

태어나서 처음 느껴 본 완벽한 패배감에 루텐펠트는 큰 충격을 받았다. 그리고 이윽고 오만한 사제왕은 생각했다.

'이 여자는 나의 것이다.'

황태자가 말했다.

"……그리고 베아트리체 왕녀에게 거절당한 루텐펠트 대사제는 격분해 그녀를 모욕하려다 왕녀를 지키던 사역마들에게 벌거벗겨져 성벽에 거꾸로 매달리는, 그 딴에는 충격적인 수모를 당했습니다."

리에타는 자신의 귀를 의심했다.

"그러나 그 모습은 역마가 은신의 결계로 숨겨 두었기에 사람들의 눈에는 보이지 않았습니다. 베아트리체 왕녀조차 악마들이 저지른 일을 몰랐고요. 하지만 오히려 사람들은 대사제가 베아트리체 왕녀를 모욕했다고 생각했습니다. ……왕녀의 침실에 멋대로 들이닥친 대사제가 밤을 보낸 후에 나왔고, 그것이 사제들과 하인들에게 목격되었으니까요."

말하지 않을 수 없었으나, 역시 말하기 어려운 일인 듯 황태자가 조금 초조하게 입술을 축였다. 먼 옛날로부터 거슬러 온 과거의 이야기는 멈추지 않았다.

"그때까지만 해도 강한 신성 능력자는 악마를 복속시킬 수 있다는 사실이 알려져 있지 않았습니다. 왕녀가 악마를 부리는 걸 알게 되고 눈이 뒤집힌 대사제는 자신을 타락시키러 온 마녀라며 인퀴지터들 앞에서 그녀를 지목하고 이단 심판을 강행했습니다."

"……."

"많은 사람들이 만류했지만……."

리에타는 숨조차 멈춘 얼굴로 멍하니 그를 바라보았다.

"……일어나지 말아야 했던 일이 일어났습니다."

'라멘타를 대표하여 적국에 화친의 의사를 전하기 위해 떠났던 베아트리체 왕녀는 황제 시해를 시도한 마녀라는 누명을 쓰고 화형당해 죽었다.'

리에타의 눈에서 눈물이 떨어지기 시작했다.

"황제께서 돌아오셨을 땐 늦었습니다. 불같이 화를 내셨고…… 루텐펠트의 모든 권리를 빼앗고 그를 유배 보내려 하지만, 루텐펠트는 그런 모욕적인 처분은 참을 수 없다며 저항하다가 잠적해 버렸습니다.

그 모든 추문을 차마 공개할 수 없어서 폐하께선 처음에 침묵하셨다가 끝내 '황제를 암살하려는 것으로 오해'한 루텐펠트의 실수로 왕녀가 그리되었다고 알리게 되었습니다.

……죄송합니다."

황태자가 사과했다. 리에타는 손에 든 지팡이를 더듬더듬 틀어쥐고 눈물을 흘렸다.

엄마. 저한테 하실 말씀 남겨 두셨다면서요. 지금 나, 엄마의 한마디가 너무 간절해요. 리에타의 뒤에서 모르비두스가 손마디가 하얘지도록 주먹을 움켜쥐었다.

평생을 얽매여 온 저주는 모든 것을 경계하게 만들었다. 인과율의 저울에 오르게 될 것은 나일까. 루스일까. 대공일까. 그 모두일까. 라멘타의 후예와 함께 황궁으로 돌아온 악시아스 대공은 이 저주를 어떻게 마무리하려는 것일까.

수도의 사람들은 누구나 악시아스 대공이 그녀를 억류하고 있을 것이라 말했다. 황태자도 그럴 가능성이 높다고 생각했다. 하지만 악시아스 대공이 세비타스의 과부를 사 가서 노리개 삼았더라는 이야기가 사실과 다르다는 것은 그들을 처음 본 순간 알 수 있었다.

악시아스 대공은 리에타를 억류하고 있지 않았고, 신성 왕녀의 딸은 그를 신뢰하고 있었다.

그후에야 하나둘 보이기 시작했다. 악시아스 대공이 황족으로서의 자격을 되찾아 황태자의 자리를 위협하려 하는 것이었다면, 그는 황태자가 성년이 되기 전에 움직였을 것이다. 그러나 악시아스 대공은 그렇게 하지 않았다.

신성 왕녀의 딸을 손에 넣고 뒤늦게 마음이 바뀐 것이었다면, 그는 그녀를 좀 더 자신의 명예와 입지에 도움이 되는 방식으로 이용하려 했을 것이다. 그러나 악시아스 대공은 그렇게 하지 않았다.

그녀의 기사로서 충성 맹세를 하였노라는 악시아스 대공을 본 이후로도 황태자는 오랫동안 망설였다. 평생을 가져 왔던 경계심을 내려놓기란 쉽지 않았다.

그러나 공개 알현에서 리에타가 황비의 앞에서 한 치의 두려움도 거짓도 없이 당당하게 스스로를 드러내는 것을 본 후, 황태자는 자신이 준비한 모든 가정과 계획을 수정했다.

"루스."

황태자 힐스테드는 자신의 유일한 친우 앞에 한쪽 무릎을 꿇고 앉아 그를 올려다보았다. 다리가 불편해 무릎을 꿇지 못하는 그의 친우는 의자에 앉아 지팡이를 짚고 있었다.

"도박 한번 하자."

진짜 루슬란이 깊은 한숨을 내쉬었다.

"……일어나십시오. 황태자 전하. 이제 제 앞에 이렇게 앉으시면 안 됩니다. 혼자 일어나지도 못하는 제가 이 다리로 바닥에 주저앉아야겠습니까?"

진짜 힐스테드가 웃었다.

"황태자가 계획을 알고 있는 것 같습니다. 아직 증거까지는 가지고 있지 않은 모양입니다만."

낮춘 목소리에 모인 사람들이 불안한 눈빛을 교환했다.

"……어떡하죠? 그쪽과 신중하게 접촉해 볼 만한 시간은 없는데요. 계획대로 진행해도 탈이 없을까요? 이전의 황태자와 황비는 빠져나갈 수 없게 계획에 연루시켜 두었습니다만, '새 황태자'는 아닙니다. 그쪽에서 작정하고 덤빈다면 최악의 상황을 상정해야 할지도 몰라요."

황제를 암살하고 대공 일행에게 덮어씌운 뒤 허수아비 황태자를 황제로 옹립해 뒤에서 조종하겠다는 그들의 계획이 틀어지기 시작했다. 사람들 사이에 술렁이는 기운이 감돌았다.

"새 황태자가 그렇게까지 할까요? 황제와 대공을 한 번에 치워 준다는 건 황태자에게도 나쁠 것 없는 이야기일 텐데요. 어차피 다음 황제가 되는 것은 황태자입니다. 오히려 우리에게 감사해야 하는 것 아닙니까."

다른 이가 단호하게 고개를 저었다.

"숨어 있을 수 있었는데 굳이 자신을 드러냈다는 건, 황태자가 우리 계획에 찬성하지 않는다는 뜻입니다. 신중해야 합니다. 우릴 사냥개로 쓰고 삶아 먹겠다고 들 때는 후회해도 늦습니다."

"저도 같은 생각입니다. 이런 식으로 자길 드러내고 어떤 호의적 제스처도 없이 침묵하고 있다는 건 지켜보고 있다는 뜻입니다. 자기라는 위험을 안고 가지 말란 경고예요."

"어차피 황제는 오래 걸리지 않습니다. 대공이 위협하지만 않는다면 황태자로선 그런 위험 부담을 질 이유가 없다고 생각할 수 있습니다. 오히려 사냥이 끝난 후 사냥개가 위협이 된다고 여길 가능성이 높습니다. 남 좋은 일만 시키고 저희만 통째로 뒤집어쓸 수 있어요."

"잘 생각해야 합니다. 발을 빼려면 지금이 아니면 불가능합니다."

신분을 숨겨 왔던 황태자에 대한 공식적인 황실의 입장은 정통 축언의 형태로 공표되었다.

'이제 긴 암흑이 끝나리라. 새 시대를 축복해 줄 라멘타의 성녀가 우리 곁으로 돌아왔으니 제국 릴페이엄은 대축성 의식을 통해 라멘타의 왕관을 정화하고 그것을 올바른 주인에게 돌아가게 할 것이다.

새 빛이 오리라. 바야흐로 때가 왔으므로 릴페이엄의 황실은 만인 앞에 새 시대를 열어 갈 진정한 황태자를 선보일 것이니, 신민들은 기쁘게 맞이하라.

제국의 영원한 번영과 새 시대를 열어 갈 황태자를 위하여 신년제를 대신하여 예정되었던 대축성 의식을 거행하나니, 수도 로드미뉴의 신민들은 모두 기쁜 날, 역사의 자리에 참석하여 영광의 날을 빛내도록 하라.'

'……황태자.' 황비가 어둠 속에서 텅 빈 황좌의 등받이에 팔을 올린 채 미소 지었다. 그녀가 그를 향해 손을 뻗었다. '이리 오세요.' 황태자는 예를 표하고 황비 앞으로 가까이 다가갔다. 황비가 황좌에 올린 손으로 황좌를 가볍게 두드렸다. '이곳에 앉아요. 그대의 자리입니다.'

황태자가 입을 열었다.

'황비마마. 아직 자리에 황제 폐하께서 앉아 계십니다.'

황비가 황좌 위로 시선을 돌렸다. 황좌에는 황제가 팔을 괴고 앉아 있었다. 황비는 감흥 없는 얼굴로 황제를 향해 손을 휘저었다. 황제는 황비의 손짓에 자리에서 툭 떨어지더니 땅에 닿은 무릎부터 재가 되어 사라졌다. 황비는 다시 황태자를 향해 미소 짓더니 이제 앉으라는 듯 재차 황좌를 툭 두드렸다.

황태자는 다시 입을 열었다.

'황비마마, 자리에 너무 많은 것이 있어 제가 앉을 자리가 없습니다.'

황비는 다시 느리게 고개를 돌렸다. 의자 위에 죽은 이들의 해골이 가득했다. 해골들 가운데 하나가 그녀를 보며 턱을 움직였다.

'어머니.'

"아들아."

황비는 자신의 목소리에 눈을 떴다. 꿈에서 막 깨어난 듯 그녀는 잠시 몽롱하게 천장을 바라보았다. 황비는 아주 오랫동안, 눈 한번 깜짝이지 않았다.

'대공, 설마 지금 날 데리고 나온 게 그 여자 때문인가요?'

황비가 웃음을 터뜨렸다.

'내가 그 여자에게 딸을 잊어버리고 행복하냐 묻기라도 할까 봐?'

황비는 숨넘어갈 듯이 깔깔거리다가 너무 웃어 눈물이 맺힌 눈가를 손가락 끝으로 매만졌다.

'하…… 죽은 딸이라……. 재밌군요.'

황비는 꽃수레에서 꽃을 골라 하나하나 자신의 품에 모아 안으며 미소 지었다.

'대공, 당신이 그리 허술한 사람이 아니지. 안 그래요? 차라리 내게 그렇게 보이고 싶어 하는 거라면 모를까.'

황비는 계속해서 웃음을 흘리며 품 안에 꽃을 아름아름 더해 안았다.

'그 여자가 제 새끼를 잊은 것을 안타까워하고 있나요?'

어느새 황비의 품 안에는 한가득 꽃이 안겨 있었다. 황비가 화사하게 웃으며 물었다.

'돌려주고 싶다고 생각하고 있나요, 그 기억을?'

생화였던 꽃은 황비의 품 안에서 빠른 속도로 말라 가고 있었다. 기묘한 열기가 어린 눈으로, 황비는 마른 꽃을 품 안에 안은 채 킬리언을 마주

보았다.

'자식을 잃는 것이 어떤 감각인지 알려 줄까요?'

황비는 가슴 가득 안은 꽃을 더 세게 끌어안았다. 바싹 마른 꽃들이 버서석 소리를 내며 황비의 품에서 바스러졌다. 그녀는 마치 어린 자식이라도 어르는 듯 꽃 더미 위에 고개를 숙이며 웃었다.

'잊어버리기 아까운 기억이기는 하지요. 속이 이렇게 뜨거워지는데……'

타닥……. 어디서 비롯된 것인가. 꽃 무녀기를 끌어안은 황비의 품속에서 별안간 불똥이 튀었다.

'어머……'

황비가 작은 감탄사를 흘렸다. 순간적으로 바람이 휘몰아치며 사방으로 불티가 굴러갔다. 황비의 가슴에서 피어오른 불길은 순식간에 품 안의 꽃에 옮겨붙었다.

망설임은 찰나였다. 킬리언은 반사적으로 달려들어 황비의 팔을 벌리고 불길이 일기 시작한 꽃 무더기를 바닥으로 내던졌다. 마른 꽃잎들과 함께 사방에 불티가 흩어졌다.

'하하하하.'

황비의 웃음소리와 함께 사방으로 불똥이 튀었다. 황비가 흑마법에 손을 댔구나. 황비가 얻은 힘의 근원은 아마도 흑마법. 엑시티우스. 불의 악마였다.

'화마는 안 돼. 베아트리체가 리에타에게 그걸 물려 주지 않기 위해 뭘 희생했는지 너는 몰라.'

'계약자, 네가 원하는 걸 이루어 주려면 나한테는 더 많은 힘이 필요해. 나를 이 땅의 영원한 악몽이 될 화마로 만들어 줘. 역사에 길이 남을 대화

재로.'

추기경을 옹호하는 측과 의심하는 측의 주장이 팽팽히 맞섰다.

"시대착오적인 발상이오. 악마학자가 일생을 바쳐 성실하게 연구했다는 이유로 이단으로 몰리다니. 이처럼 말도 안 되는 주장이 어디 있단 말이오? 이는 학문에 대한 이해가 결여된 것이오. 애초에 악마 연구가 누구를 위해 시작된 것이었는지 잊었소?"

"논점을 흐리지 마시오. 빈 추기경. 그냥 평범하게 악마학을 연구한 것이 아니잖소. 인퀴지터들의 말을 다들 들었을 텐데?"

"들었소, 물론. 증거도 없고 전부 의혹뿐이더군. 명백하게 나온 것이 무엇이 있소? 이번 사안에 인퀴지터들은 용의자가 누군지 분명히 말하지도 않았는데 라지오넬 추기경이라니! 인퀴지터들의 주장으로 말할 것 같으면 대공의 애첩부터 매달아야 하는 것 아니오?"

사제들이 술렁였다. 킬리언이 조금 늦게 눈동자를 들어 올렸다. 반발하는 사제들의 목소리가 이어졌다.

"터놓고 이야기해 봅시다. 이 자리에 있는 분들은 대부분 아실 만한 내용이니. 대공의 애첩은 아예 이름으로 찍어서 이단 심판이 들어왔는데 어째서 그 사람은 심판대에 서지도 않은 겁니까? 오히려 대공이 인퀴지터들을 악시아스에 매달았다면서요?"

"그 여자가 라멘타의 후예가 맞기는 한 거요? 세상 모든 똑똑한 사제들과 마법사들이 이십 년에 걸쳐 온갖 마법으로 찾아 헤매도 찾을 수 없었던 저주의 주인이 어찌 이렇게 공교롭게도 등장한단 말이오?"

"잡아 매달지는 않을망정 올바른 절차에 따라 조사는 해야 하는 것 아니오?"

길리우스 대사제가 힐끔 킬리언을 쳐다보았다. 킬리언이 한숨과 함께 빤히 그를 처다보던 눈동자를 내리더니 의자 등받이에 몸을 기대며 웃었다. 사제들이 슬금슬금 그의 주변에서 물러서기 시작했다. 킬리언이 입을 열었다.

"내가 너무 오랫동안 지성인인 척하고 있었나."

좌중이 찬물 끼얹은 듯 조용해졌다. 킬리언이 창밖으로 시선을 돌렸다.

"너희가 지금 형제 둘을 참살한 패륜아 대신 점잖은 척하려고 노력하는 대공을 상대할 수 있는 건 내가 그 여자의 명예를 생각하기 때문이라는 걸 알아야 돼."

목소리에 담긴 서늘한 살기가 공기를 가라앉히며 스멀스멀 퍼져 나갔다.

"두 번 경고하지 않는다. 선 넘지 마라."

지하 수로. 머리까지 후드를 눌러쓴 짧은 금발의 키 큰 여자가 벽 너머에 몸을 숨긴 채 대축성 마법진의 심장부를 내려다보았다. 뒤에서 목소리가 울렸다.

"콘클라베는 틀어졌습니다. 분위기가 심상치 않은 걸 눈치챘는지 라지오넬 측의 사제들이 사제 대회의를 소집했다더군요."

성녀가 아래쪽을 내려다보며 물었다.

"라지오넬 추기경은?"

"나타나지 않고 있습니다. 대축성 의식을 준비하기 위해 단식기도에 집중하고 있다고 합니다. 라지오넬 측 추기경과 사제들이 대신 대회의에 참여해 그를 변호하고 있습니다."

목소리가 이어졌다.

"대축성 의식은 보름에 예정된 그대로 진행된다고 합니다. 라지오넬 측 사제들은 대제사장을 바꾸는 조치는 받아들일 수 없다고 맞서고 있습니다. 전부 라지오넬이 준비한 의식이고, 여기서 물러서면 의혹을 인정하는 거라고 여기기 때문인 듯합니다."

성녀가 대답했다.

"어차피 '교황의 지식'을 얻지 못하면 그 마법은 완성할 수 없어요. 괜찮을 겁니다. 일단 사람들을 전부 안전한 곳으로 빼돌리는 데 집중해요."

우르르르릉……. 추기경이 단식기도를 마치고 나오자 거짓말처럼 비가 내리기 시작했다. 잔잔히 내리는 이슬비에 마른 숲에 들불처럼 번져 가던 화재가 주춤하며 잦아들기 시작했다.

"추기경 예하."

그의 추종자들이 라지오넬 앞에 차례로 무릎을 꿇었다. 보이지 않는 복도 저편까지 쭉 무릎 꿇는 사제들의 행렬이 이어졌다. 추기경이 맨 앞에 엎드린 사제를 손수 일으켜 세우며 초연한 눈빛으로 입을 열었다.

"……힘든 일이 많았군요."

사제들은 분하고 비통해하며 고개를 숙였다. 이제 말하지 않아도 아는 그가 새삼스럽지 않았다. 그의 추종자들은 이미 추기경의 초월적인 능력에 의심을 품지 않고 있었다. 몇몇 사제들은 눈물마저 흘리기 시작했다.

"……죄 없는 분을 모함하니 하늘이 노하신 것입니다."

추기경은 자신의 손으로 그의 손등을 덮으며 웃었다.

"슬픈 말씀을 마십시오. 본디 동트기 전이 가장 어두운 법입니다."

사제가 고개를 숙이며 차마 말하기를 주저했다.

"콘클라베는……."

추기경이 고개를 저었다.

"말하지 않아도 됩니다. 신의 뜻이 있으시겠지요."

추기경이 복사 소년이 바친 석장을 쥐고 허리를 세우며 미소 지었다.

"저에게 주어진 길을 갈 뿐. 루시엘리."

사제들이 일제히 엎드려 허리를 숙였다.

"레시엘!"

'내가 원하는 것은 그냥 신성력이 아니오, 성녀. 그런 것은 어디에나 있는 것이지. 악마의 힘을 지배하는 신성력이야말로 당신과 나 같은 사람들이 추구해야 하는 진짜 신성이오. 우리는 진짜 신이 될 수 있단 말이오.

가능하오. 인간의 몸은 견딜 수 있도록 설계되어 있소. 몽마 다음 역마, 역마 다음 수마, 수마 다음 화마. 이 순서로 악마의 힘을 가진다면 전부 손에 넣을 수 있소. 인간의 몸에 악마의 힘을 심을 경우 가장 감당하기 힘든 것이 화마의 힘이기 때문이지.

몽마는 인간의 무의식에 융화하는 것이 가능하며 모든 악마의 힘과 상성이 좋으니 첫 번째요. 역마는 생물의 육신과 가장 비슷한 특성을 가지고 있어 인간의 몸이 감당할 수 있으니 그 다음. 수마는 인간이 감당하기 어렵지만 역마의 힘으로 제어할 수 있으니 그 다음.

화마의 힘은 수마의 힘으로 제어할 수 있기 때문에 마지막이오. 완벽한 계획이지. 함께하지 않겠소? '신의 구조'에 대한 교황의 지식만 얻을 수 있다면 현실로 만들어 낼 수 있소. 내 곁에 서시오. 나와 함께 이 땅의 살아 있는 신이 되어 봅시다.'

……미친 소리라고 생각했지만 그때, 루텐펠트 대사제의 이야기를 들어 두길 다행이지. 그렇지 않았다면 지금 무엇이 진행되고 있는 것인지 알지 못했을 터이니……. 성녀가 한숨을 내쉬었다. 뒤쪽에서 인기척이 다가왔다.

"칼리고 백작의 행방은 아직인가요?"

성녀가 고개를 돌리는 순간, 새카만 것이 시야를 덮쳐 왔다. 퍽! 머리에 충격이 가해지며 눈앞이 새카맣게 변하는 동시에 성녀가 바닥에 쓰러졌다.

메르데스가 번뜩 고개를 들었다.

"……타니아?"

보름달이 떴다. 대축성 의식이 시작되려 하고 있었다.

'황태자 전하. 하나만 더 여쭤볼게요. 황제 폐하께서는 세비타스를 비롯해 수도원들에서 있었던 마법 실험에 대해 알고 계신가요? 악마에게 뿌리박힌 인간을 구제하기 위한 실험이라고 라지오넬 추기경이 추진한 그 연구. 많은 사람들이 그 실험에 소리 소문 없이 희생됐다는 거, 알고 계세요?'

황태자는 대답했다.

'그게 황제 폐하를 살리기 위한 연구라는 건 황실의 지원을 얻기 위한 눈속임 명분입니다. 그건 그냥 영적인 것을 금속이나 유리, 수정 따위의 매개물에 추출해 담거나 이동시키는 연구예요. 폐하에겐 적용되지 않습니다. 지금의 마법 기술로는 악마에게 뿌리박힌 인간을 구제할 방법은 존재하지 않지 않습니다.'

리에타는 그가 정확히 답하지 않은 질문을 다시 물었다.

'폐하께서, 승인하신 실험인가요?'

황태자는 짧게 틈을 두고 답했다.

'……아뇨. 그건 어머니께서 승인하신 실험입니다.'

조금씩 비가 내리며 불이 번지는 속도는 줄어들었다. 하지만 평민들이나 노예들이 지내는 수도 외곽의 숲으로는 여전히 불길이 살아 번져 가고 있었다. 숲 인근에서 지내는 사람들은 숲으로부터 먼 곳으로 대피하거나 도시로 빠져나와 사람들의 도움을 받았다.

사람들의 아우성에 수도의 기사단에서 화재 진화를 위해 지원을 나왔지만 기사들이라고 바람을 타고 번져 가는 불길에 뾰족한 방도가 있을 리 없었다. 기사들은 건성으로 민가를 체크하고 양피지를 꺼내 끼적거리거나 숲에 들어가지 말라는 뻔한 소리나 하고 병사들을 돌려보냈다.

불은 황궁에서 시작됐는데, 저희네들이 사는 곳만 무탈하면 밖은 어떻게 돌아가든 관심도 없다며 사람들이 화를 냈다. 하늘이 노하여 불이 난 것이라고, 라지오넬 추기경의 기도로 비가 내리는 것이라는 소문이 어디서부턴가 퍼져 나갔다. 사람들은 다툼에 휩싸이기 시작했다.

바깥에서는 추기경의 이단 의혹, 안에서는 황태자 논란으로 안팎이 모두 뒤집어진 상황에 화재의 원인을 파헤치는 일은 뒷전으로 밀려났다. 황비는 아무런 논란도 들리지 않는다는 듯, 자신은 화재로 화상을 입어 몸이 불편하니 대축성 의식에는 마음으로만 참여하겠노라는 뜻을 전해 왔다.

그 모든 혼란 속에서 황궁은 태풍의 눈처럼 고요했다. 라지오넬 추기경이 준비한 대축성 의식이 시작되고 있었다.

활짝 열린 황궁의 정문으로부터 수도의 중앙 대광장까지 이어지는 큰 길이 축성의 행진을 위해 펼쳐졌다. 황제와 황비가 자리를 비운 상석은 황태자가 대신 자리를 채워 섰다.

사람들의 웅성거림 속에서, 의식의 주관자이자 대제사장인 라지오넬 추기경이 마치 순교자와도 같은 태도로 모습을 드러냈다. 그를 따르려는 사제들을 만류하며 스스로 석장을 든 추기경은 홀로 황태자 앞으로 나아갔다.

이단 의혹을 받고 있으면서도 유력한 귀족과 사제들로부터 그만큼 무서운 지지를 받고 있는 추기경을 향해 사람들의 시선이 쏟아졌다. 황태자를 향해 무릎을 굽혀 예를 올린 후, 몸을 돌린 추기경이 킬리언과 리에타 앞으로 내려왔다.

저 사람이 라지오넬. 리에타는 그의 모습을 영안으로 바라보았다. 추기 경은 빗속에서 두 팔을 벌렸다. 찰그랑! 석장에 걸린 고리가 맑은 소리를 냈다. 라지오넬의 목소리가 신성력을 실은 메아리가 되어 사람들 사이에 선명한 목소리로 퍼져 나갔다.

"이 황궁에서 나고 자라시어, 이제는 북방의 패자로 서신 악시아스 대 공 전하와"

라지오넬이 시선을 내려 두 사람을 차례로 바라보았다.

"……라멘타의 계승자이시며, 신성 왕녀의 따님이신 에율라티오 성녀 님께서 먼 길 돌아 이 자리에 방문해 주심에 감사드립니다."

라지오넬이 축복의 힘을 실은 음성을 퍼뜨리며 말을 이었다.

"여러 가지 오해가 있어 왔으나, 오늘 이 자리가 잘못된 모든 것을 바로 잡고 바른 길로 인도하는 역사적인 자리가 되기를 축원합니다."

신성 왕녀의 딸, 악시아스 대공, 릴페이엄의 황태자, 그리고 라지오넬 추기경 모두에게 해당되는 인사였다.

"무거운 굴레를 이고 계신 모든 분들에게, 부디 오늘의 화해가 유의미 하기를. 루시엘리."

레시엘. 군중들이 입을 모아 읊조렸다. 라지오넬 추기경이 팔을 내리고 킬리언을 바라보며 미소 지었다. 그는 몇 걸음 더 다가왔다. 그리고 신성 능력을 담지 않은 평범한 목소리로 그에게 인사를 건네었다.

"뵙게 되어 영광입니다, 악시아스 대공 전하. 여러 가지로 전하에 대한 놀라운 말씀 많이 전해 들었습니다."

킬리언이 차가운 미소와 함께 답했다.

"나 역시 그러했네."

추기경은 무슨 생각을 하는지 잠시 그를 보고 미소 짓고 있다가 다시 입을 열었다.

"신을 믿지 않는 분이신 것을 알고 있으나, 제가 이 역사적인 의식의 시작을 기념하는 의미로 전하를 먼저 축복해 드려도 되겠습니까."

킬리언이 미소 지었다.

"축복은 사양하지. 내 축복되시는 분은 따로 계시니."

추기경이 빙그레 웃고는 손을 내밀었다.

"그럼 악수로 하실까요? 사람들이 보고 있으니 말입니다."

킬리언이 그의 눈을 바라보며 손을 뻗었다. 두 사람이 악수했다. 라지오넬은 그의 손을 마주 잡은 채 묘한 눈을 했다. 리에타는 강력한 신성 능력자이니 악마의 힘으로 읽을 수 없을 것이다. 하지만 킬리언은 신성 능력자가 아니니, 읽을 수 있어야 하는데.

……어째서 아무것도 읽히지 않지? 이내 두 사람의 잡았던 손이 떨어졌다. 라지오넬은 그에게 예의 미소를 지어 보인 뒤 리에타를 바라보았다.

"에율라티오 성녀님을 뵙습니다."

리에타가 그를 바라보며 살짝 무릎을 굽혀 예를 표했다. 추기경은 호의적인 얼굴로 부드럽게 웃었다.

"뵙고 싶었습니다."

리에타는 지그시 그를 바라보았다. 도무지 산 사람으로 실험 같은 걸할 위인으로 보이지 않는, 인자하게 보이는 고위 사제. 한때는 '사제'를 동경했었는데.

"두려워하지 마십시오."

뜻밖의 말에, 그의 목소리를 들은 사람들이 추기경을 주목했다.

"구원이 가깝습니다. 우리들이 준비한 모든 것이 당신을 도와 바른 길로 인도할 것이니 이제는 아무것도 염려하지 않으셔도 됩니다."

리에타는 눈을 감았다가 떴다. 마음속에서 무언가 끓는 마음이 고개를 들었다. 그의 입에서 나오는 모든 말이 모독처럼 느껴졌다. 그녀는 이끌리듯 입을 열었다.

"저는 구원이 아니라 왕관을 받으러 왔습니다. 그러니 필요하지 않은 말씀은 사양하겠습니다."

사람들이 기대했던 것과는 다르게 흘러가는 대화에 사람들이 이상한 눈으로 리에타와 추기경을 바라보았다. 당신의 정의가 나의 정의라는 킬리언의 목소리가 리에타를 떠받쳤다. 리에타가 차분하게 그를 직시한 채 말을 이었다.

"저는 염려하지 않습니다. 제가 신뢰하고 존경하는 대공 전하께서 저를 도우시니, 다른 도움은 필요하지 않습니다. 저에 대한 오해가 있으신 듯하지만, 중요한 문제는 아니겠지요. 이 자리는 오해를 푸는 자리가 아닌 축성 의식의 자리이니, 의식을 잘 부탁드립니다."

리에타는 목소리를 높이지 않았다. 그러나 고요해진 사람들 사이로, 리에타의 목소리는 깨끗하게 퍼져 나갔다.

"그리고 황송하나, 과분한 호칭을 거두어 주시길 부탁드립니다. 저는 성녀가 아닙니다. 저는 계시를 받은 적도, 그런 호칭을 들을 만한 오랜 헌신이 따르는 업적을 쌓은 적도 없습니다."

사람들이 놀라서 리에타를 바라보았다. 그녀의 목소리가 이어졌다.

"황비마마와 추기경 예하께서 저를 예우하여 정하신 이름이라 하시기에 감당해 보려 하였으나, 오히려 분수에 넘치는 부르심이 신을 노하게 하여 중대한 축성 의식을 망치게 할까 두렵습니다."

리에타가 담담하게 시선을 내리 깔며 말을 맺었다.

"하여, 실례를 무릅쓰고 말씀 올립니다."

"타니아와 이어져 있던 마력이 끊겼어. 의식이 없는 것 같아."

모르비두스의 안색이 변했다. 이 시점에 타니아 성녀의 신변에 문제가 발생했다는 건 좋은 소식이 아니었다. 타니아 성녀는 중요한 아군이었고, 곧 높은 밀도의 강력한 신성력으로 가득 차게 될 수도에서 계약자로서 메르데스의 육신을 이 땅에 유지시켜 줄 존재이기도 했다.

이곳에서 곧 엄청난 규모의 대축성 의식이 벌어질 것이다. 타니아 성녀가 신성 계약자의 권한으로 악마인 그를 보호해 주거나 힘을 나눠 주지 않으면 메르데스는 악마로서 큰 타격을 입거나, 최악의 경우 소멸할 것이다.

메르데스를 일단 다른 곳으로 보내야 하나? 그러나 순식간에 몽마의 아공간이 열렸다.

"타니아를 찾아야겠어."

"잠깐만! 의식을 멈추세요!"

갑작스레 달려온 황제의 근위 사제의 목소리에 사람들이 멈칫하며 고개를 돌렸다. 간신히 멈추어 선 사제가 흐트러진 의복을 정제하며 빠르게 말했다.

"황제 폐하께서⋯⋯!"

황태자가 표정을 굳히며 일어섰다.

"리에타 님을 모셔야 할 것 같습니다. ⋯⋯폐하를 알현하실 준비를 해 주십시오."

몽마의 아공간으로 따라붙은 모르비두스가 메르데스를 잡아채며 그를 노려보았다.

'무슨 짓이냐, 몽마. 사라지고 싶어?'

'그럴 리가.'

'돌아가라. 네 계약자는 무사할 거야.'

'당연히 그럴 거다.'

메르데스가 그의 손을 떨치며 사납게 쏘아붙였다.

'당신은 당신 앞가림이나 잘하시지, 모르비두스. 당신이야말로 영체의 상태가 왜 그렇지? 당신의 육신, 이 정도 신성력 속에서 흐트러질 몸이 아닐 텐데. 뭘 유지하느라 그렇게 무리하고 있는 거지?'

모르비두스가 입을 다물었다. 메르데스의 눈이 냉소적으로 가늘어졌다.

'라멘타의 무녀에게서 힘은 얻고 있는 거야? 당신이 한 계약, 뭔가 이상한 것 같은데.'

모르비두스가 가만히 메르데스를 바라보았다. 그러나 메르데스는 딱히 네 사정 캐고 싶지도 않다는 듯 홱 몸을 돌렸다.

'태초의 악마가 이런 곳에서 인간 싸움에 휘말려 사라지면 볼 만하겠군.'

그리고 모르비두스가 대답할 틈도 없이, 메르데스는 자신의 아공간 속으로 녹아들어 사라졌다.

의식을 중단할 순 없었다. 하지만, 오래 깨어 있지 못하는 황제가 깨어났을 때 그를 만나야 한다는 건 모두가 알고 있었다. 어차피 대축성 의식의 자리에 있어야 하는 것은 '라멘타의 왕관'이지 리에타가 아니었다.

킬리언과 리에타가 마주 보았다. 손을 잡은 채, 시선이 교차했다.

지하 수로. 자신을 향해 두 손으로 쥔 신성 무기를 겨누는 사람을 발견한 메르데스의 얼굴에 얼음장 같은 미소가 떠올랐다. 그의 손에 들려 있는 것이 타니아의 석장이었기 때문이었다.

메르데스가 목을 쥐고 있던 인간을 내팽개치고 그를 향해 성큼성큼 다가갔다. 성녀의 석장을 쥔 인간은 뒷걸음치며 물러섰다.

"힉……익! 가, 가까이 오지 마. 이, 이 악마."

거침없이 다가서던 메르데스가 손톱 끝으로 타니아의 석장을 가리켰다.

"너, 인간. 그 손에 든 거."

"오, 오, 오지 마!"

인간이 석장을 마구 휘둘렀다. 메르데스가 싸늘하게 뇌까렸다.

"당장 내려놓고 그 물건 주인 어쨌는지 말해. 몽마가 직접 네 머릴 열어 뒤지게 하고 싶지 않으면."

꽝! 그러나 사내는 무어라 대답을 하기도 전에 허물어졌다. 바닥에 쓰러진 사내의 뒤에서 나타난 타니아 성녀가 손에 들고 있던 둔기를 바닥에 내던지고 한숨을 내쉬었다. 주르륵. 그녀의 머리에서 피가 흘러내려 시야를 가렸다. 그녀의 모습을 확인한 메르데스의 눈이 커졌다.

"타니아."

타니아 성녀가 소매로 눈 위로 흐르는 피를 닦으며 이마를 찡그렸다.

"지금 뭐라고 했어?"

"뭐?"

성녀가 눈매를 찡그린 채 메르데스를 쳐다보았다. 메르데스가 방금 지껄인 말이 다시 한번 뒤통수를 내리친 기분이었다. 몽마가 직접 머리를 뒤진다고? 중요한 걸 놓치고 있었던 것 같은데.

'그는 무서운 통찰력을 가지고 있습니다. 마치 사람의 속에 들어갔다 나온 사람처럼 상대방이 원하는 게 뭔지 첫눈에 꿰뚫어 보지요.'

라지오넬은 예지를 할 정도의 신성력을 가지고 있지 못하다. 그런데 이상하게도 그는 알 리 없는 일들을 알고 있었다. 사람이 바라는 걸 꿰뚫어 보는 듯이 나불대며 사람의 혼을 쏙 빼놓는다지? 어떻게 그럴 수 있었을까.

성녀가 입술을 깨물었다. 기억의 권능을 가진 악마 오블리비우스. 라지오넬이 리에타의 기억에 장난을 친 악마의 힘을 얻었다면, 그리고 그가 교황의 죽음에 가까이 있었다면, 그에게는 충분히 교황의 기억에 접근할 기회가 있었을지도 모른다. 이미 그에게 신의 구조에 대한 지식이 있다면, 대축성 의식으로 충분하다. 콘클라베는 처음부터 필요하지 않았을지도 몰라.

사위를 감싸며 차오르기 시작한 신성력에 성녀가 퍼뜩 눈을 크게 뜨며 메르데스를 바라보았다. 불길한 예감으로 가슴이 서늘해졌다.

"오늘이 보름이야?"

"그래 보름이야. 너, 그 머리, 신성력으로 그 머리 좀."

타니아 성녀가 달이라도 찾는 듯 확 고개를 들어 위를 쳐다보았다. 하지만 꽉 막힌 수로의 천장만 눈에 들어왔다.

"달이 떴어? 의식이 시작된 거야?"

"……그런 것 같네. 공기가 끔찍하게 불쾌해지고 있는 걸 보니."

타니아 성녀의 표정이 변했다.

"당장 가서 대축성 의식을 막아! 악마들을 불러 깽판을 놓든 대공이나 리에타에게 도움을 청하든. 의식을 중단시켜야 해!"

"가라고? 나 혼자?"

메르데스가 기막혀 반문했다.

"죽음까지 무릅쓰는 건 계약 범위 밖이라는 거 알지? 우리 계약은 '내 목숨'의 유지를 계약의 대가로 하고 있어. 계약에 따라, 나는 소멸을 각오해야 할 정도의 명령은 이행하지 않아. 지금 나는……."

화악! 위태롭게 흔들리던 메르데스의 영체에 마력이 차올랐다. 계약자인 성녀의 몸에서 터져 나온 신성력이 어두운 기운으로 타락하며 메르데스에게 힘의 근원이 되는 악마의 기운을 불어넣고 있었다. 한순간 멈칫한 메르데스의 얼굴이 시니컬한 웃음으로 일그러졌다.

"타니아, 지금 내 마력이 문제는 아닌 것 같은데. 날 보내면 너는 여기서 어떻게 나가려고? 네가 탈출시키고 있는 인간 제물들, 저 신념 있는 머저리들. 오히려 구해 준다는 너를 불신하고 위협하고 있잖아?"

성녀는 두 번 설득하지 않고 악마가 거부하지 못하는 신성 명령을 감행했다.

'몽마 메르데스.'

메르데스가 몸을 휩싸는 계약의 강제력을 느끼고 얼굴을 굳혔다. 사역마는 계약을 위반하고 그 주인에게 해를 끼칠 수 없고, 계약자의 명령을 거부할 수 없다. 머리로는 알고 있었다. 하지만 이런 식으로 개처럼 부려지는 건 원하지 않아.

순간 메르데스가 날카로운 표정으로 허리를 숙여 기절한 사내의 손에 들려 있던 성녀의 석장을 빼앗아 들었다. 치이익……. 메르데스의 손이 화상을 입으며 타들어 갔다. 메르데스는 순식간에 그것으로 자신의 몸을 내리치려 했다.

타니아 성녀의 얼굴이 단호하게 굳어졌다. 메르데스가 스스로를 훼손하는 것보다 타니아 성녀의 명령이 빨랐다.

'올라가서 대축성 의식을 막아.'

메르데스가 이를 악물었다.

"타니아! 뒤!"

사라지기 직전, 메르데스는 성녀에게 그녀의 무기를 집어던졌다. 카앙! 타니아 성녀가 무기를 받아 들고 빠르게 몸을 뒤틀어 그녀를 공격하려는 인간의 무기를 막아 냈다.

첫인사를 어떤 말로 건네었는지, 무슨 대화를 나누었는지, 잘 기억나지 않는다. 그런 모습을 하고 있을 거라고 생각하지 못했기 때문이었을까.

황제가 나를 찾는다는 소식을 듣고, 킬리언과 대화한 끝에 그를 만나겠노라 결정하고, 악시아스에서 여기까지 먼 거리를 달려오는 동안. 그리고 이곳에 도착해 그가 깨어나기를 기다리는 동안.

어떤 이야기들을 해야겠다고, 어떤 사실관계들을 확인해야겠다고. 두려워하지 않고, 주눅 들지 않고 어떤 태도로 말해야겠다고. 혹시라도 꼭 해야 하는 말을 제대로 하지 못하고 후회할까 봐, 얼마나 많이 생각했는데.

그가 담담한 태도로 자신의 말을 마친 후, 야윈 낯으로 희미한 미소를 지으며, "짐에게 할 말이 있을 텐데. 하게" 하며 말할 기회를 주었을 때, 목에 걸린 말들은 단 한마디도 나오지 않았다.

황제는커녕 괜찮은 귀인으로도 보이지 않는, 초라하게 마른 노인을 향해 리에타는 그 어떤 말도 할 수가 없었다. 그가 제정신으로 앉아서 말하고 있다는 것이 기적이라는 걸 너무 잘 알 수 있어서……. 준비했던 말들을 단 하나도 참을 생각이 없었는데, 아무 말도 나오지 않았다.

더듬더듬 몇 마디, 침착하지도, 단호하지도 못했던 말을 마치고, 그가 건네 준 양피지 뭉치를 지팡이와 함께 움켜쥔 채 문을 닫고 나오는 순간까지 멍했다. 등 뒤에서 조용히 문이 닫혔다. 저편 문 앞에 서서 나를 기다리고 있던 킬리언이, 조용히 고개를 들어 나를 바라보았다.

다가오지는 않고 그냥 허리를 펴면서, 기다리듯 나를 바라본다. 담담한 눈빛 속에 잘 숨긴 아픔. 그리고 조금 어두운 얼굴. 막상 그의 얼굴을 보고 나니 슬프지도, 화가 나지도, 억울하지도 않았다. 그냥 왠지 목이 막히며 주르륵 눈물이 떨어졌다.

이런 나를 보면 안에서 내가 무슨 상처라도 받았다고 생각할까 봐. 꾹 입술을 모아 물며 얼른 눈물을 닦았다.

"……들어가요, 킬리언. 조금은 더 대화할 수 있으실 것 같아요."

그렇게 말했던 것 같다. 그는 움직이지 않았다. 다만 나의 팔을 잡으며 내려다보았다. 나는 다시 말했다.

"후회하지 말고…… 다녀와요."

예감했다. 이 겨울이, 마지막이었다. 그를 보내 주어야 한다고 생각했다.

"기다리고 있을게요."

대축성 의식을 막으라는 계약자의 명령이 메르데스의 권능에 개입했다. 보름달 떠 있는 밤의 대광장 위에 강력한 힘으로 몽마의 권능이 펼쳐지기 직전, 차그랑! 신성력을 담고 휘둘러진 금속제 석장이 저희들끼리 고리를 부딪치며 소리를 냈다.

쿵! 신성력과 부딪치는 마법적 충격으로 메르데스는 제때 몸을 감추지 못한 채 달빛 내리는 대광장 위에 떨어지듯 내려앉았다. 축성의 의식에 신성력을 보태던 사제들이 강력한 악마의 기운에 기겁해 숨을 들이켜며 뒷걸음질을 쳤다. 강력한 마력과 함께 명령을 위임받은 악마의 몸에선 검은 마력이 넘실거리고 있었다.

대축성의 행진을 위해 비워져 있던 광장 한가운데 나타나 암흑을 사르는 보랏빛 악마를 보고 군중들이 비명을 삼키며 경악했다.

메르데스는 상황이 아주 좋지 않다고 느꼈다. 그러나 타니아로부터, 물러서지 말라는 듯 강렬한 마력과 의지가 전해져 오기 시작했다. 계약자가 일단은 무사하다는 증거에 안심하면서도 메르데스는 인상을 구겼다.

메르데스는 마지못해 사람들의 시선 앞에서 천천히 몸을 일으켰다. ……대축성 의식이 문제가 아닌데 이건. 타니아, 정말 네가 바라는 게 이거 맞아?

라지오넬 추기경이 혼비백산해 달아나고 물러서는 사람들과 엇갈려 천천히 걸어 나왔다. 추기경이 석장을 짚고 그를 직시하며 입을 열었다.

"몽마……. 메르데스인가."

……제기랄. 기다렸다는 듯이 불러제끼는군. 타니아 성녀가 오래전 소멸시킨 것으로 알려진 몽마의 이름에, 무기를 쥔 사제들이 믿을 수 없다는 얼굴로 눈을 크게 뜨고 술렁였다.

저 악마가 성녀가 소멸시킨 악마? 어떻게 살아 있는 거지? 대축성 의식에 차출된 사제들 대부분은 추기경이 악마가 시전하려는 정체 모를 마법의 힘을 저지했다는 것을 느끼고 믿을 수 없어 하고 있었다.

메르데스는 될 대로 되란 식으로 고개를 돌리며 웃어 버렸다. 그리고 쭉 사람들을 훑어보며 아무렇게나 지껄였다.

"안녕, 인간들. 적당히 좀 쳐다봐 줄래? 아름다운 것에서 눈을 떼기 힘든 마음은 이해하지만 그렇게 쳐다보면 꿈에 나올 텐데."

대광장에 모인 사제들이 대답을 대신하듯 일제히 무기를 고쳐 쥐고 신성력을 일으키기 시작했다. 개 같네, 진짜. 메르데스가 한숨과 함께 중얼거렸다.

"지금 여기서 사실 내가 인간 편이고, 사제의 흉계로부터 인간들을 구원해 주기 위해 왔다고 해도 아무도 안 믿겠지?"

강력한 마력에 담겨, 새로운 명령이 하달되어 오고 있었다. 그래 뭐, 이판사판이다. 메르데스는 계약자의 명령에 복종했다.

사제들이 메르데스를 향해 신성 공격을 쏟아붓기 시작했다. 메르데스의 눈동자가 세로로 조이며 대축성 의식이 시작되려던 거리 전체가 고위 악마가 펼친 거대한 정신계 아공간에 집어삼켜졌다.

성녀의 악마가 판을 깔았다. 비가 그치며, 바람의 방향이 바뀌기 시작했다. 다음 순간 추기경이 자신이 지배하고 있는 몽마의 힘을 드러냈다. 메르데스의 권능과 추기경이 휘두른 몽마의 힘이 맞부딪치며 두 개의 정신계 아공간이 만났을 때 벌어지는 일이 일어났다. 공간과 거리의 경계가 확장되고 축약되며 넓은 범위의 현실 공간이 불규칙하게 뒤섞였다.

강렬한 마력의 파장이 느껴졌다. 모르비두스와 킬리언이 동시에 고개를 돌렸다. 사방이 새카맣게 물들며 몽마의 아공간이 펼쳐졌다. 모르비두스가 쓰러지는 리에타를 감싸 안으며 결계를 쳤다. 공간이 일그러지는 걸 느낀 킬리언이 얼굴을 굳히며 무기를 뽑아 들었다.

당신을 동정하지 않아. 당신한테 해야 할 말들이 있었단 말이야. 구태여 고집부리는 사람 같은 마음이었을까. 왜 저를 부르셨어요. 황제에게 울컥 내뱉었다.

저는 당신을 살려드릴 수 없다고, 도와드릴 수도 없다고, 살기를 바라 저를 부르셨냐고. 엉망으로 말했던 것도 같다.

무어라고 물었는지는 또렷하게 기억나지 않지만, 그의 대답은 선명하게 기억에 남아 있었다.

'왕녀의 딸이여. 짐이 만일 살아서 이루어야 할 것이 많이 남은 사람이었다면 더 살기를 바랐겠지만, 짐은 이제 살아서 이루어야 할 것보다 죽어서 이루어야 할 것이 더 많이 남은 사람이네.'

그의 이야기는 아주 오랫동안 그것을 생각하고 있었던 것처럼 자연스럽게 흘러나왔다. 돌이키기엔 너무 늦었다거나, 삶에는 더 이상 미련이 없다는 식의, 어느 정도는 예상한 이야기와는 조금 다른 대답이었다. 그것을 부정하는 것은 중요하지도 않은 이야기라는 듯 넘겨 버리며 황제는 리에타를 바라보았다.

'그대가 짐을 찾아준 데에는 짐이 바라는 것보다, 그대가 바라는 것이 더 중요한 역할을 했으리라 생각하고 있네.'

킬리언이 물려받았을 붉은 눈을, 리에타는 입술을 다문 채 바라보았다.

'짐이 친서를 보내며 그대를 초청하는 이유를 썼을 터인데. 그 때문에 온 것이 아니었나?'

물론 그것 때문에 온 것이었다. 황비와 귀족들의 질문에 언제나 단호하게 그렇게 말해 왔다. 하지만 황제가 그렇게 말할 줄은 몰랐다. 잔잔한 충격이 일었다.

'왕관을 가지고 가게. 짐이 어찌 그 이상을 바라겠나.'

담담한 대답이 이어졌다.

'독한 성질을 가진 마의 성물이라 다른 이들의 손에 맡겨 돌려보내기는 어렵다더군. 그래도 그대가 그 물건의 합당한 주인이니, 어쩌면 그것이 그대에게는 제 자신을 허락하지 않을까…… 하고 있네. 초대장에 쓴 대로 제대로 예를 갖춰 맞이하지는 못했을 것 같아 미안하네. 지금은 괜찮아 보이겠지만…… 짐의 몸이 보이는 것보다 성치 않은 상황이네.'

황제가 손가락을 뻗어 어딘가를 가리켰다. 그의 뒤에 물러나 서 있던 시종 사제가 황제가 가리킨 곳에서 무언가를 가지고 황제 앞으로 걸어왔다.

양피지를 말아 넣어 놓은 서류함이었다. 황제가 거기서 무언가를 뒤적이더니 조금 느릿하게 몇 개를 골라 꺼내었다. 그리고 손안에서 그것을 만져보며 리에타를 바라보았다.

'……짐의 아들이 그대를 각별하게 여긴다 들었네. 짐으로 인해 두 사람 다 여러 가지로 마음고생을 했을 것 같더군.'

리에타는 대답하지 않았다. 지금 그에게 겨우 그런 것이 문제일 것 같지는 않아서 지금 황제가 무슨 말을 하는 건지 이해가 가지 않았다.

황제는 팔을 뻗어 다른 시종 사제가 들고 온 서류함에서도 몇 뭉치의 양피지를 골라서 확인한 뒤 움켜쥐었다. 힘없는 손과 팔은 겨우 그 정도의 움직임도 이기지 못하고 살짝 경련하듯 떨렸다. 황제는 그것을 테이블 위에서 내려놓고 서류의 존재를 인지시키듯 위아래로 까닥이고 틈을 둔 뒤

리에타 쪽으로 밀었다.

'그대의 신분이나 왕관의 소유권과 관련해 생각 닿는 것들을 처리해 두었네. 부족한 것이 있을지도 모르겠군. 일단 왕관에 대해선 그대 소관으로 어떻게 처분하든 문제없도록 해 두었고…….'

'…….'

'킬리언과도, 어떤 선택을 하든 별다른 간섭이나 황실의 허가 따위는 필요하지 않도록 처리해 두었네. 유언장에도 적어 두었으니 뭔가 문제가 생긴다면, 법리적 문제일 경우 유스티오 대법관에게, 교리적 문제일 경우 길리우스 대사제에게 상의하게.'

리에타에게 모든 서류를 넘기고 나자 그의 야윈 손은 텅 비어 버린 듯했다. 황제는 그녀에게 해야 할 말들을 이어 갔다. 그가 이어 가는 말에, 황제 자신에 대한 이야기는 거의 없었다. 그는 임종을 앞두고 자신의 삶을 정리하고 있었다.

'잘 살게.'

조금 더 하고 싶은 말이 있는 듯 황제는 빈손을 깍지 껴 맞잡고 엄지를 교차시켰다. 여위고 주름진 손에 끼워진 붉은 루비 반지가 손가락 사이에서 조금 허전하게 겉돌았다. 황제는 마른 입술을 움직여 말했다.

'내 업보가. 너무 오래 많은 곳에 영향을 미치지는 않았으면 좋겠군.'

정신을 잃은 리에타의 지팡이에서 눈부신 은색 빛이 피어오르기 시작했다. 평화롭게 새가 지저귀었다. 뽀얀 돌벽. 새하얀 햇살이 내리는 정원. 나무 그늘 아래서, 흰옷을 입은 사제가 손을 내밀었다. 리에타는 자신을 향해 손을 내미는 사제를 바라보았다. 얼굴이 분명히 보이지 않았다.

"얼마나 힘들었을까."

"……?"

리에타가 내민 손을 한 번, 그리고 고개를 들어 올려 그를 또 한 번 바라보았다. 사제가 다리 위에 얹어 둔 리에타의 손을 들어 올려 잡고 말했다.

'조금 더 빨리 그대를 알아보고 구하지 못해 미안합니다.'

상냥하고 부드러운 목소리였지만, 어딘지 기분이 좋지 않았다. 이상한 기분에 리에타가 그에게 잡힌 손을 잡아당겨 빼었다. 상대는 조금 기분이 상한 것 같았지만, 이내 너그러운 모습으로 미소 지으며 그녀를 달랬다.

"두려워하지 마세요. 이제 원수의 손에 붙잡혀 있지 않아도 됩니다. 제가 그대를 도와줄 수 있습니다."

리에타는 이상한 표정이 되었다. 무슨 도움? 무슨 일인지 잘 기억나지 않았지만 저 말은 옳지 않은 것 같았다.

"도와주지 않으셔도 괜찮아요."

"가엾게도."

말이 통하지 않는 것 같다. 그는 리에타가 어떤 사람이라고 정해 두고 강하게 믿고 있는 것 같았다. 리에타는 질문을 바꾸어 물었다.

"당신은 누구세요? 저를 아시나요?"

"알고 말고요. 나는 그대와 함께 지고한 자리에 오를 사람입니다."

"……? 저는 높은 곳은 싫어하는데요."

사제가 웃었다.

"내가 말하는 높은 곳은 속세의 권력으로서 높은 곳이 아닌, 신의 선택을 받은 자에게 마땅히 어울리는 높은 자리입니다. 그 자리에 어울리는 사람은 당신뿐입니다."

리에타는 고개를 저었다.

"사람을 잘못 보신 것 같아요."

"당신이 맞습니다."

"하지만 저는 그런 자리를 원한 적 없어요. 신의 선택을 받지도 않았고요. 전 지금의 저로 충분해요."

"그럴 리가요. 이곳엔 당신과 나뿐입니다. 솔직해서도 괜찮아요. 그 사람 손에서 벗어날 수 있도록 도와드리겠습니다."

'그 사람'이 누굴 말하는지 알 수 없었지만 본능적으로 대답은 나왔다.

"모르는 사람은 따라가지 않아요."

사제가 웃음을 터뜨려 리에타는 창피해졌다.

"나를 모르십니까?"

"네……. 죄송해요. 잘 기억이 나지 않아요. 제가 기억하지 못하고 있는 거라면, 당신이 누구신지 알려 주세요."

상대의 목소리가 익숙한 음성으로 바뀌었다.

"내가 구해줄게."

리에타는 어리둥절하게 그를 바라보았다. 낯선 얼굴에서 흘러나오는 낯익은 목소리에 리에타가 이상한 얼굴을 했다. 그 목소리의 주인이 누구인지 깨달았기 때문이었다.

"……페르디안 님?"

어둠의 장막을 펼친 메르데스가 킬리언 옆에서 나타나 빠르게 말했다.

"저 녀석 몽마, 역마, 수마의 힘을 얻었다. 이제 화마의 힘을 얻으려 할 거야. 그리고 황비에게……."

화마가 있지. 킬리언은 메르데스의 어깨를 확 잡아당기며 등 뒤로 추기경이 내리치는 석장을 받았다. 카앙! 추기경과 킬리언의 눈이 마주쳤다.

"페르디안을 어떻게 한 거지?"

추기경이 빙그레 미소 지었다.

"무슨 말씀이신지."

추기경이 휘릭 석장을 돌렸다.

"악마를 놓으시지요, 대공 전하."

카앙! 무시무시한 속도로 쇄도한 석장과 검이 맞부딪쳤다. 키리리릭. 석장의 봉과 칼날이 마찰하며 소리를 냈다.

'시간이 남으시면 저를 구해 주신다 하셨습니다. 대공 전하. 혹시 저의 영혼이 바르지 못한 곳에 가 있는 것을 발견하시거든……. 찾아서, 정의롭게 처분해 주십시오. 그것이 제게 구원일 것입니다.'

추기경이 묘한 눈으로 킬리언을 바라보며 물었다.

"그런데, 대공 전하. 당신은 지금 무슨 힘을 쓰고 계신 거지요? 신성 능력자도 아니면서 이상한 능력을 사용하고 계시는군요. 성물이라도 가지고 있습니까?"

킬리언이 싸늘하게 미소 지었다.

"착한 일 좀 하고 선물받았지. 넌 그 악마들의 힘, 어디서 났을까? 착한 일 하고 받은 건 아닐 것 같은데."

추기경이 다시 웃었다. 라지오넬 추기경, 변방을 떠돌던 고위 사제, 황비와의 연결고리, 세련된 예법과, 광신도 같은 신성 추종, 수마 아비디타스, 몽마 오블리비우스, 라멘타에 복속되어 있던 악마들.

'악마를 심는 단검이요? 그 단검은 '영적인 것'을 가두는 매개체입니다. 반드시 악마를 심기 위한 것만은 아닙니다. 마법적으로 상성이 맞는다면 무엇이든 담을 수도, 심을 수도 있지요.'

영적인 것을 가두고, 어딘가에 심는 마법. 어떻게 된 건지 알 것 같다. 악마만이 아니라, 인간의 영혼도 영적인 것.

카앙! 다시 석장과 검이 맞부딪쳤다. 검술 자체에 숙달되지는 않았으나, 절반 정도는 그의 것인 몽마의 아공간과 악마의 힘이 추기경의 속도와 힘의 한계를 메우고 있었다.

하지만 완전히 힘과 속도만 얻은 문외한은 아니었다. 전투 사제도 아닌 연구 사제가 검술을 배웠을 리 없는데. 맞댄 검으로 라지오넬의 석장을 밀어낸 후, 빠르게 베어 들어가는 동작에 대응하는 그에게서 킬리언은 익숙한 검의 궤적을 느꼈다.

반사 신경과 마력이 아니라 기억과 습관이 통제하는 움직임이었다. 킬리언은 그의 약점을 찔러 들어가며 의도적으로 특정한 동작을 선택했다. 킬리언이 그리는 검로에 익숙하다는 듯 반응하는 석장에서 황실 검술의 한 동작이 스쳤다. 비로소 구체화되어 떠오르는 이미지에, 킬리언이 본능처럼 중얼거렸다.

"루텐펠트."

라지오넬이 빙그레 웃으며 그의 어깨를 눌러 짚었다.

"백부님이라고 불러야지, 킬리언."

'당신이 작업하던 수마를 사용할 수 없게 되었다면, 그 지하 수로를 통해 수마를 만들어 보면 어떻겠습니까. 마침 장소도 적절하여 몇 군데 수로를 닫고 물길만 열면 될 텐데요.'

라지오넬은 빙그레 웃었다.

'아닙니다. 처음 계획대로 하지요. 수마는 제가 어떻게든 해보겠습니다.'

'혼란은 짧은 것이 좋을 터. 그렇지 않아도 오래 기다렸는데, 더 이상 시간 끌지 않고 그날 모든 것을 완성하는 것이 좋을 것입니다.'

두 몽마의 아공간이 충돌하며 현실의 공간이 엉망으로 뒤틀렸다. 숲 너머로 번져 가던 불길이 수도에, 황궁에, 엉망으로 섞여 들었다. 화재가 일어나고 사람들이 비명을 지르며 달아났다. 갑작스런 화재와 악마의 등장에 혼란에 빠진 사람들로 아수라장이 펼쳐졌다. 급속도로 불이 번지고 있었다.

칼과 석장이 맞부딪치고, 검기와 마법이 교차했다. 아무리 몽마의 공간이고 악마의 힘과 속도를 얻었다고 해도 검으로는 그를 상대할 수 없었다. 라지오넬은 거리를 벌리며 몽마의 마법과 역마의 힘을 킬리언에게 퍼부었다. 그러나 그 어떤 마법 공격도 제대로 들어가지 않았다. 라지오넬의 눈이 가늘어졌다.

"제법이구나. 몽마의 마법을 죄다 흘려 내다니. 용의 계곡 짐승들과 섞여 지낸 덕인가."

라지오넬이 빙긋 웃었다.

"하지만 역마의 힘은 아예 면역이라니, 무슨 마법인지 궁금한데. 알려 주면 안 되나?"

킬리언은 대답하지 않은 채 스르륵 검을 들었다. 캉! 라지오넬은 내려쳐진 칼을 석장으로 받아 낸 뒤 공간을 비틀며 물러나 거리를 벌렸다. 킬리언이 입을 열었다.

"악마의 독성을 제거하기 위해 인간의 몸을 필터로 썼구나."

이번엔 라지오넬이 웃으며 침묵했다. 차가운 목소리가 이어졌다.

"수마의 힘을 얻었지만 함부로 쓰지 않는 건 페르디안이 지니고 있던 수마의 힘이 역마의 힘에 뒤얽혀 있어 자유롭지 않기 때문이고."

"감이 좋구나."

킬리언이 조용히 말했다.

"역마를 감당한 채 페르디안과 융화를 시도하고 있나."

"……."

"그러지 않는 게 좋을걸."

라지오넬이 웃음을 터뜨렸다.

"내 알아서 하마."

"넌 그놈이랑 못 섞여."

다음 순간 비틀린 공간 사이로 그의 목소리가 전해졌다.

"너보단 내가 그 애를 잘 안다. 우린 꽤 비슷하거든."

"……."

"원하는 힘도, 권력도, 여자도."

킬리언의 얼굴이 싸늘하게 굳어졌다. 라지오넬이 고개를 꺾었다.

"시간 끄느라 수고했다."

쩌엉! 루텐펠트는 성력과 검기가 뒤섞인 킬리언의 공격을 받아 낸 후 잔상 같은 웃는 얼굴을 남기고 물방울이 되어 흩어졌다. 킬리언이 이를 악물었다. 악마 같은 자식이……. 메르데스가 몸을 드러내며 말했다.

"……놓쳤다."

킬리언은 미련 없이 입을 다물고 몸을 돌렸다. 메르데스가 그의 등 뒤를 향해 말했다.

"라지오넬이 화마를 만들어내려 하고 있어. 황비를 찾아야 해."

메르데스의 말이 이어졌다.

"그 여자가 불의 도화선이 될 것이다……. 이미 시작되고 있어."

엑시티우스는 몸에 심어 감당하기엔 힘든 악마. 게다가 황비와 계약한 상태라 손댈 수 없다. 대신 라지오넬은 이 수도에 불의 재앙을 일으켜 화마를 태어나게 할 셈이었다. 역사상 없었던 규모의 축성 마법진. 저것을 타락시키면서 불에 산제물을 바치면…….

황비가 불의 힘으로 가장 먼저 노릴 사람이 누군지 뻔했다. 킬리언이 꾹 눈을 감았다가 다시 떴다.

"……황비는 내가 찾는다. 지하 수로 쪽 인간들 탈출 얼마나 진행됐나 확인해."

또 다른 전쟁터. 지하에서도 아비규환이 펼쳐지고 있었다. 타니아 성녀
와 도둑들, 기사들이 이를 악물었다. 조금만 더, 조금만 더 시간이 필요해.
지하 수로의 마법진이 빛나기 시작했다.

리에타의 머리카락이 마력의 바람에 흩날렸다. 리에타의 목덜미를 감
싸고 정신을 집중하고 있던 모르비두스가 눈을 떴다. 모르비두스의 결계
를 열고 들어온 킬리언이 다가와 리에타 앞에 무릎을 대고 앉았다.
"리에타는?"
모르비두스가 그녀를 내려다보았다.
"의식이 없어. ……몽마가 구축한 꿈속에서 뭔가와 접촉하고 있다. 지금
은 깨울 수 없어."
"기억의 봉인에 근접했기 때문인가?"
"아니."
모르비두스의 눈이 베아트리체의 지팡이로 향했다.
"……지팡이의 봉인이 풀리고 있는 것 같다."
지팡이의 봉인? 킬리언이 리에타의 몸을 감싸고 있는 빛을 바라보았다.
리에타의 지팡이에서 피어나는 눈부신 빛이 짙은 오로라가 되어 리에타
를 감싸며 휘돌았다. 리에타의 어머니, 베아트리체 왕녀의 유언이 담겨 있
다던 그것. 지금……?
"오래 걸릴까?"
"알 수 없다."
그들의 앞에 불길이 일었다. 불붙은 나뭇가지가 허공에서 떨어졌다. 화
마의 힘의 원천이 되는 불길이었다. 악시아스가 겪은 악몽이 떠올랐다. 모

르비두스는 굳은 얼굴로 리에타만 감싸고 있을 뿐, 그 이상은 어떻게 해야 겠다는 말이 없었다.

누군가는 리에타를 지켜야 하고, 누군가는 황비를 저지해야 한다. 킬리언은 모르비두스를 바라보았다. 리에타를 수호하는 악마……. 그녀의 가족.

축성이 가득한 황궁. 리에타에게서 힘을 얻지 못하는 상태. 지금까지는 그 자신의 힘으로 버텼겠지만……. 사람이 밀집된 공간. 화재와 악마에 대한 공포로 패닉에 빠진 사람들. 더욱이 엑시티우스는 황비와 계약해 광기와 분노를 섭취하고 상당한 힘을 얻었을 것이다. 사람들의 공포를 잔뜩 포식한 화마를, 역마가 감당할 수 있을까.

킬리언이 리에타를 내려다보았다. 선택의 여지가 없었다. 킬리언이 모르비두스를 노려보았다.

"확실하게 지킬 수 있어? 네 목숨을 걸고."

모르비두스가 킬리언의 질문이 당치도 않다는 듯 얼굴을 일그러뜨리며 비웃었다.

"당연한 소릴. 리에타가 위험해지는 일은 절대 없다. 내 목숨까지 걸 필요도 없어."

만족스러운 대답이었다.

콧노래를 흥얼거리며 손에 칼을 든 황비가 맨발로 걸었다. 그녀가 지나가는 발걸음 발걸음마다, 불길이 피어올랐다.

'황비마마의 계약마에게도 만족스러울 선물을 주셔야겠지요. 때가 되면, 마음껏 포식하도록 하십시오. 뒷일은 제가 다 알아서 하겠습니다.'

마지막으로 일어서기 전, 킬리언이 리에타의 머리카락 사이로 손을 넣고 그녀의 이마 위에 고개를 내렸다. 닿지 못한 채, 입맞춤을 대신한 고해가 안타깝게 내려앉았다.

'……그대가 받았던 편지 내용은 사실이 아니야.'

대답하지 못하는 리에타의 눈에 눈물이 고였다.

'……알고 있어요.'

라지오넬은 자신만의 세계에 빠져 있었다. 그에게 세상을 판단하는 기준은 오로지 하나뿐이었다. 신의 힘. 지극히 절대적인 존재가 되는 것. 세상을 판단하는 기준이 하나뿐인 인간은 다른 모든 인간들도 자신과 같은 기준을 가지고 있으리라 의심치 않았다.

그 누구도 감히 그런 영광을 거절할 거라고 생각지 않았다. 특히 자신과 비슷한 부류의 사람이라면. 그녀는 당연히 자신이 내민 손을 잡으리라. 거절한 이유는 오로지 조심성이 많아서, 믿지 못해서일 뿐. 삶과 죽음의 권능, 신의 힘, 거절할 리가 없었다. 그 누구도.

그는 과거의 실수를 생각했다. 베아트리체 왕녀. 그러나 이내 입가에 미소가 걸렸다. 베아트리체가 아니었던 것은 그 딸이 진짜 준비된 자였기 때문이지. 나를 위해 그 딸을 남겨 둔 것을 알았더라면 그리 화내지 않았을 것을. 인간적인 실수였다. 안타까운 희생이었다.

신화의 과정에는 언제나 그런 인간적인 면도 있기 마련이지. 대를 위한 소의 희생. 하지만 베아트리체쯤이야. 그녀가 남겨 둔 강력한 영이 있으니, 권능을 얻어 살려 내면 되잖아?

라지오넬은 자신이 이룩한 것을 자랑스레 발밑에 펼쳐 놓은 채 도취되었다. 설득하지 못할 리 없다. 그는 자신 있었다. 모든 게 나를 위해 준비되어 있었다.

황태자가 황비를 막아섰다.

"황태자."

사뭇 다정한 음성이 인간의 목소리와 악마의 목소리, 두 갈래로 갈라졌다. 황비의 몸이 화염에 휩싸여 있었다.

"아무것도 걱정하지 말아요……. 이 어미가 다 해 주겠습니다."

황태자는 조용히 어머니의 변한 모습을 바라보았다. 황비가 막힌 문을 향해 칼을 휘둘렀다. 캉! 평생을 기사 생도로 살아 온 황태자는 너무도 간단히 그녀가 휘두른 검을 막았다. 황비의 흐트러진 머리카락 아래서 서슬 퍼런 눈이 번뜩였다.

"……지금 이게 무슨 짓인가요?"

물러서지 않는 황태자를 보며 황비가 웃음을 터뜨렸다. 별안간 황비가 싸늘하게 표정을 바꾸며 황태자를 바라보았다.

"힐스테드, 네가 감히."

황태자가 입을 열었다.

"그만하십시오. 어머니."

황비가 격노해 싸늘해진 목소리로 뇌까렸다.

"지금 이 순간부터 너는 더 이상 내 아들이 아니다."

황태자는 씁쓸하게 자조했다. 하지만 겉으로 드러난 것은 마주한 검에 집중하며 침착하게 굳어진 무표정한 얼굴뿐이었다.

"네."

당신께서 그리 말씀하신다면, 네. 하지만 당신께서는 제 어머니십니다. 언제까지고 그러실 것입니다.

뒤의 대답은 속으로만 건네었다. 캉! 불길을 흩뿌리며 떨어지는 칼을 황태자가 가로막았다.

황비마마, 제가 당신에게 '복수'만큼 애틋한 자식은 아닐지라도, 저도 한때는 당신에게 자식이었을 것입니다. 당신께 윌리엄이나, 악시아스 대공만큼 큰 의미가 있는 존재는 되지 못했을지라도.

평생 채 몇 번 불러 보지도 못했지만, 어머니.

캉! 괴물 같은 힘에 사방으로 불똥이 튀었다.

……당신을 동정합니다. 내가 부디 당신을 멈출 수 있게 되어 다른 이의 손에 맡기게 되지 않기를.

캉! 황태자는 정신을 흐트러뜨리지 않기 위해 잡념을 떨치고 떨어지는 검에 집중하며 황비의 칼을 막았다. 악마와 하나가 된 아베르사티의 몸에서 화마의 불길이 터져 나왔다. 그것을 막아 내기 위해 황태자가 검을 세운 채 검기를 끌어내는 순간, "네겐 아직 이르다." 귓가에서 들려온 목소리에 황태자의 눈이 커졌다. 몸이 미끄러지듯 어딘가로 돌려 세워졌다.

카앙! 킬리언이 거짓말처럼 황태자를 제치고 끼어들어 황비가 만들어 낸 불의 마법을 쳐냈다. 그저 매우 빠른 속도로 스쳐 지나가며 잠깐 어깨를 짚었을 뿐인 것 같은데, 황태자의 몸은 무슨 마법이라도 부린 것처럼 옆으로 돌려 세워져 있었다.

"대공 전하."

킬리언이 낮게 말했다.

"물러나라, 힐스테드."

"제가 하게 해 주십시오."

킬리언이 힐스테드를 등 뒤에 둔 채 검을 고쳐 세우고 말했다.

"황비를 멈추는 건 내 업보다."

황태자의 눈이 흔들렸다. 킬리언이 웃음기 없는 얼굴로 그를 뒤에 두고 걸어 나갔다.

"……대공 전하."

아무리 그래도 저 색깔의 머리카락과 눈으로 황비를 막아서게 두는 건 아니지. 킬리언은 실없는 농담처럼 그렇게 생각했다.

"형님!"

킬리언은 휙 몸을 비틀어 자신과 황태자 사이에 칼을 휘둘렀다. 날카로운 검기를 담은 한 번의 일격, 그리고 쾅! 발을 굴렀다. 황급히 그에게 따라붙으려던 황태자가 생각하지 못한 충격파에 팔꿈치로 얼굴을 가리며 뒷걸음쳤다.

킬리언은 바로 이어서 반대편으로 칼을 들어 황비의 공격을 막았다. 쾅! 황비의 시미터와 킬리언의 검이 맞부딪치며 충격파가 일었다. 그후에야 검기가 지나간 자리를 따라 깨끗이 잘린 바닥이 비스듬히 밀려나더니 무너지기 시작했다.

킬리언을 마주한 황비의 눈에 광기와 희열이 어렸다. 마치 그의 얼굴을 본 것이 분노의 연료라도 되는 듯, 황비의 몸에서 일렁이는 뜨거운 기운이 확연히 거세어졌다. 황비는 리에타 따위는 다 잊어버렸다는 듯, 아주 오래 기다린 사람처럼 반가운 환희에 휩싸여 그를 불렀다.

"대공."

킬리언이 웃으며 응수했다.

"네, 황비마마."

킬리언이 인사하듯 몸을 낮추며 미소 지었다.

"당신께서 원하시는 목이 여기에 있습니다."

끝은 저랑 맺으셔야죠. 하늘하늘 춤추는 듯, 흩어지는 듯, 휩싸여 모이는 듯 불길이 일렁였다. 화마의 힘이 불꽃처럼 만개했다. 화르륵. 황비는 불길을 옷처럼 휘감은 채 화염 사이로 킬리언을 향해 달려들었다.

검사로서의 능력을 초월해 마법의 영역으로 넘어간 속도와 힘이었지만, 킬리언은 성물의 힘을 끌어내며 한계까지 확장된 감각으로 내리치는 시미터를 받아 냈다. 사방으로 다시 한번 날카로운 충격파가 퍼져 나갔다.

"큭!"

제 위로 무너진 벽을 간신히 치우며 뒤로 몸을 빼낸 황태자가 거친 숨을 몰아쉬며 벽에 등을 부딪쳤다.

"하아…… 하아."

무너진 돌벽의 절단면에 찢어진 팔에서 주르륵, 피가 흘러내렸다. 황태자는 검을 쥔 팔에서 느껴지는 통증에 아랫입술을 물고 왼손을 들어 오른팔을 콱 눌러 감쌌다. 그리고 다음 순간 아래쪽에 느껴지는 양감에 무심결에 시선을 내리고 멈칫했다. 그의 손 바로 밑에, 사람이 있었다.

황태자의 팔에서 흐른 피가 의식이 없는 사내의 얼굴 위에 떨어지고 있었다. 그들이 있던 황궁 아래에 누구의 방이 있었나, 너무나도 당연한 사실이 벼락같이 떠올랐다.

"……황제, 폐하?"

격식을 갖추었으나 환자임이 숨겨지지 않는 옷차림. 마른 몸. 붉은 루비 반지. 힐스테드의 팔에서 흘러내려 떨어진 진득한 붉은 피는 황제의 회색으로 센 머리와 이마를 지나쳐 감긴 눈에 고이고, 눈가의 주름을 지나 움푹 팬 뺨을 타고 눈물 같은 길을 그리며 흘러내리고 있었다. 마치 황제의 눈에서 피가 흐르고 있는 것 같았다. 황태자는 멍하니 그 모습을 쳐다보았다. 저도 모르게 저주의 첫 번째 문장이 떠올랐다.

'……자식으로 인해…… 피눈물을 흘리게 되리라.'

황태자는 순간적으로 스스로의 생각이 황당해 헛웃음을 뱉었다. 그럴 리가 없잖아. 겨우 이런 것 리가. 하지만, ……지금 이 순간이 저주의 마침표를 찍는 어떤 상징적인 장면이라면? 황태자의 눈빛이 변했다.

저주에 대해 오랫동안 파고들어 연구했던 황태자는 저주가 강제하는 인과율이라는 게 온갖 방식으로, 때론 꽤나 이해하기 어려운 묘한 형태로도 실현되곤 한다는 걸 알고 있었다. 어쩌면, 자연히 뒤의 문장들이 이어서 떠올랐다.

'에율라티오의 딸에게 속죄하고 진심으로 용서받지 못하는 한, 그는 그 눈물에 잠겨 죽게 되리라.

황태자가 고개를 들었다. 무너진 황궁 저편, 불길 속에서 싸우고 있는 두 사람의 모습이 시야에 들어왔다. 황제 폐하! 비명처럼 소리치며 그의 호위 기사와 사제들이 무너진 건물의 잔해들을 헤치고 넘어서 허겁지겁 달려오는 모습도 보였다.

지금, 지금 저주 따위가 문제가 아닐지도 모른다. 어차피 당장 저주가 풀린다 해도 몽마에게 잠식된 아버지는…….

아니야. 아버지는, 아버지가 죽어야 저주가 끝난다. 입 밖으로 내어 말한 적 없지만, 얼굴도 제대로 본 적 없는 아버지에게 애틋한 감정 따위 없었다. 그보단 그의 유일한 형제이자 친구이자 신하인 루스가 훨씬 더 중요했다. 그러나 다음 순간 황태자는 칼을 내팽개치고 몸을 일으켜 황제를 들쳐 업고 달리기 시작했다.

에율라티오의 딸. 이 세상에 단 한 명 남은, 라멘타의 왕족.

십구 년을 이어진 저주. 운명처럼 황제의 눈에 피눈물이 흐르는 순간, 그녀가 운명처럼 이곳에 있었다.

그것만으로도 도박해 볼 가치는 충분했다.

사방에서 날카로운 파열음을 내며 마력이 폭발하는 소리가 땅을 울렸다. 눈으로 따라갈 수 없는 속도에 두 힘이 격돌할 때마다 공간이 일그러졌다. 페르디안의 몸에 뿌리내렸던 모르비두스의 권능은 라지오넬이 숨어 있는 곳을 그대로 그에게 노출시켰다. 라지오넬은 역마의 권능으로 은신하는 것을 포기하고 몽마의 권능 속에 숨었다. 그러나 정신계 아공간에는 메르데스가 도사리고 있었다.

섬광이 된 메르데스와 라지오넬이 일으킨 마법의 힘이 맞부딪쳤다. 라지오넬은 자신을 추격해 오는 메르데스를 떨치기 위해 공간을 뒤틀고 다른 공간으로의 도약을 시도했지만 한번 그의 꼬리를 붙잡은 메르데스는 쉽사리 라지오넬을 놓치지 않았다. 라지오넬과 메르데스는 뒤틀린 공간의 이곳저곳에서 사라졌다 나타났다 하며 꼬리를 물 듯 각축전을 벌였다. 라지오넬은 불쾌한 미소를 지으며 씹어뱉었다.

"……내 수제자를 '오염'시킨 것이 네 놈들이로구나."

"그래? '교육'시켰다고 들었는데, 나는. 뭐 아무럼 어때?"

캉! 메르데스가 맞물린 무기 아래로 휘두른 손톱을 라지오넬이 맨손으로 막아 냈다. 금속끼리 부딪치는 소리가 났다.

"키메라가 다 됐군. 난놈일세."

그러나 라지오넬은 받아치는 대신 비틀린 미소만 지었다. 자신이 몸에 심은 악마보다 격이 높은 역마의 힘에 밀린다는 것은 몹시 불쾌한 감각이었다. 신의 그림을 완성하기 위한 한 조각의 퍼즐이라며 기꺼이 자신의 몸에 거두었던 악마의 권능이 더러운 오점처럼 느껴졌다. 메르데스는 끝없이 그를 몰아붙였다.

"저기다!"

대축성 의식에 참관하기 위해 몰려들었던 사람들이 달아나기 시작하며 인파에 휘말린 전투 사제들이 뒤늦게 달려왔다. 그러나 전투의 상황을 마주한 사제들은 당황한 얼굴로 멈추어 섰다.

라지오넬 추기경과 몽마가 싸우고 있다. 전투 사제들에겐 어느 쪽도 아군 같지 않았다. 전투 사제들 가운데는 황비와 지속적으로 교류하며 부도덕한 실험을 벌인 추기경의 저의를 의심하는 사제들이 적지 않았지만, 고위 악마와 고위 사제가 싸우고 있는데 사제를 공격할 수 있을 정도로 자신의 믿음에 강한 확신이 있는 사람은 없었다. 메르데스가 성녀의 사역마라는 걸 아는 사람은 아무도 없었다.

쐐액! 펑! 새하얀 성창이 인파를 뚫고 날아가 메르데스와 라지오넬의 사이를 갈랐다. 간발의 차이로 성창을 피한 메르데스는 빠르게 뒤로 물러섰다. 메르데스를 공격한 사제가 단호한 얼굴로 신성력을 일으키며 거칠게 소리쳤다.

"뭐하시는 겁니까! 추기경이 이단 의혹을 받고 있다고 고위 악마의 편을 들기라도 하실 겁니까?"

사제들이 주춤거렸다.

"일단은 인간을 도와야지요! 추기경에게 정말 죄가 있다면 나중에 심판하면 되는 것 아닙니까!"

사제의 말대로였다. 차라리 라지오넬 추기경을 돕고 그의 죄를 나중에 조사하는 것이 훨씬 합당하다고 느껴졌다. 이내 그에게 동조한 몇 명의 사제들이 신성력을 일으키며 추기경 쪽에 가세했다.

몇몇 사람들은 당황하며 결정하지 못했지만, 자신의 순수성을 심판 당하는 듯한 상황 앞에 서자 더 많은 사제들이 라지오넬에게 맞선 고위 몽마를 겨냥해 공격하려 했다.

"멈추시오! 우리가 막아야 하는 게 누구인지 모르겠소?"

에밀라이 대사제가 소리쳤다.

"추기경이 무슨 힘을 쓰고 있는지 똑바로 보시오! 저건 악마의 힘이오!"

사제들이 멈칫하며 물러섰다. 석장을 휘두르는 라지오넬과 메르데스의 힘이 맞부딪칠 때마다 공간이 뒤틀리고 있었다.

"메르데스는 악마로 태어났으니 악마의 힘을 쓰는 게 당연하겠지만, 추기경이 무슨 수로 악마의 힘을 쓰고 있는 것일지 생각이 안 되오?"

캉! 메르데스와 무기를 맞댄 라지오넬이 초연하게 미소 지으며 중얼거렸다.

"……예상은 했으나 신의 반열에 도달하기 위한 시련이란 만만치 않구나."

메르데스가 벌레 씹은 얼굴로 촌평했다.

"또라이 새끼."

현실의 공간과 몽마의 아공간이 엇갈렸다. 꿈의 세계가 뒤섞이며 느껴질 리 없는 타인의 의식이 느껴지고 자신이 모르는 기억들이 순간순간 장면처럼 스쳐 지나갔다. 얼굴이 새파래진 고위 사제 하나가 후들거리는 다리로 주저앉으며 소리쳤다.

"추기경을, 추기경을 잡아요! 라지오넬 추기경이 뭘 하려는 건지 모르겠어요?"

쩡! 두 몽마의 힘이 부딪치며, 격렬하게 휘몰아치는 마력의 돌풍에 사제들이 소매로 얼굴을 가리고 주저앉았다. 화악! 어디선가 터져 나온 신성력이 보호막을 만들며 사제들을 보호했다.

"지하 수로는 괜찮습니다."

사람들 사이로 단호한 목소리가 울렸다.

"지하의 제단에 사람들은 남아 있지 않아요. 그 사람들을 희생시켜 악마를 만들어 내진 못할 겁니다. ……지상의 사람들은 아직 안전하지 않은 것 같지만."

실종되었던 성녀의 목소리를 알아들은 몇몇 사제들의 눈이 휘둥그레졌다.

"타니아 성녀님?"

대체 무슨 일이 있었는지 온통 피와 진흙을 뒤집어써 꽤나 험악한 모습이 된 성녀는 검게 변한 눈동자를 숨기지 않은 채 자신의 석장을 들어 올렸다. 새카맣게 변한 눈동자가 보름달을 반사하며 밝게 빛났다. 메르데스를 불러내어 부리느라 신성력을 쓸 수 없게 된 성녀 대신, 그녀의 오른편 뒤에 늘어선 수십 명의 인퀴지터들과 사제들이 신성력을 일으켜 라지오넬을 겨누었다.

그리고 어느새 그들을 에워싼 기사들과 병사들, 그 무엇도 아니지만 달아나지 않은 일반인들까지 저마다의 무기를 들어 올렸다. 그들의 무기 끝이 가리키고 있는 상대는 라지오넬 추기경이었다.

성녀가 머리에서 흘러내리는 피를 손등으로 훔쳤다. 마력이 소용돌이치기 시작했다.

"이단이다!"

라지오넬을 지지하는 보수파 추기경 하나가 격노해 성녀를 향해 손가락질하며 일갈했다.

"타니아 성녀가 악마와 손을 잡았다! 고위 악마를 소멸시켰다고 사람들을 속이고 여태 성녀 행세를 해 왔어! 다 한통속이야!"

그러나 흔들리는 사람은 많지 않았다. 메르데스를 잡았다는 것은 성녀가 쌓아 온 이십 년 명성의 극히 일부일 뿐이었다. 타니아 성녀가 답했다.

"이단 심판은 나중에……."

다음 순간 보수파 추기경은 눈을 뒤집으며 주저앉았다. 그의 등 뒤에서 나타난 자객이 어깨를 으쓱했다.

"대화 중에 죄송합니다. 별로 들을 가치가 있는 말은 아닌 것 같아서."

도둑 길드가 가세했다. 축성받은 비수와 표창 들이 추기경을 향해 날아갔다. 쩡! 거대한 소리와 함께 불길에 휩싸인 황제의 본궁 일부가 무너지기 시작한 걸 발견한 사제들이 입을 가리며 숨을 멈추었다.

"황궁이……!"

"화, 황제 폐하가, 저기 계십니다! 대공 전하와 리에타 님이 아직 저쪽에 계실 텐데……!"

황궁에서 폭음과 함께 악마의 불길이 터져 나왔다.

등에 업은 황제는 자신과 키가 비슷한 성인 남성이라는 걸 믿기 어려울
정도로 가벼웠다. 근육도 무엇도 없는 가죽 아래 뼈가 느껴졌다. 내가 살아
있는 사람을 업고 달리고 있는 건 맞을까? 모르겠다. 그분을 만난다면 무
슨 말을 하지? 모르겠다. 설령 용서받을 수 있다면, 그후엔……. 모르겠다.
　황궁은 온통 불이 나서 아수라장이었다. 황비와 킬리언은 다가갈 수 없
는 높은 곳에서 사람 같지도 않은 싸움을 벌이고 있었다. 둘 중 하나가 죽
지 않았다는 것은 칼이 부딪치고 화염이 솟구치는 소리가 끊이지 않고 있
다는 것으로만 확인할 수 있었다.
　악마를 쳐. 성녀를 쳐. 추기경을 쳐. 이단이야. 제물이야. 사람들을 내보
내. 도둑이야. 불이야. 사람 살려. 신이여. 병사들을. 사제들을.
　사람들이 비명을 지르며 달아나고, 사제들과 병사들은 대체 누굴 공격
해야 하는지, 누굴 지켜야 하는지도 모르고 엉망으로 소리를 지르고 있었
다. 세상이 망하는 날이 꼭 이럴까?
　황태자는 무작정 저주받은 황제를 업고 달렸다. 어디, 그분은 어디에?
그러나 누구도 리에타가 있는 곳을 알지 못했다. 그녀는 이 세상에서 사라
져 버린 것 같았다. 아직 이 궁에 있는 것은 맞을까? 그녀를 만나려면 어떻
게 해야 하지?
　본능적으로 황태자가 몸을 돌린 곳은 라멘타의 왕관이 있는 곳이었다.
리에타는 오직 이곳에 그것을 돌려받으러 왔다 말했기 때문에. 황태자는
계속 달렸다. 무너지는 건물을 피해, 불타는 황궁을 피해, 악마와 사제의
싸움을 피해, 황비와 폐황자의 싸움을 피해.

라지오넬은 황궁에 일어난 화재를 쳐다보지도 않은 채 짜증스레 웃었다. 황비가 그에게 약조한 화재를 일으키지 않고 있었다. 아베르사티. 킬리언을 보고 눈이 뒤집어져 정신이 나갔나. 아니면 처음부터 배신할 생각이었나?

아베르사티 황비는 이쪽에서 그를 돕기로 되어 있었다. 계획대로라면 진작 지하 수로에 붙이든 용암이든 화마의 재앙이 일어났어야 했다. 그러기로 되어 있었다. 그러면 라지오넬은 그 재앙으로부터 새로 태어난 화마를 포획하여 그의 일부로 만들고, 거사의 마지막 단계를 시작할 예정이었는데.

"……그래. 황비와 나는 목적이 다르지. 애초에 그 정신병자가 어련히 똑똑하게 협조적으로 굴 것이라 믿은 내 잘못이구나."

타니아 성녀. 이 여자가 다 분탕질을 치도록 게으름을 부리다니…….

"마길라의 제물들을 전부 풀어 주었다고?"

콰드득! 타니아 성녀의 목을 틀어쥔 라지오넬이 그녀를 벽에 처박으며 을렀다.

"그게 어떤 제물들인데."

"……!"

성녀의 목을 감싸쥔 라지오넬의 손에 힘줄이 돋았다.

"네가 나보다 그들의 사정을 잘 알아?"

인퀴지터들의 신성 사슬이 라지오넬의 몸을 포박했다. 그러나 사제의 몸을 가진 라지오넬에게는 통하지 않았다.

"그들이 내보내 달라던가? 탈출시켜 달라던가? 그랬을 리가 없지."

성녀가 그의 손을 꽉 붙잡으며 악마에게 힘을 실어 주었다. 메르데스의 눈에서 화르륵 붉은 빛이 일며 몽마의 손톱이 그의 봄을 후려쳤다. 물방울이 되어 흩어진 라지오넬의 몸이 다른 곳에서 합쳐져 나타났다.

"오만한 성녀. 그들에게 정의로운 구원이라도 베푼 것이라 착각하고 있 겠지. 그들은 전부 자발적으로 마길라에 들어갔어. 너는 내가 뭘 하려는지 도 모른 채 간절한 이들의 소원을 무참히 짓밟은 것이다."

……간절한 소원. 그래, 내가 의식을 망치려는 걸 알아챈 자발적 희생양 들의 저항은 만만치 않았다. 성녀가 잡혔던 목을 좌우로 꺾고 주무르며 내 뱉었다.

"소원 좋아하네. 간절한 사람들 등쳐 먹어 이용하는 사기꾼 주제에."

악마를 유지하느라 채 치유하지 못한 성녀의 머리에서 피가 흘러내렸 다. 반면 신성력과 마력을 동시에 자유롭게 운용하는 라지오넬의 몸은 계 속해서 재생을 반복해 깨끗하고 멀끔하기 짝이 없었다. 추기경이 활짝 팔 을 펼치며 웃었다.

"사기꾼인지 아닌지는 두고 보면 알겠지. 원래 인간의 몸에 강림했던 신 과, 시대를 앞서간 역사 속 구세주들이 생전에는 다 그런 취급을 받았다."

제물들을 다 풀어 주었으니 계획은 다 틀어졌을 터. 훨씬 더 화를 낼 줄 알았는데. 성녀의 눈이 가늘어졌다. 뭘 믿고 저렇게 여유를 부리는 거지?

모르비두스가 감고 있던 눈을 떴다. 역마의 은신처에, 화마의 열기가 침 범해 오고 있었다.

"……엑시티우스."

저벅. 거대한 시미터를 어깨에 걸친 채, 그의 앞에 나타난 엑시티우스의 영이 옆으로 고개를 기울여 웃어 보였다.

'여, 어르신.'

엑시티우스의 뿔은 거대하게 자라 굽어 있었고, 몸에서는 지옥의 업화 와 같은 불길이 흘러나오고 있었다. 모르비두스가 피식 웃었다.

"좋아 보이는구나."

엑시티우스가 어깨를 으쓱했다.

'좋은 후원자를 만나서.'

"만족하고 있나?"

'몹시. 라멘타의 왕족도 부럽지 않은 것 같아. 이 맛에 인간이랑 계약하나?'

모르비두스가 슥 입매를 올리며 시선을 내리고 웃었다.

"……단 것 별로 좋은 거 아니라는데, 말 안 듣네."

엑시티우스가 방긋 웃었다.

'젊은 애들이 그렇지 뭐.'

"너는 인간의 영향을 너무 많이 받았다. 악마에게 복수란 의미도 없는 것을."

엑시티우스가 어깨에 걸쳤던 시미터를 내려 땅을 짚으며 말했다.

'예전엔 그런 소리가 제법 멋있었는데 지금은 아니야. 폼이라는 건 힘에서 나오는 거더라고.'

엑시티우스가 표정을 바꾸고 바깥으로 고갯짓했다.

'재미없는 소리는 그만하고. 나오시지, 어르신. 힘으로 끌어낼 수 있을 것 같지만, 어르신이든 무녀님이든 예우하는 의미에서 기다려 줄게. 힘 있는 놈들은 원래 그러는 거니까.'

모르비두스가 금빛 눈동자를 들어 웃으며 화마를 바라보았다. 엑시티우스가 턱짓해 리에타를 가리켰다.

'순순히 무대에 올라와 주시면 애지중지하시는 무녀님한테는 손대지 않는 걸로. 어때? 나쁘지 않은 거래일 텐데.'

외투를 벗어 두 번 접고 리에타의 머리 밑에 베개처럼 받쳐 주었다. 그녀의 손에 지팡이를 쥐여 준 채. 모르비두스는 그가 다하지 못한 마지막 임무를 마무리할 절반의 힘을 리에타의 곁에 남겨 두었다. 그의 모습을 닮

은 흐릿한 환영이 리에타의 곁에 나타나 앉았다. 팔랑팔랑. 청록색 빛을
뿌리는 그늘나비가 리에타와 환영의 주변에 날아들었다.

내가 사라져도, 이것이 남아서 내가 남겨 둔 마지막 의지를 다할 것이
다. 베아트리체가 그렇게 했던 것처럼. 새삼 그녀가 그에게 많은 것을 가
르쳐 주었다는 생각이 들었다. 인간의 영향을 너무 많이 받았다는 건, 언
제나 자신에게 하는 말이기도 했다. 모르비두스는 마지막으로 리에타의
머리를 가만히 쓸어 주고 바라보다 일어섰다.

리에타의 몸에서 연보라색 신성력이 흘러나오기 시작했다. 리에타가
베아트리체가 남긴 것에 닿았다는 것을 깨달은 모르비두스가 가만히 리
에타를 내려다보았다. 그는 자신에게 베아트리체가 하달한 마지막 임무의
시간이 왔음을 알았다.

스룽. 가만히 옆으로 뻗은 그의 손에 거대한 낫이 들렸다. 더 이상은 숨
겨지지 않는 라멘타의 망령들이 모르비두스의 등에, 그의 낫에 주렁주렁
매달려 무겁게 속삭였다.

'우리들의 왕을 돌려줘……'

지긋지긋한 것들. 모르비두스가 피식 웃으며 그들을 향해 말했다.

"라멘타 최후의 왕녀는 베아트리체다. 너희도 알고 있겠지만."

라멘타의 망령들이 수군거렸다. 에샤힐테가 베아트리체에게 물려주지
않기 위해 그토록 애썼던 것. 베아트리체가 리에타에게 물려주지 않기 위
해 애썼던 것. 라멘타의 망령들이 모르비두스를 노려보기 시작했다. 모르
비두스는 마지막으로 고했다.

"에샤힐테와 베아트리체가 악마들에게 약속한 모든 대가를 치렀으니.
더 이상 에율라티오의 딸은 없을 것이다."

모르비두스가 낫을 들어, 빈 바닥을 내리쳤다. 쩡! 모르비두스가 현실의
공간으로 내려서며 그의 낫에 집중된 마력으로 라멘타의 왕관을 내리쳤다.

어둠 속 베아트리체가 가만히 서서 고개를 돌렸다. 리에타, 예쁜 내 딸. 네가 자라는 걸 보지 못해서……. 널 오랫동안 외롭고 힘들게 둬야 할 것 같아서 미안해.

"황태자 전하. 들어가시면 안 됩니다. 위험합니다!"
사제인지 뭔지 모를 사람들이 소리쳤다. 웃기는 말이었다. 위험? 지금 여기서 위험하지 않은 곳이 어디 있어. 황태자는 황제를 업은 채 몸으로 부딪쳐 문을 열었다.

라멘타의 왕관, 신성과 마성이 극한으로 뒤섞인 마의 성물이, 역마의 배틀사이드에 부딪치며 사방으로 거대한 에너지를 폭발시켰다. 모르비두스는 다시 낫을 당겨 들었다. 그리고 또 한 번 내리쳤다. 쩡! 아비규환이 펼쳐진 온 도시에, 대지를 뒤흔드는 마력의 파장이 퍼져 나갔다. 공간과 함께, 시간마저 뒤틀리기 시작했다.

미래의 리에타가 현재의 모르비두스를 잡았다.
'모르비두스. 나랑 계약해.'
'너를 잃고 싶지 않아.'
'너 혼자의 힘으로는 화마를, 지금의 엑시티우스를 상대할 수 없어.'
모르비두스를 잡은 것은 리에타의 육신이 아닌 의식이었다. 모르비두스가 자신과 계약되어 있지 않다는 걸 깨달은 리에타의 정신이 그가 하려는 일을 막아서려 하고 있었다.
'내가 감당할게.'

'네가 날 해치지 못하게 할게.'

'나랑 계약해.'

오래전, 베아트리체에게 애원하던 그 옛날의 어느 밤이 떠올랐다. 그녀에게 무릎 꿇던 밤.

'날 데려가. 네 명령을 들을게. 알잖아. 내가 뭐라고 지껄여도 결국 네 뜻에 반하게 움직일 수 없다는 거 알잖아. 기다려, 베아트리체. 나랑 얘기해. 제발.'

그 옛날의 자신이, 리에타의 모습을 하고 그를 잡은 채 울고 있었다. 그는 비로소 베아트리체를 온전히 이해했다. 뻔히 보이는 미래로 걸어 들어가며 나를 뿌리치던 너를.

'아칸.'

모든 악마 계약자가 그들 자신을 지키는 수단으로 악마와의 계약을 활용하지는 않았다. 베아트리체는 스스로를 지키기를 원하지 않았다. 모르비두스가 담담하게 웃었다.

"······너랑은 다시 계약하지 않아."

내가 그녀를 지키고 있는 줄 알았다. 하지만 그녀가 원한 것은 수호가 아닌, 자신의 뜻을 실현하기 위한 복종이었다. 처음 그들과 계약할 때는 몰랐다. 그런 명령이 있을 줄은, 그 명령이 이렇게 오래 남는 뼈아픈 후회가 될 줄은.

"리에타, 우리 꼬맹이."

모르비두스가 자신을 붙든 리에타의 손을 잡으며 살짝 고개를 숙이고 웃었다.

"아무것도 걱정하지 마. 다 괜찮아질 거야."

네 곁에 머무르길 바라지만, 그보다 네가 무사히 행복하기를 원한다. 베아트리체가 바랐던 걸, 이젠 그가 바라고 있었다. 복속 계약으로는 돌아가지 않아. 이젠 복종이 아니라 수호하기를 원해. 네가 거부해도 나는 너를 지킬 것이다. 그래서 너랑은 다시 계약하지 않아.

'자식'과 '죽음'이라는 상념은 열쇠가 되어 리에타가 잃어버린 기억으로 다가가게 만들었다. 그것은 리에타를 깊은 잠에 빠지게 했다. 그녀가 약해진 것을 알아챈 오블리비우스가 리에타의 정신 속에서 고개를 들이밀었다. 라지오넬의 의식 일부와, 그와 동화된 페르디안의 정신 역시 그 사이로 파고들었다. 그리고 리에타의 몸에 닿아 있던 지팡이가 빛나기 시작했다.

몽마와 연관된 모든 존재들이 리에타의 꿈에 들어서서 뒤얽히기 시작했다. 리에타의 의식 속으로 뻗어 나가기 시작한 기억의 몽마는 그녀를 휩싸고 도는 기운 속에서 과거의 주인을 발견하고 반가워했다. 오블리비우스는 그녀와, 그녀의 어머니가 만나는 지점에 있었던 오래전의 기억들을 풀어내기 시작했다.

'역신 모르비두스는 에율라티오와의 약속을 지켜라.'

리에타가 건넨 말에, 모르비두스는 자신의 운명을 선택할 수 있음을 알았다. '에율라티오와의 약속을 지키라'는 말에, 그의 앞에 놓인 것은 두 가지 선택지였다.

하나는 오랜 세월 이어져 왔던 라멘타 왕족, 에율라티오와의 복속 계약을 회복할 것. 그리고 또 다른 하나는, 에율라티오의 딸, 베아트리체와 한 마지막 약속을 되찾을 것.

베아트리체를 잃은 후, 그녀의 명령에 리에타마저 잊어버린 채 몸에서 사라지지 않는 정체 모를 마법의 후유증으로 지옥으로도 돌아가지 못하고 오랜 세월 떠돌았으나, 이십 년을 잊고 있던 모든 것은 이날을 기다려 왔던 듯 물 위로 드러나 자연스럽게 떠올랐다.

'이건 내가 죽은 뒤에 시작될 계약이야. 아칸, 너를 위해 ……를 남겨둘게. 리에타를 수호해 줘. 그 아이가 나와 같은 길을 걷지 않도록.'

베아트리체. 정녕 너에게 나는 아무것도 아니었나. 너는 내 마음을 알고 있었잖아. 네가 끝내 나를 용서하지는 못했어도, 우리가 그보다는 많은 것을 나누었다고 생각했는데. 지독한 배신감과 허탈감, 공허감에 치를 떨면서도, 네가 내게 남긴 마지막 그것이 무엇인지 듣기는 해야겠어서. 모르비두스가 되찾은 약속은 에율라티오에 대한 복속 계약이 아니었다. 그는 베아트리체와의 약속을 선택했다.

리에타는 어둠 속에서 자신의 머리카락을 쥔 채 내려다보았다. 나 왜 아직 금발이지? 혈족이 맺은 악마와의 계약을 회복하면, 내 머리카락은 검은색으로 변해야 했다. 대를 이어 내려오는 에율라티오 무녀의 기억 속에서 악마와의 계약을 회복한 무녀들의 머리카락은 모두 검은색으로 변했다. 어떻게 지금까지 잊고 있었을까.

나는 악시아스를 지키기 위해 어머니가 봉인한 무녀의 힘을 되찾기를 선택했지만, 나에겐 마땅히 돌아와야 했을 무녀의 지식과 기억이 전부 돌아오지 않았다. 무녀가 된다면 날 괴롭히고 지배하기 시작했을 라멘타의 망령도 더 이상 나타나지 않았다.

그 어떤 라멘타의 사역마도 계약을 되찾은 나를 찾아오지 않았다. 돌아온 건 모르비두스뿐이었다.

라멘타의 귀족들도, 대를 이어 내려온 수많은 고위 악마들과의 계약도, 전부 나의 대에서 끝날 수 있었다. 하지만, 무녀에게 운명 지워진 저주만은……. 라멘타의 망령만은 내가 어떻게 할 수가 없었다.

어머니, 에샤힐테가 노력했지만 실패한 이유를 이제는 안다. 우리는 아무리 애를 써도 라멘타의 망령으로부터 자유로울 수 없다는 것을.

무녀의 정신이라는 건 그렇게 만들어져 있다. 나를 키워 냈고, 나만 바라보고 있는 라멘타를, 대대로 희생해 온 선대 무녀들을 외면할 수 없게 만들어져 있다. 우린 라멘타가 사라지게 둘 수가 없다.

그것이 무녀들에게 지워진 굴레. 하지만 리에타는 달라. 리에타는, 내 딸은 벗어날 수 있어. 내가 내 딸을 그렇게 만들었다. 내가 죽은 후에 라멘타의 망령들이 리에타를 옭아매기 시작하면…….

베아트리체가 그의 어깨에 이마를 묻은 채 속삭였다.

'……아칸, 내가 못다 한 걸, 그 애를 위해 해 줘. 나에게 못다 한 걸, 그 애를 위해 해 줘. 그러면 너는, 리에타에게서 나를 다시 만날 수 있을 거야.'

'……!'

사역마를 상대로 한 절대적인 신성 명령이 모르비두스의 정신을 옭아맸다. 모르비두스의 몸에 박힌 계약의 문양이 새빨갛게 달아오르며 명령을 거부하는 악마를 강제했다.

'웃기지 마. 내가 할 것 같아?'

모르비두스는 악에 받쳐 소리쳤다.

'계약이 끝나면 내가 가만히 있을 것 같아? 너희 인간들 다 멸망시켜 버릴 거야. 네가 사랑하는 인간만이 아니라 살아 있는 인간은 누구 하나라도 남아 있지 않게 할 거야!'

명령을 거부하는 악마의 육신은 계약의 징벌 아래서 피를 흘리며 부서졌다. 고통스러울 텐데. 모르비두스는 조각으로 흩어져 사라져 가면서도 저항하며 몸부림쳤다.

'너를 절대 용서하지 않을 거야!'

베아트리체는 슬프게 웃었다. 시야가 뿌옇게 흐려졌다. 모르비두스가 사라지는 것을 바라보는 그녀의 눈에 눈물이 고이고 있었다.

'용서하지 않아도, 너는 ⋯⋯를 사랑하게 될 거야.'

⋯⋯내가 그랬던 것처럼. 최후의 신성 왕녀는 모르비두스가 완전히 그녀를 잊고, 자신의 딸을 잊고, 자신의 운명을 잊은 채 먼 미래로 멀어져 가는 모습을 바라보았다. 작게 손을 들어, 작별 인사를 하려다⋯⋯ 멈춘다.

모르비두스는 언젠가 그녀에게, 받아들일 수 없는 사과는 상처만 될 것이니 하지 않겠다 했었다. 인사도 마찬가지일 것이었다. 베아트리체는 모르비두스의 눈을, 그가 배신감에 치를 떨며 사라져 가는 것을 바라보았다. 시선을 피하지 않고 똑바로. 끝까지. 베아트리체는 그의 모습을 지켜보았다.

내가 죽은 후 그는 기억을 잃은 채 깨어 나게 될 것이다. 그리고 그 기억은 리에타를 다시 만난 순간 비로소 되살아나게 될 것이다. 자신이 당했던 것과 같은 시험에 들게 될 딸을 위해, 베아트리체는 먼 미래로 자신의 사역마를 보내 두었다⋯⋯.

지금 보내지 않으면, 베아트리체가 죽는 순간 다른 모든 악마들과 함께 라멘타의 계약이 풀리고 그는 자유의 몸이 될 것이다. 그러면 자신이 예고한 대로 미쳐 날뛰며 세상을 엉망으로 만들겠지. 대신 베아트리체는 자신이 죽은 후 시작되는 새로운 계약에 매이도록 그를 얽어매 두었다.

모르비두스가 무너져 내렸다. 그가 사라진 자리엔 푸른빛이 도는 검은 나비의 날개 가루만이 남았다. 검은 가루가 반짝이며 공기 중으로 흩어졌다. 먼 미래를 기약하며.

자신의 원수이자, 사랑이자, 배신자이자, 구원자였던 악마의 금빛 눈이 사라졌다. 이번 생에는 더 이상 볼 수 없겠지. 베아트리체는 자신이 영원히 그를 잃었음을 깨달았다. 그가 사라지고서도 조금 더, 베아트리체는 그가 있던 자리를 바라보았다. 턱에 맺혔던 눈물은 끝내 바닥으로 떨어지지 않았다.

"후우……."

입술 새로 내뱉은 작은 한숨과 함께, 그녀는 몸을 돌려 자신을 기다리는 끝을 향해 걸어갔다. 자신의 손으로 맺기 위해, 스스로 택한 종결이었다.

라지오넬은 세비타스 수도원의 정원에 앉아 있는 리에타의 곁으로 다가갔다. 그곳은 세비타스 수도원의 정원이기도 했고, 악시아스 성의 정원이기도 했으며, 황궁 정원이기도 했다. 그는 리에타에게 말을 걸었다.

'힘들지. 내가 너를 도와주러 왔어.'

라지오넬의 눈동자 너머로, 페르디안 또한 그녀를 바라보고 있었다.

카앙! 킬리언과 황비가 칼을 맞부딪쳤다.

화마 엑시티우스가 세 번째로 내리치는 낫을 막으며, 교차한 무기 너머로 그를 노려보았다.

"이봐, 어르신. 너무 무모한 짓을 하는 거 아니야?"

역마의 눈이 금빛으로 빛나며 그를 무시하고 라멘타의 왕관을 향해 네 번째로 낫을 내리찍었다.

가장 먼저 이상을 깨달은 것은 타니아 성녀였다. 악마를 만들어 내는 것은 수많은 사람들의 고통, 죽음, 재앙, 혹은 강대한 신성의 타락이다. 대축성 의식은 무용지물로 돌아갔다. 콘클라베……. 콘클라베는 중단되었다. ……콘클라베? 온몸에 서늘한 기운이 흘렀다. 교황이 선출된다면 벌어질 일. 그들이 추기경의 것이 되어선 안 된다고 그토록 막으려 했던 일.

……교황의 육신은 어디에 있지? 새로운 교황이 선출될 때까지 교황에게만 허락된 마법 지식과 신성력을 온전히 간직하고 있을, 죽은 이바손 사세의 육신은?

교황의 육신은 강력한 신성력으로 인해 부패가 일어나지 않는다. 의식을 통해 그 힘을 차기 교황에게 넘겨주기까지, 교황의 권능은 여전히 그곳에 남아 있기 때문이다. 교황이 죽은 후 그가 있던 곳에서 약식 장례가 열렸지만, 진짜 장례는 차기 교황에게 그 권능이 넘어간 다음, 그후에야 비로소 교황의 육신을 떠나보내는 진짜 장례가 열린다. 장례와 콘클라베를 위해, 교황의 육신이 황궁으로 왔을 텐데?

"길리우스 대사제. 콘클라베는 어디서 열릴 예정이었죠?"

"네?"

"교황의 육신은 어디 있습니까?"

길리우스 대사제가 입을 벌렸다. 신이 되겠다는 정신 나간 목표의 실현에 한걸음 앞까지 다가온 추기경에게 인간들이 추앙하는 교황의 자리 따위는 그저 기분 좋은 명예 이상의 의미가 없었다. 기억의 권능을 가진 악마의 힘을 얻은 추기경에게는 이미 교황의 지식도 필요 없었다.

추기경이 노린 것은 교황의 자리가 아니었다. 그가 노린 것은 극한의 신성력을 간직하고 있을 교황의 시신이었다.

라지오넬이 씩 웃으며 팔을 펼쳤다. 그의 충실한 복사 소년이, 그의 암실에 모셔진 교황의 육신에 불을 질렀다. 암실 가득 그려진 마법진이 빛나기 시작했다.

강대한 신성이 타락할수록 더욱 강력한 어둠이 된다. 대를 이어 누적된 교황의 신성한 육신이 악마의 힘이 일으킨 화염에 타락하며 엄청난 양의 마력이 터져 나오기 시작했다.

"끼아아아아아!"

지옥에서 울리는 듯한 비명과 함께 교황의 육신에서, 화마가 태어나고 있었다.

'왕녀님, 탈출해요.'

다시 돌아온 라나가 베아트리체의 손을 이끌고 당겼다.

'이 자리에 남아 있으면 당신은 죽습니다. 이걸 부수기만 하면 당신은 여기서 나갈 수 있어요.'

그럼 그 운명은 어떻게 되는데? 내가 여기서 살아 나가면 화마들의 번제물로 라멘타를 끝내게 되리라는 최후의 왕녀의 운명은 누구에게로 가는데.

베아트리체의 물음에, 라나는 대답이 없었다. 어느 정도는 예상한 일이었음에도, 베아트리체는 분노와 허탈함으로 맥이 풀리는 걸 느끼며 중얼거렸다.

'……역시 내 딸에게로 가는구나.'

베아트리체는 자신을 잡은 라나의 손을 떼어 내고 멈추어 섰다. 라나의 얼굴이 창백해졌다. 베아트리체는 미련 없이 돌아섰다. 라나가 빠른 걸음으로 베아트리체를 앞질러 돌아서는 그녀의 앞에 무릎을 꿇었다. 털썩. 베아트리체가 멈추었다.

'당신의 딸에게 물려주십시오. 안 될 것이 무엇입니까?'

라나는 간절한 눈으로 베아트리체를 올려다보며 그녀의 옷자락을 붙들고 매달렸다.

'천년을 이어 온 전통이잖아요. 운명이잖아요. 모두가 자신의 자식에게

무녀로 죽을 삶을 물려주어 왔습니다. 왕녀님도 그러시면 되잖아요.'

베아트리체가 자신의 다리에 매달린 검은 머리의 혼혈 소녀를 바라보았다. 각인된 새끼가 부모를 따르는 듯 절박한 얼굴을, 베아트리체는 냉정한 말로 외면했다.

'어린아이의 실언이니 한 번은 용서하겠다. 너는 인간이니, 다시는 인간으로서 해서는 안 될 말을 입에 담지 마라.'

라나가 울음을 터뜨릴 듯 얼굴을 일그러뜨렸다가 얼른 표정을 가다듬으며 다급하게 말했다.

'왜요? 모두가 그렇게 해 왔습니다. 그러니까 왕녀님에게까지 이렇게 내려온 것이 아닙니까. 여왕님도, 왕녀님의 선대도 왕녀님에게 그렇게 했습니다. 왜 왕녀님은 안 됩니까?'

베아트리체가 다정하고 부드러운 손길로 라나의 머리를 한번 쓸어 주었다. 그러나 입을 열어 속삭인 마지막 말은 냉정했다.

'나가라, 라나.'

"끼아아아아!"

갓 태어난 화마가 포효했다. 화마가 태어난 곳을 중심으로 새빨간 빛이 감도는 마법진이 발동되며, 그 마법진과 연결된 또 다른 마법진에 놓인 새카만 단검에 엄청난 양의 에너지가 집중되었다.

"캬아아아아악!"

화마가 분노에 차 고통 어린 비명을 울부짖었다.

타니아 성녀나 메르데스를 공격하려던 사제들도, 추기경을 공격하려던 사제들도 전부 그 자리에 얼어붙었다. 신성력을 느낄 수 있는 사제들은 시시각각 타락해 가는 신성력과 거대해져 가는 악마의 기운을 느끼고 안색이 새하얗게 질렸다.

　교황의 육신에서 해방된 거대한 신성력이 급속도로 타락하고 있었다. 라지오넬 추기경의 편에 섰던 수많은 사제들이 경악하며 모든 행동을 멈추었다. 교황의 육신이 악마를 탄생시킬 재료로 바쳐진 걸 깨닫고 경악한 사제 하나가 미친 듯이 추기경에게 달려들며 소리쳤다.

　"미쳤어! 당신 미쳤어! 뭘 한 거야, 무슨 짓을 한 거야!"

　아무나 가져서는 안 되는 두려운 힘이라고 경계하며 이십 년을 옥죄고 가두어 둔 교황의 힘. 그것은 지금은 사라진 고대 마법과 달리 사제들이 지켜 낸 고대 신성 마법의 증명이었다. 그 힘은 역사였고, 실질적인 신성이었으며, 사제들의 자랑이었다.

　온갖 증거와 증언들에도 추기경에 대한 지지를 끝까지 철회하지 않고 있던 나이 든 귀족 대사제 하나가 대노해 무시무시한 신성력을 일으켰다.

　"네 이놈! 악마의 부역자였구나!"

　빛의 창이 쏟아졌다. 그러나 쏟아진 신성 화살과 축성 받은 무기들은 부질없이 허공을 갈랐다. 라지오넬 추기경의 형상은 희뿌연 물안개가 되어 흩어졌다. 소름 끼치는 광신도의 웃음소리가 울렸다. 매섭게 휘몰아치는 바람 속으로 라지오넬 추기경의 목소리가 퍼져 나갔다.

　"신도들이여. 신의 요람 앞에 마지막 제물이 바쳐짐에 경배하라."

　"삐이이이익!"

　매의 소리를 닮은 악마의 비명이 수도의 하늘을 가로지르며 퍼져 나갔다. 갓 태어났음에도 자신을 위협하는 힘을 본능적으로 알아챈 화마는 마법진의 속박에서 달아나려 몸부림쳤다.

　"삐이이이이익!"

　불새의 형상을 한 악마가 날개를 치고 불길을 뿜으며 자신을 조그만 단검 안에 가두려는 힘에 저항했다. 라지오넬 추기경이 환희에 차 소리쳤다.

"보라. 때가 왔노라. 이 역사의 현장에 증인이 된 것을 눈물 흘려 감격하게 될지니. 그대들의 눈으로 신의 탄생을 목도하라!"

리에타, 가여운 것. 라지오넬에게서 떨어져 나와 리에타의 꿈속에 파고든 그의 의식 일부가 과거의 리에타를 바라보았다. 네가 어떤 사람을 사랑했는지 안다. 대단치 않았으나마 귀족이었고, 훨씬 많은 지원을 해 줄 수 있었던 나를 택하지 않고, 네가 좋아했던 건 제이드 같은 사람이었지. 그러니 넌 킬리언이 가진 것들에 흔들릴 리 없다는 걸 나는 알고 있다.

네가 사랑하는 건 선하고, 다정하며, 오랫동안 너만을 바라보며 기다려 준 사람이었다. 그렇지? 라지오넬의 정신은 가여우면서도 사랑스러운 것을 보는 마음으로 수도원 앞마당의 풀꽃을 뜯어 화관을 만드는 어린 리에타를 응시했다.

라지오넬은 눈을 감았다. 사람들에게 접근할 때 그는 언제나 기억의 권능을 이용해 왔지만 킬리언의 기억은 정체 모를 힘에 막혀 읽히지 않았고, 리에타는 너무 강한 신성 능력을 가지고 있어 읽을 수 없었다. 그것이 그에게는 특별하고도 궁극적인 운명의 시험으로 느껴졌다.

악마의 기억 읽기 능력을 사용할 수 없는 대신, 라지오넬은 페르디안이 가지고 있던 그녀와의 추억을 전부 가지고 있었다. 그것은 라지오넬에게 리에타의 성정에 대한 확신을 주었고, 그녀가 절대 킬리언 같은 놈을 진심으로 따르고 있을 리 없다 믿게 만들었다.

기억 속 제이드에게는 질투를 느꼈다. 리에타가 카사리우스 같은 같잖은 자식에게 고통받던 순간에는 가슴 아팠다. 제이드가 죽은 후 죄책감으로 방황하며 리에타를 피해 다녔던 대가로 전혀 생각지도 못했던 악시아스 대공에게 그녀를 빼앗기게 되었을 때는 어리석게 방황했던 자신이 증오스럽고 후회되었다. 무엇 때문에 방황했단 말인가. 제이드의 부탁대로 리에타를 지켰어야지.

죄의식 따위는 무가치했다. 힘이 있을 때 지켰어야 했다. 이미 벌어진 일, 후회하지 않고 원하던 걸 가져야 했다. 그렇지 않으면 더 큰 장애물이 나타난다는 걸 알고 있잖아.

라지오넬은 마지막으로 페르디안을 통해 전해 받았던 리에타의 모습을 떠올렸다. 킬리언이 리에타를 거칠게 잡아당겨 제 뒤로 감추고 페르디안의 뺨을 칼로 후려쳤던 그날의 기억을. 그것이 마지막이었다.

리에타가 끝내 킬리언에게서 도망쳐 숨었다는 소식이 들려왔지만, 그 이후의 기억은 라지오넬에게 없었다. 아마 그쯤 해서 페르디안의 육신이 모르비두스에게 마법적으로 오염된 탓일 터였다.

상관없었다. 그것으로 충분했다. 사람은 그리 쉽게 변하지 않으니까. 너는 '내'가 있었음에도 제이드를 사랑했던 여자다. 그래서 포기했었다. 하지만 제이드가 아니라면 그를 대체할 수 있는 건 '나'뿐이지. 라지오넬은 자신만만하게 미소 지었다.

수마와 융합한 페르디안의 영을 스스로의 몸에 받아들이고 그의 기억을 자신의 것처럼 가지게 되며 라지오넬은 리에타와 오랜 우정을 나누고 그녀를 아낀 것이 자기 자신이라고 착각하게 되었다. 이제 페르디안이 나의 일부가 되었으니 내가 그녀의 은인이기도 하지. 틀린 말은 아니잖아? 페르디안과 라지오넬이 뒤섞이기 시작했다.

암실의 수반 위에서 모습을 드러낸 라지오넬의 육신이 화마가 몸부림치는 단검 앞에 섰다. 먼 거리에서도 거세게 느껴졌던 화마의 마력과 열기가 맹렬히 소용돌이쳤다. 그러나 수마의 힘을 지닌 라지오넬의 몸에는 그 어떤 뜨거운 불의 힘도 상처를 입히지 못했다.

"삐이이이익!"

라지오넬이 수마의 힘을 일으켰다. 압도적인 힘으로 휘몰아치던 화마의 기운이 차디찬 마력에 짓눌리며 거칠게 잦아들었다.

"삐이이이익!"

자신의 피부 위에 서리를 휘감은 라지오넬이 붉은 화마가 감기고 있는 단검을 향해 손을 뻗었다.

몽마의 권능이 펼쳐진 공간 사이사이로 칼을 나누며, 킬리언은 직감처럼 스쳐 가는 황비의 의식을 느꼈다. 정신계 마법에 익숙해 자신의 의식을 빠르게 갈무리하는 킬리언과 달리, 빠른 속도로 산화해 가는 황비의 의식은 숨겨지지 않은 채 사방으로 흩어지고 있었다.

보통 사람이라면 미쳐버렸을 상황에 아베르사티 황비는 오로지 끝없이 솟아오르는 복수심과 광기로 그녀 자신을 유지하고 있었다. 이미 미쳐 있는 사람은 더 미칠 데가 없었다. 아무것도 숨기지 않는 황비 덕분에, 킬리언은 그 어떤 때보다도 그녀를 잘 이해하게 되었다.

"라지오넬 추기경이 루텐펠트라는 것을 알고 계셨습니까."

황비가 웃으며 답했다.

"라지오넬 추기경은 루텐펠트 대사제가 아닙니다."

황비의 의식이 조롱하듯 흘러나왔다.

"루텐펠트는 죽었는데. 라지오넬 추기경이 루텐펠트 대사제일 리가 있나요."

킬리언이 웃었다.

"그렇군요. 그럼 질문을 바꾸지요."

캉! 강한 힘으로 맞부딪친 칼을 밀어낸 뒤 황비와의 사이가 벌어지며 잠시 틈이 생겼다.

"라지오넬 추기경 역시 당신이 복수하려는 대상에 들어가 있습니까?"

화르르륵. 황비가 하늘거리는 불길에 휩싸이며 달려들었다.

"나한테 집중하세요. 악시아스 대공."

황비는 답해 주지 않았지만 킬리언은 흩어지는 황비의 의식으로 그녀의 답을 들었다.

"릴페이엄 모두를 지옥으로 데려갈 것이지만 그중 단 하나를 고르라면 그건 그대가 될 것입니다."

뒤섞인 시간과 공간 속에서, 미래의 리에타가 그에게 물었다.

"모르비두스. 엄마를 좋아했었어?"

지금 이 질문을 하는 건, 어떤 미래를 겪고 온 리에타일까. 모르비두스는 담담하게 웃었다.

"너흴 좋아하지 않는 악마는 없을걸."

리에타가 다시 물었다.

"내가 뭘 묻는지 알고 있잖아. 사랑했어요?"

모르비두스가 웃었다.

"글쎄. 사랑했다고 해도, 아니라고 해도 문제 아닌가."

"사랑했어?"

리에타는 다시 물었다. 그가 잠시 침묵하다 답했다.

"묵비권을 행사할게."

리에타가 말했다.

"……나한테 거짓말한 거 있지."

"……."

"당신, 나랑 계약 상태가 아니었잖아."

모르비두스는 물끄러미 그녀를 쳐다보았다.

"모르비두스. 당신이 내 아버지를 죽게 했다는 거, 사실이야?"

"……."

"나는 왜 역병에 걸리지 않아?"

그가 리에타의 말을 잘랐다.

"거기까지."

담담하게, 조금 느리게 돌아오던 답이, 전보다 빠르게 치고 들어왔다.

"무슨 질문을 할지 알 것 같은데. 아니야. 후회할 질문하지 마. 내게 그걸 묻는 것만으로도 베아트리체한테 실수하는 거다."

"……아칸."

"왜 인간은." 그가 다시 리에타의 말을 끊고, 한 번 쉬었다가 말을 이었다. "복잡하게 무리한 설명을 붙이려 하지? 훨씬 쉽게 설명할 수 있는 합리적인 논리가 코앞에 있는데."

"……."

"항상 가장 단순한 것이 진실이다. 넌 신성 능력자야."

모르비두스가 리에타의 머리를 쓰다듬으며 작게 웃었다.

"……리에타, 널 아낀다. 웃기지도 않는 소리지만. 네가 그런 착각을 하는 게 싫진 않았다. 귀엽기도 하고. 그래서 오해하도록 내버려 두었다. 미안하다는 말은 하지 않으마."

모르비두스가 리에타를 살짝 끌어당겨 그녀의 이마에 입 맞추었다.

"고마웠다."

"그대가 받았던 편지 내용은 사실이 아니야."

몇 시간 전 과거의 킬리언이 그녀의 앞에 죄스러워하며 고해하듯 속삭인 말에, 미래의 리에타가 입술을 떨며 눈물이 고이는 눈매를 이지러뜨렸다. ……알고 있어요.

"북방으로 가 줘. 언젠가 내 아이가 너를 찾아갈 거야."

어딘지 서럽고 독기 어린 목소리가 답했다.

"나는 복속 악마가 아니에요. 당신의 명령을 들을 이유는 없어요."

알고 있는 목소리였다. ······라나. 베아트리체가 답했다.

"······명령이 아니야. 부탁이란다. 사람끼리는 부탁이란 걸 하기도 하거든."

그리고 그녀에게 건네진 지팡이······. 베아트리체가 고개를 숙였다.

"······그 애한테 남길 말을 담았어. 때가 되면 그 애에게 전해 줘. ······필요해질 거야."

거기에는 리에타에게 남긴 마법과, 악마에게 그녀를 증명할 계약과, 유언이 담겨 있었다. ······그것을 유언이라고 하는 것이 적합할까. 베아트리체는 그 지팡이 안에 그녀 자신의 의식 일부를 정신체로 남겨 봉인해 두었다. 그것은 베아트리체의 기억과 감정, 의식을 가지고 있는 영혼의 파편이었다. 또한 그녀 자신이 죽은 후에도 베아트리체를 대신할 수 있을 마법의 대리인이기도 했다.

에율라티오의 딸이 해야 할 의무는 베아트리체의 죽음으로 끝나겠지만, 그녀가 죽은 후에 시작될 것으로 정해 둔 약속은 남는다. 베아트리체가 마법으로 시간의 흐름 속에 박제해 둔 그것은, 그녀가 죽은 후에도 남아 그녀 자신이 남겨 둔 일을 마무리해 줄 것이다. 리에타에게 못다 한 말을 전해 줄 수도 있겠지.

리에타가 평범한 삶을 살기를 바라, 베아트리체는 리에타에게 이어지는 무녀의 힘이 발현되지 않도록 봉인했다. 나로 인해 슬프지 않기를 바라, 슬픔과 그 모든 의무감마저 느끼지 못하도록 마법으로 막았다. 하지만 그것은 베아트리체가 리에타에게 원한 삶이지 리에타가 원하는 자신의 삶은 아닐 수 있었다.

끝내 라멘타의 망령에서 자유롭지 못했던 자신을 확인하던 날. 어쩌면 이것이 마지막 의무일지도 모른다는 것을 예감하고 리에타를 떠나오던 날. 베아트리체는 리에타가 원한다면 그 봉인마저 풀 수 있도록 자신의 마법을 바꾸어 두었다.

리에타가 성장해 모든 것을 자신의 힘으로 판단할 수 있게 되었을 때, 오롯이 리에타가 자신의 선택을 할 수 있도록. 마지막 순간, 베아트리체는 모르비두스가 리에타를 지켜 주리라는 것을 믿었다.

'엄마, 엄마는 어디까지 알고 있었어요? 내가 저 사람을 사랑하게 될 걸 알고 있었나요?'

베아트리체가 남겨 둔 과거의 기억이 답했다.

'……아니. 나는 아무것도 몰랐어. 내가 아는 건 그저 네가 행복하길 바랐다는 것뿐이야.'

과거와 미래의 리에타가 현재의 리에타 위에 교차했다. 모든 것을 알게 된 리에타는 멍하니 베아트리체를 마주 보았다. 지금의 나보다 썩 나이가 많을 것 같지도 않은, 젊고 아름다운 어머니가 제게 남긴 막막한 애정이 아득했다.

사락……. 베아트리체의 환영이 흰 옷자락을 끌며 리에타에게 다가와 양손으로 그녀의 뺨을 감쌌다. 얼굴이 가까워지며, 이마가 맞닿았다. 뺨을 감싼 손과, 마주 닿은 이마에, 느껴질 리 없는 온기가 느껴지는 기분이 들었다.

'리에타, 아가. 내 딸.'

울음을 터뜨리고 싶지 않아 리에타가 꾹 입술을 앙다물었다. 이미 떠난 사람. 남아 있는 것은 엄마가 가졌던 정신의 흔적일 뿐이라는 걸 알면서도, 자기 자신을 위해 리에타는 어머니와의 만남에 엉망으로 우는 자기 자신의 모습을 남기고 싶지 않았다.

　베아트리체가 리에타의 마음을 다 아는 듯, 눈을 감은 채 웃었다. 속삭이듯이. 조금 천천히. 그녀는 리에타와 이마를 맞댄 채, 리에타의 두 볼을 감싸고 말했다.

　'네가 자라는 걸 보지 못해서……. 널 오랫동안 외롭고 힘들게 돼야 할 것 같아서 미안해.'

　리에타가 고개를 저었다. 아니에요……. 아니에요. 제발. 내가 여기서 깨어났을 때, 이 모든 기억이 꿈처럼 사라져 버리지 않기를. 리에타는 눈을 감지 않은 채 힘주어 입술을 물고 자신의 기억 속에 새기듯 그녀를 바라보았다. 베아트리체가 당부하듯 속삭였다.

　'외부의 요인들이 나를 괴롭게 한 적 있을망정, 나는 충분히 만족스러울 만큼 나의 의지를 따라 살았다. 지금 네가 보고 있을 결과는 너에게 조금 더 내가 바라는 삶을 주고 싶어 한 나의 독단적인 선택의 결과이니, 내 아이야, 너는 나의 삶이 무언가에 굴복한 결과였다고 생각하지 말기를.'

　리에타가 눈물을 흘리며 끄덕였다.

　'나로 인한 슬픔도, 에윰라티오의 피도, 가혹할지 모르는 기억들도. 네가 너의 선택을 할 수 있을 만큼 성장하기 전, 너무 이르게 도달하지 않도록 내가 봉인해 둘 것이니. 앞으로 그 어떤 악마도 너를 찾아내지 못할 것이다.'

　리에타가 어머니의 손 위에 자신의 손을 겹치고, 그녀를 마주 보며 고개를 끄덕였다. 베아트리체의 손가락 사이로 리에타의 눈물이 흘러내렸다.

　'선택은 너의 것이다. 모든 조건이 갖추어졌을 때 네가 원한다면 되찾을 수 있을 것이니.'

　계속해서 눈물이 떨어졌다.

　'너는 자유롭게 살아라. 그 어떤 과거의 망령과도 상관없는 삶을, 마음

껏 살아라.'

베아트리체가 그녀의 어깨로 손을 내리고 미소 지었다.

'내 아이야. 너는, 온전히 너의 삶을 살기를.'

오래전, 그녀의 어머니가 리에타를 향해 남겨 둔 마지막 말이 십구 년의 세월을 건너 그녀에게 도달했다. 리에타는 끝내 아랫입술을 떨며 울음을 터뜨렸다. 베아트리체가 자신에게 남긴 깊이를 알 수 없는 애정에, 서러운 마음은 더욱 가슴 깊숙이 먹먹하게 차올랐다.

뚝, 뚝. 아공간이 가득 차도록 눈물이 떨어졌다. 킬리언을 사랑했다. 황제는 불쌍했다. 저주를 풀어 주고 싶었다. 하지만, 용서하고 싶은데도 용서할 수 없었다. 그 어떤 현재도, 어떤 미래도 과거 위에 발 디디지 않은 것이 없었다.

'엄마……. 나는 용서할 수 없을 것 같아요.'

리에타가 눈물을 흘리며 흐느꼈다.

'과거에서 자유로운 삶을 살라는 게, 그게 엄마의 유언이래도 나는, 나는 아무리 그래도 진심으로 용서하지 못할 것 같아요.'

베아트리체가 웃었다.

'네가 용서할 순 없겠지.'

과거의 베아트리체가 현재의 그들을 바라보며 말했다.

'……내가 지금 용서했어.'

에율라티오의 딸이 에스텐펠트를 용서했다. 베아트리체의 유언이 끝나며, 저주가 풀렸다.

리에타가 깊은 잠에서 깨어났다.

쩡! 엄청난 양의 마력과 신력이 폭발하며 마침내 라멘타의 왕관이 모르비두스의 낫에 산산조각으로 부서졌다. 마력에 의해 날카롭게 산산조각 난 성물의 파편이 사방으로 흩어졌다. 누군가가 비명처럼 소리쳤다.

"황제 폐하!"

경악한 사제들이 달려왔다. 빗속에서 황급히 일으켜진 피 흘리는 황제의 몸에 맹렬히 소용돌이치는 마력의 파편이 박혀 있었다.

"폐하, 폐하!"

사제 두셋이 순식간에 달라붙어 신성력을 일으키고 마력의 소요를 짓눌렀다. 마의 성물에 관통당하다니, 이미 생사람 수십 명의 목숨을 삼킨 물건인데. 무슨 일이 일어날지 알 수 없었다. 심지어 황제는 몽마에게 잠식당한 상태였고 그의 육신은 한없이 약해져 있었다.

우-우-우-우-우-우……. 공간이 흔들리기 시작했다. 쿠쿵. 잔잔한 호수에 거센 파문이 일 듯 시야가 크게 왜곡되며 한 번 일렁였다. 쿠쿵……. 쿠쿵! 공간의 틈새가 비틀리며 맥동하듯 벌어졌다가 다물렸다가를 반복했다.

정신을 잃은 황제의 몸에서 몽마의 마력이 넘실거렸다. 황제의 몸을 잠식한 몽마 베사니아가 십구 년을 안거하고 있던 육신에 일어난 유례없는 침입에 분노하며 깨어나고 있었다.

"기이이이이……."

어디서 들려오는지 알 수 없는 소리가 공기를 울렸다. 우-우-우-우-우-우……. 공기가 진동하며 급격하게 시공간이 왜곡되고 있었다.

황궁을 향해 달려가던 타니아 성녀가 흠칫하며 멈추어 섰다. 거대한 힘을 지닌 몽마의 마력을 느낀 메르데스도 황궁 쪽을 바라보며 눈을 가늘게 떴다.

"이건······?"

메르데스는 물론이고 타니아 성녀 역시 그 기운을 알아챘다. 그것은 십구 년을 황제를 잠식한 몽마의 기운이었다. 황제의 육신과 거의 하나가 되어 있던 악마가 신성과 마성의 소용돌이 속에서 자신의 영역을 펼치고 스스로를 드러내고 있었다.

인간의 몸에 뿌리내린 악마는 그 육신 안에서 절대적인 영향력을 행사한다. 신성력도 통하지 않는다. 인간의 육신을 방패로 쓰기 때문에 신성력에 면역이 되는 탓이다. 하지만.

'······같은 몸에 심어진 상태에선 경쟁할 수 있었다.'

메르데스가 타니아를 바라보았다. 악마가 무얼 하고자 하는지 눈치챈 타니아가 끄덕였다. 메르데스는 자신의 아공간을 펼치며 황제의 육신에 침입을 시도했다.

"헉······!"

물 밖으로 건져 올려진 사람처럼 숨을 뱉으며 눈을 뜬 리에타는 다급하게 몸을 일으켰다. 사위는 어두웠고, 물에 잠겨 있었다. 어둠 속에서 물에 반사된 달빛이 벽면에 일렁이는 것이 보였다. 리에타는 화악 신성력을 일으켜 시야를 밝히며 황급히 주변을 두리번거렸다.

천장이 날아간 황궁은 온통 물바다가 되어 있었다. 부서진 벽으로 물이 빠지고 있었지만 비가 쏟아지는 속도를 감당하지 못하고 있었다.

"······!"

리에타는 자신의 곁을 지키고 있는 모르비두스를 발견하고 숨을 멈춘 채 그를 바라보았다. 방금 베아트리체의 사념체를 만나고 온 리에타는 그것이 모르비두스의 정신체라는 것을 한눈에 알아보았다. 그것은 모르비두스가 리에타를 수호하고자 그녀의 곁에 남긴 그의 힘이자 영혼의 파편이었다.

"모르비두스."

흐릿한 그의 환영이 리에타를 보고 미소 지었다. 리에타는 뒤늦게 주변에 떨어져 날개를 떨고 있는 그늘나비들을 발견하고 당혹감에 입술을 떨었다. 금방이라도 꺼질 듯, 푸르스름한 빛이 힘없이 깜박였다.

사위에 화마의 마력이 지나간 흔적이 역력했다. 그러나 리에타가 누워 있던 주변만은 그 어떤 그을음도, 불탄 흔적도 없이 깨끗했다. 리에타는 번쩍 고개를 들어 모르비두스가 남겨둔 영을 쳐다보았다. 화마의 마력을 막아 내는 데 힘을 다한 뒤 반투명해진 그의 분신은 그녀가 깨어난 것을 보고 비로소 자신이 해야 할 일을 다했음을 인정한 듯 눈을 감더니, 나비가 되어 사라졌다. 놀란 리에타의 눈이 커졌다.

"고마웠다."

리에타의 눈이 흔들렸다. 안 돼. 리에타는 지팡이를 움켜쥔 채 허리까지 오는 물바다를 헤치고 다급하게 달려갔다. 어디? 어디로 나갈 수 있는 거지? 밖으로 나갈 수 있는 문이 보이지 않았다. 이내 리에타는 황궁이라 생각했던 그곳이 실제로 황궁이 아니라는 걸 깨달았다. 여기는 역마의 결계 안이다. 물리적인 공간이 아니야. 현실과 격리된 공간이야.

리에타는 헤매기를 멈춘 채, 지팡이를 움켜쥐고 신성력을 집중시키며 눈앞을 노려보았다. 파앗! 하얀 빛의 가루가 사방으로 튀며 눈앞의 허공에 빛나는 문이 생겼다. 실존하는 문이 아니었지만, 리에타가 '바깥으로 통하는 곳'이라 상상한 대로 통로가 생겨났다. 리에타는 두 번 생각하지 않고 손을 뻗어 문고리를 잡고 열었다.

번쩍! 내리친 번개가 사방을 밝힌 직후 쏴광 큰 소리로 벼락이 내리쳤다. 마력이 휘몰아쳤다. 무시무시한 폭우가 쏟아지고 있었다.

시간이 역행하기 시작했다.

라지오넬은 다정하게 리에타에게 손을 내민 채 그녀와 함께했던 어린 날의 기억을 되짚었다. 여러 위험을 무릅쓰고 그녀를 지켜 내고 함께했던 오랜 세월. 그 역시 리에타를 아끼고 사랑했었다.

수도원의 리에타를 처음 만나던 어린 시절부터, 리에타와 함께 악마학을 공부하던 시절, 함께 울고 웃으며 수도원에서 쌓았던 추억들……

사제를 꿈꾸던 어린 소녀가 서서히 고귀한 여인으로 꽃피던 십여 년의 기억을 그는 전부 뿌듯하게 돌이켜보았다.

"권력 같은 거 갖고 싶다고 생각한 적 없었어. 너를 ……싶어서…… 난 힘을 가지고 싶다고 처음으로 생각했었어."

과거의 어린 리에타는 의아한 얼굴로 그를 바라보았다. 그의 말은 불분명하게 들렸다. 두 사람의 목소리가 겹친 듯이 들리는 것도 같았다. 보호하고 싶어서? 도와주고 싶어서? 그런 의미 같기도 하고, 가지고 싶어서, 곁에 두고 싶어서. 그런 소리로 들리기도 했다.

"……가 그렇게 떠나고 널 보는 게 너무 힘들어서 숨어 지냈어. 그 사이 네게 그런 일들이 있었을 줄은……. 이렇게 될 줄 알았더라면, 괴롭더라도 네 곁을 떠나 있지 않았을 텐데. ……와 했던 약속대로…… 네 곁을 지켰을 텐데."

……누구와 했던 약속? 그의 말이 잘 들리지 않았다.

"그랬더라면 네가 그런 일을 겪지 않았어도 되었을 텐데."

킬리언. 그놈이 그리 난입하지 않았더라면 내가 너를 구했을 텐데.

"킬리언 악시아스. 온 세상 사람들이 다 알지. 그놈이 얼마나 막돼먹었는지. 다혈질에, 안하무인. 상냥하기는커녕 예의조차 없고, 신성하고는 가장 거리가 먼 인간인 데다. 가는 데마다 방탕하게 여자들을 끌고 다니고, 사람을 함부로 죽이고, 황족 살인을 저질러 황실에서 축출되었지. 또 그놈이 제 형제들을 어떻게 죽였는지 아나? 그 아들의 머리를 황비의 발밑에 던져 황비가 그리되었는데. 애초에 그런 놈을 리에타 같은 여자가 감당할 수 있겠어?"

오직 그 애만은 인정했었다. 제이드만은……. 그래서 물러난 거였지. 아버지 같은 인간에게 빼앗기려고 리에타를 포기했던 것이 아니야. 킬리언 같은 놈이 하룻밤 노리개로 채어 가라고 포기했던 것이 아니야. 이제 내게 힘이 있다. 이번에야말로 되찾을 것이다.

'페르디안 님, 같이 놀아요.'

경계심이 풀어진 듯 리에타가 웃는 걸 보고, 라지오넬은 감격해 그녀에게 다가갔다.

'……널 구해 줄게. 리에타. 나랑 같이 칼리고로 가자.'

가슴이 벅차올랐다. 리에타가 사랑스럽게 보였다. 그는 진심이었다.

'……저는 그와 의식의 일부를 공유합니다. 그 사람이 바라는 것과 제가 바라는 것이 동화되고 있어요. 아마 그가 바라는 걸 제가 바라게 될 거고, 제가 바라는 걸 그가 바라게 될 거예요.'

페르디안이 말했다.

라지오넬의 영이 리에타의 꿈에서 과거의 어린 그녀를 만나고 있을 동안, 라지오넬의 육신은 암실에 있었다. 라지오넬은 수마의 힘을 한껏 끌어내며, 화마를 봉인하고 있는 단검을 움켜쥐었다.

……이것만 얻으면, 모든 악마의 힘을 다 얻게 된다. 인간의 몸을 통해 악마의 독기를 한 번 감싸지 않으면 부작용이 있겠지만. 이 또한 시험이리라. 봉인 당하지 않기 위해 몸부림치던 화마가 쾌애액! 비명을 지르며 그를 향해 자신의 발톱을 휘둘렀다.

카앙! 라지오넬은 수마의 힘으로 감싼 팔을 들어 화마의 발톱을 막았다. 그리고 그대로 손을 꺾어 화마의 발목을 움켜쥐었다.

"캬아아악!"

드디어……! 라지오넬이 눈을 부릅떴다. 그는 그 자신과 융합한 수마의 힘을 한계까지 개방했다. 그리고 모르비두스가 페르디안에게 남겨 둔 마법이 발동하기 시작했다.

'리에타의 꿈은 귀족이 되거나 누구랑 결혼해서 편하게 사는 게 아니잖아요……. 페르디안 님이야 누구보다도 잘 아시겠지만.'

제이드가 죽어 가면서도 덜덜 떨리는 손으로 나를 붙들었다.

'당신이 한 게, 아니에요……. 이건 사고야. 리에타한테…… 말하지 마요. 절대, 말하지 마…….'

네가 없다면 리에타가 누굴 의지할 수밖에 없을지. 너는 알고 있었잖아. 그런데도 그렇게 말할 수가 있다니. 어찌 인정하지 않을 수 있을까.

'리에타를 부탁해요.'

라지오넬은 웃었다. 그러고 보니 나조차 확신하지 못하고 있던 것을, 제이드는 알고 있었던 것 같지. 나에게 두 개의 인격이 있었다는 것.

제이드, 그런데 넌 정말 내가 나의 의지로 그러지 않았다는 걸 믿어? '내'가 한 것인지, '내 안의 악마'가 한 것인지. 나도 잘 모르겠는데, 네가 어떻게 알아? 아무래도 좋겠지. 네 마지막 부탁은 내가 꼭 이루어 줄 테니. 리에타는 걱정하지 마.

라지오넬이 수마의 힘을 제어하지 못하고 몸부림쳤다.

"삐이이이이익!"

저항하는 화마와 아비디타스의 마력이 맞부딪치며 폭우가 쏟아졌다. 화마가 수마를 상대할 수 있을 리 없는데. 화마는 계속해서 저항하고 있었고, 라지오넬은 수세에 몰리고 있었다.

"⋯⋯!"

라지오넬이 자신의 몸을 움켜쥐며 언어를 이루지 못하는 비명을 질렀다. 사제의 육신 위로 푸른 기운이 핏줄처럼 돋아 올라오고 있었다. 격노한 라지오넬이 몸부림치며 이를 갈았다.

"페르디안!"

"네놈이!"

'페르디안 님, 같이 놀아요.'

리에타가 그를 향해 손 내밀며 웃었다. 페르디안은 움직이지 않았다. 다만 다정한 눈으로, 가만히 그녀를 쳐다보았다.

'페르디안 님?'

바람이 조용히 그의 머리칼을 흔들었다.

'⋯⋯네가 만나야 하는 사람이 있어.'

리에타가 어리둥절한 눈을 들어 그를 쳐다보았다.

'아주 오래, 널 기다린 사람이야.'

페르디안이 손을 뻗어 어딘가를 가리켜 보였다. 저편에서, 검은 머리의 여자가 그녀를 바라보고 있었다.

"페르디안, 페르디안!"

"멈춰⋯⋯ 멈춰라! 이대로는 공멸이다!"

수마에게 뿌리박혔던 모르비두스의 힘이 그의 몸을 지배하기 시작했다. 라지오넬의 몸 안에도 고위 역마의 힘이 있었지만, 그것은 자신보다 격이 높은 역마 모르비두스의 마력에 복종하며 움직일 뿐 라지오넬의 의지를 따르지 않았다. 그의 의식에 깊숙이 뿌리박힌 페르디안의 의지가 그를 거부하고 스스로의 몸을 망치기 시작했다.

"이게 무슨 짓이냐!"

저항하는 화마와, 인간의 육신을 고통으로 마비시키는 역마의 힘. 스스로 역류하며 자신의 몸을 망치기 시작한 물의 힘이 라지오넬의 육신을 엉망으로 만들기 시작했다.

"삐이이이이이익!"

화마가 라지오넬을 향해 포효했다.

'……내가 있던 서부 대륙에서는, 성년이 되지 않은 아이에게는 반드시 어머니의 손길이 필요하다고 믿습니다. 내가 아무리 해도 그대의 어머니, 아리아드네 황후만 못할 것임을 압니다만…….'

내 사람을 지키기 위해, 황비를 더 이상 감내하지 않을 작정이었다. 흔들리지 않을 자신 있었다. 하지만…… 슬프기는 했다.

'……손을 보여요. 황자. 다친 것 알고 있습니다.'

킬리언이 검을 고쳐 쥐었다. 황비의 몸 위로 비가 떨어지고 있었다. 시간과 공간이 뒤얽히고, 그들 사이에 몽마의 힘이 광기처럼 스며들며 과거의 황비가 스쳐 지나가고 있었다.

'못난 어미를 둔 탓입니다. ……불쌍히 여겨 주세요.'

미안하지 않아서 사과하지 않았던 것이 아니었다. 변명하지 않았던 이유는…… 이미 용서할 수도, 용서를 빌 수도 없어서.

"……."

황비가 웃으며 입을 열었다.

"대공."

무언가 대화를 시도하기라도 할 것처럼 말을 건 황비는 다시 칼을 휘둘렀다. 킬리언이 이를 악물며 자신의 검을 들어 그녀의 칼을 막는 순간, 운명의 장난처럼, 일그러진 아공간이 그들 사이의 현실 공간을 뒤틀어 놓았다.

아베르사티가 천천히 눈을 깜박였다. 공간이 뒤얽히며, 황비는 킬리언 대신 자신을 막아선 이를 바라보았다.

너는…… 누구더라. 현재인가…… 과거인가. 아니면 미래인가?

"이제 그만하세요……."

힐스테드가 절규하듯 소리쳤다.

"어머니의 아들이 황후에게, 형님에게 무슨 짓을 했는지 보셨잖아요!"

아, 힐스테드. 내 막내아들. 그래. 네가, 성인이 되었었지. 그녀는 어느새 훌쩍 키가 큰 아들을 느끼고 고개를 조금 위로 꺾었다. ……네가 언제 이렇게 컸더라. 시간이……. 황비는 뺨을 스치는 바람을 느끼며 눈을 감았다.

윌리엄, 살레리온, 힐스레인. 다른 모든 아이들처럼, 너도 영원히 자라지 않고 내 품 안에만 있을 줄 알았는데. 내가 다…… 해 주리라고……. 불길에 휩싸인 시미터를 쥔 황비의 손이 아주 조금 느슨해졌다. 그런데…… 어느새 이렇게 자랐니.

영원히 타오를 수 있는 불길은 없다. 치명적인 힘으로 모든 것을 집어삼키는 가장 무서운 힘이지만, 불길은 가장 먼저 사그라든다. 봉마와 역마, 수마와 화마. 그리고 인간과 신의 힘이 시간과 공간 사이에서 뒤얽힌 가운데, 가장 먼저 화마의 힘이 다해 가고 있었다.

화마의 힘에 스스로를 던진 황비의 정신은 광기로 물든 마력으로 화하여 흩어지고 있었다. 눈을 감고, 공기를 느끼듯 긴 호흡을 내쉬는 황비의 입에서 그녀를 태우는 최후의 불길이 새어 나왔다. 그녀에게 주어진 시간이 다해 가고 있었다. 화마와의 계약이란 그런 것이다. 모든 것을 알면서도 선택했다. 묘하게도 끝을 예감하며 그녀는 그것에서 아무런 아쉬움도 느끼지 않았다.

황비는 천천히 눈을 깜박였다. 등대인 줄 알고 손안에 움켜쥔 조그만 불길 하나 의지한 채 걸어온 암흑 같은 긴 터널에.

끝이 보이고 있었다.

불길이 치솟았다. 라멘타의 왕관을 부순 모르비두스의 낫이 비명을 지르듯 잘게 진동했다. 엑시티우스가 모르비두스를 향해 자신의 칼을 내리쳤다. 쩡! 불길에 휩싸인 시미터를 받아 내는 순간, 금이 가 있던 모르비두스의 낫이 깨졌다. 엑시티우스가 눈을 번뜩이며 화르륵 불길이 이는 자신의 시미터를 다시 치켜들었다.

쐐액! 바람을 가르는 소리와 함께 칼날이 떨어지는 찰나, 허공에서 나타난 리에타가 신성력을 일으키며 모르비두스의 앞을 가로막았다. 직후 벼락같이 끼어든 킬리언이 리에타의 앞을 막아서서 검을 들어 올렸다. 킬리언의 검과 엑시티우스의 시미터가 맞부딪쳤다.

쩡! 황궁 전체를 뒤흔드는 충격파가 퍼져 나갔다. 킬리언이 리에타를 강하게 제 품으로 끌어당기며 몸을 숙였다. 화르륵! 또 다른 화마의 힘이 순식간에 리에타와 킬리언을 찾아내고 불의 힘으로 그들을 휘감았다. 그리고 다음 순간, 폭우 속에서 솟아난 거대한 수룡이 포효하며 화마를 향해 쇄도했다.

"꽤애애애액!"

콰쾅! 벼락과 함께 폭음이 터졌다.

그해의 겨울은 유난히도 혹독하였다.

페르디안과 뒤섞였다가, 분리되었다가, 자기 자신과의 싸움으로 몸부림
치던 라지오넬이 어딘지도 모를 곳의 웅덩이에 몸을 뒤틀며 쓰러졌다.

"헉. 헉."

가쁜 숨을 몰아쉬다 자신 앞에 드리워지는 파문에 고개를 든 라지오넬
은 제 앞에 서 있는 리에타를 발견하고 전율 속에 환희했다. 마치 운명처
럼, 그녀가 나의 앞에.

라지오넬의 입에서 여러 사람의 목소리가 뒤섞여 나왔다.

"리에타!"

"드디어 네가."

"나를……!"

라지오넬은 말을 맺지 못하고 멈추었다.

"……!"

리에타가 차가운 눈으로 라지오넬을 내려다보았다. 단 한마디의 말도
없었지만 공기를 타고 전해져 오는 감정에 라지오넬의 눈이 흔들렸다. 이
런 건, 그가 모르는 리에타였다. 오랜 옛날의 기억이 그를 심문했다.

'오늘 밤 그대를 찾아가겠소. 그대의 모국은 걱정하지 말고……. 내 어
련히 황제에게 잘 말해 줄 터이니…….'

'이 마녀! 네가 나를 현혹하였구나! 당장 저 마녀를 붙잡아라! 악마를
부리는 흑마술사다! 나를 유혹해 타락시키고 황제를 시해하려 함이야! 죽
여라! 아니, 신성 포박으로 생포하라! 내가 심문할 것이다!'

몽마의 힘이 펼쳐진 공간 속에서 리에타는 그 어떤 것도 숨기지 않았다. 몽마만큼이나 몽마의 힘을 익숙하게 부리는 라지오넬은 그녀가 느끼고 있는 모든 감정과 의지의 인과를 알 수 있었다. 멍하니 리에타를 쳐다보던 그는 그녀에게서 믿을 수 없는 배신이라도 당한 듯이 소리쳤다.

"그게 어째서 내 잘못이란 말이냐! 전부 베아트리체가 선택한 것인데!"

표정이 사라진 리에타의 얼굴이 굳어졌다. 라지오넬이 미친 듯이 외쳤다.

"너희들이 화마와 한 계약의 대가가 밀려 있었다! 알지 않느냐! 베아트리체는 어차피 어떤 방법으로든 불에 타 죽어야 하는 운명이었다! 나는 우연히 거기 있었을 뿐이야! 나 역시 피해자다. 그걸 어떻게 내 잘못이라고 할 수가 있느냐!"

광기에 찬 외침이 날카롭게 공기를 채웠다.

"모르겠느냐! 운명이 그리되어 있었던 것이야! 베아트리체는 너를 나에게로 인도하기 위해 제 발로 그 길을 간 것이다! 오늘의 이날을 예견한 것이다! 네가 나에게 올 이날을 위해!"

씩씩거리며 펼쳐 든 손가락이 리에타에게로 향했다.

"내가 널 위해 베아트리체에게서 무녀의 운명이 끝나도록 맺음한 것이다. 내가 너를 지킨 것이야. 너는 나에게 와야 해! 너와 내가 신이 되어야 해!"

리에타는 분노했다.

쩡! 그들이 있던 자리가 숨 막히는 신성력으로 터져나갔다.

많은 이들이 상처를 주었다.

그러나 그보다 더 많은 이들이 보듬어 주었다.

이미 인간이기보단 악마에 가까워진 라지오넬은 강력한 신성력을 이기지 못하고 나동그라졌다. 컥 컥 숨을 뱉어 낸 라지오넬이 그녀가 한 짓을 믿을 수 없다는 표정으로 몸을 떨었다.

이럴 리가 없다. 도무지 이 상황을 받아들일 수 없었다. 신의 선택을 받은 내가, 신의 반열에 오르게 될 내가 신성력에 무릎을 꿇고 있다니? 이건 마치 하등한 악당 같잖아. 이십 년 전 베아트리체에게 거절당한 후 느꼈던 것보다 더한 모욕감에 라지오넬의 손이 부들부들 떨렸다.

이럴 리가 없다. 베아트리체는 그럴 수 있었다. 그때는 내가 라멘타의 왕족들에 대해 몰랐고, 내가 오만했으니까.

하지만 리에타는 아니었다. 그녀는 나와 함께 자랐고, 리에타에 대해 나는 하나부터 열까지 모르는 것이 없었다.

이럴 리가 없다.

저벅 저벅. 리에타가 다가왔다. 베아트리체의 지팡이를 든 그녀가 한걸음, 한걸음 다가올 때마다 압박감에 숨이 막혔다. 압도적인 신성력에 대한 인정할 수 없는 공포감과 억울함이 그의 정신을 거의 미쳐 버리게 만들었다. 라지오넬이 발악했다.

"저주가 풀렸잖아!"

얼굴을 굳힌 이들이 숨을 멈추었다. 라지오넬이 쩌렁쩌렁 울리는 목소리로 소리쳤다.

"용서했잖아! 네가 아니라 베아트리체가 용서했잖아! 당사자가 아닌 너는 용서할 수 없다면서! 네가 무슨 권리로 내게!"

깜짝 놀란 사람들이 리에타를 쳐다보았다. 리에타는 아무런 표정도 짓지 않았다.

"베아트리체가 도망칠 수 있었지만 그러지 않았다면 더더욱 내 잘못이 아니잖느냐! 기어이 화마의 제물이 되겠다고 한 건 오롯이 베아트리체의 결정이었는데! 난 황제를 위해 거기 있었을 뿐이었다. 황제를 위해 막았을 뿐이야! 그러니까 내가 아니라 황제가 저주를 받은 것 아니냐! 황제는 용서하겠다면서, 왜 나한테만!"

리에타가 그의 앞에 멈추어 섰다. 리에타는 그녀에게서 표출되고 있는 무시무시한 분노를 믿을 수 없을 정도로 단정한 태도로 말했다.

"엄마가 용서한 건 황제지, 당신이 아니에요."

대답은 차분했고 한 치 흔들림이 없었다.

"처음부터 용서를 할까 말까 논할 수 있는 건 황제까지였어. ……당신은 아니야."

저벅. 다가온 킬리언이 리에타의 오른쪽 앞에 검을 들고 섰다. 그리고 리에타의 왼쪽 앞에는 거대한 낫을 든 역마 모르비두스가, 그리고 그녀의 뒤에서 거대한 수룡이 고개를 들고 그들의 뒤를 비호했다. 저 멀리 지상에서 타니아 성녀와 인퀴지터들, 전투 사제들이 일제히 신성력을 일으켰다.

리에타, 네가 어떻게. 누구도 제이드를 대신할 수는 없을 거라고 했잖아. 제이드가 아니면 누구도……! 격노해 뇌까리던 라지오넬이, 그녀가 이미 오래전 했던 대답을 깨닫고 입을 다물었다.

'……킬리언은 제이드를 대신하고 있지 않아요. 킬리언은 킬리언으로 제 옆에 있어 주고 있어요.'

라지오넬의 얼굴이 새하얗게 굳어지며 일그러졌다.

"그럴 리가."

네가 정말 킬리언을? 말도 안 되지. 네가 어떤 애인데. 은혜를 모르는 애가 아닌데 네가 나 아닌 다른 사람을, 그것도 그런 놈을 사랑할 리가. 내가 너를 위해 어떻게 했는데. 이럴 순 없다, 리에타. 그럴 순 없다. 네가 베아트리체를 생각한다면……!

부릅뜬 눈을 향해 모르비두스의 낫이 떨어졌다.

많은 것을 잃었고, 많은 것을 되찾았다.

어떤 것들은 용서받았고, 어떤 것들은 그러지 못했다.

탑 위에 선 황비의 화마가 뒤얽힌 이들을 향해 달려들었다. 모든 것을 집어삼키는 불길이, 세상에서 그녀가 미워하였거나, 원망하였거나, 지켜 보았던 모든 것을 불태우려 하고 있었다. 황비가 최후의 힘으로, 마지막으로 바란 것.

"쾌애애애액!"

용의 형상이 된 화마가 하늘을 가득 채우는 날개를 펼치며 포효했다. 죽음을 앞둔 악마의 마지막 불길이었다. 화마의 힘으로부터 그들을 수호하던 수룡은 엑시티우스와 뒤얽혀 있었다. 쇄도하는 화룡. 모르비두스가 리에타를 뿌리치고 쇄도하는 불길 앞에 자신의 몸을 던졌다.

"안 돼, 모르비두스, 안 돼!!"

리에타가 비명처럼 소리쳤다. 푸른 나비 몇 마리가 공간을 깨치고 흩날렸다. 그중 한 마리가 리에타를 향해 날아왔다. 모르비두스가 웃었다.

'……그 전에 너. 나랑 약속 하나 하겠나? 거래나, 계약이라고 불러도 좋고. ……언젠가 내가 지옥으로 돌아가면…….'

잠자코 그를 쳐다보던 킬리언이 물었다.

'리에타를 위해서라면, 왜 리에타에게 너의 계약에 대해 사실대로 말하지 않지?'

킬리언의 물음에 모르비두스가 잠시 생각에 잠긴 채 침묵했다. 그는 오래 걸리지 않아 답했다.

'리에타는 모르는 편이 낫다. 계약자의 명령이 항상 '날 수호하라'는 아니거든.'

리에타의 몸에서 신성력이 터져 나왔다. 태초의 역마와 종말을 앞둔 화마가 격돌하며 두 개의 거대한 마력이 충돌했다. 거대한 청록색 빛과 붉은 빛이 맞버틴 채 무서운 힘으로 서로를 베어 삼켰다. 엑시티우스를 떨쳐 낸 수룡이 포효하며 몸을 꺾어 쇄도하는 황비의 화마를 집어삼켰다. 새하얀 빛과 함께 큰 폭발이 일었다. 킬리언이 이를 악물고 폭염으로부터 리에타를 감싸 안았다.

모르비두스……. 모르비두스. 리에타의 눈에서 눈물이 떨어졌다. 피가 섞이지 않았다 해도, 너는 나에게 아버지나 마찬가지였어. 과거의 그로부터, 혹은 미래의 그로부터, 리에타는 그에게 건넨 질문에 '너를 사랑하고, 아낀다'는 대답을 들었다.

'……고마웠다.'

서로를 베어 무는 마력과 닿은 땅이 조각조각 하늘로 부서져 올라간다. 빛 속으로 흩어진다.

빛이 사라진 뒤 고개를 들자, 그는 더 이상 그 자리에 없었다.

인간과의 계약은 나쁘지 않았다. 어떤 악마들은 굴욕적이라고 비웃었지만, 동반자로서 너희들은 나쁘지 않았고 난 만족했다. 인간과 오랜 세월 함께하며 참 많은 종류의 인간이 있다는 걸 알게 됐고, 그중에서도 내 계약자가 너희, 라멘타의 왕족들이라는 건 꽤 괜찮은 일이라는 생각을 했다.

그러다 어떤 인간에게는 꽤나 각별한 애정도 생겼다. 애정이 생기고 나니 슬픔도 생겼다. 그게 인간끼리 맺는 관계를 흉내 내는 거라는 걸 알고 있었지만, 그래도 괜찮았다. 그 누구보다도 가까이서 소중한 것을 지켜볼 수 있다는 게.

나쁘지 않았다.

첨벙! 수마의 능력으로 간신히 몸을 빼낸 라지오넬이 첨탑 위에 고인 물웅덩이에서 비틀거리며 몸을 일으켰다. 몇 번이고 똑바로 서기 위해 비틀거리다 물웅덩이에 다시 엎어지고서야 비참한 기분이 들었다.

네가, 어떻게 네가 이렇게 나의 마음을 몰라 줄 수가⋯⋯? 내가 너한테 어떻게 했는데. 어떻게 여기까지 왔는데. 너만은 내 편이 되어 주어야지. 내가 이 힘을 얻기 위해 어떻게 했는데.

여기까지 오는 데 이십 년의 세월이 걸렸다. 기꺼이 왕위를 양보할 정도로 굳게 믿었던 아우 에스텐펠트에게 추방이라는 하극상을 당하고, 제국의 탄생에 공헌한 역사가 지워지고 불명예를 떠안는 굴욕마저 감내했다.

왕실의 혈통으로 태어난 고귀한 육신을 초개처럼 버리고, 변방의 이름 없는 평귀족 사제의 육신을 얻어 밑에서부터 다시 올라왔다.

내가 얼마나 힘들었는데. 본래 다 내 것이었던 황실의 자금을 끌어오기 위해 정신 나간 황비를 달래어 가며 수십 년 인고의 세월을 견디고, 황비와 교류하는 사제라는 불명예로 인한 차별과 경멸을 감수하고, 신이 될 완벽한 육신을 완성하기 위해 얼마나 많은 인간들에게 공을 들여 실험을 했는데. 페르디안에게는 또 얼마나 많은 것을 해 주었는데, 모두가 나를.

몸을 제대로 가눌 수가 없었다. 역마의 기운이 퍼져 나가 심장이 불규칙하게 옥죄어 오며 사지 말단이 경련하고 차디찬 냉기가 역류하여 그의 몸을 마비시켰다. 그보다 찢어지는 것은 마음이었다.

"이제 내게 진정한 힘이 있는데⋯⋯."

인간을 초월한 신이 되리라는 고고한 목적은 어느새 리에타에게 인정받고 그녀에게 받아들여지는 것에 대한 집착으로 왜곡되어 있었지만 라지오넬은 자신의 사고의 흐름에서 아무런 이상을 느끼지 못했다. 광기에 절은 라지오넬이 울다가 웃다가 두 손을 맞잡았다.

"그래⋯⋯. 리에타. 네가 아직 나를, 믿지 못하는 탓일 것이다. 내가 너를 위해 준비하고 이룩한 것이 무엇인지 알지 못해서."

라지오넬이 광기로 번들거리는 눈을 번뜩였다.

"그래. 비록 운명이었다 하나, 네 어미의 죽음이 네게 그토록 한이 되었
다면."

돌이켜 주면 되겠지. 너에게 돌려주마.

'어떠십니까. 생사의 권능을 지닌 신이 하나의 가장 간절한 소원을 들어
드린다면. 무슨 일이라도 할 수 있게 될 겁니다. 신의 힘도, 악마의 힘도 모
두 우리의 것이 된다는 건 말할 것도 없거니와 불사의 몸이 될 수도, 죽은
자를 살려 낼 수도 있지요. 물론 그것은 누구에게나 허락되는 일은 아니겠
지마는……'

"부활시켜 주마. 전부 다…… 너희들이 그토록 바라던 대로."

성공할 수 없는 주문이었다. 제물도 없고, 대축성 의식에 부족한 신성
력을 더해 줄 사제들의 기도도 없고, 그가 처음으로 계산에 넣었던 악마의
권능조차 온전하지 않았다.

그러나 몽마의 광기에 미쳐 있는 라지오넬은 제정신이었다면 절대 하
지 않았을 일을 강행했다. 벼랑 앞에 선 광신도는 자신이 지닌 모든 신성
력과 악마의 힘을 끌어모았다.

악마의 힘. 교황의 육신에 남아 있던 고대 신성 마법의 지식. 그리고 라
지오넬이 진행했던 라자루스 프로젝트의 결과물. 지하 수로에 펼쳐져 있
는 거대한 마법진.

그는 신성력으로 일으켜야 하는 궁극의 주문을 폭주하고 있는 마력으
로 일으키기 시작했다. 돌이킬 수 없는 마법이었다. 지금 남아 있는 그 어
떤 마법으로도 막을 수 없는. 광신도가 일으켜 낸 고대 신성 마법이 지옥

과 이어진 차원의 문을 비틀었다.

콰쾅! 벼락이 떨어졌다. 사제들이 뒤틀린 시간 사이에서 쏟아져 나오는 악마와, 묘지를 파헤치고 기어 나오는 언데드들을 보고 경악했다. 라지오넬이 산화하기 시작했다. 그간 감추어 왔던 그의 모든 것들이 낱낱이 몽마의 정신계 공간으로 빠르게 흩어지며 사람들은 라지오넬이 그동안 무얼해 왔는지, 지금 무엇을 했는지 깨달았다.

죽음을 각오한 사제들이 구마의 신성력을 일으키며 열리는 지옥의 문을 봉인하기 위해 달려들었다.

"신이여!"

"구하소서!"

가장 먼저 위험을 알아채고 몸을 던진 사제들이 성역을 선포하려 했으나, 소용없었다. 지옥에서 뛰쳐나온 악마들이 사제들을 향해 달려들었다.

그 마법이 그에게 뭔가 성공적인 결과를 가져다 줄 가능성이 높지 않다는 건 각오하고 있었다. 어차피 더 이상 나빠질 것도 없었기에 저지른 일이었다.

"……?"

그러나 라지오넬의 도박은 성공했다. 상상하지도 못했던 방식으로. 시간이 뒤틀리고 있었다. 뒤틀린 아공간 틈새로 미래의 라지오넬이, 그에게 자신이 얻은 신의 권능을 속삭였다.

"……."

뭐라고?!

"나는 불멸이다."

내가, 불멸? 그는 미래의 자신이 초월자의 권능을 얻었다는 것을 깨달았다. 휘몰아치는 마력 속에 선 라지오넬은 격앙되어 움켜쥔 두 주먹을 하늘을 향해 처들었다.

그럼 그렇지! 내가 틀렸을 리 없어! 나는 신이 되는 데 성공한 거야! 나는 불멸, 불멸이다. 사람들이 지금은 악마라고 소리치고 있지만, 아무렴 어때랴. 역사야 승자에 의해 다시 쓰여지는 법!

이 영원을 함께할 이가 있다면, 이 죄를 함께할 이가 있다면!

사람들의 비난 따위야 아무래도 좋다!

많은 시험에 들었다. 어떤 고통은 회피하고 싶었지만 피할 수 없는 죄도, 피할 수 없는 시련도 있었다.

"……!"

리에타는 라지오넬이 저지른 금단의 마법으로 자신에게 초월자의 권능이 허락되었음을 알았다. 리에타의 얼굴이 굳어졌다. ……부활? 사랑했지만 떠나보내야만 했던 이들의 얼굴이 새하얘진 머릿속에 떠올랐다.

다음으로는 킬리언의 눈으로 보았던 아리아드네와, 리에타 자신의 눈으로 보았던 아나이스의 모습이 스쳐 지나갔다. 그건 부활이라 이름 붙일 수 있는 기적 따위가 아니다.

죽음을 돌이킬 수 있는 방법은 없다. 남은 사람은 그저…… 잘…… 견디며, 떠나보내야 할 뿐이라는 걸 알고 있었다.

지옥문이 열리고 있었다. 악마와 마물이 쏟아져 나오고 있는 차원의 문이. 세상의 모든 질서와 순리가 역행하며 누군가의 가슴 속에 묻혔을 죽은 자들이 일어나고 있었다.

마지막 시험이었다.

쩡! 인과율을 역행하는 마법이, 세상에 없었던 막대한 마력이 펼쳐졌다. 리에타 트리스티가 부활의 권능에 손을 댔다는 걸 깨달은 라지오넬이 희열에 들떠 소리쳤다.

"어서 와라, 리에타."

네가 올 줄 알았다. 미천한 인간들이야 악마니 금단이니 지껄여 대겠지만, 결국 힘이란 가진 자의 것이다. 이제 사람들은 네가 나와 같은 선까지 타락하였다 하겠지. 하지만 진실은 너와 내가 같은 반열에 오른 신이 되었다는 것이다.

네가 나와 함께하는 한 그 누구도 나를 비난하지 못하리라. 인간은 누구나 똑같⋯⋯!

영면을 방해함을 용서하세요.

거절하지 않으신다면, 용이여.

대륙의 끝. 먼 북방의 하얀 바닷속 빙하를 깨치며, 얼음 속에 잠들어 있던 최후의 용이 날아올라 울부짖었다.

리에타가 한 손으로 용의 목덜미를 붙잡은 채 몸을 내밀어 그를 향해 다른 손을 뻗었다. 킬리언이 땅 위에서 같은 방향으로 달리며 내밀어진 손을 좇았다. 용이 날개를 펼치고 활공하며 그의 위로 지나가는 순간, 둘은 서로의 손을 맞잡았다. 리에타가 이를 악물고 숨을 멈추며 잡은 손을 놓치지 않기 위해 버텼다. 킬리언은 눈 깜짝할 사이에 용의 몸을 붙잡고 리에타의 등 뒤에 자리를 잡았다.

"⋯⋯언데드 드래곤이라니. 신성 왕녀의 딸이 이래도 돼?"

"몰라요."

리에타가 두 손으로 용의 비늘을 틀어쥐고 전방을 응시하며 다급하게 말했다.

"문제되면 당신이 지켜 줘요."

킬리언이 무지막지한 상황에 어울리지 않게 웃음을 터뜨렸다. 거센 바람 사이로 두 사람의 머리카락이 거칠게 흩날린다. 리에타의 몸이 흔들리지 않도록 그녀의 등 뒤를 팔로 받치며, 킬리언이 다른 손으로 검을 들어 올렸다.

……작자 미상의 명화 「용의 재림」이 상상화인지, 실제의 장면을 담은 역사화인지는 논란의 소지가 있으나 용의 숨결이 느껴지는 생생한 묘사와 캔버스 너머로 느껴지는 웅대한 기개로 그것은 수많은 명화들과 함께 위대한 대작으로 칭송받으며 많은 이들의 사랑을 받고 있다.……

신의 힘과 인간의 힘, 그리고 마수의 힘이 하나의 칼날 위에 집중되었다. 전투 사제들과 병사들이 다급하게 물러서고, 도둑들이 미처 피하지 못한 사람들을 들쳐 업고 몸을 날렸다. 하늘 위에서 벼락처럼 떨어진 새파란 검기가 날뛰는 악마들을 향해 쇄도했다.

"고오오오오."

용이 포효하며 입을 열었다. 세상이 새하얗게 변하며 용이 뿜은 마법의 불길이 지옥문을 향해 날아들었다. 악마들이 쏟아져 나오던 지옥의 통로에 무자비한 브레스가 내리꽂혔다.

용이 하늘을 가르자 공기 중에 충만해지는 마법의 기운이 사제들에게 알 수 없는 힘을 불어넣었다. 세상에 마법의 힘이 가득 차오르며 신성력이 증폭되고 있었다.

쿠콰콰콰콰쾅! 사제들이 펼치는 정화의 힘이 무서운 기세로 사람들을 공격하는 악마들을 몰아내기 시작했다.

……이날 다수의 목격자들에 의해 최후의 용이 목격되었다는 기록이 전해져 오고 있으나 명확한 물증이 발견되지 않아 진위 여부에는 논란이 있다. 안팎으로 흔들리고 있던 제국의 초창기에 지배자의 권위를 정당화하는 신화를 만들어 내고자 하는 시도가 있었을 가능성을 배제할 수 없고, 설령 목격자들의 증언들이 사실이라 해도 다수 개체의 고위 몽마가 펼친 아공간이 중첩된 전무후무한 상황에서 많은 사람들이 집단 환각을 경험했을 가능성 또한 높기 때문이다…….

……그날 그 자리에 있었던 고위 몽마의 수는 하나였다는 주장부터 스물다섯이었다는 주장까지 다양하게 있지만, 셋이었다는 주장과, 넷이었다는 주장이 가장 설득력을 얻고 있는데…….

리에타와 킬리언을 등 뒤에 태운 용은 몽마들의 아공간이 중첩된 보랏빛 암흑을 향해 날아갔다. 한계까지 감각을 개방하고 용과 공명하고 있는 리에타는 그 기운의 근원을 알 수 있었다.

황제의 육신을 지배한 몽마 베사니아. 타니아 성녀의 몽마 메르데스. 어머니의 몽마였던, 라지오넬의 육신에 반쯤 융화되어 있는 몽마 오블리비우스. 그리고…… 라멘타의 망령들. 그들의 정신 지배에서 벗어나고 나니 비로소 보였다. ……고대의 몽마들이었구나.

용이 바람을 가르고 날았다.

"고오오오오."

겹겹이 쌓인 암흑이 입을 벌리고 그들을 집어 삼켰다.

긴 싸움이었다.

그날의 일은 마법과 기적에 대한 가장 신비로운 기록으로 회자되고 있다. 최후의 교황 이바손 사 세의 육신이 이날 황궁에서 일어난 대화재로 인하여 소실되었고, 그날 우리는 많은 것을 잃었으나, 그날의 일은 또한 그들이 있었음의 증거가 되었다. 세부적인 사실 관계에 대한 논란은 분분하나 분명한 것은 최후의 마법과 최후의 기적이 그곳에 있었다는 점이다.

그날의 사건이 신을 증거하지는 못하였으나 악마는 증거하였다는 주장도 존재한다. 그러나 신은 본디 한 번도 증거된 적이 없으매. 인간이 삶으로서 증거해 갈 뿐이다.

암흑 속에 잠긴 채, 시황제 에스텐펠트는 눈을 감고 아리아드네를 생각했다. 평생을 생각해도 그리웠지만……. 그것을 사랑이라 부를 수 있었을까. 죽은 이의 육신을 축성으로 시간의 흐름 속에 박제해 두고, 그녀의 머리 위에 황후의 관을 씌운 것을. 아리아드네가 살아 있었다면 분명, 그런 것을 원치는 않았을 것인데.

그 곁에서 아홉 살의 킬리언이 열여덟까지 나이를 먹었다. 내가 잘못하고 있는 것 같다는 생각이 들었지만…… 멈출 수 없었다. 몽마 베사니아가 아리아드네에 대한 마음을 이용해 나를 침식했다는 걸 알고 있다. 그녀를 대신하고 있는 베사니아가 나를 떠난다면, 나의 마음은 어떻게 될까. 나는 아리아드네를 포기할 수 있을까.

에스텐펠트는 아베르사티를 생각했다. 계약 관계로 시작하였으나, 그녀는 좋은 동반자가 되어 주었다. 하지만 그건 처음부터 잘못된 계약이었어.

사랑하지 않겠다니. 살 붙이고 사는 반려자를. 설령 그대가 낳은 아이여도 후계자의 자리를 넘보지 않겠다니. 그대가 낳은 아이들 역시, 나의 자식들인데.

불공정한 계약이었음에도 아베르사티가 아리아드네에게도, 킬리언에게도 최선을 다했다는 걸 안다. 오로지 제 아들을 지키기 위해, 황제의 아들이 아닌 그 아이를 황궁에서 자기 손으로 키워 내기 위해. 그녀는 전부 감내하였다.

그러나 그녀는 내 사람을 지키기 위해 수단으로 사용해도 상관없는 사람이 아니었다. 그래도 되는 사람은 없었다.

아리아드네를 사랑했지만, 그녀는 죽은 사람이었다. 그것을 조금 더 빨리 인정하고, 살아 있는 황비에게 더 잘했더라면 좋았을 것을.

그리되기 전에는 그녀도 사람의 마음을 가지고 있었다. 모든 것을 망친 것도, 약속을 지키지 못한 것도, 다른 이들의 탓을 하기엔 내가 황제였다. 내가 남편이었다. 오로지 내 잘못이었다.

아베르사티, 나의 아내. 부디 전부 나에게 죄를 묻기를. 전부 내가 감내하게 해 주기를…….

아리아드네에게 바쳤던 마음과는 다른 형태였으나, 조금 더 느렸으나, 아베르사티. 나는 그대를.

에스텐펠트는 조용히 눈을 감았다. 내가 그대를 진작 멈출 수 있었더라면 좋았을 것을, 그대에게는 언제나 너무도 늦는구나.

황비의 화마가 라지오넬을 물어뜯었다. 끔찍한 비명 뒤에 라지오넬의 육신은 언제 뜯겼냐는 듯이 되살아났다.

황비, 황비. 이 미친 황비!

정신을 놓아 버린 황비는 피아를 구분하길 포기한 듯 미친 페르디안과 함께 쌍으로 그를 시험에 들게 만들고 있었다. 그러나 불길에도, 냉기에도, 치명적인 역병에도, 라지오넬의 육신은 계속해서 되살아났다.

"헉…… 헉."

너희 하등한 것들이 무슨 짓을 해도! 죽지 않아. 나는, 죽지 않는다! 라지오넬이 고통 속에서도 하늘을 향해 손을 쳐든 채 일갈했다.

"나는 불멸이다!"

그래도 아프기는 싫었다. 화마의 불길이 살을 에는 고통은 무시무시했다. 라지오넬은 자신을 집요하게 추적해 오는 악마들의 힘을 피해 정신없이 달아났다. 몸이 갈기갈기 찢기는 고통에 비명을 지르며 라지오넬은 제 몸을 역류하는 악마들과 싸웠다.

그러나 수마의 힘을 이용해 몸을 피하거나 불길에 저항하려는 순간마다 라지오넬의 안에 있던 페르디안의 자아가 튀어나와 그가 쓰는 마법을 왜곡하고 그를 방해했다.

이 빌어먹을 악마들! 격노한 라지오넬은 자신의 육신과 정신을 서로 차지하기 위해 멋대로 날뛰는 거추장스러운 악마들을 하나하나 뜯어내기 시작했다.

가장 먼저 그를 크게 방해하고 있는 수마를, 그다음으로 역마를, 그리고 그에게 가장 많은 것을 가져다 주었지만, 리에타를 마주친 후 어쩐 이유에선지 제멋대로 움직이기 시작한 몽마를.

귀찮은 것들. 악마의 능력 따위. 어차피 이제 나의 육신은 신의 반열에 올랐으니 거치적거리는 것들은 필요 없다. 불멸의 육신에 기생하려는 것들을 다 품어 데려가 줄 이유가 없지!

몸이 갈기갈기 찢기는 고통에도 자신과 융합한 악마들을 강제로 떼어내며 라지오넬은 불멸자가 된 승리감을 한껏 만끽했다. 리에타를 얻지 못한 충격과 배신감은 미칠 것 같았지만, 괜찮다. 나에게는 이제 시간이 많으니까. 전부 멸망시킨 다음 다시 천천히 이야기해 보면 된다.

한참이나 제 몸의 악마들과 엎치락뒤치락 하다 보니 아무리 달아나도 따라붙던 화마와 메르데스가 어느 순간부터 보이지 않았다. 페르디안과 싸우며 수마의 힘을 몇 번인가 사용한 사이에 어딘지 안전한 장소로 이동한 모양이었다.

고개를 들어 보니 그곳은 오로라 같은 기운들이 흐르고 있는 눈부신 공간이었다. 거대한 수정처럼 보이는 깨진 빙하와, 빛을 산란시키는 아름다운 빛무리가 보석처럼 눈앞에 펼쳐져 있었다.

"······?"

······여기는 뭐지? 페르디안이 아는 곳인가? 내가 알고 있는 곳이 아니다. 나의 기억과 지식에 없는 장소라는 것이 불쾌하게 여겨져 라지오넬은 눈썹을 찌푸렸다. 무지갯빛 잔상들이 눈앞에서 흔들렸다.

그러나 생각해 보니 우스웠다. 불멸자의 안락을 위협할 수 있는 것이 무엇이 있다고 불쾌할까? 이 모든 것이 절대적 존재의 반열에 오른 나를 위해 준비된 것들이라는 생각이 들자 모든 것이 기껍게 느껴졌다. 다시 보니 조금 서늘하고 아늑한 것이 기분이 좋았다. 이곳을 새로운 근거지로 삼을까? 왠지 리에타가 이곳을 마음에 들어 할 거라는 생각도 들었다.

파사삭······. 용이 빠져나가고, 용의 마력만으로 유지되고 있던 공간은 그의 등 뒤에서 괴사하기 시작했다. 그러나 몽마도, 페르디안도 자기 자신에게서 뜯어낸 라지오넬은 그곳이 용의 육신이 떠나간 차원의 무덤이라는 것도, 바깥세상으로 빠져나갈 수 있는 출구가 이미 닫혔다는 것도, 자신이 영원히 그곳에 갇혔다는 것도 눈치 채지 못했다.

정신계 몽마들이 지배력이 펼쳐진 아공간 속에서, 리에타는 자신이 무엇을 잃어버렸는지 깨달았다. 비로소 리에타는, 처음에 반대했던 킬리언이 그 모든 위험을 무릅쓰고 자신과 함께 이곳으로 온 이유를 알았다. 리에타는 가만히 눈을 감았다.

킬리언, 나의 영주님.

'당신의 정의가 나의 정의입니다.'

나의 기사님.

'내가 치유해 줄게.'

당신은 약속을 지켰다.

'내가 옆에 있을게요.'

사랑하는 내 사람이여. 당신이 나를 치유하였으니, 내가 감히 당신의 땅
에 뿌리내리게 하십시오.

눈을 뜬 리에타는 모든 기억을 되찾았다.

어떤 일이든 끝은 나는 듯하였다. 사람은 이겨내는 법인 듯하였다.

이지를 잃어버린 황비는 킬리언과, 리에타와, 모르비두스와,

페르디안과, 라지오넬과, 몽마들과,

사제들과, 병사들과, 황궁과, 수도와…….

그 모두를 향한 분노를 불사르며, 수마와 역마 사이에서 서로를 물어뜯
었다.

"그만하세요, 어머니!"

황태자가 거칠게 황비를 돌려세우며 소리쳤다. 황비의 멍한 눈빛과 구
불거리는 머리카락이 차가운 겨울바람 사이로 흩어졌다. 그녀는 흐릿한
시간 사이로 황태자를 바라보았다.

……킬리언을 닮았네. 황제를 닮았으니…… 당연한 일인가. 이 아이의
얼굴 속에 젊은 날의 당신이 있다. 에스텐펠트.

하나 남은 내 아들이 킬리언을 닮았다니, 웃긴 일이었다.

'괜찮습니다. 황비마마께서는 황제 폐하의 비로 계셔 주시는 것으로 족합니다. 제게 어머니의 역할까지 해 주려 하지 않으셔도 됩니다. ……너무 애쓰지 마십시오. 괜찮습니다.'

수마가 쇄도하는 것을 느낀 황비가, 느릿한 손길로 황태자의 가슴을 밀어냈다. 황비에겐 시간이 느리게 흐르고 있었지만, 인간의 시간에 속한 황태자는 황비의 손길에 밀려나 저편으로 쓰러졌다.

천천히 눈을 깜박이며, 황비는 두 팔을 벌려 끌어안듯 수룡과 충돌했다.

"어머니!"

황태자의 비명소리가 들렸다. 타오르던 황비는, 그녀를 사그라들게 하는 서늘함을 느꼈다. 정체를 알 수 없는 차가운 기운이 몸에 스며드는 것이 느껴졌다.

라지오넬? ……루텐펠트? 물인가. 아니면…… 시간인가.

저도 모르게 몇 걸음 뒤로 물러나던 황비는 발밑을 받치던 딱딱한 무언가가 사라지는 것을 느꼈다.

"황비!"

누구? 킬리언? 아니. ……에스텐펠트인가. 그녀는 왠지 이 모든 것이 우스워 웃었다. ……날 수 있을 것 같은 기분이 들었다. 어디든 갈 수 있을 것 같은 기분이.

"어머니!"

사람들을 밀치고 그녀에게 달려오는 누군가가 느껴졌다. ……힐스테드. 네가, 나를. 그녀는 미소 지었다. 불길에 휩싸인 채, 아베르사티는 자신의 몸을 휘감은 수룡과 함께 탑 아래로 추락했다.

킬리언이 그녀를 향해 손을 뻗었다.

'부르지 마십시오. 괜찮습니다. ……길리우스에게 잔소리 듣는 게 싫어서 그럽니다.'

리에타가 그에게 신성력을 쏟아부으며 다급하게 소리쳤다.

"죽지 마. 죽지 말아요. 당신 나한테 설명할 거 남았잖아. 당신 나한테 속죄할 거 남았잖아!"

그러나 페르디안의 몸은 이미 차갑게 굳어 있었다. 수마 때문만은 아니었다. 페르디안이 천천히 시선을 옮겼다. 리에타의 등 뒤로 킬리언이 보였다. 피투성이가 된 킬리언이 페르디안의 상처를 틀어막고 가슴을 압박하며 그를 살리려 애쓰고 있었다.

조금도 닮지 않았는데……. 어째서 닮았다는 기분이 들까.

'페르디안 도련님은 왜 제이드랑 리에타만 예뻐하세요?'

글쎄, 그냥……. 걔들이 예뻐. 둘이 같이 있는 게 말이야.

그가 사랑했던 그 옛날의 오래된 친우들의 모습이, 킬리언과 리에타의 모습 위에 겹쳐졌다.

……예쁘다, 너희. 참 예뻐.

감기지 않는 눈 위에, 그가 사랑했던 친우의 눈물이 쏟아졌다. ……이래서는 안 될 정도로. 과분한 죽음이었다.

'페르디안.'

그가 손 내밀며 웃는다.

'제이드.'

페르디안은 마주 웃었다. 예쁜 그림이었다. 눈이 부셨다.

얼마간의 시간이 흐른 후, 그녀는 차디찬 땅에서 몸을 일으켰다. 그리고 비척거리며 발걸음을 떼었다. 황비는 눈을 들었다. 그리고 그녀는 자신이 원하는 곳을 향해 걸어갔다.

그녀의 발 뒤에 핏자국처럼 따라붙었던 불길은 조금 더 타오르다 사그라들었다. 사르륵. 비로소 자신이 원하던 것 앞에 선 황비는 가만히 몸을 숙이며 그것을 끌어안았다. 차가운 비석에서 전해져 온 냉기가 뺨을 통해 스며들었다.

"콜록……."

작은 소리의 기침과 함께 흘러나온 피가 비석을 적셨다. 비석 위에 엎드린 채, 황비는 옆으로 고개를 돌려 하늘을 바라보았다.

나뭇가지 사이로 보이는 하늘이 파랬다. 황비는 서늘한 기운을 전하는 비석에 가만히 뺨을 기댄 채 그 하늘을 바라보았다.

바람이 불었다. 서늘한 바람이 머리카락을 흐트러뜨린다. 시원하다. 뜨거웠던 몸이 기분 좋게 식어 간다.

그녀의 생전 가장 많이 생각했던 아들의 비석 위에 엎드린 채, 그녀는 아주 오랜만에, 죽은 아들이 아닌 산 아들을 생각했다. 죽음의 가장 가까운 곳에서 비로소, 처음으로 살아 있는 것들을 돌아보았다는 기분이 들었다.

얼마 후, 살아 있던 모습 그대로 숨을 거둔 황비의 새하얀 얼굴 위에 햇살이 쏟아졌다.

대공 각하!

리에타!

무너진 황궁 앞. 뜨거운 폭염과 자욱한 연기 속에서 홀로 걸어 나오는 킬리언을 보며 기사들과 사제들이 달려왔다. 킬리언의 품에 안겨 있던 리에타가 기대어 있던 고개를 조금 움직였다.

"……조금 더 자."

킬리언이 고개를 숙이며 리에타에게 속삭였다. 리에타가 무어라 조그만 소리를 중얼거린다. 시끄러운 소음 속이었지만, 언제나처럼 그는 알아들은 듯하다.

"……괜찮아. 다 끝났어."

리에타는 완벽하게 안전한 품 안에 있다는 걸 느끼며, 눈을 감았다.

24

어느 봄날

✤

　라지오넬이 벌인 실험과 범죄들은 페르디안이 남긴 기록과 증거들에 의해 사람들 앞에 낱낱이 밝혀졌다. 대륙에 퍼진 역병의 원인과 수도원의 고아들을 상대로 벌인 생체 실험, 대사제 루텐펠트와의 연관성을 포함한 극비 자료는 소수의 고위 사제들과 고위 귀족들에게만 공개되었다.

　진상을 알게 된 사람들은 모두 입을 다물었다.

　끼익……. 그가 대회의장에서 나왔을 때, 리에타는 밖에서 기다리고 있었다. 언젠가 킬리언이 그랬던 것과 같으면서도 다른 모습으로. 킬리언은 기다리던 그녀를 보고 잠깐 동안 말없이 서 있다가, 빙긋 웃었다. 리에타는 미소 띤 얼굴로 팔을 벌렸다. 킬리언이 다가가 그녀를 안고 리에타의 머리카락 위에 가볍게 입을 맞추었다.

킬리언은 그 대회의장에서 이십 년 전에 그가 보았던 아리아드네 황후의 언데드에 대해 증언한 듯하다. 나중에 길리우스 대사제에게 듣기로 그것은 어떤 감정도, 변명도 배제된 무미건조한 증언이었다고 한다.

그의 입에서 윌리엄이나 살레리온의 이름은 단 한 번도 나오지 않았지만, 그것이 십사 년 전 킬리언이 저지른 살인 사건과 연관된 이야기라는 것은 모두가 짐작할 수 있었다.

그 누구도 킬리언에게 그날의 일에 대해 그 이상 물을 수 없었기 때문에 황후의 언데드나 그날의 일에 대한 이야기는 불문에 부쳐졌다.

장례식이 끝난 후, 킬리언은 그날 이후 한 번도 묻지 않았던 일을 길리우스 대사제에게 처음으로 물었다.

"그후에 내 모후의 장례는 어찌하였나."

새삼 물은 것이 싱거울 정도로 평범한 대답이 돌아왔다. 그저 모든 것이 조용하게 마무리되었구나 싶었다. 뜻밖에, 마음에 큰 파문은 일지 않았다. 킬리언은 그저 "그러냐" 하고 고개를 돌렸다.

황제는 그의 몸에서 몽마가 완전히 사라졌다는 판정을 받았다. 그에게 걸려 있던 모든 저주가 소실되었다는 확진과 함께. 황제는 큰 부상을 입었지만 사제들의 치유 마법으로 어느 정도 거동은 가능한 상태가 되었다. 무엇보다 황제는 다치기 전보다 훨씬 오랜 시간 깨어 있을 수 있게 되었다.

황제는 부서진 황궁 대신 마련된 임시 처소의 침대에 기대어 앉아 조용히 사제들이 전하는 말을 들었다.

황비에 대해서도, 황태자에 대해서도, 라지오넬에 대해서도, 킬리언이 한 증언에 대해서도…….

황제는 별다른 말없이 잠자코 그 모든 이야기들을 들었다. 딱히 놀라는 기색 없이, 조금 가라앉은 눈을 할 뿐이었다.

길리우스 대사제는 모든 보고를 마치고 그 앞에서 황제의 말을 기다렸다. 아무 말도 하지 않았지만 황제가 근 이십 년의 그 어떤 때보다도 명료한 정신으로 그가 하는 이야기를 듣고 있다는 걸 알 수 있었다.

황제는 잠시 고개를 숙인 채 자신이 보고받은 이야기들에 대해 생각하는 듯했다. 손을 들어 이마와 눈을 비비며 그 모든 일들에 대해 무어라 말할 듯하다가, 그저 입을 다문다. 그리고 그를 보고 미소 지었다.

"길리우스."

"네."

황제는 고개를 숙이며 피식 웃었다. 그리고 원래 하려던 말과는 조금 다른 말을 꺼냈다.

"……원래 잠에서 깨어나면 이런 느낌이었던가."

길리우스 대사제는 대답하지 않고 꾹 입을 다문 채 고개를 숙였다. 길리우스 대사제 역시 황제의 앞에서 그의 침묵을 기다릴 수 있는 시간을 새삼스럽게 뭉클해하고 있었다. 그가 정신을 차리고 깨어 있는 사이 최대한 많은 일들을 보고 받고 명령하기 위해, 황제의 깨어 있던 시간은 항상 다급했고, 첨예했고, 전쟁 같았다.

황제가 잠시 이어진 침묵 끝에 중얼거렸다.

"……머리가 맑아. 이상한 기분이군."

그래, 원래 깨어 있다는 건 이런 기분이었지. 긴 한숨과 함께 눈을 감았다 뜬 에스텐펠트는 그 어떤 때보다도 맑은 정신으로, 황제로서의 마지막 명령을 내렸다.

"……황태자에게 선위禪位하겠다. 준비해 다오."

미울 땐 미워하고, 슬플 땐 슬퍼하고, 그리울 땐 그리워하고, 그렇게 살 수 있을까요? 용서할 수 있으면 용서하고, 사랑스러우면 사랑하고, 잊혀지면, 잊어버리고.

그저 전부 그렇게, 흘러가게 두면서.

황제가 한 번 더 깨어났을 때 킬리언과 리에타는 그곳에 없었다. 그날 수도에 나타났던 용에 대해 참고인 조사나 확인 절차나 심문이나, 그 어떤 것도 이루어지지 못했던 시점이었다. 너무나 알고 싶은 것이 많았지만, 전전긍긍하며 차마 그들에게 해명을 요구하지 못하고 있던 황궁의 귀족들은 발칵 뒤집혔다.

대체 멸종된 지 수백 년인 용을 무슨 수로 불러낸 건지. 리에타가 뭘 한 건지. 그 속에서 어떻게 살아 나온 것인지. 용은 지금 어디로 간 건지. 물어보아야 하는 일들이 너무나 많았는데.

악시아스 대공은 감히 그 어떤 사람도 리에타 트리스티를 조사하거나 심문하거나, 하다못해 사제들이나 학자들이 말이라도 섞을 수 있게 해 줄 것 같지도 않았다.

지금 황실의 서열에서 대공을 부르기라도 할 수 있는 사람은 황제와 황태자뿐인데. 백날 서류와 서신을 올려 봐야 황제도 황태자도 이렇다 할 반응이 없었다. 찾아가서 뭐라도 말을 해볼까 싶어도 황제는 애초에 만날 수 있는 귀족이 거의 없었고, 최근에야 정체를 드러낸 황태자는 직통으로 연락이 가능할 정도의 긍정적 친분이 있는 귀족이 없었다. 이대로 포기해서는 안 될 것 같아서 사람들은 발만 동동 굴렀다.

"아니, 대공은 어찌 사람이 그렇습니까? 수도에 이런 큰 변고가 있었던 데다 부왕이신 황제 폐하께서 이리 큰일을 당하셨는데……! 신하된 도리는 둘째 치고 아들 된 도리조차 하지 않고, 일어나시는 걸 보지도 않고 떠난단 말입니까?"

황태자가 미소 지었다.

"어쨌든 그분들은 손님이시니까요. 초대받은 집에 큰 변고가 있을 때 손님이 오래 머무르는 것은 예의가 아니라 여기신 것이겠지요."

귀족들이 말도 안 된다는 듯 반발했다.

"초대받은 손님이요? 그분들은······!"

황태자가 얼굴에 띤 미소를 지우지 않은 채 그의 말을 끊었다.

"또 황위를 노린다느니, 반역 모의라느니 이야기가 나올 수 있으니. 대 공께서 자신의 입장을 분명히 한 것 아니겠습니까."

귀족들이 입을 다물었다. 그들은 황태자의 눈치를 보며 기세가 죽어 어물거렸다. 황궁이 혼란에 휩싸인 사이 성급한 반역을 일으키려고 했던 자들이 이미 매섭게 한번 숙청된 후였다. 황태자는 반역 모의를 했던 귀족들을 죄다 잡아넣으며 빠른 속도로 실권을 잡았다. 그는 아직 귀족원을 상대로 뽑은 칼을 넣지 않고 있었다.

타니아 성녀가 해명했다. 그것도 해명이라 할 수 있다면.

"언데드 드래곤이라니 지금 무슨 소릴 하는 겁니까? 용이 멸종한 게 언젠데."

성녀는 뻔뻔하게 부정했다. 사제들이 어렵게 말을 쥐어짜 냈다.

"그렇지만 분명 많은 사람들이 두 눈으로 똑똑히 보았습니다······."

"용이 아니면 그것이 무엇이었겠습니까······."

사제들은 꽤나 애를 썼다. 그러나 타니아 성녀는 빙그레 웃으며 딱 잘 랐다.

"뭔가 착각하신 것 같군요. 꿈이라도 꾸신 거 아닙니까?"

어물거리던 사제들 사이에서 성녀를 수호하던 몽마의 이야기가 나왔지만 그녀는 눈 하나 깜짝하지 않았다.

"몽마라니. 또다시 이단 의혹인가요? 성녀인 내게?"

"하지만 분명 그 몽마는 성녀께서 소멸시키신 메르데스라고……."

"그 악마가 메르데스라고 누가 그랬죠? 그건 이미 이단으로 판명난 추기경과 악마의 주장 아니던가요? 지금 나, 타니아 성녀보다 그들의 주장을 더 믿는다는 건가요?"

사제들은 그런 것이 아니라며 쩔쩔맸다. 코앞에서 방긋 웃으며 거짓말을 하는데 바늘 하나 들어갈 틈이 없었다. 대부분이 라지오넬 추기경을 지지하고 있었다는 점에서 도덕적 우위를 내어 준 상태로 타니아 성녀 같은 인물을 상대할 수 있는 사제는 없었다.

오히려 몰아붙여지는 것은 사제들이었다. 라지오넬 추기경의 관리 감독에 소홀했던 것, 수도원을 상대로 벌어진 마법 실험을 제대로 파악하지 못한 것, 무고한 사람에 대한 이단 의혹, 교황의 육신을 잃은 것, 황궁의 파손, 그동안 황제의 저주를 해결하지 못했으면서 해 왔던 교단의 거짓말.

"어찌 책임질 것입니까."

사제들이 모조리 입을 다물었다. 성녀가 테이블을 짚고 분위기를 바꾸며 나직이 목소리를 깔아 다시 한번 을렀다.

"어찌 책임질 것이냐고 물었습니다, 형제님들?"

녹턴이 가져온 편지를 받은 킬리언이 슥 입꼬리를 올려 웃으며 리에타를 불렀다. 티그리스에게 물을 먹이던 리에타가 다가오자, 킬리언이 조그맣게 접힌 편지를 보여 주었다. 함께 편지를 읽고, 황태자가 전해 준 성녀의 이야기에 리에타는 그와 함께 웃었다.

많은 일들이 있었다. 어떤 약속은 지켜졌고, 어떤 약속은 영영 깨어진 채 시간의 흐름 속으로 묻혔다.

바스락. 하얀 손이 문 밑에 쌓인 편지 더미를 집어 들었다.

보고 싶은 리에타에게.
기다리며, 넬라

이름을 확인한 후, 가만히 멈추어 있던 손이 조용히 다음 편지 봉투를 살핀다. 쌓인 편지가 제법 많았다. 또 다음 편지 봉투를 차례로 넘겨보았다. 하나의 이름 위에 그녀의 손이 멈추었다.

아나이스

편지를 펼쳐 찬찬히 읽어 본 리에타는 떠난 사람이 남긴 편지 속 익살을 이기지 못하고 눈물 고인 눈으로 웃고 말았다. 편지에 쓰어 있지 않았지만 아나이스의 목소리가 들리는 것 같았다.

네가 언제나 웃었으면 좋겠어.

웃으며 눈물기 어린 숨을 들이켠 리에타는 두 손으로 든 편지에 가만히 입맞추며 그녀를 위해 기도했다.
'사랑해, 아나이스. 조금 있다가 보러 갈게.'

겨울을 지낸 모두가 봄을 맞을 수 있는 건 아니다. 적지 않은 생명들은 겨울에 죽는다. 하지만 봄은 오고, 살아남은 생명들은 때론 서로 기대고,

스스로를 치유하면서 계속 살아간다.

악시아스 성에 돌아가기 전 잠시 머문 들판에서, 리에타는 손수 흰 꽃을 꺾었다. 불과 이 일 년 동안 너무나도 많은 사람들이 죽었다. 가혹한 계절이었다.

리에타는 꽃을 꺾던 손을 멈추고 가만히 서서 눈을 감은 채 서늘한 공기를 들이켰다. 이곳에서 다시 맞는 봄. 이제 겨우 일 년. 벌써 두 번째 봄이라니.

리에타는 조금 위쪽을 향해 고개를 들고 이파리가 돋기 시작한 나뭇가지 사이로 바람이 부서지는 소리를 들었다. 다녀온 사이 공기도 햇살도, 떠날 때보다 따뜻해져 있었다.

신기한 일이었다. 이제는 저 사람이, 이곳이 나의 땅이라는 생각이 들었다. 리에타는 처음 이곳으로 와 그를 낯설어하고 두려워했던 날들을 떠올리며 웃었다. 이런 말을 하기에 적당한 날이라는 생각이 들었다.

"……사랑합니다. 대공 각하."

킬리언이 멈추어 섰다. 리에타가 그를 보고 살짝 웃으며 고개를 옆으로 돌리더니 길가에 흐드러진 꽃을 내려다본다. 그리고 리에타는 언제 그런 말을 했냐는 듯, 뒷모습을 보인 채 앞서서 걸어갔다. 그녀의 머리카락 위에 아름다운 봄 햇살이 떨어졌다.

"……킬리언."

정정해 주며, 킬리언이 리에타를 돌려세워 입 맞추었다.

그의 어깨에 내려앉은 녹턴이 조그만 쪽지를 가져다 주고 날아갔다. 킬리언은 그걸 읽고, 저편에서 안나와 아나이스의 묘비 앞에 꽃을 내려놓는 리에타의 뒷모습을 바라보았다. ……언젠가 그대가 나한테 화가 날 일이 있을 때, 한 번 용서해 주기로 한 거. 기억해?

리에타! 갈색 머리를 올려 묶은 여자가 멀리서 그녀를 알아보고 높이 손을 뻗어 흔든다. 지젤! 리에타는 반가운 마음에 자기도 손을 높이 뻗어 흔들었다. 그 옆에 한 사람의 인영이 더 있다. 평상시였다면 진작 그녀를 향해 달려왔을 지젤이 달려오지 않는 것은 그 사람 때문인 듯했다.

여자가 그들을 향해 상체를 돌렸다. 보닛 아래 하나로 묶어 내린 붉은 곱슬머리가 어깨 너머로 가려진다. 길게 늘어진 흰색 리본이 채 넘어가지 않고 어깨 앞에 늘어졌다. 그녀를 알아본 리에타는 조금 놀란 눈을 동그랗게 떴다.

그들을 발견한 여자가 조금 주저하며 완전히 돌아섰을 때, 리에타는 그들 사이에 키가 작은 한 사람이 더 있다는 걸 깨달았다. 그녀의 치마 옆에, 반쯤 몸이 숨겨진 작은 어린아이가…….

양손에 각각 지젤과 아이린의 손을 잡고, 그녀를 보고 있었다.

아직은 먼 거리. 킬리언의 손을 잡고 성을 향해 계속 걸어가면서, 리에타는 묘한 표정으로 뚫어져라 그 아이를 쳐다보았다. 그러다 어느 순간, 리에타는 우뚝 발걸음을 멈춰 섰다.

킬리언이 따라서 멈춘다. 리에타의 눈썹과 입술이 이상한 표정을 그린다. 제 눈을 의심하듯. 리에타의 하늘색 두 눈동자가 이해할 수 없는 빛으로 물든다.

쏴아아아……. 아직 서늘한 바람이 스치며 그녀의 머리카락을 흐트러뜨린다. 무어라 말하려는 듯 입술이 살짝 벌어지지만 아무 소리도 나오지 않은 채 아랫입술만 떨린다. 이내 그의 팔에 얹혀 있던 손이 떨어진다.

멍하니 반걸음, 리에타가 다시 발걸음을 떼었다. 처음엔 더듬더듬, 걷는 법을 잊은 사람처럼 느린 걸음으로. 한 걸음. 또 한 걸음. 리에타가 달리기 시작했다.

툭. 망토가 벗겨져 뒤로 떨어졌다. 머리는 하얗게 비어 버려 아무 생각도 떠오르지 않았지만 본능이 알고 있었다.

내 아이, 내 아가.

꿈인가? 꿈이겠지. 꿈이겠지……?

꿈이라면 깨지 않길. 리에타가 달려갔다. 표정 짓는 법을 잊은 듯 멍해진 얼굴에서 눈물이 떨어지기 시작한다. 바람 속으로 부서진다. 킬리언이 그녀를 방해하지 않은 채 뒤에 서서 그 모습을 바라보았다.

그가 사랑하는 백금발이 바람 속으로 흩어지는 모습이, 눈물이, 언젠가 그를 사랑에 빠지게 만들었던 웃음만큼이나 눈부셨다. 정신없이 울며 달려간 리에타가 팔을 뻗어 아이를 끌어안았다.

봄이 왔다.

또다시, 봄이 왔다.

파랗게 새순이 돋은 가지 위에 다시 한번 햇살이 내리고 어느새 들판에는 새하얀 봄꽃이 흐드러져 있었다.

마른 가지에 바람처럼.

完

에필로그 1

반짝반짝
빛나는

❧

지젤은 리에타가 그들을 향해 달려올 때까지 그 아이가 정말 그들이 찾던 '아델'이 맞는지 온전히 확신하지 못했다고 한다. 슈펠만 구호 재단을 거쳐 간 아이들 가운데 아델이라는 이름을 가진 아이들은 한두 명이 아니었고, 지젤이 '리에타의 아델'을 처음 만났을 때 아델은 자기가 세비타스 출신이 아니라고 말했기 때문이었다.

아이린이 끈질기게 지젤을 붙들고 리에타의 딸은 그 아이가 틀림없다고 강력하게 주장하지 않았더라면 지젤은 눈앞에 아델을 두고도 그냥 지나쳤을지도 모른다.

아델을 데리고 떠돌던 노예상이 역병으로 몰살을 당한 후, 혼자 살아남은 아델을 데리고 다니며 보호했던 사람이 있었던 듯하다. 그 사람이 아델에게 네가 세비타스 출신이라는 걸 아무에게도 말해선 안 된다고 했던 모양이다. 아마도 역병이 심각하게 퍼진 영지에서 왔다는 걸 알면 사람들로부터 우호적인 취급을 받을 수 없을 거라는 걸 걱정했기 때문이 아닐까 싶다.

그걸 아이에게 어떻게 말했는지, 아델은 그걸 아주 중요하고 흥미진진한 숨바꼭질쯤 된다고 생각한 것 같다. 덕분에 아델의 마음에 큰 상처나 충격이 남지 않은 듯하니, 고마운 일이었다.

감사한 마음에 꼭 보답하고 싶어서 그 사람이 누군지 물어물어 수소문했지만 끝내 찾을 수 없었다. 다만 그것은 세상에 이유 없는 악의가 있는 것만큼, 이유 없는 선의도 있다는 것을 생각하게 하였다.

"어떻게 그걸 나한테 숨길 수가 있어요! 말해 줬어야지……. 나한테는 말해 줬어야지!"

리에타는 엉엉 울며 원망하고 화를 내다가, 킬리언을 끌어안고 그의 어깨에 고개를 묻었다. 킬리언은 말없이 고개를 숙여 리에타를 꼭 마주 안고 그녀의 어깨를 쓸어 주었다.

리에타는 몇 번 주먹으로 그를 때렸지만, 오래 화내지 않고 그를 용서했다. 그가 그동안 왜 말하지 못했는지, 무얼 걱정했는지 알 수 있었고……. 한 번은 용서해 주겠다고, 약속했기 때문이었다.

아주 오랫동안, 꿈만 같았다. 눈을 감으면 사라져 버릴까 두려워, 리에타는 아델의 옆에 누워 뜬 눈으로 며칠이고 밤을 지새웠다. 정말로…… 꿈만 같았다.

조금 더 마음에 여유가 있었거나 눈치가 빨랐다면 알 수 있었을지도 모르겠다. 왜 세비타스에 있는 남편의 무덤에까지 신경 써 주었던 그가 아델의 장례나 무덤에 대해선 단 한 번도 언급하지 않았는지. 지젤과 기사들이 킬리언을 두고 어딜 갔는지. 킬리언이 내게 숨길 만한 일이 무엇이 있는지. 뒤늦게 생각해 보면 여러 곳에 단서가 있었다.

"……두 분 서로 좀 닮아 가는 거 같습니다."

"리에타가? 나를?"

킬리언은 아주 흉측한 욕이라도 들었다는 표정으로 뷔테르를 쳐다보다가 고개를 설레설레 저으며 아델을 목말 태워 가 버렸다. 엄마한테 가자, 하며 아델의 손을 잡고 장난을 치는 킬리언의 목소리 뒤로 까르륵, 아이의 맑은 웃음소리가 퍼졌다.

킬리언은 의외로 아이를 어려워하지 않았다. 그는 조금 거리를 두고, 아델에게 별 관심이 없는 척 아이가 보는 곳에서 여러 재주를 부렸다. 온화한 태도로 리에타와 대화하고, 무해해 보이는 장난을 치며 웃었다. 아델이 쳐다보면 모르는 척하며, 아델이 먼저 그에게 호기심을 가지고 손 내밀 때까지 기다려 주었다.

킬리언은 아델이 장난을 치거나 왁, 하고 그를 놀라게 하면 매번 시치미를 뚝 떼고 깜짝 놀란 척을 해 주었다. 아델은 금세 킬리언을 좋아하게 되었다.

아직 눈이 녹지 않은 악시아스의 봄 설원에서 아델은 킬리언과 리에타와 함께 수도 없이 많은 눈사람을 만들었다. 리에타는 몇 번이나 눈물을 삼키며 웃었다. 그 모든 것이 슬프고, 아름답고, 꿈만 같다고 생각했다.

킬리언이 리에타를 손가락 하나 긁히지 않도록 애지중지하며 보호했기 때문에, 리에타가 자가 치유 능력을 되찾았다는 것을 알게 되는 것은 한참이나 지난 후의 일이다.

대륙 수도에서 벌어진 악마의 재앙은 전 대륙에 영향을 끼쳤다. 몽마의 아공간이 중첩될 경우 그것이 현실과 이어진 범위는 기하급수적으로 확장되는데, 그것이 수도에서 일어난 재앙을 대륙의 곳곳으로 퍼뜨렸기 때문이었다. 이때의 재앙으로부터 유일하게 안전했던 곳은 용의 계곡과 인접해 있으며, 성역이 펼쳐져 있던 악시아스 뿐이었다.

그후, 외진 북방의 땅이었던 악시아스는 모든 사람들이 앞다투어 정착하길 희망하는 성지가 되었다. 갑작스레 많은 사람들이 몰려들어 여러 가지 문제와 혼란이 발생하기도 했지만, 킬리언과 리에타는 잘 해냈다.

"……묘한 일이죠. 하필 하비투스 대사원의 종탑이라니."

사제와 건축가들이 탑을 올려다보며 두런거렸다.

"기적으로 탑이 생기는 건 입으로나 전해져 오던 고대의 전설일 뿐인 줄 알았는데 말이에요."

엄밀히 말해 기적으로 뚝딱 생긴 탑은 아니었지만 사람들의 눈에는 충분히 그렇게 보였다. 몽마의 아공간이 뒤틀어 놓은 현실의 공간 틈새로, 어쩌면 하필 하비투스 대사원의 종탑이 빨려 들어가, 어쩌면 또 하필 악시아스 수도원의 앞마당으로 옮겨지는 마법이 일어났단 말인가. 우연도 이쯤 되면 기적이라 해도 되지 않나 싶었다.

"이전의 종은 유실됐으니 악시아스 공예품으로 종을 새로 달까요? 너무 노골적이려나?"

"사람들이 원하는 게 바로 그런 거일 걸요?"

"종에 용도 틀어 올릴까요? 양각으로."

"천재세요?"

기적으로 탑이 생겼다는 걸 믿지 않는 건축가가 대충 한 귀로 흘리며 바닥에 도면을 펼치고 말했다.

"어쨌든 탑이 생긴 덕택에 사원 건립 계획에 구심점이 생겼습니다. 여기 수도원이, 그리고 이쪽에 탑이 있으니까, 사원의 위치는 이렇게 탑을 중심부에 안은 형태로⋯⋯."

딱히 하비투스 대사원을 계승하는 것을 내세우거나 정치적 제스처를 취하지 않아도 악시아스 사원은 자연스럽게 그렇게 되었다. 많은 사제들과 신성 능력자들이 몰려들었다. 사원의 터에는 건물 하나조차 제대로 오르기도 전이었음에도, 악시아스 수도원과 종탑이 있는 지역 일대는 '악시아스 대사원'으로 불리기 시작했다.

저주가 풀린 뒤, 파괴된 마의 성물에 관통당했던 황제는 기적적으로 몽마를 극복해 냈다. 그러나 황제는 이미 육신의 병이 깊어 회복할 수 없는 몸이 되어 있었다. 황실 주치의의 시한부 선고에 사제들은 침통해 했지만, 황제는 담담한 낯으로 웃었다.

"⋯⋯봄은 볼 수 있겠구나."

저 밖에 꽃이 피는 것을, 한 번은 더 볼 수 있겠구나. 그것으로 충분했다.

"⋯⋯폐하."

"울상 짓지 마라. 그러지 않아도 그대들 충성스러운 거 다 알고 있으니."

언제나 바라 왔다. 단 하루만이라도 맑은 정신으로 눈을 뜨고 일어나 하루를 보내고, 그날의 지는 해를 바라볼 수 있다면. 이미 매일매일, 황제는 간절히 바라던 소원이 이루어진 하루하루를 살고 있었다. 그는 홀가분한 미소를 지으며 말했다.

"덤으로 얻은 삶이다. 이미 과분한데 어찌 불평하겠느냐."

진심으로, 과분하다 생각했다.

황태자는 종종 녹턴을 통해 킬리언에게 서신을 보냈다. 대놓고 묻진 않았지만 황태자는 수도의 정치 상황에서 어려움을 겪을 때마다 킬리언에게 난처한 상황에 대해 슬그머니 이야기하며 조언을 구하곤 했다. 킬리언은 가르쳐 주었다. 무상 자문은 아니었다.

'……아주 싹 다 벗겨 가십시오.'

황태자가 보낸 쪽지에는 그렇게 투덜거리는 소리만 쓰여 있었지만, 얼마 후 수도의 공예품 무역 제한이 철폐되었다. 킬리언은 쪽지를 보고 피식 웃으며 황태자가 물은 내용에 대한 답장을 써 주었다.

악시아스는 유사 이래 그 어떤 나라에도 없던 대호황을 맞았다. 척박한 땅과 외진 입지는 더 이상 문제가 되지 않았다. 악시아스의 폭발적인 성장과 공예품 시장의 확대에 맞물려 마차와 운송업, 무역업, 도로 사업이 무시무시한 속도로 발달했다. 악시아스가 필요로 하는 식량과 부족한 자원들을 모두가 앞다투어 들고 와 악시아스와의 교역을 청하기 시작했다. 정착을 원하는 사람들은 계속해서 몰려들었다.

얼마 후, 시황제가 황태자에게 선위하여 힐스테드 릴페이엄이 제국의 두 번째 황제로 등극하였다. 즉위만 하면 한결 편해질 줄 알았는데 상상하지도 못했던 온갖 상황들에 골머리가 아프다며 세상을 저주하는 편지가 날아와, 킬리언은 또다시 피식 웃고 짤막한 답신을 써 주었다.

그해 가을. 녹턴이 가져온 소식을 함께 펼쳐 본 킬리언과 리에타는, 가만히 편지를 쥔 채 서로에게 기대었다. 한동안 그렇게 기댄 채, 그들은 조용히 서로를 안아 주었다.

"……내년에는 같이 수도에 갈까요."

리에타의 말에 킬리언이 조용히 미소 지었다.

"아델이 좀 더 크면."

리에타가 킬리언의 머리카락을 부드럽게 쓸었다. 시황제가 오래 살지는 못했지만, 저주 때문에 죽지는 않았다. 마치 그는 그것을 증명하기 위해 더 살아 준 것 같았다.

킬리언은 이제는 홀로 서야 하는 황제가 된 젊은 황태자에게, 평소보다 조금 더 긴 편지를 보냈다.

아델은 누구에게나 사랑받는 악시아스 성의 귀염둥이가 되었다. 다만 아델은 킬리언을 얼마간 '킬리언'이라고 불러서 그의 충성스러운 기사들을 기겁하게 만들었다. 아마도 엄마가 부르는 걸 아무 생각 없이 따라하는 거겠지. 하지만 기사들이 생각하기에 아델의 입에서 나와야 하는 대공 각하의 호칭은 그게 아니었다.

"아빠라고 해야지, 아델! 윽!"

기세 좋게 소리치다 지젤에게 정강이를 걸어차인 기사가 비명을 삼키며 펄쩍 뛰었다. 옆에서 다른 기사가 정색을 하고 정정했다.

"공녀님, 멍청아. 읍."

레이첼이 그 입을 틀어막고 기사와 함께 사라졌다. 킬리언은 아무렇지도 않게 한쪽 무릎을 꿇어 자세를 낮추고 아델을 안아 올리더니 제 어깨 위에 목말 태워 앉혔다. 자신의 자리라는 듯이 익숙하게 안착한 아델이 두 팔로 킬리언의 머리를 껴안고 웃었다. 그리고, 아무렇지도 않게 말했다.

"아빠."

킬리언이 멈칫하며 움직임을 멈추었다. 조그만 피크닉 바구니를 들고 다가오던 리에타가 발걸음을 멈추고, 둘의 시선이 교차했다. 아델이 생글생글 웃으며 살그머니 리에타를 쳐다보았다.

"아빠 아니야?"

잘못한 것도 없이, 잘못한 것 같은 얼굴을 하고 있는 킬리언은 아무 말도 하지 못한다. 아델과 눈을 마주한 리에타가 웃으며 말했다.

"……아빠 맞아."

그날 밤, 킬리언은 세 번째로 리에타에게 청혼했다. 이미 한 번 받아들였지만, 세 사람이 되며 유예되었던 결혼이었다. 세 사람을 전제로 한 결혼은 조금 더 다른 형태가 되어야 해서, 킬리언은 조금 다른 형태의 청혼을 했다.

"나 책임져."

킬리언은 툭 던져 놓고 리에타를 쳐다보았다. 리에타가 동그랗게 뜬 눈을 깜박이며 멍하니 킬리언을 바라보았다. 킬리언은 그녀의 시선을 외면하고 짐짓 딴 데를 쳐다보는 척하며 덧붙였다.

"……더는 모르는 척하지 마. 벌써 애까지 생겼단 말이야."

"푸흡……."

그가 무슨 소릴 하는 건지 이해한 리에타는 그만 소리 내 웃음을 터뜨리고 말았다.

"하하하하."

시치미를 떼고 엄숙 새침한 표정을 하고 있던 킬리언도 한발 늦게 따라 웃었다. 리에타는 거의 눈물을 흘리며 폭소했다. 리에타가 터진 웃음을 어쩌지 못한 채 그의 어깨에 손을 올리고 두드리자 킬리언이 그녀를 번쩍 안아 들어 올렸다. 그리고 발걸음을 옮기며 노래하듯, 한탄하듯 중얼거렸다.

"이제 그만 책임지자……. 좀 책임져 주세요."

킬리언은 입술로 리에타의 이마에 쪽 쪽 버드키스를 하며 천천히 걸음을 옮겼다. 말의 내용은 애걸복걸 하고 있는데, 웃는 얼굴과 목소리는 참

여유가 넘친다. 그게 또 그렇게 매력적일 수가 없었다.

리에타가 가만히 그의 가슴에 기대어 웃었다. 머쓱한 말 대신 행동으로 전하고 싶어서, 가만히 킬리언에게 머리를 부비며 나름대로 애정 표현을 하는데.

"내 몸에만 관심이 있는 건가?"

간신히 진정되어 가던 리에타는 또다시 웃음이 터지고 말았다. 킬리언이 했던 농담 중에 제일 재밌었다. 그가 조만간 다시 청혼할 거라는 건 예상하고 있었지만 이런 건 예상 못했다. 정말이지 상상을 뛰어넘은 방식이었다.

조금만 기다려 달라고도, 아이가 있지만 당신은 상관하지 않을 걸 알고 있으니 이제 그만 결혼하자고도, 차마 미안해서 하지 못했던 말이었다. 지난 일 년간 제대로 된 결혼식을 하기엔 악시아스가 너무 바쁘고 시끄러웠기도 했다. 그런데 다시 이렇게, 조용히 기다리다 손 내미는 그가 고마웠다. 리에타는 웃음과 감동과 고마움 속에 받아들였다.

"해요. ……이번엔 진짜로 해요."

킬리언이 웃으며 리에타를 침대에 내려놓고 그녀의 양 옆을 손으로 짚은 채 속삭였다.

"진짜로?"

리에타가 목소리를 낮추어 그의 뺨을 만지며 속삭였다.

"……어떻게 하면 당신이 내 진심을 믿어 줄까?"

킬리언이 바람 소리 같은 웃음을 지으며 시선을 내렸다.

"……아무것도 안 해도 돼. 이미 넘어갔어."

창밖에서 아름다운 별빛이 쏟아졌다.

"제가 영주님의 결혼식에 주례를요?"

뷔테르가 놀랍고도 곤란한 얼굴로 킬리언을 쳐다보다 허허 웃었다.

"말씀은 진심으로 영광입니다만, 결혼도 안 한 노인이 결혼에 대해 무얼 안다고 주례를 서겠습니까."

대륙에서 황제를 제외하고 가장 신분이 높은 귀족인 악시아스 대공이 식을 올리는데 평민 사제가 주례를 선다니. 남들 보기에는 모양이 빠지는 일일 것이었다. 킬리언과 리에타라면 굳이 뷔테르에게 맡길 필요가 없었다. 지금의 악시아스에는 정착해서 살기 시작하며 영지의 일에 공헌하려 애쓰는 성실한 귀족 사제도 많았고, 개중에는 킬리언과 꽤 오랜 역사를 공유한 귀족 사제들도 몇 섞여 있었다.

킬리언도 리에타도 그런 걸 신경 쓰는 사람은 아니지만 뷔테르는 고된 가시밭길을 걸어온 그들이 이제는 누가 보기에나 부족함 없이 가장 훌륭하고 완벽한 꽃길만 걷기를 진심으로 바라고 있었다.

"길리우스 대사제께서 두 분 결혼하시면 반드시 주례를 맡으신다고 벼르며 기다리고 계시지 않았습니까? 그 형제님을 부르시지요."

킬리언이 고개를 저었다.

"번잡해. 그리고 길리우스에게 맡기면 일이 커져. 사람들에게 알리지 않고 조용히 올릴 생각이다. 딱히 주례사도 필요 없으니 신 앞에 맹세할 때 주례 겸 증인으로 있어 주기만 해."

뷔테르는 어쩔 수 없다는 미소를 지으며 수염을 만지작거렸다. 킬리언은 리에타의 뜻이라고 말하지 않았지만 킬리언의 뜻일 리는 없었으니, 조용히 올리고 싶어 하는 게 누군지는 어렵지 않게 알 수 있었다.

"그러시다면 뭐. 할 수 없지요. 알겠습니다."

킬리언이 짧게 끄덕여 감사를 표하고 의자에 기댄 채 손을 깍지 꼈다. 내색하지는 않지만 킬리언 역시 조금도 미련이 없지는 않을 것이다. 언제나 리에타에게 세상에서 가장 좋은 걸 해 주고 싶어 하는 사람이니까.

그나저나 이미 작년 봄에 하기로 했었던 결혼을, 아델이 돌아오며 이만큼이나 더 기다려 주다니 저 참을성 없는 성질머리에 대단하다는 생각이 들었다. 가만히 그를 쳐다보고 있던 뷔테르는 자신이 해야 할 말 하나를 빼먹었다는 걸 깨달았다.

"……결혼 축하드립니다. 오래 기다리셨네요."

킬리언은 평소 같은 얼굴로 피식 웃었다. 하지만 살짝 헛기침을 하고 손으로 턱을 괴는 척, 입가에 맺힌 웃음을 숨기고 고개를 돌리는 것이, 진심으로 기쁘고 행복해 보이는 얼굴이었다.

기사단이 술렁였다.

"조용히 올리고 싶어 하시는 것 같아. 끝까지 말씀 안 하실 것 같은데."

"……우리한테도? 설마."

기사들 사이에 불안한 기운이 감돌았다.

"왜지? 시끌벅적하게 축복받으면 안 될 이유가 뭐야?"

인생에 두 번도 아니고 딱 한 번 있을 일인데. 우리가 대공 전하의 결혼식에 참석할 기회도 인생에 딱 한 번 있는 걸 텐데. 기사들이 나름대로 심각하게 서로의 얼굴을 들여다보았다. 옛날엔 그런 이유가 있었던 것 같기도 한데 잘 모르겠다. 기억이 안 난다. 선남선녀가 만나서 예쁜 사랑하고 결혼한다는데 축하받아 마땅한 일을 굳이 쉬쉬할 아무런 이유도 없어 보였다.

"과부라서 어쩌고저쩌고 사람들 보기에 어쩌고저쩌고 그런 쓸데없는 생각하고 계신 거 아니야?"

기사 하나가 딱, 소리를 내며 손가락을 튕겼다.

"맞네. 난 그거라고 본다."

"대공 각하는 축성술사님 못 이기신 걸 테고."

"그렇지. 바로 그거야."

"……그럼 진짜 안 불러 주실까? 정말로?"

또다시 술렁술렁. 그때, 기사 하나가 가슴 앞으로 팔짱을 끼더니 당당하게 말했다.

"아니 뭐 결혼식에 꼭 불러 주셔야 가나? 우린 대공 전하를 호위하는 기사들인데."

그 말에 모두가 눈을 휘둥그렇게 뜨고 시선을 집중시켰다. 기사가 당당하게 어깨를 펴고 말을 이었다.

"무슨 일이 있을 줄 알고 대공 전하의 곁을 비워? 결혼식이라고 위험하지 않으란 법이 없잖아? 결혼하실 때 호위해 드려야지."

기사들이 번쩍 깨달음을 얻은 표정을 지었다. 그러더니 이내 서로를 바라보며 헤벌쭉 웃기 시작했다.

"맞네. 이거 참, 우리의 의무를 방기할 뻔했잖아?"

"그렇지? 두 분 결혼하실 때도 꼭 호위가 필요하겠지? 그런 날 우리가 아니면 누구한테 호위를 맡기시겠어?"

"당연하지. 중요한 날인데 꼭 곁을 지켜 드려야지."

기사들이 뿌듯하게 고개를 주억거리며 희희낙락했다.

"아무렴. 안전한 결혼식을 위해. 조용한 결혼식을 위해. 우리가 꼭 필요할 거야."

넬라가 흥분해 허공에 주먹을 휘두르며 소리쳤다.

"가야 돼! 마틴. 가자! 축하해 줘야지!"

마틴이 흥분해서 날뛰는 넬라의 어깨를 잡았다.

"잠깐만, 넬라? 잠깐만. 물론 나도 가서 축하해 주고 싶어. 우리 결혼 축하하러 와 줬던 것도, 도움받은 것도 기억하고 있고. 나도 가려고 했어, 으리으리하게 결혼 축하 선물 준비해서 말이야. 하지만……."

"하지만?"

"그건 두 분이 공개 결혼식을 하고 우리도 거기에 초대를 받을 거라고 생각했을 때의 이야기였어."

넬라가 마틴의 손 위에 자신의 손을 누르며 말했다.

"마틴."

"어?"

넬라는 뒤늦게 알게 됐던 사실, 리에타가 젊은 과부인 자신이 결혼 행진을 가까이서 지켜보면 불길할까 봐 그들의 결혼식을 멀리서만 지켜봤다는 걸 알고 있냐고 물으려다 입을 다물었다. 아무리 남편이어도 리에타를 불쌍하게 보이게 하는 이야기를 입에 올리기 싫었다. 대신 넬라는 다른 이야기를 했다.

"우린 리에타가 악시아스에 정착해 처음으로 사귄 가장 친한 친구들이야. 리에타가 성으로 돌아온 다음에 제일 먼저 초대한 사람들이 우리였다는 거 기억 안 나?"

"기억나지……. 그치만."

"그런 우리가 리에타의 결혼을 축하하지 않으면 누가 축하하겠어? 리에타가 제일 친한 친구들의 축하도 받지 못하고 결혼식을 올린다면 얼마나 쓸쓸하겠냐고."

"넬라. 네 말도 맞아. 하지만 조용히 올리고 싶다는 건……."

넬라는 눈을 동그랗게 뜨고 마틴을 쳐다보고 있다가 딱 손가락을 튕겼다.

"아! 페닐 아주머니도 불러야겠다!"

그분은 같은 상처를 가지고 계시니까, 혹시라도 리에타가 우울해하고 있으면 위로가 되어 주실지도 몰라.

"넬라……? 내 말 듣고 있어……?"

"듣고 있어!"

"언제는 리에타랑 친분이 있다는 거 과시하지 말자며……. 폐가 된다며 자제하자던 사람 어디 갔냐……?"

"누가 과시하재? 남들 모르게 가서 리에타한테만 축하해 주면 되지!"

마틴이 뭐라 형용할 수 없는 표정으로 넬라를 마주 보았다. 똑똑. 그때 현관문을 두드리는 소리가 들렸다. 마틴이 문 쪽으로 고개를 돌렸다가 자리에서 일어났다. 문을 열자마자 고소한 빵 냄새가 확 풍겼다. 페닐 아주머니였다.

"마틴! 넬라 집에 있지?"

넬라가 반가워하며 벌떡 일어났다.

"페닐 아주머니! 안 그래도 보러 가려고 했는데!"

조금 상기된 얼굴로 싱글벙글하며 들어온 페닐 아주머니가 목소리를 낮추어 속삭였다.

"넬라! 마틴! 이리 와 봐. 일급 극비 소식! 내가 무슨 이야기를 가져왔나 맞춰 봐! 깜짝 놀라 넘어갈 테니까!"

넬라의 눈이 동그래졌다. 아주머니가 신이 나서 목소리를 더욱 낮췄다.

"다음 봄에, 누가 결혼하는지 알아?"

"자자, 모두 주목! 신 연극 대본 나왔습니다!"

"오…… 제목!"

"뭔데?"

"짜잔! 오월의 신부!"

"와우! 어쩜, 내가 꼭 해보고 싶었던 소재인데 딱 우리 극작가님께서!"

"하하. 악시아스 사람들 전부 같은 마음일 거다. 이번 연극은 무조건 대히트일걸!"

"어허. 다들 알고 계시겠지만 이건 극비니까 다들 입조심하시고."

"예이!"

⌒⌒⌒⌒⌒

이듬해 봄. 황실 전투 사제단에서 안식년을 신청한 길리우스 대사제가 비밀리에 악시아스로 왔다. 그가 오래전 맡아 두었던 중요한 결혼식의 주례를 맡기 위해서였다. 다만 조금 사소한 문제는 결혼식의 당사자들이 그를 주례로 초청하지 않았다는 거였다.

킬리언은 새하얀 예복을 완벽하게 차려입고 성서와 홀을 든 채 서서 방글방글 웃는 길리우스 대사제를 보고 마른세수를 했다.

"……뷔테르."

수도원장 뷔테르는 그의 옆에 서서 흐뭇하게 웃었다.

"예지인가요?"

"예지인가 봅니다."

"잘 지내셨습니까, 형제님?"

"덕분에요. 건강한 모습 뵈니까 기쁩니다, 형제님."

뷔테르와 길리우스는 뻔뻔하게 웃으며 주거니 받거니 했다. 옆에서 데미안과 콜브린이 식은땀을 삘삘 흘리며 난처한 미소를 지었다. 내 성에는 왜 비밀이 없는가. 뒤늦게 생각해보니 나사가 잠깐 풀려 있었는지 고양이한테 생선을 맡기고 말았다. 이미 온 세상 사람들이 그들이 결혼한다는 걸 다 알고 있었다. 대체 어쩌다 이렇게까지 된 거야.

다행히 리에타는 조용한 결혼을 했으면 좋겠다고 했던 게 꼭 둘이서만 비밀 결혼을 하길 바랐던 건 아니었다며 웃어 주었다. 아델이 드레스를 입고 화동이 되어 꽃을 뿌리는 것도 기대되고, 뷔테르 사제님이 주례를 하지 않게 된 대신 에스코트해 주겠다 하신 것도 기쁘다며. 조금 쑥스럽긴 하지만, 더 잘된 것 같다고 말했다.

어차피 비밀리에 결혼한다는 건 불가능할 거라고 어느 정도는 예상하고 있었다. 단지 조용히 올렸으면 한다 했던 건, 당신 마음대로 해도 좋다고 했다가는 킬리언은 정도라는 것을 모를 사람이라는 걸 알고 있었기 때문이었다.

아무리 그래도 조용히 올렸으면 했던 결혼식에 제국의 황제가 변복까지 하고 손수 발걸음 할 줄은 몰랐지.

"미쳤군."

침착한 촌평에 힐스테드가 서글서글하게 웃으며 대답했다.

"형님, 말씀이 거치십니다. 아무리 그래도 제가 제국의 황제인데요."

"제국의 황제가 제국의 황궁을 비워 두고 뭘 어째……? 아니…… 아니다. 말을 말자."

킬리언이 절레절레 고개를 젓고는 학을 떼며 가 버렸다. 사상 초유의 하객에 그 침착한 노집사 에른마저도 동공이 흔들렸다. 킬리언의 기사들이 아련하게 킬리언과 힐스테드를 쳐다보았다.

'……형제는 형제네.'

열아홉 살의 황제 힐스테드는 킬킬 웃음을 터뜨리며 혼비백산해 달려온 하인들에게 말고삐를 넘겨 주었다. 황제가 도착했다는 소식에 길리우스 대사제가 황망한 얼굴로 뛰쳐나왔다. 그리고 그의 뒤를 따라 줄줄이 킬리언의 황자일 적 지인들, 사제들, 귀족과 관료들의 행렬이 이어졌다. 당연히 여기 있을 거라 예상한 사람들도 있었고, 전혀 예상 못 한 사람들도 있었다. 힐스테드는 저를 에워싼 황실 식구들을 둘러보며 웃었다.

"이게 다 누구야. 안식년에 휴가에 병가까지 내고 다들 여기 와 있었나?"

몇몇이 해쓱해진 얼굴로 힐스테드의 시선을 피했다.

"이건 황궁보다 더 황궁 같은 기분인데. 솔직하게 말해도 됐을 것을."

"……폐하께서도 말씀 안 하셨잖습니까."

힐스테드가 어깨를 으쓱했다.

"나야 내가 오면 난리가 날 걸 알고 있었으니 숨긴 거지. 그대들은 내 허락만 받으면 되니 상관없잖아?"

"난리가 날 걸 알면서 이렇게 오셨습니까……?"

힐스테드가 말을 돌렸다.

"형수님은 어디 계신가? 인사 올려야 하는데."

길리우스가 머리를 싸맸다.

"폐하. 아무리 그래도 이건."

"잔소리 그만. 좋은 날이잖아. 초치지 말게."

"황제 폐하께서 제일 초칠 가능성이 높으시다는 건 아시죠……?"

"조용히 있다가 갈 거야. 조용히."

조용한 결혼식이 시작되려 하고 있었다.

"대공 각하께선 결혼식 조용히 올리신다고 모르는 척하라고 하셨단 말이야!"

킬리언의 명령을 말 그대로 이행한 레너드만 불참할 뻔했다가, 뒤늦게 지젤에게 뒷덜미를 잡힌 채 끌려왔다.

"당신만 빼고 다 갔어. 바보야."

모두가 나만은 참석해 축복해야 한다고 생각했던 봄밤의 비밀 결혼식은 킬리언과 리에타를 축복해주고야 말겠다는 강력한 의지로 무장하고 달려온 진심 어린 축하객들로 가득 찼다. 사람들로 가득 찬 악시아스 대사원에서, 하객들은 서로의 얼굴을 확인하고 머쓱한 얼굴이 되어 기분 좋고도 민망한 웃음을 터뜨렸다.

식장 곳곳을 밝히는 촛불이 놓였다. 신랑 신부가 행진할 통로에는 반짝반짝 아름다운 은빛 융단이 깔리고, 그 위에 사제들이 축성한 꽃잎들이 뿌려졌다. 이미 한 달 전부터 이날을 대비한 주방장은 그 어떤 때보다도 바빴다.

예상보다도 훨씬 많은 축하객의 수에 하인들이 끝도 없이 테이블과 의자를 추가로 들여왔다. 하객들도 피로연을 갖춘 정식 예식이리라 기대하고 오지 않았는데, 시녀장과 집사가 사람들을 안내하고 하인들이 연회 음식을 내어 오기 시작하자 민망해하면서도 즐거워했다.

오래 지나지 않아, 반짝이는 아이보리색 화동 드레스를 입은 아델이 꽃바구니를 옆에 끼고 등장했다. 혼을 쏙 빼놓을 정도로 귀엽고 사랑스러운 모습이었다. 모두가 비명 같은 환호를 지르며 귀여운 아델을 에워쌌다. 나풀나풀 투명하고 커다란 리본이 날개처럼 아델의 허리 뒤에 매어져 있는 걸 보고 세이라는 거의 쓰러지듯 행복해했다.

"아델 좀 봐! 나비 같아."

칭찬을 듣고 신이 난 아델은 벌써부터 꽃잎을 뿌리기 시작했다.

"아델, 아델. 음악 시작되면 뿌리면서 엄마보다 앞서서 가는 거야. 저쪽 아빠한테. 알지?"

아델이 하늘로 오르는 꽃잎들을 쳐다보며 배시시 웃었다. 다시 한 옴큼. 조그만 손에 쥔 꽃잎이 하늘로 뿌려졌다. 바닥에 가득히 꽃잎이 펼쳐지기 시작했다.

"수도원장님."

뷔테르는 새신부의 모습으로 단장한 리에타의 모습을 보고 진심으로 놀란 얼굴로 미소 지었다.

"리에타 양. 항상 미인이었지만 오늘은 정말로 아름답네요. 대공 전하께서 깜짝 놀라실 겁니다."

리에타가 쑥스럽게 웃었다.

"고맙습니다. 원장님도 항상 멋지셨지만, 오늘 더 멋지세요. 오늘 함께 해 주셔서 감사해요."

뷔테르가 빙그레 웃었다. 세비타스에서의 기억 때문에 처음에는 막연히 두렵고 어렵게 여겼던 분이었지만, 지금은 존경하고 있었다. 결혼식에서 아버지의 자리에 대신 서 주시겠다는 말에 진심으로 고맙고 기뻤다.

이 척박한 땅에서 수십 년을 아이들을 지켜 내신 분이었다. 타니아 성녀님처럼 유명하지는 않지만, 보이지 않는 곳에도 영웅들이 있었다. 뷔테르는 그런 사람이었다.

"……그런데 아무래도 저는 두 분 결혼식엔 그냥 하객으로 참석하게 될 운명인 모양입니다."

"네?"

뷔테르가 지팡이를 짚고 한 발 물러서며 웃었다.

"역시 제가 리에타 양의 아버지 역할을 하기엔 나이가 좀 많지요. 다리도 불편하고요."

리에타가 어리둥절한 눈으로 그를 바라보았다. 그의 시선이 묘하게 리에타의 뒤로 향하고 있었다. 리에타가 고개를 돌렸다.

"어? 나비다."

아델의 꽃바구니에서 팔랑, 팔랑. 나비가 날갯짓을 하며 날아오르기 시작했다. 식장 곳곳에 장식된 꽃에서, 나비가.

음악이 시작되었다.

리에타는 멍하니 저를 에스코트하여 인도하는 금발의 사내를 올려다보았다. ……너무 닮았어. 하지만 아무리 봐도 그는 인간이었고, 악마의 상징인 뿔을 가지고 있지 않았다.

"제가 좀 잘생겼다는 건 알고 있습니다만."

그가 조용히 말하며 미소 지었다.

"결혼식입니다. 신부님. 신랑에게 집중하셔야죠."

리에타가 가만히 그를 쳐다보았다. 그리고 그의 말대로 그의 손을 잡은 채 앞을 바라보았다.

"당신……."

"네."

"제 아빠를 닮았어요."

그가 희미하게 웃었다.

"그저 대역으로 섰을 뿐인데 그런 말씀을 듣다니. 영광이네요."

리에타는 확신했다. 그리고 입을 열었다.

"사라지지 마요."

리에타가 작지만 분명한 목소리로 말했다.

"날 위해 사라져 주는 게 낫다고 생각하지 마요. 결혼식이 끝난 후에 내가 평생 이 순간을 후회하며 당신을 찾게 하지 마요."

"……."

"난 지금 이 순간만은 결혼식에 집중할 거니까."

리에타의 손이 가늘게 떨렸다.

"……결혼식 끝난 후에도. 남아 있어 줄 거죠?"

리에타가 그의 손을 꽉 잡았다.

"약속해 줘요."

침묵은 길지 않았다. 그가 답했다.

"……약속할게. 결혼식, 망치지 마."

눈물이 고이며 리에타의 눈이 반짝였다. 리에타가 그의 손을 잡은 채, 앞을 바라보았다.

철컥. 식장의 문이 열렸다. 눈부신 빛이 쏟아졌다. 그녀가 사랑하는 사람이 꽃길 저편에서 그녀를 바라보았다.

에필로그 2

자라는 악마

❧

말라디에라는 악시아스를 지켜내는 데 큰 공을 세웠다. 리에타와 킬리언이 악시아스를 떠나 제국에 가 있을 때, 말라디에라는 강력한 고위 악마의 힘을 유감없이 발휘하며 악마들로부터 악시아스를 지켰다. 악시아스는 사제들이 펼쳐 둔 성역과 고위 악마의 수호 아래 굳건히 지켜졌다. 그 몇 주간의 무시무시한 대악마 전투 이후, 말라디에라는 악시아스 사람들에게 특별한 친구로 받아들여지게 되었다.

사람들은 그 모든 것이 말라디에라의 힘인 줄로만 알았다. 그러나 사실 그것은 말라디에라 혼자만의 힘이 아니었다. 말라디에라는 자신의 힘으로 할 수 없다고 판단한 위기의 순간 모르비두스를 소환했고, 악시아스에 재림한 모르비두스는 말라디에라의 뒤에 숨어 악시아스를 지켜 냈다. 그러나 그는 끝까지 밖으로 모습을 드러내지 않았다.

모든 상황들이 안정되고 리에타가 사람들의 뜨거운 환영 속에 악시아스로 돌아온 후, 말라디에라는 리에타와 친구가 되었다. 리에타는 때때로 모르비두스를 생각하며 슬퍼했고, 말라디에라는 리에타가 말하지 않아도 그것을 느끼게 되었다.

"모르비두스, 왜 여기서 몰래 내려다보기만 해?"

그렇게 묻는 말라디에라에게, 모르비두스는 아무런 대답도 하지 않았다. 말라디에라는 그간 사람들 사이에서 쌓은 경험으로, 그가 너무 강한 악마라서 모르비두스가 사람들이 우리를 싫어할까 봐 두려워한다고 생각했다.

"리에타는 우리를 싫어하지 않아. 가끔, 아니 사실은 자주 당신 생각을 해. ……모르비두스가 살아 있다는 걸 알면 기뻐할 거야."

그는 그저 희미하게 웃었었다.

그러나 나중에 그녀를 돌보는 수도사가 말해 주었다.

"서로 좋아하더라도 떨어져 있는 게 더 나은 사이도 있어요. 말라디에라 님, 당신도 더 크면 알게 되실 거예요." 하고.

좋아하니까 더 그러는 거라고 그는 말해 주었지만, 말라디에라는 그렇게 생각하지 않았다.

좋아하는 건 나 때문에 슬퍼하게 두지 않는 거야.

모르비두스는 리에타의 결혼식이 제대로 치러지는 것만 본 후 이곳을 떠난다고 했다.

상위악마인 모르비두스를 거역할 수 없는 말라디에라였지만, 다른 의견을 가질 수는 있었다. 소녀는 모르비두스가 후회할 결정을 하고 있다고 생각했다. 사람들이 때때로 속으로 원치 않는 결정을 내리기도 한다는 걸 알고 있었기 때문이었다.

리에타도 한때 눈이 그치면 이곳을 떠난다고 했었다. 그것은 모르비두스가 지금 하려는 일과 똑같아 보였다.

말라디에라는 리에타가 떠나겠다는 결정을 바꾸어 행복해진 것처럼 모르비두스도 그러길 바랐다. 말라디에라는 뷔테르와 상의했다. 그리고 모르비두스는 리에타의 결혼식이 끝난 후에도 악시아스에 남게 되었다. 당시 말라디에라와 뷔테르가 꾸민 일은 그 둘만이 가지고 있는 작은 비밀이 되었다.

❧

데미안이 고개를 갸웃하며 손을 멈추고 의자에 앉은 소녀의 뒤통수를 바라보았다. 그의 앞에 앉은 소녀는 자신의 머리를 만져 주던 사람이 움직임을 멈춘 걸 느끼고 고개를 돌려 그를 올려다보았다.

"데미안, 왜?"

맹수의 눈을 닮은 금색 홍채에 세로로 긴 동공이 그녀가 악마라는 것을 상기시켰다. 한때는 저렇게 눈이 마주칠 때마다 흠칫했던 적도 있었지만, 데미안은 별다른 동요 없이 그녀의 머리를 살짝 잡아 도로 앞으로 향하도록 돌려 놓았다. 그리고 그녀의 땋은 머리카락을 뿔에 감아 가려 주며 물었다.

"말리, 너 키 컸어?"

말라디에라는 다시 앞을 보면서 다리를 까딱거렸다.

"키? 몰라. 왜?"

"좀 큰 것 같은데……."

악마 소녀는 잠깐 말이 없다가 그게 뭐 대수냐는 듯이 대답했다.

"그럼 컸나 보지 뭐. 애들은 다 자라는 거 아냐?"

데미안이 난감한 듯 웃었다. ……그건 사람의 경우고.

"하지만 넌 태어나자마자 이렇게 컸잖아. 모르비두스 님은 늙지 않고."

말라디에라는 '그런가?' 하는 얼굴로 말없이 마력 사탕을 빨았다. 무심결에 사람에게 병으로 인한 해를 끼치지 않도록 마력의 제어를 도와주는 사탕이었다.

데미안이 다 됐다고 말하며 소녀의 등을 툭툭 두드려 주자, 거울을 들어 제 얼굴을 비춰 본 말라디에라는 "고마워!" 하고 머리카락으로 뿔을 가린 채 놀러 나갔다.

"모르비두스 님, 당신께도 어린 시절이 있었나요?"

책장 앞에 서 있던 모르비두스는 무슨 소리냐는 듯이 고개를 돌려 그를 바라보았다.

데미안은 머쓱한 듯이 웃으며 덧붙였다.

"……말라디에라가 어린 소녀의 모습인 것을 보니 악마도 어린아이의 모습에서부터 성인의 모습으로 자라나는 것인지 궁금해져서요."

모르비두스는 읽고 있던 책을 덮어 책장에 돌려 넣으며 답했다.

"아니. 나는 말라디에라처럼 어린 모습이었던 적은 없어."

그의 목소리가 이어졌다. "태어난 지 얼마 안 됐던 몇 년 정도의 시간이야 있었겠지만 그걸 어린 시절이라고 해도 될진 모르겠군. 지상에서 태어난 악마들은 기본적으로 인간 세상에서 살아가는 데 필요한 최소한의 지식 같은 건 가지고 태어나니까."

데미안은 "그렇군요." 하며 고개를 끄덕였다.

'고위 악마는 처음부터 성장한 모습으로 태어난다. 그리고 기본적으로 인간 세상에서 살아가는 데 필요한 지식을 가지고 태어난다.'

데미안은 그것을 기억해 두었다.

말라디에라는 담벼락에 몸을 기대고 섰다. 그녀를 둘러싼 아이들 가운데 하나가 "발꿈치 들지 마, 말리" 하며 말라디에라의 머리 위에 하얀 돌로 금을 그었다. 그동안 말라디에라는 배 앞에 모은 두 손을 꼭 쥔 채 기다리고 있었다.

아이들 사이에 짧은 긴장감이 어렸다. 이윽고 선고의 시간.

"……자랐다."

말라디에라의 눈이 커졌다. "정말?" 그녀는 물어보면서 얼른 뒤로 고개를 돌렸다.

아이들이 옹기종기 담벼락을 에워쌌다. 담벼락에 그어진 몇 개의 하얀 금들 사이에 말라디에라의 것이 하나. 언제나 혼자서만 제자리걸음을 하던, 말라디에라의 키높이 선이 처음으로 조금 더 높은 담벼락에 자리하고 있었다.

악마 소녀의 눈이 반짝거렸다.

내가, 자랐다.

데미안에게는 대수롭지 않은 일인 척했지만 말라디에라도 어렴풋이 알고 있었다. 내가 다른 인간 아이들과는 다르다는 것을. 그것은 모르비두스가 살아 있다는 것을 숨겨 왔던 이유와, 리에타를 떠나려던 이유와도 연관이 있다는 것을.

"리에타."

말라디에라의 부름에 리에타가 반갑게 웃으며 그녀를 향해 손을 벌렸다.

"말리."

말라디에라는 달려가서 리에타의 허리를 껴안았다. 리에타는 한 팔에는 아델을, 다른 팔에는 말라디에라를 안아 주며 그녀의 머리를 쓰다듬었다. 리에타가 웃으며 말했다.

"머리 예쁘게 했네."

말라디에라가 답했다. "데미안이 해 줬어요."

아델이 말라디에라의 땋은 머리를 신기한 듯 만져 보며 리에타를 올려다보았다.

"엄마, 나도 데미안한테 해 달라고 할래."

"그럴래?"

"응!"

아델은 막 달려가다가 리에타에게 돌아와서 리에타의 귓가에 "내가 배워 와서 엄마한테도 해 줄게." 하고 속삭이고는 다시 몸을 돌려 달려갔다. 리에타가 아델의 뒷모습을 향해 "넘어질라, 조심해!" 외치며 미소 지었다. 말리는 그런 리에타를 잠깐 쳐다보다가 아델의 뒷모습을 함께 바라보았다. 아델이 시야에서 사라지고서야 말리는 살짝 리에타에게 비밀 이야기를 하듯 말했다.

"……리에타. 나 키가 자랐어요."

"뭐?" 리에타가 눈을 동그랗게 떴다. "키가? 정말?"

말라디에라가 리에타를 보고 조금 쑥스럽게, 하지만 힘 있게 고개를 끄덕였다.

"……응. 나도 어른이 될 거예요."

리에타가 두 손으로 입을 가리며 소녀를 바라보다가 감격해 그녀를 와락 끌어안았다. 말라디에라는 행복하게 리에타를 마주 안았다.

리에타의 방 한 구석에, 언젠가 한 소녀가 그녀에게 선물했던 손수건이 놓여 있었다. 말라디에라는 잠시 거기에 시선을 두었다가, 눈을 꼭 감으며 리에타의 가슴에 얼굴을 묻었다.

～❦～

'……'자라는 악마'는 본 적이 없는데. 하지만 모르겠군. 말라디에라처럼 어린 모습을 한 악마도 본 적이 없으니. 너무 어리니 좀 자랄지도.'

데미안은 모르비두스의 말을 회상하며 깃펜을 들었다.

옆에 쌓여 있는 양피지의 맨 위에는 조금 더 큰 글씨로 '악시아스 고위 악마학 초고'라는 문구가 쓰여 있었다. 자신이 말해 주는 걸 뭐든 기록해도 상관없다고, 모르비두스에게 허락을 받고 자유롭게 집필하고 있는 책이었다.

……하등동물과 같은 형태로 태어나는 하급 악마. 인간을 제외한 다양한 고등동물의 형태로 태어나는 중급 악마와 다르게 고위 악마는 인간과 같은 형태로 태어난다. 그들은 의사소통이 가능하며, 복수심, 애착, 두려움, 질시, 후회, 사랑 등 인간들이 느끼는 복잡한 감정들을 대부분 느낄 수 있다. 그들은 인격을 가지고 있으며, 인간이 저마다 천차만별의 성격을 가진 것과 마찬가지로 개체마다 다양한 성격을 가지고 있다. ……

데미안은 책상 다른 편에 놓여 있는 『하비스턴 악마학』을 쳐다보았다.

그 책에 대한 의견을 묻자, 리에타는 그냥 웃으며, '좋은 책이다. 하지만 그
것이 악마의 전부는 아니다' 하고 말했다. 모르비두스에게 묻자, '너무 길
어서 보기 귀찮다. 나라고 악마에 대해 다 아는 것은 아니다'라고 말했다.
루딘에게 묻자, '틀린 내용이 좀 있으면 어떠냐. 너희 인간들 자신에 대한
학문도 틀린 것 많지 않느냐' 하고 말했다.

악마학은 아직 베일에 싸여 있는 학문이었다. 데미안은 자신이 꽤나 논
란의 여지가 큰 책을 쓰고 있을지도 모른다는 것을 알고 있었다. 조금은
두려운 사명감과 책임감도 느끼고 있었다.

쉽지만은 않은 일이었다. 하지만 데미안은 충분히 무모한 일을 해 볼
만큼 젊었다.

데미안은 펜촉을 잉크에 적신 후 사이에 삽입할 페이지를 이어서 적었다.

고위 악마는 대개 처음부터 성인 인간의 모습으로 태어나며, 그들은 태어났을
때부터 외모 나이에 비례하는 정도의 인간 세상의 지식을 가지고 있다. 그들은 언
제나 젊은 성인 인간의 모습을 가지고 있고 나이 들지 않는다는 것으로 알려져 있
으나 이는 사실과 다르다. 비록 그들이 세월의 흐름에 따라 자연스럽게 인간처럼
나이 들어가지는 않으나, 어린 아이의 모습으로 태어나는 경우도 드물게 있으며,
이들은 자라나는 경우도 있다. 어떤 요인이 그들이 태어났을 때의 신체의 나이를
결정하고 성장이나 노화의 유무를 결정하는지는 아직 알려져 있지 않다.

고위 악마의 탄생은 무언가에 대한 집단적이고 누적적인 거대한 두려
움에서 기원한다. 그는 말라디에라의 근원이 '역병으로 인한 어린아이들
의 죽음', 그리고 그에 대한 공포와 슬픔이 아닐까 하는 추측을 하고 있었
다. 말라디에라가 다른 대다수의 악마들과 달리 어린아이의 모습을 하고
있는 것이, 어쩌면 그와 연관이 있을지도 모른다고. 그 추측을 뒷받침할

만한 증거들과 사례들도 여러 가지 가지고 있는 상태였다.

말라디에라가 다른 모든 악마들처럼 자라나지 않을 것이라고 생각했던 때의 추측이었다.

그러나 그 악마가 자라난다면.

"……."

데미안은 펜을 잠시 멈춘 채 망설였다. 그는 모르비두스가 해 주었던 말을 떠올리고 있었다.

'고위 악마는 처음부터 성장한 모습으로 태어난다. 그리고 기본적으로 인간 세상에서 살아가는 데 필요한 지식을 가지고 태어난다.'

……그렇다면 그 인간의 지식은 어디서 온 것일까.

말라디에라는 나무에 매달렸다. 저편에서 모르비두스가 오고 있었다.

"모르비두스!"

말라디에라는 나무에서 뛰어내려 그에게 달려갔다. 말라디에라는 모르비두스를 좋아했다. 강하고, 멋지고, 조금 과묵하지만 속 깊은 사람. 그에게 종족이 같은 나보단 리에타가 더 특별하다는 걸 안다. 하지만 리에타에게라면 양보해도 좋았다.

데미안이 아직 모르는 한 가지. 대부분의 고위 악마들에게는 태어났을 때부터 가지고 있는 저마다의 이유 없는 욕망들이나 기억들이 있다. 그것은 대개 갓 태어난 악마들이 무언가에 열중하거나 집착하게 만드는 계기가 되고는 했다.

말라디에라도 태어났을 때부터 마음속에 본능처럼 간직하고 있는 몇 가지 원시적 욕구를 가지고 있었다. 그중 어떤 욕구는 성장 과정에서 억제

되거나 사라졌고, 어떤 욕구는 조심스럽게 발전되어 갔다.

그중에는 리에타를, 그리고 아델을 만나고 나서 비로소 강렬하게 발현되었던 욕구도 있었다.

'……자라나고 싶어. 나도 어른이 되고 싶다.'

데미안은 가만히 초를 태우는 불빛을 바라보았다.

……고위 악마의 탄생 조건은 죽음, 슬픔, 그리고 강한 축성의 타락이다. 악마는 여러 에너지와 조건이 모여 만들어지지만, 그 가운데는 중심이 되는 인격이 존재한다.……

그는 자신이 써 놓은 원고를 내려다보며, 어느 여름 떠나갔던 동쪽 별채의 소녀를 생각했다.

"……."

아직은 조심스러운 가정. 말라디에라는 아이들의 죽음에서 태어난 악마다. 그것은 안나를 잃은 사람들에게 상처일까. 아니면 치유일 수도 있을까.

그 사람이 묻힌 땅의 흙에서 핀 꽃은 그 사람처럼 여겨질 수 있을까. 그것이 잡초나 독초라도 그럴까. 알 수 없는 일이다.

청년은 한동안 가만히 그렇게 앉아 움직이지 않았다. 얼마 후 오래 타오른 촛불이 꺼졌다. 데미안은 짧은 저녁 기도를 마친 후, 초에 다시 불을 밝히고 집필을 이어 갔다. 조금 전까지 있던 원고는 재가 되어 사라졌다. 새로운 원고였다.

……다만 여태까지 밝혀진 바로 악마가 성장하는 경우는 아직 역마에게서만 발견되고 있다. 이는 역마가 다른 종류의 악마에 비해 생물적 특성이 강한 악마이기 때문일 수 있다. 그러나 추후에 다른 종류의 악마에게서도 이러한 특성이 발견될 가능성을 간과할 수는 없다……

그는 자신이 책임질 수 있는 일에 대해서만 말하기로 했다. 말리는 아직 어리니까. 데미안은 지켜보기로 했다. 악마학은 여전히 베일에 싸여 있는 부분이 많은 학문이다.

에필로그 3

그가 들어 주지
않았던 유일한 일

�֎

노을이 지는 화원. 아델과 킬리언이 꽃밭에 쭈그려 앉아 머리를 맞댔다.

"아빠, 여기, 이 틈새에 줄기를 넣어야지."

"이렇게?"

"아니, 요기 이렇게."

아델의 감독을 받아 한참을 자그마한 꽃송이와 씨름하던 킬리언이 결국 끙 소리를 내며 꿰어지지 않은 채 구겨진 꽃줄기를 다시 펼쳤다.

"……손이 커서 안 돼."

"이리 줘 봐."

킬리언의 손에서 꽃줄기를 받아 간 아델이 앙증맞은 손으로 야무지게 꽃을 꿰었다. 그리고 그걸 킬리언에게 내밀었다.

"자!" 킬리언이 아델에게 손을 내밀어 꽃반지를 받았다. 그러자 아델이 좌우를 두리번거리더니 조그맣게 귓속말을 속삭였다.

"엄마한테 선물해. 내가 도와준 건 비밀로 해 줄게."

킬리언이 아델을 쳐다보았다. 아델은 어깨를 쫙 펴더니 아빠의 어깨를 툭툭 두드려 주기까지 했다. 킬리언이 씩 웃었다.

"좋아. 그럼 대신." 킬리언이 똑같이 주변을 살핀 뒤, 아델의 귀에 대고 작게 속삭였다.

"검 가르쳐 줄게. 엄마한텐 비밀로."

그리고 한쪽 눈을 찡긋 했다. 둘만의 비밀 암호였다. 아델이 눈을 반짝이며 비장하게 고개를 끄덕였다.

"……비밀로!"

그리고 두 눈을 모두 꽉 감았다 뜨며 찡긋 했다.

"무슨 얘기 해?"

뒤에서 어느새 성큼 다가온 리에타의 목소리에 아델이 화들짝 놀라 킬리언의 등 뒤에 몸을 숨겼다.

"또 둘이만 비밀 얘기?"

"아닌데, 비밀 없는데." 아델은 시치미를 뚝 뗀다. 그리고 킬리언과 눈을 마주치며 몰래 눈을 찡긋 한다. 리에타는 눈을 흘기며 아델을 쳐다보았다. 킬리언이 작게 웃더니 리에타를 보고 손을 내밀었다.

"손."

"응?"

리에타가 그의 손 위에 제 손을 놓아주자, 킬리언이 리에타의 손을 잡고 꽃으로 만든 반지를 끼워 주었다. 리에타가 눈을 동그랗게 뜨며 꽃반지를 내려다보았다. 킬리언이 웃었다.

"선물. 당신 주려고 내가 만들었어."

제법 잘 만든 꽃반지였다. 리에타는 조금 놀란 눈이 되어 그걸 바라보았다.

킬리언은 손재주가 좋지만, 손이 커서 이렇게 작은 건 만지기 어려워했다. 누구 솜씨가 들어간 건지 빤히 보였다. 리에타는 속으로만 웃으며, 깜짝 놀란 얼굴로 그것을 눈앞에 가까이 했다가, 멀리 했다가 하며 감탄했다.

"와, 너무 예쁘다. 잘 만들었는데? 정말 당신이 만들었어요? 이렇게 섬세한 걸?"

"당연하지."

옆에서 아델이 뿌듯하게 어깨를 으쓱으쓱 했다. 킬리언이 아델한테 살짝 윙크를 날리고, 아델은 또 두 눈을 모두 감으며 킬리언에게 깜찍한 윙크를 보냈다.

자꾸 둘만 비밀이 생기는 게 섭섭하지만 이렇게 모르는 척하는 쪽도 나쁘지 않았다. 저 덩치 큰 사람이 꽃밭에 쪼그만 딸내미와 뒹굴며 꽃을 조물거렸을 걸 생각하니 귀엽고, 고맙고, 사랑스러웠다.

킬리언이 일어나며 아델을 목말 태웠다.

"우리 공주님."

그리고 다른 손을 리에타에게 내밀었다.

"우리 여신님."

리에타가 웃으며 꽃반지 낀 손으로 그의 손을 잡았다.

킬리언은 정말 좋은 아빠였다.

"킬리언. 대답은 아직이에요?"

"……무슨 대답?"

킬리언이 반문했지만, 그의 목소리 직전에 들어간 짧은 지체만으로도 리에타는 이미 그가 무슨 대답을 말하는 건지 알고 있다는 걸 눈치챘다. 리에타는 가만히 옆에 누워 그를 바라보았다. 킬리언은 눈을 뜨지 않은 채 몸을 돌려 리에타의 어깨에 툭 머리를 기댔다.

"……나는 당신만 있으면 된다니까."

킬리언은 매번 그렇게 대답하고 있었다. 이미 그동안 여러 번 에둘러 했던 질문마다 돌아왔던 답이었다. 그가 그녀의 어깨에 가볍게 입술을 대고 살짝 깨물며 말했다.

"당신은 나 하나로 안 돼?"

리에타는 웃으며 손가락으로 그의 앞머리를 만져 주었다.

"남편이랑 아이가 같은가요, 어디."

킬리언은 작은 한숨과 함께 팔을 뻗어 제 가슴 쪽으로 리에타를 당겨 안았다.

"우리한텐 아델이 있잖아."

이제는 당연해진 행복이 된 고마운 말에 눈 감은 리에타의 얼굴에 잔잔한 미소가 어렸다.

"아델은 동생을 받아들일 만큼 충분히 컸어요."

장난기 어린 깊은 한숨이 리에타의 머리카락 사이를 흔들었다. 킬리언이 그녀의 머리 위에 입술을 묻고 중얼거렸다.

"난 당신을 나누고 싶지 않은데."

리에타가 몸을 떼고 그를 바라보았다.

"당신은 하나 더 가지고 싶지 않아요? 딸은 있으니까. 아들이라거나……."

킬리언이 문득 눈빛을 바꾸어 눈을 뜨고 그녀를 마주 보았다.

"혹시 누가 당신한테 후계자 이야기로 눈치 줘?"

리에타가 눈썹을 으쓱하고 조금은 도도하게 그의 말투를 흉내 냈다.

"아뇨? 누가 감히. 악시아스 대공비이자 대사원장인 제게요?"

킬리언이 작은 웃음소리를 흘렸다. 리에타가 마주 웃으며 말을 이어 갔다.

"……아델이 오빠를 가지고 싶대요. 오빠는 불가능할 것 같지만, 남동생은 가능할지도 모른다는 생각이 드는데."

리에타가 시선을 내려 그의 손을 깍지 껴 잡았다.

"당신 아이를 가지고 싶어요. 당신은 안 그래요?"

킬리언은 그녀의 푸른 눈동자를 마주보았다. 킬리언은 오래지 않아 다정한 미소를 띠며 대답했다.

"……당신이 원한다면 생각해 볼게."

그러나 그 뜻을 아는 리에타는 조금 아쉬운 미소를 지었다. 오늘도 거절이었다. 아이에 대한 대답. 그는 아이를 원하지 않는다. 그것은 리에타가 원하는 것 중 킬리언이 들어주지 않는 유일한 일이었다.

리에타는 줄곧 킬리언에게 아이를 원한다는 자신의 뜻을 전달해 왔지만 킬리언은 리에타 하나면 된다며, 아델이 있다며 대답을 피했다. 그건 킬리언답지 않은 일이었다.

그가 내게 말하기 어려워하는 이유가 뭘까. 리에타는 그 이유가 될 수 있는 중대한 몇 가지 사유를 가만가만히 머릿속에 떠올리며 짚어 보았다. 여러 가지가 신경 쓰였다. 짚이는 것이 많은 데다 어느 하나 민감하지 않은 이유가 없었다.

가장 먼저 킬리언이 겪어왔던 어린 시절의 치명적인 불화가 떠올랐다. 그것은 부모가 한쪽만 같은 아이들 사이에서 벌어진 갈등과 익눌림을 올바르게 풀어내지 못한 결과였다. 그 일은 그의 인생 전체에, 그리고 제국

전체의 안위에도 큰 영향을 미쳤다. 피해자이기도 했지만 가해자이기도 했던 킬리언으로서는, 특히나 아델을 사랑하는 그로서는 마음에 걸리는 부분들이 있을 수밖에 없을 것이었다.

다음으로 떠오르는 건 역시 아델 때문일까 하는 생각이었다. 킬리언은 아델을 진심으로 사랑하고 있었고, 정식 입양된 아델은 킬리언에게 친자식이 태어나더라도 흔들리지 않는 분명한 신분을 가지고 있었다. 그리고 그들 사이엔 법이 보장한 신분보다 더 굳건한 애정과 신뢰가 있었다. 하지만 킬리언과 리에타의 사이에서 두 사람의 피를 이은 아이가 태어난다면 어쩔 수 없이 아델이 겪게 될 변화들이 있을 것이었다. 어쩌면 그는 그걸 걱정하고 있는 걸까 하는 생각이 들었다.

리에타는 양피지 위에 끊임없이 펜을 놀리던 손을 잠시 내려놓았다. 리에타가 만들고 있는 것은 악시아스에서 태어나 대사원에서 축성을 받은 갓난아이들에 대한 사제들의 기록을 바탕으로 한, 말하자면 인구 조사에 관한 서류였다. 그녀는 이 서류를 정리해 향후 십 년의 인구증가와 필요한 인력, 식량 등의 수요를 예측하여 영지 경영을 계획한다는 구상을 가지고 있었다. 악시아스에 사람들이 정착하기 시작한 지 십 년. 이제는 아이들이 살기에도 나쁘지 않은 땅이 된 악시아스에서는 많은 아이들이 태어나 소년 소녀로 자라나고 있었다.

그리고 그녀는 매주 악시아스에서 태어나는 갓난아이들을 직접 만나 축복해 주고 있었다.

"……."

리에타는 작은 한숨을 내쉬었다. ……킬리언도 기다리고 있을 줄 알았는데, 우리의 아이.

아이를 원하는 건 나뿐인가 하는 생각이 드니 마음이 복잡해졌다. 아델이 킬리언에게 수양딸이라는 것은 우리 가족에게 조금도 문제가 아니라고 생각했다. 하지만 킬리언이 리에타와의 사이에서 자식을 원하지 않는 것처럼 느껴지자, 내게 내색하지 않을 뿐이었던 걸까 싶어 여러 생각을 하게 되었다.

사실 그는 친아이가 아니라서 아델의 설 곳이 불안하다고 생각하고 있었던 걸까. 킬리언은 아델을 너무 사랑해서 자신의 피를 이은 자식을 보는 걸 포기하려는 걸까. 나는 너무 천진하게 행복에 젖어 있느라 킬리언의 마음 속 깊은 고민을 제대로 보지 못하고 있었던 걸까.

그것이 아델 때문일까 봐, 리에타는 킬리언에게 아이를 피하는 이유를 정확하게 물어도 좋은지 알 수 없었다.

리에타의 고민을 들은 지젤이 "흐음……" 하고 머리카락을 꼬았다.

"그러니까, 대공 각하께서 둘째 이야기를 자꾸 피하시는데, 그게 아무래도 아델 공녀 때문인 것 같다는 말이죠? 아델이 너무 예쁜데 친아이가 생기면 아델 공녀에게 피해가 갈까 봐, 둘째를 아예 포기하시려는 것 같다고?"

리에타가 조심스럽게 고개를 끄덕였다.

"……네. 저 혼자 추측으로는요. 그런 얘길 하면, 제가 미안해할까 봐 말 못하시는 게 아닐까요."

"음, 제가 보기에 그런 건 아닐 것 같아요."

획, 창문에서 머리를 내민 레이첼이 말했다.

"대공 각하는 자기 처신이 어떤 영향력을 가지고 있는지 모르는 분이 아니세요. 둘째가 태어난다고 그 예뻐하는 큰딸 홀대 받게 안 두실걸요? 감히 그럴 수 있는 사람도 없구요."

레이첼이 고개를 갸웃하며 말을 이었다.

"아 뭐, 내심 이제 아델 공녀님은 좀 덜 예쁨 받으려나? 그렇게 생각하는 사람이 있을 수도 있겠죠. 하지만 각하께선 겨우 그런 걸 걱정해 둘째를 낳지 말아야겠다고 피하실 분은 아니시잖아요?"

지젤이 고개를 끄덕였다.

"제 생각에도 그래요. 당당하게 세워 놓고 보란 듯이 똑같이 예뻐하면서 '내 새끼한테 감히?' 했으면 했지. 큰아이 기 죽을까 봐 눈치 보여서 둘째는 안 가져야겠다. 이러실 것 같지는 않아요. 그건 각하께서 얼마나 자기가 아델 공녀를 총애하는지 보여 주면 끝인 문제예요. 겨우 그런 게 둘째를 포기할 이유는 안 돼요."

리에타가 생각에 잠겨 방구석을 쳐다보았다. 그들의 말이 맞는 것 같았다. 그럼 킬리언은 왜 대답을 피하는 걸까……. 리에타는 다시 킬리언과 이야기를 해 봐야겠다고 생각했다.

"대공 전하. 오셨습니까."

사원의 젊은 사제들이 반갑게 킬리언을 맞았다. 말에서 뛰어내린 킬리언이 사원의 하인들에게 레아의 말고삐를 넘겨 주며 물었다.

"리에타는?"

"베아트리체 홀에서 축성하고 계십니다. 예배는 거의 끝났습니다."

킬리언은 고개를 끄덕이고 사제들이 말해 준 곳으로 익숙하게 발걸음을 옮겼다.

베아트리체 홀. 그녀의 어머니의 이름을 딴 홀에서 리에타는 모여든 사람들에게 축성을 해 주고 있었다. 킬리언은 사람들을 방해하지 않도록 조용히 홀의 이 층 난간에 기대어 리에타가 사람들을 축복해 주는 모습을 바라보았다.

리에타는 하얀 사제복을 입은 채 창에서 들어오는 햇살 아래 서 있었다. 옷에 놓인 금빛 수와 어깨 아래로 흘러내리는 백금발에 리에타의 모습이 아름답게 반짝였다. 킬리언은 가만히 그녀에게만 시선을 고정하고 있었다.

그때, 사람들을 바라보며 다정하게 웃고 있는 리에타의 얼굴에 조금의 놀라움과 함께 반가움이 더 담겼다. 리에타가 두 팔을 들어 올리며 마중을 나가 젊은 부부가 건네는 작은 포대기를 받아 안았다. 축성을 받으러 온 갓난아기였다.

리에타는 자연스럽게 아이를 받아 품에 안았다. 부부에게 아이의 이름을 묻는 것 같았다. 그리고 품에 안은 아이에게 고개를 내려 그 이름을 불러 주고 아이를 얼렀다. 그 후에도 조금 더 부부와 길게 말이 이어진다. 아마도 축복과 축하의 말을 몇 마디 더 나누고, 리에타는 다정한 미소와 함께 아이에게 고개를 내리고 신성한 빛으로 아이를 축성해 주었다.

킬리언은 가만히 갓난아이를 안고 미소 지으며 눈을 내리깐 리에타의 모습을 바라보았다.

"킬리언!"

축성을 마친 리에타가 자신의 방으로 올라와 기다리고 있던 킬리언에게 반가워하며 달려왔다.

"오늘 시찰 있지 않았어요? 바쁜 줄 알았는데. 어쩐 일이에요, 말도 없이."

킬리언이 창틀에 기댄 채 웃었다.

"보고 싶어서."

리에타가 행복해하면서도 눈을 흘겼다.

"맨날 보면서."

그녀를 모시는 사제들이 조용히 미소 지으며 방의 문을 닫아 주고 나갔다. 리에타가 팔을 뻗자 킬리언이 리에타를 안아 창가에 올려놓았다. 그가 그녀를 팔 사이에 가둔 채 물끄러미 올려다보며 웃었다.

"난 이러고 있는 게 좋아. 그대를 숭배하는 기분이야."

리에타가 웃으며 고개를 숙였다.

"마음껏 숭배하세요."

자잘한 입맞춤이 이어졌다.

"이따가 아델 데리고 소풍 갈까? 음……. 조금만 더 하고."

리에타가 입맞춤을 이어 가며 웃었다.

"간지러워요."

"간지러울 뿐?"

"이 사람 좀 봐. 여기 사원이에요."

"나는 내 여신을 숭배하는 중인데. 문제라도?"

"잠깐만, 킬리언!"

리에타가 웃으며 그의 어깨를 밀었다.

"잠깐만요. 킬리언. 나 할 말 있어요."

킬리언은 리에타를 바라보며 조금 물러났다. 얼굴엔 여유로운 듯 웃음이 걸려 있지만 이번엔 무슨 말이냐고 묻지 않는다. 리에타가 말했다.

"이래저래 생각해 봤는데, 그냥 터놓고 물어보는 게 나을 거 같아요. 당신이 말해 주지 않으니까 내가 자꾸 여러 생각을 하게 돼. 음……, 킬리언. 우리 사이에 못할 말은 없는 거 맞죠?"

"물론이야."

킬리언의 편안한 대답에 리에타가 미소 지었다.

"대답해 줄 준비가 됐나요?"

"응. 준비됐어."

리에타는 가장 마음에 걸리던 것을 물었다.

"……아델 때문인가요?"

킬리언이 가만히 그녀를 바라보았다. 리에타는 그동안 생각해 왔던 것들을 털어놓았다.

"우리 사이에 아이가 태어난다면…… 아델에게 일어날 변화들이 있겠죠. 하지만 킬리언. 나는 그게, 둘째가 태어나면 첫째가 겪게 되는 변화가 있는 것처럼 당연한 일이기를 바라요. 물론 그 이상의 것을 아무것도 걱정하지 않는다면 거짓말이겠지만, 그건 우리가 한 가족이 되기로 했고 사랑하기로 한 이상 극복해야 할 일이라 생각해. 그리고 난 우리라면 잘할 수 있을 거라고 생각해요. 그러니까."

리에타가 숨을 골랐다.

"……둘째를 갖는 데 아델이 걱정된다고, 그래서 포기하겠다는 식으로 생각하지 않았으면 좋겠어요. 당신, 아이를 원하지 않는 거. 혹시 아델 때문이라면……."

"아니야."

"네?"

"내가 아이를 원하지 않는 거, 아델 때문이냐고 묻고 있는 거지. 그런 거 아니야."

킬리언은 깨끗하게 부정했다. 그리고 천천히 말을 이어갔다.

"그대가 아델 때문에 둘째를 포기하는 거냐는 식으로 생각했을지 몰랐어. 그대로서는 할 수 있을 만한 생각인데. ……그동안 분명하게 대답하지 않아서 미안해. 나는……."

그러나 말이 이어지지 않고 킬리언은 다시 약하게 웃으며 한숨을 쉬었다.

"나는 그냥 아이를 원하지 않아. 아델 때문이라거나 다른 이유가 아니라. 그냥, 사랑하지만 아이를 원치 않는 사람도 있을 수 있는 거잖아. 난 그냥 그런 사람이야. 난 그대와 아델에게 집중하고 싶어. 당신을 나누고 싶지 않다고 농담처럼 말했지만, 사실 그건 내 가장 가까운 진심이었어."

"……그냥, 원하지 않는다구요?"

"……그래. 아이를 싫어하는 건 아냐. 아델한텐 진심이야. 하지만 난 아델 외의 아이를 사랑할 자신이 없어."

킬리언은 근래 오랫동안 리에타의 그런 모습들에 대해 생각했다. 자신이 대답을 피할 때마다 조금 아쉬운 듯 웃던 리에타를. 아델을 안고 있던 리에타를. 사원에서 갓난아기를 안고 축복해 주던 리에타를. 그리고 넬라와 마틴의 아이가 태어났을 때, 자신의 일처럼 행복해하는 얼굴을 하며 그들을 축복하고 진심으로 기뻐하던 리에타를.

그는 자신의 서고에 놓여 있는 어머니의 초상을 꺼내 오랫동안 바라보았다. 그리고 리에타와, 그녀의 어머니를 생각했다.

킬리언은 자신의 침묵이 그녀에게 어떤 오해를 하게 했는지 깨달았다. 솔직해져야 할 때였다.

"솔직히 말해 아델을 이 정도로 사랑할 수 있었던 건, 그 애가 당신을 건강하게 만들어 줬기 때문이었던 것 같거든."

다음 순간, 조금 슬퍼하듯 형언할 수 없는 미소를 짓고 시선을 피하는 킬리언의 눈빛을 본 리에타는 그가 하지 못한 말을 깨달았다.

왜 생각하지 못했을까.

리에타가 원하는 것을 킬리언이 들어주지 않는 일은 거의 존재하지 않았다. 그것은 리에타에게 위험한 일뿐이었다.

"……킬리언."

킬리언은 리에타의 눈을 피했다.

그대를 잃을까 봐 그런다고, 말할 수 없었다. 대화조차 하지 못하고 피한다는 게 이성적이지 않은 일이래도 어쩔 수 없었다. 킬리언에겐 차마 입에 담기도, 상상하기도 싫은 일이었기 때문이었다.

"내 어머니도 건강한 사람이었어. 날 낳기 전에는 말이야."

킬리언은 거기까지만 말했다. 하지만 리에타는 그가 말하지 않은 모든 시정을 알 수 있었다.

킬리언은 아프지 않은 척 웃는 어머니의 곁에서 십 년을 내색하지 못한 안타까움을 삭이며 보냈다. 한때 건강하였으나, 아이를 낳으며 죽음의 고비를 넘긴 후 몸이 온전히 회복되지 못할 정도로 많이 상했다고 했다. 사실 이미 죽음을 면치 못했을 사람을 놀라운 기적으로 숨 붙여 둔 것이라 했다. 희망 고문처럼 이것이 최선이라고. 킬리언은 평생 동안 몸이 약한 어머니만을 보았지만 그녀가 예전에는 건강했다는 것을 알고 있었다. 어머니는 그에게 춤추었던 이야기, 말을 달렸던 이야기, 자신이 건강했을 때의 이야기를 해 주곤 했다. 언젠가. 나와 함께 춤을 추자꾸나. 나와 함께 말을 달리자꾸나.

어머니가 세상을 떠난 후에는 죽은 어머니를 지켜보며 보냈다. 그 과정에서 아버지는 망가져 갔고, 황실은 엉망이 되었다. 그것은 킬리언의 성장기를 지배한 기억이었다.

킬리언은 자신의 마음을 오해할까 봐, 리에타에게 차분하게 아이에 대한 자신의 마음을 전했다.

"……아이를 싫어하지 않는다는 건 진심이야. 처음엔 아이가 그대를 행복하게 해 주고 치유해 줄 무언가라 사랑했지만, 지금은 아이가 그 자체로 사랑스럽다고 생각해. 하지만 그대가 건강을 잃을 위험과 맞바꿀 정도는 아니야."

리에타를 닮은 딸. 아델만으로도 충분히 행복했다.

리에타는 그런 걱정을 하는 줄 생각도 몰랐던 그의 속내가 너무 가슴 아파서 그의 손등 위에 자신의 손을 겹쳤다.

"킬리언. 어머니가 당신을 낳아 주셨던 걸, 그러지 않았으면 좋았을 거라고 생각하고 있어요?"

"……."

"……당신을 낳아 준 어머님께 나는 무척 감사해요. 그래서 당신이 세상에 있잖아요. 그래서 당신이 나를 만났고, 당신이 나를 살렸잖아요."

킬리언이 그녀와 눈을 마주치지 않은 채 눈을 감았다.

"알아. 나도 감사하고 있어. 하지만 어머니에게 감사하다고 해서 당신이 똑같은 일을 겪어도 괜찮을 리가 없잖아."

"……."

킬리언은 그 이야기를 입에 담는 것조차 힘든 듯 숨을 골랐다.

"당신을 잃고 나서 아이가 감사하는 게, 의미 있는 삶을 사는 게 다 무슨 소용이야. 내가 원하는 건 살아 있는 당신인데."

결국 참지 못하고 약한 속내를 토해 낸 킬리언이 리에타의 어깨 위에 천천히 머리를 내렸다.

"난 가끔 악몽을 꿔……. 아이를 낳지 말아야 했다고, 더 큰 욕심을 부리지 말아야했다고 후회하면서 십 년 동안 죽어 가는 당신 곁을 지키는 꿈이야. 당신이 목숨과 맞바꿔 낳은 아이를 미워하고, 그리고 나는 내 아버지랑 똑같은 짓을 해. 죽은 당신을 축성으로 내 곁에 십 년 넘게 묶어 두고 죽은 자를 되살리는 금단의 마법을 찾아 헤매."

"……."

"……아이를 낳는 건 위험한 일이잖아. 당신이 원하는 건 알지만, 난 당신이 더 소중해."

리에타는 눈물이 그렁해져서 한동안 말을 잇지 못한 채 그를 바라보았다. 리에타가 그의 손등에서 팔꿈치로 손을 옮기며 속삭였다.

"킬리언. 날 봐요."

"……."

"킬리언."

그의 눈이 리에타에게로 향했다.

물결치는 백금발, 눈물이 고인 하늘색 눈. 그가 사랑하는 아내의 얼굴이 그의 눈동자에 담겼다.

"……난 어머님과 달라요. 나는 절대로 당신 곁을 떠나지 않아요. 아델이 날 얼마나 건강하게 만들어 줬는지 잊었어요?"

킬리언이 말없이 그녀를 바라보았다. 리에타가 안타깝게, 하지만 다부지게 웃어 보였다.

"내가 당신이랑 아델을 두고 죽을 수 있을 것 같아요?"

리에타가 킬리언의 몸을 제게로 당겨 끌어안았다. 그건 악몽일 뿐이고 난 현실에 있다고, 당신 곁에 있다고 확인시켜 주듯, 평소보다 강하게.

"……남겨진 사람이 얼마나 힘든지 알아요. 킬리언. 나는 절대 당신을, 아델을 그렇게 만들지 않아요."

"……나는."

그녀는 다시 한번 힘주어 그의 손을 잡으며 경건하게 말했다.

"약속해요. 맹세해요. 난 절대로 당신을 떠나지 않아요."

조용히 가라앉은 어느 평화로운 겨울. 바람도 없이 가지 위에 차분한 눈이 내리던 날.

악시아스 성에서 태어난 또 한 명의 아이가 보드라운 강보에 싸였다.

바삐 움직이던 시녀들이 따뜻한 물이 담긴 대야를 들고 옮기며 작은 소리로 감동과 축하의 말을 속삭였다.

문이 열리고, 두 목소리가 동시에 터져나왔다.

"축하드립니다, 전하. 건강한 아드님이세요."

"전하. 경하드립니다. 비 전하께서도 건강하십니다."

초조하게 모여 소식을 기다리던 사람들 사이에서 안도의 한숨과 기쁨의 탄식이 터져 나왔다. 기사들이 땀에 젖은 손을 꼭 쥐고 신의 이름을 속삭이며 기뻐했다.

수백 년 만에 악시아스 성에서 태어난 첫 번째 인간 아이였다.

리에타는 젖은 눈으로 아이를 품에 안은 채 킬리언을 찾았다. 시녀들이 그들을 위해 잠시 자리를 비켜 주는 사이를 기다리지 못하고, 빠른 걸음으로 다가간 악시아스 성의 성주는 침대 옆에 한쪽 무릎을 꿇었다.

사랑하는 여자의 손등 위에 자신의 손을 포개며, 산모와 아이의 머리 위에 고개를 숙여 안타깝게 속삭인 말은 오직 그녀와 아기에게만 닿았다.

그녀가 지쳐 젖은 얼굴로 그를 바라보며 행복하게 웃었다.

아델이 침대 앞으로 걸어 왔다. 지난 몇 달 동안 곧 동생이 생긴다는 걸 들어 알고 있었지만, 동생을 처음 만나게 되는 순간이 어떤 분위기일지는 상상해 본 적 없었다.

평소보다 조금 어둡고, 방에는 따뜻한 벽난로가 타고 있었다. 창밖에는 조용히 내리는 눈. 조용한 가운데 조금은 걱정스러우며 부산스러운 분위기가 흘렀다. 흥분된 분위기가 어린 아델의 마음에도 전해져 오고 있었다.

엄마와 함께 아주 중요한 누군가가 이곳에 존재하는 공기라는 걸 느낄 수 있었다.

"아델."

리에타가 미소 지었다. 자신을 향한 부름에 아델은 조심스럽게 엄마의 옆으로 다가갔다.

모두가 목소리를 낮추고 있지만 어딘지 긴장된 공기에 아이는 숨을 죽였다. 아델의 시선이 아기에게로 향했다. 리에타의 침대 옆, 조그만 아기 침대 안에 뽀얀 강보에 감싸인 작은 아이가 조그맣게 새근새근 소리를 내고 있었다.

리에타가 속삭였다. "동생이야."

아델은 나도 알고 있다는 듯, 아이를 보며 고개를 끄덕였다.

"손을 잡아 볼래?"

리에타가 물었지만 아델은 고개를 젓지도 않고, 그러겠다고 대답하지도 못한 채 숨을 죽이고 가만히 아이만 바라보았다.

리에타가 다시 말했다.

"인사해 주자."

그 말을 듣자, 아델은 용기를 내 침대 옆에서 살짝 까치발을 들었다. 조심조심 아이의 위로 손을 뻗자, 작은 아이는 손가락을 작게 오므려 아델의 손가락을 붙잡았다. 아델이 몸을 움츠렸다. 아이의 손가락은 따뜻하고 촉촉했다. 그렇게 가만히 손가락이 이어진 채, 처음 만나는 자신의 동생에게 아델은 작은 소리로 속삭였다.

"······안녕, 아가."

마른 가지에 바람처럼 4

1판 1쇄 발행 2019년 12월 13일
신판 2쇄 발행 2021년 11월 8일

지은이 달새울
펴낸이 김영곤 **펴낸곳** (주)북이십일 아르테
아르테본부 웹콘텐츠팀 장현주 김가람 조문경 정민철
마케팅2팀 엄재욱 이정인 나은경 정유진 이다솔 김경은 **디자인** 박숙희
출판영업팀 김수현 이광호 최명열 **제작팀** 이영민 권경민

출판등록 2000년 5월 6일 제406-2003-061호
주소 (우 10881) 경기도 파주시 회동길 201(문발동)
대표전화 031-955-2100 **팩스** 031-955-2151

ISBN 978-89-509-9430-3 04810

아르테는 (주)북이십일의 문학 브랜드입니다.

(주)북이십일 경계를 허무는 콘텐츠 리더

아르테 채널에서 도서 정보와 다양한 영상자료, 이벤트를 만나세요!
페이스북 facebook.com/21arte **블로그** arte.kro.kr
인스타그램 instagram.com/21_arte **홈페이지** arte.book21.com